DuMont's Kriminal-Bibliothek

Ellery Queen ist das gemeinsame Pseudonym von Frederic Danney (1905–1982) und Manfred Bennington Lee (1905–1971), die zu den einflußreichsten und produktivsten Kriminalromanautoren gehören. Von Ellery Queen sind in der DuMont's Kriminal-Bibliothek bereits erschienen: »Der mysteriöse Zylinder« (Band 1008) sowie »Sherlock Holmes und Jack the Ripper« (Band 1017).

Herausgegeben von Volker Neuhaus

Ellery Queen

Der SARG des Griechen

DuMont Buchverlag Köln

Für M. B. W. in Dankbarkeit

Die Deutsche Bibliothek – CIP-Einheitsaufnahme

Queen, Ellery:
Der Sarg des Griechen / Ellery Queen.
[Aus dem Amerikan. von Manfred Allié]. – Köln: DuMont, 1993
(DuMont's Kriminal-Bibliothek; 1040)
ISBN 3-7701-2475-8
NE: GT

Umschlagmotiv von Pellegrino Ritter
Aus dem Amerikanischen von Manfred Allié

Editorische Betreuung: Petra Kruse
Die der Übersetzung zugrundeliegende englischsprachige Originalausgabe erschien 1939 unter dem Titel »The Greek Coffin Mystery« bei Triangle Books Edition, New York
Satz: Froitzheim Satzbetriebe, Bonn
Druck und buchbinderische Verarbeitung: Clausen & Bosse, Leck

Printed in Germany ISBN 3-7701-2475-8

Inhalt

Personen

Georg Khalkis . . . . Kunsthändler
Gilbert Sloane . . . . Geschäftsführer der Khalkis-Galerie
Delphina Sloane . . . . Khalkis' Schwester
Alan Cheney . . . . Delphina Sloanes Sohn
Demmy . . . . Khalkis' Vetter
Joan Brett . . . . Khalkis' Sekretärin
Jan Vreeland . . . . Khalkis' Handelsvertreter
Lucy Vreeland . . . . Vreelands Ehefrau
Nacio Suiza . . . . Direktor der Kunstsammlung Khalkis
Albert Grimshaw . . . . ehemaliger Sträfling
Dr. Wardes . . . . englischer Augenarzt
Miles Woodruff . . . . Khalkis' Anwalt
James J. Knox . . . . Millionär und Kunstkenner
Dr. Duncan Frost . . . . Khalkis' Hausarzt
Mrs. Susan Morse . . . . eine Nachbarin
Jeremiah Odell . . . . Klempner
Lily Odell . . . . Odells Ehefrau
Reverend John Henry Elder
Honeywell . . . . Küster
Weekes . . . . Khalkis' Butler
Mrs. Simms . . . . Khalkis' Haushälterin
Pepper . . . . stellvertretender Bezirksstaatsanwalt
Sampson . . . . Bezirksstaatsanwalt
Cohalan . . . . Beamter der Bezirksanwaltschaft
Dr. Samuel Prouty . . . . stellvertretender Amtsarzt
Edmund Crewe . . . . Bausachverständiger
Una Lambert . . . . Graphologin und Schriftenexpertin
»Jimmy« . . . . Fingerabdrucksexperte
Trikkala . . . . Dolmetscher für Griechisch
Flint, Hesse, Johnson, Piggott,
Hagstrom, Ritter . . . . Polizeibeamte
Thomas Velie . . . . Detective-Sergeant
Djuna
Inspektor Richard Queen
Ellery Queen

Vorwort

Für mich ist es eine besonders reizvolle Aufgabe, das Vorwort zu *Der Sarg des Griechen* beizusteuern, hatte sich Mr. Ellery Queen doch gerade in diesem Fall beharrlich geweigert, eine Veröffentlichung des Manuskriptes überhaupt zu gestatten.

Mr. Queens Leser werden sich vielleicht an die Vorworte früherer Queen-Romane erinnern: Es war nichts als ein Zufall, daß die authentischen Memoiren von Inspektor Richard Queens Sohn dem Publikum (wenn auch in veränderter, romanhafter Gestalt) vorgelegt wurden – und auch das erst, als Vater und Sohn ihr Domizil in Italien aufgeschlagen hatten, um sich, wie man zu sagen pflegt, auf ihren Lorbeeren auszuruhen. Doch als es mir gelungen war, meinen Freund zur Veröffentlichung des ersten Romanes* zu überreden, des ersten Queen-Falles, der in Buchform erschien, ging alles weitere wie von selbst, und wir hatten keinerlei Mühe, diesen manchmal schwierigen jungen Mann dazu zu bewegen, weitere Abenteuer aus den Tagen, als sein Vater Inspektor bei der New Yorker Kriminalpolizei war, zu Papier zu bringen.

Warum dann, wird der Leser fragen, zögerte Mr. Queen, als es darum ging, die Aufzeichnungen zum Fall Khalkis zu veröffentlichen? Dafür gibt es zwei interessante Gründe. Zunächst einmal ereignete sich der Fall Khalkis ganz zu Anfang jener Zeit, in der er, gedeckt durch die Autorität seines Vaters, als inoffizieller Ermittler tätig war; zu jener Zeit hatte Ellery seine berühmte analytisch-deduktive Methode noch nicht vollständig entwickelt. Zum zweiten – und ich bin überzeugt, dies ist der schwererwiegende der beiden Gründe – erlitt Mr. Ellery Queen im Fall Khalkis bis ganz zum Schluß eine demütigende Niederlage nach der anderen. Kein Mann, wäre er auch noch so bescheiden – und Ellery Queen wäre wohl der erste, der mir beipflichtete, wenn ich sagte, daß er

---

* *Der mysteriöse Zylinder,* DuMont's Kriminal-Bibliothek, Band 1008.

alles andere als das ist –, hängt gern seine Mißerfolge an die große Glocke. Er blamierte sich in aller Öffentlichkeit, und von dieser Wunde blieb eine Narbe zurück. »Nein«, sagte er mit Bestimmtheit, »das gefällt mir gar nicht, mich noch einmal zum Narren zu machen, und sei es auch nur in einem Buch.«

Erst als wir – der Verleger und ich – ihm klarmachten, daß der Fall Khalkis (den wir hiermit unter dem Titel *Der Sarg des Griechen* der Öffentlichkeit vorlegen), nicht sein größter Fehlschlag, sondern im Gegenteil sein größter Erfolg war, begann Mr. Queen nachzugeben – eine menschliche Regung, auf die ich ausdrücklich und mit Freuden jene Zyniker hinweisen möchte, die Ellery Queen eine solche menschliche Seite gern absprechen... Am Ende gab er dann doch seine Zustimmung.

Ich bin zutiefst überzeugt davon, daß es die schier verblüffenden Schwierigkeiten des Falles Khalkis waren, die Ellery auf jenen Weg brachten, der ihn zu seinen furiosen späteren Triumphen führen sollte. Bei diesem Fall bestand er die Feuerprobe, und...

Aber es wäre nicht fair, Ihnen hier schon das Lesevergnügen zu verderben. Lassen Sie sich von jemandem, der jeden Fall, bei dem Ellery seinen messerscharfen Verstand einsetzte, bis ins kleinste kennt, versichern – und er wird mir den freundschaftlichen Überschwang verzeihen –, daß *Der Sarg des Griechen* in vielerlei Hinsicht Ellery Queens bemerkenswertestes Abenteuer ist.

Viel Vergnügen!

J. J. McC.

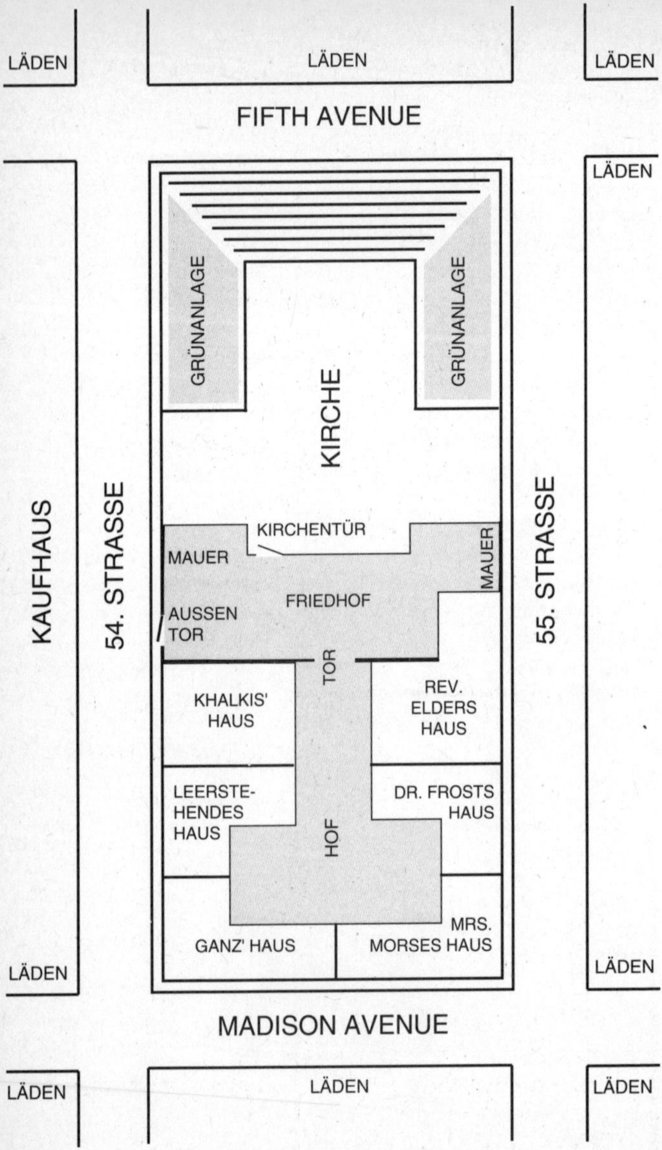
LÄDEN
LÄDEN
LÄDEN
FIFTH AVENUE
LÄDEN
GRÜNANLAGE
GRÜNANLAGE
KIRCHE
KAUFHAUS
54. STRASSE
55. STRASSE
KIRCHENTÜR
MAUER
MAUER
FRIEDHOF
AUSSEN
TOR
TOR
KHALKIS'
HAUS
REV.
ELDERS
HAUS
LEERSTE-
HENDES
HAUS
DR. FROSTS
HAUS
HOF
MRS.
MORSES HAUS
GANZ' HAUS
LÄDEN
LÄDEN
MADISON AVENUE
LÄDEN
LÄDEN
LÄDEN

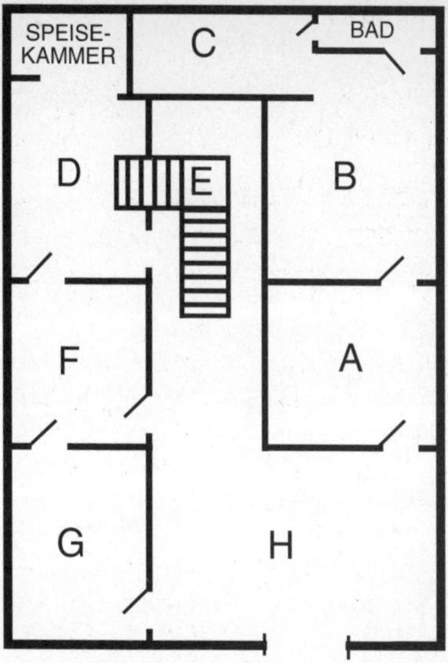

ERDGESCHOSS

A: KHALKIS' BIBLIOTHEK

B: KHALKIS' SCHLAFZIMMER

C: DEMMYS SCHLAFZIMMER

D: KÜCHE

E: TREPPE ZUM ERSTEN STOCK

F: ESSZIMMER

G: WOHNZIMMER

H: EMPFANGSRAUM

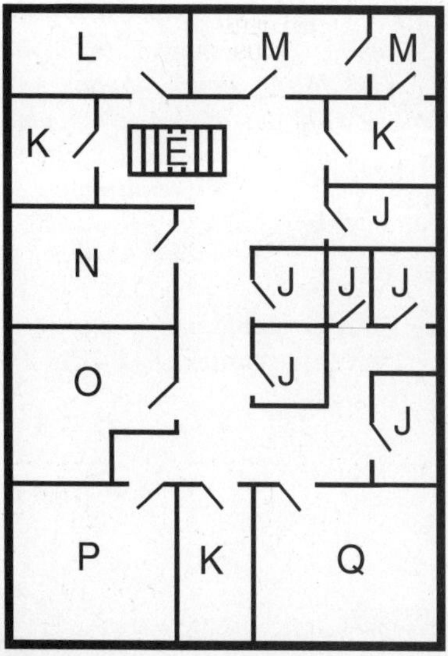

ERSTER STOCK

J: DIENSTBOTENKAMMERN

K: BADEZIMMER

L: ZIMMER DER VREELANDS

M: ZIMMER DER SLOANES

N: JOAN BRETTS ZIMMER

O: DR. WARDES' ZIMMER

P: CHENEYS ZIMMER

Q: ZWEITES GÄSTEZIMMER

SPEICHER

KEINE ZWISCHENWÄNDE

Erstes Buch

»In allen Naturwissenschaften, in Geschichte und Psychologie, bei jeder Tätigkeit, die eine Beschäftigung des Verstandes mit der äußeren Erscheinung bestimmter Phänomene erforderlich macht, sind die Dinge oft in Wirklichkeit nicht so, wie sie erscheinen. Der große amerikanische Denker Lowell sagte einmal: ›Ein kluger Skeptizismus ist die Grundvoraussetzung für den guten Kritiker.‹ Ich glaube, dies ist ein Lehrsatz, der ebenso für den Studenten der Kriminologie Gültigkeit hat...

Das menschliche Gemüt ist ein komplexes Ding und leicht aus dem Gleichgewicht zu bringen. Wenn irgendein Teil davon Schaden nimmt – und sei dieser Schaden auch so gering, daß er sich nicht einmal mit all den Werkzeugen unserer modernen Psychiatrie messen läßt –, sind die Folgen unabsehbar. Wer kann ein Motiv in Begriffe fassen? Eine Leidenschaft? Einen Gedankengang?

Mein Rat, meine strenge Maxime, die ich als jemand, der die unberechenbaren Windungen des menschlichen Verstandes schon seit mehr Jahren durchmißt, als er zusammenzählen möchte, Ihnen mit auf den Weg geben will, ist folgende: Nutzen Sie Ihre Augen, nutzen Sie die kleinen grauen Zellen, die Gott Ihnen gegeben hat, aber seien Sie stets auf der Hut. Im Verhalten des Kriminellen gibt es Muster, aber keine Logik. Ihre Aufgabe ist es, Zusammenhang in das Durcheinander zu bringen, Ordnung zu schaffen aus dem Chaos.«

Schlußansprache von Professor Florenz Bachmann in der Vorlesung *Praktische Kriminologie*, Universität München (1920).

Georg Khalkis: Mit 67 Tod durch Herzversagen

International bekannter Sammler und Kunsthändler vor drei Jahren erblindet

Georg Khalkis, der hiesige prominente Kunsthändler, Kunstkenner und Sammler, Gründer der Khalkis-Galerie und einer der letzten Überlebenden der alteingesessenen New Yorker Khalkis-Familie, starb am Samstagmorgen in der Privatbibliothek seines Hauses im Alter von 67 Jahren an Herzversagen.

Der Tod kam unerwartet, obwohl Mr. Khalkis schon seit einigen Jahren durch ein körperliches Leiden, das nach Auskunft seines Hausarztes Dr. Duncan Frost auch seine Erblindung verursachte, ans Haus gefesselt war.

Er verbrachte sein ganzes Leben in New York; durch ihn kamen einige der wertvollsten Kunstschätze der Vereinigten Staaten ins Land, die sich heute in Museen, den Sammlungen seiner Klienten oder seiner Galerie an der Fifth Avenue befinden.

Er hinterläßt seine einzige Schwester, Delphina, Ehefrau von Gilbert Sloane, Geschäftsführer der Khalkis-Galerie, Alan Cheney, Mrs. Sloanes Sohn aus früherer Ehe, sowie seinen Vetter Demetrios Khalkis – alle wohnhaft im Haus des Verstorbenen, 54. Straße Ost Nr. 11, New York City.

Trauergottesdienst und Beerdigung finden am Dienstag, dem 5. Oktober statt, nach dem vielfach geäußerten Wunsch des Verstorbenen unter Ausschluß der Öffentlichkeit.

Kapitel 1

Das Grab

Von Anfang an schlug der Fall Khalkis einen düsteren Ton an. Er begann, was zu dem, was noch folgen sollte, eigentümlich paßte, mit dem Tod eines alten Mannes. Der Tod dieses alten Mannes durchzog wie ein Kontrapunkt alle die komplizierten Takte des Todesmarsches, der folgte und in dem der wehmütige Klang der über uns verhängten Sterblichkeit so gänzlich fehlte. Am Ende schwoll er an zu einem Crescendo orchestrierter Schuld, einem makabren Klagegesang, der noch lange in den Ohren New Yorks nachhallte, als längst der letzte Mißton verklungen war.

Es versteht sich von selbst, daß, niemand – am allerwenigsten Ellery Queen – nach dem Tod von Georg Khalkis durch einen Herzanfall ahnte, daß dies die ersten Takte zu einer Sinfonie in Mord sein würden. Ja, man darf daran zweifeln, daß Ellery Queen überhaupt wußte, daß Georg Khalkis gestorben war, bis er mit der Nase darauf gestoßen wurde, zwei Tage, nachdem man die sterblichen Überreste des blinden alten Mannes mit allem Respekt zu dem gebettet hatte, was wohl jedermann für seine letzte Ruhe hielt.

Ein Punkt, den die Zeitungen sich bei ihrer ersten Nachricht von Khalkis' Tod entgehen ließen – einem kurzen Nachruf, den Ellery, der die Tagespresse aus Überzeugung nicht zur Kenntnis nahm, versäumte –, war die interessante Lage seines Grabes. Es warf ein aufschlußreiches Schlaglicht auf das Leben der New Yorker Aristokratie. Khalkis' düsteres Haus aus rötlichgelbem Sandstein, die Nummer 11 der 54. Straße Ost, stand neben der altehrwürdigen Kirche, deren Hauptfassade auf die Fifth Avenue hinausgeht und die die Hälfte des Blockes zwischen der Fifth und der Madison Avenue einnimmt sowie im Norden an die 55. und im Süden an die 54. Straße grenzt. Zwischen dem Haus Khalkis und dem Kirchengebäude befand sich der Friedhof dieser Kirche, einer der ältesten Privatfriedhöfe der Stadt. Auf diesem Hof sollten die Gebeine des Toten beigesetzt werden. Die Familie Khalkis, die seit beinahe 200 Jahren zur Gemeinde gehörte, war nicht von jenem Paragraphen der Gesundheitsgesetzgebung betroffen, der Beerdigungen in der Innenstadt verbot. Sie hatten sich das Recht, im Schatten der Wolkenkratzer der Fifth Avenue zur letzten Ruhe gebettet zu werden, dadurch erworben, daß sie von jeher eine der unterirdischen Grabkammern des alten Friedhofes besessen hatten – Gräber, die dem Auge des Passanten verborgen blieben, denn ihr Zugang lag etwa einen Meter unter der Erde, und kein Grabstein störte die Rasenfläche.

Die Beerdigung verlief in aller Stille und im kleinsten Kreis, und niemand vergoß eine Träne. Der Leichnam, einbalsamiert und mit einem Abendanzug ausstaffiert, wurde in einen großen, prachtvollen schwarzen Sarg gelegt, der auf einer Bahre im Wohnzimmer im Erdgeschoß des Hauses Khalkis stand. Den Gottesdienst hielt Reverend John Henry Elder, der Pfarrer der benachbarten Kirche – jener Reverend Elder, sei hinzugefügt, dessen Predigten und moralische Ausführungen in der Presse der Stadt stets mit Respekt vermerkt wurden. Alles verlief ohne Aufregung und abgesehen vom obligatorischen Ohnmachtsanfall, den Mrs. Simms, die Haushälterin des Verstorbenen, überzeugend gestaltet hatte, ohne Hysterie.

Trotzdem stimmte, wie Joan Brett später sagte, etwas nicht – eine Empfindung, die man wohl jener überragenden weiblichen Intuition zuschreiben durfte, deren Existenz die Mediziner gern so hartnäckig leugnen. Und doch beschrieb sie es in ihrer direkten und humorvollen englischen Art als »eine Spannung in der Luft«. Von wem diese Spannung ausging, wer diese gespannte Atmosphäre, wenn es sie denn tatsächlich gab, verursachte, konnte oder wollte sie nicht sagen. Schließlich schien ja eigentlich alles reibungslos zu funktionieren, mit gerade dem richtigen Maß an zurückhaltender, nicht übertriebener Trauer. So defilierten, als die schlichte Zeremonie vorüber war, die Mitglieder der Familie und die wenigen Freunde und Angestellten, die zugegen waren, am Sarg vorbei, man nahm zum letzten Mal Abschied von der sterblichen Hülle und kehrte dezent an seinen Platz zurück. Die ältliche Delphina weinte, doch weinte sie in aristokratischer Manier – eine Träne, ein Tupfer, ein Seufzer. Demetrios, der von jedem, als sei das die selbstverständlichste Sache der Welt, Demmy genannt wurde, starrte mit seinen leeren, schwachsinnigen Augen das erkaltete, friedliche Gesicht seines Vetters im Sarg an, das ihn offenbar faszinierte. Gilbert Sloane tätschelte seiner Frau die dickliche Hand. Alan Cheney, das Gesicht ein wenig gerötet, hatte die Hände in die Jackentaschen gesteckt und blickte finster ins Leere. Nacio Suiza, der Direktor der Khalkis-Kunstsammlung, bis ins kleinste korrekt für den feierlichen Anlaß gekleidet, stand recht gelangweilt in einer Ecke. Woodruff, der Anwalt des Toten, schneuzte sich. Alles sah sehr natürlich und unverfänglich aus. Dann gab der Beerdigungsunternehmer, ein sorgenvoll wirkender Mann namens Sturgess, der eher an einen Bankangestellten denken ließ, seinen Mitarbeitern einen Wink, und rasch war der Deckel des Sarges verschraubt. Nun blieb nur noch das düstere Geschäft des letzten Geleites zu organisieren. Alan, Demmy, Sloane und Suiza nahmen ihren Platz an der Bahre ein, und als das übliche Durcheinander abgeklungen war, hoben sie den Sarg auf die Schultern, hielten dem kritischen Blick des Leichenbestatters Sturgess stand, der Reverend Elder murmelte ein Gebet, und der Trauerzug marschierte entschlossen aus dem Haus.

Nun war aber Joan Brett, wie Ellery Queen später noch zu schätzen lernen sollte, eine sehr kluge junge Dame. Wenn sie eine »Spannung in der Luft« gespürt hatte, dann war da auch eine Spannung. Aber woher kam sie – was erzeugte sie? Es war so schwierig, sie jemand Bestimmtem zuzuordnen. Vielleicht war der bärtige Dr. Wardes der Ursprung, der mit Mrs. Vreeland den Abschluß des Zuges bildete. Vielleicht rührte sie von den Sargträgern her oder von denen, die ihnen direkt neben Joan folgten. Genaugenommen konnte sie sogar vom Haus selbst ausgehen, etwa von der schlichten Tatsache, daß Mrs. Simms in ihre Kissen schluchzte oder Weekes, der Butler, sich im Arbeitszimmer des Toten verlegen über das Kinn fuhr.

Jedenfalls scheint es den Gang der Prozession nicht behindert zu haben. Der Trauerzug zog seines Weges, nicht durch die Vordertür zur 54. Straße, sondern durch die Hintertür in den langgestreckten Hof und Garten, der als eine Art kleiner Privatweg die Anwesen der 54. und 55. Straße, die ihn auf allen Seiten umgaben, verband. Er wandte sich nach links und marschierte durch das Tor an der Westseite des Hofes, und so gelangte er auf den Friedhof. Die Passanten und Sensationshungrigen, die es wie die

Fliegen in die 54. Straße gezogen hatte, fühlten sich wahrscheinlich betrogen – genau deswegen hatte man den Privatweg zum Friedhof gewählt. Sie hingen an dem mit Eisenspitzen bewehrten Zaun und spähten zwischen den eisernen Stangen hindurch in den kleinen Kirchhof; Reporter waren darunter, Kameramänner, und die ganze Meute war merkwürdig still. Die Akteure in diesem Trauerstück schenkten ihrem Publikum keine Beachtung. Als sie den Rasen erreichten, fanden sie sich einem weiteren Grüppchen gegenüber, das eine rechteckige Höhlung im Gras und einen sauber abgezirkelten Erdhaufen umstand. Zwei Totengräber – Sturgess' Assistenten – warteten dort auf sie sowie Honeywell, der Küster; ein wenig abseits stand eine kleine alte Dame, die einen lächerlich altmodischen schwarzen Hut trug und sich die hellen, feuchten Augen wischte.

Die Spannung, wenn wir Joan Bretts Intuition folgen wollen, hielt an.

Und doch ging alles so harmlos weiter, wie es begonnen hatte. Die üblichen zeremoniellen Vorbereitungen; einer der Totengräber lehnte sich weit nach vorn und erfaßte den Griff einer rostigen alten Eisentür, die flach in den Erdboden eingelassen war; ein leichter Hauch abgestandener Luft; man ließ den Sarg vorsichtig in die alte, mit Backsteinen ausgemauerte Gruft herab; nach weiteren Handgriffen und ein paar eiligen Worten wurde der Sarg vorsichtig zur Seite geschoben, verschwand aus dem Blickfeld und fand seinen Platz in einer der vielen Nischen des unterirdischen Gewölbes; mit einem Dröhnen wurde die Eisentür geschlossen, Erde und Grasnarbe kamen wieder an ihren Platz...

Und irgendwie, erklärte Joan Brett später, als sie ihre Eindrücke dieses Augenblickes schilderte, irgendwie, dessen sei sie sich sicher, sei die Spannung in der Luft verflogen.

Kapitel 2

Die Jagd

Das heißt, sie verschwand für einige kurze Augenblicke, bis die Beerdigungsgesellschaft, wiederum auf dem Weg durch den Hof, ins Haus zurückgekehrt war.

Dort machte sie sich von neuem bemerkbar, und von da an sollten sich die entsetzlichen Ereignisse überstürzen, bis es am Ende nur allzu deutlich wurde, wo der Ursprung dieser Spannung lag.

Das erste Alarmsignal für das, was kommen sollte, stammte von Miles Woodruff, dem Anwalt des Toten – das zumindest steht fest. Der Reverend Elder war mit zum Hause Khalkis zurückgekehrt, um sein Beileid auszusprechen, und in seinem Kielwasser hatte er den beflissenen, bürokratischen, stets etwas zu geschäftigen Küster Honeywell. Die kleine alte Dame mit den hellen, feuchten Augen, die auf dem Friedhof zur Trauergesellschaft gestoßen war, hatte sich erwartungsvoll dem Zug zurück ins Haus angeschlossen und stand nun im Wohnzimmer und inspizierte mit höchst kritischer Miene die kahle Bahre, während der Leichenbestatter Sturgess und seine Assistenten eifrig dabei waren, die deprimierenden Zeichen ihrer Arbeit zu beseitigen. Niemand hatte die kleine alte Dame hereingebeten; niemand nahm ihre Anwesenheit zur Kenntnis, ausgenommen vielleicht der schwachsinnige Demmy, der sie mit einer Spur von Intelligenz argwöhnisch beobachtete. Die anderen hatten Platz genommen oder wanderten einfach umher; gesprochen wurde nur wenig; niemand außer dem Beerdigungsunternehmer und seinen Helfern schien zu wissen, was er tun sollte.

Miles Woodruff, unruhig wie die anderen, war in dem Bestreben, die peinliche Pause, die auf das Begräbnis gefolgt war, zu überbrücken, wie er später sagte, ohne jede Absicht in die Bibliothek des Toten geschlendert. Weekes, der Butler, rappelte sich benommen auf; er hatte, wie es schien, ein Nickerchen gehalten. Woodruff begrüßte ihn lässig und wanderte, noch immer ziellos und in düsteren Gedanken versunken, durch das Zimmer zu jener

Stelle, wo zwischen zwei Bücherregalen Khalkis' Safe in die Wand eingelassen war. Woodruff beharrte später darauf, daß er rein mechanisch zur Wählscheibe des Safes gegriffen und die Kombination eingestellt habe, die die schwere, kleine, runde Tür öffnete. Ganz gewiß, beteuerte er, habe er nicht absichtlich danach gesucht und schon gar nicht erwartet, daß es nicht mehr da sein würde. Ja, er habe es doch noch gesehen, sogar in der Hand gehabt, fünf Minuten, bevor der Trauerzug das Haus verließ! Aber Tatsache bleibt, daß Woodruff, ob nun zufällig oder mit Absicht, entdeckte, daß es verschwunden war, und die Stahlkassette dazu – diese Entdeckung wirkte wie eine Warnung, und die Spannung war wieder da, die die Ursache für alle die folgenden grauenvollen Ereignisse darstellte; eine Kettenreaktion, die an den Kinderreim *Der Herr, der schickt den Jockel aus* erinnerte.

Woodruffs Reaktion auf das Verschwinden war typisch. Er wirbelte zu Weekes herum, dem es vorgekommen sein muß, als habe der Mann den Verstand verloren, und brüllte mit schrecklicher Stimme: »Haben Sie diesen Safe angerührt?« Weekes verneinte mit einem Stammeln. Woodruff holte Atem und schnaufte dann erregt: Er war einer Sache auf die Spur gekommen und hatte nicht die geringste Ahnung, wohin ihn diese Spur führen würde.

»Wie lange sind Sie schon hier?«

»Seit die Beerdigungsgesellschaft zum Friedhof aufbrach, Sir.«

»Hat irgend jemand dieses Zimmer betreten, solange Sie hier saßen?«

»Keine Menschenseele, Sir.« Weekes bekam es allmählich mit der Angst zu tun; der Kranz schneeweißen Haares, der seinen rosa Schädel säumte und sich über den Ohren bauschte, zitterte im Bestreben, einen so ernsthaften Eindruck wie möglich zu machen. In den Augen des überkorrekten alten Weekes hatte Woodruffs herrische Art etwas Angsteinflößendes. Man muß wohl leider sagen, daß Woodruff sich seine Leibesfülle, sein zorngerötetes Gesicht und seine laute Stimme zunutze machte, den alten Mann einzuschüchtern, bis diesem beinah die Tränen kamen. »Sie haben geschlafen!« donnerte er. »Sie hatten die Augen zu, als ich hereinkam!«

»Nur gedöst, Sir«, murmelte Weekes mit erstickter Stimme, »wirklich, Sir, nur gedöst, Sir. Keine Sekunde habe ich geschlafen. Ich habe Sie sofort gehört, als Sie hereinkamen, nicht wahr, Sir?«

»Nun...« Woodruffs Zorn legte sich. »Ja, das stimmt wohl. Sagen Sie Mr. Sloane und Mr. Cheney, sie sollen auf der Stelle hierherkommen.«

Woodruff stand in geradezu messianischer Haltung vor dem Safe, als die beiden Männer hereinkamen, beide mit fragender Miene. Er blickte sie schweigend und herausfordernd an, in der Art, in der er seinen Zeugen die Aussagen zu entlocken pflegte. Er bemerkte sofort, daß mit Sloane etwas nicht in Ordnung war; aber was es genau war, konnte er nicht sagen. Was Alan anging, so war der Junge mürrisch wie immer, und als er Woodruff näherkam, spürte der Anwalt, daß Alans Atem stark nach Whisky roch. Woodruff nahm bei dem, was er sagte, kein Blatt vor den Mund. Sein Ton war laut und deutlich; er wies auf den offenstehenden Safe und beobachtete sie beide mit unverhohlenem Mißtrauen. Sloane schüttelte sein Löwenhaupt; er war ein kräftiger Mann in den besten Jahren, elegant nach der neuesten Mode gekleidet. Alan sagte nichts, sondern zuckte seine schmalen Schultern teilnahmslos.

»Gut«, sagte Woodruff. »Wenn Sie es so wollen. Aber ich werde dieser Sache auf den Grund gehen, meine Herren. Und zwar auf der Stelle.«

Woodruff war offenbar in seinem Element. Unverzüglich ließ er die gesamte Belegschaft des Hauses ins Arbeitszimmer rufen. So unglaublich es auch klingt – binnen vier Minuten, nachdem die Trauergesellschaft in das Haus Khalkis zurückgekehrt war, hatte Woodruff sie versammelt – vollzählig, sogar den Leichenbestatter Sturgess und seine Mitarbeiter! – und genoß das zweifelhafte Vergnügen, jeden einzelnen von ihnen, jeden Mann und jede Frau, beschwören zu hören, daß niemand etwas aus dem Safe genommen habe, ja, daß während des ganzen Tages niemand am Safe gewesen sei.

In diesem dramatischen und ein wenig lächerlichen Augenblick kamen Joan Brett und Alan Cheney gleichzeitig auf dieselbe Idee. Beide machten einen Sprung zur Tür, prallten zusammen, stürmten aus dem Zimmer auf den Flur, diesen hinunter und in die Eingangshalle. Mit einem heiseren Schrei stürzte Woodruff ihnen nach, ohne zu wissen, wessen er sie verdächtigte. Gemeinsam bemühten Alan und Joan sich, die Außentür der Halle aufzuschließen, rannten dann durch den Vorraum zur unverschlossenen Haustür, stießen sie auf und standen der ein wenig überraschten Menschenmenge auf der Straße gegenüber, Woodruff ihnen auf den Fersen. »Hat irgend jemand in der letzten halben Stunde das Haus betreten?« rief Joan in ihrer klaren Altstimme. »Irgend jemand?« brüllte Alan, und zu seiner Überraschung bemerkte Woodruff, daß er es ihm nachsprach. Ein kräftiger junger Mann, einer der Reporter, die an dem verschlossenen Tor zum Bürgersteig gelehnt hatten, antwortete mit einem klaren »Nein!«, ein anderer sagte ruhig: »Was ist denn los, Doc? Warum zum Teufel lassen Sie uns nicht hinein? Wir rühren schon nichts an«, und von den Neugierigen an der Straße tönte ein wenig Applaus herüber. Joan errötete, was ja nicht verwunderlich war, und strich sich, ohne daß dazu eine Notwendigkeit bestanden hätte, ihr rotbraunes Haar glatt. »Ist irgend jemand herausgekommen?« rief Alan, und wie aus einem Munde erschallte im Chor die Antwort: »Nein!« Woodruff, dessen Selbstsicherheit durch dieses Spektakel leicht gelitten hatte, hüstelte, trieb die beiden jungen Leute ärgerlich zurück ins Haus und verschloß sorgfältig die Türen hinter sich – diesmal alle beide.

Aber Woodruff gehörte nicht zu den Männern, deren Selbstvertrauen sich für längere Zeit erschüttern läßt. Er fand es schon in dem Augenblick wieder, als er erneut die Bibliothek betrat, wo die anderen mit einem leicht erwartungsvollen Gesichtsausdruck umherstanden und -saßen. Er bombardierte sie mit Fragen, knöpfte sich einen nach dem anderen vor und fauchte beinahe vor Enttäuschung, als sich herausstellte, daß fast jeder im Haus die Kombination des Safes kannte.

»Also gut«, sagte er. »Also gut. Irgend jemand hier will uns hinters Licht führen. Irgend jemand belügt uns. Aber wir werden schon noch dahinterkommen, das kann ich Ihnen versprechen.« Er tigerte vor ihnen auf und ab. »Ich kann genauso raffiniert sein wie alle anderen hier. Es ist meine Pflicht – meine Pflicht, verstehen Sie«, und alle nickten mechanisch wie Puppen, »jeden einzelnen in diesem Haus zu durchsuchen. Jetzt gleich. Auf der Stelle«, und alle hörten auf zu nicken. »Oh, ich weiß schon, einem unter uns, dem gefällt diese Idee ganz und gar nicht. Meinen Sie denn, mir gefällt das? Aber ich werde es trotzdem tun. Es ist direkt unter meiner Nase gestohlen worden. Unter meiner Nase.« An dieser Stelle mußte Joan Brett, so ernst die Situation auch war, kichern; Woodruffs Nase ragte in der Tat ein beträchtliches Stück in den Raum hinein.

Der stets korrekte Nacio Suiza lächelte sanft. »Also wirklich, Woodruff. Ist das nicht ein wenig melodramatisch? Wahrscheinlich gibt es eine ganz einfache Erklärung für alles. Sie übertreiben.«

»Meinen Sie, Suiza, meinen Sie wirklich?« Woodruff funkelte nun Suiza statt Joan an. »Sie möchten also nicht gern von mir durchsucht werden. Warum nicht?«

Suiza gluckste. »Stehe ich hier vor Gericht, Woodruff? Bewahren Sie Haltung, Mann. Sie benehmen sich wie ein Huhn, dem man den Kopf abgeschlagen hat. Vielleicht«, sagte er scharf, »vielleicht haben Sie sich ja geirrt, als Sie meinten, Sie hätten die Kassette fünf Minuten vor der Beerdigung im Safe gesehen.«

»Geirrt? So, glauben Sie? Sie werden schon noch sehen, daß ich mich nicht geirrt habe – wenn sich nämlich einer hier im Raum als der Dieb erweist!«

»Wie dem auch sei«, beharrte Suiza und bleckte die weißen Zähne. »Ich lasse mich nicht von Ihrem anmaßenden Gehabe einschüchtern. Versuchen – versuchen Sie es nur, mich zu durchsuchen, mein Lieber.«

Das war der Punkt, an dem das Unvermeidliche geschah: Woodruff verlor vollkommen die Beherrschung. Er tobte, er wütete, er hielt Suiza seine mächtige Faust unter die spitze, hochmütige Nase und schnaubte: »Ihnen werd' ich's zeigen. Gütiger Himmel, Ihnen werd' ich's zeigen, was Anmaßung ist!«, und dann tat er das, was er von Anfang an hätte tun sollen – er griff sich eines der beiden Telefone auf dem Schreibtisch des Toten, wählte mit zitternden Händen eine Nummer, antwortete stotternd auf die Frage vom anderen Ende und knallte den Hörer dann wieder auf die Gabel, bevor er sich triumphierend und mit Nachdruck erneut an Suiza wandte: »Wir werden noch sehen, ob Sie heute durchsucht werden oder nicht, mein Freund. Auf Anordnung von Bezirksanwalt Sampson darf niemand im Haus das Anwesen verlassen, bis jemand von seinem Büro hier eintrifft!«

Kapitel 3

Das Rätsel

Der stellvertretende Bezirksanwalt Pepper war ein umgänglicher junger Mann. Alles ging wie von selbst von dem Augenblick an, als er, eine halbe Stunde nach Woodruffs Anruf, das Haus Khalkis betrat. Er hatte die Gabe, Leute zum Reden zu bringen, denn er wußte, wann man zu schmeicheln hat, ein Talent, das Woodruff, ein armer Prozeßanwalt, niemals erworben hatte. Sogar Woodruff selbst mußte zu seiner eigenen Überraschung feststellen, daß ihm nach einigen Worten mit Pepper wohler zumute war. Niemandem schien es etwas auszumachen, daß Pepper von einem mondgesichtigen, zigarrenrauchenden Mann begleitet wurde, einem Beamten der Bezirksanwaltschaft namens Cohalan, denn auf Peppers Anordnung beschränkten sich dessen Aktivitäten darauf, an der Arbeitszimmertür zu stehen und unauffällig und schweigend seinen schwarzen Tabak zu rauchen.

Woodruff bugsierte den stämmigen Pepper in eine Ecke und erklärte ihm hastig die Geschichte der Beerdigung. »Also, das wäre die Lage, Pepper. Fünf Minuten, bevor sich alle hier im Haus zum Trauerzug aufstellten, ging ich in Khalkis' Schlafzimmer« – er deutete auf eine Tür in der Bibliothek –, »holte den Schlüssel zu seiner Stahlkassette, kam hierher zurück, öffnete den Safe, öffnete die Stahlkassette, und da lag es, direkt vor meiner Nase. Und dann –«

»Was lag da?«

»Habe ich Ihnen das nicht gesagt? Mein Gott, bin ich durcheinander!« Pepper verkniff sich zu sagen, daß das nicht zu übersehen sei, und Woodruff wischte sich den Schweiß von der Stirn. »Khalkis' Testament! Die *neue* Fassung, wohlgemerkt! Kein Zweifel, daß es die neue Fassung war, die in der Stahlkassette lag; ich habe das Testament herausgenommen, und es war mit meinem eigenen Siegel versehen. Ich habe es zurück in die Kassette getan, die Kassette verschlossen, den Safe verschlossen, bin hinausgegangen...«

»Warten Sie, Mr. Woodruff.« Es war Peppers Taktik, Männer, denen er eine Information entlocken wollte, stets als »Mister« anzureden. »Hatte irgend jemand sonst einen Schlüssel zu dieser Kassette?«

»Absolut niemand, Pepper, absolut niemand! Khalkis selbst vertraute mir vor nicht sehr langer Zeit an, daß es nur diesen einen Schlüssel gebe; ich habe ihn im Schlafzimmer in Khalkis' Kleidern gefunden, und nachdem ich die Kassette in den Safe eingeschlossen hatte, steckte ich den Schlüssel in meine eigene Tasche. An meinen eigenen Schlüsselring, um genau zu sein. Ich habe ihn hier.« Woodruff wühlte in seiner Gesäßtasche und zog ein Schlüsselmäppchen hervor; mit zitternden Fingern suchte er einen kleinen Schlüssel, hakte ihn aus und übergab ihn Pepper. »Ich schwöre, daß er die ganze Zeit über in meiner Tasche war. Und von mir kann ihn ja wohl niemand gestohlen haben!« Pepper nickte mit ernster Miene. »Dazu wäre auch kaum Zeit gewesen. Gleich als ich die Bibliothek verließ, formierte sich der Trauerzug, und dann nahmen wir an der Beerdigung teil. Als wir zurück waren, muß mich mein Instinkt wiederum hierhin geführt haben, ich öffnete den Safe – und bei Gott, die Kassette mit dem Testament war verschwunden!«

Pepper schnalzte mitfühlend mit der Zunge. »Irgendeine Idee, wer es genommen haben könnte?«

»Idee?« Woodruff ließ seine funkelnden Augen über den Raum schweifen. »Ideen habe ich jede Menge, nur keine Beweise! Hören Sie, Pepper: Die Lage ist folgende. Zunächst einmal ist jeder, der im Haus war, als ich das Testament in der Kassette sah, auch jetzt noch hier; niemand ist gegangen. Zum zweiten: Die ganze Beerdigungsgesellschaft verließ das Haus zusammen und ging gemeinsam durch den Hof zum Friedhof; man kann von jedem sagen, wo er war, und sie hatten mit keinem Außenstehenden Kontakt außer den wenigen Personen, die am Grab auf sie warteten. Zum dritten: Als die Beerdigungsgesellschaft zum Haus zurückkehrte, kamen auch diese Leute mit ins Haus, und sie sind noch hier.«

Peppers Augen leuchteten. »Verflucht interessante Sache. Wenn also jemand von der eigentlichen Beerdigungsgesellschaft das Testament gestohlen und es an einen dieser Außenstehenden weitergegeben hätte, so würde ihm das gar nichts nützen, weil wir diese nur zu durchsuchen brauchen, um zu sehen, ob es auf dem

Weg zum Grab versteckt worden ist. Sehr interessant, Mr. Woodruff. Also, wer waren diese, wie Sie sagen, Außenstehenden?«

Woodruff wies auf die kleine alte Dame mit dem altmodischen schwarzen Hut. »Das ist eine davon. Eine Mrs. Susan Morse, eine verrückte Alte, wohnt in einem der sechs Häuser, die an den Hof grenzen. Kommt als Nachbarin.« Pepper nickte, und Woodruff zeigte auf den Küster, der zitternd hinter Reverend Elder stand. »Dann war da Honeywell, der verstörte kleine Kerl dort – Küster in der Kirche nebenan; die beiden Arbeiter neben ihm, die Totengräber, sind Angestellte des Burschen da drüben – Sturgess, Beerdigungsunternehmer. Und nun zu Punkt vier: Solange wir auf dem Friedhof waren, hat niemand das Haus betreten oder es verlassen – das habe ich persönlich bei den Reportern ermittelt, die draußen herumlungerten. Und danach habe ich selbst die Türen verschlossen, so daß seither niemand kommen oder gehen konnte.«

»Das wird eine harte Nuß, Mr. Woodruff«, sagte Pepper, als eine wütende Stimme hinter ihnen zu hören war. Als er sich umwandte, erblickte er den jungen Alan Cheney, röter im Gesicht denn je, wie er mit dem Finger auf Woodruff zeigte.

»Wer ist das?« fragte Pepper.

»Hören Sie, Officer«, brüllte Alan, »glauben Sie ihm kein Wort! Er hat keinen Reporter gefragt! Joan Brett war das – Miss Brett dort drüben war's. Stimmt's nicht, Joanie?«

Joan besaß, könnte man sagen, gute Voraussetzungen für eine frostige Miene – eine hoch aufgeschossene, schlanke englische Figur, ein energisches Kinn, ein Paar sehr klarer blauer Augen und eine Nase, die eine Tendenz hatte, sich über die Horizontale zu erheben. Sie blickte durch den jungen Cheney hindurch in Richtung Pepper und sagte mit eisiger, glockenreiner Stimme: »Sie haben schon wieder zuviel getrunken, Mr. Cheney. Und bitte nennen Sie mich nicht ›Joanie‹. Ich hasse das.«

Alan starrte mit trüben Augen die attraktive Schulter an. Woodruff sagte zu Pepper: »Sie sehen ja, er ist schon wieder betrunken – das ist Alan Cheney, Khalkis' Neffe, und –«

»Verzeihen Sie«, sagte Pepper und ging zu Joan hinüber. Sie wandte sich ein wenig herausfordernd zu ihm um. »Stimmt es, daß es Ihre Idee war, die Reporter zu fragen, Miss Brett?«

»Allerdings!« Woraufhin zwei kleine rote Flecken auf ihren Wangen erschienen. »Obwohl Mr. Cheney denselben Gedanken hatte. Wir gingen zusammen hinaus, und Mr. Woodruff folgte uns. Ein Wunder, daß dieser betrunkene junge Schwachkopf Manns genug ist, einer Dame zuzugestehen...«

»Aber natürlich.« Pepper lächelte. Er hatte ein Lächeln, das die Damen gewinnend fanden. »Und Sie, Miss Brett, sind –?«

»Ich war Mr. Khalkis' Sekretärin.«

»Herzlichen Dank.« Pepper kehrte zu einem etwas weniger dynamisch wirkenden Woodruff zurück. »Also, Mr. Woodruff, Sie wollten mir eben erzählen –«

»Ich lege Ihnen nur die Verhältnisse dar, Pepper, weiter nichts.« Woodruff räusperte sich. »Was ich als nächstes anführen wollte, war, daß sich während der Beerdigung nur zwei Personen im Haus befanden, Mrs. Simms, die Haushälterin, die bei Khalkis' Tod zusammenbrach und seitdem auf ihrem Zimmer ist, sowie Weekes, der Butler. Und Weekes – das ist das Unglaubliche – war während der ganzen Zeit, die wir fort waren, in der Bibliothek. Und er schwört, daß niemand hineinkam. Er hatte den Safe die ganze Zeit im Auge.«

»Gut. Das bringt uns doch schon weiter«, sagte Pepper energisch. »Wenn man Weekes glauben darf, können wir nun den vermutlichen Zeitpunkt des Diebstahles ein wenig eingrenzen. Er muß sich in den fünf Minuten zwischen dem Augenblick, in dem Sie das Testament einschlossen, und dem Augenblick, in dem die Beerdigungsgesellschaft das Haus verließ, ereignet haben. Hört sich doch ganz einfach an.«

»Einfach?« Woodruff machte ein ungläubiges Gesicht.

»Aber ja. Cohalan, kommen Sie her.« Der Beamte durchquerte träge das Zimmer, von ratlosen Blicken gefolgt. »Passen Sie auf. Wir suchen nach einem gestohlenen Testament. Es gibt nur vier Möglichkeiten, wo es sein kann. Es ist entweder hier im Haus versteckt, oder einer der Anwesenden trägt es bei sich, oder jemand hat es am Weg durch den Innenhof fallen lassen, oder es ist draußen auf dem Friedhof. Wir werden die Punkte einen nach dem anderen abhaken. Warten Sie noch einen Moment, bis ich mit dem Chef gesprochen habe.«

Er wählte die Nummer der Bezirksstaatsanwaltschaft und sprach kurz mit Staatsanwalt Sampson. Als er zurückkam, rieb er sich die Hände. »Der Staatsanwalt schickt uns Verstärkung von der Polizei. Schließlich handelt es sich um ein Verbrechen. Mr. Woodruff, Sie werden zu einer Einmannhilfstruppe ernannt und haben den Auftrag, sämtliche Anwesenden in diesem Zimmer festzuhalten; Cohalan und ich sehen uns derweil den Hof und den Friedhof an. Wenn Sie mir bitte alle Gehör schenken wollen!« Sie blickten ihn an – vor Ratlosigkeit und Verwirrung erstarrt. »Mr. Woodruff übernimmt das Kommando hier, und Sie werden bitte seinen Anweisungen folgen. Niemand verläßt den Raum.« Dann schritt er mit Cohalan hinaus.

Eine Viertelstunde später kehrten sie mit leeren Händen zurück und fanden vier Neuankömmlinge in der Bibliothek vor. Es waren Thomas Velie, ein Riese mit schwarzen Augenbrauen, der zum Stab Inspektor Queens gehörte, dazu zwei Mitarbeiter Velies, Flint und Johnson, sowie eine kräftige Polizistin. Pepper und Velie wechselten in einer Ecke einige ernsthafte Worte, Velie zurückhaltend und kühl wie immer, während die anderen reglos dasaßen und warteten.

»Hof und Friedhof haben Sie abgesucht, oder?« knurrte Velie.

»Ja, aber vielleicht wäre es keine schlechte Idee, wenn Sie und Ihre Männer sich noch einmal umsehen würden«, antwortete Pepper. »Nur zur Sicherheit.«

Velie raunte den beiden Männern etwas zu, und Flint und Johnson verließen den Raum. Velie, Pepper und Cohalan machten sich an die systematische Durchsuchung des Hauses. Sie begannen in dem Raum, in dem sie sich befanden, Khalkis' Arbeitszimmer, und arbeiteten sich durch Schlaf- und Badezimmer des Toten zu Demmys Raum vor, der dahinter lag. Sie kamen zurück, und ohne Erklärung nahm Velie sich das Arbeitszimmer ein zweites Mal vor. Er durchwühlte den Safe, die Schubladen im Schreibtisch des Toten mit seinen zwei Telefonen, die Bücher und Bücherregale an allen vier Wänden... Nichts entging seiner Aufmerksamkeit, nicht einmal ein kleiner Beistelltisch in einer Nische, auf dem ein Wasserkocher und Teergeschirr standen; mit todernster Miene hob Velie den Deckel des Kochers und blickte hinein. Mit einem Schnaufen führte er sie dann aus der Bibliothek hinaus auf den Flur, von wo sie ausschwärmten, um Wohnzimmer, Eßzimmer sowie Küche, Wandschränke und Speisekammer im hinteren Teil des Hauses zu untersuchen. Der Sergeant nahm sich mit besonderer Sorgfalt der zusammengeräumten Gerätschaften an, die der Leichenbestatter Sturgess für die Beerdigung mitgebracht hatte, doch fand er nichts. Sie stürmten die Treppe hinauf und wüteten in den Schlafzimmern wie die Vandalen, nur

Mrs. Simms' Zufluchtsstätte ließen sie aus; dann stiegen sie auf den Speicher und wirbelten beim Durchwühlen alter Truhen und Aktenschränke Wolken aus Staub auf.

»Cohalan«, sagte Velie, »nehmen Sie sich den Keller vor.« Mit trauriger Miene zog Cohalan an seiner Zigarre, die ausgegangen war, und polterte die Treppe hinunter.

»Tja, Sergeant«, sagte Pepper, als die beiden anderen Beamten sich nach Atem ringend an die nackte Speicherwand lehnten, »scheint, daß uns die Dreckarbeit doch nicht erspart bleibt. Verdammt noch mal, ich hatte wirklich gehofft, ich müßte diese Leute nicht durchsuchen.«

»Nach dem Dreck hier«, entgegnete Velie und betrachtete seine schmutzigen Finger, »wird das das reinste Vergnügen sein.«

Sie gingen hinunter. Flint und Johnson stießen zu ihnen. »Irgendwas gefunden, Jungs?«

Johnson, ein schmächtiger, abgerissen wirkender Bursche mit schmutziggrauen Haaren, fuhr sich über die Nase und sagte: »Fehlanzeige. Und was noch schlimmer ist, wir haben in dem Haus auf der anderen Hofseite ein Mädel entdeckt – Dienstmädchen oder so was. Sagt, sie hätte durch das Fenster zum Hof der Beerdigung zugesehen, und sie stand bis jetzt da und schnüffelte herum. Also, Sergeant, die Kleine sagt, außer zwei Leuten – Mr. Pepper und Cohalan, nehm' ich an – ist niemand aus diesem Haus auf den Hinterhof gekommen, seit die Beerdigungsgesellschaft vom Friedhof zurück ist. Aus keinem der Häuser ist jemand zur Hintertür herausgekommen.«

»Was war mit dem Friedhof selbst?«

»Auch kein Glück«, sagte Flint. »Draußen vor dem Eisenzaun zur 54. Straße lungern immer noch die Zeitungsreporter herum. Sie sagen, seit der Beerdigung ist keine Menschenseele mehr auf dem Friedhof gewesen.«

»Nun, Cohalan?«

Cohalan gelang es, seine Zigarre wieder zum Brennen zu bringen, und seine Miene hellte sich auf. Er schüttelte heftig sein Mondgesicht. »Na, ich weiß wirklich nicht, was es da zu grinsen gibt, du dummer Hund«, grummelte Velie und stapfte in die Mitte des Raumes. Er hob den Kopf, und wie ein Ausbilder auf dem Kasernenhof brüllte er: »Achtung!«

Alle richteten sich hoffnungsvoll auf, etwas von ihrer Lethargie fiel von ihnen ab. Alan Cheney, in der Ecke zusammengekauert, den Kopf zwischen den Händen, schaukelte sanft hin und her. Mrs. Sloane hatte längst die letzte dezente Träne fortgewischt; sogar Reverend Elder schaute erwartungsvoll drein. Joan Brett blickte Sergeant Velie beunruhigt an.

»Jetzt passen Sie mal auf«, sagte Sergeant Velie mit schneidender Stimme. »Ich will hier niemandem zu nahe treten, verstehen Sie mich recht, aber es gibt eine Sache, die muß getan werden, und ich werde sie jetzt erledigen. Ich werde jeden hier im Haus durchsuchen lassen – bis auf die Haut, wenn es sein muß. Es gibt nur eine Stelle, wo das gestohlene Testament noch sein kann – irgend jemand hier im Zimmer muß es bei sich haben. Wenn Sie klug sind, sehen Sie es einfach als Spaß an. Cohalan, Flint, Johnson – Sie nehmen sich die Männer vor. Sie«, wandte er sich der drallen Polizistin zu, »Sie gehen mit den Damen ins Wohnzimmer, machen die Tür zu und tun Ihre Arbeit. Und denken Sie dran – wenn Sie bei keiner etwas finden, ist da noch die Haushälterin oben in ihrem Zimmer.«

Leise besprach man sich untereinander; diverse Kommentare und halbherzige Einwände wurden im Arbeitszimmer laut. Woodruff stand müßig am Schreibtisch und betrachtete wohlwollend Nacio Suiza, woraufhin Suiza sich mit einem Grinsen Cohalan als erstes Opfer anbot. Die Frauen gingen langsam aus dem Zimmer, und Velie griff sich eines der Telefone. »Polizeipräsidium... Gib mir Johnny... Johnny? Schick Edmund Crewe zur 54. Straße Ost, Nummer 11. Eilige Sache. Mach schnell.« Er lehnte am Schreibtisch und sah mit ausdrucksloser Miene zu, Pepper und Woodruff neben sich, wie die drei Beamten sich einen Mann nach dem anderen vornahmen und mit einer Gründlichkeit und Unpersönlichkeit durchsuchten, die etwas Schamloses hatte. Plötzlich stürzte Velie vor. Reverend Elder, der nicht im geringsten protestierte, war als nächster an der Reihe. »Reverend... He, Flint, lassen Sie das! In Ihrem Fall verzichte ich auf die Durchsuchung, Reverend.«

»Sie werden nichts dergleichen tun, Sergeant«, entgegnete der Pfarrer. »Nach Ihren Maßstäben bin ich genauso verdächtig wie jeder andere hier.« Er lächelte, als er die Unentschlossenheit in Velies harten Zügen sah. »Nun gut. Dann werde ich mich selbst durchsuchen, Sergeant, und Sie sehen zu.« Velies Skrupel, Hand an einen Geistlichen zu legen, gingen nicht so weit, daß er nicht doch mit Adleraugen zugesehen hätte, als der Pfarrer seine sämtlichen Taschen nach außen kehrte, seine Kleider lockerte und nicht eher Ruhe gab, als bis Flint ihn abgetastet hatte.

Die Polizistin kam wieder hereingestapft; sie brummte verneinend. Die Gesichter der Frauen – Mrs. Sloane, Mrs. Morse, Mrs. Vreeland und Joan – waren allesamt gerötet; sie mieden die Blicke der Männer. »Die Dicke oben – die Haushälterin? –, die ist auch in Ordnung«, fügte die Beamtin hinzu.

Es folgte Schweigen. Velie und Pepper blickten sich düster an; Velie, der sich mit etwas konfrontiert sah, das eigentlich unmöglich war, wurde zusehends aufgebrachter, während Peppers Verstand hinter den aufmerksamen, nachdenklichen Augen angestrengt arbeitete. »Da ist doch was faul«, sagte Velie scharf. »Sind Sie wirklich sicher, Lady?«

Die Polizistin bedachte ihn nur mit einem Schnaufen.

Pepper griff Velie am Mantelkragen. »Hören Sie, Sergeant«, sagte er sanft. »Es *ist* etwas faul, wie Sie sagen, aber wir können nicht mit dem Kopf durch die Wand. Vielleicht gibt es so etwas wie ein Geheimkabinett hier im Haus, das wir nicht gefunden haben. Crewe, Ihr Bausachverständiger, wird es zweifellos ausfindig machen, wenn etwas Ähnliches existiert. Wir haben unsere Arbeit so gut gemacht, wie wir konnten – wir haben alles Menschenmögliche getan. Und wir können diese Leute hier nicht ewig festhalten, schon gar nicht diejenigen, die nicht im Hause wohnen...«

Velie scharrte mit den Füßen auf dem Teppich. »Verdammt, dafür wird mir der Inspektor den Kopf abreißen.«

Dann ging alles sehr schnell. Er trat zurück, und Pepper gab höflich bekannt, den Gästen stehe es frei zu gehen, wohingegen die Bewohner das Haus nur mit offizieller Genehmigung und nicht ohne gründliche Durchsuchung verlassen dürften. Velie wies mit dem Finger auf die Polizistin und auf Flint, einen kräftigen jungen Mann, und ging ihnen voraus auf den Flur und in die Eingangshalle, wo er mit grimmiger Miene Position an der Haustür bezog. Mrs. Morse stieß einen kleinen Schreckensschrei aus, als sie auf ihn zuschlurfte. »Durchsuchen Sie diese Dame noch einmal«, knurrte Velie zur Polizistin... Reverend Elder fertigte er mit einem verkniffenen Lächeln ab, während er dem Küster Honeywell eine persönliche Durchsuchung angedeihen ließ. Flint nahm sich erneut den Beerdigungsunternehmer Sturgess, seine beiden Mitarbeiter und den gelangweilten Nacio Suiza vor.

Wie schon bei den vorigen Untersuchungen fanden sie auch diesmal absolut nichts.

Nachdem die Besucher gegangen waren, stapfte Velie zur Bibliothek zurück, und Flint postierte er als Wache vor dem Haus, wo er sowohl die Haustür als auch die vordere Kellertür im Auge behalten konnte, die unter der Steintreppe lag. Johnson stellte er an der Hintertür auf, von wo eine hölzerne Treppe hinunter auf den Hof führte, und Cohalan an der Hintertür im Keller, die direkt auf den Hof ging.

Pepper war ins Gespräch mit Joan Brett vertieft. Cheney, weitaus ruhiger geworden, fuhr sich durchs Haar und starrte finster Peppers Rücken an. Velie wies mit seinem schwieligen Finger auf Woodruff.

Kapitel 4

Klatschgeschichten

Edmund Crewe war so sehr der Inbegriff eines zerstreuten Professors, daß Joan Brett Mühe hatte, dem bedrohlichen Drang zu widerstehen, ihm in sein bekümmertes Pferdegesicht mit der spitzen Nase und den tieftraurigen Augen zu lachen. Doch als Mr. Crewe zu sprechen anhob, verflog dieser Drang auf der Stelle.

»Wem gehört das Haus?« Seine Stimme war wie ein Knistern im Radio, scharf und durchdringend.

»Dem Burschen, der ins Gras gebissen hat«, sagte Velie.

»Vielleicht«, meldete sich Joan, ein wenig aus der Fassung gebracht, zu Wort, »kann ich Ihnen behilflich sein.«

»Wie alt ist das Haus?«

»Also – das weiß ich nicht.«

»Dann seien Sie still. Wer weiß es?«

Mrs. Sloane schneuzte sich züchtig in ein winziges Spitzentuch. »Das – das muß mindestens 80 Jahre alt sein.«

»Es ist umgebaut worden«, beeilte Alan sich zu sagen. »Klar. Umgebaut. X-mal. Hat mir Onkel selbst erzählt.«

»Das reicht nicht.« Crewe war ärgerlich. »Existieren die Baupläne noch?«

Sie blickten sich fragend an.

»Na, weiß denn hier überhaupt jemand irgendwas?« sagte Crewe scharf.

Es schien, daß niemand irgend etwas wußte. Das heißt, bis Joan ihre ansehnlichen Lippen spitzte und murmelte: »Oh, warten Sie. Zeichnungen und so etwas meinen Sie, nicht?«

»Nun sagen Sie schon, junge Frau – wo sind sie?«

»Ich glaube...«, hob Joan nachdenklich an. Sie nickte mit dem Kopf wie ein sehr hübscher Vogel und begab sich an den Schreibtisch des Toten. Pepper schnalzte erwartungsvoll mit der Zunge, als sie in der untersten Schublade wühlte und mit einem angestoßenen alten Ordner wieder auftauchte, der vollgestopft mit vergilbten Papieren war. »Ein alter Rechnungsordner«, sagte sie. »Ich glaube...« Sie glaubte zu Recht, denn binnen kurzem hatte sie ein weißes Blatt ausfindig gemacht, an das einige Pläne geheftet waren. »Suchen Sie so etwas?«

Crewe riß ihr das Bündel aus der Hand, stapfte zum Tisch und steckte seine spitze Nase in die Pläne. Er nickte einige Male, dann erhob er sich plötzlich und ging ohne ein Wort hinaus, die Pläne in der Hand.

Apathie machte sich wieder breit wie ein Nebel, in dem alles versinkt.

»Da ist noch etwas, was Sie wissen sollten, Pepper.« Velie nahm Pepper beiseite und packte Woodruff mit einer Bewegung, die er für sanft hielt, am Arm. Woodruff erbleichte. »Hören Sie, Mr. Woodruff. Irgend jemand hat sich das Testament unter den Nagel gerissen. Dafür muß es doch einen Grund geben. Sie sagen, er hat sein Testament geändert. Wer hat dabei den kürzeren gezogen?«

»Nun –«

»Andererseits«, sagte Pepper nachdenklich, »weiß ich nicht, ob die Lage, von der kriminellen Seite einmal abgesehen, überhaupt so ernst ist. Wir können doch jederzeit die Absichten des Erblassers nach Ihren Unterlagen rekonstruieren, Mr. Woodruff.«

»Das können Sie eben nicht.« Woodruff schnaubte. »Hören Sie zu.« Er winkte sie näher heran und sah sich vorsichtig um. »Die Absichten des alten Herrn lassen sich *nicht* ermitteln! Das ist ja das Merkwürdige daran. Es war nämlich so. Khalkis' ursprüngliches Testament hatte bis Freitag morgen Gültigkeit. Die Verfügungen der alten Fassung waren einfach: Gilbert Sloane sollte die Khalkis-Galerien erben – das Kunst- und Kunsthandwerksgeschäft ebenso wie die Privatsammlung. Von zwei Treuhandvermögen war die Rede – eines für Khalkis' Neffen Cheney und eines für seinen Vetter Demmy, den schwachsinnigen Tölpel dort drüben. Das Haus und der persönliche Besitz gingen an seine Schwester, Mrs. Sloane. Und dann noch das Übliche – bestimmte Beträge, die Mrs. Simms, Weekes und anderen Angestellten vermacht wurden, eine genaue Aufstellung, welche Kunstwerke an welche Museen gehen sollten und so weiter.«

»Wer war zum Vollstrecker bestimmt?« fragte Pepper.

»James J. Knox.«

Pepper stieß einen Pfiff aus, und Velie blickte gelangweilt drein. »Sie meinen, Knox, der Multimillionär? Dieser Kunstbesessene?«

»Genau der. Er war Khalkis' bester Kunde und auch eine Art Freund, würde ich sagen, wenn man bedenkt, daß Khalkis ihn zu seinem Testamentsvollstrecker erklärte.«

»Schöner Freund«, sagte Velie. »Wieso ist er heute nicht zur Beerdigung gekommen?«

»Mein lieber Sergeant«, entgegnete Woodruff konsterniert. »Lesen Sie keine Zeitung? Mr. Knox ist ein wichtiger Mann. Er wurde von Khalkis' Ableben benachrichtigt und hatte auch die Absicht, zur Beerdigung zu erscheinen, aber dann wurde er im letzten Moment nach Washington zitiert. Heute morgen, um genau zu sein. Die Zeitungen schreiben, er reise auf persönlichen Wunsch des Präsidenten – irgend etwas, was mit den Staatsfinanzen zu tun hat.«

»Wann ist er wieder zurück?« fragte Velie schroff.

»Das scheint niemand zu wissen.«

»Na, das spielt ja auch keine Rolle«, sagte Pepper. »Was war denn nun mit dieser neuen Fassung des Testamentes?«

»Stimmt. Die neue Fassung.« Woodruff setzte eine wichtige Miene auf. »Das ist das Geheimnisvolle daran: Letzten Donnerstag abend, gegen Mitternacht, bekam ich einen Telefonanruf von Khalkis. Er trug mir auf, am Freitag morgen – das heißt, am nächsten Morgen – mit einem vollständig neu aufgesetzten Testament zu ihm zu kommen. Das neue Testament sollte mit dem bestehenden vollkommen identisch sein, bis auf eine Ausnahme – ich sollte den Namen Gilbert Sloanes als des Erben der Khalkis-Galerie und Kunstsammlung eliminieren und statt dessen Platz freilassen, wo er einen neuen Namen einsetzen wollte.«

»Also Sloane?« Pepper und Velie musterten den Verdächtigen unauffällig. Er stand wie eine Kropftaube hinter Mrs. Sloanes Sessel und blickte mit glasigen Augen ins Leere; eine seiner Hände zitterte. »Erzählen Sie weiter, Mr. Woodruff.«

»Nun, gleich als erstes am Freitag morgen habe ich das neue Testament abfassen lassen und eilte damit hierher, noch lange vor Mittag. Khalkis war allein, als ich ankam. Er ist immer ein reichlich griesgrämiger Kerl gewesen – kalt und hart oder geschäftsmäßig, wenn Sie wollen –, aber an diesem Vormittag hatte ihn irgend etwas in Wut gebracht. Jedenfalls machte er unmißverständlich klar, daß niemand, nicht einmal meine Wenigkeit, den Namen des neuen Erben seiner Galerie und Kunstsammlung erfahren würde. Ich legte ihm das Testament so zurecht, daß er den Namen ohne Mühe einsetzen konnte – er befahl mir, hinüberzugehen und am anderen Ende des Zimmers stehenzubleiben –, und kritzelte etwas an die freigebliebene Stelle. Er löschte die Tinte selbst, blätterte die Seite rasch um, und dann ließ er Miss Brett, Weekes und Mrs. Simms kommen, die seine Unterschrift beglaubigten, unterschrieb das Testament, versiegelte es mit meiner Hilfe, steckte es in die kleine Stahlkassette, die er immer in seinem Safe hatte, und verschloß eigenhändig Kassette und Safe. So sieht es aus – keiner Menschenseele außer Khalkis selbst war bekannt, wer der neue Erbe war!«

Diese Nachricht mußten sie erst einmal verdauen. Dann fragte Pepper: »Wer wußte, was in dem früheren Testament stand?«

»Jeder. Das ganze Haus hat darüber geredet. Khalkis selbst machte kein Geheimnis daraus. Und auch darüber, daß er sein Testament ändern wollte, hatte Khalkis nicht gerade Stillschweigen bewahrt, und für mich gab es keinen Grund, es zu verheimlichen. Die drei Zeugen waren natürlich informiert, und ich nehme an, daß sie die Nachricht im Haus verbreitet haben.«

»Dieser Sloane wußte es also?« hakte Velie nach.

Woodruff nickte. »Das kann man wohl sagen! Genaugenommen rief er mich noch am selben Nachmittag im Büro an – er hatte offenbar schon erfahren, daß Khalkis sein Testament geändert hatte – und wollte wissen, ob er von den Änderungen betroffen sei. Nun, ich sagte ihm, daß jemand anderes an seine Stelle trete, dessen Namen nur Mr. Khalkis persönlich kenne, und er –«

Peppers Augen sprühten Feuer. »Teufel noch mal, Mr. Woodruff, Sie hatten kein Recht, so etwas zu tun!«

»Gewiß, Pepper, es war vielleicht nicht ganz. . .«, verteidigte Woodruff sich schwach. »Aber wissen Sie, ich hatte so ein Gefühl, daß Mrs. Sloane wohl die neue Erbin sein würde, und dadurch wäre Sloane dann über sie doch an die Galerie und Kunstsammlung gekommen und hätte im Grunde nichts verloren.«

»Also wirklich«, sagte Pepper, und man hörte ihm den Ärger an, »das war unrecht von Ihnen, so etwas zu tun. Unvernünftig. Nun ja, was geschehen ist, ist geschehen. Als Sie sich fünf Minuten vor der Beerdigung die neue Fassung des Testamentes ansahen, haben Sie da erkannt, wer als neuer Erbe eingesetzt war?«

»Nein. Ich wollte das Siegel erst nach der Beisetzung öffnen.«
»Sie sind sicher, daß es das echte Dokument war?«
»Absolut sicher.«
»Enthielt die neue Fassung eine Aufhebungsklausel?«
»Jawohl.«
»Was ist das?« knurrte Velie mißtrauisch. »Was bedeutet das?«
»Etwas, das uns noch viel Kopfzerbrechen bereiten wird«, antwortete Pepper. »Wenn bei einer Testamentsänderung eine Aufhebungsklausel hinzugefügt wird, dann wird damit die Absicht des Erblassers festgeschrieben, alle vorherigen Testamente für ungültig zu erklären. Das hat zur Folge, daß das ursprüngliche Testament, das bis zum Freitag morgen Gültigkeit hatte, hinfällig geworden ist, ganz gleich, ob wir die neue Fassung finden oder nicht. Und«, fügte er grimmig hinzu, »wenn wir die neue Fassung nicht finden und nicht klären können, um wen es sich bei dem neuen Erben der Galerien handeln sollte, ist es so, als ob Khalkis ohne Testament verstorben wäre. Ein verdammter Dreck ist das!«
»Das heißt«, setzte Woodruff mit düsterer Miene die Erklärung fort, »daß Khalkis' Besitz streng nach den Buchstaben des Gesetzes unter die Erben aufgeteilt wird.«
»Verstehe«, brummte Velie. »Dieser Sloane kriegt auf alle Fälle seinen Anteil, ganz egal, was passiert, solange nur das neue Testament nicht wieder auftaucht. Denn Khalkis' nächste Verwandte ist ja wohl Mrs. Sloane, seine Schwester, nehme ich an... Ganz schön raffiniert!«
Edmund Crewe, der in die Bibliothek hinein- und wieder herausgeschwebt war wie ein Geist, schleuderte die Pläne auf den Tisch und kam zu den drei Männern herüber. »Nun, Eddie?« fragte Velie.
»Nichts zu finden. Keine Wandverkleidungen, keine Geheimschränke. Keine Zwischenräume, die durch ungenaue Arbeitsweise entstanden sein könnten. Decken und Böden massiv – wie man eben gebaut hat in der guten alten Zeit.«
»Verflucht!« rief Pepper.
»Jawohl, mein Herr«, fuhr der Bausachverständige fort. »Wenn niemand im Haus das Testament bei sich hat, dann gebe ich Ihnen mein Wort, daß dieses Testament überhaupt nicht hier im Haus ist.«
»Das muß es sein!« rief Pepper verzweifelt.

»Ist es aber nicht, mein Junge.« Crewe marschierte aus dem Zimmer, und einen Augenblick später hörte man die Haustür zuschlagen.

Das Schweigen der drei Männer sprach Bände. Ohne ein Wort der Erklärung verließ Velie polternd das Zimmer, und als er kurz darauf zurückkehrte, sah er verkniffener denn je aus. Seine mammuthafte Gestalt strahlte eine gewisse ungehaltene Hilflosigkeit aus. »Pepper«, sagte er mit ernster Stimme, »ich gebe auf. Habe mir gerade noch einmal selbst den Hof und den Friedhof angesehen. Nichts. Jemand muß es vernichtet haben. Was meinen Sie?«

»Ich habe da so eine Idee«, entgegnete Pepper, »aber nichts weiter. Ich muß zuerst mit dem Chef darüber reden.«

Velie vergrub die Fäuste in seinen Taschen und ging noch einmal in Gedanken alles durch. »Also ich bin fertig«, murmelte er. »Hört mir zu, Leute.« Sie hatten die ganze Zeit über zugehört, doch das zermürbende Warten hatte jeden Widerspruchsgeist in ihnen ersterben lassen, und so starrten sie Velie nur noch dumpf an. »Wenn ich das Haus verlasse, versiegele ich dieses Zimmer und die beiden dahinterliegenden. Verstanden? Niemand darf hier hinein. Niemand soll in Khalkis' Zimmer etwas anrühren oder in dem von Demetrios Khalkis – lassen Sie alles genau so, wie es ist. Und noch eins. Sie können kommen und gehen, wann immer Sie wollen, aber jedes Mal, wenn Sie das Haus verlassen, werden Sie durchsucht – versuchen Sie also keine krummen Sachen. Das wäre alles.«

»Einen Moment noch«, sagte jemand mit tiefer Stimme. Velie wandte sich langsam um. Dr. Wardes kam auf ihn zu – ein Mann mittlerer Größe mit einem Bart, wie ihn die alten Propheten trugen, dessen Körperbau jedoch an einen Affen denken ließ. Er betrachtete Sergeant Velie mit seinen funkelnden, eng beieinanderstehenden braunen Augen beinahe amüsiert.

»Was wollen Sie denn?« Velie stand betont breitbeinig auf dem Teppich.

Der Arzt lächelte. »Wissen Sie, keinem der regulären Bewohner dieses Hauses werden Ihre Anordnungen allzuviel ausmachen, Sergeant, aber mir werden sie beträchtliche Unannehmlichkeiten bereiten. Sehen Sie, ich bin ja nur Gast hier. Muß ich nun auf unbestimmte Zeit diesem Trauerhaus zur Last fallen?«

»Wer sind Sie überhaupt?« Velie trat herausfordernd einen Schritt vor.

»Mein Name ist Wardes, und ich bin britischer Staatsbürger, ein bescheidener Untertan seiner Majestät des Königs«, antwortete der Bärtige mit einem Zwinkern. »Ich bin Arzt, Augenspezialist. Ich war einige Wochen hier, um Mr. Khalkis zu beobachten.«

Velie schnaufte. Pepper trat ihm zur Seite und flüsterte ihm etwas zu. Velie nickte, und Pepper ergriff das Wort: »Selbstverständlich, Dr. Wardes, wollen wir weder Sie noch Ihre Gastgeber belästigen. Es steht Ihnen frei abzureisen. Natürlich«, fügte er lächelnd hinzu, »werden Sie sich einer Formalität nicht widersetzen, nicht wahr – einer gründlichen Untersuchung Ihrer selbst und Ihres Gepäckes beim Aufbruch?«

»Mich widersetzen? Nicht doch, Sir.« Dr. Wardes zupfte an seinem zottigen braunen Bart. »Andererseits –«

»Ach, bleiben Sie doch, Doktor!« rief Mrs. Sloane mit schriller Stimme. »Verlassen Sie uns nicht in diesem schrecklichen Augenblick. Sie sind so freundlich gewesen. . .«

»Ja, bitte, Doktor.« Diese Stimme war zum ersten Mal zu vernehmen, und sie gehörte zu einer üppigen, gutaussehenden Frau – einer attraktiven dunkelhaarigen Schönheit. Der Arzt verbeugte sich und murmelte etwas Unverständliches, während Velie sich bissig an sie wandte: »Und wer sind Sie, Madame?«

»Mrs. Vreeland.« Das Funkeln in ihren Augen war eine Warnung; ihre Stimme war rauher geworden, und Joan, die sorgenvoll und resigniert auf der Kante von Khalkis' Schreibtisch gesessen hatte, kämpfte tapfer gegen ein Lächeln an; ihre blauen Augen waren anerkennend auf Dr. Wardes' mächtige Schulterblätter gerichtet. »Mrs. Vreeland. Ich wohne hier. Mein Mann ist – war – Mr. Khalkis' Handelsvertreter.«

»Versteh' ich nicht. Was soll das denn sein – Handelsvertreter? Wo steckt Ihr Gemahl, Madame?«

Die Frau errötete. »Ihr Ton gefällt mir nicht! Sie haben kein Recht, in diesem respektlosen Ton mit mir zu sprechen!«

»Lassen Sie das, Schwester. Antworten Sie auf meine Frage.« Velies Augen wurden kalt, und wenn Velies Augen kalt wurden, dann wurden sie sehr kalt.

Ihr leichter Protest erstarb. »Er – er ist irgendwo in Kanada. Auf einer Erkundungsreise.«

»Wir haben versucht, ihn ausfindig zu machen«, meldete Gilbert Sloane sich unerwartet zu Wort. Sein pomadisiertes schwarzes Haar, der kleine, abgezirkelte Schnurrbart, die feuchten Augen mit ihren Tränensäcken ließen ihn stutzerhafter erscheinen, als er war. »Wir haben versucht, ihn zu finden – als wir zuletzt von ihm hörten, hatte er sein Standquartier in Quebec aufgeschlagen, auf der Suche nach einigen alten bestickten Teppichen, von denen er erfahren hatte. Seitdem haben wir nichts von ihm gehört, obwohl wir eine Nachricht in seinem letzten Hotel hinterlassen haben. Vielleicht wird er aus den Zeitungen von Georgs Tod erfahren.«

»Vielleicht auch nicht«, entgegnete Velie knapp. »Also gut. Sie bleiben hier, Dr. Wardes?«

»Da man mich bittet zu bleiben – jawohl. Es wird mir ein Vergnügen sein.« Dr. Wardes trat zurück, und irgendwie gelang es ihm, neben Mrs. Vreelands stattlicher Figur zu stehen zu kommen.

Velie blickte ihn finster an, gab Pepper ein Zeichen, und sie gingen hinaus auf den Flur. Woodruff trat ihnen beinah in die Hacken, so schnell folgte er ihnen. Die ganze Gesellschaft verließ die Bibliothek, und Pepper schloß sorgfältig die Tür hinter ihnen. Velie wandte sich an Woodruff: »Was haben Sie noch auf dem Herzen, Woodruff?«

Sie hatten sich nahe der Tür zur Eingangshalle zu ihm umgewandt. »Also«, sagte der Anwalt heftig. »Pepper fühlte sich vorhin bemüßigt, mich eines Fehlverhaltens wegen anzuschuldigen. Ich will kein Risiko eingehen. Ich möchte, daß Sie auch m i c h durchsuchen, Sergeant. Sie persönlich. Mich hat dort drin nämlich niemand angerührt.«

»So war das doch nicht gemeint, Mr. Woodruff«, entgegnete Pepper mit beschwichtigender Stimme. »Ich bin sicher, das wird nicht –«

»Ich finde, das ist eine verdammt gute Idee«, sagte Velie unfreundlich. Ohne weitere Umschweife klopfte er Woodruff in einer Art und Weise ab und filzte und drückte ihn so, wie Woodruff es, seiner Miene nach zu urteilen, wohl kaum erwartet hatte. Auch studierte Velie eingehend jedes einzelne Stück Papier, das der Anwalt in seinen Taschen hatte. Endlich ließ er sein Opfer aus den Fängen. »Sie sind sauber, Woodruff. Kommen Sie, Pepper.«

Vor der Tür fanden sie Flint, den stämmigen jungen Beamten in Zivil, wie er mit den verbliebenen Reportern scherzte, einem kleinen Grüppchen, das sich immer noch hartnäckig am Tor zum Bürgersteig aufhielt. Velie versprach ihm, daß er für ihn und für Johnson auf der Rückseite des Hauses sowie für die Beamtin, die drinnen Wache hielt, eine Ablösung schicken werde, und bahnte sich dann unbeirrt einen Weg zum Tor hinaus. Wie ein Mückenschwarm umschwirrten die Reporter ihn und Pepper.

»Was ist los da drin, Sergeant?«

»Warum sind Sie hier?«

»Laß uns in Ruhe, du Ratte!«

»Kommen Sie, Velie, seien Sie doch einmal im Leben ein bißchen freundlich.«

»Was zahlen sie Ihnen denn dafür, daß Sie den Mund halten?«

Velie schüttelte ihre Hände von seinen massigen Schultern ab, und er und Pepper flüchteten sich in den Polizeiwagen, der am Bordstein bereitstand.

»Wie soll ich das dem Inspektor beibringen?« stöhnte Velie, als der Wagen anfuhr. »Dafür wird er mich skalpieren.«

»Welcher Inspektor?«

»Richard Queen.« Der Sergeant starrte finster den geröteten Nacken des Fahrers an. »Na ja, wir haben getan, was wir konnten. Das Haus in einer Art Belagerungszustand gelassen. Und ich werde noch einen der Jungs hinschicken, um den Safe auf Fingerabdrücke zu untersuchen.«

»Da werden Sie aber viel Glück haben.« Peppers muntere Art war verflogen; er saß da und kaute an einem Fingernagel. »Der Staatsanwalt wird mir wahrscheinlich auch die Hölle heiß machen. Ich glaube, ich werde in der Nähe des Hauses Khalkis bleiben. Schaue morgen wieder vorbei, wie die Dinge stehen, das mache ich. Und wenn dieser Haufen Irrer da drin uns Ärger machen will, weil wir ihre Bewegungsfreiheit einschränken –«

»Ach, Unsinn«, sagte Velie.

Kapitel 5

Sterbliche Überreste

Am Donnerstag morgen – es war der 7. Oktober, ein außerordentlich trüber Tag – berief Bezirksstaatsanwalt Sampson einen Kriegsrat ein. Das war auch der Tag, an dem Ellery Queen offiziell mit jenem komplizierten Rätsel vertraut gemacht wurde, das am Ende als »Fall Khalkis« bekannt werden sollte. Ellery war damals noch jung und vorlaut*, und da seine Beziehung zu den Polizeibehörden der Stadt New York zu jener Zeit in den Kinderschuhen steckte, wurde er, auch wenn ihm als Inspektor Richard Queens Sohn ein gewisser Respekt gezollt wurde, noch vielfach als Eindringling empfunden. Ja, man darf vermuten, daß der gute, düstere Inspektor selbst seine guten, düsteren Zweifel an Ellerys diplomierten Fähigkeiten hatte, abstraktes Denken mit praktischem kriminologischem Verstand in Einklang zu bringen. Die wenigen Einzelfälle, in denen Ellery sein sich eben erst entwickelndes Talent der logischen Schlußfolgerung angewandt hatte, hatten jedoch einen Präzedenzfall dafür geschaffen, daß er nun wie selbstverständlich annahm, auch er sei zum Rat geladen, als Staatsanwalt Sampson die Sturmglocke läutete.

Um die Wahrheit zu sagen, hatte Ellery noch überhaupt nichts vom Tode Georg Khalkis' gehört, vom gestohlenen Testament ganz zu schweigen. Die Folge war, daß er den Staatsanwalt mit Fragen aus der Fassung brachte, auf die jeder im Raum außer Ellery selbst die Antwort wußte. Der Staatsanwalt, noch nicht der tolerante Kollege, der er in späteren Jahren werden sollte, war spürbar verärgert. Dem Inspektor war es peinlich, und er scheute sich nicht, das zu sagen, und Ellery verkroch sich in einen von Sampsons besten Ledersesseln, ein klein wenig verlegen.

---

* Man sollte im Gedächtnis behalten, daß *Der Sarg des Griechen*, was den Zeitpunkt der Handlung angeht, vor jenen Fällen Queens liegt, die der Öffentlichkeit bereits zugänglich gemacht worden sind. Er spielte nur kurze Zeit nach Ellerys Collegeabschluß.
J. J. McC.

Es war eine sehr ernste Runde. Den Vorsitz führte Sampson, fast noch am Anfang seiner Anwaltskarriere, ein drahtiger Mann in den besten Jahren – eifrig, mit leuchtenden Augen und nicht ein bißchen entmutigt von diesem tückischen Problem, das so banal wirkte, bis man es näher in Augenschein nahm. Dann war da Pepper, der intelligente Pepper, einer der Sampson unterstellten Staatsanwälte, der Karriere in der Politik machen wollte und der trotz seines athletischen, gesunden Körperbaus ein Bild der Verzweiflung bot. Dann kam der alte Cronin, Sampsons leitender stellvertretender Bezirksstaatsanwalt, weitaus beschlagener in kriminalistischen Belangen als seine beiden Kollegen, ein erfahrener Kämpe – rothaarig, nervös, temperamentvoll wie ein Fohlen und abgeklärt wie ein altgedienter Karrengaul. Weiterhin saß da Inspektor Queen, schon ergraut, der mehr denn je mit dem kleinen, scharfgeschnittenen, gegerbten Gesicht, dem dicken grauen Haar und seinem Schnurrbart einem Vogel ähnelte – ein schmaler, kleiner alter Herr mit einer Vorliebe für extravagante Krawatten, dem Durchhaltevermögen eines Windhundes und einem enormen Reichtum an kriminalistischer Erfahrung. Er spielte ratlos mit seiner alten braunen Schnupftabaksdose.

Und dann war da natürlich Ellery selbst, nun vorübergehend eingeschüchtert. Wenn er etwas sagte, gestikulierte er mit seinem funkelnden Zwicker. Wenn er lächelte, erhellte dieses Lächeln sein ganzes Gesicht – ein sehr gutaussehendes Gesicht, wie es hieß, ein langes Oval mit feingeschnittenen Zügen und den großen, klaren Augen des Denkers. Ansonsten glich er vielen anderen jungen Männern, deren Erinnerungen an die Alma mater noch nicht verblaßt sind – groß und kantig und breitschultrig und recht athletisch gebaut. Im Augenblick war er damit beschäftigt, Staatsanwalt Sampson zu beobachten, und Staatsanwalt Sampson war es, das war nicht zu übersehen, nicht wohl in seiner Haut.

»Also, meine Herren, es ist wieder einmal die alte Geschichte«, brummte Sampson. »Jede Menge Fährten, aber kein Ziel in Sicht. Nun, Pepper, noch irgendeine Entdeckung, mit der Sie uns das Leben schwermachen könnten?«

»Nichts von Interesse«, antwortete Pepper traurig. »Ich habe mich natürlich um diesen Burschen Sloane gekümmert, bei der ersten Gelegenheit, zu der ich ihn allein zu fassen bekam. Er ist der einzige, der durch das geänderte Testament etwas zu verlieren hat. Stumm wie ein Fisch – gestern weigerte er sich, auch nur ein

Wort zu sagen. Was konnte ich tun? Wir haben ja keine Beweise.«

»Da gibt es Mittel«, warf der Inspektor grimmig ein.

»Unsinn, Q.«, sagte Sampson scharf. »Es liegt nicht das Geringste gegen ihn vor. Jemanden wie Sloane können Sie nicht in die Mangel nehmen, nur weil er theoretisch ein Motiv hätte. Was sonst noch, Pepper?«

»Na ja, Velie und ich saßen fest, das war uns klar. Nichts auf der Welt gab uns das Recht, das Haus unter Quarantäne zu stellen, und gestern mußte Velie seine zwei Männer zurückziehen. Ich wollte noch nicht aufgeben, und ich hatte so ein Gefühl, daß ich vielleicht dort übernachten sollte – ich glaube, die meisten haben nicht einmal mitbekommen, daß ich überhaupt da war.«

»Haben Sie was rausbekommen?« fragte Cronin neugierig.

»Tja.« Pepper zögerte. »Ich habe tatsächlich etwas gesehen... Nicht daß«, beeilte er sich hinzuzufügen, »nicht daß ich viel darauf geben würde. Das Mädchen ist in Ordnung – die würde niemals –«

»Von wem reden Sie überhaupt, Pepper?« unterbrach Sampson ihn.

»Miss Brett. Joan Brett«, antwortete Pepper widerstrebend. »Ich habe sie beobachtet, wie sie um ein Uhr nachts in Khalkis Bibliothek herumschnüffelte. Das hätte sie natürlich nicht gedurft – Velie hatte ihnen ja allen ausdrücklich verboten, sie zu betreten...«

»Die bezaubernde Assistentin unseres verstorbenen Mysterioso, wenn ich es recht verstehe?« erkundigte Ellery sich lässig.

»Hm-hm. Tja –« Pepper schien Schwierigkeiten mit seiner sonst so flinken Zunge zu haben. »Tja, sie hat sich da an dem Safe zu schaffen gemacht –«

»Ha!« rief der Inspektor.

»– aber ich glaube, sie hat nichts gefunden, denn sie blieb einen Moment lang mitten im Zimmer stehen, sah sehr hübsch aus in ihrem Negligé, dann stampfte sie mit dem Fuß auf und machte sich davon.«

»Haben Sie sie zur Rede gestellt?« fragte der Inspektor erwartungsvoll.

»Nein, das nicht. Wissen Sie, ich glaube nicht, daß in bezug auf Miss Brett irgend etwas nicht stimmt«, begann Pepper und hob beschwörend die Hände, worauf Sampson nur trocken entgegnete: »Sie müssen sehen, daß Sie diese Schwäche für hübsche Gesichter loswerden, Pepper. Ich werde dafür sorgen, daß sie vernommen wird, und ich werde auch dafür sorgen, daß sie redet, Teufel noch mal!«

»Das lernen Sie schon noch, Pepper«, meinte Cronin mit einem Kichern. »Ich weiß noch, wie mir einmal eine Lady ihre hübschen, weichen Babyärmchen um den Hals warf, und –«

Sampson runzelte die Stirn. Pepper wollte etwas bemerken, bekam rote Ohren und entschloß sich dann, doch nichts zu sagen.

»Sonst noch etwas?«

»Nur Routinekram. Cohalan ist nach wie vor im Hause Khalkis postiert und Velies Beamtin ebenfalls. Sie durchsuchen jeden, der das Haus verläßt. Cohalan hat eine Liste angelegt«, sagte Pepper, fummelte in seiner Brusttasche herum und holte einen zerfetzten Zettel mit verschmierten, höchst unprofessionellen Bleistiftkritzeleien hervor, »eine Liste, auf der sämtliche Besucher verzeichnet sind, seit wir das Haus am Dienstag verlassen haben. Vollständig bis gestern abend.«

Sampson riß ihm den Fetzen aus der Hand und las ihn laut vor. »Reverend Elder, Mrs. Morse – das ist diese verrückte Alte, oder? James J. Knox – ist also wieder zurück. Clinton, Eilers, Jackson, die Herren von der Presse. Und wer sind diese beiden, Pepper? Robert Petrie und Mrs. Duke?«

»Zwei wohlhabende alte Kunden des Verstorbenen. Kamen zum Beileidsbesuch.«

Sampson zerknüllte die Liste gedankenverloren. »Tja, Pepper, das ist Ihre Beerdigung. Als Woodruff wegen des verlorenen Testamentes anrief, haben Sie gebeten, ich solle Ihnen den Fall überlassen, und ich habe Ihnen Ihre Chance gegeben. Ich will nicht darauf herumhacken, aber ich muß ihn Ihnen einfach entziehen, wenn Sie sich von so etwas wie Miss Bretts zweifellos traumhafter Figur von Ihrer Pflicht ablenken lassen... Na ja, genug davon. Nun, was sagen Sie? Hat irgend jemand eine Idee?«

Pepper schluckte schwer. »Ich will mich ja nicht in die Nesseln setzen... Aber ein Gedanke ist mir doch gekommen, Chef. Auf den ersten Blick scheinen die Fakten eine vollkommen unsinnige Sachlage zu bezeugen. Das Testament muß im Haus stecken, aber es ist nicht da. Ein Ding der Unmöglichkeit!« Er schlug mit der Faust auf Sampsons Tisch. »Aber es ist nur ein einziges Faktum, das all die anderen Fakten als unmöglich erscheinen läßt. Und das ist – daß Woodruff das Testament noch fünf Minuten vor der Beerdigung im Safe gesehen hat. Nun, Sir – dafür haben wir nichts als sein Wort! Sie verstehen, worauf ich hinauswill.«

»Sie meinen«, ergriff der Inspektor nachdenklich das Wort, »Woodruff habe gelogen, als er sagte, er habe das Testament zu jenem Zeitpunkt gesehen? Daß das Testament also schon lange vor den besagten fünf Minuten gestohlen worden sein könnte und der Dieb es zu einer Zeit aus dem Haus gebracht hat, für die er über seine Handlungen noch keine Rechenschaft zu geben brauchte?«

»Genau das, Inspektor. Hören Sie – wir müssen uns doch an die Logik halten, nicht wahr? Das Testament kann sich nicht in Luft aufgelöst haben, oder?«

»Woher wissen Sie«, gab Sampson zu bedenken, »daß nicht jemand das Testament, wie Woodruff sagt, in den bewußten fünf Minuten herausnahm und es dann verbrannte oder zerriß oder etwas in der Art?«

»Aber Sampson«, wandte Ellery nachsichtig ein, »man kann doch wohl kaum eine Stahlkassette verbrennen oder in Stücke reißen, oder?«

»Da haben Sie recht«, murmelte der Staatsanwalt. »Wo zum Teufel steckt diese Kassette?«

»Deshalb«, sagte Pepper triumphierend, »meine ich, daß Woodruff uns belügt. Dieses Testament und die Stahlkassette dazu waren nicht zu dem Zeitpunkt im Safe, zu dem er behauptet, sie dort gesehen zu haben!«

»Aber lieber Gott«, rief der Inspektor, »warum? Warum sollte er uns belügen?«

Pepper zuckte die Schultern. »Meine Herren«, sagte Ellery amüsiert, »keiner von Ihnen geht das Problem richtig an. Hier haben wir es mit einer jener typischen Fragen zu tun, die man analysieren muß und dabei keine Möglichkeiten außer Betracht lassen darf.«

»Sie haben es analysiert, nehme ich an?« sagte Sampson mürrisch.

»Ah – ja. In der Tat. Und meine Analyse eröffnet eine interessante – ich möchte sagen sehr interessante – Möglichkeit.« Ellery setzte sich wieder auf und lächelte. Der Inspektor nahm eine Prise Schnupftabak; ansonsten schwieg er. Pepper lehnte sich vor, ganz Ohr, und betrachtete Ellery plötzlich mit einer gewissen Freundlichkeit, so, als sei er sich zum ersten Mal Ellerys Existenz bewußt geworden. »Lassen Sie mich noch einmal die Fakten durchgehen, wie wir sie bisher kennen«, fuhr Ellery eifrig fort. »Sie werden zugeben, daß es zwei Möglichkeiten gibt, die sich gegenseitig ausschließen: zum einen, daß die Neufassung des Testamentes zum gegenwärtigen Zeitpunkt nicht mehr existiert, zum anderen, daß sie noch existiert.

Betrachten wir zunächst die erste Möglichkeit. Wenn das Testament nicht mehr existiert, bedeutet das, daß Woodruff log, als er sagte, er habe es fünf Minuten vor der Beerdigung gesehen, es bedeutet, daß das Testament sich zu jenem Zeitpunkt nicht dort befand und daß es zuvor von einem einzelnen Menschen oder mehreren Personen, die wir nicht kennen, zerstört worden ist. Oder Woodruff sprach die Wahrheit, und das Testament wurde tatsächlich gestohlen, nachdem er es gesehen hatte, in den besagten fünf Minuten, und dann zerstört. In diesem letzteren Fall wäre es möglich gewesen, daß der Dieb sich des Testamentes entledigte, indem er es verbrannte oder zerriß und die Überreste vielleicht mit der Toilettenspülung beseitigte; doch wie ich vor einigen Augenblicken bereits zu bedenken gab, weist die Tatsache, daß sich von der Stahlkassette keine Spur fand, auf die Unwahrscheinlichkeit dieser Theorie hin, das Testament sei vernichtet worden. Von der Stahlkassette wurden keine Überreste entdeckt; wo also befindet sich besagte Stahlkassette? Vermutlich wurde sie aus dem Haus gebracht. Doch wenn die Kassette aus dem Haus entfernt wurde, dann wurde, darf man annehmen, auch das Testament entfernt und nicht zerstört. Aber Sie sagen, wenn Woodruff die Wahrheit spreche, könne die Kassette unter den gegebenen Umständen nicht aus dem Haus geschafft worden sein. In unserer ersten Argumentationslinie haben wir also einen *impasse* erreicht. Hinzu kommt, daß ohnehin nichts mehr zu machen wäre, wenn das Testament vernichtet worden ist.«

»Das ist uns aber eine große Hilfe«, sagte Sampson, an den Inspektor gewandt. »Meine Güte, Mann«, wirbelte er wütend zu Ellery herum, »das wissen wir doch. Worauf wollen Sie denn überhaupt hinaus?«

»Mein lieber Inspektor«, richtete Ellery larmoyant das Wort an seinen Vater, »können Sie zulassen, daß Ihr Sprößling dermaßen von diesem Mann beleidigt wird? Hören Sie, Sampson, Sie lassen mich nicht ausreden, und das ist das Schlimmste, was man der Logik antun kann. Nachdem wir die erste Theorie ad acta gelegt haben, weil sie sich in Luft auflöste, wenden wir uns nun der zweiten Theorie zu, nämlich, daß das Testament derzeit noch existiert. Und was bietet sich uns da? – ah, ein höchst faszinierender Sachverhalt. Meine Herren, merken Sie auf! Jeder, der das Haus verließ und zur Beerdigung ging, kehrte ins Haus zurück. Die zwei, die im Hause waren, blieben auch dort – einer davon, Weekes, war sogar die ganze Zeit über im Arbeitszimmer, wo sich der Safe befindet. Niemand betrat während der Beerdigung das Haus. Und zu keinem Zeitpunkt kam es zu einer Begegnung zwischen dem Trauerzug und denjenigen, die vor dem Tor standen; die Personen auf dem Friedhof, denen das Testament zugesteckt worden sein könnte, kehrten ebenfalls mit ins Haus zurück.

Und doch«, fuhr er hastig fort, »fand sich das Testament weder im Haus noch bei irgend jemandem im Haus noch entlang des Weges noch auf dem Friedhof! Deshalb fordere ich Sie auf, ich bitte Sie, ich flehe Sie an«, schloß Ellery mit schalkhaftem Blick, »stellen Sie mir die Frage, die alles aufklärt: Was ist das einzige, das bei der Beerdigung das Haus verließ und nicht mit zurückkehrte und niemals durchsucht worden ist, seit das Verschwinden des Testaments bemerkt wurde?«

»Schockschwerenot!« brüllte Sampson. »Alles ist durchsucht worden, und verdammt gründlich dazu, und das wissen Sie auch! Das wissen Sie ganz genau, junger Mann!«

»Da hat er recht, Junge«, bestätigte der Inspektor sanft. »Nichts ist übersehen worden. Hast du denn vorhin nicht aufgepaßt, als die Fakten zusammengefaßt wurden?«

»Meiner Seel«, stöhnte Ellery. »›Kein Blind'rer ist, als wer nicht sehen will...‹ Nichts«, sprach er sanft, »nichts, mein hochgeschätzter Altvorderer, außer dem Sarg selbst mit Khalkis' Leiche darin!«

Der Inspektor sah entgeistert aus, Pepper murmelte fassungslos etwas vor sich hin, Cronin lachte schallend, und Sampson schlug sich mit der Hand vor den Kopf. Ellery grinste breit.

Pepper erholte sich als erster und grinste zurück. »Das ist raffiniert, Mr. Queen«, sagte er. »Das ist raffiniert.«

Sampson hüstelte in sein Taschentuch. »Ich – also, Q., ich nehme alles zurück. Fahren Sie fort, junger Mann.«

Der Inspektor sagte nichts.

»Nun, meine Herren«, fuhr Ellery munter fort, »es tut gut, vor einem so dankbaren Publikum zu sprechen. Die Argumentation ist zwingend. In der Aufregung der letzten Beerdigungsvorbereitungen hätte es dem Dieb keinerlei Schwierigkeiten bereitet, den Safe zu öffnen, die kleine Stahlkassette mit dem Testament herauszuholen, im Wohnzimmer auf die richtige Gelegenheit zu warten und Kassette und Testament unter dem Totenhemd oder in was auch immer Mr. Khalkis bestattet wurde zu verbergen.«

»Liegt ja auf der Hand«, murmelte Inspektor Queen. »Das Testament mit der Leiche zu bestatten wäre genauso sicher, wie es zu vernichten.«

»Ganz genau, Dad. Warum sollte der Dieb riskieren, es zu zerstören, wenn er auch zum Ziel kommen konnte, indem er es in den Sarg schmuggelte, der in Kürze unter die Erde gebracht werden sollte? Da Khalkis eines natürlichen Todes gestorben war, war nicht anzunehmen, daß vor dem Jüngsten Tag noch einmal jemand einen Blick in diesen Sarg werfen würde. Ergo – das Testament ist dem Auge der Sterblichen ebenso gründlich entzogen, als wenn man es verbrannt und die Asche in unsere Abwässerkanäle gestreut hätte. Und hinzu kommt noch ein psychologisches Argument, das für diese Theorie spricht. Den einzigen Schlüssel zur Stahlkassette hatte Woodruff bei sich. Der Dieb war also wahrscheinlich nicht in der Lage, die Kassette in den fünf Minuten zu öffnen, die ihm vor Aufbruch der Beerdigungsgesellschaft blieben. Er konnte – oder wollte – die Kassette mit dem Testament nicht bei sich tragen: zu auffällig, zu gefährlich. *Alors, messieurs,* Kassette und Testament stecken vielleicht in Khalkis' Sarg. Das ist die Botschaft: Machen Sie das Beste daraus.«

Inspektor Queen sprang auf seine winzigen Füße. »Exhumierung, und zwar auf der Stelle.«

»Hat ganz den Anschein, nicht wahr?« Sampson hüstelte noch einmal und starrte den Inspektor an. »Wie Ellery – ähem! – wie Ellery dargelegt hat, ist es keineswegs sicher, daß das Testament dort zu finden ist. Vielleicht hat Woodruff uns tatsächlich belogen. Aber wir müssen diesen Sarg öffnen und uns Gewißheit verschaffen. Was meinen Sie, Pepper?«

»Ich finde«, antwortete Pepper lächelnd, »daß Mr. Queens brillante Analyse den Nagel auf den Kopf trifft.«

»Also gut. Arrangieren Sie die Exhumierung für morgen früh. Wäre übertrieben, es heute noch zu machen.«

Pepper wurde nachdenklich. »Es wird vielleicht schwierig sein, die Erlaubnis zu bekommen, Chef. Schließlich geht es ja nicht um Mordverdacht. Wie wollen wir die Sache gegenüber dem Richter rechtfertigen?«

»Gehen Sie zu Bradley. Der ist großzügig in solchen Dingen, und ich rufe ihn später noch an. Das kriegen wir schon hin, Pepper. Legen Sie gleich los.« Sampson griff zum Telefon und wählte die Nummer des Hauses Khalkis. »Cohalan... Cohalan, hier ist Sampson. Sagen Sie allen im Haus Bescheid, daß sie sich morgen früh zu einem Plauderstündchen einfinden sollen... Ja, Sie können ihnen sagen, daß wir Khalkis' Leiche exhumieren werden... Exhumieren, Sie Dummkopf! Wer? Gut, holen Sie ihn an den Apparat.« Er klemmte den Hörer mit dem Kinn fest und meinte zum Inspektor: »Knox ist da – der große Knox... Hallo! Mr. Knox? Hier spricht Bezirksstaatsanwalt Sampson... Ja, eine schlimme Sache. Sehr traurig... Nun, uns ist da ein Verdacht gekommen, und es wird erforderlich sein, den Leichnam zu exhumieren... Oh, es ist unbedingt erforderlich, Sir... Bitte? ... Natürlich, das tut mir leid, Mr. Knox... Also, machen Sie sich deswegen keine Gedanken. Wir werden uns um alles kümmern.«

Er hängte vorsichtig ein und sagte dann: »Die Lage ist kompliziert. Knox wurde zum Vollstrecker eines Testamentes bestellt, das nicht aufzufinden ist, und wenn wir dieses Testament nicht auftreiben oder die Identität des neuen Erben der Galerie und der Kunstsammlung nicht feststellen können, dann wird es überhaupt keinen Vollstrecker geben. Dann wird festgesetzt, daß Khalkis ohne Testament verstorben ist... Na, es scheint Knox viel an der Sache zu liegen. Wir müssen sehen, daß wir ihn zum Nachlaßverwalter bestellen können, wenn wir das Testament morgen nicht in dem Sarg finden. Im Augenblick sitzt Knox schon mit Woodruff zusammen und beratschlagt. Verschafft sich einen ersten Eindruck von der Erbmasse. Sagt, er wird noch den ganzen Tag dort sein. Verdammt anständig von ihm, soviel Zeit dafür zu opfern.«

»Wird er bei der Exhumierung dabei sein?« fragte Ellery. »Ich wollte schon immer gern einen Multimillionär kennenlernen.«

»Er sagt nein. Er muß noch einmal verreisen, gleich morgen früh.«

»Schon wieder ein Kindheitstraum dahin«, war Ellerys trauriger Kommentar.

Kapitel 6

Die Exhumierung

Freitag, der 8. Oktober, war also der Tag, an dem Ellery die Akteure der Khalkis-Tragödie und die Bühne, auf der gespielt wurde, kennenlernte, dazu, was er noch faszinierender fand, jene »Spannung in der Luft«, die Miss Joan Brett einige Tage zuvor verspürt hatte.

Sie hatten sich allesamt am Freitag morgen im Wohnzimmer des Hauses Khalkis versammelt – eine sehr kleinlaute und verschüchterte Gesellschaft; und während sie warteten, daß Pepper von der Staatsanwaltschaft und Inspektor Queen eintrafen, knüpfte Ellery ein Gespräch mit einer großgewachsenen, rosenwangigen, jungen Engländerin mit ansprechenden Formen an.

»Die sagenumwobene Miss Brett, nehme ich an?«

»Sir«, antwortete sie streng, »werden Sie nicht anzüglich.« Ihre wunderschönen blauen Augen blickten zwar frostig drein, trotzdem konnte man ein leichtes Lächeln in ihnen erahnen.

Ellery grinste. »Das kann nicht sein, meine Liebe. Meinen Sie nicht, wenn ich Anzüglichkeiten im Sinn hätte, würde ich es an meinem Blutdruck spüren?«

»Hmm, und noch dazu so originell.« Sie faltete ihre weißen Hände züchtig im Schoß und warf einen verstohlenen Blick zur Tür, wo Woodruff und Sergeant Velie standen und sich unterhielten. »Sind Sie Polizist?«

»Allenfalls der Schatten eines Polizisten. Ellery Queen, Sprößling des berühmten Inspektor Queen.«

»Ich finde nicht, daß Sie einen überzeugenden Schatten abgeben, Mr. Queen.«

Ellery nahm ihre stattliche Figur und ihre direkte und charmante Art mit einem sehr männlichen Blick zur Kenntnis. »Das ist zumindest eine Anschuldigung«, sagte er, »die gegen *Sie* niemals jemand vorbringen würde.«

»Mr. Queen!« Sie richtete sich lächelnd in ihrem Sessel auf. »Sie wollen doch wohl nichts Abfälliges über meine Formen sagen?«

»Schatten der Astarte«, murmelte Ellery. Er musterte sie kritisch, und sie errötete. »Ehrlich gesagt, die waren mir noch gar nicht aufgefallen.«

Sie lachten gemeinsam, und dann sagte sie: »Aber ich habe sehr wohl meine Verbindung zum Reich der Schatten, Mr. Queen. Ich bin nämlich so eine Art Medium, müssen Sie wissen.«

Und so erfuhr Ellery zu seiner großen Überraschung von der Spannung, die am Tage der Beerdigung in der Luft gelegen hatte. Er spürte auch eine Spannung ganz anderer Art, als er sich kurz darauf entschuldigte, um seinen Vater und Pepper zu begrüßen, denn der junge Alan Cheney funkelte ihn mit einer Intensität an, die etwas Mörderisches hatte.

Gleich hinter Pepper und dem Inspektor betrat Detektiv Flint den Raum, im Schlepptau einen rundlichen, kleinen älteren Burschen, dem der Schweiß von der Stirne lief.

»Wer ist das?« fragte Velie und versperrte ihm den Zugang zum Wohnzimmer.

»Behauptet, er gehört hierher«, erklärte Flint und faßte den dicken Mann fest an seinem fetten, kleinen Arm. »Was soll ich mit ihm machen?«

Der Inspektor trat hinzu und warf Hut und Mantel auf einen Stuhl. »Wer sind Sie, Sir?«

Der Neuankömmling war verwirrt. Er war ein kleiner, wohlgenährter Holländer mit üppigem weißen Haar und beinahe künstlich wirkenden roten Wangen, die er nun heftig aufblies und damit gequälter denn je aussah. »Schon in Ordnung, Inspektor«, ließ Gilbert Sloane sich vom anderen Ende des Zimmers vernehmen. »Das ist Mr. Jan Vreeland, unser Handelsvertreter.« Seine Stimme klang monoton und merkwürdig unbeteiligt.

»Ach!« Queen betrachtete ihn interessiert. »So, *Sie* sind Mr. Vreeland?«

»Ja, genau«, keuchte Vreeland. »So heiße ich. Was ist denn hier los, Sloane? Was sind das alles für Leute? Ich dachte, Khalkis sei... Wo ist Mrs. Vreeland?«

»Hier bin ich, Liebster«, kam eine zuckersüße Stimme durch den Raum geschwebt, und schon posierte Mrs. Vreeland an der Tür. Der kleine Mann trottete zu ihr hinüber, küßte sie hastig auf die Stirn – wozu sie sich hinunterbeugen mußte, und einen Moment lang blitzte Wut in ihren Augen auf –, reichte Weekes Hut und Mantel, blieb dann stocksteif stehen und sah sich mit Verwunderung um.

»Wie kommt es, daß Sie jetzt erst zurückkehren, Mr. Vreeland?« erkundigte sich der Inspektor.

»Bin gestern abend wieder in meinem Hotel in Quebec eingetroffen«, stieß Vreeland abgehackt hervor. »Fand das Telegramm. Hatte keine Ahnung gehabt, daß Khalkis gestorben war. War entsetzt. Wozu der Volksauflauf hier?«

»Wir exhumieren heute morgen Mr. Khalkis' Leichnam, Mr. Vreeland.«

»So?« Der kleine Mann schien verzweifelt. »Dann komme ich zu spät zur Beerdigung. Ts, ts! Aber wieso exhumieren? Ist etwa –«

»Inspektor«, sagte Pepper gereizt, »meinen Sie nicht, wir sollten anfangen?«

Sie fanden den Küster Honeywell auf dem Friedhof, wo er vor einem unregelmäßigen Rechteck im Rasen auf- und abhüpfte, dort, wo die Grasnarbe bei Khalkis' Beerdigung abgehoben worden war. Honeywell zeigte, wo sie zu graben hatten, und dann spuckten zwei Mann in die Hände, griffen ihre Spaten und begannen energisch zu graben.

Kein Wort fiel. Die Frauen waren im Haus geblieben; von den betroffenen Männern waren nur Sloane, Vreeland und Woodruff anwesend – Suiza hatte bekundet, das Schauspiel sei ihm zu unappetitlich, Dr. Wardes hatte die Schultern gezuckt, und Alan Cheney war nicht vom hübschen Schürzenbändel Joan Bretts fortzubewegen gewesen. Die Queens, Sergeant Velie und ein Neuankömmling, ein schlaksiger, hoch aufgeschossener Mann mit schwarzem Backenbart, einer abscheulichen, zerfledderten Zigarre zwischen den Zähnen und einer schwarzen Tasche zu seinen Füßen, standen dabei und sahen zu, wie die Totengräber sich mächtig ins Zeug legten. Entlang des Eisenzaunes zur 54. Straße hatten Reporter mit gezückten Kameras Position bezogen. Polizeibeamte sorgten auf der Straße dafür, daß es zu keinem Menschenauflauf kam. Weekes, der Butler, schaute ängstlich von jenseits des Zaunes zum Hofe zu. Kriminalbeamte lehnten sich an den Zaun. Aus den Fenstern rundum sah man Köpfe und gereckte Hälse.

In etwa ein Meter Tiefe klirrten die Spaten der Männer auf Eisen. Sie scharrten fieberhaft, und wie Piraten auf der Suche nach einem vergrabenen Schatz legten sie die waagerechte Tür zur Gruft fast mit Feuereifer frei. Als sie ihre Arbeiten beendet hatten, sprangen sie aus der flachen Grube heraus und standen nun auf ihre Spaten gestützt.

Die Eisentür wurde aufgestemmt. Sofort begannen die gewaltigen Nasenflügel des schlaksigen, hoch aufgeschossenen Mannes heftig zu beben; er kaute an seiner Zigarre und murmelte leise etwas Unverständliches vor sich hin. Unter den erstaunten Blicken der anderen trat er einen Schritt vor, kniete sich hin, beugte sich weit hinunter und schnüffelte dabei. Dann hob er die Hand, richtete sich wieder auf und knurrte, an den Inspektor gewandt: »Hier stimmt was nicht.«

»Was ist los?«

Nun war, wie Inspektor Queen aus langjähriger Erfahrung wußte, dieser schlaksige, hoch aufgeschossene, an seiner Zigarre kauende Mann niemand, der zu Weitschweifigkeit oder Übertreibung geneigt hätte. Er war Dr. Samuel Prouty, Assistent des obersten Amtsarztes von New York County, und er war ein äußerst intelligenter Mann. Ellery spürte, wie sein Puls schneller schlug, und Honeywell schien regelrecht versteinert. Dr. Prouty antwortete nichts; er wandte sich nur an die Totengräber: »Klettern Sie hinein, und holen Sie den neuen Sarg nach vorn, damit wir ihn hier heraufziehen können.«

Die Männer stiegen vorsichtig in die schwarze Grube hinab, und einige Augenblicke lang waren undeutlich ihre heiseren Stimmen und das Scharren ihrer Füße zu hören. Dann rückte etwas Großes, Glänzendes, Schwarzes ins Blickfeld, der Flaschenzug wurde in aller Eile angebracht, ein Kommando gegeben...

Endlich stand der Sarg auf dem Erdboden des Friedhofes, ein wenig neben der klaffenden Gruft.

»Er erinnert mich an Doktor Frankenstein«, raunte Ellery zu Pepper hinüber, den Blick auf Dr. Prouty gerichtet. Aber keiner von beiden lächelte dabei.

Dr. Prouty schnüffelte wie ein Bluthund. Doch nun bemerkten sie alle den widerwärtigen, Übelkeit erregenden Geruch; er wurde von Sekunde zu Sekunde stärker. Sloane war grau im Gesicht geworden; er wühlte nach seinem Taschentuch und schneuzte sich heftig.

»War dieser verdammte Leichnam einbalsamiert?« wollte Dr. Prouty wissen, als er sich über den Sarg beugte. Niemand antwortete. Die beiden Totengräber machten sich daran, den Deckel abzuschrauben. Auf der Fifth Avenue begannen genau in diesem dramatischen Moment unzählige Automobile einen Höllenlärm mit ihren krächzenden Hupen zu veranstalten – eine gespenstische Begleitmusik, die dem grausigen Charakter dieser Unternehmung höchst angemessen schien. Dann hob sich der Deckel...

Eines wurde in entsetzlicher, unglaublicher Weise sofort deutlich. Und das war der Ursprung des Modergeruches.

Auf dem steifen, toten, einbalsamierten Körper von Georg Khalkis lag, die Glieder verdreht, und dort, wo das verwesende Fleisch zu sehen war, blau und fleckig, der Leichnam eines Mannes gezwängt. Eine *zweite* Leiche!

Das sind die Augenblicke, in denen das Leben wiederwärtig erscheint, in denen die grausame Unerbittlichkeit des Todes alles beherrscht und die Zeit selbst stillsteht.

Einen Herzschlag lang waren sie Figuren auf einem Tableau – reglos, erstarrt, sprachlos vor Schrecken, das schiere Entsetzen in ihren weit aufgerissenen Augen.

Dann gab Sloane einen würgenden Laut von sich, seine Knie begannen zu zittern, und wie ein Kind klammerte er sich an Woodruffs mächtige Schulter. Woodruff und Jan Vreeland gaben nicht den geringsten Laut von sich – sie starrten nur auf den entsetzlichen Eindringling in Khalkis' Sarg.

Dr. Prouty und Inspektor Queen sahen sich fassungslos an. Dann sprang der ältere von beiden mit einem unterdrückten Schrei nach vorn, ein Taschentuch an die rebellierende Nase gepreßt, und starrte mit wildem Blick in den Sarg.

Dr. Proutys Finger verwandelten sich in Klauen; er begann mit der Arbeit.

Ellery Queen richtete sich betont gerade auf und betrachtete die Wolken.

»Ermordet. Stranguliert.«

Das konnte Dr. Prouty schon bei einer ersten Untersuchung feststellen. Mit Sergeant Velies Unterstützung war es ihm gelungen, die Leiche auf den Rücken zu wälzen. Das Opfer hatte mit dem Gesicht nach unten im Sarg gelegen, den Kopf auf Khalkis' leblose Schulter gebettet. Nun konnten sie ihm ins Gesicht blikken – die Augen tief eingefallen, offenstehende Augen mit Augäpfeln, die unglaublich vertrocknet und braun geworden waren. Das Gesicht selbst war jedoch nicht so verzerrt, daß es nichts Menschliches mehr gehabt hätte. Unter der fleckigen Leichenblässe war noch die dunkle Gesichtsfarbe zu erkennen. Die Nase wirkte nun flach, mußte aber im Leben scharf und spitz gewesen sein. Die Gesichtszüge, durch die Verwesung angeschwollen und gerundet, waren sicher kantig gewesen, bevor der Verfall eingesetzt hatte.

»Meine Güte«, murmelte Inspektor Queen leise, »die Visage kommt mir bekannt vor!«

Pepper beugte sich ihm über die Schulter und sah aufmerksam hin. »Mir auch, Inspektor«, murmelte er. »Ob womöglich –«

»Sind das Testament und die Stahlkassette dort drin?« fragte Ellery fast tonlos mit brüchiger Stimme.

Velie und Dr. Prouty fühlten, zogen, tasteten... »Nein«, antwortete Velie angewidert. Er betrachtete seine Hände und wischte sie verstohlen an den Hosenbeinen ab.

»Wen kümmert das denn jetzt noch!« zischte der Inspektor. Er erhob sich, an seinem ganzen schmalen Leibe zitternd. »Du und deine fabelhaften Schlußfolgerungen, Ellery!« brüllte er. »Fabelhaft! Macht den Sarg auf, dann werdet ihr das Testament finden... Pah!« Er zog die Nase kraus. »Thomas!«

Velie hechtete herüber. Der Inspektor gab ihm Instruktionen; Velie nickte und stapfte davon in Richtung Hoftor. »Sloane, Vreeland, Woodruff«, kommandierte der Inspektor. »Gehen Sie zurück ins Haus. Auf der Stelle. Zu niemandem ein Wort. Ritter!« Ein kräftiger Beamter, der am Zaun gelehnt hatte, sprintete über den Hof. »Halten Sie uns die Zeitungsleute vom Leibe. Die können wir jetzt hier ganz und gar nicht brauchen. Und Beeilung!« Ritter stürmte zum Friedhofstor, das auf die 54. Straße hinausging. »Sie – Küster – wie Sie auch immer heißen – und Ihr Jungs dort. Legen Sie den Deckel wieder auf den Sarg, und lassen Sie uns diesen verdammten – dieses Ding ins Haus schaffen. Kommen Sie, Doc. Es gibt Arbeit.«

Kapitel 7

Der Beweis

Und zwar Arbeit, die vielleicht kein anderer leitender Beamter der New Yorker Polizei besser zu tun verstand als Inspektor Queen.

Schon fünf Minuten später stand das Haus erneut unter Belagerung, das Wohnzimmer war in ein improvisiertes Labor verwandelt worden, auf dessen Fußboden der Sarg mit seiner gespenstischen doppelten Last ruhte. Khalkis' Bibliothek hatte man als Versammlungsraum requiriert, und alle Ausgänge wurden mit Wachposten besetzt. Die Tür zum Wohnzimmer war verschlossen, und den Türrahmen füllten Velies breite Schultern aus. Dr. Prouty hatte den Mantel abgelegt und war auf dem Boden bereits mit der neuen Leiche zugange. In der Bibliothek hatte der stellvertretende Bezirksstaatsanwalt Pepper zum Telefon gegriffen. Männer, deren Aufträge unklar blieben, liefen aus dem Haus und kehrten zurück.

Ellery Queen stand seinem Vater gegenüber, und sie tauschten ein recht gequältes Lächeln. »Nun, eines ist auf alle Fälle sicher«, sagte der Inspektor und befeuchtete sich die Lippen. »Durch diese Idee, die du hattest, ist ein Mord ans Tageslicht gekommen, der sonst wahrscheinlich niemals entdeckt worden wäre.«

»Dieses entsetzliche Gesicht wird mich im Schlaf verfolgen«, murmelte Ellery. Seine Augen waren ein wenig blutunterlaufen, und er drehte seinen Zwicker unablässig zwischen den Fingern.

Der Inspektor nahm dankbar eine Prise. »Machen Sie ihn ein wenig zurecht, Doc«, wandte er sich mit bemerkenswert fester Stimme an Dr. Prouty. »Ich will die Volksmassen hereinbitten – vielleicht kann ihn jemand identifizieren.«

»Ich habe ihn soweit fertig. Wo wollen Sie ihn haben?«

»Nehmen Sie ihn lieber aus dem Sarg heraus, und legen Sie ihn auf den Boden. Thomas, holen Sie ein Leintuch, und decken Sie alles ab außer dem Gesicht.«

»Ich muß noch Rosenwasser oder so etwas besorgen, um diesen scheußlichen Geruch zu vertreiben«, klagte Dr. Prouty scherzhaft.

Alles wurde vorbereitet und die zweite Leiche in aller Eile präsentabel gemacht, doch offenbar kannte keiner der ängstlichen, blassen Menschen, die einer nach dem anderen das Wohnzimmer betraten und wieder hinausgingen, das Gesicht des Toten. Ob sie sich da sicher seien? Jawohl. Sie hätten, sagten sie, diesen Mann nie zuvor gesehen. Auch Sloane nicht? Der winkte heftig ab – ihm ging es sehr, sehr schlecht; der Anblick hatte ihm den Magen umgedreht, und er hielt ein Riechfläschchen in der Hand, das er sich immer wieder an die Nase führte. Joan Brett hatte, auch wenn sie alle Willenskraft aufbringen mußte, um den Blick nicht abzuwenden, die Leiche nachdenklich betrachtet. Mrs. Simms, von ihrem Krankenlager aufgestört, war von Weekes und einem Beamten hereingeführt worden; sie hatte keine Ahnung gehabt, was auf sie zukam, und nach einem einzigen langen, schreckensstarren Blick in das Gesicht des unbekannten Toten war sie prompt mit einem Aufschrei in Ohnmacht gefallen, und man hatte Weekes und drei Beamte aufbieten müssen, sie wieder auf ihr Zimmer im ersten Stock zu schaffen.

Die ganze Meute wurde in Khalkis' Bibliothek zurückgescheucht. Der Inspektor und Ellery folgten ihr nach und ließen Dr. Prouty nur in der Gesellschaft zweier Leichen im Wohnzimmer zurück. Pepper, und zwar ein sehr erregter Pepper, wartete ungeduldig an der Tür auf sie.

Seine Augen leuchteten. »Ich habe die Nuß geknackt, Inspektor!« sagte er mit leiser, eifriger Stimme. »Ich wußte ja gleich, daß ich das Gesicht schon einmal irgendwo gesehen hatte. Und ich kann Ihnen auch sagen, woher *Sie* ihn kennen – aus dem Verbrecheralbum!«

»Das klingt wahrscheinlich. Wer ist es?«

»Ich habe gerade mit Jordan telefoniert, meinem alten Partner im Anwaltsbüro – aus der Zeit, bevor ich die Stelle bei Sampson bekam, Sir. Ich hatte so eine Ahnung, daß ich den Burschen kannte. Und Jordan half meinem Gedächtnis auf die Sprünge. Es handelt sich um einen gewissen Albert Grimshaw.«

»Grimshaw?« Der Inspektor stutzte. »Doch nicht der Kunstfälscher?«

Pepper lächelte. »Gutes Gedächtnis, Inspektor. Aber das war nur eines seiner Arbeitsgebiete. Ich habe ihn vor ungefähr fünf Jahren verteidigt, als wir noch als Jordan & Pepper firmierten. Wir haben damals verloren, und Jordan sagt, Grimshaw sei zu fünf Jahren verurteilt worden. Mensch, dann muß er gerade erst aus dem Knast gekommen sein!«

»Tatsächlich? Sing-Sing?«

»Genau!«

Sie betraten das Zimmer, und sämtliche Blicke waren auf sie gerichtet. Der Inspektor wandte sich an einen Beamten: »Hesse, fahren Sie zurück zum Präsidium, und sehen Sie sich die Akte Albert Grimshaw an, Kunstfälscher, die letzten fünf Jahre in Sing-Sing.« Hesse machte sich auf den Weg. »Thomas.« Velie beugte sich zu ihm hinunter. »Setzen Sie jemanden an, der herausfindet, was Grimshaw getan hat, seit er aus dem Bau ist. Fragen Sie nach, wie lange er draußen war – ist vielleicht wegen guter Führung früher entlassen worden.«

»Den Chef habe ich auch angerufen«, sagte Pepper, »und ihn von den neuesten Entwicklungen unterrichtet. Sagt, ich soll seine Interessen hier wahrnehmen – er hat zuviel mit dieser Bankaffäre zu tun. Hatte die Leiche irgend etwas bei sich, was die Identifizierung bestätigen könnte?«

»Absolut nichts. Nur ein paar Kleinigkeiten, ein paar Münzen, eine alte, leere Brieftasche. Nicht einmal ein Wäschereizeichen in seiner Kleidung.«

Ellerys und Joan Bretts Blicke kreuzten sich. »Miss Brett«, sagte er ruhig, »vorhin, als Sie den Leichnam im Wohnzimmer betrachteten, da ist mir aufgefallen... Kennen Sie den Mann? Warum haben Sie behauptet, Sie hätten ihn noch nie gesehen?«

Joan errötete; sie stampfte mit dem Fuß auf. »Mr. Queen, das ist eine Unterstellung. Ich werde kein –«

»Kennen Sie ihn, oder kennen Sie ihn nicht?« fragte der Inspektor mit kalter Stimme.

Sie biß sich auf die Lippen. »Das ist eine verdammt lange Geschichte, und ich fand, daß es niemandem etwas nützen würde, da ich ja nicht wußte, wie er heißt...«

»Diese Beurteilung können Sie ruhig der Polizei überlassen«, sagte Pepper mit nachdrücklicher Strenge. »Wenn Sie etwas wissen, Miss Brett, dann kann Anklage wegen Unterschlagung von Beweismaterial gegen Sie erhoben werden.«

»Tatsächlich?« Sie warf den Kopf in den Nacken. »Aber ich unterschlage Ihnen nichts, Mr. Pepper. Ich war mir auf den ersten Blick nicht sicher. Sein Gesicht war – war. . .« Sie schauderte. »Nun, wo ich darüber nachgedacht habe, bin ich zu dem Schluß gekommen, daß ich ihn schon gesehen habe. Einmal – nein, zweimal. Allerdings weiß ich, wie gesagt, nicht, wie er heißt.«

»Wo haben Sie ihn gesehen?« Der Ton des Inspektors war scharf, und er war offenbar völlig unbeeindruckt von der Tatsache, daß er es mit einer hübschen jungen Dame zu tun hatte.

»Hier im Haus, Inspektor.«

»Ha! Wann?«

»Dazu komme ich noch, Sir.« Sie ließ sich absichtlich Zeit und wirkte wieder fast so selbstbewußt wie vorher. Dann bedachte sie Ellery mit einem freundlichen Lächeln, und er nickte aufmunternd. »Das erste Mal sah ich ihn Donnerstag abend vor einer Woche.«

»Am 30. September?«

»Jawohl. Dieser Mann stand gegen neun Uhr abends vor der Haustür. Wie ich schon zweimal sagte, weiß ich nicht –«

»Er hieß Grimshaw, Albert Grimshaw. Weiter, Miss Brett.«

»Ich kam zufällig durch die Eingangshalle und sah, wie eines der Dienstmädchen ihn hereinließ. . .«

»Was für ein Mädchen?« fragte der Inspektor. »Ich habe hier im Haus kein Dienstmädchen gesehen.«

»Oh!« Sie schien verblüfft. »Aber – wie dumm von mir! – das konnten Sie ja nicht wissen. Wir hatten nämlich zwei Dienstmädchen, aber es waren beides dumme, abergläubische Frauen, und sie bestanden darauf, noch am selben Tag das Haus zu verlassen, als Mr. Khalkis starb. Sie wollten nicht in dem bleiben, was eine der beiden ›ein Totenhaus, Ma'am‹ nannte.«

»Stimmt das, Weekes?«

Der Butler nickte stumm.

»Erzählen Sie weiter, Miss Brett. Was geschah dann? Haben Sie noch etwas beobachtet?«

Joan seufzte. »Nicht allzuviel, Inspektor. Ich bemerkte, wie das Mädchen in Mr. Khalkis' Arbeitszimmer ging, diesen Grimshaw hineinführte und dann wieder herauskam. Mehr ist an jenem Abend nicht geschehen.«

»Haben Sie mitbekommen, wann der Mann gegangen ist?« schaltete sich Pepper ein.

»Nein, Mr. Pepper. . .« Sie ließ die letzte Silbe seines Namens genüßlich auf ihrer Zunge zergehen, und Pepper blickte ärgerlich weg, so, als wolle er eine nicht erwünschte, einem Staatsanwalt nicht angemessene Gefühlsregung verbergen.

»Und das zweite Mal, daß Sie ihn sahen, Miss Brett?« fragte der Inspektor. Sein Blick wanderte verstohlen zu den restlichen Anwesenden; sie waren allesamt etwas näher gerückt und hatten die Ohren gespitzt.

»Das zweite Mal sah ich ihn am Abend darauf – das heißt am Freitag vor einer Woche.«

»Ach übrigens, Miss Brett«, unterbrach Ellery scheinbar zusammenhanglos, »soviel ich weiß, arbeiteten Sie als Khalkis' Sekretärin?«

»Vollkommen richtig, Mr. Queen.«

»Und Khalkis war blind und hilflos?«

Sie schürzte die Lippen zum Zeichen ihres Widerspruches. »Blind schon, aber hilflos wohl kaum. Warum fragen Sie?«

»Na, hat Khalkis Ihnen denn am Donnerstag nichts von seinem Besucher erzählt – dem Mann, den er am Abend erwartete? Hat er Ihnen nicht aufgetragen, alles für ihn zu arrangieren?«

»Oh, ich verstehe! Nein, das hat er nicht. Mir gegenüber wurde kein Wort über einen Besucher erwähnt, der am Donnerstag abend erwartet würde. Er kam völlig unerwartet für mich. Und es würde mich gar nicht überraschen, wenn er auch völlig unerwartet für Mr. Khalkis gekommen wäre! Doch lassen Sie mich bitte weitererzählen.« Sie erzielte, indem sie kunstvoll eine dunkle, makellose Augenbraue hob, den Eindruck mädchenhafter Entrüstung. »Daß Sie alle einen aber auch immer unterbrechen müssen. . . Am Freitag war es etwas anderes. Nach dem Abendessen am Freitag – es handelt sich um den 1. Oktober, Inspektor Queen – rief Mr. Khalkis mich in die Bibliothek und gab mir einige sehr genaue Instruktionen. Wirklich sehr genaue Instruktionen, Inspektor, und –«

»Nun machen Sie schon, Miss Brett«, fuhr der Inspektor dazwischen. »Wir brauchen es nicht mit einem Spitzenrand verziert.«

»Wenn Sie im Zeugenstand wären«, fügte Pepper mit einer Spur Bitternis hinzu, »gäben Sie eine fürchterliche Zeugin ab, Miss Brett.«

»Ach, tatsächlich?« murmelte sie. Sie setzte sich auf Khalkis' Schreibtisch und schlug die Beine übereinander, was ihren Rock fast unmerklich ein Stück nach oben rutschen ließ. »Nun gut. Ich will eine Musterzeugin sein. Ist das die korrekte Haltung, Mr. Pepper? Mr. Khalkis sagte mir, daß er am Abend zwei Besucher erwarte. Spät am Abend. Einer von ihnen erscheine sozusagen inkognito – er sei sehr darauf bedacht, erklärte Mr. Khalkis, seine Identität nicht zu enthüllen, und deshalb müsse ich dafür sorgen, daß niemand ihn zu sehen bekomme.«

»Merkwürdig«, murmelte Ellery.

»Finden Sie nicht auch?« sagte Joan. »Also weiter. Ich sollte diese beiden Besucher persönlich einlassen und darauf bedacht sein, daß kein Bedienter ihnen über den Weg lief. Nachdem ich sie eingelassen hatte, sollte ich auf mein Zimmer gehen – einfach so, stellen Sie sich das vor! Natürlich stellte ich, als Mr. Khalkis hinzufügte, daß es sich um Geschäfte höchst privater Natur mit den beiden Herren handle, keine Fragen und befolgte seine Anweisungen bis ins kleinste, ganz die perfekte Sekretärin, die ich immer gewesen bin. Reizendes Mädel, wie, Lord Higginbotham?«

Der Inspektor runzelte die Stirn, und Joan senkte züchtig den Blick. »Um elf trafen die Besucher ein«, fuhr sie fort, »und einen davon erkannte ich sofort als den Mann wieder, der am Abend zuvor allein dagewesen war – der Mann, von dem Sie sagen, er habe Grimshaw geheißen. Der andere, der geheimnisvolle Fremde, war bis zu den Augen vermummt; von seinem Gesicht konnte ich nichts sehen. Ich hatte den Eindruck, daß er mittleren Alters oder älter war, aber das ist auch schon alles, was ich Ihnen über ihn mitteilen kann, Inspektor.«

Inspektor Queen schnaufte. »Dieser geheimnisvolle Fremde, wie Sie ihn nennen, kann für uns vielleicht von großer Bedeutung sein, Miss Brett. Können Sie uns denn keine bessere Beschreibung geben? Was hatte er an?«

Joan ließ nachdenklich ihr Bein hin- und herpendeln. »Er trug einen Mantel, und er behielt während der ganzen Zeit seine Melone auf, aber ich kann mich nicht einmal mehr an den Schnitt oder die Farbe des Mantels erinnern. Und das ist wirklich alles, was ich Ihnen über Ihren« – sie erschauderte – »Ihren abscheulichen Mr. Grimshaw sagen kann.«

Der Inspektor schüttelte den Kopf; es war unübersehbar, daß er nicht zufrieden war. »Aber wir reden ja gar nicht von Grimshaw, Miss Brett! Nun kommen Sie schon. Irgend etwas muß Ihnen doch an diesem zweiten Mann noch aufgefallen sein. Hat sich nichts ereignet, was von Bedeutung sein könnte – irgend etwas, was uns einen Fingerzeig auf diesen Burschen liefert?«

»Lieber Himmel!« Sie lachte und schlenkerte mit ihren schlanken Füßen. »So ein Hüter von Gesetz und Ordnung ist wirklich schwer zufriedenzustellen. Also gut – wenn Sie dem Zwischenfall mit Mrs. Simms' Katze etwas abgewinnen können...«

Ellery blickte interessiert. »Mrs. Simms' Katze, Miss Brett? Das klingt doch faszinierend. Ja, vielleicht können wir dem tatsächlich etwas abgewinnen. Lassen Sie kein Detail aus, Miss Brett, so grausig es auch sein mag.«

»Nun, Mrs. Simms nennt eine Katze ihr eigen, ein durchtriebenes Luder. Tootsie heißt sie. Tootsie hat eine Art, ihre feuchte kleine Nase an Stellen zu stecken, wo brave kleine Katzen ihre feuchten kleinen Nasen nicht hinstecken sollten. Sie – ähm – verstehen, worauf ich hinauswill, Mr. Queen?« Sie bemerkte ein bedrohliches Funkeln im Auge des Inspektors, seufzte und sagte reumütig: »Wirklich, Inspektor, Sie – Sie dürfen mich nicht für ein Dummchen halten. Ich bin nur – ach, alles ist so ein furchtbares Durcheinander.« Sie verstummte, und ein Hauch von Unsicherheit, Nervosität und ein Anflug von Furcht schimmerten in ihren bezaubernden blauen Augen. »Die Nerven wahrscheinlich«, sagte sie matt. »Und wenn ich nervös bin, dann werde ich albern und kichere wie ein Backfisch... Also, folgendes geschah«, fuhr sie unvermittelt fort. »Der Unbekannte, der, der bis zu den Augen vermummt war, trat als erster in die Eingangshalle, als ich die Tür öffnete. Grimshaw kam ein wenig hinter ihm und hielt sich seitlich von ihm. Mrs. Simms' Katze, die normalerweise oben in Mrs. Simms' Zimmer bleibt, war, ohne daß ich es bemerkt hatte, hinunter in die Halle marschiert und lag nun unmittelbar vor der Tür. Als ich die Tür öffnete und der geheimnisvolle Mann eintreten wollte, hielt er plötzlich inne, einen Fuß in der Luft, und fiel beinahe vornüber, weil er nicht auf die Katze treten wollte, die dreist auf der Türmatte lag und sich das Gesicht leckte, ohne einen einzigen Maunzer von sich zu geben. Erst bei dieser beinahe akrobatischen Anstrengung, die der Mann unternahm, um nicht auf die kleine Tootsie zu treten – ein typisch Simmsscher Name für eine Katze, Tootsie, finden Sie nicht auch? –, erst da bemerkte ich, daß Tootsie da war. Ich scheuchte sie natürlich davon, Grimshaw trat ein und sagte: ›Khalkis erwartet uns‹, und ich ging ihnen voraus zur Bibliothek. Und das war der Vorfall mit Mrs. Simms' Katze.«

»Nicht allzu aufschlußreich«, mußte Ellery zugeben. »Und dieser vermummte Mann, hat er irgend etwas gesagt?«

»Wissen Sie«, sagte Joan und runzelte ein wenig die Stirn, »er war ein ausgesprochen ungehobelter Mensch. Er blieb nicht nur vollkommen stumm, sondern er drängte mich doch tatsächlich beiseite und öffnete die Bibliothekstür selbst, als ich den beiden voranging und eben an die Tür klopfen wollte – obschon ja wohl kaum zu übersehen ist, daß ich kein Küchenmädchen bin! Er klopfte nicht einmal an, und dann traten er und Grimshaw ins Zimmer und schlugen mir die Tür vor der Nase zu. Ich war so wütend, ich hätte platzen können.«

»Schockierend«, murmelte Ellery. »Sie sind sich also sicher, daß er kein Wort von sich gab?«

»Vollkommen, Mr. Queen. Wie gesagt, ich war ärgerlich und ging dann nach oben.«

Es war nun offenkundig, daß Miss Joan Brett über ein durchaus lebhaftes Temperament verfügte. Irgend etwas an dem, worauf sie als nächstes zu sprechen kommen wollte, brachte ihr Blut in Wallung, denn ihre strahlenden Augen sprühten Funken, und sie warf einen außerordentlich erbosten Blick hinüber zum jungen Alan Cheney, der keine drei Meter entfernt an die Wand gelehnt stand, die Hände in den Taschen. »Ich hörte, wie jemand mit einem Schlüssel im Schloß der Außentür herumfuhrwerkte, die stets verschlossen ist. Ich wandte mich auf der Treppe um, und wen sehe ich in die Eingangshalle torkeln? Mr. Alan Cheney, blau wie ein Veilchen.«

»Joan!« brummte Alan vorwurfsvoll.

»Wie ein Veilchen?« fragte der Inspektor verwundert.

Joan nickte heftig. »Jawohl, Inspektor, blau wie ein Veilchen. Ich könnte auch sagen: voll wie eine Haubitze. Betüddelt. Benebelt. Sternhagelvoll. Ich glaube, die Leute haben ungefähr 300 Ausdrücke für die Verfassung, in der ich Mr. Cheney an jenem Abend sah. Mit einem Wort: vollkommen betrunken!«

»Ist das wahr, Cheney?« fragte der Inspektor.

Alan lächelte matt. »Würde mich gar nicht wundern, Inspektor. Wenn ich auf Tour bin, vergesse ich meistens Haus und Hof. Ich kann mich an nichts erinnern, aber wenn Joan sagt, daß es so war – na, dann war es auch so.«

»Oh, Sie können mir schon glauben, Inspektor«, beteuerte Joan und warf den Kopf in den Nacken. »Er war widerlich, ekelerregend betrunken – hatte sich von oben bis unten besabbert.« Sie funkelte ihn an. »Ich befürchtete, er könne in seinem jämmerlichen Zustand Krach machen. Mr. Khalkis hatte ausdrücklich angeordnet, daß er keine Geräusche, keine Unruhe wünsche, und deshalb – nun, ich hatte praktisch keine andere Wahl, nicht wahr? Mr. Cheney grinste mich in seiner üblichen weggetretenen Art an, und ich lief hinunter, faßte ihn fest am Arm und brachte ihn nach oben, bevor er das ganze Haus aufweckte.«

Mrs. Sloane saß mit hochmütiger Miene auf der Kante ihres Stuhles und wandte den Blick von ihrem Sohn ab und Joan zu. »Wirklich, Miss Brett«, sagte sie eisig, »es ist unverzeihlich, mit einer solchen Respektlosigkeit...«

»Bitte!« Der Inspektor fixierte Mrs. Sloane mit seinen kalten Augen, und sie hielt auf der Stelle den Mund. »Weiter, Miss Brett.« Alan, an die Wand gelehnt, schien zu beten, daß der Boden zu seinen Füßen sich auftun und ihn ein für allemal vom Ort des Geschehens entfernen möge.

Joan spielte mit dem Stoff ihres Rockes. »Vielleicht«, sagte sie etwas weniger temperamentvoll, »hätte ich es lieber... Jedenfalls«, fuhr sie fort, hob den Kopf und blickte dem Inspektor trotzig ins Gesicht, »brachte ich Mr. Cheney nach oben auf sein Zimmer und – und sorgte dafür, daß er zu Bett ging.«

»Joan Brett!« zischte Mrs. Sloane empört. »Alan Cheney! Soll das heißen, daß ihr beide –«

»Ich habe ihn nicht ausgezogen, Mrs. Sloane«, entgegnete Joan kühl, »wenn es das ist, was Sie andeuten wollten. Ich habe ihm nur die Leviten gelesen« – ihr Ton machte deutlich, daß sie dies eher für die Aufgabe einer Mutter hielt als für die einer einfachen Sekretärin –, »und er beruhigte sich binnen kurzem, das kann man wohl sagen. Genauer gesagt beruhigte er sich, nur um dann – nur um sich dann sehr heftig zu übergeben, nachdem ich ihn ins Bett gesteckt hatte...«

»Sie kommen vom Thema ab«, sagte der Inspektor scharf. »Haben Sie noch irgend etwas von den beiden Besuchern gesehen?«

Sie sprach nun mit leiser Stimme und schien intensiv das Teppichmuster zu ihren Füßen zu studieren. »Nein. Ich begab mich nach unten, um einige – einige rohe Eier zu holen; ich dachte, damit könnte ich Mr. Cheney vielleicht wieder auf die Beine bringen. Auf dem Weg zur Küche kam ich hier am Arbeitszimmer vorbei, und mir fiel auf, daß unter der Tür her kein Licht mehr zu sehen war. Ich nahm an, daß die Besucher sich verabschiedet hatten, während ich oben war, und daß Mr. Khalkis zu Bett gegangen sei.«

»Als Sie, wie Sie sagen, an der Tür vorbeikamen – wieviel Zeit war da vergangen, seit Sie die beiden Männer eingelassen hatten?«

»Schwer zu beurteilen, Inspektor. Eine halbe Stunde, vielleicht auch mehr.«

»Und Sie haben die Männer nicht mehr wiedergesehen?«

»Nein, Inspektor.«

»Und Sie sind sicher, daß es am letzten Freitag abend war, dem Abend, bevor Khalkis starb?«

»Jawohl, Inspektor Queen.«

Nun trat vollkommenes Schweigen ein, das von Sekunde zu Sekunde bedrückender wurde. Joan saß da, biß sich auf die roten Lippen und sah niemanden an. Alan Cheney litt, seinem Gesichtsausdruck nach zu urteilen, Höllenqualen. Mrs. Sloanes verwelkte, unattraktive Gesichtszüge verhärteten sich; ihre zerbrechliche Gestalt wirkte steif wie die der Schwarzen Königin aus Lewis Carrolls *Alice hinter den Spiegeln.* Nacio Suiza, in einen Sessel am anderen Ende des Zimmers hingegossen, seufzte vor *ennui;* sein dunkler Spitzbart wies vorwurfsvoll zu Boden. Gilbert Sloane schnüffelte an seinem Riechfläschchen. Mrs. Vreeland starrte mit einem Medusenblick auf die rosigen alten Wangen ihres Gatten. Die Stimmung war alles andere als wohlgelaunt; und Dr. Wardes, in dumpfes Brüten verfallen, schien von der allgemeinen Griesgrämigkeit angesteckt und wirkte so melancholisch wie sein Bart. Selbst Woodruff machte einen bedrückten Eindruck.

Ellerys kühle Stimme ließ sie aufblicken. »Miss Brett, können Sie uns genau sagen, wer am vergangenen Freitag abend alles im Haus war?«

»Das weiß ich wirklich nicht, Mr. Queen. Die beiden Mädchen waren natürlich auf ihre Zimmer geschickt worden; Mrs. Simms hatte sich auch zurückgezogen, und Weekes war ausgegangen – hatte wohl seinen freien Abend. Doch außer über Mr. – Mr. Cheney kann ich über niemanden etwas Genaues sagen.«

»Na, das werden wir schon herausfinden«, brummte der Inspektor. »Mr. Sloane!« Er hatte die Stimme gehoben, und Sloane fiel vor Schreck beinahe die kleine farbige Flasche aus der Hand. »Wo waren Sie letzten Freitag abend?«

»Oh, in der Galerie«, antwortete Sloane hastig. »Ich habe bis spät gearbeitet. Ich bin oft bis in die frühen Morgenstunden dort und arbeite.«

»Irgend jemand bei Ihnen gewesen?«

»Nein, nein! Ich war vollkommen allein!«

»Hmm.« Der alte Herr musterte seine Schnupftabaksdose. »Und wann kamen Sie zurück ins Haus?«

»Oh, lange nach Mitternacht.«

»Wußten Sie etwas von Khalkis' beiden Besuchern?«

»Ich? Ganz gewiß nicht.«

»Das ist merkwürdig«, sagte der Inspektor und steckte die Dose wieder ein. »Mr. Georg Khalkis scheint ja ein recht geheimnisvoller Mensch gewesen zu sein. Und Sie, Mrs. Sloane, wo waren Sie am Freitag abend?«

Sie befeuchtete ihre bleichen Lippen, und ihre Augenlider zuckten nervös. »Ich? Ich war oben und schlief. Ich weiß nichts von den Besuchern meines Bruders – absolut nichts.«

»Wann sind Sie schlafen gegangen?«

»Ich habe mich gegen zehn Uhr zurückgezogen. Ich – ich hatte Kopfschmerzen.«

»Kopfschmerzen. Hmm.« Der Inspektor wirbelte zu Mrs. Vreeland herum. »Und Sie, Mrs. Vreeland? Wo und wie haben Sie den vergangenen Freitag abend verbracht?«

Mrs. Vreeland richtete ihre ausladenden, wohlgerundeten Formen auf und lächelte kokett. »In der Oper, Inspektor – in der Oper.«

Ellery fühlte den unwiderstehlichen Drang, dazwischenzurufen: »In welcher Oper?«, aber er nahm sich zusammen. Eine Parfümwolke ging von dieser Vertreterin des schönen Geschlechts aus – teures Parfüm, kein Zweifel, doch von einer Hand aufgelegt, die kein Maß kannte.

»Allein?«

»In Gesellschaft.« Sie lächelte süß. »Anschließend nahmen wir ein Nachtmahl im Barbizon ein, und gegen ein Uhr morgens war ich wieder zurück.«

»Bemerkten Sie Licht in Khalkis' Arbeitszimmer, als Sie das Haus betraten?«

»Ich glaube nicht.«

»Haben Sie überhaupt noch jemanden hier im Erdgeschoß gesehen?«

»Es war dunkel wie in einem Grab. Ich habe nicht einmal ein Gespenst gesehen, Inspektor.« Sie gab ein tiefes, kehliges Lachen von sich, in das jedoch niemand einstimmte. Mrs. Sloane saß steifer denn je da; es war nicht zu übersehen, daß sie den Scherz unangebracht fand, höchst unangebracht.

Der Inspektor zupfte nachdenklich an seinem Schnurrbart; dann blickte er auf und sah, daß Dr. Wardes' helle braune Augen fest auf ihn gerichtet waren. »Ah ja, Dr. Wardes«, sagte er freundlich. »Und wie steht es mit Ihnen?«

Dr. Wardes spielte mit seinem Bart. »Ich habe den Abend im Theater verbracht, Inspektor.«

»Dem Theater. So, so. Sie waren also vor Mitternacht wieder zu Hause?«

»Nein, Inspektor. Nach der Vorstellung habe ich mich noch in ein oder zwei Lokalen amüsiert. Wirklich, es war schon lange nach Mitternacht, bis ich wieder hier eintraf.«

»Sie haben den Abend allein verlebt?«

»Ganz allein.«

Die schlauen, kleinen Äuglein des alten Herrn funkelten über seine Finger hinweg, während er eine weitere Prise Schnupftabak nahm. Mrs. Vreeland saß mit einem eingefrorenen Lächeln und mit großen Augen da, mit zu großen Augen. Alle anderen machten einen eher gleichgültigen Eindruck. Nun hatte Inspektor Queen im Laufe seiner Karriere Tausende von Personen befragt, und er hatte ein bestimmtes, Polizisten eigenes Gespür entwickelt – einen Sinn dafür, wann Leute ihn belogen. Irgend etwas an Dr. Wardes' allzu nonchalanten Antworten und Mrs. Vreelands gespannter Haltung...

»Ich glaube, Sie sagen mir nicht die Wahrheit, Doktor«, sagte er leichthin. »Natürlich habe ich Verständnis für Ihre Skrupel... Sie waren vergangenen Freitag abend mit Mrs. Vreeland aus, nicht wahr?«

Die Frau rang nach Luft, und Dr. Wardes hob seine buschigen Augenbrauen. Jan Vreelands verblüffter Blick wanderte zwischen seiner Gattin und dem Arzt hin und her, und sein kleines, fettes Gesicht wirkte vor Empörung und Kummer faltig.

Dr. Wardes kicherte in sich hinein. »Eine ausgezeichnete Hypothese, Inspektor. Und so zutreffend.« Er verbeugte sich leicht zu Mrs. Vreeland hinüber. »Sie erlauben doch, Mrs. Vreeland?« Sie warf den Kopf in den Nacken wie ein nervöses Pferd. »Sie müssen verstehen, Inspektor, ich wollte nicht, daß die Unternehmungen dieser Dame in unvorteilhaftem Licht erscheinen. Ja, es stimmt, ich habe Mrs. Vreeland zur Metropolitan Opera und anschließend zum Barbizon begleitet –«

»Hören Sie! Ich glaube –« unterbrach Vreeland ihn in dem aufgeregten Versuch zu protestieren.

»Mein lieber Mr. Vreeland, es war die unschuldigste Unternehmung, die man sich vorstellen kann, und eine ganz zauberhafte dazu, das muß ich sagen.« Dr. Wardes musterte das ärgerliche Gesicht des alten Holländers. »Durch Ihre häufigen Reisen war Mrs. Vreeland oft allein, Sir; ich selbst habe keine Freunde in New York – da war es doch nur natürlich, daß wir einander näherkamen, nicht wahr?«

»Na, mir gefällt das jedenfalls nicht«, wandte Vreeland kindisch ein. »Mir gefällt das ganz und gar nicht, Lucy.« Er watschelte hinüber zu seiner Frau, fuchtelte ihr mit seinem kleinen, dicken Zeigefinger vor der Nase herum und machte einen Schmollmund dabei. Sie schien einer Ohnmacht nahe und hielt die Lehnen ihres Sessels umklammert. Unvermittelt befahl der Inspektor Vreeland zu schweigen, und Mrs. Vreeland ließ sich in ihrem Sessel zurückfallen und schloß im Gedanken an die erlittene Demütigung ihre Augen. Dr. Wardes zuckte ein wenig mit seinen breiten Schultern.

Auf der anderen Seite des Zimmers holte Gilbert Sloane tief Luft, und Mrs. Sloanes unbewegte Gesichtszüge zeigten einen Anflug von Leben. Der Inspektor warf beiden flammende Blicke zu. Dann fiel sein Auge auf die umherwatschelnde Gestalt des Demetrios Khalkis...

Abgesehen von seinem leeren, schwachsinnigen Gesichtsausdruck war Demmy das häßliche, hagere, verwachsene Ebenbild seines Vetters Georg Khalkis. Mit seinen großen, unbeteiligten Augen starrte er unablässig vor sich hin; seine wulstige Unterlippe hing weit herab, sein Hinterkopf war beinahe flach und sein Schädel groß und mißgestaltet. Er war ohne einen Laut auf- und abgewandert, hatte mit niemandem gesprochen, jedem der Anwesenden kurzsichtig ins Gesicht geschaut und mit einer angsteinflößenden Regelmäßigkeit seine gewaltigen Hände zu Fäusten geballt und wieder geöffnet.

»He – Sie, Mr. Khalkis!« rief der Inspektor. Demmy fuhr mit seiner Umkreisung des Arbeitszimmers fort. »Ist er taub?« fragte der alte Herr ärgerlich, an niemanden Bestimmten gerichtet.

»Nein, Inspektor«, antwortete Joan Brett. »Er versteht nur kein Englisch. Er ist nämlich Grieche.«

»Khalkis' Vetter, nicht wahr?«

»Stimmt genau«, schaltete Alan Cheney sich unerwartet ein. »Aber er ist nicht ganz richtig hier oben.« Mit einer vielsagenden Geste tippte er sich an seinen eigenen wohlgeformten Schädel. »Ein Idiotenhirn.«

»Das ist außerordentlich interessant«, sagte Ellery freundlich. »Denn das Wort ›Idiot‹ ist griechischen Ursprungs und bezeichnete dort lediglich einen ungebildeten Privatmann, der nicht zum hellenischen politischen Gefüge gehörte – *idiotes* auf Griechisch. Aber er war kein Schwachkopf.«

»Na ja, dieser hier ist ein Idiot im heutigen Wortsinn«, fuhr Alan müde fort. »Mein Onkel hat ihn vor ungefähr zehn Jahren aus Athen mitgebracht – er war der letzte des Familienzweiges dort. Der größte Teil der Khalkis-Familie ist seit mindestens sechs Generationen in Amerika. Demmy hat die englische Sprache niemals begreifen können – Mutter sagt, er ist selbst im Griechischen ein Analphabet.«

»Wir müssen jedenfalls mit ihm sprechen«, sagte der Inspektor eine Spur verzweifelt. »Mrs. Sloane, dieser Mann ist doch auch Ihr Vetter, nicht wahr?«

»Jawohl, Inspektor. Der arme, liebe Georg...« Ihre Lippen zitterten; es schien, als werde sie gleich weinen.

»Aber, aber«, beeilte der Inspektor sich zu sagen. »Verstehen Sie dieses Kauderwelsch? Ich meine, können Sie Griechisch oder was immer es ist, was er plappert?«

»Genug, um mich mit ihm zu verständigen.«

»Bitte fragen Sie ihn, was er am Freitag abend getan hat.«

Mrs. Sloane seufzte, erhob sich, strich ihre Kleider glatt, faßte den großen, hageren Schwachsinnigen am Arm und schüttelte ihn energisch. Er wandte sich verwundert um; ängstlich versuchte er in ihrem Gesicht zu lesen; dann lächelte er und umschloß ihre Hand mit der seinen. »Demetrios!« sagte sie scharf. Er lächelte erneut, und sie begann in einer fremden Sprache zu ihm zu reden, in abgehackten, kehligen Lauten. Darüber lachte er laut und drückte mit seiner mächtigen Pranke ihre Hand noch fester; sein

Verhalten war so leicht zu deuten wie das eines Kindes – er war überglücklich, seine Muttersprache zu hören. Er antwortete ihr mit den gleichen fremdartigen Lauten, wobei er ein wenig lispelte; seine Stimme war tief und durchdringend.

Mrs. Sloane wandte sich an den Inspektor. »Er sagt, Georg habe ihn an jenem Abend gegen zehn Uhr zu Bett geschickt.«

»Sein Zimmer liegt neben Khalkis' Schlafzimmer?«

»Ja.«

»Fragen Sie ihn, ob er aus der Bibliothek etwas gehört habe, nachdem er zu Bett gegangen war.«

Erneut wurden fremdartige Laute gewechselt. »Nein, er sagt, er habe nichts gehört. Er sei sofort eingeschlafen und habe die ganze Nacht fest geschlafen. Er schläft wie ein Kind, Inspektor.«

»Und er hat auch niemanden in der Bibliothek gesehen?«

»Aber wie hätte er das denn können, Inspektor, wenn er doch schlief?«

Demmys Blick wanderte zwischen seiner Cousine und dem Inspektor freudig, wenn auch irgendwie ratlos hin und her. Der alte Herr nickte. »Ich danke Ihnen, Mrs. Sloane. Das ist alles für den Augenblick.«

Der Inspektor ging zum Schreibtisch, griff zum Telefon und wählte eine Nummer. »Hallo! Queen am Apparat... Hören Sie, Fred, wie heißt dieser Griechischdolmetscher, der immer im Gericht herumlungert? Was? Trikkala? T-r-i-k-k-a-l-a? Gut. Finden Sie sofort heraus, wo er steckt, und schicken Sie ihn dann gleich zur 54. Straße Ost, Haus Nummer 11. Sagen Sie ihm, er soll nach mir fragen.«

Er knallte den Hörer auf die Gabel. »Sie warten bitte alle hier auf mich«, sagte er, winkte Ellery und Pepper heran, nickte Sergeant Velie lakonisch zu und schritt zur Tür. Demmy starrte den drei Männern erstaunt wie ein Kind nach.

Sie stiegen die teppichbelegten Stufen hinauf und wandten sich auf Peppers Zeichen hin nach rechts. Er wies auf eine Tür nicht weit vom Treppenabsatz, und der Inspektor klopfte. Eine tränenerstickte Frauenstimme fragte undeutlich: »Wer ist da?«

»Mrs. Simms? Hier ist Inspektor Queen. Darf ich für einen Augenblick hineinkommen?«

»Wer? Wer ist da? Oh, natürlich! Einen Moment, Sir, nur einen Moment!« Gleich darauf hörte man das Bett knarren, ein von schwerem Atmen begleitetes Rascheln, dann schwach und keuchend: »Kommen Sie herein, Sir. Kommen Sie.«

Mit einem Seufzen öffnete der Inspektor die Tür, die drei Männer traten ein und sahen sich einem Bild des Jammers gegenüber. Ein alter Schal war um Mrs. Simms' massige Schultern gewunden. Ihr graues Haar war zerwühlt – Strähnen standen in allen Richtungen, so daß ihr Kopf ein wenig dem gekrönten Haupt der Freiheitsstatue ähnelte. Ihr Gesicht war gerötet, geschwollen und tränenfeucht, und ihre mütterliche Brust wogte heftig, während sie sich in einem altmodischen Schaukelstuhl hin- und herschaukelte. Ihre großen, angeschwollenen Füße steckten in Hausschuhen. Und zu diesen leidgeprüften Füßen ruhte eine ergraute Perserkatze – zweifellos die unternehmungslustige Tootsie.

Die drei Männer marschierten mit ernster Miene ins Zimmer, und Mrs. Simms starrte sie mit so angstverzerrten Glubschaugen an, daß Ellery schlucken mußte.

»Wie geht es Ihnen inzwischen, Mrs. Simms?« erkundigte sich der Inspektor freundlich.

»Ach, schlecht, Sir.« Mrs. Simms schaukelte schneller. »Wer war dieser entsetzliche tote Mensch im Wohnzimmer, Sir? Ich – mir läuft es jetzt noch eiskalt den Rücken herunter!«

»Das heißt, Sie haben diesen Mann noch nie zuvor gesehen?«

»Ich?« schrie sie auf. »Herr im Himmel! Ich? Jesusmaria, nein!«

»Schon gut, schon gut«, sagte der Inspektor rasch. »Also, Miss Simms, erinnern Sie sich an den vergangenen Freitag abend?«

Das feuchte Taschentuch kam an der Nase zum Halten, und ihre Augen machten einen etwas weniger hysterischen Eindruck. »Letzten Freitag abend? Den Abend bevor – bevor Mr. Khalkis starb? Gewiß erinnere ich mich, Sir.«

»Ausgezeichnet, Mrs. Simms, ausgezeichnet. Wie ich höre, sind Sie früh auf Ihr Zimmer gegangen – stimmt das?«

»Jawohl, Sir. Mr. Khalkis hatte es mir persönlich aufgetragen.«

»Hat er Ihnen sonst noch etwas gesagt?«

»Na ja, nichts von Bedeutung, Sir, wenn Sie darauf hinauswollen.« Mrs. Simms schneuzte sich. »Er rief mich einfach nur ins Arbeitszimmer, und –«

»Er rief Sie?«

»Ja, ich meine, er klingelte nach mir. Er hat einen Klingelknopf auf seinem Schreibtisch, der mit der Küche unten verbunden ist.«

»Um wieviel Uhr war das?«

»Um wieviel Uhr? Lassen Sie mich überlegen.« Nachdenklich schürzte sie ihre faltigen Lippen. »Ich würde sagen, ungefähr Viertel vor elf.«

»Abends natürlich?«

»Herr des Himmels – natürlich abends. Und als ich eintrat, trug er mir auf, sofort einen elektrischen Kocher mit Wasser zu holen, drei Tassen mit Untertassen, einige Teebeutel, Milch, Zitrone und Zucker. Auf der Stelle, sagte er.«

»War er allein, als Sie die Bibliothek betraten?«

»Oh ja, Sir. Ganz allein – der arme Mann, wie er so adrett und aufrecht an seinem Schreibtisch saß... Wenn man sich vorstellt – wenn man sich vorstellt, daß –«

»Stellen Sie es sich nicht vor, Mrs. Simms«, sagte der Inspektor. »Was geschah dann?«

Sie betupfte ihre Augen. »Ich brachte die Teesachen sofort und stellte sie auf dem Tischchen neben seinem Schreibtisch ab. Er fragte mich, ob ich auch alles wie bestellt gebracht hätte –«

»Das ist ja seltsam«, murmelte Ellery.

»Überhaupt nicht, Sir. Bedenken Sie, er konnte ja nichts sehen. Dann sagte er in schärferem Ton – er kam mir ein wenig nervös vor, Sir, wenn Sie mich fragen, aber ich weiß, Sie haben mich nicht gefragt –, er sagte: ›Mrs. Simms, ich möchte, daß Sie auf der Stelle auf Ihr Zimmer gehen. Haben Sie mich verstanden?‹ Also antwortete ich: ›Jawohl, Mr. Khalkis‹ und ging unverzüglich hinauf auf mein Zimmer und zu Bett. Und das ist alles, Sir.«

»Er hat Ihnen gegenüber nichts erwähnt, daß er an jenem Abend noch Gäste erwartete?«

»Zu mir? Oh nein, Sir.« Mrs. Simms schneuzte sich noch einmal, wobei sie ihre Nase energisch mit dem Taschentuch bearbeitete. »Obwohl ich mir schon gedacht habe, daß er wohl noch jemanden bewirten wollte – wegen der drei Tassen. Aber mir kam nicht zu, danach zu fragen, verstehen Sie.«

»Ja, gewiß. Sie haben also an jenem Abend keinen Besucher zu Gesicht bekommen?«

»Nein, Sir. Ich ging, wie gesagt, direkt hinauf auf mein Zimmer und sogleich zu Bett. Ich war sehr müde; Sir, den ganzen Tag hatte mich mein Rheuma geplagt. Also, mein Rheuma –«

Tootsie erhob sich, gähnte und begann sich das Gesicht zu putzen.

»Aber ja. Das verstehen wir vollkommen. Das ist vorerst alles, Mrs. Simms, und haben Sie vielen Dank«, sagte der Inspektor und verließ ein wenig überstürzt das Zimmer. Ellery machte einen nachdenklichen Eindruck, als sie wieder die Treppe hinunterstiegen; Pepper betrachtete ihn neugierig und fragte: »Denken Sie...?«

»Mein lieber Pepper«, entgegnete Ellery, »das ist der Fluch meines Lebens. Ich denke immer. Ich bin von dem geplagt, was Byron in seinem *Childe Harold* – ist Ihnen der wunderbare erste Gesang noch im Gedächtnis? – so treffend ›Die Qual des Lebens – den Dämon des Denkens‹ nannte.«

»Na«, sagte Pepper unsicher, »da hat er womöglich recht.«

Kapitel 8

Mord?

Sie waren im Begriff, ins Arbeitszimmer zurückzukehren, als sie aus dem Wohnzimmer auf der anderen Seite des Flures Stimmen vernahmen. Der Inspektor spazierte neugierig hinüber und öffnete die Tür, um hineinzusehen. Mit interessierter Miene trat er ohne weiteres Federlesen ein, und Pepper und Ellery folgten ihm brav. Sie stießen auf Dr. Prouty, der an seiner Zigarre kaute und zum Fenster hinaus auf den Friedhof blickte, während ein weiterer Mann – ein Mann, den keiner von ihnen zuvor gesehen hatte – sich an dem übelriechenden Leichnam Grimshaws zu schaffen machte. Er richtete sich unverzüglich auf und warf Dr. Prouty einen fragenden Blick zu. Der stellvertretende Amtsarzt stellte mit strenger Miene die Queens und Pepper vor und sagte: »Das ist Dr. Frost, Khalkis' Hausarzt. Eben gekommen.« Dann wandte er sich sogleich wieder dem Fenster zu.

Dr. Duncan Frost war ein stattlicher, gepflegter Mann von Anfang 50 – der typische elegante, zuverlässige Gesellschaftsarzt, dem die obere Fifth Avenue, Madison Avenue und die West Side den Erhalt ihrer Gesundheit anvertrauen. Er murmelte irgend etwas Höfliches und trat zurück, wobei er den angeschwollenen Leichnam mit Interesse betrachtete.

»Wie ich sehe, haben Sie sich mit unserem Fund schon beschäftigt«, sagte der Inspektor.

»In der Tat. Hochinteressant. Wirklich hochinteressant«, erwiderte Dr. Frost, »und mir vollkommen unerklärlich. Wie um alles in der Welt ist diese Leiche in Khalkis' Sarg gekommen?«

»Wenn wir das wüßten, Doktor, dann wäre es uns leichter ums Herz.«

»Nun, fest steht, daß er nicht dort drin war, als Khalkis beerdigt wurde«, sagte Pepper trocken.

»Natürlich nicht. Deshalb ist es ja so verblüffend.«

»Dr. Prouty sagte, wenn ich mich recht erinnere, Sie seien Khalkis' Hausarzt gewesen?« fragte der Inspektor unvermittelt.

»So ist es, Sir.«

»Haben Sie diesen Mann je zuvor gesehen? War er Ihr Patient?«

Dr. Frost schüttelte den Kopf. »Ich sehe ihn zum ersten Mal, Inspektor. Und ich betreue Khalkis schon seit vielen Jahren. Ich wohne übrigens gleich hier auf der anderen Seite des Hofes – an der 55. Straße.«

»Wie lange«, wollte Ellery wissen, »ist der Mann schon tot?«

Der stellvertretende Amtsarzt wandte sich wieder zu ihnen um, lächelte verdrießlich, und die beiden Ärzte warfen sich gegenseitig Blicke zu. »Genau diese Frage«, knurrte Dr. Prouty, »diskutierten Dr. Frost und ich gerade, als die Herren hereinkamen. Nach einer so oberflächlichen Untersuchung schwer zu sagen. Ich müßte den Leichnam nackt sehen und die inneren Organe untersuchen, bevor ich etwas Bestimmtes sagen könnte.«

»Vieles hängt davon ab«, sagte Dr. Frost, »wo sich die Leiche befand, bevor sie in Khalkis' Sarg begraben wurde.«

»Oh«, beeilte Ellery sich zu fragen, »dann ist er also schon länger als drei Tage tot? Er kam vor Dienstag um, dem Tag, an dem Khalkis beerdigt wurde?«

»Ich denke schon«, antwortete Dr. Frost, und Dr. Prouty nickte beiläufig. »Die äußeren Veränderungen des Leichnams deuten ohne Frage auf einen Zeitraum von mindestens drei Tagen hin.«

»Der Rigor ist schon vor langem wieder zurückgegangen. Deutliche sekundäre Erschlaffung. Leichenblässe scheint im finalen Stadium«, erklärte Dr. Prouty mit verdrießlicher Stimme, »soweit wir das sehen können, ohne ihn auszuziehen. Insbesondere an den rückwärtigen Körperflächen – Leiche lag mit dem Gesicht nach unten im Sarg. Druckstellen durch Kleidung und Berührung mit scharfen Kanten sowie harten Flächen lassen an einigen Stellen die Blässe heller erscheinen. Aber das sind Feinheiten.«

»Was insgesamt bedeutet –«, bohrte Ellery weiter.

»Was ich bisher angeführt habe«, antwortete der Amtsarzt, »trägt nicht viel dazu bei, den exakten Zeitpunkt des Todes zu bestimmen, obwohl die Leichenblässe mit Sicherheit auf eine Verwesungsdauer von mindestens drei Tagen hindeutet, möglicherweise doppelt so viel. Ohne Autopsie läßt sich das nicht sagen. Sehen Sie, diese Phänomene indizieren lediglich bestimmte Mindestzeiten. Der Rigor mortis läßt nach einem bis anderthalb, manchmal zwei Tagen nach. Das Wiedererlangen der Flexibilität stellt die dritte Stufe dar – unmittelbar nach dem Tod ist der Körper normalerweise ebenfalls beweglich, alles wirkt entspannt. Dann setzt die Totenstarre ein. Wenn die Totenstarre vorüber ist, tritt eine sekundäre Flexibilität auf – die Muskeln werden erneut locker.«

»Aber das heißt noch nicht –« hob der Inspektor an.

»Natürlich«, schaltete Dr. Frost sich ein, »spielen darüber hinaus auch andere Faktoren eine Rolle. Am Unterleib läßt sich zum Beispiel ein Leichenfleck erkennen – eines der ersten Anzeichen der Verwesung –, und er zeigt die typische Anschwellung durch Gase.«

»Das hilft uns schon, die Zeit zu bestimmen«, bestätigte Dr. Prouty. »Aber es gibt immer zahlreiche Umstände, die berücksichtigt werden müssen. Wenn die Leiche, bevor sie in den Sarg gelegt wurde, an einem trockenen, nicht zu zugigen Ort gelegen hat, dann würde die Verwesung weniger schnell eintreten als sonst. Drei Tage, wie gesagt, sind das absolute Minimum.«

»Also gut«, sagte der Inspektor ungeduldig, »Sie schneiden ihm den Bauch auf, Doc, und sagen uns dann so genau Sie können, wie lange er schon tot ist.«

»Da fällt mir ein«, meinte Pepper plötzlich, »was ist eigentlich mit Khalkis' Leiche? Ist d i e in Ordnung? Ich meine, an Khalkis' Todesursache kann es keine Zweifel geben, oder?«

Der Inspektor starrte Pepper an; dann schlug er sich auf seine mageren Schenkel und rief: »Gratuliere, Pepper! Eine exzellente Idee... Dr. Frost, Sie waren der Arzt, der Khalkis' Tod feststellte, nicht wahr?«

»In der Tat.«

»Das heißt, Sie haben auch den Totenschein ausgestellt.«

»So ist es, Sir.«

»Irgendwas Verdächtiges an seinem Tod?«

Dr. Frost erstarrte. »Mein guter Mann«, sagte er kühl, »meinen Sie, ich würde in aller Form den Tod durch Herzversagen bestätigen, wenn es nicht der Wahrheit entspräche?«

»Komplikationen?« knurrte Dr. Prouty.

»Nicht zum Zeitpunkt des Todes. Doch Khalkis war schon seit Jahren ein schwerkranker Mann; seit mindestens zwölf Jahren litt er an einer schweren kompensatorischen Hypertrophie – einer Vergrößerung des Herzens als Folge eines Mitralklappenschadens. Und vor drei Jahren entwickelte er, was die Sache noch verschlimmerte, eine Reihe böser Magengeschwüre. Sein Herzleiden machte eine Operation unmöglich, und ich behandelte ihn intravenös. Doch es kam zu inneren Blutungen, die auch seine Erblindung verursachten.«

»Ist das häufig die Folge solcher Erkrankungen?« fragte Ellery.

»Die glorreiche medizinische Wissenschaft weiß kaum etwas darüber, Queen«, erklärte Dr. Prouty. »Es ist nicht weit verbreitet, aber es kommt immer wieder einmal nach Blutungen vor, die durch Magengeschwüre oder Magenkrebs entstehen. Niemand kann diese Komplikation voraussehen.«

»Jedenfalls«, fuhr Dr. Frost fort und nickte bestätigend, »hofften der Spezialist, den ich hinzuzog, und ich selbst, daß sich die Erblindung als nur vorübergehend erweisen würde. Manchmal verschwindet eine solche Blindheit plötzlich wieder, so unvermittelt, wie sie einsetzt. Doch Khalkis' Zustand besserte sich nicht, und er erlangte sein Augenlicht niemals wieder.«

»Zweifellos hochinteressant«, sagte der Inspektor, »aber uns geht es ja eher um die Frage, ob Khalkis vielleicht nicht an seinem kranken Herzen gestorben ist, sondern –«

»Wenn Sie Zweifel an der Korrektheit der angegebenen Todesursache haben«, sagte Dr. Frost schroff, »dann fragen Sie Dr. Wardes, der zugegen war, als ich Khalkis offiziell für tot erklärte. Es gab keine Gewalteinwirkung, nichts auch nur annähernd so Melodramatisches, Inspektor. Die Spritzen, die er gegen seine Magengeschwüre bekam, zusammen mit der strengen Diät, die er natürlich halten mußte, griffen sein Herz an. Und gegen meinen ausdrücklichen Rat bestand er darauf, seine Galerie und seine Kunstsammlung weiterhin selbst zu leiten, wenn auch nur mittelbar über Mr. Sloane und Mr. Suiza. Sein Herz versagte einfach.«

»Aber – Gift?« beharrte der Inspektor.

»Ich kann Ihnen versichern, daß es nicht das kleinste Indiz für eine Vergiftung gab.«

Der Inspektor winkte Prouty heran. »Es ist wohl besser, wenn Sie Khalkis ebenfalls obduzieren«, sagte er. »Ich will kein Risiko eingehen. Ein Mord ist hier geschehen – woher wissen wir, bei allem Respekt vor Dr. Frost, daß nicht noch ein zweiter Mordfall vorliegt?«

»Kann man denn an Khalkis eine Autopsie vornehmen?« fragte Pepper besorgt. »Schließlich ist er einbalsamiert worden.«

»Macht nicht den geringsten Unterschied«, versicherte ihm der stellvertretende Amtsarzt. »Beim Balsamieren wird keines der Hauptorgane entfernt. Wenn irgend etwas nicht in Ordnung ist, dann finde ich es. Die Balsamierung hilft sogar dabei. Sie konserviert den Leichnam – Sie sehen ja, nicht das geringste Anzeichen von Verwesung.«

»Ich glaube«, sagte der Inspektor, »wir sollten ein wenig mehr über die Umstände von Khalkis' Tod herausfinden. Vielleicht stoßen wir da auf etwas, was uns mit diesem Grimshaw weiterhilft. Doc, Sie kümmern sich um die beiden Leichen?«

»Aber sicher.«

Dr. Frost zog Hut und Mantel an und verabschiedete sich ein wenig kühl. In Khalkis' Arbeitszimmer fand der Inspektor einen Fingerabdrucksexperten aus dem Präsidium, der eifrig dabei war, alles abzusuchen. Sein Blick hellte sich auf, als er den Inspektor sah, und er kam eilig zu ihm herüber.

»Irgend etwas gefunden, Jimmy?« fragte der Inspektor leise.

»Massenhaft Abdrücke, aber keine, mit denen man was anfangen könnte. Alles voll davon. So wie ich das sehe, ist eine Million Leute hier die ganze Woche ein- und ausgegangen.«

»Tja«, seufzte der Inspektor, »tun Sie alles, was sinnvoll erscheint. Sie könnten zum Beispiel in das Wohnzimmer am anderen Ende des Flures gehen und die Fingerabdrücke der kleineren der beiden Leichen nehmen, von dem Mann, den wir für Grimshaw halten. Haben Sie die Abdrücke aus der Kartei dabei?«

»Klar.« Jimmy eilte von dannen.

Flint kam herein und wandte sich an den Inspektor: »Der Wagen vom Leichenschauhaus ist da.«

»Lassen Sie die Jungs herein. Aber sagen Sie ihnen, sie sollen warten, bis Jimmy drüben mit der Arbeit fertig ist.«

Fünf Minuten später kehrte der Fingerabdrucksexperte mit zufriedener Miene ins Arbeitszimmer zurück. »Das ist Grimshaw, keine Frage«, sagte er. »Seine Abdrücke stimmen mit denen in der Kartei überein.« Seine Miene verfinsterte sich. »Hab' mir auch den Sarg angesehen«, fuhr er angewidert fort. »Von oben bis unten mit Fingerabdrücken beschmiert. Da ist nichts zu holen. Ich wette, da hat die ganze Stadt ihre Pfoten drauf gehabt.«

Fotografen waren überall zugange, und Blitzlichter zuckten auf. Die Bibliothek wurde zu einem Schlachtfeld en miniature. Dr. Prouty kam, um sich zu verabschieden; die beiden Leichen und der Sarg wurden aus dem Haus getragen; Jimmy und die Fotografen gingen; und der Inspektor scheuchte Ellery und Pepper mit einem Schnalzen in die Bibliothek und schloß die Tür.

Kapitel 9

Chronologisches

Es wurde heftig an die Tür geklopft, und Sergeant Velie öffnete sie einen Spaltbreit. Er nickte, ließ einen Mann eintreten und verschloß die Tür wieder.

Der Neuankömmling war ein pummeliger, schmierig wirkender Mann; Inspektor Queen erkannte Trikkala, den Griechischdolmetscher, und wies ihn sofort an, den schwachsinnigen Demmy nach dessen Tun am Freitag abend der vergangenen Woche zu befragen.

Alan Cheney konnte es so einrichten, daß er neben Joan Brett zu sitzen kam. Er schluckte, dann flüsterte er schüchtern: »Wie es scheint, traut der Inspektor den Griechischkenntnissen meiner Mutter nicht« – offensichtlich ein Vorwand, mit Joan ins Gespräch zu kommen; doch sie wandte sich nur um, bedachte ihn mit einem eisigen Blick, und er lächelte schwach.

Aus Demmys Augen leuchtete ein Funken Intelligenz auf. Er war es offenbar nicht gewohnt, im Mittelpunkt der Aufmerksamkeit zu stehen, und ein unbestimmtes Gefühl der Eitelkeit keimte in ihm auf, denn sein sonst teilnahmsloses Gesicht hatte sich zu einem Lächeln verzogen, und er stotterte sein Griechisch schneller als sonst hervor.

»Er sagt«, berichtete Trikkala, dessen Stimme genauso ölig war wie er selbst, »er sagt, sein Vetter habe ihn an jenem Abend zu Bett geschickt, und er habe nichts gesehen oder gehört.«

Der Inspektor betrachtete nachdenklich die riesenhafte, linkische Karikatur eines Mannes, die da neben dem Dolmetscher stand. »Fragen Sie ihn nun, was am nächsten Morgen geschah, als er erwachte – Samstag, letzte Woche Samstag, der Tag, an dem sein Vetter starb.«

Trikkala bombardierte Demmy mit einem Mundvoll kehliger Laute; Demmy blinzelte nervös und antwortete in einer weniger flüssigen Abart derselben Sprache. Der Dolmetscher wandte sich an den Inspektor. »Er sagt, die Stimme seines Vetters Georg habe ihn an jenem Morgen geweckt, und dieser habe ihn in sein Schlafzimmer nebenan gerufen. Er sagt, er sei aufgestanden, habe sich angezogen, sei ins Schlafzimmer seines Vetters gegangen und habe seinem Vetter aus dem Bett und beim Ankleiden geholfen.«

»Fragen Sie, um wieviel Uhr das war«, forderte der alte Herr.

Ein kurzer Wortwechsel. »Er sagt, es war halb neun Uhr morgens.«

»Wie kommt es«, fragte Ellery scharf, »daß dieser Demmy Georg Khalkis ankleiden mußte? Miss Brett, haben Sie nicht vorhin noch gesagt, Khalkis sei nicht hilflos gewesen, trotz seiner Blindheit?«

Joan zuckte die wohlgeformten Schultern. »Sehen Sie, Mr. Queen, Mr. Khalkis nahm seine Blindheit sehr schwer. Er war immer ein Tatmensch, und er wollte niemals, nicht einmal gegenüber sich selbst, zugeben, daß der Verlust des Augenlichtes sein normales Leben beeinträchtigte. Deshalb kümmerte er sich weiter um die Galerie und die Kunstsammlung und hielt die Zügel straff. Und deshalb bestand er auch darauf, daß niemand jemals auch nur eine Kleinigkeit in seinem Zimmer oder Schlafzimmer anrühren durfte. Niemand hat hier auch nur einen Stuhl von seinem Platz gerückt, seit Mr. Khalkis erblindet war. Deshalb wußte er stets, wo alles war, und konnte sich in seiner eigenen kleinen Zimmerflucht immer zurechtfinden, so, als ob er noch sehen könnte.«

»Aber das beantwortet nicht meine Frage, Miss Brett«, sagte Ellery sanft. »Aus dem, was Sie gerade sagten, könnte man doch schließen, daß er bei etwas so Einfachem wie dem Aufstehen und Ankleiden jede Hilfe abgelehnt hätte. Er war doch sicher in der Lage, sich selbst anzukleiden?«

»Sie sind wirklich ein ganz Schlauer, was, Mr. Queen?« Joan lächelte, und Alan Cheney erhob sich abrupt und kehrte an seinen alten Platz an der Wand zurück. »Sie haben wohl recht. Ich glaube nicht, daß Demmy uns sagen wollte, er habe tatsächlich Mr. Khalkis aus dem Bett geholfen oder gar Hand angelegt, um ihn anzukleiden. Sie müssen wissen, eine Sache gab es, die Mr. Khalkis *nicht* alleine konnte und bei der er auf Hilfe angewiesen war.«

»Und was war das?« Ellery spielte gespannt mit seinem Zwikker.

»Die richtigen Kleider auswählen!« sagte sie triumphierend. »Er war ein außerordentlich korrekter Mensch. Er mußte immer perfekt gekleidet sein. Und da er blind war, konnte er die Kleidung für den Tag nicht selbst heraussuchen. Deshalb hat Demmy das immer für ihn getan.«

Demmy, der dieser unverständlichen Unterbrechung seiner Befragung mit offenem Munde gelauscht hatte, fühlte sich wohl vernachlässigt, denn plötzlich brach ein Schwall griechischer Worte aus ihm hervor. Trikkala erklärte: »Er möchte weitererzählen. Er sagt, er habe seinen Vetter Georg plangemäß angezogen. Er –«

»Plangemäß?« unterbrachen ihn die beiden Queens wie aus einem Munde.

Joan lachte. »Ein Jammer, daß ich kein Griechisch spreche... Es war so, Inspektor. Demmy war niemals in der Lage, die Feinheiten von Mr. Khalkis' Garderobe im Kopf zu behalten. Wie gesagt achtete Mr. Khalkis peinlich genau auf seine Kleidung. Er besaß eine Reihe von Anzügen und wechselte sie täglich. Er legte jeden Tag eine komplett neue Garderobe an. Wäre Demmy ein Kammerdiener von durchschnittlicher Intelligenz, so wäre es kein Problem gewesen. Doch Demmy ist seit seiner Geburt schwachsinnig, und um sich die Mühe zu ersparen, jeden Morgen jedes einzelne Kleidungsstück neu heraussuchen zu lassen, hatte Mr. Khalkis es ganz geschickt so eingerichtet, daß Demmy eine Liste auf Griechisch bekam, auf der für jeden Wochentag die Grundausstattung festgehalten war. Das konnte auch Demmys armes, zurückgebliebenes Hirn begreifen. Der Plan war flexibel – wenn Mr. Khalkis von dieser Standardgarderobe abweichen wollte, gab er Demmy mündlich Anweisungen in ihrer Muttersprache.«

»Der Plan blieb also immer der gleiche?« fragte der Inspektor. »Ich meine, hat Khalkis für jede Woche einen neuen Plan geschrieben?«

»Oh nein! Es war ein Siebentagesplan, der sich jede Woche wiederholte. Wenn seine Anzüge Spuren von Verschleiß zeigten – oder das, was Mr. Khalkis, wenn er sie befühlte, für Spuren von Verschleiß hielt; er war sehr starrköpfig in diesen Dingen und ließ sich von niemandem etwas sagen –, ließ er lediglich von seinem Schneider eine exakte Neuauflage des abgenutzten Stückes anfertigen. Nach demselben Muster verfuhr er mit Wäsche, Schuhen und so weiter. So kommt es, daß dieser Plan seit Mr. Khalkis' Erblinden unverändert geblieben ist.«

»Interessant«, murmelte Ellery. »Ich nehme an, die Liste verzeichnete auch die Abendgarderobe?«

»Nein, das nicht. Mr. Khalkis trug grundsätzlich an jedem Abend formelle Abendkleidung; das war etwas, was auch Demmy sich merken konnte, und deshalb stand es nicht auf dem Plan.«

»Also gut«, knurrte der Inspektor. »Trikkala, fragen Sie diesen Schwachkopf, was als nächstes geschah.«

Trikkala gestikulierte hektisch mit den Händen, und die Worte sprudelten nur so aus ihm heraus. Demmys Gesichtszüge machten beinah einen lebhaften Eindruck. Er antwortete ausgiebig und nahezu freundlich, bis Trikkala sich schließlich verzweifelt die Stirn wischte und ihn unterbrach. »Er sagt, er habe seinen Vetter Georg plangemäß angekleidet. Es war etwa neun Uhr, als er und sein Vetter das Schlafzimmer verließen und in die Bibliothek gingen.«

»Mr. Khalkis pflegte jeden Morgen um neun in seinem Arbeitszimmer eine Beratung mit Mr. Sloane abzuhalten«, warf Joan ein. »Wenn er die Tagesgeschäfte mit Mr. Sloane besprochen hatte, kam ich, um seine Diktate aufzunehmen.«

Trikkala fuhr fort: »Davon sagt dieser Mann nichts. Er sagt, sein Vetter habe hier am Schreibtisch gesessen, als er aus dem Haus gegangen sei. Was er mir dann mitteilen will, verstehe ich nicht recht, Inspektor Queen. Es geht um einen Arzt, aber er erzählt alles recht wirr. Er ist nicht ganz richtig im Oberstübchen, was?«

»Ja, das ist er«, brummte der Inspektor. »Das ist ja das verdammte Pech. Miss Brett, wissen Sie, was er dem Dolmetscher zu sagen versucht?«

»Ich nehme an, er wollte ihm berichten, daß er zu Dr. Bellows gegangen sei, dem Psychiater. Mr. Khalkis hat nämlich immer wieder versucht, Demmys Krankheit zu behandeln, obwohl man ihm mehrfach zu verstehen gab, daß Demmy ein aussichtsloser Fall sei. Dr. Bellows interessierte sich für die Sache, er besorgte jemanden mit Griechischkenntnissen, und er behandelte Demmy in seiner Praxis ein paar Straßen von hier. Demmy geht jeden zweiten Samstag zu Dr. Bellows. Wahrscheinlich war er bei Dr. Bellows in der Praxis. Jedenfalls kam er gegen fünf Uhr nachmittags zurück. Mr. Khalkis war inzwischen verstorben, und in dem Durcheinander, das am Nachmittag herrschte, hatte niemand daran gedacht, Demmy zu benachrichtigen. Er kehrte also nach Hause zurück, ohne etwas vom Tod seines Vetters zu wissen.«

»Eine traurige Sache«, seufzte Mrs. Sloane. »Der arme Demmy! Ich habe es ihm gesagt, und es war ein fürchterlicher Schlag für ihn. Er weinte wie ein Kind. Auf seine schwachsinnige Weise hing er sehr an Georg.«

»Gut, Trikkala. Sagen Sie ihm, er soll hierbleiben, und halten Sie selbst sich auch zur Verfügung. Vielleicht brauchen wir ihn noch einmal.« Der Inspektor wandte sich Gilbert Sloane zu. »Offenbar waren Sie der nächste, der Khalkis am letzten Samstag vormittag nach Demmy zu Gesicht bekam, Mr. Sloane. Haben Sie ihn um neun hier aufgesucht, wie üblich?«

Sloane räusperte sich nervös. »Nicht ganz«, antwortete er in einem leicht affektierten Ton. »Normalerweise traf ich Georg jeden Morgen um Punkt neun hier im Arbeitszimmer, doch am Samstag hatte ich verschlafen – ich war am Abend zuvor besonders lang in der Galerie gewesen. Deshalb kam ich erst um Viertel nach neun nach unten. Georg schien ein wenig – nun, verärgert, weil ich ihn hatte warten lassen. Er war sehr mürrisch und reizbar; das war er ungewöhnlich oft in den letzten Monaten, vielleicht weil er das Gefühl hatte, immer hilfloser zu werden.«

Inspektor Queen hielt sich Schnupftabak unter die schmale Nase, nieste und fragte dann mit Nachdruck: »War irgend etwas in diesem Zimmer nicht in Ordnung, als Sie an jenem Morgen hereinkamen?«

»Ich verstehe nicht... Nein, natürlich nicht. Alles war wie immer. Ganz normal, würde ich sagen.«

»War er allein?«

»Oh ja. Er erwähnte, daß Demmy ausgegangen sei.«

»Beschreiben Sie mir genau, was geschah, während Sie hier bei ihm saßen.«

»Nichts von Bedeutung, Inspektor. Das kann ich Ihnen versichern –«

»Alles, habe ich gesagt«, sagte der Inspektor scharf. »Ich beurteile, was von Bedeutung ist und was nicht, Mr. Sloane!«

»Eigentlich«, meinte Pepper, »scheint niemand hier irgend etwas für bedeutsam zu halten, Inspektor.«

Ellery deklamierte: »›Wie machen wir's, daß alles frisch und neu – Und mit Bedeutung auch gefällig sei?‹«

Pepper blinzelte. »Was?«

»Das war deutsch. Ein Geistesblitz von Goethe«, sagte Ellery gravitätisch.

»Ach, laß den doch bitte aus dem Spiel... Na, wir werden ihnen diese Einstellung schon noch abgewöhnen, Pepper!« Der Inspektor funkelte Sloane an. »Fahren Sie fort, Mr. Sloane. Weiter. Spucken Sie alles aus. Auch wenn Khalkis Ihnen die Leviten gelesen hat.«

Sloane schien verblüfft. »Aber... Nun, Sir, mit den Tagesgeschäften waren wir schnell fertig. Georg schien etwas anderes als Verkäufe und Sammlungen im Sinn zu haben.«

»Gut!«

»Er war grob zu mir, sehr grob. Ich war außer mir, Inspektor, das kann ich Ihnen sagen. Sein Tonfall gefiel mir nicht, und ich habe es ihm zu verstehen gegeben. Jawohl. Er entschuldigte sich quasi, in jenem Brummton, den er an sich hatte, wenn er schlechter Laune war. Vielleicht spürte er, daß er zu weit gegangen war, denn er kam plötzlich auf etwas anderes zu sprechen. Er befühlte die rote Krawatte, die er trug, und sagte in einem weitaus ruhigeren Ton: ›Ich glaube, diese Krawatte verliert allmählich die Façon, Gilbert.‹ Das war natürlich nichts als Konversation. Ich versicherte ihm: ›Aber nein, Georg, sie ist vollkommen in Ordnung.‹ ›Aber sie hat keine Form mehr, Gilbert‹, entgegnete er, ›ich fühle, daß sie keine Form mehr hat. Bevor du gehst, erinnere mich daran, daß ich bei Barrett anrufe und einige neue Krawatten bestelle, genau wie diese, die ich trage.‹ Barrett ist sein Herrenausstatter – oder war, sollte ich wohl sagen... Nun, so war Georg eben. Die Krawatte war vollkommen in Ordnung, aber er achtete sehr penibel auf sein Äußeres. Ich weiß nicht, ob Ihnen all das wirklich –« sagte er zweifelnd.

»Weiter, Mr. Sloane«, ermunterte Ellery ihn energisch, bevor der Inspektor etwas sagen konnte. »Haben Sie ihn daran erinnert, bevor Sie gingen?«

Sloane blinzelte verwirrt. »Natürlich. Ich glaube, Miss Brett kann Ihnen das bestätigen. Sie erinnern sich doch daran, nicht wahr, Miss Brett?« fragte er ängstlich und wandte sich zu dem Mädchen um. »Sie waren ins Zimmer gekommen, kurz bevor Georg und ich die Besprechung über die Tagesgeschäfte beendet hatten – Sie haben gewartet, um Diktate aufzunehmen.« Joan nickte nachdrücklich. »Na, sehen Sie?« rief Sloane triumphierend. »Genau, womit ich eben fortfahren wollte. Bevor ich ging, sagte ich zu Georg: ›Du hast mich gebeten, dich an die Krawatten zu erinnern, Georg.‹ Er nickte, und ich verließ das Haus.«

»Und das ist alles, was zwischen Ihnen und Khalkis an jenem Morgen vorfiel?« wollte der Inspektor wissen.

»Das ist alles, Sir. Alles, genau wie ich es Ihnen berichtet habe – bis aufs Wort. Ich ging nicht gleich in die Galerie – ich hatte eine geschäftliche Verabredung in der Innenstadt –, und erst als ich zwei Stunden später in der Galerie eintraf, erfuhr ich von einer unserer Angestellten, Miss Bohm, daß Georg gestorben war, kurz nachdem ich das Haus verlassen hatte. Mr. Suiza war bereits hierher gefahren. Ich kehrte sofort zurück – Sie müssen wissen, daß die Galerie nur ein paar Blocks von hier ist, in der Madison Avenue.«

Pepper flüsterte dem Inspektor etwas zu, Ellery beugte sich nach vorn, und die drei Männer hielten in aller Eile eine Konferenz ab. Der Inspektor nickte und wandte sich wieder Sloane zu, mit einem Funkeln in den Augen. »Ich habe Sie vorhin gefragt, Mr. Sloane, ob Ihnen am vergangenen Samstag morgen irgend etwas in diesem Zimmer anders als sonst vorgekommen sei, und Sie sagten nein. Vor einigen Minuten haben Sie Miss Brett aussagen hören, daß der Mann, den wir ermordet fanden, Albert Grimshaw, Khalkis am Vorabend des Tages, an dem Khalkis starb, zusammen mit einem geheimnisvollen Begleiter aufsuchte, der sorgsam darauf achtete, daß seine Identität nicht enthüllt wurde. Worauf ich nun hinauswill, ist folgendes: Dieser geheimnisvolle Fremde ist vielleicht eine wichtige Spur für uns. Denken Sie genau nach – gab es irgend etwas hier in der Bibliothek, auf dem Schreibtisch vielleicht, das nicht hätte hier sein sollen? Etwas, das dieser geheimnisvolle Mann vielleicht liegengelassen hat – etwas, das uns einen Hinweis auf seine Identität geben könnte?«

Sloane schüttelte den Kopf. »Ich erinnere mich an nichts dergleichen. Und ich saß direkt neben dem Tisch. Ich bin sicher, wenn etwas dort gelegen hätte, das nicht Georg gehörte, dann wäre es mir aufgefallen.«

»Hat Khalkis Ihnen gegenüber irgendwie erwähnt, daß er am Vorabend Besucher hatte?«

»Mit keinem Wort, Inspektor.«

»Gut, Mr. Sloane. Halten Sie sich zur Verfügung.« Mit einem Seufzer der Erleichterung sank Sloane in seinen Sessel neben demjenigen seiner Frau. Der Inspektor winkte Joan Brett wie eine alte Bekannte heran, und ein kleines, wohlwollendes Lächeln huschte über das graue Gesicht. »Nun, meine Liebe«, sagte er mit väterlicher Stimme, »Sie sind uns bisher eine große Hilfe gewesen – Sie sind eine Zeugin ganz nach meinem Geschmack. Ich würde wirklich gern mehr über Sie erfahren. Erzählen Sie mir etwas von sich.«

Ihre blauen Augen funkelten. »Inspektor, Sie sind leicht zu durchschauen! Ich kann Ihnen versichern, ich habe keinerlei dunkle Vergangenheit. Ich bin nur eine arme Angestellte, das, was wir in England eine ›Hausdame‹ nennen würden.«

»Ach je«, murmelte der Inspektor, »und das bei einer so netten, jungen Dame. Aber trotzdem –«

»Aber trotzdem wollen Sie alles über mich wissen.« Sie lächelte. »Also gut, Inspektor Queen.« Sie zog sich züchtig den Rock über die runden Knie. »Ich heiße Joan Brett. Ich habe seit gut einem Jahr für Mr. Khalkis gearbeitet. Ich stamme, wie mein britischer Akzent, der nun vielleicht schon ein wenig durch Ihr häßliches New Yorkerisch verdorben ist, Ihnen vielleicht bereits verraten hat – ich bin eine Lady, eine L a d y, Inspektor! –, aus Großbritannien. Verarmter Kleinadel, genauer gesagt. Ich kam zu Mr. Khalkis mit einem Empfehlungsschreiben von Sir Arthur Ewing, dem britischen Kunsthändler und Kunstkenner, für den ich in London gearbeitet hatte. Sir Arthur wußte, welches Ansehen Mr. Khalkis genoß, und beschrieb mich in sehr leuchtenden Farben. Ich traf zu einer günstigen Zeit hier ein; Mr. Khalkis brauchte dringend Hilfe; und er engagierte mich, zu einem prächtigen Honorar, wie ich Ihnen versichern kann, als Privatsekretärin. Ich nehme an, daß meine Kenntnisse in dem Metier ihn überzeugten.«

»Hmmm. Das ist nicht ganz, was ich –«

»Oh! Persönlicheres, meinen Sie?« Sie schürzte die Lippen. »Lassen Sie mich überlegen. Ich bin 22 – das heißt, zu alt zum Heiraten, Inspektor –, ich habe ein Muttermal an der rechten Hüfte, ich lese mit unglaublicher Begeisterung Ernest Hemingway, ich finde die Politik hierzulande verknöchert, und ich bin ganz vernarrt in Ihre Untergrundbahnen. *Cela suffit?*«

»Also wirklich, Miss Brett«, sagte der Inspektor schwach, »Sie machen sich einen Spaß mit einem alten Mann. Ich möchte wissen, was sich am letzten Samstag vormittag ereignet hat. Ist Ihnen an diesem Morgen irgend etwas hier im Zimmer aufgefallen, das auf die Identität des geheimnisvollen Besuchers vom Vorabend verweisen könnte?«

Mit ernster Miene schüttelte sie den Kopf. »Nein, Inspektor, nichts dergleichen. Alles schien vollkommen in Ordnung zu sein.«

»Erzählen Sie uns genau, was sich abspielte.«

»Lassen Sie mich überlegen.« Sie legte den Zeigefinger an ihre rosarote Unterlippe. »Ich betrat, wie Mr. Sloane Ihnen schon berichtet hat, das Arbeitszimmer, bevor er und Mr. Khalkis mit ihrer Unterredung zu Ende waren. Ich hörte, wie Mr. Sloane Mr. Khalkis an die Krawatten erinnerte. Dann verabschiedete Mr. Sloane sich, und ich nahm für etwa eine Viertelstunde Mr. Khalkis' Diktate auf. Als ich fertig war, fragte ich: ›Soll ich bei Barrett anrufen und neue Krawatten für Sie bestellen, Mr. Khalkis?‹ ›Nein‹, entgegnete er, ›das mache ich selbst.‹ Dann überreichte er mir einen Umschlag, verschlossen und frankiert, und trug mir auf, ihn unverzüglich aufzugeben. Ich war ein wenig überrascht darüber – normalerweise bearbeitete ich seine sämtliche Korrespondenz...«

»Ein Brief?« fragte der Inspektor nachdenklich. »An wen war er adressiert?«

Joan runzelte die Stirn. »Tut mir leid, Inspektor. Das weiß ich wirklich nicht. Wissen Sie, ich habe mir den Brief nicht allzu genau angesehen. Ich glaube, ich erinnere mich noch, daß die Adresse von Hand geschrieben war, nicht mit der Schreibmaschine – was nicht verwunderlich ist, denn hier unten steht keine Schreibmaschine – aber...« Sie zuckte die Schultern. »Jedenfalls sah ich, als ich mit dem Brief das Zimmer verließ, wie Mr. Khalkis zum Telefon griff – er nahm immer das altmodische Exemplar, bei dem man sich vom Amt verbinden läßt; das Telefon mit Wählscheibe hatte er für mich angeschafft –, und ich hörte, wie er Barrett verlangte, seinen Herrenausstatter. Dann verließ ich das Haus und gab den Brief auf.«

»Um wieviel Uhr war das?«

»Ich würde sagen, Viertel vor zehn.«

»Haben Sie Khalkis noch einmal lebend gesehen?«

»Nein, Inspektor. Ich war oben auf meinem Zimmer, als ich eine halbe Stunde später einen Aufschrei von hier unten hörte. Ich stürmte hinunter und fand Mrs. Simms im Arbeitszimmer, ohnmächtig, und Mr. Khalkis tot an seinem Schreibtisch.«

»Er starb also zwischen Viertel vor und Viertel nach zehn?«

»Offenbar. Mrs. Vreeland und Mrs. Sloane kamen beide nach mir die Treppe hinuntergestürzt, sahen den Toten und begannen zu schluchzen. Ich versuchte sie zu beruhigen und konnte sie am Ende überreden, sich um die arme Simms zu kümmern, und dann benachrichtigte ich sofort Dr. Frost, die Galerie und die Kunstsammlung. Weekes kam aus dem rückwärtigen Teil des Hauses, Dr. Frost traf nach bemerkenswert kurzer Zeit ein – gleichzeitig mit Dr. Wardes, der, glaube ich, noch im Bett gewesen war –, und Dr. Frost erklärte Mr. Khalkis für tot. Alles, was wir darüber hinaus tun konnten, war, Mrs. Simms nach oben zu schleppen und wieder zu sich zu bringen.«

»Verstehe. Warten Sie einen Moment, Miss Brett.« Der Inspektor nahm Pepper und Ellery beiseite.

»Was meint ihr, Jungs?« fragte der Inspektor vorsichtig.

»Ich glaube, wir kommen voran«, flüsterte Ellery.

»Was bringt dich zu dieser Annahme?«

Ellery blickte hinauf zur alten Zimmerdecke. Pepper kratzte sich am Kopf. »Wenn an dem, was wir bisher herausgefunden haben, etwas Nützliches ist, dann fresse ich einen Besen«, sagte er. »Diese ganzen Auskünfte, was am Samstag morgen geschehen ist, habe ich ja schon längst eingeholt, als wir wegen der Sache mit dem Testament ermittelten, aber ich wüßte nicht...«

»Na, Pepper«, meinte Ellery kichernd, »Sie als Amerikaner fallen vielleicht in die dritte Kategorie jenes chinesischen Sprichwortes, das Robert Burton in seiner *Anatomie der Melancholie* erwähnt; es heißt dort: ›Die Chinesen sagen, wir Europäer seien einäugig, sie selbst hätten zwei Augen, und die ganze übrige Welt sei blind.‹«

»Laß diese Albernheiten«, knurrte der Inspektor. »Hört zu, ihr beiden.« Er sprach mit großem Nachdruck. Pepper wurde ein wenig bleich, er schien sich unwohl zu fühlen, richtete sich aber dann auf und faßte, seinem Gesichtsausdruck nach zu urteilen, innerlich einen Entschluß. Joan saß geduldig auf der Schreibtischkante und wartete. Wenn sie wußte, was kam, dann ließ sie es sich nicht anmerken. Alan Cheney wirkte gespannt.

»Wir werden sehen«, schloß der Inspektor laut. Er wandte sich wieder zu den anderen um und sagte trocken zu Joan: »Miss Brett, gestatten Sie mir, eine etwas peinliche Frage zu stellen. Können Sie mir genau beschreiben, was Sie in der letzten Mittwoch nacht getan haben – vorgestern nacht?«

Eine wahre Grabesstille senkte sich auf das Arbeitszimmer herab. Selbst Suiza, die langen Beine in voller Länge auf dem Teppich ausgestreckt, hatte die Ohren gespitzt. Ein ganzer Gerichtssaal voller Augen blickte auf die zögernde Joan. Im selben Augenblick, in dem Queen die Frage gestellt hatte, hatte ihr schlankes Bein in seinen pendelnden Bewegungen innegehalten, und sie saß vollkommen reglos da. Dann begann das Bein wieder zu schwingen, und sie antwortete in lässigem Tonfall: »Also wirklich, Inspektor, daran ist ganz und gar nichts Peinliches. Nach den Ereignissen der vorangegangenen Tage – Mr. Khalkis' Tod, das Durcheinander im Haus, die Vorbereitungen für die Beerdigung und die Beerdigung selbst – war ich recht erschöpft. Mittwoch nachmittag bin ich im Central Park spazierengegangen, um ein wenig frische Luft zu schnappen, habe früh zu Abend gegessen und mich gleich darauf zurückgezogen. Ich habe im Bett noch ein wenig gelesen, eine Stunde lang vielleicht, und habe mich gegen zehn Uhr schlafen gelegt. Das ist alles.«

»Haben Sie einen gesunden Schlaf, Miss Brett?«

»Aber ja«, antwortete sie mit einem kurzen Lachen.

»Und Sie haben die ganze Nacht über fest geschlafen?«

»Natürlich.«

Der Inspektor legte eine Hand auf Peppers verkrampften Arm und fuhr fort: »Und wie erklären Sie es dann, Miss Brett, daß Mr. Pepper Sie um ein Uhr morgens – Mittwoch, eine Stunde nach Mitternacht – in diesem Zimmer sah, wo Sie sich an Khalkis' Safe zu schaffen machten?«

Wenn man zuvor eine Stecknadel hätte fallen hören können, so hätte man nun das Geräusch einer Feder wahrgenommen. Einen endlosen Augenblick lang wagten alle kaum zu atmen. Cheneys Blick irrte von Joan zum Inspektor; seine Augen wurden schmal, und er fixierte mit einem Funkeln in den Augen, das nichts Gutes verhieß, Peppers bleiches Gesicht. Dr. Wardes war ein Brieföffner, mit dem er gespielt hatte, aus der Hand geglitten.

Joan selbst schien das Ganze am wenigsten auszumachen. Mit einem Lächeln wandte sie sich an Pepper persönlich. »Sie haben mich in diesem Arbeitszimmer gesehen, Mr. Pepper – Sie sahen, wie ich mich am Safe zu schaffen machte? Sind Sie da sicher?«

»Meine liebe Miss Brett«, schaltete Inspektor Queen sich ein und tätschelte ihr die Schulter, »es wird Ihnen nicht das Geringste helfen, auf Zeit zu spielen. Und bringen Sie Mr. Pepper nicht in die Verlegenheit, daß er Sie eine Lügnerin nennen muß. Was haben Sie zu nächtlicher Stunde hier getan? Wonach haben Sie gesucht?«

Joan schüttelte den Kopf mit einem ratlosen, kleinen Lächeln: »Aber mein lieber Inspektor, ich weiß überhaupt nicht, wovon Sie beide da sprechen, wirklich!«

Der Inspektor warf Pepper einen listigen Blick zu. »Nur ich habe gesprochen, Miss Brett... Nun, Pepper, haben Sie ein Gespenst gesehen, oder war die junge Dame hier im Zimmer?«

Pepper scharrte mit den Füßen auf dem Boden: »Es war Miss Brett«, brummte er.

»Sie sehen, meine Liebe«, fuhr der Inspektor behutsam fort, »Mr. Pepper scheint zu wissen, wovon er spricht. Pepper, was hatte Miss Brett an, wissen Sie das noch?«

»Aber gewiß. Einen Schlafanzug und einen Morgenmantel.«

»Welche Farbe hatte der Morgenmantel?«

»Schwarz. Ich saß in dem großen Sessel dort hinten am anderen Ende des Raumes und döste vor mich hin; ich glaube nicht, daß man mich sehen konnte. Miss Brett kam verstohlen herein, sehr vorsichtig, schloß die Tür und schaltete die kleine Schreibtischlampe ein. Das Licht war hell genug, daß ich sehen konnte, was sie anhatte und was sie tat. Sie hat den Safe durchsucht. Sie hat jedes Stück Papier umgedreht, das dort drin war.« Der letzte Satz sprudelte nur so aus ihm heraus, als sei Pepper überglücklich, daß sein Auftritt damit zu Ende war.

Das Mädchen war von Wort zu Wort spürbar blasser geworden. Es saß da und biß sich auf die Lippen vor Verlegenheit; Tränen standen ihm in den Augen.

»Ist das die Wahrheit, Miss Brett?« fragte der Inspektor in ruhigem Ton.

»Ich – ich – nein, das ist es nicht!« rief sie, bedeckte ihr Gesicht mit der Hand und begann, von Schluchzern geschüttelt, zu weinen. Mit einem unterdrückten Fluch sprang der junge Alan vor und bekam mit seinen muskulösen Händen Peppers frischgestärkten Kragen zu fassen. »Du verfluchter Lügner!« brüllte er, »ein unschuldiges Mädchen anzuschwärzen –!« Pepper befreite sich mit hochrotem Gesicht aus Cheneys Griff; Sergeant Velie, massig, wie er war, trat wie der Blitz an Cheneys Seite und hatte den Arm des jungen Mannes so fest umklammert, daß dieser aufschrie.

»Ruhig, Junge, ruhig«, sagte der Inspektor mit sanfter Stimme, »nehmen Sie sich zusammen. Wir sind hier nicht –«

»Das ist ein abgekartetes Spiel!« brüllte Alan und wand sich in Velies Griff.

»Setz dich hin, du halbe Portion!« donnerte der Inspektor. »Thomas, Sie bugsieren diesen Heißsporn in eine Ecke und bleiben bei ihm.« Velie antwortete mit einem Brummen, dem Äußersten an Freudenlaut, das er jemals von sich gab, und scheuchte Alan mühelos in einen Sessel am anderen Ende des Raumes. Cheney ließ es sich murrend gefallen.

»Lassen Sie es gutsein, Alan.« Joans Worte, leise und stokkend, verblüfften sie alle. »Mr. Pepper sagt die Wahrheit.« Ihre Stimme überschlug sich mit einem kleinen Schluchzer. »Ich – ich war tatsächlich am späten Mittwoch abend hier im Arbeitszimmer.«

»Schon viel vernünftiger, meine Liebe«, sagte der Inspektor gutgelaunt. »Immer brav die Wahrheit sagen. Also, wonach haben Sie gesucht?«

Sie sprach hastig, ohne die Stimme zu heben. »Ich – ich dachte, es würde schwer zu erklären sein, wenn ich zugäbe... Es ist auch schwer. Ich – ach, ich wachte um ein Uhr auf, und plötzlich fiel mir ein, daß Mr. Knox, der Testamentsvollstrecker oder was er ist, eine Aufstellung der – na ja, der Wertpapiere brauchen würde, die Mr. Khalkis besaß. Also – also ging ich nach unten, um eine Liste anzulegen und –«

»Um ein Uhr morgens, Miss Brett?« fragte der alte Herr ungläubig.

»Doch, wirklich. Aber als ich die Papiere im Safe liegen sah, da ging mir auf, ja, da ging mir auf, was für ein Unsinn es war, so etwas zu so unchristlicher Zeit zu tun, deshalb legte ich sie zurück und ging wieder nach oben und zu Bett. Das ist alles, Inspektor.« Rosige Flecken erschienen auf ihren Wangen; den Blick hatte sie fest auf den Teppich geheftet. Cheney starrte sie voller Entsetzen an; Pepper seufzte.

Der Inspektor spürte, wie Ellery ihn am Ärmel zupfte. »Was gibt's, Junge?« fragte er leise.

Doch Ellery hob die Stimme, ein Lächeln auf den Lippen. »Das hört sich doch sehr vernünftig an«, sagte er herzlich.

Sein Vater erstarrte einen Augenblick lang. »Ja«, meinte er dann, »das finde ich auch. Ähm – Miss Brett, das Gespräch hat

Sie sicher ein wenig aufgeregt; Sie sollten sich etwas ablenken. Wie wäre es, wenn Sie nach oben gingen und Mrs. Simms bäten, unverzüglich zu uns herunterzukommen?«

»Das werde ich – sehr gern tun«, antwortete Joan mit einer so kleinlauten Stimme, wie man sie sich nur vorstellen kann. Sie ließ sich von der Schreibtischkante gleiten, warf Ellery einen tiefen, dankbaren Blick zu und sah dann zu, daß sie aus der Bibliothek kam.

Dr. Wardes studierte Ellerys Miene sehr nachdenklich.

Mrs. Simms, die sehr angegriffen aussah, erschien in einen schreiendbunten Morgenmantel gehüllt; Tootsie folgte ihren schiefgetretenen Absätzen. Joan schlüpfte in einen Sessel nahe der Tür – und nahe beim jungen Alan, der sie jedoch nicht ansah, sondern statt dessen mit verbissenem Gesicht die graue Corona um Mrs. Simms' Haupt musterte.

»Ah, Mrs. Simms. Kommen Sie herein. Nehmen Sie Platz«, rief der Inspektor. Sie nickte ihm majestätisch zu und ließ sich in einen Sessel fallen. »Also, Mrs. Simms, erinnern Sie sich noch an die Ereignisse vom letzten Samstag vormittag, dem Vormittag, an dem Mr. Khalkis starb?«

»Allerdings«, bestätigte sie mit einem Schauder, der ihre Fleischmassen erbeben ließ. »Allerdings, Sir, und ich werde mich dran erinnern, bis mein letzten Stündlein geschlagen hat.«

»Da habe ich keine Zweifel. Nun, Mrs. Simms, erzählen Sie uns, was an jenem Vormittag geschah.«

Mrs. Simms hob ihre massigen Schultern mehrere Male und ließ sie wieder sinken, wie ein alter Hahn, der Kräfte für sein morgendliches Kikeriki sammelt. »Ich betrat dieses Zimmer um Viertel nach zehn, Sir, um sauberzumachen, das Teegeschirr vom Abend zuvor fortzuräumen und so weiter – meine übliche Hausarbeit am Vormittag, Sir. Als ich zur Tür hereinkam –«

»Ähm – Mrs. Simms.« Ellerys Stimme war sanft und ehrerbietig; ein kleines Lächeln kräuselte sogleich ihre wulstigen Lippen. Das war doch mal ein netter junger Mann! »Sie haben die Hausarbeit selbst gemacht?« Sein Tonfall schien anzudeuten, daß er es kaum glauben konnte, daß eine so wichtige Person wie Mrs. Simms es nötig haben sollte, selbst Hand anzulegen.

»Nur in Mr. Khalkis' Privatgemächern, Sir«, beeilte sie sich zu erklären. »Mr. Khalkis waren die jungen Dienstmädchen nämlich der reinste Greuel – schnippische Dinger hat er sie genannt. Er bestand stets darauf, daß ich seine Privatgemächer persönlich in Ordnung hielt.«

»Dann haben Sie also auch immer in Mr. Khalkis' Schlafzimmer aufgeräumt?«

»Jawohl, Sir, und im Zimmer von Mr. Demmy. Und diese Hausarbeiten wollte ich am Samstag vormittag machen. Doch als ich eintrat, sah ich« – ihr Busen wogte wie die See – »sah ich den armen Mr. Khalkis auf seinem Schreibtisch liegen; ich meine, sein Kopf lag auf dem Schreibtisch. Zuerst dachte ich, er sei eingeschlafen. Also – Gott stehe mir bei! – faßte ich seine arme Hand, und sie war kalt, ganz kalt, und ich wollte ihn schütteln, und dann schrie ich, und das ist alles, was ich weiß, Sir, bei Gott!« Sie blickte Ellery ängstlich an, so als ob er bezweifeln würde, daß ihre Erzählung der Wahrheit entsprach. »Das nächste, woran ich mich erinnere, ist, daß Weekes und eines der Mädchen mir das Gesicht rieben und mir Riechsalz unter die Nase hielten und was weiß ich noch alles, und ich merkte, daß ich oben lag, in meinem eigenen Bett.«

»Mit anderen Worten, Mrs. Simms«, fuhr Ellery im selben ehrerbietigen Ton fort, »eigentlich haben Sie weder hier noch in den Schlafzimmern irgend etwas angerührt.«

»Nein, Sir, das habe ich nicht.«

Ellery flüsterte dem Inspektor etwas zu, und der Inspektor nickte.

»Hat irgend jemand hier im Haus – außer Miss Brett, Mr. Sloane und Demetrios Khalkis – Khalkis am Samstag morgen noch gesehen, bevor er starb?« fragte der alte Herr.

Einmütig wurden ohne Zögern sämtliche Köpfe geschüttelt.

»Weekes«, fragte der Inspektor, »sind Sie sicher, daß Sie am letzten Samstag vormittag zwischen neun und Viertel nach neun nicht in diesen Zimmern waren?«

Die weißen Haarbüschel über Weekes' Ohren erzitterten. »Ich, Sir? Nein, Sir.«

»Das könnte wichtig für uns sein«, murmelte Ellery. »Mrs. Simms, haben Sie seit Khalkis' Tod vor einer Woche in einem dieser Zimmer etwas angerührt?«

»Ich habe keinen Schlag tun können«, jammerte die Haushälterin. »Ich war ja krank, Sir.«

»Und die Mädchen, die gekündigt haben?«

Joan sagte mit schwacher Stimme: »Ich habe Ihnen, glaube ich, vorhin schon gesagt, Mr. Queen, daß sie uns am Tag, an dem Mr. Khalkis starb, verließen. Sie haben sich geweigert, auch nur einen Fuß in diese Zimmer zu setzen.«

»Sie, Weekes?«

»Nein, Sir. Bis zum Dienstag, dem Tag der Beerdigung, wurde nichts verändert, und danach war es uns ja verboten, etwas zu berühren.«

»Sehr gut! Miss Brett, wie steht es mit Ihnen?«

»Ich hatte anderes zu tun, Mr. Queen«, murmelte sie.

Ellery ließ seinen Blick über die ganze Gesellschaft schweifen. »Hat irgend jemand in diesen Zimmern seit letztem Samstag etwas angefaßt?« Niemand antwortete. »Noch besser. Mit anderen Worten, die Lage scheint wie folgt zu sein: Nach der unvermittelten Kündigung der Mädchen mangelte es der *ménage* an Arbeitskräften; Mrs. Simms war ans Bett gefesselt und rührte nichts an; und da das ganze Haus in Aufruhr war, dachte niemand daran aufzuräumen. Und am Dienstag nach der Beerdigung, als man den Diebstahl des Testamentes bemerkte, wurde auf Mr. Peppers Anordnung hin nichts mehr in diesen Zimmern angefaßt.«

»Die Leichenbestatter haben in Mr. Khalkis' Schlafzimmer gearbeitet«, gab Joan schüchtern zu bedenken, »und den Leichnam für die Beerdigung – zurechtgemacht.«

»Und bei der Suche nach dem Testament«, fügte Pepper hinzu, »haben wir uns zwar in den Zimmern umgesehen, Mr. Queen, aber ich kann Ihnen versichern, daß nichts entfernt worden oder umgestellt worden ist.«

»Ich glaube, die Leichenbestatter können wir außer Betracht lassen«, sagte Ellery. »Mr. Trikkala, würden Sie bitte Mr. Khalkis hier fragen?«

»Jawohl, Sir.« Trikkala und Demmy begannen erneut ein hektisches Gespräch; Trikkalas Fragen klangen scharf und explosiv. Die schlaffen Züge des Schwachsinnigen wurden zusehends blasser, und er begann auf Griechisch zu stammeln und zu stottern. »Ich weiß nicht, was er meint, Mr. Queen«, erklärte Trikkala mit gerunzelter Stirn. »Er will sagen, daß er nach dem Tod seines Vetters nicht einmal einen Fuß in diese beiden Zimmer gesetzt habe, aber da ist noch etwas. . .«

»Wenn ich mir die Freiheit nehmen darf zu unterbrechen, Sir«, meldete Weekes sich zu Wort, »ich glaube, ich weiß, was Mr.

Demmy sagen will. Sehen Sie, er war so durcheinander von Mr. Khalkis' Tod, so verstört, könnte man sagen, fast wie ein Kind, das sich vor den Toten fürchtet, daß er sich weigerte, in seinem alten Zimmer neben Mr. Khalkis' Raum dort drüben zu schlafen, und auf Mrs. Sloanes Anweisung haben wir eine der leeren Dienstbotenkammern im ersten Stock für ihn zurechtgemacht.«

»Seitdem ist er dort oben«, seufzte Mrs. Sloane, »wie ein Fisch auf dem Trockenen. Der arme Demmy macht uns schon manchmal Sorgen.«

»Bitte vergewissern Sie sich, Mr. Trikkala«, sagte Ellery in ganz anderem Ton. »Fragen Sie ihn, ob er seit Samstag in einem dieser Zimmer war.«

Es war nicht notwendig für Trikkala, ihnen Demmys entsetztes Nein zu übersetzen. Der Schwachsinnige sank in sich zusammen und schlurfte in eine Ecke, wo er stand und an seinen Fingernägeln kaute und sich mit dem gehetzten Blick eines wilden Tieres nach ihnen umsah. Ellery betrachtete ihn nachdenklich.

Der Inspektor wandte sich dem englischen Arzt mit seinem braunen Bart zu. »Dr. Wardes, ich habe mich vorhin mit Dr. Duncan Frost unterhalten, und er sagte mir, Sie hätten Khalkis untersucht, unmittelbar nachdem er gestorben war. Trifft das zu?«

»Aber ja.«

»Was ist Ihre Meinung als Arzt zu der Todesursache?«

Dr. Wardes hob seine buschigen braunen Augenbrauen. »Es war genau das, was Dr. Frost auf dem Totenschein niedergeschrieben hat.«

»Schön. Und nun ein paar persönliche Fragen, Doktor.« Der Inspektor nahm eine Prise und lächelte wohlwollend. »Würden Sie wohl so freundlich sein, die Umstände zu erläutern, die Sie in dieses Haus geführt haben?«

»Ich glaube mich zu erinnern«, antwortete Dr. Wardes gleichmütig, »daß ich vor nicht allzulanger Zeit darüber gesprochen habe. Ich bin ein Londoner Spezialist für Augenkrankheiten. Ich verbrachte meinen Urlaub, den ich dringend nötig hatte, in New York. Miss Brett suchte mich in meinem Hotel auf –«

»Schon wieder Miss Brett.« Queen warf dem Mädchen einen aufmerksamen Blick zu. »Wie kam das – kannten Sie sie?«

»Ja, durch Sir Arthur Ewing, bei dem Miss Brett früher beschäftigt war. Ich habe Sir Arthur wegen eines leichten Trachoms behandelt und machte dabei die Bekanntschaft der jungen Dame«, erklärte der Arzt. »Als sie aus den Zeitungen von meinem Eintreffen in New York erfuhr, suchte sie mich in meinem Hotel auf, um die Bekanntschaft aufzufrischen und die Möglichkeiten zu erkunden, daß ich mir Khalkis' Augen ansah.«

»Ich hatte nämlich Dr. Wardes' Namen in den Berichten über neu eingetroffene Schiffe gesehen«, erklärte Joan atemlos, »und erzählte Mr. Khalkis von ihm und sagte, man könne ihn vielleicht dazu bringen, Mr. Khalkis' Augen zu untersuchen.«

»Natürlich«, fuhr Dr. Wardes fort, »war ich hier, um mich zu erholen – ich bin derzeit ziemlich überarbeitet –, und war nicht gerade darauf versessen, auch noch im Urlaub zu praktizieren. Aber es ist nicht leicht, Miss Brett etwas abzuschlagen, und am Ende gab ich nach. Mr. Khalkis war sehr freundlich – bestand darauf, daß ich für die Zeit meines Besuches in den Staaten sein Gast blieb. Ich hatte den Mann seit knapp zwei Wochen unter Beobachtung, als er starb.«

»Waren Sie mit Dr. Frost und dem Spezialisten, den er hinzugezogen hatte, einer Meinung, was Khalkis' Erblindung anging?«

»Oh ja, ich glaube, das habe ich dem guten Sergeant hier und Mr. Pepper schon vor einigen Tagen gesagt. Wir wissen nur sehr wenig über das Phänomen der Amaurose – vollständige Blindheit –, die durch Blutungen bei Magengeschwüren oder Magenkrebs herbeigeführt werden kann. Trotzdem war es vom medizinischen Standpunkt gesehen ein faszinierender Fall, und ich nahm einige von mir selbst ersonnene Experimente vor, um das plötzliche Wiedererlangen der Sehkraft – was möglich ist – zu stimulieren. Aber sie blieben erfolglos – die letzte eingehende Untersuchung habe ich Donnerstag vor einer Woche unternommen, und sein Zustand war unverändert.«

»Sind Sie sicher, Doktor, daß Sie diesen Grimshaw niemals gesehen haben – den zweiten Mann im Sarg?«

»Nein, Inspektor, ich habe ihn noch nie gesehen«, erwiderte Dr. Wardes ungeduldig. »Des weiteren weiß ich nichts über Khalkis' Privatangelegenheiten, seine Besucher oder sonst irgend etwas, das Sie für bedeutsam im Zusammenhang Ihrer Ermittlungen halten. Im Augenblick will ich nichts weiter als nach England zurückkehren.«

»Na ja«, sagte der Inspektor trocken, »neulich waren Sie, wie ich höre, in diesem Punkt noch anderer Meinung... Mit der Abreise ist es jetzt nicht mehr so einfach, Doktor. Schließlich haben wir es nun mit einem Mord zu tun.«

Der bärtige Arzt schien widersprechen zu wollen, doch der Inspektor überging ihn, indem er sich Alan Cheney zuwandte. Cheneys Antworten waren knapp. Nein, er habe den bisher gehörten Aussagen nichts hinzuzufügen. Nein, er habe Grimshaw niemals gesehen, und es interessiere ihn kein bißchen, ob Grimshaws Mörder gefunden werde oder nicht. Der Inspektor hob leicht amüsiert eine Augenbraue und ging zu Mrs. Sloane über. Das Ergebnis war enttäuschend – wie ihr Sohn wußte sie von nichts und wollte auch nichts wissen. Sie hatte keinen anderen Gedanken als den, ihrem Haushalt wenigstens wieder den Anschein von Ruhe und Ordnung zu geben. Mrs. Vreeland, deren Gatte, Nacio Suiza und Woodruff hatten ebensowenig etwas beizusteuern. Keiner von ihnen schien Grimshaw gekannt oder auch nur jemals gesehen zu haben. Der Inspektor löcherte den Butler Weekes in diesem Punkt ganz besonders; doch Weekes schwor Stein und Bein, daß Grimshaw in all den acht Jahren, die er nun im Hause diene, niemals vor seinen Besuchen in der vergangenen Woche über die Schwelle gekommen sei, und auch da habe er, Weekes, ihn nicht gesehen.

Der Inspektor stand, klein und verzweifelt wie Napoleon, inmitten des Arbeitszimmers, seines Elba. Das Funkeln in seinen Augen konnte man fast als verzweifelt bezeichnen. Die Fragen schossen nur so aus seinem Mund unter dem grauen Schnurrbart hervor. Ob jemandem seit dem Tag der Beerdigung im Haus irgend etwas potentiell Verdächtiges aufgefallen sei? Nein. Ob einer von ihnen seit der Beerdigung auf dem Friedhof gewesen sei? Nein. Ob einer von ihnen jemanden *bemerkt* habe, der seit der Beerdigung auf den Friedhof gegangen sei? Und wiederum scholl es wie aus einer Kehle: Nein.

Der Inspektor bewegte ungeduldig einen gekrümmten Finger, und Sergeant Velie kam herangetrabt. Der Inspektor war am Ende seiner Geduld. Er schickte Velie hinaus in die Stille des Friedhofes, wo er persönlich den Küster Honeywell, den Reverend Elder und alles weitere Kirchenpersonal verhören sollte. Er sollte, wenn möglich, jemanden ausfindig machen, der seit der Beerdigung irgend etwas von Interesse auf dem Friedhof beobachtet hatte. Er sollte Nachbarn und Dienerschaft im Pfarrhaus auf der anderen Seite des Hofes befragen, ebenso in den vier anderen Privathäusern, die Hinterausgänge zum Hof hatten. Er sollte sich s e h r bemühen, keinen möglichen Zeugen auszulassen, der einen möglichen Besuch eines möglichen Verdächtigen auf dem Friedhof bezeugen könnte, insbesondere bei Nacht.

Velie, der die Launen seines Vorgesetzten kannte, antwortete mit einem frostigen Grinsen und stürmte aus dem Zimmer.

Der Inspektor kaute auf seinem Schnurrbart. »Ellery!« sagte er, ganz der ungeduldige Vater. »Was zum Teufel tust du denn jetzt schon wieder?«

Sein Sohn antwortete nicht gleich. Sein Sohn, könnte man sagen, hatte etwas entdeckt, das ihn reizte. Sein Sohn, sollte man noch hinzufügen, pfiff ohne erkenntlichen Grund – und es schien wirklich äußerst unangebracht – die ersten Takte von Beethovens *Fünfter* vor sich hin und betrachtete dabei einen ganz gewöhnlich aussehenden elektrischen Wasserkocher, der auf einem Tischchen in einer kleinen Nische der Zimmerwand stand.

Kapitel 10

Ein Omen

Nun war Ellery Queen ein neugieriger junger Mann. Schon seit Stunden hatte ihn ein kaum spürbares geistiges Zwicken irritiert, der Hauch einer Andeutung bevorstehender Ereignisse, ein traumartiges, unbestimmtes Gefühl – kurz, die Vorahnung, daß er kurz vor einer großartigen Entdeckung stehe. Er war durch die Bibliothek gewandert, hatte Leuten im Wege gestanden, hatte Möbelstücke befühlt und in Büchern geblättert und war allen auf die Nerven gegangen. Zweimal war er an dem Tischchen mit dem Wasserkocher vorbeigegangen, ohne daß er mehr als einen kurzen Blick darauf geworfen hatte; beim dritten Mal hatten seine Nasenflügel leicht gebebt – nicht wegen eines durchdringenden Geruches, sondern weil er die weit schwieriger zu fassende Aura einer Disharmonie verspürte. Er hatte einen Moment lang mit gerunzelter Stirn auf den Wasserkocher gestarrt und dann den Dekkel abgehoben, um hineinzusehen. Was immer er dort erwartet haben mochte – hier gab es nichts Außergewöhnliches: Sein Auge fiel auf nichts als Wasser.

Trotzdem funkelten seine Augen, als er aufblickte, und er begann jene Begleitmusik zu seinen Gedanken zu pfeifen, die seinen Vater so störte. Dem Satz des Inspektors war es bestimmt, ohne Antwort zu bleiben; statt dessen wandte Ellery sich erneut mit einer präzisen Frage an Mrs. Simms. »Wo befand sich dieser Beistelltisch mit dem Teegeschirr, als Sie Khalkis letzten Samstag vormittag tot auffanden?«

»Wo? Neben dem Schreibtisch, Sir, nicht da, wo er jetzt steht. Er stand neben dem Schreibtisch, wo ich das Tischchen am Vorabend auf Mr. Khalkis' Anweisung hingestellt hatte.«

»Nun« – Ellery wandte sich um, damit er die ganze Gesellschaft ins Auge fassen konnte –, »wer hat es dann nach dem Samstag vormittag in die Nische gestellt?«

Wiederum war es Joan Brett, die antwortete, und wiederum waren alle Blicke, nun vom blutigen Schatten des Verdachts getrübt, auf die große, schlanke Gestalt gerichtet. »Ich war das, Mr. Queen.«

Die Miene des Inspektors verdüsterte sich, doch Ellery lächelte zu seinem Vater hinüber und sagte: »Sie waren das also, Miss Brett. Wann und warum, wenn ich fragen darf, taten Sie es?«

Ihr Lachen klang ein wenig hilflos. »Ich scheine ja für so ziemlich alles verantwortlich zu sein... Nun, am Nachmittag der Beerdigung herrschte ein solches Durcheinander hier, da alle kreuz und quer durch die Bibliothek liefen und auf der Suche nach dem Testament waren. Das Tischchen störte neben dem Schreibtisch, wo es stand, und ich habe es einfach nur aus dem Weg geräumt und in die Nische gestellt. Daran ist doch wohl nichts Schlimmes, oder?«

»Gewiß nicht«, sagte Ellery nachsichtig und wandte sich wieder der Haushälterin zu. »Mrs. Simms, als Sie letzten Freitag abend das Teegeschirr brachten, wieviel Teebeutel haben Sie herausgelegt?«

»Eine Handvoll, Sir. Sechs Stück, glaube ich.«

Der Inspektor beugte sich unmerklich vor, und ebenso tat es Pepper, und beide betrachteten das Tischchen ratlos und doch mit Interesse. Der Tisch selbst war klein und alt – keiner von beiden konnte etwas Auffälliges entdecken. Darauf stand ein großes Silbertablett; und auf diesem, neben dem elektrischen Wasserkocher, fanden sich drei Tassen mit Untertassen und Teelöffeln, eine silberne Zuckerdose, ein Teller mit drei vertrockneten, nicht ausgedrückten Zitronenscheiben, ein zweiter Teller mit drei ungenutzten Teebeuteln sowie ein Silberkännchen mit geronnener, gelb gewordener Sahne. In jeder der drei Tassen waren angetrocknete Teereste zu erkennen, und jede hatte einen braunen Ring auf der Innenseite nahe dem Rand. Jeder der drei Silberlöffel war matt und angelaufen. Und auf jeder der Untertassen lag ein fleckiger, gelblicher Teebeutel, ein vertrocknetes, ausgedrücktes Stück Zitrone – und weiter nichts, soweit der Inspektor und Pepper das beurteilen konnten.

Es war zuviel für den Inspektor, so sehr er auch an die Launen seines Sohnes gewöhnt war. »Ich weiß nicht, was das –«

»Du solltest auf deinen Ovid hören«, sagte Ellery kichernd. »›Geduldе dich, und harre aus; dies Unglück wird einst zu deinem Vorteil sein.‹« Er hob den Deckel des Wasserkochers von neuem, starrte hinein, holte aus dem Taschenlabor, das er stets bei sich hatte*, eine winzige, gläserne Phiole hervor, goß einige Tropfen des abgestandenen kalten Wassers aus dem Topf hinein, setzte den Deckel wieder auf, verkorkte die Phiole und verstaute sie in seiner vollgestopften Jackentasche. Dann hob er unter den immer verblüffter werdenden versammelten Blicken das gesamte Tablett vom Tischchen und trug es hinüber zum Schreibtisch, wo er es mit einem zufriedenen Seufzer abstellte. Ein Gedanke durchzuckte ihn. »Als Sie das Tischchen letzten Dienstag wegstellten«, fuhr er Joan Brett an, »haben Sie da irgend etwas auf diesem Tablett angerührt oder verändert?«

»Nein, Mr. Queen«, antwortete sie verängstigt.

»Ausgezeichnet. Ich möchte sogar sagen: perfekt.« Er rieb sich eifrig die Hände. »Nun, meine Damen und Herren, wir haben alle einen recht anstrengenden Vormittag hinter uns. Wie wäre es mit einer flüssigen Erfrischung...?«

»Ellery!« sagte der Inspektor eisig. »Es gibt für alles eine Grenze. Das ist jetzt nicht die Zeit für ein so – so –«

Ellery betrachtete ihn mit einem todtraurigen Blick. »Vater! Willst du verschmähen, was Colley Cibber eine ganze Ode wert war? ›Tee! du sanfter, du klarer, weiser, ehrwürdiger Trank, der du die Zungen der Damen löst, der du das Lächeln auf die Lippen bringst und die Herzen öffnest und die Augen erstrahlen läßt!‹« Joan kicherte, und Ellery verbeugte sich leicht zu ihr hin. Einer von Inspektor Queens Männern flüsterte in der Ecke hinter seiner schwieligen Hand einem anderen zu: »Und so was sollen Ermittlungen in einem Mordfall sein.« Die Blicke von Vater und Sohn Queen trafen sich über dem Wasserkocher, und die schlechte Laune des Inspektors verflog. Er zog sich in aller Stille zurück, als ob er sagen wollte: »Die Welt gehört dir, mein Sohn. Tu damit, was du willst.«

Und Ellery schien genau zu wissen, was er wollte. Zu Mrs. Simms sagte er beinahe barsch: »Holen Sie bitte drei neue Teebeutel, sechs saubere Tassen mit Untertassen und Löffeln, und neue Zitronen und Sahne. *Vitement, Madame la gouvernante!* Nun machen Sie schon!«

Die Haushälterin schnappte nach Luft, schniefte und stolzierte aus dem Zimmer. Ellery widmete sich fröhlich dem elektrischen

* Ellery Queen, *The French Powder Mystery* (Frederick A. Stokes Company), 1930.

Anschluß des Wasserkochers, umrundete suchend den Schreibtisch, fand, wonach er suchte, und stöpselte das Gerät in einer Steckdose auf der Unterseite des Tisches ein. Als Mrs. Simms aus der Küche zurückkehrte, sah man das Wasser bereits im gläsernen Sichtfenster des Kochers brodeln. In einer Totenstille, die er, beschäftigt wie er war, gar nicht bemerkte, begann Ellery die sechs Tassen, die Mrs. Simms gebracht hatte, ohne daß er zuvor Teebeutel hinein getan hätte, mit heißem Wasser zu füllen. Das Wasser war alle, als die fünfte Tasse fast voll war, und Pepper sagte ungläubig: »Aber Mr. Queen, das Wasser ist doch ganz abgestanden. Das muß seit über einer Woche in dem Kessel sein. Sie werden das doch nicht wirklich trinken wollen...«

Ellery lächelte. »Wie dumm von mir. Natürlich. Mrs. Simms«, sagte er sanft, »ich muß Ihnen die Mühe machen, den Wasserkocher mit hinauszunehmen, mit frischem Wasser zu füllen und ihn mit sechs neuen Tassen zurückzubringen.«

Mrs. Simms hatte offensichtlich ihre Meinung über diesen jungen Mann geändert; der Blick, den sie seinem abgewandten Haupte zuwarf, war vernichtend. Er nahm den Wasserkocher und drückte ihn ihr an die Brust. Während sie fort war, nahm Ellery mit ernster Miene die drei vergilbten, gebrauchten Teebeutel und steckte sie in drei Tassen des dampfenden, abgestandenen Wassers. Mrs. Sloane stieß einen kleinen Schrei des Abscheus aus; dieser unglaubliche junge Wilde wollte doch wohl nicht –! Ellery fuhr mit seinem geheimnisvollen Ritual fort. Er ließ die drei alten Teebeutel in ihrem heißen Bad aus abgestandenem Wasser ziehen, dann drückte er jeden heftig mit einem der angelaufenen Löffel aus. Mrs. Simms kam zurück in die Bibliothek geeilt, und auf einem neuen Tablett hatte sie ein ganzes Dutzend frischer Tassen und Untertassen sowie den Wasserkocher. »Ich will hoffen und beten«, sagte sie schneidend, »daß Sie damit auskommen werden, Mr. Queen. Mehr Tassen habe ich nämlich nicht!«

»Wunderbar, Mrs. Simms. Sie sind eine Perle reinsten Wassers. Eine treffliche Formulierung, nicht wahr?« Ellery hielt im Ausdrücken der Teebeutel lange genug inne, um den Kessel wieder in die Steckdose im Schreibtisch einzustecken. Dann kehrte er zu seiner Beschäftigung zurück. Trotz aller Mühe produzierten die alten Teebeutel nicht mehr als den matten Abklatsch eines Teeaufgusses in dem abgestandenen Wasser. Ellery lächelte, nickte, als habe er damit etwas bewiesen, wartete geduldig, bis das frische Wasser im Wasserkocher kochte, und machte sich dann daran, die neuen Tassen zu füllen, die Mrs. Simms gebracht hatte. Er seufzte, als der Kessel nach der sechsten Tasse leer war, und murmelte: »Meine liebe Mrs. Simms, es scheint, als ob Sie den Kocher noch ein weiteres Mal füllen müßten – wir sind ja schließlich eine große Gesellschaft hier«, doch sie weigerten sich allesamt – selbst die Briten, Joan Brett und Dr. Wardes –, ihm bei einer frivolen Tasse Tee Gesellschaft zu leisten, so daß Ellery allein trank und dabei mit kummervoller Miene die Schreibtischplatte betrachtete, die nun mit Teetassen übersät war.

Es muß sogar gesagt werden, daß die Blicke, die auf seine gefaßte Miene gerichtet waren, beredter, als es Worte getan hätten, verrieten, daß die meisten im Zimmer seinen Intelligenzquotienten mittlerweile nicht mehr höher als denjenigen von Demmy ansetzten.

Kapitel 11

Voraussicht

Nachdem er sich zierlich die Lippen mit seinem Taschentuch abgetupft hatte, stellte Ellery die leere Teetasse ab und begab sich, noch immer lächelnd, in Khalkis' Schlafzimmer. Der Inspektor und Pepper, beide mit resignierter Miene, folgten ihm.

Khalkis' Schlafzimmer war groß und dunkel und ohne Fenster – das Zimmer eines Blinden. Ellery schaltete eine Lampe ein und begutachtete sein neues Arbeitsfeld. In dem Zimmer herrschte einiges Durcheinander; das Bett war sichtbar benutzt und ungemacht; auf einem Stuhl neben dem Bett lagen Männerkleider; in der Luft hing ein leicht übelkeitserregender Geruch.

»Das Öl für die Balsamierung oder so etwas wahrscheinlich«, kommentierte Ellery, während er zu einer alten Kommode am anderen Ende des Raumes schlenderte. »Dieses alte Haus mag ja, wie Edmund Crewe sagt, solide gebaut sein, aber die Erwartungen, die man an die Belüftung stellen darf, erfüllt es nicht.« Er sah sich die Kommode an, kritisch, doch ohne etwas anzurühren. Dann machte er sich mit einem Seufzer an die Untersuchung der Schubladen. In der obersten Schublade schien er etwas Interessantes entdeckt zu haben, denn als seine Hand wieder hervorkam, hielt er zwei Zettel zwischen den Fingern, und er begann den ersten mit Begeisterung zu lesen. »Was hast du denn jetzt schon wieder gefunden?« knurrte der Inspektor, und er und Pepper reckten die Hälse, um ihm über die Schulter zu blicken.

»Nichts weiter als die Kleiderliste, mit deren Hilfe unser schwachsinniger Freund seinen Vetter herauszuputzen pflegte«, murmelte Ellery. Sie sahen, daß eines der Blätter in einer fremden Sprache beschrieben war, das andere – das genauso aussah – in Englisch. »Meine philologischen Kenntnisse sind ausreichend«, fuhr Ellery fort, »um diese Hieroglyphen als jene degenerierte Form ihrer Sprache zu identifizieren, die die Griechen heute schreiben. Was ist Bildung doch für eine wunderbare Sache!« Weder Pepper noch der Inspektor lächelten; und mit einem Seufzer begann Ellery den Plan laut vorzulesen. Er lautete:

»MONTAG: Grauer Tweedanzug, schwarze Schnürschuhe, graue Socken, hellgraues Hemd mit Kragen, graukarierte Krawatte.

DIENSTAG: Dunkelbrauner Zweireiher, braune Chevreaulederschuhe, braune Socken, weißes Hemd, rote Moirékrawatte, Eckenkragen, hellbraune Gamaschen.

MITTWOCH: Hellgrauer Einreiher mit schwarzem Nadelstreifen, spitze schwarze Schuhe, schwarze Seidensocken, weißes Hemd, schwarze Fliege, graue Gamaschen.

DONNERSTAG: Blauer Kammgarneinreiher, schwarze Schnürschuhe, blaue Seidensocken, weißes Hemd mit blauem Nadelstreifen, blaugepunktete Krawatte, passender weicher Kragen.

FREITAG: Hellbrauner Tweedanzug, braune Schuhe aus genarbtem Leder, hellbraune Socken, hellbraunes Hemd mit Kragen, ockerbraun gestreifte Krawatte.

SAMSTAG: Dunkelgrauer Anzug, spitze schwarze Schuhe, schwarze Seidensocken, weißes Hemd, grüne Moirékrawatte, Eckenkragen, graue Gamaschen.

SONNTAG: Blauer Sergedoppelreiher, schwarze Schuhe mit breiten Kappen, schwarze Seidensocken, dunkelblaue Krawatte, Eckenkragen, weißes Hemd mit leicht gestärkter Hemdbrust, graue Gamaschen.«

»Und was hat es damit auf sich?« fragte der Inspektor.

»Ja, was hat es damit auf sich?« echote Ellery. »Das wüßte ich auch gern.« Er ging zur Tür und warf einen Blick hinaus ins Arbeitszimmer. »Mr. Trikkala! Kommen Sie bitte einen Moment herein.« Gehorsam kam der Griechischdolmetscher ins Schlafzimmer getrottet. »Trikkala«, sagte Ellery und hielt dem Mann den mit griechischen Zeichen bedeckten Zettel hin, »was steht hier? Lesen Sie es laut vor.«

Trikkala tat, wie ihm geheißen. Es war eine wortwörtliche Übersetzung der englischen Liste, die Ellery soeben dem Inspektor und Pepper verlesen hatte.

Ellery schickte den Mann zurück in die Bibliothek und wandte sich intensiv der Durchsuchung der Kommodenschubladen zu. Nichts schien ihn zu interessieren, bis er an die dritte Schublade kam, wo er ein langes, flaches Päckchen fand, versiegelt und ungeöffnet. Es war adressiert an »Mr. Georg Khalkis, 54. Straße Ost Nr. 11, New York City«. In der linken oberen Ecke war der Schriftzug »Barrett, Herrenausstatter« aufgedruckt, und in der linken unteren Ecke war ein Stempelabdruck »Per Boten«. Ellery riß das Päckchen auf. Darin fand er sechs rote Moirékrawatten, alle gleich aussehend. Er warf das Päckchen oben auf die Kommode, und da er sonst nichts in den Schubladen fand, was seine Neugier weiter gereizt hätte, begab er sich in Demmys Schlafzimmer nebenan. Es handelte sich um eine kleine Kammer, deren einziges Fenster auf den Hinterhof hinausging. Es war möbliert wie die Klause eines Einsiedlers – eine nackte Zelle mit einem hohen Feldbett, das wie ein Krankenhausbett aussah, einer Kommode, einem Kleiderschrank und einem Stuhl. Das Zimmer erschien vollkommen unpersönlich.

Ein leichtes Schaudern überlief Ellery, doch er ließ sich durch die Trostlosigkeit des Raumes nicht davon abhalten, sorgfältig die Schubladen in Demmys Kommode durchzusehen. Das einzige, was seine Aufmerksamkeit fesseln konnte, war ein Blatt Papier, übereinstimmend mit der griechischen Liste, die er in Khalkis' Kommode gefunden hatte – eine Durchschrift, wie er sich durch einen unmittelbaren Vergleich vergewisserte.

Er kehrte in Khalkis' Schlafzimmer zurück; der Inspektor und Pepper waren inzwischen wieder in die Bibliothek gegangen. Er verlor nun keine Zeit mehr und ging unmittelbar zu dem Stuhl, auf dem sich die Kleider befanden. Er sah sich jedes Stück an – dunkelgrauer Anzug, weißes Hemd, rote Krawatte, Eckenkragen; auf dem Boden unter dem Stuhl lagen ein Paar grauer Gamaschen und ein Paar spitzer schwarzer Schuhe mit schwarzen Strümpfen darin. Ellery wirkte nachdenklich; er klopfte sich kurz mit seinem Zwicker an die Lippen, dann ging er zu dem großen Schrank am anderen Ende des Raumes. Er öffnete ihn und sah sich im Inneren um. Zwölf normale Anzüge zählte er, außerdem drei Smokings und einen Frack. Auf der Rückseite der Tür war ein Krawattenhalter angebracht, auf dem Dutzende von Krawatten ohne erkennbare Ordnung hingen. Zahlreiche Schuhpaare mit Schuhspannern standen auf dem Boden, verstreut dazwischen einige Paar Hausschuhe. Es fiel Ellery auf, daß auf dem Brett oberhalb der Kleiderstange bemerkenswert wenige Hüte lagen – nur drei, genauer gesagt: ein Filzhut, eine Melone und ein Zylinder.

Er schloß die Schranktür, holte das Päckchen mit den Krawatten von der Kommode und kehrte ins Arbeitszimmer zurück, wo Velie leise mit dem Inspektor konferierte. Der Inspektor blickte fragend auf; Ellery lächelte ihm beruhigend zu und begab sich unverzüglich zu einem der Telefone auf dem Schreibtisch. Er ließ sich die Auskunft geben, erklärte kurz etwas, wiederholte eine Nummer und wählte sie sogleich. Eine Schnellfeuersalve von Fragen prasselte auf jemanden am anderen Ende der Leitung nieder, und Ellery hängte mit einem breiten Grinsen ein. Er hatte sich beim Leichenbestatter Sturgess vergewissert, daß die Kleider, die er auf dem Stuhl in Khalkis' Schlafzimmer gefunden hatte – er beschrieb sie Stück für Stück –, von Sturgess' Assistenten dort abgelegt worden waren, als sie den Toten entkleideten; es waren die Kleider, die Khalkis getragen hatte, als er starb, und die man ihm ausgezogen hatte, um den Leichnam einzubalsamieren und dann für die Beerdigung in einem der beiden Fräcke neu einzukleiden, die Khalkis besessen hatte.

Ellery hob das Päckchen in die Höhe und fragte fröhlich: »Kommt das hier irgend jemandem bekannt vor?«

Zwei der Anwesenden reagierten, Weekes und – wie hätte es anders sein können – Joan Brett. Ellery lächelte dem Mädchen freundlich zu, wandte sich jedoch zunächst an den Butler. »Und was wissen Sie darüber, Weekes?«

»Ist das ein Päckchen von Barrett, Sir?«

»Jawohl.«

»Es ist am späten Samstag nachmittag geliefert worden, Sir, einige Stunden, nachdem Mr. Khalkis gestorben war.«

»Haben Sie es selbst entgegengenommen?«

»Jawohl, Sir.«

»Was haben Sie damit gemacht?«

»Ich –« Weekes schien verblüfft. »Nun, ich habe es auf den Tisch in der Eingangshalle gelegt, Sir, soweit ich mich erinnern kann.«

Ellerys Lächeln verschwand. »Auf den Tisch in der Halle dort, Weekes? Sind Sie da sicher? Sie haben es nicht später von dort fortgenommen und es an einem anderen Ort deponiert?«

»Nein, Sir, ganz gewiß nicht.« Weekes bekam es mit der Angst zu tun. »Ehrlich gesagt, Sir, in der Aufregung über den Todesfall und all das hatte ich das Päckchen vollkommen vergessen, bis ich es eben in Ihrer Hand wiedersah.«

»Merkwürdig... Und Sie, Miss Brett? Was haben Sie mit diesem geheimnisvollen Päckchen zu tun?«

»Ich habe es am späten Samstag nachmittag auf dem Tisch in der Halle liegen sehen, Mr. Queen. Das ist alles, was ich darüber weiß, wirklich.«

»Haben Sie es angerührt?«

»Nein.«

Ellery wurde schlagartig ernst. »Nun kommen Sie schon«, richtete er mit ruhiger Stimme das Wort an die versammelte Runde. »Irgend jemand hier hat doch sicher dieses Päckchen vom Tisch in der Halle genommen und in die dritte Schublade von Khalkis' Kommode im Schlafzimmer gesteckt, wo ich es eben gefunden habe. Wer war es?«

Niemand antwortete.

»Kann sich irgend jemand außer Miss Brett erinnern, es auf dem Tisch in der Halle gesehen zu haben?«

Wiederum keine Antwort.

»Also gut«, sagte Ellery scharf. Er ging zum anderen Ende des Zimmers und überreichte das Päckchen dem Inspektor. »Dad, es könnte wichtig sein, mit diesem Päckchen Krawatten hinüber zu Barrett zu gehen und Erkundigungen einzuholen – wer sie bestellt hat, von wem sie hier abgeliefert wurden und so weiter.«

Der Inspektor nickte geistesabwesend und winkte mit dem Finger einen seiner Beamten heran. »Sie haben gehört, was Mr. Queen gesagt hat, Piggott. An die Arbeit.«

»Wegen diesen Krawatten hier nachfragen, Chef?« fragte Piggott und kratzte sich am Kinn.

Velie funkelte ihn an, und Piggott drückte das Päckchen an seine schmale Brust, hüstelte entschuldigend und sah dann zu, daß er aus dem Zimmer kam.

»Sonst noch irgend etwas hier, was dich interessiert, Junge?« fragte der Inspektor flüsternd. Ellery schüttelte den Kopf; seine Lippen waren schmal geworden. Der alte Herr klatschte kräftig in die Hände, und die Anwesenden fuhren von ihren Sitzen hoch. »Das wäre es für heute. Ich möchte, daß Ihnen eines klar ist. Diese Woche hat es Ihnen Unannehmlichkeiten bereitet, daß nach einem gestohlenen Testament gesucht wurde – alles in allem betrachtet war das keine allzu wichtige Sache, und Ihre Freiheit wurde nicht nennenswert eingeschränkt. Aber nun stecken Sie bis zum Hals in einer saftigen Ermittlung wegen Mordes. Ich will

Ihnen ehrlich sagen, daß wir bisher nicht wissen, was sich hier abgespielt hat. Was wir bisher wissen, ist, daß der Ermordete, der vorbestraft war, zweimal unter höchst mysteriösen Umständen in diesem Haus zu Besuch war, beim zweiten Mal in Begleitung eines Mannes, der alles daransetzte, seine Identität geheimzuhalten – und dem dies auch gelang.«

Er funkelte sie an. »Das Verbrechen wird durch den Umstand kompliziert, daß der Leichnam des Ermordeten im Sarg eines Mannes gefunden wurde, der eines natürlichen Todes gestorben ist. Und der, darf ich wohl noch hinzufügen, in unmittelbarer Nähe dieses Hauses begraben wurde.

Unter diesen Umständen sind Sie allesamt potentielle Verdächtige. Wessen Sie verdächtigt werden und wie die Tat geschah, das weiß der Himmel. Aber eines sei Ihnen gesagt – jeder einzelne von Ihnen bleibt hier, wo ich ein Auge auf ihn haben kann, bis wir Licht in die Sache gebracht haben. Diejenigen unter Ihnen, die, wie Sloane oder Vreeland, ihren Geschäften nachgehen müssen, können dies tun wie bisher; aber die beiden Herren werden peinlich darauf achten, daß sie in Reichweite bleiben. Mr. Suiza, Sie können nach Hause gehen – aber auch Sie sorgen bitte dafür, daß Sie erreichbar sind. Woodruff, Sie sind natürlich ausgenommen. Die anderen verlassen, bis ich ihnen etwas anderes sage, das Haus nicht ohne Erlaubnis und ohne genaue Rechenschaft darüber, wohin sie gehen.«

Grimmig schlüpfte der Inspektor in seinen Mantel. Niemand sprach ein Wort. Der alte Herr schnauzte seinen Männern Befehle zu und ordnete an, daß eine Reihe von ihnen unter Flints und Johnsons Leitung im Haus Posten bezogen. Pepper sagte Cohalan, er solle an Ort und Stelle bleiben – als Vertreter der Staatsanwaltschaft, um deren Interessen wahrzunehmen. Pepper, Velie und Ellery zogen ihre Mäntel über, und die vier Männer begaben sich zur Tür.

Im letzten Augenblick wandte der Inspektor sich noch einmal um und sah in die Runde. »Und eines will ich noch klarstellen«, sagte er in seinem unfreundlichsten Tonfall: »Sie können Zeter und Mordio schreien, soviel Sie wollen – mir macht das nichts aus! Guten Tag!« Er stapfte hinaus, und Ellery folgte den anderen nach und kicherte dabei.

Kapitel 12

Fakten

Das Abendessen im Hause Queen wurde an jenem Tage in trübsinniger Stimmung eingenommen. Das Apartment im zweiten Stock eines Sandsteinhauses an der 87. Straße West war damals noch ein wenig neuer, die Eingangshalle noch ein wenig prächtiger, das Wohnzimmer noch nicht ganz so vom Zahn der Zeit angenagt; und da Djuna, der Hausbursche der Queens, damals noch extrem jung war und folglich etwas weniger gesetzt, als er in späteren Jahren werden sollte, hätte man die Wohnung gemütlich und die Atmosphäre heiter nennen können. Doch dem war in diesem Moment nicht so; der Weltschmerz des Inspektors hing über den Zimmern wie ein Leichentuch; immer häufiger und heftiger griff er zur Schnupftabaksdose; seine Antworten an Ellery wurden in zunehmendem Maß abgehackter und einsilbiger, seine Kommandos an den erstaunten Djuna beinahe bissig, und er war ständig zwischen Wohn- und Schlafzimmer unterwegs und konnte nirgends zur Ruhe kommen. Die Laune des alten Herrn besserte sich auch nicht, als seine Gäste eintrafen; Ellery hatte sie zum Abendessen eingeladen, und der Anblick von Peppers nachdenklicher Miene und Bezirksstaatsanwalt Sampsons müden, fragenden Augen half nicht, die herrschende dunkle Stimmung zu vertreiben.

So kam es denn, daß Djuna sein schmackhaftes Essen schweigend servierte, und schweigend wurde es entgegengenommen und verzehrt. Ellery war der einzige unter den vier Männern, der einen zufriedenen Eindruck machte. Er aß wie immer mit Appetit, machte Djuna ein Kompliment für seinen Braten, zitierte Dickens zum Nachtisch und Voltaire zum Kaffee...

Sampson hatte sich kaum die Lippen mit seiner Serviette abgetupft, als er schon sagte: »Also, Q., immer die alte Leier: Aufgescheucht, abgeschmettert, angeschmiert. Kein Verstand in die verdammte Geschichte zu bringen. Wie stehen die Dinge inzwischen?«

Der Inspektor blickte mit trüben Augen auf. »Fragen Sie meinen Sohn hier.« Er vergrub seine alte Nase wieder in seiner Kaffeetasse. »Der scheint ja ganz zufrieden zu sein, wie die Dinge sich entwickeln.«

»Du nimmst das alles zu ernst, Dad«, sagte Ellery und paffte dabei genüßlich eine Zigarette. »Der Fall ist nicht ohne Probleme, aber ich finde doch« – er nahm einen Lungenzug und blies ihn wieder aus – »ich finde doch, daß sie nicht unlösbar sind.«

»Was?« Alle drei starrten ihn an; der Inspektor hatte vor Verblüffung die Augen weit aufgerissen.

»Drängen Sie nicht, ich bitte Sie«, murmelte Ellery. »Augenblicke wie diese sind es, bei denen meine Sprache in klassischer Gelehrsamkeit schwelgt, und ich weiß, daß zumindest Sampson diese Angewohnheit verabscheut. Außerdem mag ich nicht mit vollem Bauch nachdenken. Djuna, sei ein braver Junge, und bringe mir noch ein wenig Kaffee.«

»Aber wenn Sie irgend etwas wissen, dann reden Sie doch, Ellery!« rief Sampson heftig. »Worum geht es?«

Ellery nahm den Becher, den Djuna ihm reichte. »Noch viel zu früh, Sampson. Ich möchte es im Augenblick noch nicht sagen.«

Sampson sprang auf und begann aufgeregt auf dem Teppich hin- und herzulaufen. »So ist es ja immer. Die alte Leier. ›Noch zu früh, um etwas zu sagen‹!« Er schnaubte wie ein Hengst. »Pepper, dann berichten Sie. Was gibt es Neues?«

»Also, Chef«, antwortete Pepper, »Velie hat eine Menge herausgefunden, aber nichts davon bringt uns groß weiter, soweit ich es sehe. Zum Beispiel wissen wir von Honeywell – dem Küster der Kirche –, daß der Friedhof niemals verschlossen ist, aber weder er noch seine Gehilfen haben seit der Beerdigung irgend etwas Verdächtiges gesehen.«

»Das heißt gar nichts«, knurrte der Inspektor. »Auf dem Friedhof und dem Hof gibt's ja keine Wache. Jemand hätte ein Dutzend Mal kommen und wieder gehen können, ohne gesehen zu werden. Besonders nachts. Pah!«

»Was ist mit den Nachbarn?«

»Auch wieder nichts«, fuhr Pepper fort. »Velie hat einen vollständigen Bericht erstellt. Sämtliche Häuser auf der Südseite der 55. und der Nordseite der 54. Straße haben ihre Rückseite zum Hof. Auf der 55. Straße sind die Häuser der Reihe nach, von Ost nach West: Nr. 14, an der Ecke Madison Avenue, Besitzerin Mrs.

Susan Morse, diese überkandidelte alte Schachtel, die auf der Beerdigung war; Nr. 12, Haus Dr. Frost – Khalkis' Hausarzt; in Nr. 10, dem Pfarrhaus der Kirche, wohnt Reverend Elder. Auf der 55. Straße haben wir, von Ost nach West: Nr. 15, Ecke Madison Avenue, Mr. und Mrs. Rudolph Ganz...«

»Die früher das Schlachthaus besaßen?«

»Genau. Und zwischen dem Haus Ganz und dem Haus Khalkis, das die Hausnummer 11 trägt, liegt Nr. 13 – ein leerstehendes Haus mit vernagelten Fenstern.«

»Wem gehört es?«

»Jetzt halten Sie sich fest: einem guten Bekannten«, brummte der Inspektor. »Der Besitzer ist unser berühmter Multimillionär Mr. James J. Knox, der, den Khalkis als Vollstrecker seines gestohlenen Testamentes eingesetzt hatte. Niemand bewohnt es – es ist einfach nur alter Grundbesitz. Knox hat vor Jahren dort gelebt, aber er ist weiter stadtauswärts gezogen, und nun steht das Haus leer.«

»Ich habe im Grundbuch nachgesehen«, fügte Pepper hinzu. »Es ist natürlich unbelastet, und es steht nicht zum Verkauf. Ich nehme an, er behält es einfach aus alter Anhänglichkeit. Es ist so eine Art Stammsitz – genauso alt wie der Schuppen von Khalkis; die Häuser sind zur selben Zeit gebaut worden.

Wie dem auch sei, in keinem dieser Häuser konnte irgend jemand – weder Besitzer noch Dienerschaft noch, in einem Fall, ein Gast – Velie irgend etwas Nützliches sagen. Sehen Sie, der Hof ist von der Rückseite sämtlicher Häuser an beiden Straßen zugänglich; von der Madison Avenue jedoch nicht, es sei denn, man geht durch den Keller der Häuser Morse oder Ganz, der beiden einzigen in diesem Block; und weder an der 54. noch der Madison noch der 55. gibt es Gassen, die auf den Hof führen.«

»Mit anderen Worten«, sagte Sampson ungeduldig, »man kommt nur durch die Häuser selbst, durch die Kirche oder über den Friedhof in den Hof – richtig?«

»Richtig. Was den Friedhof angeht, so gibt es nur drei Möglichkeiten, ihn zu betreten – durch den Hinterausgang der Kirche, durch das Tor am Westende des Hofes und durch die Tür im Zaun – eigentlich ein richtiges Tor – zur 54. Straße.«

»Damit kann man überhaupt nichts anfangen«, sagte der Inspektor ärgerlich. »Darum geht es doch gar nicht. Worum es geht, ist, daß keiner, den Velie befragt hat, seit Khalkis' Beerdigung auf dem Friedhof gewesen sein will, nicht bei Tag und auch nicht bei Nacht.«

»Außer Mrs. Morse, Dad«, wandte Ellery behutsam ein. »Die hast du vergessen. Erinnere dich, Velie sagte, sie habe ihm ihre hübsche Gewohnheit eingestanden, jeden Nachmittag über den Häuptern der Verstorbenen auf dem Friedhof spazierenzugehen.«

»Stimmt«, sagte Pepper, »aber sie beteuert, daß sie nachts niemals dort sei. Jedenfalls, Chef, sind sämtliche Nachbarn Mitglieder dieser Kirchengemeinde, außer Knox natürlich, und der zählt ja eigentlich nicht als Nachbar.«

»Katholik«, knurrte der Inspektor. »Gehört zu einer Gemeinde mit einer vornehmen Kathedrale an der West Side.«

»Wo steckt Knox eigentlich?« fragte der Staatsanwalt.

»Tja, er ist heute morgen verreist, ich weiß nicht genau wohin«, antwortete der alte Herr. »Ich lasse Thomas einen Durchsuchungsbefehl besorgen – wir können nicht warten, bis Knox zurück ist, und mir liegt verdammt viel daran, sein leeres Haus neben dem Khalkis-Domizil genauer anzusehen.«

»Der Inspektor«, erklärte Pepper, »hat nämlich so eine Idee, Chef, daß das leere Haus von Knox der Ort sein könnte, wo Grimshaws Leiche versteckt war, bis man sie nach der Beerdigung in Khalkis' Sarg legen konnte.«

»Gut kombiniert, Q.«

»Jedenfalls weigerte sich Knox' Sekretärin«, fuhr Pepper fort, »uns den Aufenthaltsort des Krösus zu enthüllen, und deshalb brauchen wir den Durchsuchungsbefehl.«

»Vielleicht ist es nicht wichtig«, sagte der Inspektor, »aber ich will verflucht sein, wenn ich einer Spur nicht nachgehe.«

»Ein ausgezeichnetes *principium operandi«,* meinte Ellery kichernd.

Sein Vater bedachte ihn mit einem äußerst frostigen, tadelnden Blick. »Du hältst dich wohl für einen ganz Schlauen, was?« sagte er müde. »Also, meine Herren... Bei dem leerstehenden Haus tut sich ein Problem auf. Wir wissen immer noch nicht genau, wann Grimshaw umgebracht wurde – wie lange er schon tot ist. Gut, die Autopsie dürfte uns darüber ziemlich genauen Aufschluß geben. Einstweilen können wir darüber nur spekulieren. Denn wenn Khalkis starb, bevor Grimshaw ermordet wurde, dann heißt das doch sicher – wenn man bedenkt, wo wir den Leichnam gefunden haben –, daß Grimshaws Beerdigung in Khalkis' Sarg geplant war. Verstehen Sie? In diesem Fall wäre das leere Haus für den Mörder ein idealer Platz, um Grimshaws Leiche zu verbergen, bis Khalkis unter der Erde war und der Sarg für ihn zur Verfügung stand.«

»Schon«, wandte Sampson ein, »aber betrachten Sie es einmal aus einem anderen Winkel, Q. Solange wir den Autopsiebericht nicht haben, wäre die Theorie genauso haltbar, daß Khalkis starb, nachdem Grimshaw ermordet worden war. Das würde bedeuten, daß der Mörder nicht mit Khalkis' unerwartetem Tod und der Möglichkeit, ihn in dessen Sarg zu beerdigen, rechnen konnte, und dann müßte die Leiche verborgen gewesen sein, wo immer die Tat verübt wurde – und wir haben keinen Grund anzunehmen, daß der Mord in dem leerstehenden Haus nebenan geschah. Jedenfalls sehe ich nicht, wie Sie durch dieses Vorgehen irgend etwas erreichen wollen, ehe wir nicht wissen, wie lange Grimshaw schon tot ist.«

»Sie meinen«, sagte Pepper nachdenklich, »wenn Grimshaw erwürgt wurde, bevor Khalkis starb, dann blieb seine Leiche wahrscheinlich da, wo die Tat geschah? Dann, als Khalkis starb, eröffnete sich dem Mörder die Möglichkeit, das Opfer in Khalkis' Sarg zu beerdigen, und er schleppte den Toten auf den Friedhof, wahrscheinlich durch das Tor im Zaun zur 54. Straße?«

»Ganz genau«, bestätigte Sampson mit Nachdruck. »Die Chancen stehen zehn zu eins, daß das Nachbarhaus nichts mit dem Verbrechen zu tun hatte. Für mich sind das Gedankenspiele, die zu nichts führen.«

»Vielleicht aber doch«, sagte Ellery sanft. »Andererseits kommt es meinem schwachen Verstand so vor, als ob die Herren den Topf anheizen, bevor sie den Braten gefangen haben. Warum nicht in aller Ruhe auf den Autopsiebericht warten?«

»Warten – warten«, knurrte der Inspektor. »Ich habe mein Leben damit verbracht zu warten.«

Ellery kicherte. »Wenn wir Chaucer glauben dürfen, sollte dein Alter dir entschieden zum Vorteil gereichen, *padre.* Erinnerst du dich an das *Parlament der Vögel?* ›Denn aus den alten Feldern, wie man sagt, kommt Jahr für Jahr das neue Korn.‹«

»Sonst noch etwas, Pepper?« fauchte Sampson. Er kümmerte sich gar nicht um Ellery.

»Nur Routinekram. Velie hat den Portier des Kaufhauses befragt, das gegenüber dem Khalkis-Haus und dem Friedhof liegt –

der Mann steht den ganzen Tag über am Eingang des Ladens an der 54. Straße. Hat sich auch beim zuständigen Streifenpolizisten erkundigt. Doch keiner von beiden hat bei Tag irgendwelche verdächtigen Aktivitäten beobachtet. Der Polizist von der Nachtstreife hat auch nichts gesehen, aber er meint, daß die Leiche auf den Friedhof geschleppt worden sein könnte, ohne daß er es bemerkt hätte. Und im Kaufhaus ist keiner der Nachtwächter so postiert, daß er den Friedhof hätte beobachten können; sie bleiben die ganze Zeit über im Gebäude. Und das wär's.«

»Ich werde ganz rappelig von diesem ewigen Herumsitzen, nichts als herumsitzen«, murmelte der Inspektor, und die kleine, drahtige Gestalt ließ sich am Kaminfeuer nieder.

»La patience est amère, mais son fruit est doux«, murmelte Ellery. »Mir ist heute sehr nach Zitaten zumute.«

»Das habe ich nun davon«, klagte der Inspektor, »daß ich meinen Sohn aufs College geschickt habe. Er läßt mich meine Unterlegenheit spüren. Was heißt das übersetzt?«

»›Die Geduld ist bitter, doch ihre Frucht ist süß‹«, erklärte Ellery mit einem Grinsen, »und es stammt von einem Frosch.«

»Einem was – einem Frosch?«

»Ach, er versucht nur, witzig zu sein«, erklärte Sampson müde. »Wahrscheinlich meint er einen Franzosen. Klingt mir nach Rousseau.«

»Wissen Sie eigentlich, Sampson«, sagte Ellery begeistert, »daß Sie bisweilen geradezu verblüffende Anzeichen von Intelligenz an den Tag legen?«

Kapitel 13

Nachforschungen

Am nächsten Morgen, dem Samstag – einem Tag mit strahlender Oktobersonne – wurde die daniederliegende Moral des Inspektors Queen erheblich gestärkt. Die unmittelbare Ursache für die Wiederbelebung seiner Lebensgeister war der Umstand, daß Dr. Samuel Prouty ihm höchstpersönlich die Ergebnisse der Autopsien vortrug, die er an Khalkis und an dem Ermordeten vorgenommen hatte.

Bezirksstaatsanwalt Sampson, der durch einen anderen Fall, der seine persönliche Betreuung erforderte, an den Schreibtisch gefesselt war, hatte seinen Leutnant Pepper ins Büro des Inspektors im Polizeipräsidium entsandt. Als Dr. Prouty hereingeschlurft kam, an der ersten Zigarre des Tages kauend, warteten der Inspektor, Pepper, Sergeant Velie und ein erstaunlich hoffnungsvoller Ellery bereits auf ihn.

»Nun, Doc? Na, wie steht's«, rief der Inspektor. »Was haben Sie uns zu berichten?«

Dr. Prouty faltete seine beträchtliche Länge mit gehässiger Langsamkeit im besten Sessel des Büros zusammen. »Nehme an, Sie wollen zuerst Khalkis' Leiche abhaken? Da ist alles in Ordnung. Alles genau so, wie es auf Dr. Frosts Totenschein stand. Keinerlei Anzeichen auf irgendwelche Machenschaften. Seine Pumpe war völlig am Ende, hat einfach schlappgemacht.«

»Keine Spur von Gift, hm?«

»Nicht die klitzekleinste. Alles sauber. Und nun zur zweiten Leiche.« Dr. Prouty biß noch einmal gründlich zu. »Alle Anzeichen deuten darauf, daß er vor Khalkis starb. Eine lange Geschichte.« Er grinste. »Ein ganzer Rattenschwanz von Faktoren, die eine genaue Analyse schwierig machen. Die Erkaltung des Körpers bringt uns in diesem Falle nicht viel weiter. Aufschlüsse liefern schon eher die muskularen Veränderungen der Leiche und die vollständig eingetretene Leichenblässe. Grüner Fleck auf der

Oberfläche und in der Mitte des Unterleibes, gut entwickelt durch chemisch-bakterielle Tätigkeit; Zahl und Lage der Leichenflekken innerlich und äußerlich legen einen Zeitraum von sieben Tagen bis gestern abend nahe. Gasdruck, forcierte Schleimabsonderung aus Mund und Nase, innerer Verfall der Luftröhre, gewisse Anzeichen in Magen, inneren Organen und Milz – paßt alles zu dem besagten Zeitraum. Haut straff, doch erste Lockerungserscheinungen im Bereich der größten Anspannung – Unterleib; übelriechende Gase, verminderte spezifische Wichte – jawohl, ich würde sagen, Mr. Albert Grimshaw wurde sechseinhalb Tage vor der Exhumierung gestern morgen getötet.«

»Mit anderen Worten«, sagte der Inspektor, »Grimshaws Ermordung fiele in die Nacht von letztem Freitag auf Samstag – irgendwann zwischen dem späten Freitag abend und dem frühen Samstag morgen.«

»So ist es. Ich würde sagen, daß es alles in allem zu einer leichten Verzögerung des natürlichen Verwesungsprozesses kam. Würde mich gar nicht wundern, wenn Sie herausfänden, daß die Leiche an einem trockenen, wenig belüfteten Ort gelegen hat, bevor sie in Khalkis' Sarg beerdigt wurde.«

Ellery schien unwohl zu sein. »Keine angenehme Geschichte. Unsere unsterblichen Seelen scheinen in sehr unzuverlässigen Körpern zu verweilen.«

»Warum, weil der Verfall so schnell einsetzt?« Dr. Prouty machte einen amüsierten Eindruck. »Na, vielleicht tröstet Sie, daß der Uterus einer Frau bisweilen bis zu sieben Monaten nach dem Tod intakt bleibt.«

»Was Sie unter Trost verstehen –«

»Kein Zweifel daran, Doc«, beeilte der Inspektor sich zu sagen, »daß Grimshaw erwürgt wurde?«

»Keiner. Jemand hat ihm mit bloßen Händen die Kehle zugedrückt. Die Druckstellen sind deutlich zu sehen.«

»Doktor.« Ellery saß weit in seinen Sessel zurückgelehnt und rauchte lässig. »Was haben Sie in der Probe mit abgestandenem Wasser gefunden, die ich Ihnen gab?«

»Ach die!« Der stellvertretende Amtsarzt blickte gelangweilt drein. »Sehen Sie, es gibt bestimmte Salze – Kalziumsalze vor allem –, die sich stets in hartem Wasser finden. Unser Trinkwasser ist kalkhaltig, müssen Sie wissen. Nun, beim Kochen schlagen sich diese Salze nieder. Es ist kein Problem, bei einer chemischen

Analyse anhand der niedergeschlagenen Salze festzustellen, ob Wasser abgekocht wurde oder nicht. Ich kann mit Sicherheit sagen, daß die Probe, die Sie mir aus dem Wassertopf dort gegeben haben, gekocht hat und daß kein ungekochtes Wasser nachträglich hinzugefügt wurde.«

»Gepriesen sei Ihr wissenschaftliches Haupt, Doktor«, murmelte Ellery.

»Zuviel der Ehre. Sonst noch etwas?«

»Nein, und vielen Dank, Doc«, sagte der Inspektor.

Dr. Prouty wand sich aus seinem Sessel und ließ eine Rauchwolke zurück, als er das Büro des Inspektors verließ.

»So, nun wollen wir einmal überlegen, wo wir stehen«, sagte der alte Herr und rieb sich eifrig die Hände. Er konsultierte einen Notizzettel. »Dieser Vreeland. Seine Reise nach Quebec ist durch Zugpersonal, Fahrkarte, Gästebuch des Hotels, Zeitpunkt der Abfahrt und so weiter bestätigt. Hm ... Demetrios Khalkis. Verbrachte den ganzen Tag in der Praxis von Dr. Bellows – letzten Samstag, meine ich ... Bericht der Fingerabdrucksexperten über das Haus Khalkis – bringt nichts; Grimshaws Abdrücke auf dem Schreibtisch in der Bibliothek gefunden, zusammen mit einer Reihe anderer. Wahrscheinlich hatte jeder aus dem Haus irgendwann einmal seine Hände an diesem Schreibtisch, besonders bei der ersten Suche nach dem Testament. Abdrücke auf dem Sarg – bringen auch nichts; eine Menge verschmierte, auch deutliche – aber jeder im Haus war an dem Sarg, als er im Wohnzimmer aufgebahrt lag, und wenn man einen Abdruck identifizierte, würde das den Urheber nicht belasten ... Thomas, was hat Piggott bei Barrett herausgefunden?«

»Alles in Ordnung«, antwortete Velie. »Piggott konnte den Angestellten ausfindig machen, der den telefonischen Auftrag angenommen hatte. Der Angestellte sagt, Khalkis persönlich – er war sich hundertprozentig sicher, daß es Khalkis war; er habe oft mit ihm am Telefon gesprochen, sagt er – habe am letzten Samstag morgen angerufen und ein halbes Dutzend roter Moirékrawatten bestellt; die Zeit stimmt und der bestellte Typ Krawatte auch. Auf der Quittung von Barretts Botenjungen findet sich Weekes' Empfangsbestätigung. Alles paßt.«

»Na, das dürfte dich ja wohl zufriedenstellen«, wandte sich der Inspektor maliziös an Ellery, »obwohl ich wirklich nicht weiß, was es dir nützen soll.«

»Was war mit dem leeren Haus, Sergeant?« fragte Pepper. »Haben Sie den Durchsuchungsbefehl bekommen?«

»Ein völliger Reinfall«, murmelte der Inspektor.

»Den Durchsuchungsbefehl haben wir erhalten, aber Ritter, einer unserer Leute, hat das Loch durchwühlt und berichtet, daß nichts zu finden war«, verkündete Velie lautstark. »Das Haus ist ausgeräumt – kein einziges Möbelstück außer einer vermoderten alten Truhe im Keller. Ritter sagt, da war absolut nichts.«

»So, Ritter?« murmelte Ellery und blinzelte durch den Rauch.

»Und dann«, sagte der Inspektor und griff zu einem weiteren Notizzettel, »wäre da noch Grimshaw selbst.«

»Ja«, sagte Pepper, »der Chef hat mich ausdrücklich gebeten, Sie zu fragen, was Sie über ihn ausgegraben haben.«

»Wir haben eine ganze Menge ausgegraben«, antwortete der alte Herr grimmig. »Am Dienstag vor dem Mord aus Sing-Sing entlassen – das war der 28. September. Kein Nachlaß wegen guter Führung – Sie wissen natürlich, daß er wegen Kunstfälschung zu fünf Jahren verurteilt war. Der Prozeß wurde ihm erst drei Jahre nach der Tat gemacht – war untergetaucht. Außerdem erwähnt die Akte zwei Jahre im Kittchen, ungefähr 15 Jahre her, wegen eines fehlgeschlagenen Versuches, ein Bild aus dem Chicagoer Museum zu stehlen, wo er eine Stelle als Wächter hatte.«

»Darauf hatte ich angespielt«, sagte Pepper, »als ich meinte, Kunstfälschung sei nicht das einzige seiner Talente.«

Ellery hatte die Ohren gespitzt. »Ein Diebstahl aus dem Museum? Kommt Ihnen das nicht als ein beinah zu glücklicher Zufall vor? Da hätten wir also einen bedeutenden Kunsthändler und einen Dieb, der Bilder aus dem Museum stiehlt...«

»Da ist etwas dran«, murmelte der Inspektor. »Was jedenfalls seine Aktivitäten seit dem 28. September angeht, so läuft seine Spur von Sing-Sing zu einem Hotel hier in der Stadt, 49. Straße West – Hotel Benedict, ein drittklassiger Schuppen –, wo er sich unter seinem eigenen Namen einschrieb, als Grimshaw.«

»Er hat also keinen falschen Namen benutzt?« hakte Pepper nach. »Dreister Bursche.«

»Haben Sie das Hotelpersonal befragt?« erkundigte sich Ellery.

»Aus dem Tagesportier und dem Geschäftsführer war nichts herauszubekommen«, sagte Velie. »Aber ich habe den Nachtportier zur Vernehmung bestellt – sollte bald hier sein. Vielleicht weiß der etwas.«

»Sonst noch etwas Verdächtiges?« fragte Pepper.

»Jawohl, der Herr. Letzten Mittwoch abend, am Tag nach seiner Entlassung, wurde er mit einer Frau in einer Flüsterkneipe an der 45. Straße West gesehen, einem alten Stammlokal. Haben Sie Schick hier, Thomas?«

»Draußen.« Velie erhob sich und ging hinaus.

»Wer ist Schick?« erkundigte sich Ellery.

»Besitzer der Flüsterkneipe. Alter Bekannter.«

Velie kehrte mit einem großen, kräftigen, rotgesichtigen Mann im Schlepptau zurück – einem Mann, dem »ehemaliger Barmixer« groß auf seinem Backpfeifengesicht geschrieben stand. Er war sehr nervös. »'n Morgen, Inspektor. Schöner Tag, was?«

»Es geht«, brummte der alte Herr. »Setz dich, Barney. Ich möchte dir ein paar Fragen stellen.«

Schick wischte sich den Schweiß von der Stirn. »Geht doch um nichts Persönliches bei der Plauderei hier, Inspektor, oder doch?«

»Hm? Den Sprit meinst du? Liebe Güte, nein.« Der Inspektor trommelte auf den Tisch. »Jetzt hör gut zu, Barney. Wir wissen, daß ein Knastbruder namens Albert Grimshaw, der gerade erst aus dem Bau gekommen war, vorige Woche Mittwoch abend in deinem Schuppen war. Stimmt das?«

»Glaub' schon, Inspektor.« Schick rutschte unruhig hin und her. »Der Bursche, den sie kaltgemacht haben, hm?«

»Du hast mich schon verstanden. Also, er wurde an diesem Abend mit einer Frau zusammen gesehen. Was weißt du darüber?«

»Ich will's Ihnen erzählen, Inspektor.« Seine Stimme wurde heiser vor Vertraulichkeit. »Das ist die reine Wahrheit. Ich kenne die Puppe nicht – hab' sie da zum ersten Mal gesehen.«

»Wie sieht sie aus?«

»Kräftige Dame. Üppige Blondine. Setzt 'n bißchen Fett an. Um die 35, würd' ich schätzen. Krähenfüße unter den Guckern.«

»Weiter. Was geschah?«

»Na, sie kamen so gegen neun Glasen – ziemlich früh; um die Zeit ist noch nicht viel los« – Schick hustete –, »und sie setzen sich, und Grimshaw bestellt 'n Glas. Die Lady, die wollte nichts. Dauert nich' lange, da fangen sie an, sich anzuschnauzen – schweres Gefecht, würd' ich sagen. Hab' nicht mitbekommen, worum's ging, aber immerhin hab' ich den Namen von der Lady aufgeschnappt – Lily hieß sie. Scheint, daß er wollte, daß sie irgendwas für ihn tut, und sie war bockig. Jedenfalls springt sie plötzlich auf und stürmt raus und läßt den kleinen Floh sitzen. Der war völlig außer sich – hat irgendwas vor sich hin gemurmelt. Saß noch fünf oder zehn Minuten da, dann machte er sich dünne. Mehr weiß ich nicht, Inspektor.«

»So, so, Lily, die stämmige Blondine?« Der Inspektor legte die Hand an sein schmales Kinn und dachte angestrengt nach. »Gut, Barney. Ist Grimshaw noch einmal da gewesen, nach Mittwoch abend?«

»Nee. Das schwör' ich Ihnen, Inspektor«, fügte er sofort hinzu.

»In Ordnung. Ab mit dir.«

Das ließ Schick sich nicht zweimal sagen, erhob sich rasch und trottete davon.

»Soll ich der Sache mit der kräftigen Blondine nachgehen?« brummte Velie.

»Auf der Stelle, Thomas. Wahrscheinlich ein Dämchen, mit dem er zu tun hatte, bevor er ins Loch kam. Wenn sie sich gestritten haben, kann man sich ja denken, daß sie niemand war, den er an seinem ersten Tag aus dem Kittchen aufgegabelt hatte. Schauen Sie in seiner Akte nach.«

Velie verließ das Zimmer. Als er zurückkehrte, schob er einen blassen, jungen Mann vor sich her, der die Augen vor Furcht weit aufgerissen hatte. »Das ist Bell, der Nachtportier im Benedict, Chef. Nun mach schon, du Schlappschwanz, die beißen schon nicht.« Er schob Bell auf einen Stuhl und baute sich neben ihm auf.

Der Inspektor scheuchte Velie mit einer Handbewegung fort. »Keine Angst, Bell«, sagte er freundlich. »Wir sind Ihre Freunde. Wir wollen nur ein paar Informationen von Ihnen. Wie lange sind Sie schon Nachtportier im Hotel Benedict?«

»Viereinhalb Jahre, Sir.« Der Mann saß da und drehte seinen Filzhut in den Fingern.

»Waren Sie vom 28. September an in Dienst?«

»Jawohl, Sir. Ich habe noch keine einzige Nacht –«

»Kannten Sie einen Gast namens Albert Grimshaw?«

»Jawohl, Sir, den kannte ich. Der Mann, von dem in der Z-Zeitung steht, daß er auf dem Friedhof an der 54. Straße gefunden wurde.«

»Schön, Bell. Freut mich zu sehen, daß Sie ein heller Bursche sind. Haben Sie ihm das Zimmer gegeben?«

»Nein, Sir. Das war der Tagesportier.«

»Woher kannten Sie ihn dann?«

»Das ist eine komische Geschichte, Sir.« Bell hatte etwas von seiner Nervosität verloren. »Es gab einen Abend in der Woche, die er bei uns wohnte, an dem etwas – na, irgendwie Merkwürdiges passierte, und deshalb erinnere ich mich an ihn.«

»Welcher Abend war das?« fragte der Inspektor eifrig. »Und was geschah Merkwürdiges?«

»Zwei Abende, nachdem er gekommen war. Donnerstag vor einer Woche ...«

»Ha!«

»Nun, Sir, im Laufe des Abends kamen fünf Leute, die alle zu diesem Grimshaw wollten! Alle binnen einer halben Stunde oder so.«

Die Selbstbeherrschung des Inspektors war bewundernswert. Er lehnte sich zurück und nahm eine Prise Schnupftabak, als ob Bells Aussage von keinerlei Bedeutung für ihn sei. »Erzählen Sie weiter, Bell.«

»Gegen zehn Uhr an jenem Donnerstag abend sah ich, wie Grimshaw mit einem Mann von der Straße in die Halle kam. Sie kamen zusammen – redeten hastig miteinander, schienen es eilig zu haben. Was sie sagten, konnte ich nicht hören.«

»Wie sah Grimshaws Begleiter aus?« fragte Pepper.

»Das kann ich Ihnen nicht sagen, Sir. Er war ganz vermummt –«

»Ha!« sagte der Inspektor zum zweiten Mal.

»– ganz vermummt. Schien mir, als wollte er nicht, daß ihn jemand identifiziert. Vielleicht erkenne ich ihn wieder, wenn ich ihn noch einmal sehe, aber ich könnte es nicht beschwören. Jedenfalls gingen sie zum Fahrstuhl, und das war das letzte, was ich von ihnen sah.«

»Moment noch, Bell.« Der Inspektor wandte sich an den Sergeant. »Thomas, treiben Sie den Liftboy auf, der Nachtdienst hatte.«

»Haben wir schon getan, Chef«, antwortete Velie. »Hesse müßte jeden Moment mit ihm da sein.«

»Wunderbar. Erzählen Sie weiter, Bell.«

»Also, wie gesagt, das war gegen zehn Uhr. Praktisch unmittelbar danach – Grimshaw und sein Begleiter standen sogar noch an der Fahrstuhltür und warteten – kam ein Mann an meine Theke und fragte nach Grimshaw. Wollte die Zimmernummer wissen. Ich sage zu ihm: ›Dort drüben ist er gerade, Sir‹, denn im selben Moment steigen die beiden in den Fahrstuhl; ›Die Zimmernummer ist 314, Sir‹, sagte ich noch, denn in dem Zimmer wohnte er, müssen Sie wissen. Der Mann sah ein wenig komisch aus – schien nervös zu sein; jedenfalls ging er und wartete, bis der Fahrstuhl wieder herunter kam. Wir haben nur den einen«, fügte Bell hinzu. »Das Benedict ist ja ein kleines Hotel.«

»Und?«

»Nun, Sir, schon seit vielleicht einer Minute war mir eine Frau aufgefallen, die in der Halle stand und die ebenfalls einen nervösen Eindruck machte. Nun kommt sie zu mir an die Rezeption und fragt: ›Ist eines der Nebenzimmer von 314 frei?‹ Mußte wohl gehört haben, was der Mann vorher wissen wollte, nehme ich an. Komisch, dachte ich, und allmählich kam mir die Sache nicht ganz koscher vor. Zumal sie kein Gepäck dabeihatte. Wie's der Zufall wollte, war 316 frei, das Zimmer neben dem von Grimshaw. Ich hole den Schlüssel und rufe ›Bedienung!‹, aber nein, sie will keinen Pagen, sagt sie, sie möchte allein hinaufgehen. Ich gebe ihr den Schlüssel, und sie nimmt den Fahrstuhl nach oben. Der Mann war inzwischen schon hochgefahren.«

»Wie sah sie aus?«

»Hm – ich glaube, ich würde sie wiedererkennen, wenn ich sie sähe. Kleine, ungepflegte Frau, mittleres Alter.«

»Unter welchem Namen hat sie sich eingeschrieben?«

»Mrs. J. Stone. Ich würde sagen, sie versuchte ihre Handschrift zu verstellen. Schrieb schief, als ob sie's mit Absicht tun würde.«

»War es eine Blondine?«

»Nein, Sir. Dunkles Haar, schon etwas grau. Jedenfalls zahlte sie für eine Nacht im voraus – Zimmer ohne Bad –, und ich sagte zu mir: ›Meine Güte. Die Geschäfte heutzutage gehen schlecht genug, auch ohne daß –«

»He, he, bleiben Sie bei Ihrer Geschichte. Sie sagen, es seien insgesamt fünf gewesen. Was war mit den beiden anderen?«

»Nun, Sir, binnen einer Viertelstunde oder vielleicht 20 Minuten kamen zwei weitere Männer an die Theke und erkundigten sich, ob ein Albert Grimshaw bei uns wohne. Und wenn ja, welche Zimmernummer er habe.«

»Kamen sie zusammen?«

»Nein, Sir. Etwa fünf oder zehn Minuten lagen dazwischen.«

»Meinen Sie, Sie könnten die beiden identifizieren, wenn Sie sie sähen?«

»Klare Sache. Wissen Sie« – Bell wurde vertraulich –, »ich fand's einfach komisch, wie sie alle so nervös waren, als ob keiner wollte, daß er gesehen wird. Selbst der Bursche, der mit Grimshaw hereinkam, hat sich anfangs merkwürdig benommen.«

»Haben Sie irgendeinen davon das Hotel verlassen sehen?«

Bells pickliges Gesicht wurde lang. »Ich glaube, dafür hätte ich einen Tritt verdient, Sir. Ich hätte aufpassen müssen. Aber irgendwie wurde 's danach alles hektisch – 'ne Ladung Tänzerinnen, die alle abreisen wollten –, und sie müssen sich verdrückt haben, während ich beschäftigt war.«

»Wie war es mit der Frau? Wann hat sich die verabschiedet?«

»Das ist auch wieder komisch. Der Tagesportier hat mir erzählt, als er am nächsten Tag kam, hätte das Zimmermädchen ihm gesagt, das Bett in 316 sei unbenutzt. Der Schlüssel steckte im Schloß. Sie muß, kurz nachdem sie sich eingetragen hatte, wieder gegangen sein – hat es sich wohl anders überlegt. Das war in Ordnung, sie hatte ja im voraus bezahlt.«

»Wie war das zu anderen Zeiten, außer Donnerstag abend – Mittwoch abend? Freitag abend? Hatte Grimshaw da irgendwelche Besucher?«

»Das kann ich Ihnen nicht sagen, Sir«, antwortete der Nachtportier entschuldigend. »Ich weiß nur, daß an der Rezeption niemand nach ihm gefragt hat. Er ist am Freitag abend gegen neun Uhr ausgezogen und hat keine neue Adresse hinterlassen. Gepäck hatte er auch keines – das war auch etwas, warum er mir im Gedächtnis geblieben ist.«

»Vielleicht sollten wir uns das Zimmer ansehen«, murmelte der Inspektor. »Ist 314 seit Grimshaws Abreise wieder bewohnt gewesen?«

»Ja, Sir. Seitdem sind drei verschiedene Gäste dort gewesen.«

»Ist täglich saubergemacht worden?«

»Aber ja.«

Pepper schüttelte entmutigt den Kopf. »Wenn da irgendwas war, Inspektor, dann ist es inzwischen fort. Das werden Sie niemals finden.«

»Nein, nach einer Woche wohl nicht.«

»Ähm, Bell«, ließ sich Ellery vernehmen, »hatte Grimshaw ein Zimmer mit eigenem Bad?«

»Ja, Sir.«

Der Inspektor lehnte sich zurück. »Irgend etwas sagt mir«, erklärte er heiter, »daß uns einige turbulente Ereignisse bevorstehen. Thomas, treiben Sie alle zusammen, die bisher in diesen Fall verwickelt sind. Sie sollen sich binnen einer Stunde in der 54. Straße Ost Nr. 11 einfinden.«

Während Velie sich auf den Weg machte, stöhnte Pepper: »Meine Güte, Inspektor, wenn sich herausstellt, daß diese fünf Besucher Leute sind, die bereits mit dem Fall zu tun haben, dann sitzen wir ganz schön in der Patsche. Zumal ja jeder, der sich die Leiche anschaute, geschworen hat, er hätte Grimshaw nie zuvor gesehen.«

»Kompliziert, was?« Der Inspektor grinste humorlos. »Tja, so ist das Leben.«

»Also wirklich, Dad!« tadelte Ellery. Bell blickte entgeistert vom einen zum anderen.

Velie kam wieder hereingetrabt. »Alles in Arbeit. Und Hesse ist draußen mit einem Schwarzen – der Liftboy aus dem Benedict, der nachts Dienst tut.«

»Bringen Sie ihn herein.«

Der Liftboy aus dem Benedict entpuppte sich als junger Schwarzer, der sich vor Angst violett verfärbt hatte. »Wie heißen Sie, Junge?«

»White, Sir. W-White.«

»Gütiger Himmel«, sagte der Inspektor. »Also, White, erinnern Sie sich noch an einen Mann namens Grimshaw, der letzte Woche im Benedict gewohnt hat?«

»Der – der Herr, der erwürgt worden is', Sir?«

»Genau.«

»J-ja, Sir«, stieß White hervor. »An den 'inner' ich mich gut.«

»Wissen Sie noch, was letzte Woche Donnerstag passiert ist – als er gegen zehn Uhr abends in Begleitung eines anderen Mannes Ihren Aufzug betrat?«

»Jawoll, Sir. Klar weiß ich das noch.«

»Wie sah der andere Mann aus?«

»Keine Ahnung, Käpt'n. Nein, Sir. Weiß ich nich' mehr, wie der aussah.«

»Wissen Sie überhaupt noch etwas von dem Abend? Daß Sie andere Leute hinaufgefahren haben, die auf Grimshaws Etage ausstiegen?«

»Hab' 'ne Menge Leute raufgefahren, Sir. 'ionen, kommt's mir vor. Einen nach dem anderen, Sir. Aber alles, was ich noch weiß, Sir, is', daß ich Mr. Grimshaw und seinen Freund raufgefahren hab', und sie sind auf der dritten 'tage ausgestiegen, und ich seh' noch, wie sie in 314 gehen und die Tür hinter sich zumachen. 314 is' gleich am Fahrstuhl, Sir.«

»Worüber haben sie im Fahrstuhl gesprochen?«

Der Schwarze seufzte. »Keine Ahnung, Sir. Kann mich an nichts erinnern.«

»Was hatte der zweite Mann für eine Stimme?«

»Das – das weiß ich auch nich', Sir.«

»Na gut, White. Sie können gehen.«

Im nächsten Augenblick war White verschwunden. Der Inspektor erhob sich, streifte den Mantel über und sagte zu Bell: »Sie warten hier auf mich. Bin gleich zurück – ich möchte, daß Sie ein paar Leute für mich identifizieren, wenn Sie können.« Er verließ das Zimmer.

Pepper starrte die Wand an. »Wissen Sie, Mr. Queen«, sagte er zu Ellery, »ich stecke bis zum Hals in dieser Sache. Der Chef hat mir die ganze Geschichte aufgebürdet. Ich setze ja immer noch auf das Testament, aber wie es scheint, werden wir das niemals – wo zum Teufel s t e c k t dieses Testament wohl nur?«

»Pepper, mein Junge«, sagte Ellery, »ich fürchte, das Testament ist in die Sphäre des Irrelevanten eingegangen. Ich weigere mich allerdings, meine geistvolle – und das war sie, auch wenn ich es selbst sage! – meine geistvolle Schlußfolgerung zurückzunehmen, daß das Testament im Sarg versteckt und mit Khalkis begraben wurde.«

»Es war jedenfalls schlüssig, als Sie es so erklärten.«

»Ich bin überzeugt, daß es so war.« Ellery zündete eine weitere Zigarette an und inhalierte tief. »Und in diesem Fall kann ich Ihnen sagen, in wessen Händen sich das Testament befindet, wenn es denn noch existiert.«

»Das w i s s e n Sie?« Pepper wollte es nicht glauben. »Ich verstehe nicht – wer ist es?«

»Pepper«, seufzte Ellery, »das ist eine Frage, die jedes Kind beantworten könnte. Wer, wenn nicht die Person, die Grimshaw in den Sarg steckte?«

Kapitel 14

Ein Brief

Inspektor Queen sollte allen Grund haben, diesen schönen, strahlenden Oktobermorgen im Gedächtnis zu behalten. In gewissem Sinne war es auch ein Festtag für den jungen Bell, einen Hotelangestellten, der keine Illusionen von – aber durchaus einen Sinn für – Größe hatte. Für Mrs. Sloane brachte er nichts als Ängste. Was er für die anderen bedeutete, läßt sich nur vage vermuten – das heißt, die anderen mit Ausnahme von Miss Joan Brett.

Miss Joan Brett erlebte alles in allem einen grauenhaften Vormittag. Daß sie Qualen litt und daß diese Qualen sich am Ende in perlenden Tränen Erleichterung verschafften, nimmt nicht wunder. Das Schicksal war grausam, und in seiner üblichen ziellosen Art schien es entschlossen, sich an Grausamkeit noch selbst zu übertreffen. Der Boden, gerade weil er so lieblich mit Tränen benetzt war, war kaum darauf vorbereitet, daß in ihm der Keim zarter Leidenschaft gesät wurde.

Mit einem Wort, es war mehr, als zu ertragen man selbst von einer zähen Tochter Albions erwarten konnte.

Und alles begann mit dem Verschwinden des jungen Alan Cheney.

Cheneys Abwesenheit fiel dem Inspektor zunächst gar nicht auf, als er seine Truppen sammelte, Stellung in der Bibliothek des Hauses Khalkis bezog und Anweisungen gab, daß seine Opfer ihm vorgeführt würden. Er war zu beschäftigt, die Reaktionen der einzelnen zu beobachten. Bell – ein mittlerweile sehr gutgelaunter und sich seiner Wichtigkeit bewußter Bell – stand neben dem Stuhl des Inspektors, das Abbild aufrechter Richterschaft. Einer nach dem anderen trafen sie ein – Gilbert Sloane und Nacio Suiza, der stets adrette Direktor der privaten Khalkis-Kunstsammlung; Mrs. Sloane, Demmy, die Vreelands, Dr. Wardes und Joan. Woodruff stieß ein wenig später hinzu. Weekes und Mrs. Simms hielten sich an einer Wand so weit entfernt vom

Inspektor, wie sie nur konnten... Und bei jedem, der eintrat, verengten sich Bells scharfe, kleine Augen, er gestikulierte heftig, seine Lippen zitterten, und mehrfach nickte er feierlich mit dem Kopf, unerbittlich, wie ein Sohn der Rachegöttinnen.

Niemand sprach ein Wort. Alle blickten Bell an – und dann von ihm fort.

Der Inspektor schnalzte ärgerlich mit der Zunge. »Setzen Sie sich bitte. Also, Bell, mein Junge, sehen Sie eine Person hier im Zimmer, die am Donnerstag, dem 30. September, abends Albert Grimshaw im Hotel Benedict aufsuchte?«

Jemand schnappte nach Luft. Der Kopf des Inspektors bewegte sich mit der Schnelligkeit einer Schlange, doch der Betreffende hatte sich sofort wieder in der Gewalt. Einige Anwesende saßen teilnahmslos da, andere interessiert, wieder andere gelangweilt.

Bell kostete die Situation so intensiv wie möglich aus. Mit den Händen hinter dem Rücken begann er zwischen der Gesellschaft, die inzwischen Platz genommen hatte, hin- und herzuwandern – und musterte sie kritisch, äußerst kritisch. Schließlich wies er mit einem triumphierenden Finger auf die dandyhafte Gestalt von ... Gilbert Sloane.

»Das ist einer davon«, sagte er energisch.

»So.« Der Inspektor nahm eine Prise Tabak; er war nun vollkommen konzentriert. »Das dachte ich mir schon. Nun, Mr. Gilbert Sloane, wir haben Sie bei einer kleinen Notlüge ertappt. Gestern sagten Sie, Sie hätten Albert Grimshaw niemals zuvor gesehen. Nun identifiziert der Nachtportier des Hotels, in dem Grimshaw wohnte, Sie als jemanden, der Grimshaw besuchte, am Abend, bevor er ermordet wurde. Was haben Sie zu Ihrer Entschuldigung vorzubringen?«

Sloane bewegte leicht seinen Kopf, wie ein Fisch im Schilfrohr. »Ich –« Seine Stimme schien in seiner Kehle auf ein Hindernis zu stoßen, und er hielt inne, um es sehr, sehr sorgfältig beiseitezuräumen. »Ich weiß nicht, wovon der Mann spricht, Inspektor. Zweifellos ein Mißverständnis...«

»Mißverständnis? So?« Der Inspektor dachte kurz nach. Seine Augen funkelten spöttisch. »Sind Sie sicher, daß Sie da nicht zu sehr Miss Brett nacheifern, Sloane? Sie werden sich ja noch erinnern, daß sie gestern dieselbe Bemerkung machte...«

Sloane murmelte etwas vor sich hin, und Joans Wangen röteten sich. Doch sie blieb reglos sitzen, den Blick starr nach vorn gerichtet. »Bell, ist es ein Mißverständnis, oder haben Sie diesen Mann hier an jenem Abend gesehen?«

»Er war es, Sir«, antwortete Bell, »dieser Mann.«

»Nun, Sloane?«

Sloane schlug plötzlich die Beine übereinander. »Das ist – aber das ist doch lächerlich. Ich weiß überhaupt nicht, wovon die Rede ist.«

Inspektor Queen wandte sich mit einem Lächeln an Bell. »Als wievielter kam er, Bell?«

Bell schien verwirrt. »Das kann ich nicht mehr genau sagen. Aber ich bin sicher, daß er einer der Männer war, Sir! Absolut sicher!«

»Wissen Sie –«, hob Sloane eifrig an.

»Mit Ihnen beschäftige ich mich ein andermal, Mr. Sloane.« Der Inspektor machte eine Handbewegung. »Weiter, Bell. Sonst noch jemand?«

Bell begann seine Pirsch von neuem. Wiederum schwoll seine Brust. »Na«, sagte er, »eines würde ich beschwören.« Er stürzte dermaßen vehement durchs Zimmer, daß Mrs. Vreeland einen spitzen Schrei ausstieß. »Dies hier«, rief Bell, »war die Dame!«

Er zeigte auf Delphina Sloane.

»Hm.« Der Inspektor kreuzte die Arme. »Nun, Mrs. Sloane, ich nehme an, Sie haben ebenfalls keine Ahnung, wovon wir überhaupt sprechen, oder?«

Ein kräftiges Rot breitete sich zusehends auf den bleichen Wangen der Frau aus. Sie befeuchtete sich mehrfach hektisch mit der Zunge die Lippen. »Nun ... nein, Inspektor. Das habe ich wirklich nicht.«

»Und auch Sie haben ausgesagt, Sie hätten Grimshaw nie zuvor gesehen.«

»Das hatte ich auch nicht!« schrie sie erregt. »Das hatte ich auch nicht!« Das traurige Kopfschütteln des Inspektors wirkte wie ein resignierter Kommentar zur allgemeinen Verlogenheit der Zeugen im Fall Khalkis. »Noch jemand, Bell?«

»Jawohl, Sir.«

Keinerlei Zögern sprach aus Bells Schritt, als er wieder das Zimmer durchmaß und Dr. Wardes auf die Schulter tippte. »Diesen Herrn würde ich überall wiedererkennen, Sir. Den buschigen braunen Bart vergißt man nicht so schnell wieder.«

Der Inspektor schien ehrlich verblüfft.

Er starrte den englischen Arzt an, und der englische Arzt starrte zurück – völlig ausdruckslos. »Als wievielter kam er, Bell?«

»Er war der letzte«, antwortete Bell ohne zu zögern.

»Sie werden natürlich sofort einsehen, daß das kompletter Blödsinn ist, Inspektor«, sagte Dr. Wardes. »Dummes Geschwätz. Wie um alles in der Welt könnte ich etwas mit Ihrem amerikanischen Galgenvogel zu tun haben? Was für einen Grund sollte ich gehabt haben, einen solchen Mann zu besuchen, selbst wenn ich ihn gekannt hätte?«

»Sie fragen mich, Dr. Wardes?« Der alte Herr lächelte. »Das frage ich Sie. Sie sind von einem Mann identifiziert worden, der mit Tausenden von Menschen zusammenkommt – einem Mann, der in seinem Beruf gelernt hat, sich Gesichter einzuprägen. Und wie Bell sagt, ist es nicht schwer, sich an Sie zu erinnern. Nun, Sir?«

Dr. Wardes seufzte. »Mir kommt es vor, Inspektor, als ob gerade – ja, gerade die Unverwechselbarkeit meines beklagenswert behaarten Gesichtes mir ein gutes Gegenargument liefert. Donnerwetter, Sir, sehen Sie denn nicht, daß nichts einfacher wäre, als sich mit einem solchen Bart für mich auszugeben?«

»Bravo«, sagte Ellery leise, an Pepper gewandt. »Unser Quacksalber ist ein einfallsreicher Bursche, Pepper.«

»Zu einfallsreich für meinen Geschmack.«

»Sehr raffiniert, Doktor, wirklich sehr raffiniert«, sagte der Inspektor anerkennend. »Und so einleuchtend. Also gut, wir akzeptieren Ihr Wort und einigen uns darauf, daß jemand sich als Sie ausgab. Jetzt brauchen Sie uns nur noch zu sagen, Sir, wo Sie am Abend des 30. September gewesen sind, in jenem Zeitraum, in dem jemand in Ihrer Maske auftrat. Nun?«

Dr. Wardes runzelte die Stirn. »Letzte Woche Donnerstag ... Lassen Sie mich überlegen.« Er dachte nach, dann zuckte er die Schultern. »Also wirklich, Inspektor, das ist nicht ganz fair. Wie können Sie erwarten, daß ich mich noch erinnere, wo ich zu einer bestimmten Stunde vor über einer Woche gewesen bin?«

»Na, da fällt mir eben wieder ein, daß Sie jedenfalls noch wußten, wo Sie Freitag vor einer Woche waren«, kommentierte der Inspektor trocken. »Auch wenn wir, das gebe ich zu, Ihrer Erinnerung ein wenig auf die Sprünge helfen mußten –«

Er wandte sich um, als er Joans Stimme vernahm; alle Augen waren auf sie gerichtet. Sie saß auf der Kante ihres Stuhles und lächelte tapfer. »Mein lieber Doktor«, sagte sie, »ich muß schon sagen, daß ist nicht gerade galant von Ihnen, nicht wahr? Gestern haben Sie Mrs. Vreeland zur Seite gestanden, wie es sich für einen Kavalier gehört. Denken Sie an meine arme, angegriffene Reputation, oder haben Sie es wirklich vergessen?«

»Beim Zeus!« rief Dr. Wardes ohne zu zögern, und seine braunen Augen leuchteten auf. »Das war dumm – wirklich dumm von mir, Joan. Also, Inspektor – es ist schon seltsam, wie der Verstand eines Menschen funktioniert, nicht wahr? – also, Sir, am Donnerstag abend vor einer Woche zur fraglichen Zeit war ich mit Miss Brett aus!«

»Tatsächlich.« Die Augen des Inspektors wanderten vom Arzt hinüber zu Joan. »Das ist ja schön.«

»Ja«, fügte Joan eilig hinzu, »das war, nachdem ich gesehen hatte, wie eines der Dienstmädchen Grimshaw einließ. Ich ging wieder auf mein Zimmer, und Dr. Wardes klopfte an und fragte, ob ich nicht mit in die Stadt kommen und ein Gläschen mit ihm trinken wolle ...«

»Ja natürlich«, murmelte der Engländer, »und gleich darauf haben wir das Haus verlassen und sind in irgendein kleines Café an der 57. Straße gegangen – ich weiß nicht mehr, welches es war –, ja, und wir haben uns prächtig amüsiert. Ich denke, es war schon Mitternacht, als wir zurückkamen, nicht wahr, Joan?«

»Ich glaube schon, Doktor.«

Der alte Herr schnaufte. »Sehr schön. Sehr schön ... Nun, Bell, meinen Sie immer noch, daß der Mann, der dort sitzt, der letzte Besucher war?«

»Ich weiß, daß er das ist«, beharrte Bell.

Dr. Wardes kicherte, und der Inspektor sprang plötzlich auf. Seine gute Laune war verflogen. »Bell«, knurrte er, »damit hätten wir drei gefunden – wir wollen es einmal ›finden‹ nennen: Sloane, Mrs. Sloane, Dr. Wardes. Wie steht es mit den beiden anderen Männern? Erkennen Sie noch einen davon?«

Bell schüttelte den Kopf. »Ich bin sicher, daß es keiner von den Herren war, die hier sitzen, Sir. Einer war ein sehr großer Mann – ein Riese, könnte man fast sagen. Sein Haar wurde grau, er hatte ein rotes Gesicht, und er sprach mit irischem Akzent. Ich weiß jetzt nicht mehr, ob das derjenige war, der zwischen der Dame hier und dem Herrn dort kam« – er wies auf Mrs. Sloane und Dr. Wardes –, »oder ob er einer der ersten beiden war.«

»So, ein großer Ire«, murmelte der Inspektor. »Beim heiligen Christopher, wo kommt der denn her? Wir haben in diesem Fall bisher niemanden, auf den die Beschreibung passen würde! Na, wie dem auch sei, Bell: Lassen Sie uns noch einmal zusammenfassen. Grimshaw betrat das Hotel zusammen mit einem Mann – einem Vermummten. Dann kam ein zweiter Mann. Dann Mrs. Sloane. Dann ein weiterer Mann und zuletzt Dr. Wardes. Zwei von den drei Männern, die noch bleiben, sind Sloane hier und der große Ire. Was ist mit dem dritten Mann? Ist bestimmt niemand im Zimmer, der dieser Mann gewesen sein könnte?«

»Ich kann es wirklich nicht sagen, Sir«, antwortete Bell mit Bedauern. »Ich bin ganz durcheinander. Vielleicht war Mr. Sloane hier der Vermummte, und der andere – der, der uns noch fehlt – kam später. Ich – ich . . .«

»Bell!« donnerte der Inspektor. Bell fuhr zusammen. »Sie können uns doch nicht so hängen lassen. Wissen Sie es denn wirklich nicht genauer?«

»Ich – nun, Sir, nein.«

Der Inspektor blickte unwirsch in die Runde und musterte sein Publikum abschätzend mit seinem scharfen Blick. Offensichtlich suchte er nach jemandem, der der Mann hätte sein können, an dessen Äußeres sich Bell nicht mehr erinnerte. Dann brüllte er mit funkelnden Augen: »Teufel noch mal! Ich wußte doch, daß da einer fehlt! Ich hab's gespürt! – Cheney! Wo ist dieser junge Tunichtgut Cheney?«

Ratlose Blicke waren die Antwort.

»Thomas! Wer hatte die Wache an der Vordertür?«

Velie fuhr schuldbewußt auf und sagte sehr kleinlaut: »Flint, Inspektor – Queen.« Ellery unterdrückte rasch ein Lächeln; es war das erste Mal, daß er den grauen Haudegen den alten Herrn bei seinem vollen Titel anreden hörte. Velie hatte es offenbar mit der Angst zu tun bekommen; ihm schien übel zu sein.

»Holen Sie ihn her!«

Velie machte sich mit einem solchen Tempo davon, daß selbst der Inspektor, obwohl er vor sich hin grummelte, ein wenig versöhnt zu sein schien. Velie führte einen zitternden Flint vor – einen Flint, der kaum weniger massig war als der Sergeant und der in diesem Augenblick ebenso verschüchtert aussah wie dieser.

»Ah, Flint«, sagte der Inspektor mit einer bedrohlich klingenden Stimme, »kommen Sie herein. Kommen Sie herein!«

»Jawohl, Chef. Zu Befehl, Chef«, murmelte Flint.

»Flint, haben Sie gesehen, wie Alan Cheney das Haus verließ?«

Flint schluckte heftig. »Ja, Sir. Jawohl, Chef.«

»Wann?«

»Gestern abend, Chef. Viertel nach elf, Chef.«

»Wohin ging er?«

»Er sagte, er wolle in die Stadt in seinen Club.«

»Mrs. Sloane«, fragte der Inspektor ruhig, »gehört Ihr Sohn einem Club an?«

Delphina Sloane rang die Hände; sie warf tragische Blicke um sich. »Aber – nein, Inspektor, nein. Ich verstehe gar nicht –«

»Wann kam er zurück?«

»Er – er ist nicht zurückgekommen, Chef.«

»Er ist nicht zurückgekommen?« Die Stimme des Inspektors war noch ruhiger geworden. »Warum haben Sie das nicht Sergeant Velie gesagt?«

Flint litt Höllenqualen. »Ich – ich wollte es eben berichten, Chef. Ich habe gestern abend um elf meinen Dienst angetreten, und in – in ein paar Minuten werde ich abgelöst. Dann wollte ich es melden, Chef. Ich dachte, er ist vielleicht auf einer seiner Sauftouren. Außerdem hatte er kein Gepäck dabei, Chef, oder sonst irgendwas ...«

»Warten Sie draußen auf mich. Wir sprechen uns noch«, sagte der alte Herr mit derselben grauenerregenden, tonlosen Stimme. Flint wankte hinaus wie ein Mann, der sein Todesurteil empfangen hat.*

Sergeant Velies schlechtrasierte Wangen zitterten. »Flint kann nichts dafür, Inspektor Queen«, murmelte er. »Mein Fehler. Sie hatten mir aufgetragen, alle hier zusammenzutrommeln. Ich hätte es persönlich machen müssen – dann hätte ich es früher erfahren ...«

---

* Zur Information derjenigen Leser Mr. Queens, die die Männer des Inspektors aus bereits veröffentlichten Romanen kennen, sei hinzugefügt, daß der Kriminalbeamte Flint auf Grund dieser Pflichtversäumnis degradiert, später jedoch in seiner alten Stellung wiedereingesetzt wurde, als er einen dreisten Bankraub vereitelte; der hier beschriebene Fall ist der früheste, der dem Publikum bisher vorgelegt wurde.
J. J. McC.

»Halten Sie den Mund, Thomas. Mrs. Sloane, hat Ihr Sohn ein Bankkonto?«

»Ja. Ja, Inspektor«, antwortete sie mit zitternder Stimme. »Bei der Nationalen Handelsbank.«

»Thomas, rufen Sie bei der Nationalen Handelsbank an, und finden Sie heraus, ob Alan Cheney heute vormittag Geld abgehoben hat.«

Sergeant Velie mußte sich an Joan Brett vorbeidrücken, um zum Schreibtisch zu kommen. Er murmelte eine Entschuldigung, aber sie regte sich nicht. Und selbst Velie, ganz mit seinem persönlichen Kummer beschäftigt, war schockiert von dem Entsetzen und der Verzweiflung in den Augen des Mädchens. Die Hände in ihrem Schoß waren verkrampft; sie atmete kaum. Velie faßte sich an sein breites Kinn und ging dann um ihren Stuhl herum. Als er zum Telefonhörer griff, war sein Blick noch immer auf sie geheftet – und nun wieder mit dem alten, harten Blick.

»Und Sie haben also keine Ahnung«, fuhr der Inspektor Mrs. Sloane an, »wo Ihr Sohn geblieben ist, Madame?«

»Nein. Ich – Sie glauben doch nicht –?«

»Wie ist das mit Ihnen, Sloane? Hat der Junge gestern abend Ihnen gegenüber irgend etwas davon erwähnt, daß er fortgehen wollte?«

»Kein Wort. Ich kann mir nicht –«

»Also, Thomas«, fragte der alte Herr ungeduldig, »wie lautet die Antwort?«

»Sie geben sie gerade durch.« Velie wechselte einige Worte mit jemandem, nickte mehrmals gewichtig und hängte dann ein. Er steckte die Hände in die Taschen und sagte dann ruhig: »Der Vogel ist ausgeflogen, Chef. Heute morgen um neun hat er sein Bankkonto abgeräumt.«

»Guter Gott«, sagte der Inspektor. Delphina Sloane fuhr aus ihrem Sessel auf, hielt dann inne, sah sich mit irren Blicken um und setzte sich wieder, als Gilbert Sloane sie am Arm faßte. »Irgendwelche Einzelheiten?«

»Er hatte 4200 auf dem Konto. Hat das Konto aufgelöst und sich das Geld in kleinen Scheinen geben lassen. Hatte ein Köfferchen dabei, anscheinend neu. Gab keinerlei Erklärungen ab.«

Der Inspektor ging zur Tür. »Hagstrom!« Ein skandinavisch aussehender Beamter eilte herbei, der einen nervösen, angespannten Eindruck machte. »Alan Cheney hat sich abgesetzt. Hat heute morgen um neun 4200 Dollar von der Nationalen Handelsbank abgehoben. Finden Sie ihn. Stellen Sie als erstes fest, wo er die Nacht verbracht hat. Lassen Sie sich einen Haftbefehl geben, und stecken Sie ihn ein. Bleiben Sie Cheney auf der Spur. Nehmen Sie sich so viele Leute, wie Sie brauchen. Er versucht vielleicht, über die Staatsgrenze zu kommen. An die Arbeit, Hagstrom.«

Hagstrom verschwand, und Velie folgte ihm eilig.

Der Inspektor wandte sich wieder seinem Publikum zu; diesmal war kein Wohlwollen in seinem Blick, als er Joan Brett ins Visier nahm. »Sie haben ja Ihre Finger bisher in so ziemlich allem dringehabt, Miss Brett. Wissen Sie etwas über die Flucht des jungen Cheney?«

»Nichts, Inspektor.« Sie sprach leise.

»Sonst jemand hier?« knurrte der alte Herr. »Warum hat er sich aus dem Staub gemacht? Was steckt dahinter?«

Fragen. Worte wie Stahl. Verborgene Wunden, die innerlich bluteten... Die Minuten rannen dahin.

Delphina Sloane schluchzte. »Aber – Inspektor – Sie werden doch nicht – glauben... Alan ist ein Kind, Inspektor. Er kann doch nicht –! Irgend etwas stimmt da nicht, Inspektor! Etwas stimmt nicht!«

»Da sagen Sie etwas, Mrs. Sloane«, erwiderte der Inspektor mit einem scheußlichen Grinsen. Er wirbelte herum. Wie Nemesis stand Sergeant Velie an der Tür. »Was gibt's, Thomas?«

Velie streckte einen riesenhaften Arm aus. In der Hand hatte er einen kleinen Notizzettel. Der Inspektor riß ihn ihm aus den Fingern. »Was ist das?« Im nächsten Moment waren Ellery und Pepper an seiner Seite, und sie lasen alle drei die wenigen, hastig hingekritzelten Zeilen. Der Inspektor sah Velie an; Velie kam herübergestapft, und sie gingen in eine Ecke. Der alte Herr stellte eine einzige Frage, und Velie antwortete kurz. Dann traten sie zurück in die Mitte des Raumes.

»Meine Damen und Herren, ich möchte Ihnen etwas vorlesen.« Alle beugten sich vor, und ihr Atem ging schwer. »In der Hand halte ich eine Notiz, die Sergeant Velie soeben hier im Haus gefunden hat. Sie ist unterschrieben mit Alan Cheney.« Dann hob der Inspektor das Blatt und begann langsam und deutlich zu lesen. »Die Nachricht lautet: ›Ich gehe fort. Vielleicht für immer. Unter diesen Umständen – Ach, was soll das alles noch? Alles ist ein einziges Durcheinander, und ich kann einfach nicht sagen, was ... Leben Sie wohl. Ich sollte das eigentlich nicht schreiben. Es ist gefährlich für Sie. Bitte – in Ihrem eigenen Interesse – verbrennen Sie es. Alan.‹«

Mrs. Sloane erhob sich halb von ihrem Sessel, das Gesicht aschfahl, stieß einen einzigen Schrei aus und fiel dann in Ohnmacht. Sloane fing ihren erschlafften Körper auf, als sie vornübersackte. Das Zimmer geriet in Bewegung. Stimmen – Schreie wurden laut. Der Inspektor sah in aller Ruhe zu, reglos wie eine Katze.

Am Ende gelang es ihnen, die Frau wieder zu sich zu bringen. Der Inspektor ging zu ihr hinüber und hielt ihr sehr sanft den Zettel unter die tränenfeuchten Augen. »Ist das die Handschrift Ihres Sohnes, Mrs. Sloane?«

Mit ihrem weit offenen Mund sah sie grotesk aus. »Ja. Der arme Alan. Der arme Alan. Ja.«

Der Inspektor fragte mit klarer Stimme: »Sergeant Velie, wo haben Sie diesen Zettel gefunden?«

»Oben, in einem der Schlafzimmer«, knurrte Velie, »er steckte unter der Matratze.«

»Und welches Schlafzimmer war es?«

»Miss Bretts.«

Das war zuviel – zuviel für alle. Joan schloß vor den feindseligen Blicken, der unausgesprochenen Anklage, dem stillschweigenden Triumph des Inspektors die Augen.

»Nun, Miss Brett?« Mehr sagte er nicht.

Darauf öffnete sie die Augen, und er sah, daß sie voller Tränen standen. »Ich – ich habe den Brief heute morgen gefunden. Er war unter meiner Zimmertür durchgesteckt worden.«

»Warum haben Sie das nicht sofort gemeldet?«

Keine Antwort.

»Warum haben Sie mir nichts davon gesagt, als wir Cheneys Abwesenheit bemerkten?«

Schweigen.

»Und, wichtiger – was meinte Alan Cheney damit, als er schrieb: ›Es ist gefährlich für Sie‹?«

Woraufhin die Schleusen, mit denen die Natur einen jeden zarten Frauenkörper auszustatten pflegt, sich mit Macht öffneten und aus Miss Joan Bretts Augen jene perlenden Tränen strömten, von denen bereits die Rede war. Sie saß da und zitterte, schluchzte, rang nach Luft, weinte – eine junge Dame, wie man sie verzweifelter an jenem sonnigen Oktobermorgen in ganz Manhattan nicht hätte finden können. Es war ein Schauspiel, das sie so sehr entblößte, daß es den anderen peinlich war. Mrs. Simms zog sich, nachdem sie instinktiv einen Schritt hinüber zu dem Mädchen gemacht hatte, mutlos zurück. Selbst Dr. Wardes schien dieses eine Mal wirklich wütend zu sein; seine Augen schleuderten braune Blitze zum Inspektor hinüber. Ellery schüttelte mißbilligend den Kopf. Nur der Inspektor blieb unbewegt.

»Nun, Miss Brett?«

Zur Antwort sprang sie von ihrem Stuhl auf, noch immer ohne jemanden anzusehen, hielt sich einen Arm schützend vor die Augen und lief blindlings aus dem Zimmer. Sie hörten, wie sie die Treppe hinaufstolperte.

»Sergeant Velie«, sagte der Inspektor kalt, »Sie sorgen dafür, daß Miss Brett von nun an keine Minute mehr aus den Augen gelassen wird.«

Ellery faßte seinen Vater am Arm. Der Inspektor warf ihm einen schlauen Blick zu. Ellery flüsterte, so daß die anderen ihn nicht hören konnten: »Mein lieber, geschätzter, ja sogar verehrter Vater, du magst der beste Polizist der Welt sein – aber als Psychologe ...« Er schüttelte traurig den Kopf.

Kapitel 15

Im Labyrinth

Nun sollte es sich, wie der Leser sehen wird, an diesem denkwürdigen Samstag nachmittag ereignen, daß Ellery Queen, der bis zum 9. Oktober kaum mehr als ein Geist gewesen war, der nur am Rande und gelegentlich durch den Fall Khalkis spukte, dank der Alchemie seiner unberechenbaren Persönlichkeit mitten hinein in das Geschehen trat, und dies gründlich – nun kein Beobachter mehr, sondern ein Hauptakteur.

Die Zeit der Enthüllungen war gekommen; die Bühne war so makellos bereitet, daß er der Versuchung nicht widerstehen konnte, ins Rampenlicht zu treten. Man sollte dabei stets im Kopf behalten, daß wir es hier mit einem jugendlicheren Ellery zu tun haben, als er dem Leser bisher begegnet ist – einem Ellery voll von jener grenzenlosen Egozentrik, die man so häufig bei College-Abgängern findet. Das Leben war angenehm, es galt einen spannenden Fall zu lösen, ein verwickeltes Labyrinth, das beherzt durchschritten werden mußte, und es gab, um dem Drama ein wenig Pikanterie zu verleihen, einen unnahbaren Bezirksstaatsanwalt, den man piesacken konnte.

Es begann, wo so viele bedeutsame Ereignisse seither ihren Anfang genommen haben, im Allerheiligsten, Inspektor Queens Büro in der Center Street. Sampson war da und rannte auf und ab wie ein argwöhnischer Tiger; Pepper war da und blickte sehr nachdenklich drein; der Inspektor war da, auf seinen Stuhl gekauert, die Flammen loderten ihm in den alten grauen Augen, und die Lippen waren fest zusammengepreßt. In der Tat, wer hätte da widerstehen können? Zumal, während Sampson sich in einer Zusammenfassung des Falles erging, die zu nichts führte, Inspektor Queens Sekretärin hereingeschwebt kam und, außer Atem vor Erregung, verkündete, Mr. James J. Knox, d e r James J. Knox – der Eigentümer von mehr Millionen, als ein einzelner Mensch mit Anstand besitzen konnte – Knox, der Bankier, Knox, der Wall-

Street-König, Knox, der Freund des Präsidenten – sei draußen und verlange Inspektor Richard Queen zu sprechen. In einem solchen Falle wäre es übermenschlich gewesen zu widerstehen.

Tatsächlich war Knox eine Legende. Er nutzte seine Millionen und die Macht, die er durch sie erhielt, eher dazu, sich dem Licht der Öffentlichkeit fernzuhalten, als dazu, dieses zu suchen. Den Namen kannte jeder, aber nicht den Mann. So war es denn nur verständlich, daß der Inspektor, Ellery, Sampson und Pepper sich wie auf Kommando erhoben, als Knox in das Büro geführt wurde, und ein größeres Maß an Ehrerbietung und Nervosität an den Tag legten, als der demokratische Kodex ihnen eigentlich vorschrieb. Der große Mann drückte ihnen flüchtig die Hand und setzte sich, ohne daß man ihn dazu aufgefordert hätte.

Er war ein in die Jahre gekommener Riese – zu jener Zeit fast 60 Jahre alt, hatte er viel von seiner sagenhaften physischen Kraft verloren. Haar, Brauen und Schnurrbart waren schlohweiß, der Mund sah ein wenig schlaff aus, und nur die stahlharten grauen Augen wirkten noch jung.

»Konferenz?« fragte er. Seine Stimme war unerwartet sanft – eine trügerische Stimme, leise und zögernd.

»Ähm – ja, ja«, sagte Sampson hastig. »Wir waren eben dabei, den Fall Khalkis zu besprechen. Eine ausgesprochen traurige Angelegenheit, Mr. Knox.«

»Ja.« Knox blickte dem Inspektor ins Gesicht. »Fortschritte?«

»Einige.« Inspektor Queen klang unglücklich. »Ein ziemliches Durcheinander, Mr. Knox. Eine Unzahl von Fäden, die wir entwirren müssen. Ich kann nicht behaupten, daß wir schon Licht am Ende des Tunnels sähen.«

Das war der Augenblick. Der Augenblick vielleicht, den ein noch jüngerer Ellery sich in seinen Tagträumen ausgemalt hatte – die verblüfften Gesichter der Gesetzeshüter, die Gegenwart einer hochgestellten Persönlichkeit ... »Du bist zu bescheiden, Dad«, sagte Ellery Queen. Nicht mehr als das im Augenblick. Nur der leicht tadelnde Tonfall, die kleine mißbilligende Geste, die Andeutung eines Lächelns. »Du bist zu bescheiden, Dad«, als wisse der Inspektor genau, wovon er spreche.

Der Inspektor saß reglos da, und Sampson bewegte tonlos die Lippen. Der Blick des großen Mannes wanderte erwartungsvoll von Ellery zu dessen Vater. Pepper starrte mit offenem Mund umher.

»Wissen Sie, Mr. Knox«, fuhr Ellery im selben bescheidenen Tonfall fort – es war einfach perfekt! dachte er –, »wissen Sie, Sir, die eine oder andere ungelöste Frage mag vielleicht noch die Landschaft verunzieren, doch mein Vater verschweigt Ihnen, daß die Grundzüge des Falles präzise Gestalt angenommen haben.«

»Verstehe ich nicht ganz«, sagte Knox ermunternd.

»Ellery«, hob der Inspektor mit zitternder Stimme an . . .

»Es liegt klar auf der Hand, Mr. Knox«, sagte Ellery mit einer gespielten Zurückhaltung. Gütiger Himmel, was für ein Augenblick! dachte er bei sich. »Der Fall ist gelöst.«

In solchen Augenblicken, dem ewig rasenden Strom der Zeit entrissen, wachsen Egozentriker zu ihrer nobelsten Größe auf. Ellery war großartig – er studierte die wechselnden Mienen des Inspektors, von Sampson und Pepper wie ein Wissenschaftler, der die unbekannten, aber vorausberechneten Prozesse in einem Reagenzglas studiert. Knox blieben diese Aspekte des Schauspiels natürlich verborgen. Er war einfach nur interessiert.

»Der Mörder Grimshaws –« würgte der Staatsanwalt hervor.

»Wer ist es, Mr. Queen?« fragte Knox sanft.

Ellery seufzte und steckte sich eine Zigarette an, bevor er antwortete. Bei der Enthüllung durfte es keine unbotmäßige Eile geben. Man mußte sie auskosten bis zur letzten wertvollen Sekunde. Dann gestattete er den Worten, sich durch eine Rauchwolke hindurch zu entfalten. »Georg Khalkis«, sagte er.

Lange Zeit später gestand Bezirksstaatsanwalt Sampson, daß er, wäre James J. Knox bei diesem Drama nicht zugegen gewesen, sich eines der Telefone auf des Inspektors Schreibtisch gegriffen und es Ellery an den Kopf geworfen hätte. Er traute seinen Ohren nicht. Er konnte es einfach nicht glauben. Ein Toter – noch dazu ein Toter, der vor seinem Tode blind gewesen war – sollte der Mörder sein! Das war gegen alle Gesetze der Wahrscheinlichkeit. Ja, mehr noch, es war das eitle Hirngespinst eines Clowns, die von einem überspannten Verstand geborene Chimäre, das . . . Man sieht, Sampson nahm Ellerys Eröffnung nicht gerade gelassen auf. Doch die Gegenwart des großen Knox zwang ihn zur Mäßigung, und so rückte er lediglich auf seinem Stuhl hin und her und blickte elend drein, während sein Gehirn schon ganz mit der Frage beschäftigt war, wie er diese irrwitzige Anschuldigung wieder aus der Welt schaffen konnte.

Knox sprach als erster, denn Knox brauchte sich nicht von dem Schrecken zu erholen. Gewiß, er hatte bei Ellerys *pronunciamento* die Augenbrauen gehoben, doch schon einen Augenblick später sagte er mit sanfter Stimme: »Khalkis... Also, ich weiß nicht.«

Der Inspektor fand seine Sprache wieder. »Ich glaube«, sagte er und fuhr sich hektisch mit der Zunge über die alten roten Lippen, »ich glaube, wir sind Mr. Knox eine Erklärung schuldig, was, mein Junge?« Sein Blick strafte den Tonfall Lügen – seine Augen sprühten Feuer.

Ellery sprang von seinem Stuhl auf. »Gewiß tun wir das«, sagte er beherzt. »Zumal Mr. Knox ja persönlich an diesem Fall interessiert ist.« Er setzte sich auf die Schreibtischkante des Inspektors. »Wirklich ein einmaliger Fall«, sagte er. »Er besitzt einige geradezu künstlerische Aspekte.

Wenn ich also um Aufmerksamkeit bitten darf. Es gab zwei Hauptindizien: Das erste war die Krawatte, die Georg Khalkis am Morgen des Tages trug, an dem er an Herzversagen starb; das zweite Indiz sind der Wasserkocher und die Teetassen in Khalkis' Arbeitszimmer.«

Knox blickte etwas ratlos drein. »Ich bitte um Verzeihung, Mr. Knox«, sagte Ellery. »Sie sind natürlich mit diesen Dingen nicht vertraut«, und er faßte rasch den Ermittlungsstand für ihn zusammen. Als Knox andeutete, daß er verstanden habe, fuhr Ellery fort. »Lassen Sie mich nun erklären, welche Aufschlüsse uns Khalkis' Krawatten lieferten.« Er achtete darauf, im Plural zu sprechen; Ellery verfügt, auch wenn dies von manchen Leuten bestritten worden ist, über einen ausgeprägten Familiensinn. »Es wird noch erinnerlich sein, daß am Samstag morgen vor einer Woche, dem Morgen, an dem Khalkis starb, Demmy, Khalkis' schwachsinniger Kammerdiener, die Kleider für seinen Vetter nach eigener Auskunft plangemäß zurechtlegte. Folglich war zu erwarten, daß Khalkis genau die Kleider angehabt hätte, die im Plan für einen üblichen Samstag vorgesehen waren. Wenn wir nun im Plan für den Samstag nachsehen, was lesen wir da? Wir lesen, daß Khalkis unter anderem eine grüne Moirékrawatte hätten tragen sollen.

So weit, so gut. Demmy beendet das morgendliche Ritual, seinem Vetter in die Kleider zu helfen oder zumindest die plangemäßen Kleider zurechtzulegen, und verläßt um neun Uhr das Haus.

15 Minuten vergehen, ein Zeitraum, den Khalkis, vollständig angekleidet, allein in seinem Arbeitszimmer verbringt. Um neun Uhr 15 tritt Gilbert Sloane ein, um mit Khalkis die Geschäfte des Tages zu besprechen. Und was sehen wir? Wir sehen laut Sloanes Aussage – von ihm natürlich nicht extra betont, aber doch bestätigt –, daß Khalkis um neun Uhr 15 eine rote Krawatte trug.«

Nun hatte er sein Publikum im Griff; sein Gefühl der Zufriedenheit verschaffte sich in einem geradezu unanständigen Kichern Ausdruck. »Eine interessante Situation, nicht wahr? Also – wenn Demmy die Wahrheit sagt, haben wir es mit einer merkwürdigen Diskrepanz zu tun, die nach einer Erklärung schreit. Wenn Demmy die Wahrheit sagt – und eine Lüge wäre gar nicht möglich bei seiner geistigen Verfassung –, hätte Khalkis um neun Uhr, als Demmy ihn verließ, programmgemäß die grüne Krawatte tragen müssen.

Wie soll man diesen Widerspruch also auflösen? Nun, es gibt nur eine mögliche Begründung: In der Viertelstunde, die er allein war, begab sich Khalkis aus einem Grund, den wir wahrscheinlich nie erfahren werden, in sein Schlafzimmer und wechselte die Krawatte, ersetzte die grüne, die Demmy ihm gegeben hatte, durch eine der roten, die auf der Stange in seinem Kleiderschrank hingen.

Was wir ebenfalls von Sloane wissen, ist, daß Khalkis während seiner Unterredung mit ihm kurz nach neun Uhr 15 an jenem Morgen die Krawatte, die er umhatte, befühlte – von der Sloane, als er das Zimmer betrat, bereits bemerkt hatte, daß sie rot war – und wortwörtlich sagte: ›Bevor du gehst, erinnere mich daran, daß ich bei Barrett anrufe und einige neue Krawatten bestelle, genau wie diese, die ich trage.‹« Seine Augen leuchteten. »Ich habe die wichtigen Worte dieser Aussage hervorgehoben. Nun aufgepaßt: Als Miss Brett geraume Zeit später Khalkis' Arbeitszimmer verließ, hörte sie, wie Khalkis sich am Telefon Barrett geben ließ, seinen Herrenausstatter. Barrett lieferte, wie eine spätere Überprüfung ergab, genau, was Khalkis – nach Aussage des Angestellten, der mit Khalkis gesprochen hatte – bestellt hatte. Und was war es, was Khalkis bestellt hatte? Offensichtlich das, was geliefert wurde. Und was wurde geliefert? Sechs rote Krawatten!«

Ellery lehnte sich vor und schlug auf den Tisch. »Um es zusammenzufassen: Damit er sagen konnte, er wolle Krawatten bestellen wie diejenige, die er trug, um dann rote Krawatten anzufordern, muß Khalkis gewußt haben, daß er eine rote Krawatte trug. Elementar. Mit anderen Worten, Khalkis kannte die Farbe der Krawatte, die er bei seiner Besprechung mit Sloane umhatte.

Aber wie konnte er, ein Blinder, die Farbe wissen, die doch nicht die planmäßig für den Samstag vorgesehene Farbe war? Nun, jemand hätte ihm die Farbe sagen können. Doch wer? Nur drei Menschen sahen ihn an jenem Morgen, bevor er bei Barrett anrief – Demmy, der ihn plangemäß einkleidete; Sloane, in dessen wörtlicher Wiedergabe des Gespräches über die Krawatte nicht ein einziges Mal die Farbe genannt wurde; und Joan Brett, deren einzige Bemerkung an Khalkis an diesem Morgen, soweit es seine Krawatten anging, ebenfalls nicht die Farbe erwähnte.

Mit anderen Worten, niemand hat Khalkis etwas von der veränderten Krawattenfarbe gesagt. War es also ein reiner Zufall, daß er, wenn er tatsächlich die plangemäße grüne Krawatte gegen die rote, die er später trug, austauschte – war es reiner Zufall, daß er eine rote Krawatte vom Halter nahm? Nun, das wäre schon möglich – denken Sie daran, daß die Krawatten auf der Stange nicht nach Farbe sortiert waren; sie hingen bunt durcheinander. Aber wie soll man erklären, daß er, ob er die rote Krawatte nun zufällig nahm oder nicht, wußte – wie sein anschließendes Verhalten belegt –, daß er eine rote Krawatte gewählt hatte?«

Ellery drückte sorgsam seine Zigarette auf dem Boden eines Aschenbechers aus, der auf dem Schreibtisch stand. »Meine Herren, es gibt nur eine Erklärung dafür, wie Khalkis wissen konnte, daß er eine rote Krawatte trug. Nämlich, indem er die Farben der beiden mit den Augen unterschied – er konnte sehen!

Aber er war doch blind, wenden Sie ein?

Das ist der springende Punkt meiner ersten Kette von Schlußfolgerungen. Denn wie Dr. Frost aussagte und Dr. Wardes bestätigte, litt Georg Khalkis an einer bestimmten Art von Erblindung, bei der jederzeit die Möglichkeit bestand, daß er sein Augenlicht schlagartig wiedererlangte!

Und was folgern wir daraus? Daß zumindest am letzten Samstag morgen Mr. Georg Khalkis nicht blinder war als Sie oder ich.«

Ellery lächelte. »Sofort stellen sich Fragen ein. Wenn er plötzlich wieder sehen konnte, nachdem er für längere Zeit wirklich blind gewesen war, warum erzählte er es nicht begeistert den anderen Hausbewohnern – seiner Schwester, Sloane, Demmy, Joan Brett? Warum rief er nicht seinen Arzt an – ja, warum verschwieg er es Dr. Wardes, dem Facharzt für Augenleiden, den er im eigenen Haus zu Besuch hatte? Es gibt nur eine mögliche psychologische Erklärung: Er w o l l t e nicht, daß die anderen wußten, daß er wieder sehen konnte; aus irgendeinem Grunde kam es ihm gelegen, daß die anderen ihn n a c h w i e v o r für blind hielten. Was könnte das für ein Grund gewesen sein?«

Ellery hielt inne und holte tief Luft. Knox hatte sich vorgebeugt, die harten Augen reglos; die anderen saßen stocksteif vor Aufmerksamkeit da.

»Lassen wir das für den Augenblick auf sich beruhen«, sagte Ellery seelenruhig, »und uns der Frage nach dem Wasserkocher und den Teetassen zuwenden.

Rufen Sie sich die Situation ins Gedächtnis, wie sie auf den ersten Blick erscheint. Das Teegeschirr, wie es auf dem Tischchen vorgefunden wurde, deutete eindeutig darauf hin, daß drei Personen Tee getrunken hatten. Warum sollte man das anzweifeln? Drei Tassen zeigten die üblichen Gebrauchsspuren, angetrocknete Teereste am Boden und einen braunen Kranz auf der Innenseite unterhalb des Randes; drei ausgetrocknete Teebeutel waren vorhanden, und als sie in frisches Wasser getaucht wurden, gaben sie nur eine schwache Teelösung ab, der Beweis, daß mit diesen Beuteln tatsächlich Tee bereitet worden war; drei vertrocknete, ausgedrückte Zitronenscheiben waren ebenfalls vorhanden und drei silberne Teelöffel, die mit einem Belag, wie er sich beim Gebrauch ergibt, überzogen waren – Sie sehen, alles deutete darauf hin, daß drei Personen Tee getrunken hatten. Darüber hinaus bestätigte dies, was wir bereits erfahren hatten, denn Khalkis hatte Joan Brett am Freitag abend gesagt, daß er zwei Besucher erwarte, diese zwei Besucher wurden dabei gesehen, wie sie das Haus betraten und ins Arbeitszimmer gingen – und damit hatten wir, Khalkis mitgerechnet, drei Personen. Wiederum scheint auf den ersten Blick alles zusammenzupassen.

Aber – und es handelt sich um ein gewaltiges Aber, meine Herren«, fügte Ellery mit einem Grinsen hinzu, »aber wie trügerisch diese Hinweise waren, enthüllte sich uns sofort, als wir in den Wasserkocher schauten. Und was sahen wir? Einen Wasserkocher, in dem, um es kurz zu sagen, zu viel Wasser war. Wir machten uns sogleich daran, unsere Annahme, daß er zu viel

Wasser enthalte, zu belegen. Indem wir das Wasser, das der Topf enthielt, ausleerten, stellten wir fest, daß es für fünf Tassen reichte – die fünfte war zugegebenermaßen nicht ganz voll, denn zuvor hatten wir eine kleine Probe des abgestandenen Wassers zur späteren chemischen Analyse in eine Phiole gegeben. Fünf Tassen voll also. Später, nachdem wir den Kocher mit frischem Wasser neu gefüllt hatten, gossen wir genau sechs Tassen aus, bis der Topf leer war. Es handelte sich also um einen Kocher für sechs Tassen – und für fünf Tassen war noch abgestandenes Wasser darin gewesen. Doch wie war das möglich, wenn drei Tassen Tee für Mr. Khalkis und seine beiden Besucher bereitet worden waren, wie auf den ersten Blick alle Indizien nahelegten? Wie unser Test ergab, war nur eine Tasse aus dem Wasserkocher ausgefüllt worden und nicht drei. Bedeutete das, daß jeder der drei Männer nur ein Drittel Tasse Wasser erhalten hatte? Unmöglich, denn wir sahen ja die Rückstände am oberen Rand der Tasse, was uns bewies, daß jede Tasse voll gewesen war. Konnte es denn nun sein, daß drei Tassen Wasser aus dem Kocher abgefüllt worden waren und daß später jemand zu dem Wasser, das sich bereits darin befand, weiteres hinzugefügt hatte, um den Verlust durch die beiden anderen Tassen wieder auszugleichen? Doch nein – eine Analyse des abgestandenen Wassers, das ich in eine kleine Phiole gefüllt hatte, bewies uns durch einen einfachen chemischen Test, daß sich in dem Wasserkocher kein frisches Wasser befand.

Nur eine Schlußfolgerung war möglich: Das Wasser im Kocher war authentisch, die Indizien in den drei Tassen waren es nicht. Jemand hatte das Teegeschirr – Tassen, Löffel und Zitrone – so präpariert, daß es aussah, als hätten drei Personen Tee getrunken. Wer immer es gewesen war, der das Geschirr präpariert hatte, er hatte einen Fehler gemacht – er hatte dieselbe Tasse Wasser für alle drei Tassen genommen, statt sie jedesmal frisch aus dem Wasserkocher zu gießen. Aber warum all diese Mühe, um den Anschein zu erwecken, daß drei Personen dort gewesen waren, wenn es doch als sicher galt, daß sie es waren? – denn zwei Besucher hatte man eintreten sehen, und Khalkis hatte entsprechende Anweisungen gegeben. Es konnte nur dazu dienen, dies zu untermauern. Aber wenn drei Personen da waren, warum dann das untermauern, was ohnehin angenommen wurde?

Nur aus einem Grund – so seltsam das klingt: Es waren k e i n e drei Personen anwesend.«

Er fixierte sie mit fieberhaft glitzernden, triumphierenden Augen. Jemand – zu seinem Amüsement bemerkte Ellery, daß es Sampson war – seufzte bewundernd. Pepper war vollkommen in die Darlegungen versunken, und der Inspektor nickte traurig mit dem Kopf. James Knox begann sich das Kinn zu reiben.

»Sehen Sie«, fuhr Ellery nachdrücklich und rhetorisch gewandt fort, »wenn drei Personen anwesend gewesen wären und jeder Tee getrunken hätte, dann hätten ja drei Tassen Wasser aus dem Topf fehlen müssen. Stellen Sie sich nun vor, es hätten nicht alle etwas getrunken – es gibt ja Leute, die in diesen Tagen der amerikanischen Prohibition solche leichten Erfrischungen von sich weisen. Nun gut. Was wäre schon Schlimmes daran? Warum der ganze Aufwand, es so einzurichten, daß es a u s s i e h t, als hätten alle Tee getrunken? Auch hier nur, um die allgemeine, auf, wie Sie bitte bedenken wollen, Khalkis' Angaben beruhende Annahme zu stützen, daß an jenem Freitag abend vor einer Woche drei Personen im Arbeitszimmer waren – dem Abend, an dem Grimshaw ermordet wurde.

Es stellt sich uns also folgende interessante Frage«, fuhr er rasch fort. »Wenn keine drei Personen zugegen waren, wie viele waren es dann? Nun, es könnten mehr als drei gewesen sein: Vier, fünf, sechs, wer weiß wie viele Leute hätten sich in dieses Arbeitszimmer schleichen können, ohne gesehen zu werden, nachdem Joan Brett die beiden Besucher eingelassen hatte und dann nach oben ging, um den angeheiterten Alan in sein Bettchen zu verfrachten. Doch da wir keinerlei Mittel haben, die Zahl zu bestimmen, führt uns die Annahme, daß es mehr als drei gewesen seien, nicht weiter. Wenn wir uns hingegen der Annahme zuwenden, daß es weniger als drei waren, dann finden wir uns auf einer heißen Spur.

Einer allein kann es nicht gewesen sein, denn zwei wurden gesehen, wie sie das Arbeitszimmer betraten. Wir haben dargelegt, daß, wie viele auch immer es gewesen sein mögen, es keine drei Personen waren. Die einzige verbleibende Alternative der zweiten Theorie – derjenigen, daß es weniger als drei waren – ist, daß es sich um zwei gehandelt haben muß.

Wenn zwei Personen dort waren, was müssen wir uns dann fragen? Wir wissen, daß einer von beiden Albert Grimshaw war – er wurde von Miss Brett gesehen und später identifiziert. Der zweite war allen Gesetzen der Wahrscheinlichkeit zufolge Khalkis selbst. Wenn das zutrifft, muß der Mann, der Grimshaw ins Haus begleitete – der Mann, der ›ganz vermummt‹ war, wie Miss Brett ihn beschreibt –, Khalkis gewesen sein! Doch ist das denkbar?«

Ellery entzündete eine neue Zigarette. »Es ist ganz eindeutig möglich. Ein seltsamer Vorfall bestätigt diese These. Sie werden sich erinnern, daß Miss Brett, als die beiden Besucher das Arbeitszimmer betraten, nicht hineinsehen konnte; genauer gesagt hatte Grimshaws Begleiter sie beiseite geschoben, als wolle er verhindern, daß sie einen Blick auf das warf, was sich darin befand – oder eben nicht befand. Es mag für dieses Verhalten eine Reihe von Erklärungen geben, doch in jedem Fall paßt es zu der Vermutung, daß Khalkis selbst der Begleiter gewesen sei, denn er hätte natürlich nicht gewollt, daß Miss Brett ins Arbeitszimmer geschaut hätte und ihr aufgefallen wäre, daß er nicht dort war, wo er hätte sein sollen... Was sonst noch? Nun – wie ist uns Grimshaws Begleiter beschrieben worden? Äußerlich hatte er ungefähr Khalkis' Statur und Körperbau. Das wäre das eine. Zum zweiten können wir aus dem Vorfall mit Mrs. Simms' trefflicher Katze Tootsie ersehen, daß Grimshaws Begleiter *sehen* konnte. Denn die Mieze lag reglos auf dem Vorleger, und der Vermummte hielt inne, einen Fuß in der Luft, und ging dann um das Tier herum; wäre er blind gewesen, so hätte er auf die Katze treten müssen. Das paßt also ebenfalls, denn aus der Krawatte, die er trug, haben wir ja bereits geschlossen, daß Khalkis am folgenden Morgen nicht blind war, sondern nur so tat – und wir haben allen Grund zu der Annahme, daß er sein Augenlicht zu irgendeinem Zeitpunkt nach dem Donnerstag vergangener Woche wiedererlangte, denn das war der Tag, an dem Dr. Wardes Khalkis zum letzten Male untersuchte – der Tag *vor* demjenigen, an dem die beiden Besucher kamen.

Diese Erkenntnis liefert uns die Antwort zu meiner Frage von vorhin, die lautet: Warum verschwieg Khalkis, daß er wieder sehen konnte? Die Antwort ist: Wenn der Mord an Grimshaw ans Tageslicht käme, wenn ein Verdacht auf Khalkis fiele, dann hätte er auf seine Blindheit verweisen können, um seine Unschuld zu beteuern – denn man hätte gesagt, daß der blinde Khalkis nicht der Unbekannte, der Mörder Grimshaws gewesen sein könne. Wie er sein Täuschungsmanöver praktisch ausführte, ist einfach zu erklären: Nachdem er an jenem Freitag abend die Teesachen bestellt und Mrs. Simms sich zur Ruhe begeben hatte, muß er Mantel und Melone angelegt und sich aus dem Haus geschlichen haben, traf mit Grimshaw zusammen, mit dem er wahrscheinlich verabredet war, und betrat das Haus mit diesem wieder neu, als sei er einer der beiden erwarteten Besucher.«

Knox hatte sich in seinem Sessel nicht gerührt; er schien etwas sagen zu wollen, dann blinzelte er nur mit den Augen und schwieg weiter.

»Welche Beweise haben wir für diesen Plan von Khalkis, der uns in die Irre führen sollte?« fuhr Ellery munter fort. »Zunächst einmal, daß er selbst mit seinen Instruktionen an Miss Brett die Idee aufbrachte, es handle sich um drei Personen – indem er ausdrücklich sagte, zwei Besucher würden erwartet und einer wolle seine Identität nicht enthüllen. Zum zweiten hielt er mit Absicht die Information zurück, daß er sein Augenlicht wiedererlangt hatte – ein belastender Umstand. Zum dritten wissen wir definitiv, daß Grimshaw etwa sechs bis zwölf Stunden vor Khalkis' Tod erwürgt wurde.«

»Verdammt komischer Fehler wäre das!« murmelte der Staatsanwalt.

»Wie meinen?« fragte Ellery gutgelaunt.

»Ich meine, daß Khalkis dreimal dasselbe Wasser verwendet haben soll, um die Indizien in den Tassen zu fälschen. Ziemlich dumm, finde ich, wenn man bedenkt, wie raffiniert alles andere war.«

Pepper unterbrach mit einer jungenhaften Begeisterung: »Ich denke mir, Chef«, sagte er, »bei allem Respekt vor Mr. Queens Meinung, daß es vielleicht gar kein Fehler war.«

»Und wie kommen Sie darauf, Pepper?« fragte Ellery interessiert.

»Nun, stellen Sie sich vor, Khalkis hätte nicht gewußt, daß der Wasserkocher voll war. Stellen Sie sich vor, er wäre davon ausgegangen, daß er nur halb voll oder so war. Oder stellen Sie sich vor, daß ihm nicht bekannt war, daß es sich um einen Topf handelte, der ganz gefüllt sechs Tassen faßte. Jede dieser Annahmen würde das erklären, was uns als Dummheit vorkommt.«

»Da ist etwas dran.« Ellery lächelte. »Nun gut. Bei dieser Auflösung bleiben einige Fragen offen, von denen wir keine mit Bestimmtheit beantworten können, obwohl wir Vermutungen äußern können, die einen gewissen Grad an Wahrscheinlichkeit besitzen. Zunächst einmal – wenn Khalkis Grimshaw umbrachte, welches Motiv hatte er dafür? Nun, wir wissen, daß Grimshaw ihn, allein, am Abend zuvor aufgesucht hatte und daß dieser Besuch der Anlaß für Khalkis war, durch Woodruff, seinen Anwalt, ein neues Testament aufsetzen zu lassen – er rief Woodruff ja noch spät am selben Abend an. Es war also etwas Dringendes – er stand unter Druck. In der Neufassung des Testamentes wurde ein anderer Erbe für die Khalkis-Galerie und die Kunstsammlung eingesetzt – ein beträchtliches Erbe –, sonst blieb es unverändert; Khalkis achtete sorgsam darauf geheimzuhalten, um wen es sich bei diesem neuen Erben handelte – nicht einmal sein Anwalt sollte es wissen. Es ist, glaube ich, nicht zu weit hergeholt anzunehmen, daß Grimshaw oder jemand, den Grimshaw repräsentierte, der neue Erbe war. Aber warum sollte Khalkis etwas so Unglaubliches tun? Die naheliegende Antwort, in Anbetracht des Charakters Grimshaws und seines Strafregisters, ist: Erpressung. Vergessen Sie auch nicht, daß Grimshaw seine Verbindungen zur Kunstszene hatte; er war Museumswärter gewesen, und er hatte wegen versuchten Bilderdiebstahls eingesessen. Mit Erpressung könnte Grimshaw auf Khalkis, der ebenfalls zur Branche gehörte, Druck ausgeübt haben. Das scheint für mich eine naheliegende Erklärung; Grimshaw hatte irgend etwas gegen Khalkis in der Hand, wahrscheinlich etwas, das mit irgendwelchen dunklen Ereignissen in bezug auf seinen Kunsthandel oder einem nicht ganz koscheren Besitzerwechsel eines Kunstobjektes zu tun hatte.

Lassen Sie mich nun das Verbrechen auf der Basis dieses zugegebenermaßen nur vermuteten Motives rekonstruieren. Grimshaw suchte Khalkis am Donnerstag abend auf – und wir dürfen annehmen, daß an diesem Abend von unserem Knastbruder das Ultimatum gestellt oder der Erpressungsversuch unternommen wurde. Khalkis erklärte sich bereit, als Zahlung sein Testament zugunsten von Grimshaw oder Grimshaws Auftraggeber zu ändern – wahrscheinlich wird sich herausstellen, daß Khalkis in finanziellen Schwierigkeiten war und nicht bar bezahlen konnte. Nachdem er seinen Anwalt angewiesen hatte, ein neues Testament aufzusetzen, kam Khalkis offenbar der Gedanke, daß dies keine Garantie gegen weitere Erpressungen bot, oder er überlegte es sich einfach anders: Jedenfalls beschloß er, Grimshaw eher umzubringen als zu zahlen – ein Umstand, der übrigens sehr die These nahelegt, daß Grimshaw auf eigene Rechnung arbeitete und nicht für jemand anderes, denn sonst hätte Grimshaws Tod Khalkis ja wenig genutzt, da jemand im Hintergrund gewartet hätte, der die Erpressung an Stelle des Ermordeten hätte weiterführen können. Wie dem auch sei, Grimshaw kehrte am nächsten Abend zurück, dem Freitag, um das neue Testament, das auf seinen Namen lautete, einzusehen, er ging Khalkis wie angedeutet in die Falle und wurde ermordet; Khalkis versteckte seine Leiche vielleicht irgendwo in der Nähe, bis er eine Möglichkeit gefunden hätte, sie permanent verschwinden zu lassen. Doch dann schlug das Schicksal zu, die Aufregung dieser Ereignisse war zuviel für Khalkis, und er starb am folgenden Morgen an Herzversagen, bevor er die Arbeit beenden und sich der Leiche entledigen konnte.«

»Aber hören Sie –« hob Sampson an.

Ellery grinste. »Ich weiß. Sie wollen mich fragen: Wenn Khalkis Grimshaw umbrachte und danach selbst starb, wer steckte dann Grimshaw nach Khalkis' Beerdigung in dessen Sarg?

Offensichtlich muß es jemand gewesen sein, der Grimshaws Leiche entdeckte und Khalkis' Grab als permanentes Versteck dafür nutzte. Nun – warum zeigte dieser unbekannte Totengräber die Leiche nicht, warum machte er seinen Fund nicht publik? Wir dürfen annehmen, daß er einen Verdacht hegte, wo die Schuld zu suchen sei, oder vielleicht auch irrtümlich jemand anderes verdächtigte, und daher die Leiche verschwinden ließ und damit den Fall für alle Zeiten abschließen wollte – um entweder den Namen eines Toten oder den Ruf eines noch Lebenden zu schützen. Was immer sich als wirkliche Erklärung herausstellen mag, gibt es doch in unserer Versammlung von Verdächtigen mindestens einen, auf den diese Theorie gut paßt: den Mann, der heute morgen sein Bankkonto plünderte und untertauchte, obwohl er ausdrücklich angewiesen war, sich zur Verfügung zu halten; den Mann, der, als das Grab unvermutet geöffnet und Grimshaws Leiche gefunden wurde, erkannt haben muß, daß sein Spiel verloren war, der es mit der Angst zu tun bekam, die Nerven verlor und die Flucht ergriff. Ich spreche natürlich von Khalkis' Neffen, Alan Cheney.

Und ich denke mir, meine Herren«, schloß Ellery seinen Bericht mit einem zufriedenen Lächeln, das fast schon etwas Überhebliches hatte, »ich denke mir, finden Sie Cheney, und der Fall ist gelöst.«

Knox saß da mit einem höchst merkwürdigen Gesichtsausdruck. Der Inspektor ergriff zum ersten Mal das Wort, seit Ellery seinen Vortrag begonnen hatte. »Aber wer hat die neue Fassung des Testamentes aus Khalkis' Wandsafe gestohlen?« fragte er zweifelnd. »Khalkis war tot – er kann es nicht gewesen sein. War es Cheney?«

»Wahrscheinlich nicht. Zunächst einmal hatte Gilbert Sloane ja am ehesten ein Motiv, das Testament zu entwenden, denn er war der einzige unter unseren Verdächtigen, der von der Änderung betroffen war. Das bedeutet, daß der Diebstahl des Testamentes durch Sloane nichts mit dem Verbrechen zu tun hat – er ist nur ein zufälliger Begleitumstand. Und natürlich haben wir keinerlei Beweise, Sloane dieses Diebstahles zu überführen. Andererseits werden Sie, wenn Sie Cheney finden, wahrscheinlich erfahren, daß er das Testament vernichtet hat. Als er Grimshaw in den Sarg legte, muß er die Neufassung des Testamentes, die im Sarg – wohin Sloane sie getan hatte – versteckt war, gefunden haben, er las sie, entdeckte, daß Grimshaw der neue Erbe war, und ließ das Testament mitsamt der Stahlkassette verschwinden. War das Testament zerstört, so galt Khalkis als ohne Testament verstorben, und Cheneys Mutter, Khalkis' nächste Verwandte, würde auf eine spätere Verfügung des Nachlaßrichters hin den größten Teil des Vermögens erben.«

Sampson blickte kummervoll drein. »Und was ist mit all den Besuchern, die Grimshaw am Vorabend des Mordes in seinem Hotelzimmer empfing? Wie passen die ins Bild?«

Ellery machte eine wegwerfende Handbewegung. »Schall und Rauch, mein lieber Sampson. Die spielen keine weitere Rolle. Sehen Sie –«

Jemand klopfte an die Tür, und der Inspektor rief ärgerlich »Herein!« Die Tür öffnete sich, und herein trat ein schmächtiger, unscheinbarer Polizist namens Johnson. »Nun, Johnson, was gibt es?«

Johnson durchquerte eilig das Zimmer und beugte sich zum Inspektor hinunter. »Die kleine Brett ist draußen, Chef«, flüsterte er. »Sie wollte unbedingt herkommen.«

»Um mich zu sprechen?«

»Sie sagt«, antwortete Johnson entschuldigend, »sie wolle Mr. Ellery Queen sprechen, Chef ...«

»Lassen Sie sie herein.«

Johnson öffnete ihr die Tür. Die Männer erhoben sich. Joan sah bezaubernd in einer Kreation in Graublau aus, doch sie blickte unglücklich drein und blieb an der Tür stehen.

»Sie wollten Mr. Queen sprechen?« fragte der Inspektor kurz angebunden. »Im Augenblick sind wir beschäftigt, Miss Brett.«

»Es – ich glaube, es ist etwas Wichtiges, Inspektor Queen.«

»Sie haben Neuigkeiten von Cheney!« rief Ellery hastig, doch sie schüttelte den Kopf. Ellery runzelte die Stirn. »Oh, ich bitte um Verzeihung. Miss Brett, darf ich Ihnen Mr. Knox vorstellen, Mr. Sampson ...« Der Staatsanwalt nickte ihr kurz zu; Knox sagte: »Hatte schon das Vergnügen.« Ein etwas verlegenes Schweigen trat ein. Ellery bot dem Mädchen einen Stuhl an, und sie setzten sich allesamt wieder.

»Ich – ich weiß gar nicht, wo ich anfangen soll«, sagte Joan und hantierte mit ihren Handschuhen. »Sie werden mich für albern halten. Es ist ja nur eine so lächerliche Kleinigkeit. Und doch ...«

»Etwas, das Sie entdeckt haben, Miss Brett?« machte Ellery ihr Mut. »Oder etwas, das Sie vergessen haben, uns zu sagen?«

»Ja. Ich meine – etwas, das ich vergessen habe, Ihnen zu sagen.« Sie sprach sehr leise; ihre übliche volltönende Stimme konnte man kaum wiedererkennen. »Es geht – es geht um die Teetassen.«

»Die Teetassen!« Ellery schleuderte die Worte hervor wie eine Granate.

»Nun – ja. Glauben Sie mir, als Sie danach fragten, hatte ich es wirklich vergessen ... Es ist mir eben erst wieder eingefallen. Sehen Sie, ich – habe mir alles noch einmal durch den Kopf gehen lassen.«

»Fahren Sie bitte fort«, sagte Ellery scharf.

»Es geht um den – den Tag, als ich das Tischchen mit den Teesachen vom Schreibtisch fort – und in die Wandnische räumte. Ich habe es zur Seite gestellt –«

»Das haben Sie uns doch schon erzählt, Miss Brett.«

»Aber ich habe Ihnen nicht alles gesagt, Mr. Queen. Ich erinnere mich nun, daß an diesen Teetassen etwas anders war als später.«

Ellery saß auf dem väterlichen Schreibtisch wie ein Buddha auf der Kuppe seines Hügels. Seine Reglosigkeit war grotesk ... Seine ganze Selbstsicherheit war von ihm abgefallen. Er starrte Joan an, als ob er den Verstand verloren hätte.

Sie fuhr hastig fort. »Sehen Sie, als Sie die Teetassen im Arbeitszimmer fanden, da waren es drei schmutzige Tassen –« Ellery bewegte wortlos die Lippen. »Und nun fällt mir wieder ein, daß nur eine schmutzige Tasse darauf stand, als ich am Nachmittag der Beerdigung das Tischchen aus dem Weg räumte . . .«

Ellery sprang auf. Aller Humor war aus seinem Gesicht verflogen, und seine Züge waren hart, beinahe unfreundlich. »Überlegen Sie genau, Miss Brett.« Die Stimme versagte ihm. »Das ist außerordentlich wichtig. Sie sagen also jetzt, daß letzten Dienstag, als Sie das Tischchen vom Schreibtisch fort- und in die Wandnische stellten, zwei saubere Tassen auf dem Tablett standen – und daß nur eine Anzeichen zeigte, daß daraus getrunken worden war?«

»Genau das. Da bin ich mir ganz sicher. Ich erinnere mich nun wieder, daß diese eine Tasse noch fast voll mit abgestandenem kalten Tee war; ein vertrocknetes Stück Zitrone und ein benutzter Löffel lagen in der Untertasse. Alles andere auf dem Tablett war blitzsauber – unbenutzt.«

»Wie viele Stückchen befanden sich noch auf dem Teller mit den Zitronenschnitzen?«

»Tut mir leid, Mr. Queen, das weiß ich nicht mehr. Wir Engländer nehmen ja keine Zitrone. Das ist eine eklige russische Angewohnheit. Und Teebeutel!« Sie erschauderte. »Aber bei den Tassen bin ich mir sicher.«

»Und das war nach Khalkis' Tod?« fragte Ellery kleinlaut.

»Allerdings«, seufzte Joan. »Nicht nur nach seinem Tod, auch nach seiner Beerdigung. Dienstag, wie gesagt.«

Ellerys Zähne gruben sich in die Unterlippe; seine Augen waren hart wie Stein. »Haben Sie tausend Dank, Miss Brett.« Er sprach leise. »Sie haben uns vor einer höchst peinlichen Situation bewahrt . . . Bitte gehen Sie nun.«

Sie lächelte schüchtern und sah sich um, als erwarte sie etwas Lobendes, ein Kompliment vielleicht. Niemand kümmerte sich auch nur um sie; alle blickten fragend auf Ellery. Sie erhob sich ohne ein weiteres Wort und verließ das Zimmer; Johnson folgte ihr und schloß behutsam hinter ihr die Tür.

Sampson ergriff als erster das Wort. »Tja, mein Junge, das war wirklich ein Fiasko. Nun kommen Sie, Ellery, nehmen Sie es nicht so schwer«, fügte er freundlich hinzu. »Wir machen alle Fehler. Und der Ihre war brillant.«

Ellery winkte müde ab; er hielt den Kopf gesenkt, und seine Stimme klang dumpf. »Das nennen Sie einen Fehler, Sampson? Es ist durch und durch unverzeihlich. Man sollte mich durchprügeln und dann mit eingekniffenem Schwanz nach Hause jagen...«

James Knox erhob sich plötzlich. Er musterte Ellery aufmerksam und mit einem Anflug von Belustigung. »Mr. Queen. Ihre Auflösung beruhte auf zwei Grundannahmen –«

»Ich weiß, ich weiß«, stöhnte Ellery. »Bitte reiben Sie nicht auch noch Salz in meine Wunden.«

»Junger Mann, Sie werden schon noch lernen«, sagte der große Mann, »daß es keinen Erfolg ohne Rückschläge gibt... Zwei Hypothesen. Eine davon betraf die Teetassen. Eine geniale, wirklich geniale Schlußfolgerung, Mr. Queen, doch Miss Brett hat sie ad absurdum geführt. Damit haben Sie nun keinen Grund mehr anzunehmen, daß nur zwei Personen anwesend waren. Sie hatten aus den Teetassen geschlossen, daß es in dieser Angelegenheit von Anfang an nur zwei Beteiligte gegeben habe, Khalkis und Grimshaw; daß man es darauf angelegt habe, den Eindruck zu erwecken, es habe sich um drei Personen gehandelt; daß es keinen dritten Mann gegeben habe, sondern daß Khalkis selbst der zweite Besucher gewesen sei.«

»Das stimmt«, sagte Ellery traurig, »doch nun –«

»Das ist falsch«, fuhr Knox mit seiner sanften Stimme fort, »denn es gab einen dritten Mann. Und ich kann das unmittelbar beweisen, nicht nur aus Schlußfolgerungen ableiten.«

»Wie das?« Ellerys Kopf fuhr hoch, als säße er auf einer Sprungfeder. »Wie das, Sir? Ein dritter Mann? Und Sie können es beweisen? Wie soll das möglich sein?«

Knox kicherte. »Ich weiß es«, sagte er, »weil ich der dritte Mann war!«

Kapitel 16

Gärungen

Jahre später sollte Ellery, als er an jenen Augenblick zurückdachte, traurig sagen: »Für mich war Knox' Enthüllung der Zeitpunkt, an dem ich erwachsen wurde. Sie war es, durch die ich einen völlig neuen Begriff von mir und meinen Fähigkeiten gewann.«

Das ganze kunstvolle Gebäude seiner Schlußfolgerungen, die er mit solcher Selbstzufriedenheit dargelegt hatte, stürzte in sich zusammen, und er stand vor einem Scherbenhaufen. Das allein wäre kein so schwerer Schlag für sein Ego gewesen, wenn er nicht das Gefühl gehabt hätte, sich dabei vollkommen zum Narren gemacht zu haben. Er hatte mit seiner Klugheit geprahlt. Er war so geistreich und so raffiniert gewesen... Gerade das – Knox' illustre Gegenwart –, was ihn ursprünglich dazu gebracht hatte, sich so aufzuführen, wandte sich nun mit einem höhnischen Grinsen gegen ihn und ließ seine Wangen vor Scham erröten.

Sein Verstand arbeitete fieberhaft in dem Versuch, die widrigen Tatsachen zu verdrängen und zu vergessen, was für ein milchbärtiger junger Dummkopf er gewesen war. Panik stieg in ihm auf und drohte, jeden klaren Gedanken unmöglich zu machen. Eines war ihm klar – er mußte sich mit Knox auseinandersetzen. Mit Knox' unglaublicher Eröffnung. Knox, der dritte Mann. Khalkis – die Anschuldigungen gegen Khalkis bauten auf den Teetassen auf, der dritte Mann – alles zunichte gemacht... Die Blindheit! War auch dieser Schluß nur ein Hirngespinst gewesen? Das mußte er noch mal überdenken, eine andere Erklärung finden...

Gnädigerweise kümmerte sich keiner um ihn, wie er da zusammengesunken auf seinem Stuhl saß. Der Inspektor nahm mit fieberhaft vorgebrachten Fragen die Aufmerksamkeit des großen Mannes in Anspruch. Was an jenem Abend vorgefallen sei? Wieso Knox zusammen mit Grimshaw gekommen sei? Was das alles zu bedeuten habe?

Knox erklärte es, und seine grauen Augen beobachteten dabei den Inspektor und Sampson. Drei Jahre zuvor hatte sich Khalkis offenbar mit einem merkwürdigen Vorschlag an Knox, einen seiner besten Kunden, gewandt. Khalkis hatte behauptet, in seinem Besitz befinde sich ein Bild von beinahe unschätzbarem Wert, das er an Knox zu verkaufen bereit sei, unter der Bedingung, daß Knox verspreche, es niemals auszustellen. Eine merkwürdige Bitte! Knox hatte vorsichtig reagiert. Worum es sich handle, hatte er wissen wollen. Und warum die Geheimniskrämerei? Alles hatte den Anschein gehabt, daß Khalkis aufrichtig sei. Das Bild, hatte er erklärt, stamme aus dem Besitz des Victoria-Museums in London. Das Museum schätze seinen Wert auf eine Million Dollar . . .

»Eine Million Dollar, Mr. Knox?« fragte der Bezirksstaatsanwalt. »Ich verstehe ja nicht viel von Kunst, aber mir scheint, das ist ein Haufen Geld, selbst für ein Meisterwerk.«

Knox deutete ein Lächeln an. »Nicht für dieses Meisterwerk, Sampson. Es war ein Leonardo.«

»Leonardo da Vinci?«

»So ist es.«

»Aber ich dachte, seine bedeutenden Gemälde wären sämtlich –«

»Es handelte sich hier um ein Bild, das das Victoria-Museum vor einigen Jahren entdeckt hatte. Eine Ölstudie für Leonardos unvollendetes Fresko im Saal des Palazzo Vecchio in Florenz, Anfang des 16. Jahrhunderts; eine lange Geschichte, die ich jetzt nicht weiter aufrollen will. Eine unschätzbare Entdeckung, die vom Victoria *Detailstudie zur Schlacht von Anghiari* betitelt wurde. Ein neuer Leonardo für eine Million Dollar, das kann ich Ihnen versichern, ist billig.«

»Erzählen Sie weiter, Sir.«

»Natürlich wollte ich wissen, wie Khalkis so etwas in die Finger bekommen hatte. Ich hatte nicht gewußt, daß es auf den Markt gekommen war. Khalkis hielt sich bedeckt – ließ mich glauben, daß er als amerikanischer Agent für das Museum auftrete. Das Museum wolle kein Aufsehen, erklärte er – es würde in Großbritannien Proteststürme geben, wenn bekannt würde, daß das Bild ins Ausland verkauft werden solle. Und es war ein wunderschönes Stück. Er zeigte es mir. Konnte nicht widerstehen. Ich habe es zu Khalkis' Bedingungen gekauft – 750 000, ein Spottpreis.«

Der Inspektor nickte. »Ich kann mir schon denken, was jetzt kommt.«

»Das glaube ich. Freitag vor einer Woche kreuzte ein Mann bei mir auf, der sich Albert Grimshaw nannte – normalerweise würde so jemand nicht vorgelassen – aber auf einen Zettel hatte er *Schlacht von Anghiari* gekritzelt, und da mußte ich ihn empfangen. Kleiner, dunkelhaariger Mann, mit den Augen einer Ratte. Mit allen Wassern gewaschen – harter Verhandlungspartner. Erzählte mir eine unglaubliche Geschichte. Kurz zusammengefaßt ging es darum, daß das Bild, das ich im guten Glauben von Khalkis gekauft hatte, keineswegs vom Museum angeboten worden war – es war gestohlen. Vor fünf Jahren war es aus dem Museum entwendet worden. Er selbst, Grimshaw, war der Dieb gewesen, und er machte sich nicht die Mühe, mir das zu verhehlen.«

Staatsanwalt Sampson war nun ganz Ohr; der Inspektor und Pepper hatten sich vorgebeugt.

Ellery rührte sich nicht; doch seine Augen waren fest auf Knox geheftet.

Knox fuhr fort, ohne Eile, kühl und präzise. Grimshaw, der unter dem falschen Namen Graham als Wächter im Victoria-Museum gearbeitet hatte, hatte es fünf Jahre zuvor fertiggebracht, den Leonardo zu entwenden und sich damit in die Vereinigten Staaten abzusetzen. Ein dreistes Verbrechen, das erst entdeckt worden war, als Grimshaw das Land schon verlassen hatte. In New York war er zu Khalkis gegangen, um das Bild über ihn zu verkaufen. Khalkis war ein ehrlicher Mann, aber er war auch ein leidenschaftlicher Kunstliebhaber, und er konnte der Versuchung nicht widerstehen, eines der großen Meisterwerke der Welt sein eigen zu nennen. Er wollte es selbst behalten; Grimshaw überließ es ihm für eine halbe Million Dollar. Bevor er das Geld entgegennehmen konnte, wurde Grimshaw in New York, wo er wegen einer alten Anklage wegen Fälschung gesucht wurde, verhaftet und zu fünf Jahren Sing-Sing verurteilt. Zwischenzeitlich, zwei Jahre nachdem Grimshaw ins Gefängnis gekommen war, hatte Khalkis offenbar den größten Teil seines Barvermögens durch ungeschickte Spekulationen verloren; er brauchte dringend Geld und hatte, wie sie bereits erfahren hatten, das Gemälde für eine dreiviertel Million Dollar an Knox verkauft; Knox hatte es im Vertrauen auf Khalkis' erfundene Geschichte erworben, ohne zu wissen, daß es gestohlen war.

»Als Grimshaw Dienstag vor einer Woche aus Sing-Sing entlassen wurde«, fuhr Knox fort, »war sein erster Gedanke, die halbe Million Dollar zu kassieren, die Khalkis ihm schuldete. Am Donnerstag abend war er, wie er mir erzählte, bei Khalkis gewesen und hatte sein Geld gefordert. Doch Khalkis hatte sein Vermögen offenbar auch weiterhin schlecht investiert; er behauptete, er habe nichts. Am Ende mußte Khalkis eingestehen, daß er das Bild an mich weiterverkauft hatte. Grimshaw bedrohte Khalkis – sagte, er werde ihn umbringen, wenn er nicht zahle. Er ging, und am nächsten Tag kam er, wie gesagt, zu mir.

Nun war es nicht schwer zu erraten, was Grimshaws Absicht war. Er wollte, daß *ich* die halbe Million zahlte, die Khalkis ihm schuldete. Habe mich natürlich geweigert. Grimshaw wurde unangenehm, drohte mir, er werde meinen unrechtmäßigen Besitz des gestohlenen Leonardo publik machen, wenn ich nicht zahlte. Ich wurde ärgerlich, ernsthaft ungehalten.« Knox' Kiefer schnappten zu wie die Eisen einer Falle; seine Augen sprühten graues Feuer. »Wütend auf Khalkis, daß er mich hintergangen, mich in diese entsetzliche Lage gebracht hatte. Rief bei Khalkis an, arrangierte ein Treffen mit ihm und Grimshaw. Am fraglichen Abend – letzten Freitag abend. Die Sache war nicht ganz sauber; ich verlangte Sicherheit. Khalkis, völlig aufgelöst, versprach mir am Telefon, er werde dafür sorgen, daß wir niemandem begegneten; seine Privatsekretärin, Miss Brett, die nichts von der Angelegenheit wisse und auf deren Diskretion man sich verlassen könne, werde uns einlassen. Wollte nichts riskieren. Scheußliche Sache. An jenem Abend begaben Grimshaw und ich uns also zu Khalkis' Haus. Wurden von Miss Brett eingelassen. Fanden Khalkis allein in seinem Arbeitszimmer. Und da redeten wir Tacheles.«

Die Röte, das Brennen waren aus Ellerys Wangen und Ohren gewichen; wie die anderen konzentrierte er sich jetzt ganz auf Knox' Erzählung.

Knox machte, wie er berichtete, Khalkis unmißverständlich klar, daß er von dem Händler erwarte, Grimshaw zufriedenzustellen, zumindest so weit, daß er, Knox, aus den Verstrickungen herauskomme, in die Khalkis ihn gebracht hatte. Khalkis, nervös und verzweifelt, behauptete, über keinerlei Geld zu verfügen; doch am Abend zuvor, nach Grimshaws erstem Besuch, habe er, Khalkis, über die Angelegenheit nachgedacht und beschlossen, Grimshaw das einzige anzubieten, was ihm noch zur Verfügung stehe. Khalkis habe dann ein neues Testament hervorgeholt, das er erst am Vormittag desselben Tages hatte aufsetzen lassen und das von ihm unterzeichnet war; in dem Testament machte er Grimshaw zum Erben der Khalkis-Kunstsammlung und der Firma, die wesentlich mehr wert waren als die halbe Million, die er Grimshaw schuldete.

»Grimshaw war kein Dummkopf«, sagte Knox grimmig. »Weigerte sich schlichtweg. Erklärte, er habe keinerlei Chance, an das Erbe zu kommen, wenn die Hinterbliebenen das Testament anfechten würden – und selbst wenn, so müsse er, wie er es so anschaulich ausdrückte, warten, bis Khalkis ›ins Gras beiße‹. Nein, sagte er, er wolle sein Geld in Sicherheiten, die sich verkaufen ließen, oder in bar – auf der Stelle. Er machte Andeutungen, daß er ›nicht der einzige‹ bei diesem Geschäft sei. Er habe einen Partner, erklärte er, den einzigen anderen Menschen auf der Welt, der alles von dem gestohlenen Bild und dessen Verkauf an Khalkis wisse; am Vorabend, nach seinem Besuch bei Khalkis, habe er sich mit diesem Partner auf seinem Zimmer im Hotel Benedict getroffen, und er habe seinen Partner davon in Kenntnis gesetzt, daß Khalkis den Leonardo an mich weiterverkauft habe. Sie wollten kein Testament oder ›solchen Kram‹. Wenn Khalkis nicht in der Lage sei, bar zu zahlen, seien sie auch bereit, seinen Wechsel zu akzeptieren, ausgestellt auf den Überbringer.«

»Um den Partner zu schützen«, murmelte der Inspektor.

»Ja. Auf den Überbringer ausgestellt. Ein Wechsel über 500 000 Dollar, einzulösen binnen eines Monats, selbst wenn Khalkis sein Geschäft unter den Hammer bringen müßte, um die Summe zusammenzubekommen. Grimshaw lachte auf seine widerwärtige Art und erklärte, es nützte uns gar nichts, ihn umzubringen, da sein Partner über alles Bescheid wisse und uns beiden keine Ruhe lassen werde, wenn ihm etwas zustieße. Und er habe nicht vor, uns den Namen seines Partners zu verraten, sagte er mit einer vielsagenden Handbewegung... Er war ein abscheulicher Mensch.«

»Diese Geschichte läßt den ganzen Fall natürlich in einem neuen Licht erscheinen, Mr. Knox«, sagte Sampson mit gerunzelter Stirn. »Das war raffiniert von Grimshaw oder von seinem Partner, der wahrscheinlich der Kopf hinter der Sache war. Die Identität des Partners geheimzuhalten, schützte nicht nur den Partner, sondern auch Grimshaw.«

»Das liegt auf der Hand, Sampson«, sagte Knox. »Also weiter. Khalkis, so blind er auch war, stellte den Wechsel aus, zahlbar an den Überbringer, unterzeichnete ihn und gab ihn Grimshaw, der ihn entgegennahm und in einer zerschlissenen alten Brieftasche verstaute, die er bei sich hatte.«

»Die Brieftasche haben wir gefunden«, sagte der Inspektor gewichtig, »aber es war nichts drin.«

»So habe ich die Zeitungsberichte verstanden. Dann erklärte ich Khalkis, daß ich, was die ganze Affäre angehe, meine Hände in Unschuld wüsche. Sagte ihm, er solle es sich eine Lehre sein lassen. Khalkis war ein gebrochener, blinder alter Mann, als wir uns von ihm verabschiedeten. Hatte den Bogen überspannt. Mißerfolge im Geschäft. Wir gingen gemeinsam, Grimshaw und ich; trafen niemanden auf dem Weg nach draußen, ein Glück für mich. Machte Grimshaw draußen auf der Treppe klar, daß ich, solange er mir vom Leibe bleibe, bereit sei, alles zu vergessen. Mich übers Ohr hauen wollen! Unerhört.«

»Wann haben Sie Grimshaw zuletzt gesehen, Mr. Knox?« fragte der Inspektor.

»Zu jenem Zeitpunkt. War froh, daß ich ihn los war. Ging hinüber zur Ecke Fifth Avenue, hielt ein Taxi an und fuhr nach Hause.«

»Wo war Grimshaw da?«

»Das letzte, was ich von ihm sah, war, daß er auf dem Bürgersteig stand und mir nachschaute. Könnte schwören, daß er hämisch grinste.«

»Direkt vor dem Haus Khalkis?«

»Jawohl. Aber es geht noch weiter. Am nächsten Nachmittag, als ich bereits von Khalkis' Tod gehört hatte – das war letzte Woche Samstag –, erhielt ich einen handschriftlichen Brief von Khalkis. Dem Poststempel zufolge war er am Morgen aufgegeben worden, vor Khalkis' Tod. Er muß ihn geschrieben haben, unmittelbar nachdem Grimshaw und ich am Freitag abend das Haus verlassen hatten, und hat ihn dann am Morgen abschicken lassen. Habe ihn hier.«

Knox griff in eine seiner Taschen und holte einen Briefumschlag hervor.

Er überreichte ihn dem Inspektor, der ihm ein einzelnes Blatt Notizpapier entnahm und die hingekritzelte Nachricht laut vorlas:

»Lieber J. J. K.!

Die Geschehnisse des heutigen Abends müssen mich in sehr schlechtem Licht erscheinen lassen. Aber ich konnte nicht anders. Ich hatte Geld verloren, und ich stand unter Druck. Ich wollte Sie da nicht mit hineinziehen, und ich hätte nie gedacht, daß dieser Ganove Grimshaw zu Ihnen kommen und versuchen würde, Sie zu erpressen. Ich kann Ihnen versichern, daß Sie von nun mit dieser Sache nichts mehr zu tun haben werden. Ich will versuchen, Grimshaw und seinem Partner den Mund zu stopfen, auch wenn das wahrscheinlich bedeutet, daß ich mein Geschäft verkaufen, die Stücke in meiner eigenen Kunstsammlung versteigern und notfalls Kredite auf meine Versicherung aufnehmen muß. Ihnen droht jedenfalls keine Gefahr, denn die einzigen, die wissen, daß Sie das Bild besitzen, sind wir beide und Grimshaw – und natürlich sein Partner, und ich werde diese beiden zufriedenstellen, wie sie es verlangen. Ich habe niemals jemandem von diesem Leonardo erzählt, nicht einmal Sloane, der meine Geschäfte für mich führt . . .

K.«

»Das muß der Brief sein«, knurrte der Inspektor, »den Khalkis der kleinen Brett am letzten Samstag morgen gab, damit sie ihn zur Post brachte. Etwas krakelige Handschrift. Recht gut für einen Blinden.«

Ellery fragte mit ruhiger Stimme: »Sie haben nie jemandem von dieser Angelegenheit erzählt, Knox?«

»Ganz bestimmt nicht«, knurrte Knox. »Bis zum letzten Freitag habe ich natürlich Khalkis' Märchengeschichte geglaubt – das Museum wolle kein Aufsehen erregen und so weiter. In meiner Privatsammlung zu Hause habe ich oft Besucher – Freunde, Sammler, Kunstbegeisterte. Deshalb habe ich den Leonardo stets unter Verschluß gehalten und keiner Menschenseele etwas davon gesagt. Seit letztem Freitag habe ich natürlich weniger Grund denn je, darüber zu sprechen. Von mir weiß niemand von dem Leonardo oder davon, daß ich ihn besitze.«

Sampson blickte kummervoll drein. »Ihnen ist natürlich bewußt, Mr. Knox, daß Sie in einer unglücklichen Lage sind –«

»Ach – wie meinen Sie das?«

»Was ich sagen wollte«, fuhr Sampson recht halbherzig fort, »war, daß Ihr Besitz eines gestohlenen Kunstwerkes den Tatbestand –«

»Was Mr. Sampson sagen wollte«, erklärte der Inspektor, »war, daß Sie sich, theoretisch betrachtet, eines schweren Verbrechens schuldig gemacht haben.«

»Unsinn.« Knox kicherte plötzlich. »Was haben Sie denn für einen Beweis?«

»Ihr eigenes Eingeständnis, daß Sie das Bild besitzen.«

»Pah! Und gesetzt den Fall, ich stritte die Geschichte, die ich Ihnen gerade erzählt habe, ab?«

»Aber das würden Sie doch nicht tun«, sagte der Inspektor mit fester Stimme, »da bin ich mir sicher.«

»Das Bild würde die Geschichte belegen«, warf Sampson ein.

Knox behielt seine gute Laune. »Können die Herren das Bild herbeischaffen? Ohne diesen Leonardo bekommen Sie kein Bein auf die Erde. Nicht einmal ein Holzbein.«

Die Augen des Inspektors verengten sich. »Soll das heißen, Mr. Knox, Sie würden das Bild beiseite schaffen – sich weigern, es uns zu übergeben, leugnen, daß Sie es besitzen?«

Knox fuhr sich über das Kinn und blickte von Sampson zum Inspektor. »Hören Sie. Das ist nicht der richtige Gesichtspunkt. Was untersuchen Sie denn nun – einen Mord oder einen Diebstahl?« Er lächelte.

»Ich denke, Mr. Knox«, sagte der Inspektor und erhob sich, »daß Ihr Verhalten sehr merkwürdig ist. Es ist unsere Aufgabe, jedem Verbrechen nachzugehen, das unsere Aufmerksamkeit erregt. Wenn Sie so darüber denken, warum haben Sie uns all das dann überhaupt anvertraut?«

»Das hört sich doch schon vernünftiger an, Inspektor«, sagte Knox forsch. »Zwei Gründe. Punkt eins, ich möchte bei der Aufklärung des Mordes behilflich sein. Punkt zwei, ich habe selbst noch eine Rechnung zu begleichen.«

»Inwiefern?«

»Ich bin übers Ohr gehauen worden, das meine ich. Dieser Leonardo, für den ich eine dreiviertel Million gezahlt habe, ist gar kein Leonardo!«

»So.« Der Inspektor sah ihm direkt ins Gesicht. »Darum geht es also, was? Wann haben Sie das herausgefunden?«

»Gestern. Gestern abend. Habe das Bild von meinem eigenen Sachverständigen untersuchen lassen. Für seine Diskretion garantiere ich – er wird kein Wort verraten; er ist der einzige, der weiß, daß ich es besitze; und er weiß es auch erst seit gestern abend. Er meint, daß das Bild von einem Schüler Leonardos oder möglicherweise von Lorenzo di Credi stammt, einem Zeitgenossen Leonardos – sie sind beide bei Verrocchio in die Lehre gegangen. Ich beziehe mich auf seinen Bericht. Ganz Leonardos Technik, sagt er – aber sein Urteil basiert auf gewissen Anhaltspunkten, auf die ich an dieser Stelle nicht eingehe. Das verdammte Ding ist höchstens ein paar Tausender wert... ich bin angeschmiert worden. Und das habe ich gekauft!«

»In jedem Falle gehört es dem Victoria-Museum, Mr. Knox«, beharrte der Staatsanwalt. »Sie müssen es zurückgeben –«

»Woher weiß ich, daß es dem Victoria-Museum gehört? Woher weiß ich, daß das Bild, das ich gekauft habe, nicht eine Kopie ist, die jemand irgendwo ausgegraben hat? W e n n der Leonardo des Victoria-Museums gestohlen wurde, heißt das noch nicht, daß er mir auch angeboten wurde. Vielleicht wollte Grimshaw doppelt verdienen – das denke ich sogar. Vielleicht war es Khalkis. Wer weiß das schon? Und was wollen Sie nun unternehmen?«

»Ich schlage vor, daß jeder hier über diese ganze Geschichte brav den Mund hält«, sagte Ellery.

Dabei ließen sie es bewenden. Knox war Herr der Lage. Der Staatsanwalt fühlte sich äußerst unwohl in seiner Haut; er flüsterte erregt dem Inspektor etwas zu, und der Inspektor zuckte die Schultern.

»Verzeihen Sie mir, wenn ich auf das Feld meiner Schande zurückkehre«, sagte Ellery mit ungewohnter Bescheidenheit. »Mr. Knox, was genau geschah denn nun am letzten Freitag abend mit dem Testament?«

»Als Grimshaw es ausschlug, ging Khalkis ohne weitere Umstände zurück zu seinem Wandsafe, verschloß das Testament in einer Stahlkassette und schloß den Safe.«

»Und das Teegeschirr?«

»Grimshaw und ich betraten die Bibliothek«, antwortete Knox abrupt. »Die Teesachen standen auf dem Tischchen neben dem Schreibtisch. Khalkis fragte uns, ob wir Tee wollten – er war, wie mir auffiel, bereits dabei, das Wasser im Wasserkocher zu erhitzen. Wir lehnten beide ab. Während wir sprachen, goß Khalkis sich für sich selbst eine Tasse Tee ein –«

»Mit einem Teebeutel und einer Scheibe Zitrone?«

»Jawohl. Den Teebeutel nahm er allerdings wieder heraus. Doch während des erregten Gespräches, das dann folgte, trank er nichts. Der Tee wurde kalt. Er hat nichts davon getrunken, so lange wir dort waren.«

»Insgesamt befanden sich drei Tassen und Untertassen auf dem Tablett?«

»Jawohl. Die anderen beiden Tassen blieben sauber. In sie wurde kein Wasser hineingegossen.«

In eiskaltem Tonfall sagte Ellery bitter: »Es hat sich als erforderlich erwiesen, daß ich gewisse irrtümliche Annahmen korrigiere. Ich bin ganz einfach das Opfer eines raffinierten Gegenspielers geworden. Man hat mir einen machiavellistischen Streich gespielt, der darauf angelegt war, mich lächerlich erscheinen zu lassen.

Andererseits dürfen wir nicht zulassen, daß persönliche Erwägungen die Sachfragen, um die es geht, überschatten. Hören Sie bitte sorgfältig zu – Sie, Mr. Knox; du, Dad; Sie, Sampson; Sie, Pepper. Wenn ich irgendwo vom Wege abkomme, halten Sie mich auf.

Ich habe mich von einem listigen Ganoven hereinlegen lassen, der meinen Zug zur Gründlichkeit in seine Rechnung mit einbezog und eigens für mich jene falschen Hinweise ausstreute, die ich aufgreifen mußte, um eine ›raffinierte‹ Lösung abzuleiten – das heißt, eine Lösung, die auf Khalkis als den Mörder verfiel. Da wir nun wissen, daß für einen Zeitraum von mehreren Tagen nach Khalkis' Tod nur eine einzige schmutzige Teetasse existierte, muß der Mörder die drei Tassen mit Absicht präpariert haben, um uns irrezuführen. Der Ganove gebrauchte im Bestreben, die beiden anderen Tassen benutzt aussehen zu lassen, absichtlich nur das Wasser aus Khalkis' voller, unberührter Teetasse und goß es dann irgendwo aus; den Inhalt des Wasserkochers ließ er unverändert, um mir so den Ausgangspunkt für eine falsche Schlußfolgerung zu liefern. Miss Bretts Bericht darüber, wann sie die drei Tassen zuletzt in ihrem ursprünglichen Zustand gesehen habe, spricht Khalkis von jedem Verdacht frei, er selbst habe mit den drei Tassen eine falsche Spur legen wollen, denn zu diesem Zeitpunkt war Khalkis bereits tot und begraben. Es gibt nur eine Person, die ein Motiv hatte, in einer solchen Art und Weise Indizien zu fälschen, und das ist der Mörder selbst – diejenige Person, die mir einen maßgeschneiderten Verdächtigen lieferte, um den Verdacht von sich selbst abzulenken.

Nun«, fuhr Ellery mit derselben unglücklichen Stimme fort, »zu dem Vorfall, der darauf zu deuten schien, daß Khalkis nicht mehr blind war ... Der Täter muß sich einen glücklichen Zufall zunutze gemacht haben; er kannte Khalkis' Kleiderplan oder fand ihn heraus, und er entdeckte das Päckchen von Barrett auf dem Tisch in der Eingangshalle – wahrscheinlich ungefähr zur selben Zeit, zu der er auch die Teetassen präparierte –; er machte sich die Unterschiedlichkeit der Farben zunutze und steckte das Päckchen in die Kommode, wo er wußte, daß ich es finden mußte und als Baustein in meinen Schlußfolgerungen verwenden würde. Nun stellt sich die Frage: War Khalkis wirklich blind, trotz der falschen Fährte, oder war er es nicht? Wieviel wußte der Täter darüber? Ich will diese Überlegung im Augenblick auf sich beruhen lassen.

Eines jedoch ist von Bedeutung: Der Täter kann es nicht so eingerichtet haben, daß Khalkis an dem Samstag vormittag, an dem er starb, die falsche Krawatte trug. Der Gedankengang, aus dem ich folgerte, daß Khalkis nicht mehr blind gewesen sei, muß einen Fehler aufweisen, da wir ja jetzt davon ausgehen, daß Khalkis wirklich blind war, auch wenn die Möglichkeit nach wie vor besteht, daß er es nicht war ...«

»Möglich, aber nicht wahrscheinlich«, merkte Sampson an, »denn, wie Sie selbst sagten, warum hätte er es für sich behalten sollen, wenn er sein Augenlicht wiedererlangt hätte?«

»Vollkommen richtig, Sampson. Allem Anschein nach war Khalkis blind. Ich habe also falsch gefolgert. Wie soll man nun den Umstand erklären, daß Khalkis wußte, daß er eine rote Krawatte trug, obwohl er blind war? Ist es möglich, daß Demmy, Sloane oder Miss Brett ihm doch gesagt haben, daß er eine rote Krawatte umhatte? Das würde die Fakten erklären. Falls andererseits alle die Wahrheit gesagt haben, dann steht die Antwort noch immer aus. Wenn wir keine befriedigende alternative Erklärung finden können, müssen wir notwendigerweise schließen, daß einer dieser drei gelogen hat.«

»Die kleine Brett«, knurrte der Inspektor, »ist nicht gerade das, was ich mir unter einer verläßlichen Zeugin vorstelle.«

»Solche willkürlichen Annahmen führen uns nicht weiter, Dad.« Ellery schüttelte den Kopf. »Es sei denn, wir würden anzweifeln, daß dieser Fall durch rationale Überlegungen zu lösen ist, und das wäre das letzte, was ich will ... Ich habe mir, während Mr. Knox Bericht erstattete, die verschiedenen Möglichkeiten durch den Kopf gehen lassen. Ich sehe nun, daß meine ursprüngliche These eine Möglichkeit außer acht ließ – eine recht bemerkenswerte Möglichkeit, wenn sie sich als zutreffend erweisen sollte. Denn es gibt einen Grund, warum Khalkis gewußt haben könnte, ob er eine rote Krawatte trug, ohne daß ihm jemand etwas gesagt oder daß er die Farbe gesehen hätte ... Kein Problem, das zu belegen oder zu widerlegen. Entschuldigen Sie mich für einen Moment.«

Ellery ging zum Telefon und ließ sich das Haus Khalkis geben; die anderen beobachteten ihn schweigend. Es war, das spürten sie, irgendeine Art von Test. »Mrs. Sloane ... Mrs. Sloane? Ellery Queen am Apparat. Ist Mr. Demetrios Khalkis da? Ausgezeichnet. Schicken Sie ihn bitte unverzüglich zum Polizeipräsidium in der Center Street – Inspektor Queens Büro ... Ja, das verstehe ich. Gut, dann lassen Sie ihn von Weekes bringen ... Mrs. Sloane, bitten Sie Ihren Vetter, er soll eine der grünen Krawatten Ihres Bruders mitbringen. Das ist wichtig ... Nein, sagen Sie Weekes nicht, was Demmy mitbringen soll. Danke.«

Er drückte die Gabel und sprach dann mit der Vermittlung des Präsidiums. »Treiben Sie bitte Trikkala, den Griechischdolmetscher, auf, und schicken Sie ihn in Inspektor Queens Büro.«

»Ich verstehe nicht ganz –« hob Sampson an.

Mit ruhiger Hand entzündete Ellery eine neue Zigarette. »Bitte, lassen Sie mich fortfahren. Wo waren wir? Also – es ist offensichtlich, daß die ganze Lösung, die in Khalkis den Mörder sah, in sich zusammenfällt. Denn diese Lösung basierte auf zwei Annahmen: zum ersten, daß Khalkis nicht wirklich blind war, und zum zweiten, daß sich am vergangenen Freitag abend nur zwei Personen im Arbeitszimmer befanden. Letzteres haben Mr. Knox und Miss Brett bereits widerlegt; ich habe allen Grund zu der Annahme, daß ich ersteres in wenigen Minuten selbst widerlegen kann. Mit anderen Worten, wenn wir demonstrieren können, daß Khalkis an jenem Abend wirklich blind war, dann haben wir auch keinen Grund mehr, Khalkis dringender als irgend jemanden sonst als Mörder Grimshaws zu verdächtigen. Ja, wir können Khalkis sogar als Verdächtigen ausschließen, denn niemand anderes hatte einen Grund, die falschen Spuren zu legen als der Mörder; die Indizien wurden erst nach Khalkis' Tod präpariert und sollten auf Khalkis als Täter hinweisen. Khalkis kommt also zumindest als Grimshaws Mörder nicht in Betracht.

Aus Mr. Knox' Erzählung wissen wir nun, daß das Motiv für die Ermordung Grimshaws etwas mit dem gestohlenen Leonardo zu tun haben muß – was ja von meiner früheren Annahme nicht sehr abweicht«, fuhr Ellery fort. »Ein Umstand, der dafür zu sprechen scheint, daß das gestohlene Bild das Motiv war, ist folgender: Als Grimshaw im Sarg entdeckt wurde, fand man den Wechsel, den Khalkis ihm, wie Mr. Knox berichtet, ausgeschrieben hatte, nicht in seiner Brieftasche oder sonst bei ihm – offenbar hatte der Mörder ihn an sich genommen, als er Grimshaw erwürgte. Der Mörder war dann in der Lage, Khalkis den Wechsel unter die Nase zu halten, denn wie Sie sich erinnern, wurde Grimshaw vor Khalkis' Tod umgebracht. Als Khalkis jedoch unerwartet starb, wurde der Wechsel praktisch wertlos für den Mörder, denn wenn er ein solches Papier jemand anderem als dem nun verstorbenen Khalkis zur Zahlung vorlegte, würde das einen solchen Verdacht erregen, daß Nachforschungen, die den Mörder natürlich in Gefahr brächten, unvermeidlich wären. Als der Mörder Grimshaw den Wechsel stahl, tat er dies also in der Annahme, daß Khalkis am Leben bleiben würde. In gewissem Sinne erwies Khalkis mit seinem Tod seinen rechtmäßigen Erben einen Gefallen, denn er rettete für sein ohnehin schwindendes Vermögen die beträchtliche Summe von 500 000 Dollar.

Doch ein weiterer, sogar noch wichtigerer Umstand wird offenbar.« Ellery hielt inne und sah sich im Zimmer um. Die Tür zum Büro des Inspektors war geschlossen; er ging hinüber, öffnete sie, blickte hinaus und schloß sie wieder. »Dieser Punkt ist so wichtig«, erklärte er nachdrücklich, »daß nicht einmal eine Schreibkraft im Vorzimmer es hören soll.

Hören Sie genau zu. Der einzige, der, wie ich vorhin sagte, Grund hatte, den Verdacht auf den toten Khalkis zu lenken, war natürlich der Mörder. Daraus ergeben sich zwei Eigenschaften, die der Mörder besitzen muß: Zum einen muß er, damit er die falschen Teetassen als Indiz präparieren konnte, nach der Beerdigung Zugang zum Haus Khalkis gehabt haben, und zwar zwischen Dienstag nachmittag, als Miss Brett zwei saubere Tassen sah, und dem Freitag, als wir drei schmutzige Tassen fanden; zum zweiten war das Gelingen des gesamten Tricks mit den schmutzigen Tassen, der den Eindruck erwecken sollte, daß nur zwei Personen zugegen gewesen seien, im äußersten Maße davon abhängig – behalten Sie das im Gedächtnis –, daß Mr. Knox darüber Stillschweigen bewahrte, daß er selbst der dritte Mann gewesen war, ja, daß es überhaupt drei Männer gegeben hatte.

Lassen Sie mich diesen letzteren Punkt noch weiter ausführen. Es waren, wie wir nun wissen, an jenem Abend drei Personen anwesend. Wer immer es später mit Hilfe der Teetassen so erscheinen ließ, als seien nur zwei Personen zugegen gewesen, wußte offensichtlich, daß es drei gewesen waren und um wen es sich gehandelt hatte. Doch nun aufgepaßt. Er wollte, daß die Polizei annahm, es seien nur zwei gewesen; also mußte jeder der drei Männer, die es in Wirklichkeit waren, dazu gebracht werden, Stillschweigen zu bewahren, sonst wäre die Täuschung nicht gelungen. Derjenige, der uns glauben machen wollte, es seien zwei Personen gewesen, und irgendwann zwischen Dienstag und Freitag seine falschen Spuren legte, konnte sich in zwei Fällen des Schweigens gewiß sein – bei Grimshaw, der ermordet worden war, und bei Khalkis, den ein natürlicher Tod ereilt hatte. Damit blieb nur noch der Dritte, Mr. Knox, als potentieller Informant. Doch obwohl Mr. Knox am Leben blieb, sich bester Gesundheit erfreute und nicht unter Druck gesetzt wurde, legte der Täter unbeirrt seine falschen Spuren. Mit anderen Worten, er war offenbar der Ansicht, daß er sich auf Mr. Knox' Schweigen verlassen konnte. Ist das soweit klar?«

Sie nickten, und kein Wörtchen war ihnen entgangen. Knox hing mit einer merkwürdigen Gespanntheit an Ellerys Lippen. »Doch wie war es möglich, daß der Planer sich auf Mr. Knox' Schweigen verlassen konnte?« fuhr Ellery messerscharf fort. »Nur wenn er die ganze Geschichte des Leonardo kannte, nur wenn er wußte, daß Mr. Knox unrechtmäßig in den Besitz dieses Bildes gelangt ist. Dann, und nur dann, konnte er sicher sein, daß Mr. Knox, um sich selbst zu schützen, Stillschweigen darüber bewahren würde, daß er am vergangenen Freitag abend der Dritte im Hause Khalkis gewesen war.«

»Scharfsinnig, junger Mann«, sagte Knox.

»Dies eine Mal«, sagte Ellery, ohne zu lächeln. »Doch der Hauptpunkt dieser Analyse steht noch aus. Denn wer konnte die ganze Geschichte des Leonardo und Ihre Verbindung mit dem Bild kennen, Mr. Knox?

Nehmen wir sie uns der Reihe nach vor.

Khalkis hatte es seinem eigenen Brief zufolge keiner Menschenseele gesagt, und inzwischen ist er tot.

Sie, Mr. Knox, haben es niemandem mitgeteilt, mit einer einzigen Ausnahme – dem Sachverständigen, der gestern Ihr Bild für Sie begutachtete und zu dem Schluß kam, daß es kein Werk von Leonardo da Vinci sei; aber er hat es ja erst gestern abend erfahren – logischerweise zu spät, als daß er die falschen Spuren präpariert haben könnte! Diese falsche Fährte wurde vor dem gestrigen Abend gelegt, da ich sie bereits gestern vormittag entdeckte. Damit ist Ihr Experte aus dem Rennen, der einzige, der aus Ihrem Munde etwas von Ihrem Besitz des Bildes erfahren hat, Mr. Knox... Das mag Ihnen übertrieben pedantisch erscheinen; Ihr Sachverständiger kommt ja kaum in Betracht; natürlich ist der Gedanke abwegig, daß er der Täter sein könnte; aber ich möchte gern alle Vorsicht walten lassen, damit meine Argumentation logisch unangreifbar ist.«

Er starrte finster die Wand an. »Wer bleibt dann noch? Nur Grimshaw, und der ist tot. Aber – Grimshaws eigenen Worten an jenem Abend bei Khalkis zufolge, wie Sie sie uns wiedergegeben haben, Mr. Knox – Grimshaw hatte es nur einem einzigen Menschen weitererzählt – dem einzigen anderen Menschen ›auf der Welt‹, wie Sie, glaube ich, Grimshaws Worte zitierten, dem er von dem gestohlenen Bild berichtet habe. Diese einzige Person war sein Partner. Und dies ist, so können wir schließen, der einzige Außenstehende, der genug über das gestohlene Gemälde und die Tatsache, daß Sie es besitzen, wußte, daß er zum einen die falsche Spur der drei benutzten Teetassen legen und sich zum zweiten auf Ihr Stillschweigen verlassen konnte!«

»Sehr richtig«, murmelte Knox.

»Was können wir nun daraus schließen?« fuhr Ellery mit tonloser Stimme fort. »Grimshaws Partner war der einzige Mensch, der die falschen Spuren präpariert haben konnte, und der Mörder war der einzige Mensch, der einen Grund hatte, gefälschte Indizien zu streuen – ergo muß Grimshaws Partner der Mörder sein. Und nach Grimshaws eigenem Bericht war sein Partner derjenige, der ihn am Vorabend der tödlichen Ereignisse auf sein Zimmer im Hotel Benedict begleitete – der Mann, mit dem, dürfen wir annehmen, Grimshaw sich traf, nachdem Sie und Grimshaw am vergangenen Freitag abend das Haus Khalkis verlassen hatten; bei dieser Gelegenheit könnte er über Khalkis' Angebot einer Testamentsänderung, den Wechsel und alles, was sonst noch bei dem Besuch bei Khalkis zur Sprache kam, erfahren haben.«

»Es ist natürlich ein gewisser Fortschritt«, sagte der Inspektor nachdenklich, »aber im Grunde hilft es uns im Augenblick nicht weiter. Jeder könnte der Mann gewesen sein, der letzten Donnerstag abend mit Grimshaw ins Hotel kam, Junge. Wir haben ja keine Beschreibung von ihm.«

»Das ist wahr. Doch immerhin haben wir bestimmte Punkte geklärt. Wir wissen, wonach wir suchen.« Ellery drückte seine Zigarette aus und blickte niedergeschlagen in die Runde. »Einen entscheidenden Punkt habe ich bisher absichtlich aus unseren Betrachtungen ausgelassen. Und das ist – daß der Mörder falsch gewettet hat: Mr. Knox hat kein Stillschweigen bewahrt. Warum haben Sie sich uns anvertraut, Mr. Knox?«

»Habe ich Ihnen doch gesagt«, antwortete der Bankier. »Mein Leonardo ist kein echter Leonardo. Praktisch wertlos.«

»So ist es. Mr. Knox brach sein Schweigen, weil er herausgefunden hatte, daß das Bild praktisch wertlos ist – ihm schien, salopp formuliert, daß er damit ›draußen‹ war, und er hatte keine Hemmungen mehr, uns alles einzugestehen. Aber er hat diese Geschichte nur uns erzählt, meine Herren! Mit anderen Worten, der Mörder, Grimshaws Partner, lebt nach wie vor im Glauben, daß wir nichts von dem Bild wissen, meint noch immer, daß wir seinen falschen Spuren folgen und die Khalkis-Lösung akzeptieren werden. Nun gut – wir werden ihm in einem Punkte den Gefallen tun und in einem anderen Punkte nicht. Wir können uns nicht in aller Öffentlichkeit hinter die Khalkis-Lösung stellen – wir wissen ja, daß sie falsch ist. Aber wir wollen unseren Mörder pflegen, wollen ihn an der langen Leine laufen lassen, sehen, was er als nächstes tut, ihm vielleicht eine Falle stellen, indem wir ihn zwingen, gewisse Aktivitäten fortzusetzen. Lassen Sie uns deshalb die Khalkis-Lösung veröffentlichen und dann die Nachricht von Miss Bretts Aussage, die die Khalkis-Lösung zusammenbrechen läßt, nachschieben; und lassen Sie uns bei alledem nichts davon erwähnen, daß Mr. Knox uns seine Geschichte gebeichtet hat – kein Wort darüber. Der Mörder wird glauben, Mr. Knox habe Stillschweigen bewahrt, wird sich weiterhin auf dieses Stillschweigen verlassen und keine Ahnung haben, daß das Bild kein echter Leonardo und keine Million Dollar wert ist.«

»Er wird gezwungen sein, sich bedeckt zu halten«, murmelte der Staatsanwalt. »Er wird wissen, daß wir noch immer nach einem Mörder fahnden. Gute Idee, Ellery.«

»Wir riskieren nicht, unser anvisiertes Opfer aufzuschrecken«, fuhr Ellery fort, »wenn wir ausgehend von Miss Bretts neuer Aussage die Khalkis-Lösung als falsch entlarven. Der Mörder wird das akzeptieren müssen, denn schließlich ging er von Anfang an das Risiko ein, daß jemand sich erinnern würde, daß sich die Teetassen zuvor in einem anderen Zustand befunden hatten. Die Tatsache, daß dieser Unterschied nun jemandem aufgefallen ist, wird ihm als unglücklicher Zufall, aber nicht unbedingt als Katastrophe erscheinen.«

»Wie steht es mit Cheneys Verschwinden?« fragte Pepper.

Ellery seufzte. »Meine höchst brillante Schlußfolgerung, daß Alan Cheney derjenige war, der Grimshaws Leiche in den Sarg gesteckt hatte, basierte natürlich ausschließlich auf der Hypothese, daß Khalkis, sein Onkel, der Mörder war. Nun, in Anbetracht der neuen Fakten, haben wir eher Grund zu der Annahme, daß Grimshaw von derselben Person begraben wurde, die ihn auch ermordete. Jedenfalls liefern uns die verfügbaren Daten keine Anhaltspunkte, von denen wir auf einen Grund für Cheneys Verschwinden schließen könnten. Man muß abwarten.«

Ein Haustelefon schnarrte, und der Inspektor erhob sich, um abzunehmen. »Schicken Sie ihn herein. Den anderen behalten Sie draußen.« Er wandte sich an Ellery. »Nun, Junge, dein Mann wäre da. Weekes hat ihn hergebracht.«

Ellery nickte. Ein Beamter öffnete die Tür, um die große, traurige Gestalt des Demetrios Khalkis einzulassen, anständig und solide gekleidet; ein abscheuliches, leeres Grinsen verzerrte seine Lippen, und er sah schwachsinniger denn je aus. Sie konnten sehen, wie Weekes, der Butler, die Melone fest an die alte Brust gedrückt, nervös im Vorzimmer des Inspektors saß. Die Außentür öffnete sich, und der schmierige Trikkala, der Griechischdolmetscher, eilte herein.

»Trikkala! kommen Sie hier herüber!« rief Ellery und wandte sich dann Demmy zu, um das winzige Päckchen zu betrachten, das dieser in seinen knochigen Fingern hielt. Trikkala kam mit fragender Miene hereingewatschelt; jemand schloß die Tür des Büros zum Vorzimmer.

»Trikkala«, sagte Ellery, »fragen Sie diesen Schwachsinnigen, ob er mitgebracht hat, was ihm aufgetragen war.«

Trikkala, bei dessen Eintreten sich Demmys Miene aufgehellt hatte, feuerte eine Wortsalve auf den grinsenden Idioten ab.

Demmy nickte heftig und hielt das Päckchen hoch.

»Sehr gut.« Ellery wirkte zurückhaltend und wachsam zugleich. »Nun fragen Sie ihn, Trikkala, was ihm aufgetragen war mitzubringen.«

Ein kurzer, heftiger Silbenwechsel, und Trikkala antwortete: »Er sagt, er sollte eine grüne Krawatte mitbringen, eine von den grünen Krawatten zu Hause im Schrank seines Vetters Georg.«

»Wunderbar. Bitten Sie ihn, uns diese grüne Krawatte zu zeigen.«

Trikkala sagte etwas in scharfem Ton zu Demmy, der wiederum nickte und mit linkischen Fingern die Schnüre seines Päckchens zu lösen begann. Es dauerte eine kleine Ewigkeit – eine Zeit, in der alle Augen schweigend auf seine ungeschickten, riesenhaften Hände gerichtet waren. Endlich besiegte er einen hartnäckigen Knoten, rollte die Schnur sorgfältig auf und steckte sie in eine seiner Taschen, dann faltete er das Packpapier auseinander. Das Papier löste sich, und Demmy hielt ihnen eine rote Krawatte entgegen...

Ellery gebot dem Stimmengewirr, das aufkam, Schweigen, sowohl den erregten Ausrufen der beiden Anwälte als auch dem leisen Fluch des Inspektors. Demmy starrte sie mit seinem ausdruckslosen Grinsen an, stumm auf ihre Anerkennung hoffend. Ellery wandte sich ab, zog die oberste Schublade im Schreibtisch seines Vaters auf und wühlte darin herum. Endlich richtete er sich wieder auf und hielt ein Blatt Löschpapier in der Hand – grünes Löschpapier.

»Trikkala«, sagte Ellery gefaßt, »fragen Sie ihn, welche Farbe dieses Papier hat.«

Trikkala tat, wie ihm geheißen. Demmy antwortete auf Griechisch, ohne zu zögern. »Er sagt«, antwortete der Übersetzer verdutzt, »er sagt, das Papier sei rot.«

»Ausgezeichnet. Danke, Trikkala. Nehmen Sie ihn mit hinaus, und sagen Sie dem Mann, der im Vorzimmer wartet, daß Demmy und er wieder nach Hause gehen können.«

Trikkala ergriff den Schwachsinnigen am Arm und steuerte ihn zur Bürotür hinaus; Ellery schloß die Tür hinter ihnen.

»Das erklärt wohl«, sagte er, »wie ich, auf meine Logik vertrauend, mich selbst in die Irre führte. Es gab eine entlegene Möglichkeit, die ich nicht in meine Erwägungen mit einbezog – daß Demmy farbenblind sein könnte!«

Sie nickten. »Sehen Sie«, fuhr er fort, »ich ging davon aus, daß niemand Khalkis gesagt hatte, daß die Krawatte, die er trug, rot war, und daß Khalkis, wenn Demmy ihn dem Plan gemäß eingekleidet hatte, die Farbe der Krawatte nur wissen konnte, wenn er sie sehen konnte. Ich bin nicht auf die Idee gekommen, daß der Plan selbst irreführend sein könnte. Dem Plan zufolge hätte Demmy vergangenen Samstag morgen Khalkis eine grüne Krawatte reichen müssen. Nun erfahren wir, daß für Demmy ›grün‹ soviel bedeutet wie rot – daß er farbenblind ist. Mit anderen Worten, Demmy leidet an einer weit verbreiteten partiellen Farbenblindheit, bei der er stets Rot für Grün und Grün für Rot hielt; Khalkis wußte, daß Demmy an dieser Störung litt, und berücksichtigte das beim Erstellen seines Planes, soweit es diese beiden Farben betraf. Er wußte, daß er, wenn er eine rote Krawatte wollte, Demmy bitten mußte, ihm eine ›grüne‹ zu geben. Entsprechend war auch der Plan eingerichtet. Kurz gesagt – Khalkis wußte an jenem Morgen, auch wenn er eine Krawatte trug, die nicht mit der Bezeichnung in der Liste für den Samstag übereinstimmte, ohne daß es ihm jemand sagen mußte und ohne es selbst zu sehen, daß er eine rote Krawatte umhatte. Er hat seine Krawatte nicht ›gewechselt‹ – er trug die rote, als Demmy um neun Uhr das Haus verließ.«

»Nun«, sagte Pepper, »das beweist, daß Demmy, Sloane und Miss Brett die Wahrheit gesagt haben. Das ist doch etwas.«

»Wie wahr. Nun sollten wir uns noch der aufgeschobenen Frage zuwenden, ob der falsche Spuren legende Mörder wußte, daß Khalkis blind war, oder ob auch er aus den Indizien, die mich selbst in die Irre führten, geschlossen hatte, er sei es nicht. Inzwischen ist es eine reichlich nutzlose Überlegung; obwohl die letztere Annahme wahrscheinlicher ist; er dürfte kaum gewußt haben, daß Demmy farbenblind ist; er glaubte wahrscheinlich, und glaubt immer noch, daß Khalkis zum Zeitpunkt seines Todes sehen konnte. Doch sei dem, wie es sei, wir können nichts damit anfangen.« Ellery wandte sich seinem Vater zu. »Hat jemand Buch geführt über die Besucher des Hauses Khalkis zwischen Dienstag und Freitag?«

»Cohalan«, antwortete Sampson. »Mein Mann, der dort Wache stand. Haben Sie die Liste da, Pepper?«

Pepper holte ein mit Maschine beschriebenes Blatt hervor. Ellery überflog es rasch. »Wie ich sehe, hat er sie auf den neuesten

Stand gebracht.« Die Liste umfaßte jene Besucher, deren Verzeichnis die Queens bereits am Donnerstag, dem Tag vor der Exhumierung, gesehen hatten, vermehrt um die Namen derer, die das Haus nach diesem Zeitpunkt und bis zur Befragung, die auf die Exhumierung gefolgt war, aufgesucht hatten. Hinzu waren sämtliche Mitglieder des Khalkis-Haushaltes sowie die folgenden Personen gekommen: Nacio Suiza, Miles Woodruff, James J. Knox, Dr. Duncan Frost, Honeywell, Reverend Elder, Mrs. Susan Morse; dazu einige alte Kunden des Verstorbenen, außer Robert Petrie und Mrs. Duke, die bereits auf der ersten Liste gestanden hatten, ein gewisser Reuben Goldberg, Mrs. Timothy Walker und jemand namens Robert Acton. Diverse Angestellte der Khalkis-Galerie und der Kunstsammlung hatten dem Haus ebenfalls ihren Besuch abgestattet: Simon Broecken, Jenny Bohm, Parker Insull. Den Abschluß der Liste bildeten einige akkreditierte Zeitungsreporter.

Ellery reichte Pepper den Zettel zurück. »Scheint ja die ganze Stadt dagewesen zu sein... Mr. Knox, wir können uns darauf verlassen, daß Sie kein Wort über den Leonardo und Ihren Besitz dieses Leonardo verraten werden?«

»Ich werde schweigen wie ein Grab«, sagte Knox.

»Und Sie werden die Augen offenhalten, Sir – den Inspektor über jede neue Entwicklung umgehend informieren?«

»Aber gern.« Knox erhob sich; Pepper beeilte sich, ihm in den Mantel zu helfen. »Ich arbeite mit Woodruff«, sagte Knox, während er sich abmühte, in den Mantel zu kommen. »Behalte ihn, damit er sich um die Abwicklung des Erbes kümmern kann. Ein einziges Durcheinander, nachdem Khalkis nun offenbar ohne Testament verstorben ist. Hoffe nur, dieses neue Testament taucht nicht wieder auf – Woodruff sagt, das würde die Sache noch komplizieren. Habe die Erlaubnis von Mrs. Sloane, der nächsten Verwandten, als Verwalter zu fungieren, wenn das neue Testament sich nicht wieder einfindet.«

»Zum Teufel mit diesem gestohlenen Testament«, sagte Sampson mürrisch. »Allerdings hätten wir wohl Indizien genug, es wegen Nötigung für ungültig zu erklären. Damit kämen wir wahrscheinlich durch, aber es gäbe einen Haufen Ärger. Ob Grimshaw Verwandte hatte?«

Knox brummte, winkte zum Abschied und war verschwunden. Sampson und Pepper erhoben sich und sahen sich gegenseitig an.

»Ich weiß schon, was Sie denken, Chef«, sagte Pepper sanft. »Sie denken, daß Knox' Geschichte, sein Leonardo sei kein echter Leonardo – eben nur eine Geschichte ist, was?«

»Nun, das würde mich nicht überraschen«, gestand Sampson.

»Mich auch nicht«, sagte der Inspektor energisch. »Großes Tier oder nicht, er spielt mit dem Feuer.«

»Recht wahrscheinlich«, pflichtete Ellery ihnen bei, »obwohl nicht von allzu großer Bedeutung, soweit es mich betrifft. Aber der Mann ist als leidenschaftlicher Sammler bekannt, und offensichtlich hat er vor, das Bild zu behalten, koste es, was es wolle.«

»Tja«, seufzte der alte Herr, »das ist ein schöner Schlamassel.« Sampson und Pepper verabschiedeten sich von Ellery mit einem Nicken und verließen das Büro. Der Inspektor folgte ihnen zu einer Pressekonferenz.

Sie ließen Ellery allein – einen müßigen jungen Mann mit einem rastlos arbeitenden Verstand. Er rauchte eine Zigarette nach der anderen, und von Zeit zu Zeit fuhr er beim Gedanken an das, was er soeben durchlitten hatte, zusammen. Als der Inspektor allein zurückkehrte, war Ellery damit beschäftigt, seine Schuhspitzen zu betrachten, geistesabwesend, mit gerunzelter Stirn.

»Das wäre erledigt«, knurrte der alte Herr und sank in seinen Sessel. »Habe den Jungs von der Khalkis-Lösung erzählt und dann von Joan Bretts Aussage, die das ganze schöne Kartenhaus zusammenklappen läßt. In ein paar Stunden weiß es die ganze Stadt, und dann müßte unser Freund, der Mörder, eigentlich auf den Plan treten.«

Er schnauzte etwas in die Sprechanlage, und einen Augenblick darauf eilte seine Sekretärin herein. Der Inspektor diktierte ein als vertraulich zu sendendes Kabel an den Leiter des Victoria-Museums in London. Die Sekretärin ging wieder.

»Na, wir werden ja sehen«, sagte der alte Herr besonnen, und seine Hand wanderte zur Schnupftabaksdose. »Wir müssen uns entscheiden, wie wir in dieser Sache mit dem Bild weiter verfahren wollen. Habe es gerade draußen mit Sampson durchgesprochen. Wir können die Angelegenheit nicht einfach fallenlassen, nur weil Knox das so will ...« Er warf seinem schweigsamen Sohn einen fragenden Blick zu. »Nun komm schon, El, laß es gut sein. Das ist doch nicht das Ende der Welt. Was macht es schon, daß deine Khalkis-Lösung ein Reinfall war? Vergiß es.«

Ellery blickte langsam auf. »Es vergessen? Das wird noch lange dauern, Dad.« Er ballte die eine Hand zur Faust und betrachtete sie ausdruckslos. »Wenn ich etwas aus dieser Geschichte gelernt habe, dann vor allem das – und wenn du jemals siehst, daß ich breche, was ich mir heute geschworen habe, dann jage mir eine Kugel in den Schädel: Niemals wieder will ich für einen Fall, mit dem ich mich beschäftige, eine Lösung vorschlagen, bevor ich nicht auch den letzten Winkel des Verbrechens bis ins kleinste erforscht und für jedes Fädchen eines losen Endes eine Erklärung gefunden habe.«*

Der Inspektor betrachtete ihn mit besorgter Miene. »Aber Junge –«

»Wenn ich mir vorstelle, wie ich mich da zum Narren gemacht habe – was für ein eitler, aufgeblasener Spinner, was für ein vollkommener Trottel ich gewesen bin . . .«

»Ich finde, deine Lösung, auch wenn sie falsch war, war verdammt scharfsinnig«, sagte der Inspektor verteidigend.

Ellery antwortete nichts. Er begann die Gläser seines Zwickers zu putzen und starrte bitter an die Wand, über den Kopf seines Vaters hinweg.

* Dies dürfte weitgehend eine Besonderheit erklären, über die viel spekuliert worden ist und die sogar Anlaß zu Kritik gegeben hat. Leser haben moniert, daß Ellery es – seinem Vorgehen in den drei Romanen, die bisher dem Publikum vorgelegt wurden, nach zu urteilen – an der gebührenden Rücksicht gegenüber seinem Vater mangeln lasse, wenn er alles, was er über ein Verbrechen wisse und was er an Schlußfolgerungen gezogen habe, für sich behalte, bis auch die letzte Einzelheit der Lösung geklärt sei. Wenn man sich vor Augen führt, daß Ellery das obenstehende Gelübde anläßlich eines Falles ablegte, der zeitlich vor denen liegt, die bereits publiziert worden sind, wird sein merkwürdiges Verhalten verständlich.
J. J. McC.

Kapitel 17

Stigma

Dann langte der sprichwörtliche Arm zu und beförderte den jungen Mr. Alan Cheney von unbekanntem Orte wieder zurück ans Licht des Tages. Um genau zu sein, stießen die Finger des Schicksals am Abend des Sonntages, des 10. Oktober, aus dem Dunkel über dem Flugplatz von Buffalo auf ihn herab, wo er eben im Begriff war, unsicheren Schrittes an Bord einer Maschine nach Chicago zu gehen. Die Finger, die zur Hand des Kriminalbeamten Hagstrom gehörten – eines amerikanischen Gentleman, in dessen Adern Jahrhunderte findigen Wikingerblutes flossen –, griffen äußerst beherzt zu, und sie sorgten dafür, daß der junge Mr. Alan Cheney, triefäugig, erschöpft, streitlustig und sinnlos betrunken, in den nächsten Pullman-Expreß gesetzt wurde, der ans andere Ende des Staates nach New York City ging.

Die Queens, am Ende eines Sonntages, an dem ja recht offensichtlich kein Anlaß bestand, Hymnen zu singen, und dumpfes Brüten der Tagesbefehl zu sein schien, per Telegramm von der Gefangennahme in Kenntnis gesetzt, waren am frühen Montag morgen im Büro des Inspektors zugegen, um den heimkehrenden Fahnenflüchtigen und den zu Recht jubilierenden erfolgreichen Jäger willkommen zu heißen. Bezirksstaatsanwalt Sampson und der stellvertretende Staatsanwalt Pepper schlossen sich dem Empfangskomitee an. Die Stimmung in jenem Teil der Center Street schlug in der Tat hohe Wellen.

»Nun, Mr. Alan Cheney«, hob der Inspektor herzlich an, als der junge Alan, nun, wo sein Rausch verflogen war, mürrischer und aggressiver denn je, sich auf einen Stuhl fallen ließ, »was haben Sie zu Ihrer Verteidigung vorzubringen?«

Alans Stimme klang heiser, seine Lippen waren rissig. »Ich verweigere die Aussage.«

»Sie wissen, wie Ihre Flucht zu werten ist, Cheney?« fuhr Sampson ihn an.

»Meine Flucht?« Alans Augen waren trübe.

»Ach, es war also gar keine Flucht? Nur ein Ausflug – ein kleiner Urlaub, was, junger Mann?« Der Inspektor kicherte. »Also nun«, sagte er plötzlich mit einem jener Stimmungswechsel, die so charakteristisch für ihn waren, »das ist hier kein Spiel, und wir sind keine Kinder. Sie sind fortgelaufen. Warum?«

Der junge Alan kreuzte die Arme über der Brust und starrte trotzig zu Boden.

»Es lag doch nicht etwa«, fragte der Inspektor und wühlte dabei in seiner obersten Schreibtischschublade, »nicht etwa daran, daß Sie Angst hatten zu bleiben, oder?« Seine Hand kam aus der Schublade geschossen und hielt Alan den Notizzettel unter die Nase, den Sergeant Velie in Joan Bretts Schlafzimmer gefunden hatte.

Alan erbleichte schlagartig und starrte das Stück Papier an, als sei es ein lebendiger Widersacher. »Wo um alles in der Welt haben Sie das her?« flüsterte er.

»Das macht Sie schon munterer, hm? Wir haben es unter Miss Bretts Matratze gefunden, wenn Sie es wissen wollen.«

»Sie – sie hat ihn also nicht verbrannt . . .?«

»Nein, das hat sie nicht. Machen Sie es kurz, Junge. Wollen Sie nun reden, oder müssen wir ein klein wenig nachhelfen?«

Alans Augenlider zuckten heftig. »Was ist geschehen?«

Der Inspektor wandte sich den anderen zu. »Er will von uns Informationen, der Grünschnabel!«

»Miss Brett . . . Ist alles – in Ordnung mit ihr?«

»Jetzt schon.«

»Was soll das heißen?« Alan sprang von seinem Stuhl auf. »Sie haben sie doch nicht –«

»Doch nicht was?«

Er schüttelte den Kopf, setzte sich wieder und rieb sich erschöpft die Augen.

»Q.« Sampson machte eine Kopfbewegung. Der Inspektor warf einen drohenden Blick auf das zerwühlte Haar des jungen Mannes und trat dann mit dem Staatsanwalt in eine Ecke. »Wenn er sich weigert auszusagen«, sagte Sampson leise, »können wir ihn kaum hierbehalten. Wir können ihn pro forma wegen irgend etwas anklagen, aber ich weiß nicht, ob uns das wirklich etwas nützt. Schließlich haben wir eigentlich ja nichts gegen ihn in der Hand.«

»Das stimmt. Aber einer Sache will ich mich doch vergewissern, bevor wir diesen jungen Spund ein zweites Mal entwischen lassen.« Der alte Herr ging zur Tür. »Thomas!«

Sergeant Velie erschien in der Tür wie ein Herkules. »Wollen Sie ihn jetzt?«

»Ja. Bringen Sie ihn herein.«

Velie stapfte davon. Einen Augenblick später kehrte er in Begleitung der schmächtigen Gestalt Bells zurück, des Nachtportiers vom Hotel Benedict. Alan Cheney saß unbewegt da und verbarg sein Unbehagen hinter einer Maske störrischen Schweigens; sein Blick fuhr zu Bell hoch, als wolle er nun aber wissen, warum es eigentlich ging.

Der Inspektor wies mit dem Daumen auf sein Opfer. »Bell, erkennen Sie diesen Mann als einen derjenigen wieder, die Albert Grimshaw am Donnerstag abend der vorletzten Woche besucht haben?«

Bell musterte die verzweifelte Gestalt des Jungen sorgfältig. Alan erwiderte seinen Blick mit einer Art trotziger Verwunderung. Dann schüttelte Bell den Kopf. »Nein, Sir. Das war keiner davon. Den Herrn hier hab' ich noch nie zuvor gesehen.«

Der Inspektor schnaufte ärgerlich; und Alan, der nicht wußte, worum es bei dieser Gegenüberstellung gegangen war, aber doch spürte, daß sie mißlungen war, sank mit einem Seufzer der Erleichterung zurück. »In Ordnung, Bell. Warten Sie draußen.« Bell zog sich eilig zurück, und Sergeant Velie stellte sich mit dem Rücken zur Tür. »Nun, Cheney, wollen Sie uns immer noch nichts über Ihren kleinen Ausflug erzählen?«

Alan befeuchtete sich die Lippen. »Ich möchte meinen Anwalt sprechen.«

Der Inspektor warf die Hände in die Luft. »Gütiger Himmel, wie oft ich das schon gehört habe! Und wer ist Ihr Anwalt, Cheney?«

»Na – Miles Woodruff.«

»Sprachrohr der Familie, was?« sagte der Inspektor gehässig. »Nun, das wird nicht nötig sein.« Der Inspektor setzte sich mit Nachdruck auf seinen Stuhl und zog die Schnupftabaksdose zu Rate. »Wir lassen Sie gehen, junger Mann«, sagte er und fuchtelte mit der alten braunen Dose herum, als bedaure er die Notwendigkeit, seinen Gefangenen entlassen zu müssen. Alans Züge hellten sich wie von Zauberhand berührt auf. »Sie können nach Hause gehen. Aber«, und dabei lehnte sich der alte Herr vor, »eins kann ich Ihnen versprechen. Noch eine Eskapade wie die vom letzten Samstag, mein Junge, und ich stecke Sie hinter Gitter, und wenn ich zum Untersuchungsrichter dafür muß. Verstanden?«

»Ja«, murmelte Alan.

»Außerdem«, fuhr der Inspektor fort, »mache ich keinen Hehl daraus, daß Sie von nun an beobachtet werden. Jede Ihrer Bewegungen wird registriert. Es würde Ihnen also gar nichts nutzen, uns noch einmal entwischen zu wollen, denn bei jedem Schritt, den Sie außerhalb des Hauses Khalkis tun, wird ein Mann an Ihren Fersen kleben. Hagstrom!« Der Beamte sprang auf. »Bringen Sie Mr. Cheney nach Hause. Bleiben Sie bei ihm im Haus Khalkis, und verhalten Sie sich unauffällig. Aber seien Sie Ihres Bruders Hüter, sobald er das Haus verläßt.«

»Verstanden. Kommen Sie, Mr. Cheney.« Mit einem Grinsen faßte Hagstrom den jungen Mann am Arm. Alan erhob sich rasch, schüttelte den Griff des Beamten ab, straffte, ein trauriges Bild des Trotzes, die Schultern und stolzierte, Hagstrom zur Seite aus dem Zimmer.

Es wird dem Leser wahrscheinlich schon aufgefallen sein, daß Ellery Queen während dieser ganzen Szene nicht einen einzigen Laut von sich gegeben hatte. Er hatte seine makellosen Fingernägel betrachtet, seinen Zwicker ans Licht gehalten, als hätte er ihn nie zuvor gesehen, mehrere Male geseufzt, mehrere Zigaretten geraucht und sich alles in allem aufgeführt, als sei er zu Tode gelangweilt. Nur ein einziges Mal kam ein Funken Interesse bei ihm auf: als Cheney Bell gegenübergestellt worden war; doch der Funken verlosch, als klar wurde, daß Bell ihn nicht kannte.

Ellery spitzte die Ohren, als Pepper, nachdem sich die Tür hinter Cheney und Hagstrom geschlossen hatte, sagte: »Scheint mir, Chef, als ob wir da einen Mörder laufen lassen.«

»Und was sagt Ihr gewaltiges Hirn Ihnen, womit wir ihn überführen können, Pepper?« fragte Sampson ruhig.

»Na, er ist geflohen – oder etwa nicht?«

»Scharf beobachtet! Aber meinen Sie wirklich, Sie könnten die Geschworenen davon überzeugen, daß ein Mann ein Verbrecher ist, nur weil er die Flucht ergreift?«

»So etwas hat es schon gegeben«, beharrte Pepper.

»Unsinn!« fuhr der Inspektor ihn an. »Wir haben nicht den geringsten Beweis gegen ihn, und das wissen Sie sehr wohl, Pepper.

Der läuft uns schon nicht weg. Wenn irgend etwas mit diesem jungen Mann nicht stimmt, dann finden wir es schon heraus... Und was haben Sie auf der Seele, Thomas? Sie scheinen ja fast zu platzen vor Neuigkeiten.«

Tatsächlich hatte Sergeant Velie sich bald diesem, bald jenem zugewandt, den Mund geöffnet und ihn wieder geschlossen, als er keine Möglichkeit sah, eine Gesprächspause für sich nutzen zu können. Nun holte er tief Luft und sagte dann: »Ich hab' zwei Stück draußen.«

»Zwei Stück von was?«

»Die Lady, mit der Grimshaw sich in Barney Schicks Schuppen amüsiert hat, und ihren Gatten.«

»Nein!« Der Inspektor richtete sich schlagartig auf. »Das ist doch einmal eine gute Neuigkeit, Thomas. Wie haben Sie sie ausfindig gemacht?«

»Bin ihr durch Grimshaws Akten auf die Spur gekommen«, brummte Velie. »Eine gewisse Lily Morrison – hat sich früher mit Grimshaw rumgetrieben. Hat dann geheiratet, während Grimshaw im Kittchen saß.«

»Holen Sie Barney Schick.«

»Wartet auch schon draußen.«

»Wunderbar. Bringen Sie alle herein.«

Velie stapfte hinaus, und der Inspektor setzte sich erwartungsvoll in seinem Drehstuhl zurecht. Gleich darauf kehrte der Sergeant mit dem rotgesichtigen Wirt der Flüsterkneipe zurück, dem der Inspektor Stillschweigen auferlegte, während Velie zu einer anderen Türe hinausging, um sogleich mit einem Mann und einer Frau zurückzukehren.

Sie kamen zögernd herein. Die Frau war eine wahrhafte Brunhilde, groß und blond und amazonenhaft. Ihr Mann paßte zu ihr – ein schon leicht ergrauter Riese Mitte 40 mit Boxernase und harten dunklen Augen.

»Mr. und Mrs. Jeremiah Odell, Inspektor«, sagte Velie.

Der Inspektor wies ihnen Stühle an, und sie setzten sich unbeholfen hin. Der alte Herr begann mit einigen Papieren auf seinem Schreibtisch zu hantieren – ein rein mechanisches Schauspiel, das nur des Effekts wegen stattfand. Sie waren gebührend beeindruckt, und ihre Blicke wanderten nun nicht mehr kreuz und quer durch das Büro, sondern konzentrierten sich auf die schmalen Hände des alten Herrn.

»Also, Mrs. Odell«, hob der Inspektor an, »kein Grund zur Beunruhigung; es handelt sich nur um eine Formalität. Kennen Sie Albert Grimshaw?«

Ihre Blicke trafen sich, und der ihre wich dem seinen aus. »Sie – Sie meinen den Mann, den sie erwürgt und dann in diesen Sarg gesteckt haben?« fragte sie. Sie hatte eine kehlige Stimme, als ob bei den tiefen Tönen etwas qualvoll vibriere.

»Ja. Kennen Sie den?«

»Ich – Nein, kenn' ich nicht. Nur aus der Zeitung.«

»Verstehe.« Der Inspektor wandte sich Barney Schick zu, der reglos am anderen Ende des Zimmers saß. »Barney, erkennst du die Dame hier wieder?«

Die Köpfe der Odells schnellten herum, und die Frau schnappte nach Luft. Die haarige Hand des Ehemannes umklammerte ihren Arm, und sie wandte sich wieder um, in einem schwachen Versuch, die Haltung zu bewahren.

»Klar erkenn' ich die«, antwortete Schick, dem der Schweiß auf der Stirn stand.

»Wo haben Sie sie zuletzt gesehen?«

»In meinem Lokal in der 44. Straße. Vor 'ner Woche – beinahe zwei Wochen jetzt schon. Mittwoch abend.«

»Unter welchen Umständen?«

»Was? Oh. Mit dem Kerl zusammen, den sie abgemurkst haben – Grimshaw.«

»Mrs. Odell stritt sich mit dem Ermordeten?«

»Jawoll.« Schick prustete. »Aber da war er noch nich' ermordet, Inspektor – ganz im Gegenteil.«

»Laß deine Witze, Barney. Bist du sicher, daß das die Frau ist, die du mit Grimshaw zusammen gesehen hast?«

»Hundertprozentig.«

Der Inspektor wandte sich wieder Mrs. Odell zu. »Und Sie behaupten immer noch, Sie hätten Albert Grimshaw niemals gesehen, ihn nicht gekannt?«

Ihre etwas zu üppigen Lippen begannen zu zittern. Odell lehnte sich mit finsterer Miene vor. »Wenn meine Frau nein sagt«, knurrte er, »dann heißt das nein – verstanden?«

Der Inspektor dachte darüber nach. »Hmm«, brummte er. »Da haben Sie nicht unrecht... Barney, mein Junge, ist dir dieser streitsüchtige Ire schon einmal über den Weg gelaufen?« Er wies mit dem Daumen auf den Riesen.

»Fehlanzeige. Nie gesehen.«

»In Ordnung, Barney. Du kannst dich wieder deinen Kunden widmen.« Schick rappelte sich auf und ging hinaus. »Wie lautete Ihr Mädchenname, Mrs. Odell?«

Die Lippen zitterten nun doppelt so schnell. »Morrison.«

»Lily Morrison?«

»Ja.«

»Wie lange sind Sie schon mit Odell verheiratet?«

»Zweieinhalb Jahre.«

»So.« Der alte Herr konsultierte wiederum sein fiktives Dossier. »Nun hören Sie mal zu, Mrs. Lily Odell, geborene Morrison. Vor mir liegt eine eindeutige Aktennotiz. Vor fünf Jahren wurde ein gewisser Albert Grimshaw verhaftet und nach Sing-Sing geschickt. Wir haben zwar keine Unterlagen, daß er zur Zeit seiner Verhaftung mit Ihnen zusammen war. Doch einige Jahre zuvor haben Sie mit ihm in einer Wohnung gelebt, in der ... Wie war doch gleich die Adresse, Sergeant Velie?«

»10. Avenue, Nummer 1045«, antwortete Velie.

Odell war aufgesprungen, sein Gesicht tiefrot angelaufen. »Zusammengelebt?« fauchte er. »Das Stinktier will ich sehen, das so etwas über meine Frau sagt und ungeschoren davonkommt! Zeig, was du kannst, du vertrockneter Windbeutel. Ich schlage –«

Er hatte sich vorgebeugt und fuchtelte mit seinen gewaltigen Fäusten in der Luft herum. Dann schnellte sein Kopf mit einer Vehemenz zurück, die ihm beinahe das Genick gebrochen hätte; diese Richtung hatte der eiserne Griff von Sergeant Velie vorgegeben, dessen Finger nun den Kragen des Mannes umklammert hielten. Velie schüttelte Odell zweimal wie ein Baby seine Rassel schüttelt, und Odell fand sich mit offenem Munde wieder auf seinem Stuhl.

»Nun seien Sie mal vernünftig, Mann«, sagte Velie sanft. »Begreifen Sie überhaupt, daß Sie da einen Kriminalbeamten bedrohen?« Er lockerte seinen Griff nicht, und Odell saß da und rang nach Luft.

»Oh, ich bin sicher, er wird sich benehmen, Thomas«, sagte der Inspektor, als habe sich nichts Nennenswertes ereignet. »Nun, Mrs. Odell, wie gesagt –«

Die Frau, die mit entsetzten Augen gesehen hatte, wie mit ihrem Riesen von Mann umgesprungen wurde, schluckte schwer.

»Ich weiß gar nichts. Ich weiß überhaupt nicht, wovon Sie reden. Ich bin niemals einem Mann namens Grimshaw begegnet. Ich habe niemals –«

»Eine Menge ›niemals‹, Mrs. Odell. Warum hat Grimshaw Sie aufgesucht, unmittelbar nachdem er vor zwei Wochen aus dem Gefängnis entlassen worden war?«

»Antworte nicht«, röchelte der Riese.

»Ich sag' nichts. Ich sag' nichts.«

Der Inspektor fixierte den Mann mit seinen scharfen Augen. »Ist Ihnen eigentlich bewußt, daß ich Sie dafür ins Kittchen stekken kann, daß Sie die Ermittlungen der Polizei in einem Mordfall behindern?«

»Versuchen Sie das nur«, murmelte Odell. »Ich hab' Einfluß, das lassen Sie sich gesagt sein. Sie würden niemals damit durchkommen. Ich kenne Ollivant im Stadtrat . . .«

»Was sagen Sie dazu, Herr Bezirksstaatsanwalt? Er kennt Ollivant im Stadtrat«, sagte der Inspektor seufzend. »Dieser Mann versucht tatsächlich, unrechtmäßig Einfluß geltend zu machen . . . Odell, was drehen Sie denn so für Dinger?«

»Ich dreh' überhaupt keine Dinger.«

»Oh! Sie verdienen Ihr Geld auf anständige Art und Weise. In welcher Branche sind Sie tätig?«

»Ich bin Klempner.«

»Das erklärt Ihre zupackende Art . . . Und wo haben Sie Ihr irisches Heim?«

»Brooklyn – Bezirk Flatbush.«

»Liegt irgendwas gegen den Bruder vor, Thomas?«

Sergeant Velie entließ Odell aus seinem Würgegriff. »Saubere Weste, Chef«, sagte er bedauernd.

»Wie steht's mit der Frau?«

»Offenbar anständig geworden.«

»Sehen Sie!« triumphierte Mrs. Odell.

»Sie geben also zu, daß Sie erst anständig w e r d e n mußten?«

Sie riß ihre Kuhaugen noch weiter auf, doch sie hielt beharrlich den Mund.

»Ich schlage vor«, ließ sich Ellery aus den Tiefen seines Sessels vernehmen, »den allwissenden Mr. Bell hereinzubitten.«

Der Inspektor nickte Velie zu, und dieser ging und kehrte unverzüglich mit dem Nachtportier zurück. »Werfen Sie bitte einen Blick auf diesen Mann, Bell«, sagte der Inspektor.

Bells Adamsapfel hüpfte auf und ab. Er wies mit zitterndem Finger auf das mißtrauische, finstere Gesicht Jeremiah Odells. »Das ist er!« rief er. »Das ist er!«

»Ha!« Der Inspektor sprang auf. »Als wievielter kam er, Bell?«

Bell blickte einen Moment lang ratlos drein. »Mensch«, murmelte er, »ich glaub', das weiß ich nicht mehr – doch, ich weiß es doch! Dieser Mann kam als Vorletzter, kurz vor diesem Doktor mit dem Bart«, sagte er mit lauter, selbstsicherer Stimme. »Das war der Ire – der große Bursche, von dem ich Ihnen erzählt habe, Inspektor. Jetzt weiß ich es wieder.«

»Bestimmt?«

»Ich könnte es beschwören.«

»In Ordnung, Bell. Sie können nach Hause gehen.«

Bell verabschiedete sich.

Odells gewaltige Kinnlade war herabgesunken; Verzweiflung sprach aus seinen schwarzen Augen.

»Nun, wie steht's, Odell?«

Der schüttelte seinen Kopf wie ein angeschlagener Preisboxer. »Wie steht's womit?«

»Haben Sie den Mann schon einmal gesehen, der da gerade gegangen ist?«

»Nein!«

»Wissen Sie, wer das ist?«

»Nein!«

»Er ist der Nachtportier«, sagte der Inspektor freundlich, »vom Hotel Benedict. Sind Sie da schon einmal gewesen?«

»Nein!«

»Er sagt, er habe Sie dort an der Rezeption gesehen, zwischen zehn Uhr und zehn Uhr 30 am Donnerstag abend, dem 30. September.«

»Das ist eine verfluchte Lüge!«

»Sie haben sich an der Rezeption erkundigt, ob ein gewisser Albert Grimshaw in dem Hotel wohnt.«

»Das habe ich nicht!«

»Sie haben sich von Bell seine Zimmernummer geben lassen und sind nach oben gegangen. Zimmer 314, Odell. Erinnern Sie sich? Das ist ja eine Nummer, die man sich leicht merken kann ... Nun?«

Odell rappelte sich auf. »Hören Sie. Ich bin ein anständiger, steuerzahlender Bürger. Ich hab' keine Ahnung, was das ganze

Gerede hier soll. Wir sind hier nicht in Rußland!« brüllte er. »Ich habe meine Rechte! Komm, Lily, wir gehen – sie können uns nicht hier festhalten!«

Die Frau erhob sich gehorsam; Velie trat hinter Odell, und einen Moment lang sah es aus, als würde es zu einem Zusammenstoß der beiden kommen; doch der Inspektor bedeutete Velie mit einer Handbewegung, er solle dem Mann Platz machen, und beobachtete dann, wie die Odells sich zunächst zögernd, dann mit einer lächerlich anmutenden Eile zur Tür begaben.

Sie schossen durch die Tür und waren kurz darauf verschwunden.

»Sorgen Sie dafür, daß sich jemand an ihre Fersen heftet«, sagte Inspektor Queen mit düsterer Stimme. Velie folgte den Odells hinaus.

»Das waren die störrischsten Zeugen, die mir jemals begegnet sind«, murmelte Sampson. »Was mag dahinterstecken?«

»Sie haben doch Mrs. Jeremiah Odells Worte vernommen, nicht wahr, Sampson?« brummte Ellery. »Sowjetrußland. Die gute alte Propaganda über die Roten. Das gute alte Rußland! Was würden unsere noblen Bürger ohne es nur tun?«

Niemand achtete auf ihn. »Da stimmt etwas nicht, darauf können Sie Gift nehmen«, sagte Pepper. »Unser Freund Grimshaw war in eine Menge dunkler Machenschaften verwickelt.«

Der Inspektor spreizte zum Zeichen seiner Hilflosigkeit die Finger, und alle schwiegen einen langen Moment lang.

Doch als Pepper und der Staatsanwalt sich zum Gehen anschickten, ermunterte Ellery sie noch wohlgelaunt: »Halten Sie es mit Terenz – ›Was immer der Zufall uns bescheren mag, wir werden es mit Gleichmut ertragen.‹«

Bis zum späten Montag nachmittag verharrte der Fall Khalkis in einem Status quo, der sich hartnäckig hielt. Der Inspektor ging seinen vielfältigen Geschäften nach; und Ellery den seinen – die hauptsächlich darin bestanden, Zigaretten zu rauchen, sich an willkürlich ausgewählten sapphischen Oden zu delektieren, von denen er einen Duodezband in der Tasche trug, und in der Zeit dazwischen, in den Ledersessel des väterlichen Büros versunken, finster sinnend dazusitzen.

Offenbar war es einfacher, Terenz zu zitieren, als seinem Rat zu folgen.

Die Bombe schlug ein, als Inspektor Queen, nachdem er die Routinearbeiten des Tages beendet hatte, eben im Begriff war, seinen Sprößling zu suchen, um mit ihm dem kaum fröhlicheren Haushalt der Queens zuzustreben. Der Inspektor war sogar schon dabei, sich seinen Regenmantel überzustreifen, als Pepper in das Büro gestürmt kam, das Gesicht gerötet vor Aufregung und Begeisterung. Er hielt einen Umschlag in die Höhe und wedelte damit in der Luft herum.

»Inspektor! Mr. Queen! Schauen Sie sich das an.« Er warf den Umschlag auf den Tisch und begann rastlos auf- und abzulaufen. »Eben in der Post gewesen. An Sampson adressiert, wie Sie sehen. Chef ist nicht da – seine Sekretärin hat ihn aufgemacht und mir gegeben. Konnte ich einfach nicht für mich behalten. Lesen Sie's!«

Ellery erhob sich behende und stellte sich neben seinen Vater. Gemeinsam starrten sie auf den Umschlag. Das Papier war billig; die Adresse war mit der Maschine geschrieben; der Stempel besagte, daß er am Morgen desselben Tages auf dem Postamt der Grand Central Station aufgegeben worden war.

»Also, was haben wir denn da?« murmelte der Inspektor. Mit spitzen Fingern zog er ein Blatt Notizpapier hervor, ebenso billig wie der Umschlag. Er entfaltete es. Darauf standen einige maschinengeschriebene Zeilen – kein Datum, kein Gruß, keine Unterschrift. Der alte Herr las es laut und langsam vor.

> »Der Schreiber dieser Zeilen (hieß es dort) hat etwas Sensationelles – etwas Nützliches und Sensationelles – im Fall Grimshaw herausbekommen. Es sollte den Herrn Staatsanwalt interessieren.
>
> Und zwar folgendes: Informieren Sie sich über Albert Grimshaws Vorgeschichte, und Sie werden herausfinden, daß er einen Bruder hat. Was Sie jedoch vielleicht nicht herausfinden, ist, daß dieser Bruder mit der Angelegenheit zu tun hat. Genauer gesagt handelt es sich um jemanden, den Sie unter dem Namen Gilbert Sloane kennen.«

»Na«, rief Pepper, »was sagen Sie dazu?«

Die Queens blickten zuerst sich gegenseitig, dann Pepper an. »Interessant, wenn es wirklich stimmt«, meinte der Inspektor. »Es könnte allerdings auch der Brief eines Spinners sein.«

»Selbst wenn es stimmt«, sagte Ellery ruhig, »weiß ich nicht, ob es wirklich von Bedeutung ist.«

Pepper machte ein langes Gesicht. »Na, zum Teufel!« rief er. »Sloane hat geleugnet, Grimshaw jemals gesehen zu haben, oder etwa nicht? Das ist doch wohl von Bedeutung, wenn die beiden Brüder sind, oder?«

Ellery schüttelte den Kopf. »Und was besagt es, Pepper? Heißt es, daß Sloane sich schämte einzugestehen, daß sein Bruder ein Galgenvogel war? Zumal dieser Bruder ermordet worden war? Nein, ich fürchte, Mr. Sloanes Schweigen werden wir keinem anderen Motiv zuzuschreiben haben als der Furcht, im Ansehen vor den anderen zu sinken.«

»Na, da bin ich mir nicht so sicher«, sagte Pepper verbissen. »Ich wette, der Chef wird auch meiner Meinung sein. Was werden Sie deswegen unternehmen, Inspektor?«

»Das erste, was ich tun werde, wenn ihr beiden Streithähne ausgekräht habt«, antwortete der Inspektor trocken, »ist nachzusehen, ob sich an dem Brief selbst irgendwelche Spuren finden lassen.« Er wandte sich der Sprechanlage zu. »Miss Lambert? Inspektor Queen. Kommen Sie doch bitte für einen Augenblick in mein Büro!« Er drehte sich ihnen mit einem grimmigen Lächeln wieder zu. »Wir wollen uns anhören, was die Expertin zu sagen hat.«

Una Lambert war eine junge Frau mit energischen Zügen, deren dunkles Haar die ersten grauen Strähnen zeigte. »Worum geht's, Inspektor Queen?«

Der alte Herr schob ihr den Brief hinüber. »Können Sie damit etwas anfangen?«

Leider konnte sie nur wenig dazu sagen. Außer der Tatsache, daß der Brief auf einer Underwood-Schreibmaschine relativ neuer Bauart mit deutlichen Gebrauchsspuren getippt war, und dem Umstand, daß bestimmte Typen deutliche, wenn auch mikroskopisch kleine Schäden aufwiesen, fiel ihr nichts Nennenswertes auf. Sie beteuerte jedoch, daß sie jede andere Schriftprobe identifizieren könne, die von derselben Maschine stamme.

»Tja«, brummte der Inspektor, als er Una Lambert wieder entlassen hatte, »man kann wohl keine Wunder erwarten, nicht einmal von einer Expertin.« Er schickte Sergeant Velie mit dem Brief ins Polizeilabor, wo er fotografiert und auf Fingerabdrücke untersucht werden sollte.

»Ich muß sehen, wo der Staatsanwalt steckt«, sagte Pepper entmutigt, »und ihm sagen, daß wir den Brief bekommen haben.«

»Tun Sie das«, sagte Ellery. »Und wenn Sie schon dabei sind, sagen Sie ihm auch, daß mein Vater und ich jetzt gleich hinüber zum Haus Nummer 13 in der 54. Straße Ost gehen – und zwar persönlich.«

Der Inspektor war ebenso überrascht wie Pepper. »Was soll das nun schon wieder, Dummkopf? Ritter hat sich in diesem leeren Haus von Knox umgesehen – das weißt du doch. Was willst du tun?«

»Was ich tun will«, antwortete Ellery, »weiß ich selbst noch nicht genau, aber der Zweck dieses Tuns liegt wohl auf der Hand. Kurz gesagt, mein Vertrauen in die Verläßlichkeit des wackeren Ritter ist unerschütterlich, aber ich habe ein unbestimmtes Gefühl, daß es mit seiner Beobachtungsgabe vielleicht nicht so weit her ist.«

»Eine gute Idee, finde ich«, sagte Pepper. »Könnte doch sein, daß Ritter etwas übersehen hat.«

»Unsinn!« rief der Inspektor heftig. »Ritter ist einer meiner besten Leute.«

»Ich habe den ganzen langen Nachmittag hier gesessen«, sagte Ellery mit einem bitteren Seufzen, »und neben Gedanken über meine Sünden ließ ich mir auch die verschlungenen Windungen dieses vertrackten Falles durch den Kopf gehen. Schlagartig ging mir auf, daß Ihr, Euer Ehren, sagt, Ritter sei einer Eurer besten Männer. Ergo: meine Entscheidung, mir das Gelände persönlich anzusehen.«

»Du willst doch wohl nicht allen Ernstes behaupten, Ritter hätte –« Der Inspektor war schockiert.

»Beim Barte des Propheten, wie die Mohammedaner zu sagen pflegten – nein«, entgegnete Ellery. »Ritter ist aufrichtig, vertrauenswürdig, gewissenhaft, eine Zierde seines Berufsstandes. Nur daß ich von nun an ausschließlich meinen eigenen zwei Augen und dem wirren Cerebrum, mit dem der immanente Wille in seiner autonomen, unbewußten, zweckfreien und unfehlbaren Weisheit mich auszustatten geruhte, vertrauen werde.«*

---

* Mr. Queen spielt hier zweifellos auf den Gottesbegriff Schopenhauers an. Der Herausgeber

Kapitel 18

Das Testament

So standen denn am Abend der Inspektor, Ellery und Sergeant Velie vor der düsteren Fassade des Hauses Nummer 13.

Das leerstehende Knox-Haus glich wie ein Zwilling dem Haus Khalkis nebenan. Zerbröckelnder Sandstein, der vom Alter rissig geworden war, große, altmodische Fensteröffnungen, die mit grauen Brettern vernagelt waren – ein Haus, bei dem es einem kalt den Rücken herunterlief. Die Fenster des Khalkis-Hauses nebenan waren erleuchtet, und die ruhelosen Gestalten von Polizeibeamten gingen davor auf und ab – im Vergleich war das Haus Khalkis ein behaglicher Ort.

»Haben Sie den Schlüssel, Thomas?« Selbst der Inspektor spürte die bedrückende Stimmung, und seine Stimme klang gedämpft.

Velie zog schweigend einen Schlüssel hervor.

»*En avant*«, murmelte Ellery, und die drei Männer drückten sich durch das knarrende Außentor.

»Zuerst nach oben?« fragte der Sergeant.

»Ja.«

Sie stiegen die ausgetretene Steintreppe hinauf. Velie holte eine große Taschenlampe hervor, klemmte sie sich unter den Arm und schloß die Haustüre auf. Sie betraten einen düsteren Vorraum. Velie leuchtete die Ecken ab, fand die Tür zum Hausinneren und öffnete sie. Die drei Männer blieben eng beieinander, als sie hineingingen, und fanden sich in einer schwarzen Höhle, die sich, als der Sergeant sie mit dem flackernden Schein seiner Taschenlampe erhellte, als genaues Gegenstück zur Eingangshalle des Khalkis-Hauses erwies.

»Na, dann los«, sagte der Inspektor. »Es war deine Idee, Ellery. Du gehst voran.«

Ellerys Augen machten einen merkwürdig leuchtenden Eindruck in diesem zuckenden Licht. Er zögerte, blickte sich um und ging dann zum großen, offenen Durchgang am oberen Ende der Halle. Der Inspektor und Velie folgten geduldig, und Velie hielt die Lampe in die Höhe.

Die Räume waren völlig leer – offenbar hatte der Besitzer nicht das Geringste zurückgelassen, als er auszog. Im Erdgeschoß zumindest war – im wahrsten Sinne des Wortes – nichts zu finden: leerstehende Räume mit einer dicken Staubschicht, mit Fußabdrücken hier und da, wo Ritter und seine Kollegen bei der ersten Suche ihre Spuren hinterlassen hatten. Die Wände waren gelb, die Decken rissig, die Fußbodenbretter waren verzogen und ächzten bei jedem Schritt.

»Na, ich hoffe, das reicht dir«, knurrte der alte Herr, als sie ihren Rundgang durch die Zimmer des Erdgeschosses beendet hatten. Er nieste heftig von dem Staub, den er einatmete – krächzte, schnappte nach Luft und fluchte.

»Noch nicht«, sagte Ellery und führte sie die kahle hölzerne Treppe hinauf. Ihre Schritte klangen wie Donnerhall durch das leere Haus.

Doch auch im ersten Stock fand sich nichts. Wie im Haus Khalkis gab es im ersten Stock ausschließlich Schlafzimmer und Badezimmer; doch sie hatten weder Betten noch Teppiche, die ihnen Wohnlichkeit verliehen hätten, und der alte Herr wurde zusehends gereizter. Ellery steckte die Nase in alte Wandschränke. Es war verlorene Liebesmüh; er entdeckte nicht einmal ein Blatt Papier.

»Jetzt zufrieden?«

»Nein.«

Über knarrende Stiegen gelangten sie hinauf auf den Dachboden.

Nichts.

»Tja, das wär's«, sagte der Inspektor, als sie wieder ins Erdgeschoß hinabstiegen. »Jetzt, wo wir mit dem Unsinn fertig sind, können wir nach Hause gehen und zu Abend essen.«

Ellery sagte nichts. Er spielte nachdenklich mit seinem Zwikker. Dann blickte er Sergeant Velie an. »War da nicht von einer kaputten Truhe im Keller die Rede, Velie?«

»Doch. Stand in Ritters Bericht, Mr. Queen.«

Ellery begab sich zum hinteren Ende der Halle. Unter der Treppe, die hinauf in die obere Etage führte, war eine Tür. Er öffnete sie, borgte sich Velies Lampe und leuchtete hinunter. Eine schiefe Stiege war zu sehen.

»Keller«, sagte er. »Auf geht's.«

Sie stiegen die wackligen Stufen hinunter und fanden sich in einem riesigen Raum, der sich über die ganze Länge und Breite des Hauses erstreckte. Es war ein gespenstischer Ort, voller Schatten, die der flackernde Schein der Lampe ins Leben rief; und der Staub lag noch dichter als in den oberen Räumen. Ellery begab sich sofort zu einem dunklen Umriß ein paar Meter abseits der Treppe. Er richtete den Lichtstrahl von Velies Taschenlampe darauf. Eine große, angeschlagene alte Truhe stand dort – ein gewaltiger, mit Eisenringen verstärkter Kubus, der Deckel geschlossen, das zerbrochene Schloß halb herausgerissen.

»Darin wirst du nichts finden, Ellery«, sagte der Inspektor. »Ritter erwähnt in seinem Bericht ausdrücklich, daß er hineingesehen hat.«

»Natürlich hat er das«, murmelte Ellery und hob den Deckel mit behandschuhter Hand. Er ließ den Lichtstrahl durch das schäbige Innere der Truhe gleiten. Leer.

Doch als er schon dabei war, den Deckel zu schließen, zogen sich seine Nüstern zusammen, dann erzitterten sie, und er beugte sich eilig vor und sog die Luft ein. »Heureka«, sagte er leise. »Dad, laß dir einen Hauch von diesem Parfüm um die Nase wehen – und Sie auch, Velie.«

Die beiden Männer schnüffelten. Sie richteten sich auf, und der Inspektor murmelte: »Mein Gott, derselbe Geruch, auf den wir stießen, als der Sarg geöffnet wurde. Nur schwächer, viel schwächer.«

»Das stimmt«, fügte Velie *basso profundo* hinzu.

»Ja.« Ellery ließ den Deckel los, der mit einem Krachen an seinen alten Platz fiel. »Jawohl. Wir haben die erste Ruhestätte, wenn ich so sagen darf, von Mr. Albert Grimshaws sterblichen Überresten gefunden.«

»Dem Herrn sei gedankt«, sagte der Inspektor fromm, »das ist doch immerhin etwas. Obwohl ich nicht weiß, wie dieser Dummkopf Ritter –«

»Wahrscheinlich ist Grimshaw hier drin erwürgt worden«, fuhr Ellery mehr zu sich selbst als an seine Begleiter gerichtet fort, »oder in der Nähe. Das war am späten Freitag abend – dem 1. Oktober. Sein Leichnam wurde in diese Truhe gestopft und blieb dort. Es würde mich gar nicht wundern, wenn der Mörder unsprünglich nicht die Absicht hatte, ihn an einen anderen Ort zu schaffen. Dies leere Haus wäre ein ideales Versteck für eine Leiche.«

»Und dann starb Khalkis«, sagte der alte Herr nachdenklich.

»Genau. Dann starb Khalkis – am folgenden Tag, Samstag, dem 2. Der Mörder erkannte, daß dies eine fabelhafte Gelegenheit war, die Leiche seines Opfers in ein noch dauerhafteres Versteck zu bringen. Er wartete also die Beerdigung ab, und in der Dienstag oder Mittwoch nacht stahl er sich hier hinein, schleppte die Leiche hinaus« – Ellery hielt inne und begab sich rasch zur Rückseite des dunklen Kellers und nickte, als er eine verwitterte alte Tür fand –, »schleppte die Leiche zu dieser Tür hinaus auf den Hof und dann durch das Tor auf den Friedhof. Grub einen Meter tief bis zur Gruft... Alles ganz einfach im Dunkeln, vorausgesetzt, Dinge wie Friedhöfe, Leichen, Grabesmoder und Gespenster aller Arten sind einem gleichgültig. Unser Mörder muß ein sehr praktisch denkender Herr sein. Das heißt also, daß Grimshaws verwesender Leib vier oder fünf Tage und Nächte hier gelegen hat. Das genügt wohl«, sagte er grimmig, »den Verwesungsgeruch zu erklären.«

Er ließ den Lichtschein umherhuschen. Der Kellerboden, der teils aus Beton, teils aus Holzdielen bestand, war vollkommen leer, abgesehen vom Staub und der Truhe. Doch in der Nähe der Truhe ragte ein monströser Umriß auf, eine grauenerregende Masse, die sich bis zur Decke türmte... Hektisch zuckte der Lampenschein hinüber, und das Ungeheuer verwandelte sich in einen großen Heizkessel – den Kessel der Zentralheizung des Hauses.

Ellery ging hinüber, machte sich am rostigen Verschluß der Ofentür zu schaffen, zog sie auf und steckte die Hand mit der Taschenlampe hinein. Sofort rief er: »Was haben wir denn da! Dad, Velie, schnell!«

Die drei Männer beugten sich vor und spähten durch die rostige Klappe ins Innere des Ofens. Auf dem Boden lag in einer Ecke ein ordentlicher, kleiner Aschenhaufen; und aus diesem Aschenhaufen ragte ein kleines – ein sehr kleines – Stückchen recht dikken weißen Papieres heraus.

Ellery holte eilig ein Vergrößerungsglas aus den Tiefen seiner Taschen hervor, richtete die Strahlen der Lampe auf das Papier und blickte angestrengt in den Ofen. »Nun?« fragte der Inspektor.

»Ich glaube«, sagte Ellery langsam, richtete sich auf und ließ sein Glas sinken, »ich glaube, wir haben Testament und Letzten Willen des Georg Khalkis endlich gefunden.«

Der gute Sergeant war volle zehn Minuten mit der Frage beschäftigt, wie er das Stück Papier aus seinem unzugänglichen Behältnis holen sollte. Er war zu kräftig gebaut, um durch die Aschenklappe zu kriechen, und weder der Inspektor noch Ellery waren darauf erpicht, ihre schmaleren Körper durch den Ruß von Jahren zu schlängeln. Dies war ein Problem, für dessen Lösung man nicht auf Ellery zu hoffen brauchte, und am Ende war es der technisch versiertere Sergeant, der ein Verfahren ersann, den Schnipsel herauszuholen. Er bastelte sich einen Speer, indem er eine Nadel aus Ellerys Taschennähzeug in den Metallring von dessen Spazierstock steckte; und so konnte er, vor dem Ofen knieend, das Stück Papier ohne größere Schwierigkeiten aufspießen. Er stocherte noch in der Asche, aber da war nichts mehr zu finden – alles war vollkommen verbrannt und würde ihnen keine Aufschlüsse mehr liefern.

Das Fragment schien, wie Ellery schon vorausgesagt hatte, unzweifelhaft von Khalkis' Testament zu stammen. Glücklicherweise enthielt ausgerechnet dieses Stück, das vom Feuer unversehrt geblieben war, den Namen des Erben der Khalkis-Galerie und der Kunstsammlung. In einer krakeligen Schrift, die der Inspektor sofort als die Handschrift Georg Khalkis' erkannte, war der Name Albert Grimshaw eingesetzt.

»Damit wäre also Knox' Erzählung bestätigt«, sagte der Inspektor. »Und wir wissen eindeutig, daß Sloane derjenige war, der durch das geänderte Testament sein Erbe verlor.«

»So ist es«, murmelte Ellery. »Und dumm von demjenigen, der dieses Dokument verbrannte, so zu pfuschen ... Rätselhaft ist das. Sehr rätselhaft.« Er pochte sich mit seinem Zwicker an die Zähne und starrte das verkohlte Bruchstück an, doch erklärte er nicht, was das Problem war oder warum es ihm Rätsel aufgab.

»Eines ist sicher«, sagte der Inspektor befriedigt. »Mr. Sloane wird eine Menge zu erklären haben mit diesem anonymen Brief, in dem behauptet wird, er sei Grimshaws Bruder, und dem Testament hier. Sind wir soweit, Junge?«

Ellery nickte und ließ noch einmal seinen Blick über den Keller wandern. »Ja. Ich denke, das dürfte alles sein.«

»Also los.« Der Inspektor steckte den verkohlten Fetzen vorsichtig in ein Fach seiner Brieftasche und wies ihnen den Weg zur vorderen Kellertür. Ellery folgte, tief in Gedanken versunken; und Velie bildete die Nachhut, nicht ohne Eile, wie wir vermerken wollen, denn selbst auf seinen breiten Schultern lastete das Grabesdunkel wie ein Stein.

Kapitel 19

Die Entlarvung

Weekes erstattete, als die Queens und Sergeant Velie die Eingangshalle des Hauses Khalkis betraten, unverzüglich Bericht, daß alle Mitglieder des Khalkis-Haushaltes anwesend seien. Der Inspektor befahl ihm barsch, Gilbert Sloane zu holen, und Weekes eilte zur Treppe am hinteren Ende der Halle, während die drei Männer sich in Khalkis' Bibliothek begaben.

Der Inspektor ging sogleich zu einem der Telefone auf dem Schreibtisch, rief in der Bezirksstaatsanwaltschaft an und sprach kurz mit Pepper, dem er die Entdeckung dessen mitteilte, was allem Anschein nach das verschwundene Testament Khalkis' war. Pepper rief nur, daß er schon auf dem Wege sei. Dann telefonierte der alte Herr mit dem Polizeipräsidium, donnerte ein paar Fragen in die Sprechmuschel, hörte sich ein paar Antworten an und hängte wutschnaubend ein. »Nichts zu machen mit diesem anonymen Brief. Kein einziger Fingerabdruck. Der Verfasser muß verdammt vorsichtig gewesen sein, sagt Jimmy – hereinspaziert, Sloane, hereinspaziert. Wir wollen uns mit Ihnen unterhalten.«

Sloane blieb zögernd in der Tür stehen. »Hat sich etwas Neues ergeben, Inspektor?«

»Kommen Sie herein, Mann. Ich beiße Sie schon nicht.«

Sloane kam herein und nahm auf der Vorderkante eines Stuhles Platz, die gepflegten weißen Hände im Schoß zusammengekrampft. Velie spazierte in eine Ecke und warf seinen Mantel über eine Stuhllehne; Ellery zündete sich eine Zigarette an und betrachtete Sloanes Profil durch den aufsteigenden Rauch.

»Sloane«, hob der Inspektor abrupt an, »wir haben Sie bei einer Reihe unverfrorener Lügen ertappt.«

Sloane erbleichte. »Was soll das nun wieder? Ich bin sicher, ich –«

»Von Anfang an haben Sie behauptet, Albert Grimshaw sei Ihnen niemals unter die Augen gekommen, bevor draußen auf dem

Friedhof Khalkis' Sarg geöffnet wurde«, sagte der Inspektor. »Sie beharrten auf dieser offensichtlich falschen Aussage sogar noch, als Bell, der Nachtportier des Hotels Benedict, Sie als eine jener Personen identifiziert hatte, die Grimshaw am Abend des 30. September besuchten.«

»Natürlich«, murmelte Sloane. »Natürlich. Es stimmte ja nicht.«

»So, es stimmte nicht?« Der Inspektor lehnte sich vor und pochte ihm auf das Knie. »Nun, Mr. Gilbert Grimshaw, und wenn ich Ihnen erzählen würde, daß wir herausgefunden haben, daß Albert Grimshaw Ihr Bruder war?«

Sloane bot keinen angenehmen Anblick. Der offene Mund ließ ihn fast schwachsinnig aussehen, die Augen quollen heraus, er fuhr sich mit der Zunge über die Lippen, Schweißperlen traten ihm auf die Stirn, und er schien die Gewalt über seine zuckenden Hände verloren zu haben. Zweimal versuchte er, etwas zu sagen, und jedes Mal gelang es ihm nur, einige unverständliche Laute hervorzustammeln.

»Na, Sloane, diesmal stecken Sie in der Klemme, was? Und diesmal sagen Sie uns die Wahrheit, Mister.« Der Inspektor funkelte ihn an. »Was wird hier gespielt?«

Sloane gelang es endlich, seine Gedanken mit seinen Stimmbändern in Einklang zu bringen. »Wie – wie zum Teufel haben Sie das herausbekommen?«

»Lassen wir das einmal beiseite. Aber es trifft zu, nicht wahr?«

»Ja.« Sloane fuhr sich mit der Hand über die Stirn, die vor Schweiß öligfeucht war. »Schon, aber ich verstehe nicht, wie Sie –«

»Nun machen Sie endlich den Mund auf, Sloane.«

»Albert war – war mein Bruder, ganz wie Sie sagen. Als unsere Eltern starben, vor vielen Jahren, waren wir auf uns gestellt. Albert – machte nichts als Scherereien. Es kam zum Streit, und wir trennten uns.«

»Und Sie änderten Ihren Namen.«

»Ja. Natürlich, früher hieß ich Gilbert Grimshaw.« Er schluckte. Tränen waren ihm in die Augen getreten. »Albert kam ins Gefängnis – wegen irgendeines harmlosen Verbrechens. Ich – nun, ich konnte die Schande nicht ertragen; jeder schien es zu wissen. Ich nahm den Mädchennamen meiner Mutter an, Sloane, und begann ein neues Leben. Albert habe ich damals gesagt, daß ich nichts mehr mit ihm zu tun haben wollte...« Sloane wandt sich; er preßte die Worte langsam, wie unter einem inneren Zwang hervor. »Er wußte nicht – ich habe ihm nicht gesagt, daß ich meinen Namen geändert hatte. Ich sah zu, daß ich so weit wie nur irgend möglich von ihm fortkam. Ging nach New York, wurde Geschäftsmann hier... Aber ich habe ihn immer im Auge behalten, fürchtete immer, er könne herausbekommen, was ich tat, mir neue Scherereien machen, mich um Geld angehen, seine Beziehung zu mir publik machen... Er war mein Bruder, aber er war ein unverbesserlicher Ganove. Unser Vater war Lehrer – er gab Zeichenunterricht, malte auch selbst; wir sind in einem gebildeten, kultivierten Haushalt großgeworden. Ich habe nie verstanden, wie Albert so aus der Art schlagen konnte –«

»Ich will keine Kindheitserinnerungen von Ihnen; ich will die Fakten, die uns interessieren. Sie haben Grimshaw an jenem Donnerstag abend im Hotel aufgesucht, nicht wahr?«

Sloane seufzte. »Es würde mir ja wohl wenig nutzen, es jetzt noch zu leugnen... Ja, ich war dort. Ich hatte ihn während seiner gesamten Verbrecherlaufbahn im Auge behalten, ich habe gesehen, wie es immer schlimmer mit ihm wurde – obwohl er nicht wußte, daß ich ihn beobachtete. Ich war informiert, daß er in Sing-Sing war, und wartete auf seine Entlassung. Als er an jenem Dienstag herauskam, stellte ich fest, wo er untergebracht war, und am Donnerstag abend begab ich mich zum Benedict, um mit ihm zu sprechen. Es gefiel mir gar nicht, daß er hier in New York war. Ich wollte – nun, daß er von hier fortging...«

»Was er ja dann auch getan hat«, warf der Inspektor grimmig ein.

»Augenblick bitte, Mr. Sloane«, unterbrach Ellery. Sloanes Kopf fuhr ruckartig herum wie bei einem Pferd, das scheut. »Wann hatten Sie Ihren Bruder das letzte Mal gesehen, bevor Sie ihn an jenem Donnerstag abend in seinem Hotelzimmer aufsuchten?«

»Von Angesicht zu Angesicht, meinen Sie?«

»Ja.«

»Wirklich mit ihm zusammengekommen war ich in all den Jahren nicht, seit ich meinen Namen geändert hatte, und ich hatte auch nie mit ihm gesprochen.«

»Erstaunlich«, murmelte Ellery und wandte sich wieder seiner Zigarette zu.

»Was fiel an jenem Abend zwischen Ihnen beiden vor?« fragte Inspektor Queen.

»Nichts, das schwöre ich! Ich bat ihn, flehte ihn an, die Stadt zu verlassen. Ich bot ihm Geld ... Das überraschte ihn, und ich merkte, daß er auf seine hinterhältige Art und Weise froh war, mich zu sehen, so als ob mich zu treffen das letzte gewesen wäre, was er erwartet hätte, und als ob es keine unangenehme Überraschung sei ... Ich begriff sofort, daß es ein Fehler gewesen war, zu ihm zu gehen, daß ich besser beraten gewesen wäre, wenn ich keine schlafenden Hunde geweckt hätte, denn er sagte mir selbst, er habe schon seit Jahren überhaupt nicht mehr an mich gedacht – habe beinahe vergessen gehabt, daß er einen Bruder habe – genau das waren seine Worte, glauben Sie mir.

Doch es war zu spät. Ich bot ihm 5 000 Dollar, wenn er aus der Stadt verschwände und fortbliebe. Ich hatte das Geld in kleinen Scheinen mitgebracht. Er versprach es, riß mir das Geld aus der Hand, und ich ging.«

»Haben Sie ihn danach noch einmal lebend gesehen?«

»Nein, nein! Ich dachte, er sei fort. Als der Sarg geöffnet wurde und ich ihn dort liegen sah ...«

»Und während Ihres Plausches mit dem allgegenwärtigen Albert«, sagte Ellery langsam, »haben Sie ihm da den Namen verraten, unter dem Sie heute firmieren?«

Sloane schien entsetzt. »Aber nein. Natürlich nicht. Das habe ich für mich behalten, damit – nun, als eine Art Schutz. Ich glaube, er ist nicht einmal auf die Idee gekommen, daß ich nicht mehr Gilbert Grimshaw heißen könnte. Deshalb bin ich ja so überrascht – daß Sie nun herausgefunden haben, Inspektor, daß wir Brüder waren – wie um alles in der Welt ...«

»Sie meinen«, hakte Ellery rasch nach, »niemand hatte eine Ahnung, daß Gilbert Sloane und Albert Grimshaw Brüder waren?«

»So ist es.« Sloane fuhr sich erneut über die Stirn. »Zunächst einmal habe ich keiner Menschenseele verraten, daß ich einen Bruder hatte, nicht einmal meiner Frau. Und Albert kann es niemandem gesagt haben, denn er wußte zwar, daß irgendwo sein Bruder lebt, aber er wußte nicht, daß ich mich Gilbert Sloane nannte. Und er hat es auch nicht erfahren, als ich ihn an jenem Abend in seinem Hotelzimmer aufsuchte.«

»Komisch«, murmelte der Inspektor.

»Ja, nicht wahr?« sagte Ellery. »Mr. Sloane, war Ihrem Bruder bekannt, daß Sie für Georg Khalkis arbeiteten?«

»Oh nein! Ganz gewiß nicht. Er hat mich sogar in gehässigem Ton gefragt, womit ich mein Geld verdiene, und ich habe es ihm natürlich nicht verraten. Ich wollte nicht, daß er hierher kommt.«

»Noch eines. Haben Sie sich an jenem Donnerstag abend mit Ihrem Bruder getroffen und sind dann mit ihm gemeinsam ins Hotel gegangen?«

»Nein. Ich war allein. Als ich die Hotelhalle betrat, sah ich, daß Albert auch eben erst gekommen war, zusammen mit einem zweiten Mann, der ganz vermummt war...«

Der Inspektor stieß einen kleinen Schrei aus.

»... ganz vermummt. Das Gesicht des Mannes konnte ich nicht erkennen. Ich war Albert an diesem Abend nicht nachgegangen und weiß nicht, woher er kam. Doch als ich ihn bemerkte, fragte ich an der Rezeption nach seiner Zimmernummer, erfuhr sie und folgte Albert und seinem Begleiter nach oben. Eine Zeitlang wartete ich in einem Nebengang auf der dritten Etage und hoffte, daß der andere sich verabschieden würde, damit ich hineingehen könnte, mit Albert reden und dann machen, daß ich wieder von dort fortkam...«

»Haben Sie die Tür von Nummer 314 beobachtet?« fragte Ellery scharf.

»Nun, ja und nein. Aber Alberts Besucher muß sich wohl davongeschlichen haben, als ich nicht hinsah. Ich wartete noch einen Moment lang, dann ging ich zur Tür von 314 und klopfte. Kurz darauf öffnete Albert mir die Tür –«

»Und das Zimmer war leer?«

»Ja. Albert sagte nichts davon, daß er Besuch gehabt hatte, und ich nahm an, daß es wohl ein Bekannter aus dem Hotel gewesen sein mußte, der gegangen war, bevor ich kam – während ich draußen wartete.« Sloane seufzte. »Ich dachte nur daran, diese abscheuliche Sache hinter mich zu bringen und von dort fortzukommen, und kam gar nicht auf die Idee, Fragen zu stellen. Dann folgte das, was ich Ihnen schon berichtet habe, und ich verschwand wieder. Ich war sehr erleichtert.«

»Das wäre alles«, sagte der Inspektor abrupt.

Sloane sprang auf. »Danke, Inspektor, danke für Ihre Rücksichtnahme. Ihnen ebenfalls, Mr. Queen. Gar nicht, was man immer zu hören bekommt – die Brutalitäten bei den Verhören...«

Er richtete seine Krawatte, während Velies Schultern erzitterten wie die Hänge des Vesuvs kurz vor einem Ausbruch. »Ja, dann – werde ich mich wohl verabschieden«, sagte er schwach. »Viel Arbeit in der Galerie liegengeblieben. Also . . .«

Sie sagten nichts, sondern sahen ihn nur an; Sloane murmelte etwas, stieß einen Laut hervor, der eine verblüffende Ähnlichkeit mit einem Kichern hatte, und verschwand dann aus der Bibliothek. Kurz darauf hörten sie die Haustür zuschlagen.

»Thomas«, sagte Inspektor Queen, »ich möchte, daß Sie mir eine komplette Abschrift des Gästebuches des Hotels Benedict besorgen, damit ich sehen kann, wer am Donnerstag und Freitag, dem 30. und 1., dort gewohnt hat.«

»Du glaubst also«, fragte Ellery amüsiert, als Velie das Arbeitszimmer verließ, »du glaubst also tatsächlich, Grimshaws Begleiter könnte ein Hotelgast gewesen sein, wie Sloane vermutet?«

Das bleiche Antlitz des Inspektors rötete sich. »Und warum nicht? Glaubst du es etwa nicht?«

Ellery seufzte.

Das war der Augenblick, in dem Pepper mit fliegenden Rockschößen hereingestürmt kam, das rote Gesicht vom Wind noch stärker gerötet als sonst, und mit leuchtenden Augen den Überrest des Testamentes zu sehen verlangte, den sie aus dem Heizkessel nebenan gefischt hatten. Ellery saß nachdenklich dabei, während Pepper und der Inspektor das Papier unter dem stärkeren Licht der Schreibtischlampe begutachteten. »Schwer zu sagen«, meinte Pepper. »Auf den ersten Blick sehe ich keinen Grund, warum es nicht ein Stück des echten Dokumentes sein sollte. Die Handschrift scheint dieselbe zu sein.«

»Das werden wir überprüfen.«

»Natürlich.« Pepper zog seinen Mantel aus. »Wenn wir bestätigen können, daß dies ein Fragment der letzten Fassung des Khalkis-Testamentes ist«, fuhr er nachdenklich fort, »und das mit Mr. Knox' Erzählung zusammenbringen, dann stecken wir, fürchte ich, in einer dieser verdammt verwickelten Testamentsgeschichten, an denen das Nachlaßgericht immer solchen Spaß hat.«

»Wie meinen Sie das?«

»Nun, sofern wir nicht nachweisen können, daß der Erblasser dieses Testament unter Zwang unterzeichnet hat, gehen die Khalkis-Galerie und die Kunstsammlung in die Erbmasse des verstorbenen Albert Grimshaw ein!«

Sie starrten sich an. Dann sagte der Inspektor langsam: »Verstehe. Und da Sloane vermutlich Grimshaws nächster Verwandter ist...«

»Verdächtige Umstände«, murmelte Ellery.

»Sie meinen, Sloane wäre wohler in seiner Haut, wenn er das Erbe über seine Frau bekäme?« fragte Pepper.

»Wäre Ihnen das nicht, Pepper, wenn Sie an seiner Stelle wären?«

»Da ist was dran«, brummte der Inspektor. Er zuckte die Schultern und berichtete Pepper, was Sloane einige Minuten zuvor ausgesagt hatte; Pepper nickte. Mit einer gewissen Ratlosigkeit betrachteten sie den Fetzen Papier von neuem.

»Das erste, was wir tun müssen, ist, Woodruff aufzusuchen und dieses Stück mit dem Durchschlag zu vergleichen, den er in seiner Kanzlei hat«, sagte Pepper. »Das und ein Handschriftenvergleich sollte uns Klarheit verschaffen...«

Alle wandten sich eilends um, als auf dem Flur vor der Arbeitszimmertür leichtfüßige Schritte zu vernehmen waren. Mrs. Vreeland, in schimmerndes Schwarz gewandet, erschien auf der Schwelle und verharrte dort in einer Haltung, die etwas Gewolltes hatte. Hastig steckte Pepper den Papierfetzen in die Tasche, und der Inspektor sagte beiläufig: »Kommen Sie herein, Mrs. Vreeland. Wollten Sie mich sprechen?«

»Ja.« Ihre Antwort kam beinahe geflüstert, und sie sah sich in alle Richtungen um. Dann trat sie rasch ein und schloß die Tür hinter sich. Ihr Verhalten hatte etwas Verstohlenes – es spiegelte ein mühsam unterdrücktes Gefühl wider, das die drei Männer nicht auf den Begriff bringen konnten, das aber ihren Wangen Farbe verlieh und ihre großen Augen funkeln ließ; ihre Brust hob und senkte sich mit schweren Stößen. Ihr attraktives Gesicht wirkte irgendwie boshaft – kleine Dolchspitzen blitzten aus den lebhaften Augen.

Der Inspektor bot ihr einen Stuhl an, doch sie lehnte ab und zog es vor, gleich an der geschlossenen Tür stehenzubleiben – sie gab sich vorsichtig, so, als dürfe sie kein Geräusch, das draußen auf dem Flur ertönen mochte, überhören. Die Augen des Inspektors verengten sich, Pepper runzelte die Stirn, und selbst Ellery betrachtete sie mit Interesse.

»Also, was haben Sie auf dem Herzen, Mrs. Vreeland?«

»Folgendes, Inspektor«, flüsterte sie. »Ich habe Ihnen etwas verschwiegen...«

»Ja?«

»Ich habe Ihnen etwas zu erzählen – etwas, das Sie sehr interessieren dürfte, Inspektor.« Die feuchten dunklen Lider senkten sich über die Augen und verbargen sie; als sie sich wieder hoben, waren die Augen hart wie Ebenholz. »Am Mittwoch abend vor einer Woche –«

»Am Tag nach der Beerdigung?« hakte der Inspektor nach.

»Ja. Letzte Woche Mittwoch. Es war schon spät abends, ich konnte nicht schlafen«, flüsterte sie. »Schlaflosigkeit – ich leide oft unter Schlaflosigkeit, müssen Sie wissen. Ich stand auf und ging ans Fenster. Mein Fenster geht zum Hof auf der Rückseite des Hauses. Und ich sah einen Mann, der sich über den Hof stahl, zur Friedhofspforte. Er ging auf den Friedhof, Inspektor Queen!«

»Tatsächlich«, sagte der Inspektor sanft. »Das ist hochinteressant, Mrs. Vreeland. Wer war der Mann?«

»Gilbert Sloane!«

Sie stieß den Namen mit einer nicht zu überhörenden, haßerfüllten Heftigkeit aus. Dabei blickte sie sie mit ihren schwarzen Augen an; der Zug um ihre Lippen drückte eine geradezu wollüstige Gehässigkeit aus. In jenem Augenblick wirkte die Frau schrecklich – und es war ihr ernst. Die Augenlider des Inspektors zuckten, und Pepper ballte aufgeregt eine Faust. Nur Ellery blieb ungerührt – er studierte die Frau, als sei sie ein Bakterium unter dem Objektiv seines Mikroskopes.

»Gilbert Sloane. Sind Sie sicher, daß er es war, Mrs. Vreeland?«

»Kein Zweifel.« Die Worte kamen hervor wie ein Peitschenhieb.

Der Inspektor straffte seine schmalen Schultern. »Nun, das ist, wie Sie selbst sagen, eine sehr ernste Angelegenheit, Mrs. Vreeland. Sie müssen sorgsam darauf achten, uns ganz genaue Informationen zu geben. Sagen Sie mir nur das, was Sie gesehen haben – nicht mehr und nicht weniger. Als Sie aus dem Fenster blickten, bemerkten Sie da, von wo Mr. Sloane kam?«

»Er tauchte aus dem Schatten unterhalb meines Fensters auf. Ich konnte nicht sagen, ob er aus dem Schatten des Hauses kam oder nicht, aber ich nehme an, er war im Keller gewesen. Das war zumindest der Eindruck, den ich hatte.«

»Was hatte er an?«

»Filzhut und Mantel.«

»Mrs. Vreeland.« Ihr Kopf fuhr herum, als Ellerys Stimme ertönte. »War es sehr spät in der Nacht?«

»Ja. Ich kann nicht genau sagen, um welche Uhrzeit. Aber es muß lange nach Mitternacht gewesen sein.«

»In den ersten Stunden des Tages«, sagte Ellery sanft, »ist der Hof außerordentlich dunkel.«

Zwei Muskelstränge traten an ihrem Hals hervor. »Oh, ich weiß schon, was Sie denken! Sie denken, ich hätte ihn gar nicht erkennen können! Aber er war es, das kann ich Ihnen versichern!«

»Haben Sie tatsächlich sein Gesicht gesehen, Mrs. Vreeland?«

»Nein, das nicht. Aber es war Gilbert – ich würde ihn überall erkennen, jederzeit, unter allen nur erdenklichen Umständen...« Sie biß sich auf die Lippe. Pepper nickte wissend, und der Inspektor machte eine grimmige Miene.

»Sie würden also, wenn es notwendig werden sollte, schwören?« fragte der alte Herr, »daß Sie in jener Nacht Gilbert Sloane sahen, wie er den Friedhof betrat?«

»Ja. Das würde ich.« Sie warf Ellery von der Seite einen flammenden Blick zu.

»Sind Sie am Fenster geblieben, als er auf dem Friedhof verschwunden war?« fragte Pepper.

»Ja. Nach etwa 20 Minuten kam er zurück. Er bewegte sich mit schnellen Schritten, blickte sich um, als wolle er nicht, daß jemand ihn bemerkte, und trat dann in den Schatten unmittelbar unter meinem Fenster. Er ging in dieses Haus hier, da bin ich sicher.«

»Sonst haben Sie nichts beobachtet?« bohrte Pepper weiter.

»Mein Gott«, sagte sie bitter, »war das denn nicht genug?«

Der Inspektor richtete sich auf, seine spitze Nase direkt auf ihre Brust gerichtet. »Als Sie ihn den Friedhof betreten sahen, Mrs. Vreeland – trug er da etwas bei sich?«

»Nein.«

Der Inspektor wandte sich ab, um seine Enttäuschung zu verbergen. »Und warum haben Sie uns diese hübsche Geschichte bisher vorenthalten, Mrs. Vreeland?« ließ sich Ellerys Singsang vernehmen.

Und wiederum funkelte sie ihn an, da sie in seinem distanzierten, vorsichtigen, ein wenig unwirschen Ton eine Spur von Unglauben entdeckte. »Ich wüßte nicht, was das für eine Rolle spielen sollte!«

»Aber das tut es, Mrs. Vreeland, das tut es.«

»Nun – es ist mir jetzt erst wieder eingefallen.«

»Hmm«, sagte der Inspektor. »Das wäre alles, Mrs. Vreeland?«

»Ja.«

»Dann erzählen Sie diese Geschichte bitte niemandem, niemandem. Sie können jetzt gehen.«

Ein eisernes Skelett in ihrem Inneren schien in Sekundenschnelle zu verrosten und zu zerfallen – ihre Spannung sank in sich zusammen, und plötzlich sah sie alt aus. Als sie langsam zur Tür ging, flüsterte sie: »Aber wollen Sie denn nichts deswegen unternehmen?«

»Gehen Sie bitte nun, Mrs. Vreeland.«

Erschöpfung sprach aus der Art, wie sie den Türknauf drehte, und sie ging hinaus, ohne noch einen Blick zurückzuwerfen. Der Inspektor schloß die Tür hinter ihr und rieb sich die Hände mit einer seltsamen Bewegung, als ob er sie wüsche. »Na«, sagte er energisch, »das ist doch mal was anderes. Weiß Gott, das Mädel hat die Wahrheit gesagt! Und es scheint ganz so, als ob –«

»Dir wird nicht entgangen sein«, sagte Ellery, »daß die Dame die Gesichtszüge des Herrn nicht wirklich erblickt hat.«

»Sie meinen, sie lügt?« fragte Pepper.

»Ich denke mir, sie erzählt, was sie für die Wahrheit hält. Die weibliche Psyche ist ein empfindlich Ding.«

»Aber du wirst zugeben«, hielt ihm der Inspektor entgegen, »daß die Chancen gut stehen, daß es tatsächlich Sloane war?«

»Aber ja«, sagte Ellery müde abwinkend.

»Eines sollten wir jetzt gleich tun«, sagte Pepper mit zusammengebissenen Zähnen. »Und das ist ein Blick in Mr. Sloanes Räumlichkeiten im ersten Stock werfen.«

»Da bin ich ganz Ihrer Meinung«, erwiderte der Inspektor grimmig. »Kommst du mit, El?«

Mit einem Seufzen folgte Ellery dem Inspektor und Pepper aus dem Zimmer, und ihm stand nicht eben Hoffnung im Gesicht geschrieben.

Als sie hinaus auf den Korridor traten, sahen sie Delphina Sloanes schmächtige Gestalt am anderen Ende des Flures davonhuschen, und sie warf einen Blick zurück mit gerötetem Gesicht und blitzenden Augen. Dann verschwand sie durch die Wohnzimmertür.

Der Inspektor blieb ruckartig stehen. »Ich hoffe nur, sie hat nicht gelauscht«, sagte er besorgt. Dann schüttelte er den Kopf und marschierte voran, über den Flur und hin zur Treppe, und sie stiegen hinauf zum oberen Stockwerk. Am Kopf der Treppe hielt der alte Herr inne, blickte sich um und ging dann links um das Geländer herum. Er klopfte an eine Tür. Mrs. Vreeland erschien sofort. »Sie würden mir einen Gefallen tun, Madame«, flüsterte der Inspektor, »wenn Sie nach unten ins Wohnzimmer gingen und Mrs. Sloane dort beschäftigt hielten, bis wir wieder herunterkommen.« Er zwinkerte ihr zu, und sie nickte atemlos. Sie schloß die Tür ihres Zimmers und eilte die Treppe hinunter. »Na wenigstens«, sagte der alte Herr zufrieden, »wird uns keiner stören. Kommt, Jungs.«

Die Privatwohnung der Sloanes im ersten Stock bestand aus zwei Zimmern – einem Wohn- und einem Schlafzimmer.

Ellery lehnte es ab, sich an der Suche zu beteiligen; er stand untätig dabei und sah zu, wie der Inspektor und Pepper sich das Schlafzimmer vornahmen – Schubladen, Kleiderschrank und Wandschränke. Der Inspektor war äußerst gründlich; nichts sollte seiner Aufmerksamkeit entgehen; er ging auf seine alten Knie und fühlte unter dem Teppich, klopfte die Wände ab, durchsuchte die Schränke. Doch es führte zu nichts. Weder er noch Pepper entdeckten auch nur irgend etwas, das sie eines zweiten Blickes für würdig befunden hätten.

Daraufhin kehrten sie ins Wohnzimmer zurück und begannen die ganze Prozedur von vorn. Ellery stand an eine Wand gelehnt und sah ihnen zu; er nahm eine Zigarette aus dem Etui, steckte sie zwischen seine schmalen Lippen, riß ein Streichholz an – und schüttelte die Flamme wieder aus, ohne die Zigarette zu entzünden. Das war kein Ort, an dem man rauchen sollte. Sorgsam verstaute er Zigarette und abgebranntes Streichholz in seiner Tasche.

Erst als der Mißerfolg schon offensichtlich schien, wurde ihre Mühe belohnt. Der Durchbruch gelang dem hartnäckigen Pepper, der dabei war, einen alten, mit Schnitzereien verzierten Schreibtisch zu durchsuchen, der in einer Ecke des Raumes stand. Er hatte jede Schublade durchwühlt, ohne das Geringste von Interesse zu finden. Doch als er vor dem Tisch stand und wie hypnotisiert auf ihn hinunterblickte, erregte ein großer Tabakstopf seine Aufmerksamkeit, und er hob seinen Deckel. Der Topf war mit Pfeifentabak gefüllt. »Das wäre doch eine gute Stelle«, murmelte er vor sich hin ... und hielt dann inne, als seine Finger, die sich durch den feuchten Tabak gewühlt hatten, auf etwas kaltes Metallenes stießen.

»Lieber Himmel!« rief er leise. Der Inspektor, der sich eben am Kamin zu schaffen machte, hob den Kopf, wischte sich einen Rußfleck von der Wange und lief hinüber zum Tisch. Ellerys Nonchalance verflog, und er folgte dem Inspektor hastig auf dem Fuß.

In seiner zitternden Hand, an der noch einige Tabakskrümel klebten, hielt Pepper einen Schlüssel.

Der Inspektor riß ihn dem stellvertretenden Staatsanwalt aus den Fingern. »Das sieht ja aus –« hob er an. Dann preßte er die Lippen zusammen und steckte den Schlüssel in die Westentasche. »Ich glaube, das reicht, Pepper. Lassen Sie uns sehen, daß wir hier herauskommen. Wenn dieser Schlüssel da paßt, wo ich denke, daß er paßt, dann wird es hier bald rundgehen, das kann ich euch sagen!«

Rasch und vorsichtig verließen sie das Wohnzimmer. Unten fanden sie Sergeant Velie.

»Hab' jemanden zum Hotel Benedict geschickt«, brummte Velie, »wegen dem Gästebuch. Müßte jeden Moment –«

»Machen Sie sich darum jetzt keine Gedanken, Thomas«, sagte der Inspektor und faßte Velies Pranke. Der alte Herr blickte sich vorsichtig um; niemand war auf dem Flur zu sehen. Er holte den Schlüssel aus seiner Westentasche, drückte ihn Velie in die Hand und flüsterte dem Sergeant etwas ins Ohr. Velie nickte und begab sich den Flur hinunter in Richtung Halle; kurz darauf hörten sie, wie er das Haus verließ.

»Nun, meine Herren«, sagte der Inspektor ausgelassen und genehmigte sich genußvoll eine besonders große Portion Schnupftabak, »nun, meine Herren – hatschi! –, es scheint, diesmal sind wir auf der richtigen Spur. Kommt, wir wollen in die Bibliothek gehen und hier nicht im Weg stehen.«

Er scheuchte Pepper und Ellery ins Arbeitszimmer und stellte sich an die Tür, die er einen winzigen Spaltbreit offenließ. Alle drei warteten sie schweigend, und Ellerys schmales Gesicht spiegelte einen gewissen Überdruß wider, als wisse er schon, was komme. Plötzlich öffnete der alte Herr die Tür und zog an etwas, das sich als Sergeant Velie entpuppte.

Der Inspektor schloß sofort die Tür. Velies sardonische Züge zeigten deutliche Anzeichen der Erregung. »Nun, Thomas – nun, wie steht's?«

»Sie haben schon recht, das ist er!«

»Jerusalem!« rief der Inspektor. »Dieser Schlüssel aus Sloanes Tabakstopf paßt in die Kellertür des leeren Knox-Hauses nebenan!«

Der alte Herr jubilierte gleich einer in die Jahre gekommenen Lerche. Velie, der an der Türe Wache stand, ähnelte mit seinen blitzenden Augen einem Kondor. Pepper hüpfte wie ein Spatz umher. Und Ellery war natürlich der unheilvolle Rabe mit seinen schwarzen Federn, nur daß er sein Krächzen für sich behielt.

»Diese Sache mit dem Schlüssel bedeutet zweierlei für uns«, erklärte der Inspektor, der über das ganze Gesicht grinste. »Wie du es ausdrücken würdest, Sohnemann ... Zunächst einmal weist alles darauf hin, daß Gilbert Sloane, der ohnehin am ehesten ein Motiv hatte, das Testament zu stehlen, einen Zweitschlüssel zu dem Keller besitzt, in dem wir die Überreste des Testamentes gefunden haben. Daraus können wir schließen, daß er derjenige gewesen sein muß, der versuchte, das Testament dort im Heizkessel zu verbrennen. Denn als er am Tag der Beerdigung das Testament aus dem Safe in diesem Zimmer stahl, versteckte er es im Sarg – wahrscheinlich in der noch ungeöffneten Kassette – und holte es dann entweder in der Mittwoch- oder der Donnerstagnacht wieder hervor.

Zum zweiten werden dadurch gewisse Dinge bestätigt. Der Geruch der alten Truhe, der Kellerschlüssel – wir wissen nun, daß Grimshaws Leichnam dort versteckt wurde, bevor er in Khalkis' Sarg kam. Der leere Keller nebenan war ja auch ein sicheres Versteck ... Bei Gott, ich werde Ritters Skalp fordern für seine Unfähigkeit! Wenn man sich das vorstellt, dieses Stück Papier im Ofen zu übersehen!«

»Das wird allmählich interessant«, meinte Pepper und rieb sich das Kinn. »Verdammt interessant. Meine Aufgabe dabei ist klar – ich muß sofort zu Woodruff und das angebrannte Fragment mit dem Durchschlag in seiner Kanzlei vergleichen. Mich vergewissern, daß der Fetzen auch echt ist.« Er ging zum Schreibtisch und griff zum Telefon. »Keine Leitung frei«, sagte er und ließ es zunächst dabei bewenden. »Inspektor, ich habe das Gefühl, da hat jemand den Mund so voll genommen, daß ihm der Bissen im Hals stecken bleiben wird. Wenn wir nur beweisen können...« Er wählte noch einmal, und diesmal war er erfolgreich und kam zu Woodruffs Haus durch. Woodruffs Kammerdiener teilte ihm bedauernd mit, daß der Anwalt ausgegangen sei, doch offenbar wurde er innerhalb der nächsten halben Stunde zurückerwartet. Pepper trug dem Diener auf, Woodruff für ihn festzuhalten, und knallte den Hörer auf die Gabel.

»Und nicht getrödelt«, sagte der Inspektor mit einem Zwinkern, »sonst verpassen Sie das Feuerwerk. Jedenfalls müssen wir zunächst einmal sicher sein, daß das Papierstück echt ist. Wir warten hier noch ein Weilchen, und dann – Sie geben mir Bescheid, sobald Sie etwas wissen, Pepper.«

»In Ordnung. Wir werden wahrscheinlich in Woodruffs Kanzlei fahren müssen, um den Durchschlag zu holen, aber ich komme zurück, so schnell ich kann.« Pepper schnappte sich Hut und Mantel und stürmte davon.

»Ganz schön selbstzufrieden bei dieser Sache, Inspektor«, war Ellerys Kommentar. Sein Amüsement war verflogen; auf seinen Zügen spielte Besorgnis.

»Warum auch nicht?« Der alte Herr ließ sich mit einem wohligen, kleinen Seufzer in Khalkis' Drehstuhl sinken. »Scheint doch, als sei das das Ende der Fahnenstange – für uns und für Mr. Gilbert Sloane.«

Ellery schnaufte.

»Hier haben wir einen Fall«, meinte der Inspektor kichernd, »wo dein ganzes hochtrabendes Geschwätz über die Methoden der Schlußfolgerung keinen Pfifferling wert ist. Gute altmodische Vernunft brauchen wir hier – keinen neumodischen Kram, mein Junge.«

Ellery schnaufte noch einmal.

»Das Schlimme an dir ist«, fuhr der Inspektor genüßlich fort, »daß du glaubst, jeder Fall müsse ein intellektueller Ringkampf sein. Du gibst nie etwas auf deinen alten Herrn mit seinem gesunden Menschenverstand. Verdammt noch mal, das ist doch alles, was ein Kriminalbeamter braucht – gesunden Menschenverstand. Du mußt mit den Füßen auf der Erde bleiben, Junge.«

Ellery sagte nichts.

»Nehmen wir zum Beispiel diesen Fall Gilbert Sloane«, fuhr der alte Herr fort. »Eine eindeutige Sache. Motive? Reichlich.

Sloane hat Grimshaw aus zwei Gründen ins Jenseits befördert: Zunächst einmal war Grimshaw gefährlich für ihn, erpreßte ihn vielleicht sogar – wer mag das wissen. Doch das ist nicht das entscheidende Motiv. Denn als Erbe der Khalkis-Galerie und der Kunstsammlung in Khalkis' neuem Testament brachte Grimshaw Sloane um seinen Erbteil. War Grimshaw erst einmal aus dem Wege geräumt und das Testament aus den Gründen, die du angedeutet hast, vernichtet – daß Sloane nicht publik machen wollte, daß er Grimshaws Bruder war, und nicht auf diesem verfänglichen Weg erben wollte – nun, war das Testament vernichtet, so würde Khalkis als ohne Letzten Willen verstorben erklärt werden, und Sloane würde seinen Anteil auch so über seine Frau bekommen. Aalglatt.«

»Allerdings.«

Der Inspektor lächelte. »Nimm es nicht so schwer, Junior... Ich wette, wenn wir Sloanes persönliche Verhältnisse überprüfen, werden wir feststellen, daß er in Geldnot ist. Er braucht die grünen Scheinchen. Das wäre also das Motiv. Aber wir können ihn noch weiter festnageln.

Wie du in deiner Analyse, die auf Khalkis als den Mörder abzielte, selbst gesagt hast, ist es todsicher, daß derjenige, der Grimshaw erwürgte, auch die falschen Hinweise ausstreute, die auf Khalkis als Täter deuteten, und folglich von Knox' Besitz jenes Bildes wußte und sich auf dessen Stillschweigen verließ. Nun gut. Doch der einzige Außenstehende, wie du ebenfalls dargelegt hast, der die falschen Indizien gelegt haben und von Knox' Besitz des Leonardo gewußt haben konnte, war Grimshaws geheimnisvoller ›Partner‹. Richtig?«

»Hundertprozentig.«

»Also dann«, fuhr der alte Herr fort, die Stirn nachdenklich gerunzelt, und legte die Fingerspitzen aneinander, »– Thomas, fuchteln Sie nicht dauernd mit den Händen herum! – also dann, wenn das der Fall ist, dann muß Sloane, wenn er der Mörder war, auch Grimshaws unbekannter Partner gewesen sein – etwas, das mir einleuchtend genug zu sein scheint, wenn man bedenkt, daß sie Brüder waren.«

Ellery stöhnte.

»Ja, ich weiß«, fuhr sein Vater nachsichtig fort, »das bedeutet, daß Sloane uns vor einiger Zeit in zwei entscheidenden Punkten belogen hat. Zunächst einmal muß Grimshaw, wenn Sloane sein

Partner war, gewußt haben, daß er, Sloane, sein Bruder war, und muß folglich auch gewußt haben, welche Stellung Sloane in Khalkis' Geschäft innehatte. Zum zweiten muß Sloane derjenige gewesen sein, der mit Grimshaw zusammen ins Benedict kam, und nicht der Besucher danach, wie er es uns gegenüber dargestellt hat. Wenn Sloane nun Grimshaws unbekannter Begleiter gewesen wäre, dann bliebe nur ein Besucher noch unerkannt, der zweite – und wie der da hineinpaßt, das weiß der Himmel, wenn er überhaupt hineinpaßt.«

»Alles sollte passen«, sagte Ellery.

»Das weißt du nur zu gut, was?« meinte der Inspektor grinsend. »Aber ich bin damit zufrieden, mein Junge. Jedenfalls – wenn Sloane der Mörder ist und Grimshaws Partner, dann war das Testament das entscheidende Motiv; sich Grimshaws zu entledigen, der eine persönliche Bedrohung darstellte, ein Nebenmotiv; und freie Bahn zu bekommen, um aus Knox' illegalem Besitz des Leonardos mittels Erpressung Kapital zu schlagen, noch ein drittes.«

»Ein wichtiger Punkt«, merkte Ellery an. »Darauf müssen wir besonders achten. Nun, wo du alles schön geordnet hast und mit allem zufrieden bist, würde ich es zu schätzen wissen, deine Rekonstruktion des Verbrechens zu hören. Das scheint ja eine Schulstunde für mich zu sein, und mich dürstet nach weiterem Wissen.«

»Warum nicht? Das ist so einfach wie das ABC. In der Nacht des vergangenen Mittwoch – der Nacht, in der Mrs. Vreeland ihn sah, wie er sich über den Hof schlich – beerdigte Sloane Grimshaw in Khalkis' Sarg. Ich nehme an, sie hat ihn bei seinem zweiten Gang bemerkt, das würde erklären, warum sie nicht mitbekam, wie er die Leiche transportierte. Die hatte er offenbar schon auf den Friedhof geschleppt.«

Ellery schüttelte den Kopf. »Ich weiß nicht, wie ich das, was du da sagst, widerlegen soll, Dad – aber es hört sich einfach nicht überzeugend an.«

»Unsinn. Manchmal bist du störrisch wie ein Esel. Für mich klingt das alles einleuchtend. Natürlich legte Sloane Grimshaw in den Sarg, als er noch nicht den geringsten Grund hatte, damit zu rechnen, daß dieser von der Polizei durchsucht werden würde. Als er das Grab freilegte, um die Leiche hineinzutun, nahm er wahrscheinlich das Testament heraus, um es endgültig zu vernichten. Damit riskierte er nichts zusätzlich – der Sarg war ja schon offen – verstehst du? Sloane muß Grimshaw, als er ihn ermordete, auch den Wechsel aus der Brieftasche genommen haben, und er verbrannte ihn später, um den Besitz, den er ja auf Umwegen ohnehin erben würde, vor allen Ansprüchen zu schützen, die jemand, der in den Besitz des Wechsels gelangt wäre, hätte erheben können. Junge, das paßt alles wie angegossen!«

»Findest du wirklich?«

»Verdammt noch mal, ich weiß es! Dieser Zweitschlüssel zum Keller in Sloanes Tabakstopf – das ist ein Beweis! Der angesengte Fetzen des Testamentes im Ofen im Haus nebenan – das ist ein Beweis! Und dann noch die Entdeckung, daß Grimshaw und Sloane Brüder waren … Schau den Tatsachen ins Gesicht, Junge. Du kannst doch vor solchen Beweisen nicht die Augen verschließen.«

»Traurig, aber wahr«, seufzte Ellery. »Aber bitte lasse mich dabei aus dem Spiel, Dad. Reklamiere sämtliche Lorbeeren, die du für diese Auflösung erntest, für dich – ich will nichts davon abhaben. Ich habe mir einmal den Finger an Indizien verbrannt, die sich dann als sorgfältig gelegte falsche Spuren erwiesen.«

»Falsche Spuren!« Der Inspektor schnaubte verächtlich. »Willst du allen Ernstes behaupten, jemand habe den Schlüssel in Sloanes Tabakstopf getan, um einen falschen Verdacht auf den Mann zu lenken?«

»Meine Antwort ist notwendigerweise kryptisch. Bedenke jedoch bitte, daß meine Augen so weit offen sind, wie die Natur es nur zuläßt«, sagte Ellery und erhob sich. »Und auch wenn ich nicht deutlich zu sehen vermag, was uns bevorsteht, so bete ich doch zum bon dieu, daß er mir jene ›doppelte Freude‹ gewähren möge, von der La Fontaine so beredt Zeugnis ablegt: der Freude, denjenigen, der täuschen will, selbst zu täuschen … *de tromper le trompeur*.«

»Dummes Geschwätz!« rief der Inspektor und sprang aus Khalkis' Drehstuhl auf. »Thomas, nehmen Sie Hut und Mantel, und trommeln Sie ein paar von den Jungs zusammen. Wir werden der Khalkis-Galerie einen kleinen Besuch abstatten.«

»Soll das heißen, du willst Sloane wegen der Dinge zur Rede stellen, die du herausgefunden hast?« fragte Ellery zögernd.

»Jawohl, der Herr«, sagte der Inspektor. »Und wenn Pepper den Beweis bringt, daß dieser Testamentsfetzen echt ist, wird Mr. Sloane die Nacht hinter netten blitzenden Eisenstangen im Tombs-Gefängnis verbringen, angeklagt wegen Mordes!«

»Nur«, brummte Sergeant Velie noch, »daß die Eisenstangen da gar nicht besonders blitzen.«

Kapitel 20

Abrechnung

In dem Viertel, in dem die Khalkis-Galerie lag, war die Madison Avenue bereits still und dunkel, als Inspektor Queen, Ellery Queen, Sergeant Velie und eine Reihe von Kriminalbeamten später am Abend aus verschiedenen Richtungen dort zusammenkamen. Sie verrichteten ihre Arbeit, ohne Aufsehen zu erregen. Der Laden selbst war, wie man durch das große Schaufenster sehen konnte, finster; und den Eingang hatte man mit einem elektrisch gesicherten Gitter verschlossen. Sie wandten ihre Aufmerksamkeit jedoch einer zweiten Tür neben dem Haupteingang zu; der Inspektor und Velie flüsterten einen Moment lang miteinander. Dann drückte der Sergeant mit seinem großen Daumen einen Knopf, über dem Nachtglocke geschrieben stand, und sie warteten schweigend. Nichts rührte sich, und Velie klingelte noch einmal. Nachdem fünf Minuten vergangen waren, ohne daß sie einen Laut oder ein Licht von drinnen vernommen hätten, brummte Velie etwas vor sich hin und winkte einige seiner Männer zur Hilfe heran, und sie brachen die Tür auf. Sie gab mit einem Knirschen und Quietschen von Holz und stählernen Scharnieren nach, und sie stürzten im Dunkel des dahinterliegenden Flures übereinander.

Sie stürmten eine Treppe hinauf, fanden eine weitere Tür, sahen im Schein ihrer Taschenlampen, daß diese wie die erste mit einer Alarmanlage gesichert war, machten sich mit roher Gewalt daran zu schaffen, offenbar ohne jede Furcht vor dem Alarm, den sie in der Zentrale des Wachdienstes auslösten, und brachen durch.

Nun fanden sie sich in einem langen schwarzen Gang, der sich über die ganze Länge des Stockwerkes erstreckte. Im Licht ihrer Taschenlampen blitzten die reglosen Züge zahlreicher gemalter Gesichter an den Wänden auf, Vitrinen mit Objets d'art darin funkelten, und überall schimmerten weiße Statuen. Alles schien vollkommen in Ordnung, und offenbar wollte niemand sie aufhalten.

Fast am Ende der Galerie drang zu ihrer Linken ein Lichtschein aus einer offenstehenden Tür. »Sloane!« rief der Inspektor. »Mr. Sloane!«, doch es kam keine Antwort. Sie eilten gemeinsam in Richtung Licht und fanden sich an einer Tür, die sperrangelweit offen stand und auf der zu lesen war: Mr. Gilbert Sloane – Privat.

Doch mit solchen Kleinigkeiten beschäftigten sich ihre Augen nicht lange. Denn wie auf Kommando hielten sie allesamt den Atem an, drängten sich an der Tür zusammen, nun totenstill... so still, um es genau zu sagen, wie die tote Gestalt, die in diesem Zimmer über den Schreibtisch gebeugt lag, wo das Licht der Arbeitslampe unbarmherzig den Leichnam Gilbert Sloanes anstrahlte.

Es blieb nur wenig Spielraum für Spekulationen. Sie standen im Zimmer herum – irgend jemand hatte das Deckenlicht eingeschaltet – und starrten den zerschmetterten, blutverschmierten Kopf dessen an, der einmal Gilbert Sloane gewesen war.

Die linke Seite seines Kopfes lag auf der grünen Schreibunterlage des Tisches, der sich in der Mitte des Privatbüros befand. Eine der schmalen Seiten des Tisches stand genau gegenüber der Tür, so daß der erste Blick, den sie von der Galerie aus auf Sloanes Leiche werfen konnten, ihn im Profil zeigte. Er saß vornübergebeugt auf einem lederbezogenen Stuhl, den linken Arm am oberen Rand der Schreibunterlage ausgestreckt, der rechte hing seitlich vom Stuhl zu Boden. Und ein Revolver lag am Boden unmittelbar unterhalb seiner rechten Hand, ein kleines Stück unterhalb der leblosen Fingerspitzen, so, als ob er ihm aus der Hand gefallen sei. Der Inspektor beugte sich vor und untersuchte, ohne den Körper zu berühren, die rechte Schläfe des Toten, die dem gleißenden Lampenlicht zugewandt war. Die Schläfe wies ein tiefes, zerfetztes blutrotes Loch auf, umgeben von schwärzlichen Pulverspuren – fraglos der Punkt, an dem die Kugel eingetreten war.

Der alte Herr kniete nieder und öffnete sehr vorsichtig den Revolver. Er war vollständig geladen bis auf eine Kammer. Der Inspektor schnüffelte an der Mündung und nickte.

»Wenn das kein Selbstmord ist«, verkündete er und rappelte sich auf, »dann bin ich der Weihnachtsmann.«

Ellery sah sich im Zimmer um. Es war ein kleines, ordentliches Büro; alles in ihm schien genau dort zu sein, wo es hingehörte. Nirgends fand sich das geringste Anzeichen eines Kampfes.

Der Inspektor hatte bereits einen Beamten mit dem in ein Tuch gewickelten Revolver losgeschickt, um nachzuforschen, auf wessen Namen er registriert war. Als der Mann das Zimmer verließ, wandte er sich wieder Ellery zu. »Na, ist das nicht auch für dich eindeutig genug? Oder meinst du immer noch, wir befänden uns auf einer falschen Fährte?«

Ellerys Augen waren auf einen Punkt an einem weit entfernten Ort jenseits der Grenzen jenes Zimmers gerichtet. »Nein, das sieht schon alles echt aus«, murmelte er. »Aber ich verstehe nicht, welchen Grund es für einen Selbstmord gab. Schließlich haben wir in der Unterhaltung, die wir am früheren Abend mit Sloane hatten, mit keinem Wort angedeutet, daß wir ihn in Verdacht hätten. Von dem Testament war nicht die Rede, der Schlüssel war noch nicht gefunden, Mrs. Vreeland hatte ihre Geschichte noch nicht erzählt. In mir wächst allmählich der Verdacht...«

Sie starrten sich an. »Mrs. Sloane!« riefen sie beide gleichzeitig aus, und Ellery machte einen Satz hinüber zum Telefon. Er entwickelte eine bemerkenswerte Geschäftigkeit, befragte die Vermittlung, ließ sich mit deren Vorgesetzten verbinden...

Die Aufmerksamkeit des Inspektors war abgelenkt. Das Heulen einer Sirene drang schwach von der Madison Avenue her an sein Ohr; Bremsen quietschten auf der Straße, und er vernahm den Schritt schwerer Stiefel auf der Treppe. Der Inspektor blickte hinaus in die Galerie. Sergeant Velies respektloser Umgang mit der Alarmanlage war nicht unbemerkt geblieben. Ein Trupp grimmig aussehender Männer stürmte herein, die Waffen im Anschlag. Der Inspektor brauchte mehrere Minuten, bis er sie überzeugt hatte, daß er tatsächlich der allseits bekannte Inspektor Queen von der Kriminalabteilung sei und daß die Männer, die überall umherstanden, Kriminalbeamte seien und keine Diebe und daß anscheinend nichts aus der Khalkis-Galerie entwendet worden sei. Bis er sie beruhigt und zur Umkehr bewogen hatte und in das Büro zurückgekehrt war, saß Ellery bereits mit brennender Zigarette in einem Sessel, ratloser denn je.

»Irgend etwas herausgefunden?«

»Es ist unglaublich... Ich brauchte ein Weilchen, aber am Ende habe ich erfahren, was ich wollte. Ein einziger Anruf ist heute abend zu diesem Apparat durchgestellt worden«, sagte Ellery finster. »Innerhalb der letzten Stunde. Wir haben nachgeprüft, von wo er kam. Es war ein Anruf aus dem Hause Khalkis.«

»Wie ich mir schon dachte. So hat er also erfahren, was im Busch war. Jemand hat uns belauscht, als wir in der Bibliothek über den Fall beratschlagten, und hat Sloane vom Hause aus telefonisch gewarnt.«

»Es war jedoch unmöglich herauszubekommen«, fuhr Ellery müde fort, »wer der Anrufer war oder was gesprochen wurde. Du wirst dich mit den reinen Fakten zufriedengeben müssen.«

»Das ist mehr als genug, glaube mir. Thomas!« Velie erschien in der Tür. »Fahren Sie zurück zum Haus Khalkis, und vernehmen Sie alle, die dort sind. Finden Sie heraus, wer heute abend zu der Zeit im Hause war, in der wir Sloane und Mrs. Vreeland befragt und uns unten in der Bibliothek über die Geschichte mit Sloane unterhalten haben. Wenn es geht, finden Sie heraus, wer heute abend von dort aus telefoniert hat – und behalten Sie Mrs. Sloane im Auge. Verstanden?«

»Soll ich den Brüdern erzählen, was passiert ist?« knurrte Velie.

»Aber ja doch. Nehmen Sie ein paar von den Jungs mit. Niemand dort setzt auch nur einen Fuß vor die Tür, bevor ich es ihm erlaube.«

Velie machte sich auf. Das Telefon klingelte; der Inspektor nahm ab. Es war ein Anruf des Beamten, den er mit dem Revolver fortgeschickt hatte. Er hatte den Eigentümer der Waffe ausfindig gemacht; sie war auf den Namen Gilbert Sloane registriert, und der Besitzer hatte einen Waffenschein vorgelegt. Zufrieden kichernd rief der alte Herr im Polizeipräsidium an und verlangte Dr. Samuel Prouty, den stellvertretenden Amtsarzt.

Als er sich vom Telefon abwandte, sah er, daß Ellery dabei war, einen kleinen Safe hinter Sloanes Schreibtisch zu durchsuchen, dessen runde Stahltür weit offen stand.

»Irgendwas drin?«

»Ich weiß es noch nicht ... Hallo!« Ellery klemmte sich den Zwicker fester auf die Nase und beugte sich vor. Zwischen diversen Papieren, die auf dem Boden des kleinen Safes lagen, hatte er etwas Metallenes gefunden. Der Inspektor nahm es ihm ohne Umschweife aus der Hand.

Es war eine schwere, altmodische goldene Taschenuhr, alt und abgegriffen. Kein Leben tickte darin.

Der alte Herr drehte sie um. »Ja, ist denn das –« Er hob die Uhr in die Höhe und vollführte einen kleinen improvisierten Kriegstanz damit. »Ellery«, rief er, »wir haben's geschafft! Heiliger Bimbam, die ganze verdammte Geschichte ist erledigt!«

Ellery betrachtete die Uhr aufmerksam. In kaum mehr sichtbaren Lettern war auf die Rückseite des goldenen Gehäuses der Name Albert Grimshaw graviert. Am Alter der Gravur konnte kein Zweifel bestehen.

Ellery wirkte unzufriedener denn je. Es verstärkte seine Qualen noch, als der Inspektor die Uhr mit den Worten in die Westentasche steckte: »Keine Frage. Das ist der entscheidende Beweis. Sloane muß Grimshaws Uhr bei der gleichen Gelegenheit von der Leiche gestohlen haben, bei der er auch den Wechsel an sich nahm. Nimmt man noch Sloanes Selbstmord dazu – was will man mehr an Schuldbeweisen?«

»Da«, bestätigte Ellery melancholisch, »gebe ich dir voll und ganz recht.«

Miles Woodruff und der stellvertretende Staatsanwalt Pepper trafen einige Zeit später am Ort des Selbstmordes ein. Ernüchtert betrachteten sie Gilbert Sloanes Leiche.

»Sloane war es also«, sagte Woodruff. Sein sonst so frisches Gesicht war starr und bleich. »Daß er derjenige gewesen sein mußte, der das Testament gestohlen hatte, wußte ich von Anfang an . . . Tja, Inspektor, damit wären Sie am Ziel, was?«

»Ja, Gott sei Dank.«

»Verdammt schäbige Art für einen Mann, sich davonzumachen«, sagte Pepper. »Feige. Aber nach allem, was ich höre, war Sloane ja ein ziemlicher Weichling . . . Woodruff und ich waren auf dem Rückweg zum Haus Khalkis, als wir Sergeant Velie trafen. Sagte uns, was vorgefallen ist, und wir kamen sofort hierher. Woodruff, erzählen Sie ihnen von dem Testament.«

Woodruff ließ sich auf einen modernistischen Diwan fallen, der in einer Ecke stand, und wischte sich über die Stirn. »Da gibt es nicht viel zu erzählen. Das Fragment ist echt. Das wird Pepper wohl bestätigen; es stimmt genau mit der entsprechenden Passage meines Durchschlages überein – haargenau. Und die Handschrift – Grimshaws eingesetzter Name – das ist Khalkis' Handschrift, keine Frage.«

»Schön; aber da sollten wir doch ganz sichergehen. Haben Sie das Stück Papier und den Durchschlag mitgebracht?«

»Gewiß.« Woodruff überreichte dem Inspektor einen großen braunen Umschlag. »Sie werden noch einige andere Proben von Khalkis' Handschrift darin finden.«

Der alte Herr warf einen Blick in den Umschlag, nickte und winkte dann einen der umherstehenden Männer heran. »Johnson, Sie machen sich auf den Weg und treiben Una Lambert auf, die Handschriftenexpertin. Lassen Sie sich im Präsidium ihre Privatadresse geben. Sagen Sie ihr, sie soll alle Handschriftenproben in diesem Umschlag untersuchen und auch die Schreibmaschinentype auf dem angesengten Fetzen. Ich brauche die Ergebnisse sofort.«

Als Johnson hinausging, kam eben die hochaufgeschossene, schlaksige Gestalt Dr. Proutys ins Zimmer geschlurft, die unvermeidliche Zigarre im Mund.

»Kommen Sie herein, Doc!« rief der Inspektor herzlich. »Eine neue Leiche für Sie. Wird wohl die letzte sein.«

»Die letzte in diesem Fall«, korrigierte Dr. Prouty ihn gutgelaunt. Er stellte seine schwarze Tasche ab und besah sich den zerschmetterten Kopf des Toten. »Hm! Sie sind das also! Hätte ich nie gedacht, daß wir uns unter solchen Umständen wiedersehen würden, Mr. Sloane.« Und er legte Hut und Mantel ab und machte sich an die Arbeit.

Fünf Minuten später erhob er sich von den Knien. »Eindeutiger Fall von Selbstmord«, knurrte er, »und das werde ich auch in meinem Bericht schreiben, es sei denn, jemand hier belehrt mich eines Besseren. Wo ist die Kanone?«

»Habe einen Mann damit fortgeschickt«, sagte der Inspektor. »Die üblichen Überprüfungen.«

»Eine 38er, nehme ich an?«

»Richtig.«

»Ich frage das«, fuhr der Amtsarzt fort und kaute an seiner Zigarre, »weil ja die Kugel nicht da ist.«

»Was meinen Sie damit?« Ellery war ganz Ohr.

»Keine Aufregung, Queen. Kommen Sie mal hier herüber.« Ellery und die anderen umringten den Schreibtisch, während Dr. Prouty sich über den Toten beugte, das dünne, zerwühlte Haar ergriff und den Kopf aufrichtete. Die linke Seite des Kopfes, die auf der Schreibunterlage gelegen hatte, war mit geronnenem Blut verschmiert, doch ein Loch war deutlich zu erkennen; die Unterlage, auf der der Kopf gelegen hatte, war voller Blut. »Kugel ging glatt durch den Schädel. Ungefähr hier muß es gewesen sein.«

Er richtete den Körper zu einer aufrechten Position im Stuhl auf, mit einer Ruhe, als handle es sich um einen nassen Sack. Er hielt den Kopf hoch, wobei er ihn am klebrigen Haar faßte, und nickte dabei in die Richtung, die die Kugel genommen haben mußte, wenn Sloane sich auf dem Stuhl sitzend erschossen hatte.

»Direkt zur Tür heraus«, sagte der Inspektor. »Leicht anhand der Lage der Leiche zu bestimmen. Die Tür war offen, als wir ihn fanden, also muß die Kugel irgendwo draußen in der Galerie sein.«

Der Inspektor spazierte hinaus auf den nun hellerleuchteten Gang. Er maß den vermutlichen Weg des Geschosses mit den Augen ab, nickte und begab sich sogleich zur Wand gegenüber. Ein dicker, antiker Perserteppich hing dort. Eine kurze, intensive Suche, ein leichtes Stochern mit der Klinge seines Federmessers, und der alte Herr kehrte triumphierend mit einer schartigen und plattgedrückten Kugel zurück.

Dr. Prouty brummte anerkennend und ließ den Toten wieder in seine ursprüngliche Lage sinken. Der Inspektor drehte das tödliche Geschoß in den Fingern. »Nichts Besonderes. Er hat sich erschossen, die Kugel durchschlug den Kopf und trat auf der linken Schädelseite wieder aus, flog, ihre Energie schon weitgehend verbraucht, durch die offene Tür und landete in dem Teppich draußen an der Wand. Steckte nicht allzu tief drin. Paßt alles wunderbar.«

Ellery untersuchte die Kugel und reichte sie dann seinem Vater mit einem gereizten Schulterzucken zurück, aus dem erstaunlicherweise immer noch Ratlosigkeit sprach. Er zog sich in die Ecke zurück, in der Woodruff und Pepper bereits saßen, und der Inspektor und Dr. Prouty beaufsichtigten den Abtransport der Leiche zur Autopsie – eine Vorsichtsmaßnahme, auf der der alte Herr bestanden hatte.

Als der Leichnam den langen Gang hinuntergetragen wurde, kam Sergeant Velie die Treppe heraufgekeucht, hatte für die Bahre kaum mehr als einen Blick im Vorbeigehen übrig und marschierte in das Büro wie ein Grenadier bei der Parade. Ohne seinen großen Filzhut abzunehmen, den er sich wie eine Bärenfellmütze übergestülpt hatte, berichtete er dem Inspektor knurrend: »Kein Glück.«

»Na, letzten Endes spielt es keine Rolle mehr. Was haben Sie herausgefunden?«

»Niemand hat heute abend telefoniert – sagen sie jedenfalls.«

»Natürlich, der Anrufer würde es niemals zugeben. Dieser Punkt wird wohl nie zu klären sein«, meinte der Inspektor und fühlte nach seiner Schnupftabaksdose. »Würde mein letztes Hemd darauf wetten, daß es Mrs. Sloane war, die Sloane den Tip gegeben hat. Muß an der Türe gelauscht haben, als wir unser Schwätzchen in der Bibliothek hielten, hat gewartet, bis sie Mrs. Vreeland los war, und dann wohl unverzüglich Sloane angerufen. Entweder war sie Sloanes Komplizin, oder sie war ahnungslos und begriff erst, als sie uns reden hörte, wer der Schuldige war, und rief an, um ihren Gemahl zur Rede zu stellen ... Schwer zu entscheiden. Was er sagte oder was sie sagte, bleibt offen, doch in jedem Falle stand für Sloane mit dem Anruf fest, daß er erledigt war. Selbstmord war für ihn der einzige Ausweg.«

»Ich würde sagen«, brummte Velie, »daß sie keine Schuld traf. Als sie erfuhr, was geschehen war, fiel sie in Ohnmacht – und glauben Sie mir, Chef, das war nicht gespielt. Die Ohnmacht war echt.«

Ellery hatte sich, ruhelos wie er war, wieder erhoben, hörte ihnen kaum zu und wanderte durch das Zimmer. Er nahm sich noch einmal den Safe vor – nichts darin schien ihn zu interessieren, und er spazierte hinüber zu dem mit Papieren übersäten Schreibtisch, wobei seine Augen sorgsam den dunklen Flecken auf der Schreibunterlage mieden, wo Sloanes Blut aus der Kopfwunde hervorgesickert war. Er begann, in den Papieren zu wühlen. Etwas, das aussah wie ein Buch, erregte seine Aufmerksamkeit; es erwies sich als ledergebundenes Tagebuch, auf dessen Deckel die Jahreszahl 192- in Goldbuchstaben eingeprägt war. Es war halb unter einigen Papieren verborgen, und Ellery zog es gierig hervor. Der Inspektor kam zu seinem Sohn herüber und blickte ihm fragend über die Schulter. Ellery blätterte in dem Buch – Seite um Seite war dicht in feiner, ordentlicher Schrift beschrieben. Er nahm eine Reihe von Blättern vom Schreibtisch auf, um Sloanes Handschrift mit derjenigen im Tagebuch zu vergleichen; sie stimmten exakt überein. Er las einige Passagen, schüttelte ärgerlich den Kopf, schloß das Buch und – steckte es in die Jackentasche.

»Steht irgendwas drin?«

»Wenn es so wäre, Dad«, antwortete Ellery, »dann würde es dich ja nicht interessieren. Für dich ist der Fall doch abgeschlossen, oder?«

Mit einem Grinsen wandte der alte Herr sich ab. Heisere Männerstimmen hallten draußen durch die Galerie. Sergeant Velie erschien, umringt von einer Gruppe lärmender Reporter. Irgendwie hatten sich auch Fotografen hereingemogelt, und die Blitzlichter zuckten im Zimmer und erfüllten es mit ihrem Rauch. Mit Begeisterung hob der Inspektor an, die Fakten darzulegen; die Männer schrieben geschäftig mit, Sergeant Velie wurde bedrängt, seine Version der Geschichte zu erzählen, und der stellvertretende Bezirksstaatsanwalt Pepper wurde zum Mittelpunkt einer zynischen Gruppe von Bewunderern; Miles Woodruff, mit vor Stolz geschwellter Brust, erzählte ihnen in Worten, die sich fast überschlugen, und in vertraulichem Tonfall, wie er, Strafverteidiger Woodruff, von Anfang an gewußt habe, wo die Schuld zu suchen sei, doch – na, ihr wißt ja, Jungs, mit welchem Tempo diese offiziellen Ermittlungen vorankommen; die Polizei und die Kriminalbeamten ...

In all diesem Durcheinander gelang es Ellery Queen, das Büro unbemerkt zu verlassen. Er spazierte an den Skulpturen der Galerie und den prachtvollen Gemälden, die an der Wand hingen, vorbei, schritt leichtfüßig die Treppe hinunter, passierte die aufgebrochene Tür und trat mit einem gewaltigen Seufzer der Erleichterung hinaus in die kalte Nachtluft der Madison Avenue.

Eine Viertelstunde später fand der Inspektor ihn dort, an ein unbeleuchtetes Schaufenster gelehnt, im Zwiegespräch mit den dunklen Gedanken, die ihm wie ein Mühlrad im schmerzenden Kopf umhergingen.

Kapitel 21

Das Tagebuch

Die düstere Stimmung hielt sich bis lange – sehr lange – in die trüben Stunden des frühen Morgens hinein. Vergebens versuchte der Inspektor mit jedem väterlichen Kunstgriff, den er nur kannte, seinen bedrückten Sprößling dazu zu bewegen, mit dem Grübeln aufzuhören und in den Tiefen des Bettes Trost zu suchen. Ellery, in Hausmantel und Pantoffeln, war in seinen Sessel vor dem nur noch schwach flackernden Kaminfeuer im Wohnzimmer versunken, nahm jedes Wort des ledergebundenen Tagebuches in sich auf, das er von Sloanes Schreibtisch mitgenommen hatte, und fand die Bemühungen des alten Herrn nicht einmal einer Antwort wert.

Am Ende schlurfte der Inspektor voller Verzweiflung in die Küche, braute eine Kanne Kaffee – der junge Djuna lag in seiner Kemenate in festem Schlummer – und brach schweigend in einen einsamen Toast aus. Das Aroma stieg Ellery gerade in dem Moment in die Nase, in dem er sein Studium des Tagebuchs abgeschlossen hatte; er rieb sich schläfrig die Augen, begab sich in die Küche und goß sich eine Tasse ein, und die beiden tranken gemeinsam, noch immer in ein Schweigen gehüllt, das dem Trommelfell weh tat.

Der alte Herr knallte seine Tasse auf den Tisch. »Nun sag es doch dem Papa. Wo zum Teufel drückt der Schuh, mein Junge?«

»Das ist gut gefragt«, antwortete Ellery. »Ich habe diese Frage mit der Ungeduld einer Lady Macbeth erwartet. Du erklärst Gilbert Sloane zum Mörder seines Bruders Albert Grimshaw – zugegebenermaßen auf der Basis schlüssiger Indizien, einer für deine Begriffe eindeutigen, klaren Beweisführung. Nun frage ich dich: Wer hat den anonymen Brief geschrieben, der uns enthüllte, daß Sloane und Grimshaw Brüder waren?«

Der alte Herr suckelte an seinen alten Zähnen. »Weiter«, sagte er. »Red's dir von der Seele. Es gibt für alles eine Erklärung.«

»Ach, tatsächlich?« schoß Ellery zurück. »Nun gut – dann laß mich weiter ausholen. Sloane selbst hat diesen Brief nicht geschickt, das ist wohl klar – würde er der Polizei freiwillig belastendes Material gegen sich in die Hand geben, wenn er schuldig wäre? Natürlich nicht. Von wem also stammte dieser Brief? Erinnerst du dich, daß Sloane gesagt hat, niemand auf der Welt außer ihm selbst – und wohlgemerkt nicht einmal Grimshaw, sein eigener Bruder – wisse, daß Gilbert Sloane unter dem Namen Gilbert Sloane der Bruder des Ermordeten war? Also frage ich abermals: Von wem stammte dieser Brief? Denn wer ihn schrieb, muß es gewußt haben, und doch hat es den Anschein, als ob der einzige Mensch, der ihn niemals geschrieben hätte, ihn geschrieben hat. Das ist doch nicht logisch.«

»Ach, Junge, wenn alle Fragen so leicht zu beantworten wären wie diese«, meinte der Inspektor lächelnd. »Natürlich war es nicht Sloane, der diesen Brief geschickt hat. Und es ist mir ganz gleich, wer es war. Das spielt keine Rolle. Weil wir nämlich« – er hob väterlich seinen schmalen Zeigefinger – »weil wir nämlich ausschließlich Sloanes Wort dafür haben, daß er der einzige war, der die Sache mit seinem Bruder wußte. Verstehst du? Gewiß, wenn Sloane die Wahrheit gesprochen hätte, würde das eine schwerwiegende Frage aufwerfen, aber da Sloane selbst sich als der Verbrecher entpuppt hat, müssen wir jede seiner Aussagen in Zweifel ziehen, vor allem – wie in diesem Fall – Aussagen aus einer Zeit, zu der er sich noch in Sicherheit wähnte und Lügen, die er ausstreute, die Ermittlungen der Polizei beeinträchtigten. Es ist also recht wahrscheinlich, daß doch jemand wußte, daß Sloane Grimshaws Bruder war und ihn auch unter diesem Namen kannte. Sloane selbst muß es jemandem verraten haben. Am ehesten käme dafür Mrs. Sloane in Betracht, obwohl ich keinen Grund sehe, warum sie ihren eigenen Mann belasten sollte –«

»Ein schwerwiegendes Obwohl«, merkte Ellery an, »da laut deiner eigenen Beweisführung Mrs. Sloane diejenige ist, die Sloane telefonisch warnte. Das paßt ja wohl nicht zu der Bösartigkeit, die aus dem anonymen Brief spricht.«

»Gut«, konterte der Inspektor ohne zu zögern, »sieh es einmal so. Hatte Sloane einen Feind? Und ob er einen hatte – diejenige, die auch bei anderer Gelegenheit gegen ihn aussagte: Mrs. Vreeland! Vielleicht stammt der Brief von ihr. Wie sie von der Verwandtschaft erfuhr, kann man natürlich nur raten, aber ich würde wetten –«

»Und du würdest verlieren. Da ist etwas dermaßen faul im Staate Dänemark, daß mir der Schädel davon brummt – da stimmt etwas nicht, mit Sicherheit! Ich will am Galgen baumeln, wenn ...« Er sprach den Satz nicht zu Ende; sein Gesicht wurde, sofern das überhaupt möglich war, noch länger, und temperamentvoll warf er ein Streichholz in die ersterbenden Flammen.

Das schrille Läuten des Telefons schreckte sie auf. »Wer kann das denn sein, um diese Zeit?« rief der alte Herr. »Hallo! Oh. Guten Morgen... Nein, das macht nichts. Was haben Sie herausgefunden? Verstehe. Schön. Und nun ab ins Bett mit Ihnen – ein hübsches junges Mädchen braucht seinen Schönheitsschlaf. Ha, ha! Na gut. Gute Nacht, meine Liebe.« Lächelnd legte er auf. Ellery fragte mit den Augenbrauen. »Una Lambert. Sie sagt, an der Authentizität des handschriftlich eingetragenen Namens in dem Überrest des Testamentes kann kein Zweifel bestehen. Khalkis' Hand, ohne Frage. Und sie sagt, auch sonst deutet alles darauf hin, daß das Stück Papier zu dem echten Dokument gehört.«

»Tatsächlich.« Diese Nachricht deprimierte Ellery, und der Inspektor konnte sich nicht erklären, warum.

Die gute Laune des alten Herrn ging in einem kleinen Wutausbruch unter. »Lieber Himmel, ich habe fast das Gefühl, du willst gar nicht, daß diese verdammte Geschichte abgeschlossen wird!«

Ellery schüttelte leicht den Kopf. »Bitte ärgere dich nicht, Dad. Ich wüßte gar nicht, was ich mir sehnlicher wünschte als das. Aber dieser Wunsch muß auf eine Weise erfüllt werden, die für mich akezptabel ist.«

»Na, für mich ist es akzeptabel. Die Beweise gegen Sloane sind erdrückend. Und nun, wo Sloane tot ist, ist Grimshaws Partner damit auch verschwunden, und es bleibt nichts mehr, was noch zu klären wäre. Denn du selbst hast gesagt, daß Grimshaws Partner der einzige Außenstehende gewesen sei, der wußte, daß Knox dieses Leonardo-Dingsbums hatte, und jetzt, wo er im Leichenschauhaus liegt, bleibt das Ganze – auch wenn das Bild vielleicht ein Nebenmotiv in Sloanes ursprünglichem Plan gewesen sein mag – ein Geheimnis der Polizei. Das bedeutet«, fuhr der Inspektor fort und schnalzte leicht mit der Zunge, »daß wir uns Mr. James J. Knox widmen können. Wir müssen dieses Bild zurückbekommen, wenn es tatsächlich dasjenige ist, das Grimshaw aus dem Victoria-Museum gestohlen hat.«

»Hast du eine Antwort auf dein Kabel bekommen?«

»Kein Wort bisher.« Der Inspektor runzelte die Stirn. »Verstehe nicht, warum sich das Museum nicht meldet. Jedenfalls wird es einen Riesenaufstand geben, wenn diese Engländer versuchen, ihr Bild von Knox zurückzubekommen. Knox mit seinem Geld und seinem Einfluß wird es so hindrehen, daß er eine reine Weste hat. Ich denke mir, Sampson und ich werden an dieser Sache lieber in aller Ruhe arbeiten – wir wollen ja unseren reichen Vogel nicht aufscheuchen, so daß sich ihm die Nackenfedern sträuben.«

»Du wirst Zeit genug haben, die Sache in Ordnung zu bringen. Das Museum wird es wohl kaum an die große Glocke hängen wollen, daß das Bild, das die dortigen Experten zu einem echten Leonardo erklärt haben und das als solches öffentlich ausgestellt war, in Wirklichkeit eine fast wertlose Kopie ist. Das heißt, immer vorausgesetzt, daß es tatsächlich eine Kopie *ist*. Denke daran, wir haben nur Knox' Wort dafür.«

Der Inspektor spuckte nachdenklich ins Feuer. »Die Angelegenheit wird immer komplizierter. Also, um nun auf den Fall Sloane zurückzukommen: Thomas hat seinen Auszug aus der Gästeliste des Hotels Benedict von Donnerstag und Freitag der Woche bekommen, in der Grimshaw dort wohnte. Nun, es ist niemand dabei, der irgend etwas mit diesem Fall zu tun hätte. Das war wohl auch nicht anders zu erwarten. Als Sloane sagte, er habe den Begleiter Grimshaws für eine Hotelbekanntschaft gehalten, muß er gelogen haben, und der geheimnisvolle Fremde war jemand anderes, der vielleicht gar nichts mit der Sache zu tun hat...«

Der Inspektor redete und redete, davongetragen vom wohligen Gefühl, sich verdientermaßen auf seinen Lorbeeren ausruhen zu können. Ellery antwortete nichts auf diese ruhig vorgebrachten Ausführungen; er streckte den langen Arm aus und griff zu Sloanes Tagebuch, blätterte die Seiten um und widmete sich erneut dem Inhalt mit grimmiger Miene.

»Hör mal, Dad«, sagte er nach einer Weile, ohne den Blick zu heben, »oberflächlich betrachtet paßt alles ganz wunderbar zu deiner Hypothese von Sloane als dem Deus ex machina der ganzen Geschichte, das ist schon wahr. Aber das ist es gerade, was mich stutzig macht, die Art, wie all die Zufälle sich in ein Bild fügen; das läßt mir keine Ruhe. Vergiß bitte nicht, daß wir – daß ich schon einmal hereingelegt worden bin, so daß ich eine Lösung für wahr gehalten habe... eine Lösung, die akzeptiert und publik gemacht und mittlerweile schon wieder vergessen sein könnte, wenn sie nicht durch einen schieren Zufall als falsch entlarvt worden wäre. Diese scheint ja davor sicher zu sein . . .« Er schüttelte den Kopf. »Ich weiß nicht, was es ist. Doch ich spüre, daß da etwas nicht stimmt.«

»Aber es nutzt dir doch nichts, mit dem Kopf gegen die Wand zu rennen, Junge.«

»Vielleicht würde mir das helfen, einen klaren Gedanken zu fassen«, meinte Ellery mit einem schwachen Grinsen und biß sich auf die Lippe. »Schau mal einen Moment hier mit hinein.« Er hielt das Tagebuch hoch, und der Inspektor kam in seinen Pantoffeln herübergeschlurft. Ellery hatte das Buch auf der Seite des letzten Eintrages aufgeschlagen – ein umfangreicher Bericht in ordentlicher, kleiner Handschrift unter der gedruckten Überschrift Sonntag, 10. Oktober. Ihr gegenüber befand sich die Seite Montag, 11. Oktober. Diese Seite war leer.

»Also«, sagte Ellery mit einem Seufzen, »ich habe mir dieses mit persönlichen und folglich interessanten Daten angefüllte Tagebuch zu Gemüte geführt, und ich konnte nicht umhin festzustellen, daß Sloane am heutigen Abend nichts eingetragen hat – dem Abend seines, wie du behauptest, Selbstmordes. Laß mich dir kurz den Inhalt des Tagebuches erläutern. Ich brauche wohl kaum eigens zu sagen, daß nirgends auf diesen Seiten die Ereignisse, die mit dem Mord an Grimshaw zu tun haben, Erwähnung finden; und der Hinweis auf Khalkis' Tod ist rein dokumentarischer Natur – denn wenn Sloane ein Mörder wäre, würde er natürlich niemals etwas zu Papier bringen, das ihn belasten könnte. Andererseits sind gewisse Dinge sehr aufschlußreich: Zunächst einmal, daß Sloane mit eiserner Regelmäßigkeit an jedem Abend der Woche ungefähr zur gleichen Stunde – er setzte die Uhrzeit der jeweiligen Eintragung voran – seine Notizen machte; wie du selbst sehen kannst, ist es über Monate hinweg stets gegen elf Uhr abends gewesen. Zum zweiten können wir diesem Buch entnehmen, daß Sloane ein Mensch mit einem sehr starken Ego war, ein Gentleman, der sich im Übermaß mit sich selbst beschäftigte. Die Lektüre enthüllt ekelhafte Details, wie etwa – äußerst geschmacklos – eine Affäre mit einer Frau, deren Namen er sorgsam verschweigt.«

Ellery schlug das Buch zu, warf es auf den Tisch, sprang auf und begann auf dem Teppich vor dem Kamin auf- und abzulaufen, die Stirn leicht gerunzelt. Der alte Herr blickte unglücklich zu ihm hoch.

»Und nun frage ich dich«, rief Ellery, »im Namen all dessen, was die moderne Psychologie uns lehrt: Würde ein solcher Mann – ein Mann, der, wie dieses Tagebuch überdeutlich macht, alles an sich dramatisierte, ein Mann, der im Ausdruck seines eigenen Ichs die offenbar morbide Befriedigung fand, die für Menschen seines Schlages so bezeichnend ist – würde so ein Mann die beispiellose, die einmalige, die gigantische Gelegenheit verstreichen lassen, das größte Ereignis seines Lebens in dramatische Worte zu fassen: seinen bevorstehenden Tod?«

»Gerade die Gedanken an diesen Tod mögen ihn für alles andere unempfänglich gemacht haben«, gab der Inspektor zu bedenken.

»Das bezweifle ich«, beharrte Ellery kühl. »Wäre er telefonisch gewarnt worden, daß die Polizei ihn im Verdacht habe, hätte er begriffen, daß er der Strafe für sein Verbrechen nicht entgehen würde, und hätte er auch nur einen Augenblick lang Zeit gehabt, in dem er noch ungestört hätte arbeiten können, so hätte jede Faser seiner Persönlichkeit danach geschrieen, den letzten heroischen Eintrag in seinem Tagebuch zu verfassen . . . ein Argument, das noch dadurch Nahrung erhält, daß sich all das zu jenem Zeitpunkt – elf Uhr – abspielte, zu dem er üblicherweise dem Büchlein seine Geheimnisse anvertraute. Und doch«, rief er, »erfolgte an diesem Abend, dem Abend aller Abende, kein Eintrag!«

Seine Augen waren fiebrig, und der Inspektor erhob sich und legte seine kleine, zierliche Hand auf Ellerys Arm und schüttelte ihn mit einer beinah mütterlich zu nennenden Anteilnahme. »Komm, nimm es doch nicht so schwer. Es hört sich gut an, aber damit kannst du nun einmal nichts beweisen, Junge . . . Geh ins Bett.«

Ellery ließ es zu, daß er ihn in ihr Schlafzimmer führte. »Ja«, sagte er, »damit kann ich nichts beweisen.«

Und eine halbe Stunde später fügte er noch ins Dunkle und ins leise Schnarchen seines Vaters hinein hinzu: »Aber psychologische Überlegungen wie diese sind es eben, die mich fragen lassen, ob Gilbert Sloane wirklich Selbstmord begangen hat!«

Das kühle Dunkel des Schlafzimmers spendete ihm nur wenig Trost, und noch weniger antwortete es ihm, und so war Ellery denn weise genug einzuschlafen. Die ganze Nacht über träumte er von lebendigen Tagebüchern, die auf seltsamen, menschenförmigen Särgen saßen, ihre Revolver schwenkten und auf den Mann im Mond schossen – ein Gesicht am Sternenhimmel, das unzweifelhaft die Züge Albert Grimshaws trug.

Zweites Buch

»Die meisten großen Entdeckungen der modernen Wissenschaft sind letzten Endes möglich geworden durch die Hartnäckigkeit, mit der ihre Entdecker mit eiserner Logik eine Kette von Aktionen und Reaktionen verfolgten . . .

Lavoisiers aus heutiger Sicht einfache Erklärung dessen, was mit reinem Blei geschieht, wenn es ›verbrannt‹ wird – eine Erklärung, die einen jahrhundertealten Irrglauben, jene entsetzliche Ausgeburt des mittelalterlichen Verstandes, phlogiston, *ad absurdum führte –, basierte auf einer Annahme, die uns vor dem Hintergrund moderner wissenschaftlicher Methoden geradezu absurd grundlegend erscheint, was sie ja auch ist: daß nämlich, wenn einem Stoff, der eine Unze wiegt, bevor er an der Luft verbrannt wird, und eine Unze Komma null sieben, nachdem er an der Luft verbrannt wurde, etwas hinzugefügt wurde – so erklärt man das zusätzliche Gewicht . . . Die Menschheit brauchte ungefähr anderthalb Jahrtausende, um das zu begreifen und das Neuentstandene Bleioxid zu nennen!*

Nichts an einem Verbrechen ist unerklärlich. Hartnäckigkeit und schiere Logik sind die beiden Dinge, über die ein Detektiv verfügen muß. Was dem Unverständigen als Geheimnis erscheint, offenbart sich dem denkenden Menschen als Selbstverständlichkeit . . . Ein Verbrechen zu entlarven, ist heute keine Frage des mittelalterlichen Hokuspokus über einer Kristallkugel mehr; es ist eine der exaktesten der modernen Wissenschaften. Und ihre Grundlage bildet die Logik.«

Dr. George Hinchcliffe, *Die geheimen Pfade der modernen Wissenschaft* (S. 147f).

Kapitel 22

Der Tiefpunkt

Immer intensiver drängte sich Ellery Queen der Eindruck auf, daß alles eitel sei, zumal er beim Studium einer seiner zahllosen Weisheitsquellen der Antike, Pittacus von Mitylene, erkennen mußte, daß dieser die Hinfälligkeit des Menschen nicht bedacht hatte. Die Zeit, mußte Ellery feststellen, ließ sich nicht beim Schopfe packen. Die Tage vergingen, und es stand nicht in seiner Macht, dem Zeitfluß Einhalt zu gebieten. Eine ganze Woche verstrich, und er hatte ihren flüchtigen Stunden nichts als ein paar Tropfen Bitterkeit entringen können und nicht den geringsten Balsam für seine Nerven – der Kelch blieb, wenn er es recht besah, leer, und er starrte zunehmend unglücklich hinunter auf den trockenen Kelchboden.

Für andere hingegen war es eine mehr als ereignisreiche Woche gewesen. Sloanes Selbstmord und sein Begräbnis hatten einen Damm niedergerissen. Die Zeitungen schwelgten in blumigen Details. Kein trübes Wasser gab es in der Vergangenheit Gilbert Sloanes, in dem sie nicht fischten. Sie überfluteten den Toten mit Strömen raffinierter Verleumdungen, es gelang ihnen ohne große Mühe, die äußere Hülle seines Lebens zu durchtränken und aufzuweichen, so daß sie ihre Form verlor, rissig wurde und sich aufrollte: Schließlich erinnerte sein Ruf an einen gefällten und zerstörten Baumstamm. Seine Hinterbliebenen wurden in diesen Strudel mit hineingerissen, am meisten natürlich Delphina Sloane. Wellen von Worten schlugen an die Klippen ihres Kummers. Das Haus Khalkis hatte sich in einen befestigten Leuchtturm verwandelt, nach dessen Feuer die furchtlosen Mannen der Presse ihre Barken steuerten.

Eine dieser Zeitungen, eine kleine Zeitung, die gut *Wer wagt, gewinnt* hätte heißen können – aber nicht so hieß –, bot der Witwe ein königliches Salär, für das sie im Gegenzug eine Folge von Artikeln autorisieren sollte, die mit ihrem Namenszug versehen unter dem dezenten Titel DELPHINA SLOANE ERZÄHLT – MEIN LEBEN MIT EINEM MÖRDER erscheinen sollte. Und obwohl sie das großzügige Angebot zornerfüllt ignorierte, gelang es diesem leuchtenden Beispiel journalistischer Furchtlosigkeit doch, einige prächtige Einzelheiten über Mrs. Sloanes Ehe herauszubekommen und seinen Lesern mit der Begeisterung und dem Stolz des triumphierenden Archäologen zu präsentieren. Der junge Alan Cheney verprügelte einen der Berichterstatter dieses Blattes und schickte ihn seinem Chefredakteur mit einem blauen Auge und blutiger Nase zurück, und es bedurfte großer Mühe, die Bestrebungen der Zeitung zu vereiteln, Alan wegen Körperverletzung hinter Gitter zu bringen.

Die Ruhe, die in jenen hektischen Tagen, als die Aasgeier über ihrer Beute krächzten, im Polizeipräsidium herrschte, war bemerkenswert. Der Inspektor wandte sich wieder den weniger anspruchsvollen Problemen des kriminologischen Alltages zu und beschränkte sich darauf, noch die eine oder andere Kleinigkeit im Fall Khalkis-Grimshaw-Sloane, wie ihn die Zeitungen in ihrer wackeren Art nannten, zu klären, die er für seinen Abschlußbericht brauchte. Dr. Prouty hatte gründlich und routiniert seine Autopsie an Gilbert Sloanes Leiche vorgenommen und nicht das Geringste gefunden, was darauf hingedeutet hätte, daß etwas nicht stimmte: Es gab kein Gift, keine verräterischen Spuren von Gewalt; die Schußwunde war genau die Art von Schußwunde, die man bei einem Mann findet, der sich das Leben nimmt, indem er sich in die Schläfe schießt; und Sloanes Leiche wurde, wie schon angedeutet, vom Amtsarzt zur Beerdigung freigegeben und war in einem von Blumen übersäten Grab auf einem Friedhof in der Vorstadt beigesetzt worden.

Die einzige winzige Information, die für Ellerys Begriffe auch nur eine Spur interessant war, war die Erkenntnis, daß Gilbert Sloane auf der Stelle tot gewesen sein mußte. Doch wie dieser Umstand ihm dabei nützlich sein sollte, sich in der Undurchdringlichkeit des Nebels zurechtzufinden, der ihn umgab – das, so mußte Ellery sich eingestehen, wußte er nicht.

Aber der Nebel, auch wenn Ellery es zu jenen dunklen Zeiten noch nicht erkennen konnte, sollte sich schon bald lichten; und die Tatsache, daß Gilbert Sloane eines sofortigen Todes gestorben war, würde dabei die Rolle eines entscheidenden Wegweisers spielen.

Kapitel 23

Fäden

Es begann ganz harmlos am Dienstag, dem 19. Oktober, kurz vor Mittag.

Wie es Mrs. Sloane gelungen war, den scharfen Augen ihrer Peiniger zu entgehen, erklärte sie nicht, doch Tatsache war, daß sie ohne Eskorte und ohne Verfolger im Polizeipräsidium erschien – in unauffälliges Schwarz gekleidet und leicht verschleiert – und mit schüchterner Stimme fragte, ob sie Inspektor Richard Queen in einer wichtigen Angelegenheit sprechen könne. Der Inspektor hätte, wie es schien, die Dame am liebsten in den Gefilden ihres Unglücks allein gelassen, doch da er ein Gentleman war und, was das schöne Geschlecht anging, zu einem gewissen Fatalismus neigte, fügte er sich in das Unvermeidliche und erklärte sich bereit, sie zu empfangen.

Der Inspektor war allein im Zimmer, als sie hereingeführt wurde – eine schmale, zerbrechliche Frau mittleren Alters, deren Augen selbst durch den Schleier hindurch wie Flammen loderten. Er führte sie zu einem Sessel, nachdem er ein paar konventionelle Beileidsworte gemurmelt hatte, und blieb dann abwartend an seinem Schreibtisch stehen – als ob er ihr damit feinfühlig andeuten wollte, daß ein Kriminalinspektor ein arbeitsreiches Leben führe und sie ihrer Vaterstadt einen Gefallen tun würde, wenn sie sogleich zum Thema käme.

Sie tat es mit einer Vehemenz, die ihn aus der Fassung brachte. Mit einer Stimme, in der eine winzige Spur Hysterie mitschwang, sagte sie: »Mein Mann war kein Mörder, Inspektor.«

Der Inspektor seufzte. »Aber die Tatsachen, Mrs. Sloane.«

Um diese geheiligten Tatsachen scherte sie sich offenbar nicht im geringsten. »Die ganze Woche über«, rief sie, »habe ich den Reportern gepredigt, daß Gilbert unschuldig war! Ich will Gerechtigkeit, verstehen Sie, Inspektor? Die Schande wird mir – uns allen – meinem Sohn – bis ins Grab folgen!«

»Aber meine Liebe, Ihr Mann hat die Gerechtigkeit selbst in die Hand genommen. Vergessen Sie bitte nicht, daß sein Selbstmord praktisch ein Schuldgeständnis war.«

»Selbstmord!« sagte sie verächtlich; wütend riß sie ihren Schleier herunter, und ihre Augen blitzten. »Sind Sie denn alle blind? Selbstmord!« Ihre Stimme klang tränenerstickt. »Mein armer Gilbert ist ermordet worden, und niemand – niemand...« Sie begann zu schluchzen.

Es war eine qualvolle Szene, und der Inspektor blickte verlegen zum Fenster hinaus. »So etwas müssen Sie beweisen, Mrs. Sloane. Haben Sie einen Beweis?«

Sie sprang von ihrem Sessel auf. »Eine Frau braucht keine Beweise«, rief sie. »Beweise! Natürlich habe ich keine. Aber was spielt das für eine Rolle? Ich weiß –«

»Meine liebe Mrs. Sloane«, sagte der Inspektor trocken, »das ist eben der Punkt, in dem das Gesetz und die weibliche Intuition sich unterscheiden. Es tut mir leid, aber wenn Sie nicht neue Indizien beibringen, die eindeutig auf jemand anderen als Mörder Albert Grimshaws deuten, sind mir die Hände gebunden. Für die Polizei ist der Fall abgeschlossen.«

Sie ging ohne ein weiteres Wort.

Nun war dieser kurze, unglückliche, ergebnislose Vorfall oberflächlich gesehen nichts von nennenswerter Bedeutung. Und doch sollte er eine Kette von neuen Ereignissen in Gang setzen, bei denen eins zum anderen führte. Der Fall wäre aller Wahrscheinlichkeit nach von der Polizei zu den Akten gelegt worden und – diese Überzeugung hat Ellery unerschütterlich über Jahre hinweg vertreten – für alle Zeiten in den überquellenden Archiven begraben geblieben, hätte nicht der Inspektor, der sorgfältig die saure Miene studiert hatte, mit der sein Sohn an jenem Abend das gemeinsame Abendessen einnahm, beim Kaffee von Mrs. Sloanes Besuch erzählt – in einer absurden väterlichen Hoffnung, daß alles nur erdenkliche Interessante helfen würde, das grimmige, unglückliche Gesicht aufzuhellen.

Zu seiner Überraschung – denn er hatte nicht mit einem Erfolg gerechnet – erwies sich die List als erfolgreich. Ellery war sofort ganz Ohr. Die Sorgenfalten verschwanden, und an ihre Stelle trat die altgewohnte nachdenkliche Miene. »So«, sagte er leicht überrascht, »sie ist also auch der Meinung, daß er ermordet wurde. Interessant.«

»Nicht wahr?« Der Inspektor zwinkerte dem mageren Djuna zu, der seinen Kaffeebecher mit beiden Händen hielt und über dessen Rand hinweg Ellery mit großen schwarzen Zigeuneraugen betrachtete. »Interessant, was in einem Frauenkopf so vorgeht. Will es einfach nicht einsehen. Meine Güte, genau wie du.« Er kicherte, und er erwartete ein Lächeln zur Antwort.

Das Lächeln blieb aus. »Ich finde, du nimmst all das zu sehr auf die leichte Schulter, Dad«, sagte Ellery mit ruhiger Stimme. »Ich habe viel zu lange hier gesessen, am Däumchen gelutscht und geschmollt wie ein Kind. Ich werde jetzt etwas unternehmen.«

Der Inspektor war besorgt. »Was willst du denn unternehmen, El – die ganze Geschichte noch einmal aufwärmen? Warum gibst du denn keine Ruhe, es ist doch gut, wie es ist.«

»Die Politik des Laissez-faire«, belehrte Ellery ihn, »hat nicht nur bei den Franzosen und auch in anderen Bereichen als der physiokratischen Ökonomie nichts als Schaden angerichtet. Bin ich zu akademisch? Ich fürchte, manch armer Teufel ruht in der ungeweihten Erde eines Mördergrabes, der von Rechts wegen der Nachwelt ebenso wenig als Mörder gelten sollte wie du oder ich.«

»Sei vernünftig, Junge«, sagte der alte Herr mit unglücklicher Miene. »Bist du denn wider alle Logik immer noch überzeugt davon, daß Sloane unschuldig war?«

»Das nun nicht. Jedenfalls würde ich es nicht mit solcher Bestimmtheit sagen.« Ellery klopfte eine Zigarette auf seinem Fingernagel zurecht. »Was ich sage, ist folgendes: Zahlreiche Einzelheiten dieses Falles, die du, Sampson, Pepper, der Untersuchungsrichter und weiß Gott wer sonst noch für unbedeutend und irrelevant halten, sind weiterhin unaufgeklärt. Ich gedenke ihnen so lange nachzugehen, wie auch nur ein Fünkchen Hoffnung besteht, daß ich für meine zugegebenermaßen diffusen Überzeugungen eine Bestätigung finde.«

»Irgendwelche klaren Vorstellungen, was du tun willst?« fragte der Inspektor gespannt. »Hast du irgend jemanden als Täter in Verdacht, da du Sloane ja offenbar für unschuldig hältst?«

»Ich habe nicht die Spur einer Idee, wer hinter diesen kleinen Ausflügen ins Verbrechergeschäft stecken könnte.« Ellery stieß düster eine Rauchwolke aus. »Aber einer Sache bin ich mir sicher, so sicher wie ich mir bin, daß dies die schlechteste aller Welten ist. Und das ist, daß Gilbert Sloane Albert Grimshaw nicht umgebracht hat – und sich selbst ebensowenig.«

Das war trotzig gesagt, doch er gedachte diesem Trotz auch Taten folgen zu lassen. Am nächsten Morgen begab sich Ellery, der eine unruhige Nacht verbracht hatte, gleich nach dem Frühstück in die 54. Straße Ost. Die Läden des Hauses Khalkis waren geschlossen – es schien unbewacht und war still wie ein Grab. Er stieg die Treppe hinauf und läutete. Die Tür des Vorraumes öffnete sich nicht; statt dessen vernahm er eine barsche, gar nicht nach Butler klingende Stimme: »Wer ist da?« Es brauchte Geduld und viele Worte, um den Besitzer dieser Stimme zum Öffnen der Tür zu überreden. Und auch da ging sie nur einen Spaltbreit auf; und durch den Spalt erkannte Ellery Weekes' rosafarbenen Schädel. Der Butler sah gehetzt aus. Danach gab es keine Schwierigkeiten mehr; und Ellery lächelte nicht einmal, als Weekes die Tür blitzschnell öffnete, seinen rosigen Schädel heraussteckte, hastig die 54. Straße hinauf- und hinuntersah, ebenso hastig die Tür hinter Ellery wieder verschloß und ihn dann ins Wohnzimmer führte.

Mrs. Sloane hatte sich jedoch offenbar in ihrem Zimmer im oberen Stockwerk verbarrikadiert. Beim Namen Queen, berichtete Weekes einige Augenblicke darauf unter Hüsteln, hätten sich die Züge der Witwe verfärbt, ihre Augen hätten Feuer gesprüht, und heftige Worte der Abneigung seien ihr über die Lippen gekommen. Es tue ihm, Weekes, leid, doch Mrs. Sloane – hmm – könne, solle oder wolle Mr. Queen nicht empfangen.

Aber Mr. Queen ließ sich nicht abweisen. Er dankte Weekes überschwenglich, und dann wandte er sich statt nach Süden, wo der Ausgang lag, nach Norden und stieg die Treppe hinauf ins obere Stockwerk. Weekes sah schockiert aus und rang die Hände.

Ellerys Plan, sich Zugang zu verschaffen, hätte nicht einfacher sein können. Er klopfte an die Tür des Sloaneschen Zimmers, und als er den barschen Satz »Wer ist es denn jetzt schon wieder?« vernahm, antwortete er: »Jemand, der nicht glauben will, daß Gilbert Sloane ein Mörder war.« Die Antwort ließ nicht auf sich warten. Die Tür wurde aufgerissen, und Mrs. Sloane stand da, schwer atmend, und versuchte mit wißbegierigen Augen in den Zügen dieses Delphischen Orakels zu lesen. Als sie jedoch erkannte, wer ihr Besucher war, verwandelte sich ihr Wissensdurst in Haß. »Das ist ein Trick!« rief sie ärgerlich. »Ich will keinen von euch Dummköpfen mehr hier sehen!«

»Mrs. Sloane«, sagte Ellery sanft, »Sie tun mir schwer unrecht. Es war kein Trick, und ich glaube an das, was ich gesagt habe.«

Ihr Haß verflüchtigte sich; offensichtlich überdachte sie die Situation. Sie schwieg, während sie ihn musterte. Dann schmolz die Kälte dahin, sie seufzte, hielt die Tür weit auf und sagte: »Es tut mir leid, Mr. Queen. Ich bin ein wenig – durcheinander. Kommen Sie herein.«

Ellery setzte sich nicht. Er legte Hut und Stock auf dem Schreibtisch ab – Sloanes verhängnisvoller Tabakstopf stand noch immer dort – und sagte: »Ich will gleich zur Sache kommen, Mrs. Sloane. Sie brauchen Hilfe, das liegt auf der Hand. Es wird Ihnen doch zweifellos ein Herzensbedürfnis sein, den Namen Ihres Mannes reinzuwaschen.«

»Lieber Himmel, ja, Mr. Queen.«

»Also gut. Ausflüchte führen uns nicht weiter. Ich werde jede Falte dieses Falles glattstreichen, in jede dunkle, unerforschte Ecke leuchten und nachsehen, was sich dort verborgen hält. Sie müssen mir vertrauen, Mrs. Sloane.«

»Sie meinen . . .«

»Ich meine«, sagte Ellery mit Nachdruck, »daß Sie mir erzählen sollen, warum Sie seinerzeit Albert Grimshaw im Benedict aufgesucht haben.«

Sie ging mit sich zu Rate, und Ellery wartete ohne große Hoffnung. Doch als sie aufblickte, sah er, daß er die erste Schlacht gewonnen hatte. »Ich werden Ihnen alles erzählen«, sagte sie nur. »Und ich bete zu Gott, daß es Ihnen weiterhelfen wird . . . In gewisser Weise, Mr. Queen, habe ich damals die Wahrheit gesagt, als ich sagte, ich sei nicht zum Benedict gegangen, um mich mit Albert Grimshaw zu treffen.« Ellery nickte ermutigend. »Ich wußte nicht, wohin ich ging. Ich war nämlich« – sie hielt inne und starrte zu Boden – »ich war schon den ganzen Abend über meinem Mann nachgelaufen . . .«

Nach und nach berichtete sie die ganze Geschichte. Schon Monate vor dem Tod ihres Bruders Georg hatte Mrs. Sloane den Verdacht gehegt, daß ihr Mann ein heimliches Verhältnis mit Mrs. Vreeland habe, deren aufreizende Schönheit und verlockende Nähe im Hause im Verein mit Jan Vreelands häufiger Abwesenheit und Sloanes eitler Empfänglichkeit für dergleichen Dinge eine Affäre beinahe unvermeidlich machten. Mrs. Sloane, die die Schlange der Eifersucht an ihrem Busen nährte, konnte jedoch nichts Handfestes entdecken. Da sie keinen Beweis für ihren Verdacht fand, hatte sie Stillschweigen bewahrt, absichtlich so getan, als wisse sie nichts von dem, was sie vermutete. Doch stets hielt sie die Augen weit offen, damit ihnen kein Anzeichen entging, und ihre Ohren waren gespitzt, damit sie keine mögliche Verabredung verpaßten.

Seit Wochen war Sloane regelmäßig erst spät am Abend ins Haus Khalkis zurückgekehrt. Er nannte die verschiedensten Entschuldigungen dafür – eine gute Nahrung für die Schlange. Mrs. Sloane konnte die quälende Ungewißheit nicht mehr länger ertragen und gab dem Drang nach, sich Klarheit zu verschaffen. Am Abend des 30. September, eines Donnerstags, war sie ihrem Gatten nachgegangen; er hatte eine offensichtlich fiktive »Konferenz« als Vorwand angegeben, das Haus Khalkis nach dem Abendessen noch einmal zu verlassen.

Sloane war scheinbar ziellos durch die Straßen gelaufen; zu einer Konferenz ging er jedenfalls nicht; und bis zehn Uhr an jenem Abend war er mit keiner Menschenseele zusammengekommen. Dann war er vom Broadway abgebogen und hatte die heruntergekommene Fassade des Hotels Benedict angesteuert. Sie war ihm in die Halle gefolgt, und die Schlange hatte ihr zugeflüstert, dies sei der Ort, an dem sie das Gethsemane ihrer Ehe erleben solle; daß Sloane, so verdächtig unauffällig, wie er sich benehme, im Begriff sei, sich in einem schäbigen Zimmer des Hotels Benedict mit Mrs. Vreeland zu treffen und Dinge zu tun, an die die entsetzte Mrs. Sloane noch nicht einmal denken wollte. Sie hatte gesehen, wie er an die Rezeption gegangen war und mit dem Portier gesprochen hatte; daraufhin hatte er sich auf dieselbe merkwürdig verstohlene Art zum Fahrstuhl begeben. Es war ihr gelungen, aus der Unterhaltung Sloanes mit dem Portier die Worte »Zimmer 314« aufzuschnappen. Also war sie an die Rezeption gegangen, überzeugt davon, daß das Treffen in Zimmer 314 stattfinden werde, und hatte sich das danebenliegende Zimmer geben lassen. Es war eine impulsive Tat gewesen; sie hatte keine feste Absicht verfolgt, außer vielleicht der phantastischen Idee, die beiden Übeltäter zu belauschen und sie in flagranti zu erwischen, wenn sie einander in den sündigen Armen lägen.

Die Augen der Frau brannten, als sie an die Fieberhitze jener Augenblicke zurückdachte, und Ellery fachte sanft die wieder auflodernde Leidenschaft an. Was sie dann getan habe? Ihr Gesicht flammte auf; sie habe sogleich das Zimmer, das sie sich genommen und das sie im voraus bezahlt hatte, aufgesucht, Zimmer 316, und habe das Ohr an die Wand gepreßt ... Doch sie hatte nichts hören können – offenbar waren die Wände das einzige am Hotel Benedict, was solide war. Ratlos, zitternd, hatte sie sich an die stille Wand gelehnt, den Tränen nahe; dann war plötzlich die Tür nebenan aufgegangen. Sie war zu ihrer eigenen Tür geeilt und hatte sie vorsichtig geöffnet, gerade noch rechtzeitig, um das Objekt ihrer Verdächtigungen, ihren Ehemann, aus dem Zimmer 314 herauskommen und den Korridor hinunter zum Fahrstuhl laufen zu sehen ... Sie wußte nicht, was sie davon halten sollte. So verließ sie verstohlen ihr Zimmer und begab sich die drei Feuertreppen zur Halle hinunter. Sie beobachtete gerade noch, wie Sloane eilends das Hotel verließ. Sie folgte ihm; zu ihrer Verwunderung ging er schnurstracks zum Haus Khalkis. Als sie selbst dort ankam, stellte sie mit einer geschickten Frage an Mrs. Simms fest, daß Mrs. Vreeland das Haus den ganzen Abend über nicht verlassen hatte. Sie wußte also nun, daß Sloane zumindest für jenen Abend vom Verdacht des Ehebruches freizusprechen war. Nein, um welche Uhrzeit Sloane wieder aus dem Zimmer 314 herausgekommen war, das wußte sie nicht. Sie könne sich an überhaupt keine Uhrzeiten mehr erinnern.

Das war offenbar alles.

Ihr Blick hatte etwas ängstlich Forschendes, als ob sie fragen wolle, ob ihre Erzählung ihm einen Hinweis gegeben habe, irgendeinen Hinweis ...

Ellery dachte nach. »Während Sie in Zimmer 316 waren, Mrs. Sloane, haben Sie da etwa gehört, daß noch jemand Zimmer 314 betreten hätte?«

»Nein. Ich sah Gilbert hineingehen und dann wieder herauskommen, und ich ging ihm sogleich nach. Ich bin sicher, wenn irgend jemand die Tür geöffnet oder geschlossen hätte, während ich im Raum nebenan war, dann hätte ich das gehört.«

»Verstehe. Das war hilfreich, Mrs. Sloane. Und da Sie so aufrichtig gewesen sind, sagen Sie mir doch bitte noch eines: Haben Sie am vergangenen Montag abend, am Abend, an dem er umkam, von hier aus Ihren Mann angerufen?«

»Nein, das habe ich nicht, wie ich Sergeant Velie schon versichert habe, als er mich am selben Abend danach fragte. Ich weiß, daß Sie mich verdächtigen, ich hätte meinen Mann gewarnt, aber das stimmt nicht, Mr. Queen, das stimmt nicht – ich hatte keine Ahnung, daß seine Verhaftung bevorstand.«

Ellery studierte ihr Gesicht; sie schien es ehrlich zu meinen. »Sie werden sich erinnern, daß mein Vater, Mr. Pepper und ich Sie an jenem Abend, als wir unten das Arbeitszimmer verließen, den Korridor in Richtung Wohnzimmer hinuntereilen sahen. Bitte verzeihen Sie mir, Mrs. Sloane, aber ich muß es fragen – haben Sie an der Tür des Arbeitszimmers gelauscht, bevor wir herauskamen?«

Sie wurde dunkelrot. »Ich mag in mancher Hinsicht – ach, nicht ohne Fehl und Tadel sein, Mr. Queen, und vielleicht hat mein Verhalten in dieser Sache mit meinem Mann ein schlechtes Licht auf mich geworfen... aber ich schwöre Ihnen, ich habe nicht gelauscht.«

»Haben Sie eine Idee, wer es sonst gewesen sein könnte?«

»Ja, das habe ich«, sagte sie mit haßerfüllter Stimme. »Mrs. Vreeland. Sie – sie stand Gilbert nahe genug, nahe genug...«

»Aber das paßt nicht zu der Tatsache, daß sie uns an jenem Abend berichtete, sie habe Mr. Sloane auf den Friedhof gehen sehen«, wandte Ellery behutsam ein. »Es schien ihr eher daran gelegen zu sein, ihn anzuschwärzen, als einen Liebhaber zu verteidigen.«

Sie seufzte ratlos. »Vielleicht täusche ich mich ja... Ich wußte auch nicht, daß Mrs. Vreeland Ihnen an jenem Abend etwas anvertraut hatte; davon habe ich erst nach dem Tod meines Mannes erfahren, und auch da nur aus der Zeitung.«

»Noch eine letzte Frage, Mrs. Sloane. Hat Mr. Sloane Ihnen jemals erzählt, daß er einen Bruder hatte?«

Sie schüttelte den Kopf. »Nicht einmal angedeutet. Was seine Familie anging, war er stets zurückhaltend. Er hatte mir von seinem Vater und seiner Mutter erzählt – es schienen anständige Leute gewesen zu sein, Mittelstand –, doch niemals von einem Bruder. Ich habe immer geglaubt, er sei ein Einzelkind gewesen, und der letzte seiner Familie.«

Ellery ergriff Hut und Stock, sagte: »Fassen Sie sich in Geduld, Mrs. Sloane, und vor allem – verraten Sie niemandem etwas von all diesen Dingen«, lächelte ihr zu und verließ dann rasch das Zimmer.

Unten erfuhr Ellery von Weekes eine Neuigkeit, die ihn für einen Augenblick aus der Fassung brachte.

Dr. Wardes war fort.

Ellery roch Lunte. Das schien etwas zu sein! Doch Weekes war nicht gerade ein ergiebiger Informant. Offenbar hatte Dr. Wardes sich, als die Auflösung des Falles Grimshaw publik gemacht wurde, nach einer Möglichkeit umgesehen, dies allzu hell erleuchtete Haus zu verlassen. Als die polizeiliche Sperre nach dem Selbstmord Sloanes aufgehoben worden war, hatte er in aller Eile seine sieben Sachen gepackt, sich hastig von seiner Gastgeberin verabschiedet, ihr sein Beileid ausgesprochen, und war dann mit unbekanntem Ziel abgereist. Er war am Freitag der vergangenen Woche aufgebrochen, und Weekes war sicher, daß niemand im Haus wisse, wohin.

»Und nun auch noch Miss Brett -« fügte Weekes hinzu.

Ellery erbleichte. »Was ist mit Miss Brett? Ist sie etwa auch fort? Um Himmels willen, Mann, sagen Sie doch etwas!«

Weekes tat es. »Nein, Sir, das nicht, noch ist sie nicht fort, aber ich darf wohl sagen, Sir, daß sie fort sein w i r d, wenn Sie verstehen, was ich sagen will, Sir. Sie –«

»Weekes«, sagte Ellery heftig, »reden Sie doch, daß man Sie verstehen kann. Was ist los?«

»Miss Brett ist im Begriff, uns zu verlassen, Sir«, antwortete Weekes mit einem höflichen, kleinen Hüsteln. »Ihre Anstellung ist zu Ende, sozusagen. Und Mrs. Sloane« – er wirkte peinlich berührt – »Mrs. Sloane hat Miss Brett wissen lassen, daß ihre Dienste nicht mehr länger benötigt würden. Und so –«

»Wo ist sie jetzt?«

»Oben in ihrem Zimmer, Sir. Sie packt ihre Sachen, glaube ich. Die erste Tür rechts vom Kopf der Treppe . . .«

Aber Ellery war schon fort wie der Wind, die Rockschöße wehten ihm nach. Er nahm drei Stufen auf einmal. Als er jedoch am oberen Ende der Treppe angelangt war, blieb er wie angewurzelt stehen. Es waren Stimmen zu vernehmen, und wenn seine Ohren ihn nicht trogen, gehörte eine davon Miss Joan Brett. So blieb er denn furchtlos stehen, den Stock in der Hand, den Kopf ein wenig nach rechts geneigt . . . und wurde damit belohnt, daß er einer Männerstimme lauschen durfte, die, durchzogen von dem, was gemeinhin als Leidenschaft bezeichnet wird, deklamierte: »Joan! Liebes! Ich liebe –«

»Säufer«, entgegnete Joans Stimme eiskalt – nicht gerade die Stimme einer jungen Dame, die den Liebesschwüren eines Verehrers lauscht.

»Bitte, Joan, mache keine Witze darüber. Es ist mir todernst. Ich liebe dich, ich liebe dich. Wirklich, ich –«

Gewisse Geräusche deuteten auf Handgreiflichkeiten hin. Der Besitzer der Männerstimme verlieh vermutlich seinem Werben physischen Nachdruck. Ein kleiner, wütender Aufschrei, unmißverständlich, dann ein heftiges Klatsch!, bei dem selbst Ellery, außerhalb der Reichweite von Miss Bretts schlagkräftigem Arm, zusammenzuckte.

Schweigen. Die beiden Kontrahenten, dessen war Ellery sich sicher, starrten sich nun feindselig an, umkreisten sich vielleicht in jener Katzenart, die menschliche Wesen unter dem Druck cholerischer Leidenschaften anzunehmen pflegen. Er hörte seelenruhig weiter zu und grinste, als er den Mann sagen hörte: »Das hättest du nicht tun sollen, Joan. Ich wollte dir doch keine Angst einjagen –«

»Mir Angst einjagen? Lieber Himmel! Ich hatte nicht eine Sekunde lang Angst, das kann ich Ihnen versichern«, entgegnete Joans Stimme voll ironischer Überlegenheit.

»Verflucht noch mal«, brüllte der Mann verzweifelt, »ist das vielleicht eine Art, auf einen Heiratsantrag zu antworten? Zum –«

Ein weiterer Aufschrei. »Wie können Sie es wagen, mich zu beschimpfen, Sie – Sie Bauer!« fauchte Joan. »Ich sollte Sie auspeitschen. In meinem ganzen Leben bin ich noch nie so gedemütigt worden. Verlassen Sie auf der Stelle mein Zimmer!«

Ellery drückte sich an die Wand. Ein erboster, unterdrückter Wutschrei, eine Tür, die heftig aufgerissen wurde, ein Krach, der das ganze Haus erzittern ließ – und Ellery lugte um die Ecke und konnte eben noch einen wild gestikulierenden Mr. Alan Cheney den Korridor entlangstapfen sehen, die Fäuste geballt, mit ruckartigen Kopfbewegungen . . .

Als Mr. Alan Cheney in seinem eigenen Zimmer verschwunden war und das alte Haus durch die Heftigkeit, mit der er seine Tür schloß, zum zweiten Mal in den Grundfesten hatte erzittern lassen, rückte Mr. Ellery Queen selbstzufrieden seine Krawatte zurecht und begab sich ohne Zögern an die Tür zu Miss Joan Bretts Zimmer. Er hob seinen Stock und klopfte vorsichtig an. Schweigen. Er klopfte noch einmal. Daraufhin vernahm er ein höchst unfeines Schniefen, einen unterdrückten Schluchzer und dann Joans Stimme: »Wagen Sie es nur nicht, noch einmal hier hereinzukommen, Sie – Sie – Sie . . .«

»Ich bin's, Miss Brett, Ellery Queen«, sagte Ellery mit völlig ungerührter Stimme, so, als ob die Schluchzer einer jungen Dame genau die richtige Antwort auf das Anklopfen eines Besuchers seien. Das Schniefen hörte unverzüglich auf. Ellery wartete geduldig. Dann erklang eine äußerst zaghafte Stimme: »Kommen Sie herein, Mr. Queen. Die – die Tür ist offen«, und er öffnete die Tür und trat ein.

Er fand Miss Joan Brett vor ihrem Bett, die zarte Hand umklammerte ein feuchtes Taschentuch, zwei symmetrische, runde rote Flecken zierten ihre Wangen. Auf dem Boden, den Stühlen und dem Bett lagen weibliche Kleidungsstücke verschiedenster Art. Zwei Reisekoffer standen aufgeklappt auf den Sesseln, und eine kleine Seekiste mit weit offenem Deckel befand sich auf dem Fußboden. Auf dem Frisiertisch fiel Ellery, ohne daß er es sich hätte anmerken lassen, eine gerahmte Fotografie auf – sie lag auf der Vorderseite, als ob sie hastig umgedreht worden sei.

Nun war Ellery – wenn er es wollte – ein höchst diplomatischer junger Mann. Die Gelegenheit schien Feingefühl zu erfordern; er hatte so eine Ahnung, daß es besser sei, gewisse Dinge zu übersehen. Folglich lächelte er ein bißchen zerstreut und fragte: »Was war das, was Sie eben sagten, als ich das erste Mal klopfte, Miss Brett? Ich fürchte, ich habe es nicht ganz verstanden.«

»Oh!« war alles, was sie sagte – und das Oh klang sehr kleinlaut. Joan bot ihm einen Sessel an und nahm selbst in einem anderen Platz. »Es – ich führe oft Selbstgespräche. Eine dumme Angewohnheit, nicht wahr?«

»Ganz und gar nicht«, antwortete Ellery herzlich und setzte sich. »Ganz und gar nicht. Einige unserer Besten haben sich zu dieser Angewohnheit bekannt. Es heißt, diejenigen, die mit sich selbst sprechen, seien auch die, die Geld auf der Bank haben. Haben Sie Geld auf der Bank, Miss Brett?«

Das entlockte ihr ein mildes Lächeln. »Nicht allzu viel, und auch das lasse ich ja nun nach Europa schicken ...« Die Röte war aus ihren Wangen verschwunden, und sie seufzte ein wenig. »Ich verlasse die Vereinigten Staaten, Mr. Queen.«

»Weekes hat es mir schon gesagt. Wir werden untröstlich sein, Miss Brett.«

»La.« Sie lachte laut. »Sie reden wie ein Franzose, Mr. Queen.« Sie lehnte sich zum Bett hinüber und griff nach ihrer Handtasche. »Diese Kiste hier – mein Gepäck ... Seereisen sind so furchtbar deprimierend.« Aus der Handtasche hatte sie ein Bündel Schiffspapiere gezogen. »Sind Sie beruflich hier? Wirklich, Mr. Queen, ich reise ab. Da haben Sie den schriftlichen Beweis meiner Absichten, das Land zu verlassen. Sie sind doch nicht gekommen, um mir zu sagen, daß ich nicht gehen darf?«

»Ich? Liebe Güte, nein! Und möchten Sie denn gehen, Miss Brett?«

»Im Augenblick«, sagte sie, und ihre Lippen wurden schmal, »möchte ich nichts lieber als das.«

Ellery ließ sich nichts anmerken. »Verstehe. Diese ganze Geschichte mit Mord und Selbstmord – das setzt einem natürlich zu ... Na, ich werde Sie nicht lange aufhalten. Mein Besuch hat nichts Sinistres, im Gegenteil.« Er betrachtete sie ernsthaft. »Wie Sie wissen, ist der Fall abgeschlossen. Trotzdem gibt es noch ein paar Punkte, unbedeutend und wahrscheinlich ohne Belang, die meinem hartnäckigen Verstand keine Ruhe lassen ... Miss Brett, wonach waren Sie in jener Nacht auf der Suche, als Pepper unten im Arbeitszimmer auf der Lauer lag?«

Sie maß ihn seelenruhig mit ihren kühlen blauen Augen. »Meine Erklärung hat Sie also nicht zufriedengestellt ... Nehmen Sie eine Zigarette, Mr. Queen.« Er lehnte ab, und sie zündete sich mit ruhiger Hand selbst eine an. »Nun gut, Sir – GEFEUERTE SEKRETÄRIN PACKT AUS, wie das in Ihren Zeitungen wohl heißen würde. Ich werde ein Geständnis ablegen, und ich darf wohl sagen, Sie werden mehr als erstaunt sein, Mr. Queen.«

»Da habe ich nicht die geringsten Zweifel.«

»Seien Sie auf etwas gefaßt.« Sie atmete tief ein, und der Rauch perlte ihr wie Satzzeichen aus dem hübschen Munde, während sie sprach. »Sie sehen hier vor sich, Mr. Queen, einen weiblichen Detektiv.«

»Nein!«

»*Mais oui.* Ich bin beim Victoria-Museum in London beschäftigt – nicht beim Yard, Sir, das nun doch nicht. Das wäre zuviel. Nur beim Museum, Mr. Queen.«

»Na, da will ich mich doch hängen, vierteilen, ausweiden und in siedendes Öl stecken lassen«, murmelte Ellery. »So, beim Victoria-Museum? Meine Liebe, das ist die Art von Neuigkeiten, von denen wir Detektive träumen. Erzählen Sie mehr.«

Joan streifte die Asche von ihrer Zigarette. »Es ist eine ausgesprochen melodramatische Geschichte. Als ich mich bei Georg

Khalkis um eine Stelle bemühte, war ich beim Victoria-Museum angestellt, um gewisse Ermittlungen durchzuführen. Ich war einer Spur nachgegangen, die zu Khalkis führte – einem kryptischen Hinweis, der andeutete, daß er, vermutlich als Empfänger, in den Diebstahl eines Bildes aus dem Museum verwickelt war –«

Das Grinsen erstarb Ellery auf den Lippen. »Ein Gemälde von wem, Miss Brett?«

Sie zuckte die Schultern. »Nur eine Detailstudie. Wertvoll allerdings schon – ein echter Leonardo da Vinci –, ein Meisterwerk, das vor nicht allzu langer Zeit von jemandem im Außendienst des Museums entdeckt worden war – ein Entwurf zu einem Fresko, an dem Leonardo im ersten Jahrzehnt des 16. Jahrhunderts in Florenz gearbeitet hat. Unser Bild war ein Ölgemälde, das Leonardo malte, nachdem er den ursprünglichen Plan für ein Fresko aufgegeben hatte: *Detailstudie zur Schlacht von Anghiari* heißt es im Katalog . . .«

»Ein unverschämtes Glück«, murmelte Ellery. »Erzählen Sie weiter, Miss Brett. Ich werde an Ihren Lippen hängen. Welche Rolle spielte Khalkis dabei?«

Sie seufzte. »Außer daß wir, wie gesagt, den Eindruck hatten, daß er der Empfänger des Bildes gewesen sei, wußten wir nichts. Es war eher eine Art Ahnung als eine wirkliche Information. Aber lassen Sie mich der Reihe nach erzählen.

Mein Empfehlungsschreiben an Khalkis war durchaus echt – Sir Arthur Ewing, der mir diese Zeilen schrieb, ist wirklich der Urheber – er ist nicht nur ein berühmter Londoner Kunsthändler, sondern auch einer der Direktoren des Victoria und war natürlich in die Sache eingeweiht; das Empfehlungsschreiben war nur eine Kleinigkeit. Ich habe schon häufiger solche Ermittlungen für das Museum angestellt, aber meistens auf dem Kontinent und noch niemals hier in diesem Land. Die Direktoren erwarteten absolute Geheimhaltung – das heißt, ich sollte im Verborgenen arbeiten, dem Bild auf die Spur kommen und versuchen, seinen Standort zu finden. Dem Publikum wurde der Diebstahl des Bildes einstweilen mit einer Reihe von Hinweisen, daß es ›restauriert‹ werde, verheimlicht.«

»Allmählich verstehe ich.«

»Da merkt man Ihren scharfen Verstand, Mr. Queen«, sagte Joan tadelnd. »Darf ich nun mit meiner Geschichte fortfahren, oder soll ich es lieber lassen? Die ganze Zeit über, die ich in diesem Hause als Mr. Khalkis' Sekretärin zubrachte, war ich auf der Suche nach Hinweisen auf den Verbleib des Leonardo; aber ich habe niemals auch nur die kleinste Spur finden können, weder in den Papieren noch im Gespräch mit Khalkis. Ehrlich gesagt, ich verlor allmählich den Mut, auch wenn an der Echtheit unserer Information kein Zweifel zu bestehen schien.

Das bringt mich auf Mr. Albert Grimshaw. Das Bild war von einem Aufseher im Museum gestohlen worden, einem Mann, der sich Graham nannte und von dem wir später feststellten, daß er in Wirklichkeit Albert Grimshaw hieß. Die erste Hoffnung, der erste sichtbare Beweis, daß ich auf der richtigen Fährte war, ergab sich, als dieser Grimshaw am Abend des 30. September hier vor der Tür stand. Die Beschreibungen, die man mir von dem diebischen Graham gegeben hatte, waren eindeutig genug, daß ich sofort erkannte, daß dies der Mann war, der spurlos aus England verschwunden war und den man in all den fünf Jahren, die seit dem Diebstahl vergangen waren, nicht hatte festnehmen können.«

»Ausgezeichnet!«

»Allerdings. Ich versuchte an der Arbeitszimmertür zu lauschen, konnte jedoch nichts von seinem Gespräch mit Mr. Khalkis vernehmen. Ebensowenig erfuhr ich etwas am folgenden Abend, als Grimshaw mit dem Unbekannten wiederkehrte – dem Mann, der sein Gesicht vermummt hatte. Das wurde dadurch vereitelt« – ihre Züge verfinsterten sich –, »daß Mr. Alan Cheney ausgerechnet diesen Augenblick wählte, in einem widerwärtig betrunkenen Zustand ins Haus getorkelt zu kommen. Bis ich ihn versorgt hatte, waren die beiden Herren verschwunden. Doch einer Sache war ich mir sicher – daß ich über die Verbindung von Grimshaw und Khalkis das Geheimnis des Versteckes des Leonardos herausfinden konnte.«

»Ich nehme also an, Ihre Suche in der Bibliothek war von der Hoffnung beflügelt, Khalkis' Papiere könnten neue Aufzeichnungen enthalten – etwas, das Ihnen Aufschluß über den Verbleib des Bildes geben könnte?«

»Genau. Doch die Suche blieb, wie alle anderen zuvor, erfolglos. Sie müssen wissen, von Zeit zu Zeit hatte ich höchstpersönlich das Haus, die Kunstsammlung und die Galerie durchstöbert; und ich war mir sicher, daß der Leonardo in keiner dieser Räumlichkeiten versteckt war. Andererseits schien mir der Unbekannte, der mit Grimshaw gekommen war, jemand zu sein, der interessiert war – die Geheimniskrämerei, Mr. Khalkis' Nervosität – interessiert, wie gesagt, an dem Bild. Dieser Unbekannte, da bin ich mir sicher, liefert einen entscheidenden Hinweis auf das Schicksal des Leonardo.«

»Und es ist Ihnen nicht gelungen, die Identität dieses Mannes herauszufinden?«

Energisch drückte sie ihre Zigarette im Aschenbecher aus. »Nein.« Dann sah sie Ellery argwöhnisch an. »Wieso – wissen Sie etwa, wer es war?«

Ellery antwortete nicht. Sein Blick war in die Ferne gerichtet. »Noch eine kleine Frage, Miss Brett... Wenn die Dinge sich hier so dramatisch zuspitzen, wieso kehren Sie dann an den heimischen Herd zurück?«

»Aus dem guten Grund, daß der Fall für mich eine Nummer zu groß geworden ist.« Sie wühlte in ihrer Handtasche und holte einen Brief mit Londoner Poststempel hervor. Sie reichte ihn Ellery, und er las ihn kommentarlos. Er war auf dem Briefpapier des Victoria-Museums abgefaßt und von dessen Direktor unterzeichnet. »Ich habe London über meine Fortschritte auf dem laufenden gehalten – besser gesagt, über meinen Mangel an Fortschritten. Dieser Brief kam als Antwort auf meinen letzten Bericht über jenen Unbekannten. Sie sehen, wir stecken in einer Sackgasse. Das Museum schreibt, seit der ersten Nachfrage, die Mr. Queen vor einiger Zeit kabelte, sei die Korrespondenz zwischen dem Direktor und der New Yorker Polizei beträchtlich gewachsen – darüber sind Sie wahrscheinlich informiert. Anfangs wußten sie natürlich nicht, ob sie antworten sollten oder nicht, denn dann mußten sie ja die ganze Geschichte eingestehen.

Dieser Brief gibt mir, wie Sie sehen, die Erlaubnis, mich der New Yorker Polizei anzuvertrauen und über meine weiteren Schritte nach eigenem Ermessen zu entscheiden.« Sie seufzte. »Mein eigenes Ermessen sagt mir deutlich, daß der Fall mittlerweile für meine bescheidenen Fähigkeiten zu kompliziert ist; ich war im Begriff, den Inspektor aufzusuchen, ihm meine Geschichte zu erzählen und dann nach London zurückzukehren.«

Ellery reichte ihr den Brief zurück, den sie sorgsam wieder in die Handtasche steckte. »Ja«, sagte er, »da muß ich Ihnen recht geben, daß die Spur dieses Bildes inzwischen außerordentlich kompliziert zu verfolgen ist, eher eine Angelegenheit für Profis als für einen einzelnen Ermittler, der darüber hinaus noch ein Amateur ist. Andererseits...« Er hielt nachdenklich inne. »Es besteht eine gewisse Chance, daß ich schon bald in der Lage sein werde, Ihnen bei Ihrer anscheinend so hoffnungslosen Suche behilflich zu sein.«

»Mr. Queen!« Ihre Augen leuchteten.

»Würde das Museum bereit sein, Sie in New York zu lassen, wenn noch eine Chance bestünde, den Leonardo ohne großes Aufsehen zurückzubekommen?«

»Oh ja! Da bin ich mir sicher, Mr. Queen! Ich werde dem Direktor gleich telegrafieren.«

»Tun Sie das. Und Miss Brett« – er lächelte –, »ich an Ihrer Stelle würde mir Zeit damit lassen, die Polizei aufzusuchen. Nicht einmal meinen geschätzten Vater. Sie könnten nützlicher sein, wenn Sie – um es höflich zu formulieren – noch unter Verdacht stünden.«

Joan erhob sich unvermittelt. »Das werde ich mit Begeisterung tun. Ihre Befehle, Kommandant?« Sie hatte übermütig Haltung angenommen und salutierte zackig.

Ellery grinste. »Sie werden eine prächtige *espionne* abgeben, das sehe ich schon. Nun denn, Miss Joan Brett, von nun an und für alle Zeiten sind wir Verbündete, wir beide – eine private *entente*.«

»*Cordiale*, hoffe ich doch?« Sie seufzte glücklich. »Das wird aufregend werden.«

»Vielleicht auch gefährlich«, sagte Ellery. »Doch trotz unseres Geheimabkommens gibt es gewisse Dinge, Leutnant Brett, die ich Ihnen lieber nicht verrate – zu Ihrer eigenen Sicherheit.« Sie machte ein langes Gesicht, und er tätschelte ihr die Hand. »Nicht weil ich Ihnen mißtraue, meine Liebe – darauf gebe ich Ihnen mein Ehrenwort. Aber im Augenblick müssen Sie einfach tun, was ich sage.«

»Nun gut, Mr. Queen«, sagte Joan nüchtern. »Ich gebe mich in Ihre Hände.«

»Nein«, erwiderte Ellery hastig, »die Versuchung wäre zu groß für mich. Dazu sind Sie viel zu attraktiv... Also wirklich!« Er wandte sich ab, um ihren amüsierten Blicken zu entgehen, und begann laut zu denken. »Lassen Sie uns überlegen, welche Möglichkeiten uns offenstehen. Hmm... Ich muß mir eine gute Entschuldigung einfallen lassen, um Sie in der Nähe zu behalten – ich nehme an, es ist allgemein bekannt, daß Sie Ihre Stellung hier verloren haben... Ohne Stellung können Sie nicht in New York bleiben – könnte verdächtig wirken... Hier bei Khalkis können Sie auch nicht wohnen... ich hab's!« Aufgeregt faßte er sie bei den Händen. »Es gibt einen Ort, wo Sie sich aufhalten könnten – und zwar mit einem guten Grund, so daß niemand Verdacht schöpfen würde.«

»Und wo ist das?«

Er führte sie hinüber zum Bett, und sie setzten sich und steckten die Köpfe zusammen. »Sie sind mit allen persönlichen und geschäftlichen Belangen von Khalkis vertraut. Und es gibt einen Herrn, der bis zum Hals in diesem Durcheinander steckt, dessen Regelung er freundlicherweise übernommen hat. Nämlich James Knox!«

»Das ist ja großartig«, flüsterte sie.

»Und Knox«, fuhr Ellery hastig fort, »dem dies alles einiges Kopfzerbrechen bereiten dürfte, müßte doch froh sein, wenn eine Expertin ihm zur Hand ginge. Gestern abend habe ich bei Woodruff gehört, daß Mr. Knox' Sekretärin krank ist. Ich werde es so hindrehen, daß Knox selbst Ihnen das Angebot macht, wodurch alles Mißtrauen im Keim erstickt wird. Und Sie dürfen kein Wort darüber verlauten lassen, meine Liebe – das müssen Sie verstehen. Sie müssen so tun, als ob es eine wirkliche Stellung sei, und fleißig arbeiten – n i e m a n d darf wissen, daß Sie nicht diejenige sind, als die Sie erscheinen.«

»In dieser Beziehung brauchen Sie sich nun wirklich keine Sorgen zu machen«, sagte sie pikiert.

»Da bin ich mir sicher.« Er erhob sich und ergriff Hut und Stock. »Gepriesen sei der Herr! Es gibt noch viel zu tun... Gehabt Euch wohl, *ma lieutenante!* Bleiben Sie hier im Hause, bis der allmächtige Knox sich bei Ihnen meldet.«

Mit einer Handbewegung unterbrach er Joans atemlose Dankesworte und stürmte aus dem Zimmer. Die Tür schloß sich langsam hinter ihm. Nachdenklich blieb er auf dem Korridor stehen. Dann ging er ihn mit einem bösartigen, kleinen Grinsen auf den Lippen hinunter und klopfte an Alan Cheneys Tür.

Alan Cheneys Schlafzimmer sah aus, als sei ein Wirbelsturm darüber hinweggefegt. Überall lagen Dinge umher, als ob der junge Mann sich auf ein Schlagballspiel mit seinem eigenen Schatten eingelassen habe. Zigarettenstummel lagen auf dem Boden, wo sie eben hingefallen waren und wie kleine tote Soldaten aussahen. Mr. Cheneys Haar wirkte, als ob er damit in eine Dreschmaschine gekommen sei, und er blickte mit geröteten Augen wild umher.

Er lief auf und ab wie ein Tiger, durchmaß sein Zimmer immer und immer wieder mit verzweifelten Schritten. Ein Bild der Rastlosigkeit; Ellery stand mit großen Augen in der Tür, nachdem Cheney auf sein Klopfen gebrummt hatte: »Herein, verdammt noch mal, wer es auch sein mag!«, und besah sich das von Trümmern übersäte Schlachtfeld.

»Ja, und was wollen Sie noch von mir?« knurrte der junge Mann ihn an, nachdem er abrupt in seinem Lauf innegehalten hatte, um zu sehen, wer der Besucher war.

»Mich ein wenig mit Ihnen unterhalten.« Ellery schloß die Tür. »Ich scheine Sie«, fuhr er mit einem Grinsen fort, »in recht aufgebrachter Stimmung anzutreffen. Aber ich werde keinen Augenblick Ihrer zweifellos wertvollen Zeit verschwenden. Darf ich mich setzen, oder werden wir dieses Gespräch im Stil eines Duells führen?«

Einige Spuren von Benimm waren dem jungen Alan offenbar doch geblieben, denn er murmelte: »Gewiß. Setzen Sie sich. Bitte um Entschuldigung. Hier, nehmen Sie diesen«, und er wischte einen Stuhl voll Zigarettenstummeln auf den ohnehin schon unordentlichen Boden.

Ellery setzte sich und begann sogleich, die Gläser seines Zwikkers zu polieren. Alan betrachtete ihn irritiert. »Nun, Mr. Alan Cheney«, hob Ellery an und setzte den Zwicker energisch auf seine gerade Nase, »an die Arbeit. Ich bin dabei, einige noch ungeklärte Fragen auszuräumen in der traurigen Angelegenheit des Mordes an Grimshaw und des Selbstmords Ihres Stiefvaters.«

»Selbstmord – machen Sie sich doch nicht lächerlich«, schnauzte Alan. »Das war nichts dergleichen.«

»Tatsächlich? Genau was auch Ihre Mutter vor wenigen Augenblicken andeutete. Haben Sie etwas Konkretes, auf dem diese Annahme gründet?«

»Nein. Das wohl nicht. Na, es spielt ja auch keine Rolle mehr. Er ist tot und zwei Meter unter der Erde, und das kann niemand mehr richtigstellen.« Alan warf sich auf sein Bett. »Was wollen Sie denn nun, Queen?«

Ellery lächelte: »Eine belanglose Frage stellen, auf die Sie mir sicher nicht mehr die Antwort verweigern werden ... Warum sind Sie vorletzte Woche davongelaufen?«

Alan blieb auf dem Bett liegen und zog an seiner Zigarette, den Blick auf einen alten, abgenutzten afrikanischen Speer geheftet, der an der Wand hing. »Gehörte meinem alten Herrn«, erklärte er. »Er hatte ein besonderes Faible für Afrika.« Dann warf er die Zigarette fort, sprang vom Bett auf und begann wieder seine Kreise zu ziehen, wobei er wütende Blicke nordwärts warf – in welcher Richtung, sei erklärend hinzugefügt, sich Joans Zimmer befand. »Also gut«, fuhr er Ellery an. »Ich werde reden. Es war vollkommen idiotisch von mir, es überhaupt zu tun. Launische kleine Kokette, mehr ist sie nicht, Puppengesicht hin oder her!«

»Mein lieber Cheney«, brummte Ellery, »wovon um alles in der Welt reden Sie da?«

»Ich rede darüber, was für ein vertrottelter Träumer ich gewesen bin! Lassen Sie sich die schönste Geschichte von jugendlicher ›Ritterlichkeit‹ erzählen, die Sie jemals gehört haben, Queen«, stieß Alan hervor und knirschte mit den kräftigen jungen Zähnen. »Da war ich also, verliebt – verliebt, stellen Sie sich das vor! – in diese, diese ... na, in Joan Brett. Ich hatte beobachtet, wie sie schon seit Monaten hier im Haus herumschnüffelte, auf der Suche nach Gott weiß was. Habe nie ein Wort gesagt – weder zu ihr noch zu sonst jemandem. Aufopfernder Liebhaber und all das Zeug. Als der Inspektor Joan in die Mangel nahm, weil dieser Pepper sie erwischt hatte, wie sie sich in der Nacht nach der Beerdigung meines Onkels an dem Safe zu schaffen machte ... verdammt, ich wußte nicht, was ich davon halten sollte. Hab' zwei und zwei zusammengezählt – das verschwundene Testament, der Ermordete. Das war ein ziemlicher Schlag für mich ... mir dämmerte allmählich, daß sie irgendwie in diese scheußliche Sache verwickelt war. Und da –« Seine Stimme verlor sich.

Ellery seufzte. »Tja, die Liebe. Ich spüre, wie die Zitate sich meiner bemächtigen wollen, aber ich sollte wohl lieber ... Nun, Jung Alan, Sie, der noble Sir Pelleas, verschmäht von der hochmütigen Lady Ettarre, ritten also davon, auf dem breiten Rücken Ihres weißen Hengstes, um auf ritterliche Fahrt zu gehen ...«

»Wenn Sie sich darüber lustig machen wollen – bitte«, fauchte Alan ihn an. »Tja – ich, ja, das tat ich. Ich war blöd genug, den tugendhaften Ritter zu spielen, wie Sie sagen – setzte mich ab, so daß es verdächtig aussehen sollte – um den Verdacht auf mich zu lenken. Ha!« Bitter zuckte er die Schultern. »Und war sie es wert? Was war die Antwort? Ich bin froh, daß die ganze verfluchte Geschichte heraus ist; jetzt kann ich sie vergessen – und sie auch.«

»Und das«, murmelte Ellery und erhob sich, »sind nun Ermittlungen in einem Mordfall. Nun gut! Bis die Psychiatrie gelernt hat, all das Irrationale des menschlichen Verhaltens mit einzukalkulieren, wird die Kriminologie eine Wissenschaft bleiben, die in den Kinderschuhen steckt... Dank euch, Sir Alan, tausendfach, und meiner Treu, verzweifelt nicht. Gehabt Euch wohl!«

Vielleicht eine Stunde später saß Mr. Ellery Queen dem Anwalt Miles Woodruff in der bescheidenen Zimmerflucht jenes Herrn in den Canyons des unteren Broadway gegenüber, paffte – dies ein Zeichen, daß es sich um einen ganz speziellen Anlaß handelte – eine der Perfectos des Anwaltes und unterhielt sich mit ihm über Belanglosigkeiten. Anwalt Woodruff litt, wie es schien, in seiner hemdsärmeligen, rotgesichtigen Art unter einer Art geistiger Verstopfung; er war mürrisch, die Augen sahen gelblich aus, das Gesicht wirkte fahl, und von Zeit zu Zeit spuckte er unelegant in einen polierten Spucknapf, der züchtig auf einem runden Gummideckchen zu Füßen seines Schreibtisches stand. Worauf all seine Klagen letzten Endes hinausliefen, war, daß er niemals, in all seinen arbeitsreichen Anwaltsjahren, einen Erbschaftsfall erlebt habe, der ihm auch nur annähernd so viel Kopfzerbrechen bereitet habe wie der verwickelte Fall des Vermächtnisses von Georg Khalkis.

»Wirklich, Queen«, rief er aus, »Sie haben gar keine Vorstellungen, was uns da bevorsteht – überhaupt keinen Begriff! Da taucht dieses Fragment des verbrannten Testamentes auf, und wir müssen belegen, daß es unter Zwang verfaßt wurde, sonst geht der Löwenanteil in Grimshaws Erbmasse... Na, sei's drum. Ich wette, dem armen alten Knox tut es verdammt leid, daß er sich bereit erklärt hat, als Bevollmächtigter zu fungieren.«

»Knox. Stimmt. Hat alle Hände voll zu tun, was?«

»Entsetzlich! Schließlich sind ja auch schon, bevor der genaue rechtliche Status des Erbes festgelegt wird, gewisse Dinge zu tun. Zahllose Inventarlisten müssen erstellt werden – Khalkis hat vieles ungeordnet hinterlassen. Ich nehme an, er wird es alles mir aufladen – Knox meine ich –, das ist das Übliche, wenn der Bevollmächtigte jemand von Knox' Kaliber ist.«

»Vielleicht«, meinte Ellery leichthin, »könnte man, wo doch Knox' Sekretärin krank ist und Miss Brett derzeit keine Anstellung hat...«

Woodruffs Zigarre hüpfte auf und ab. »Miss Brett! Queen, das ist eine Idee. Natürlich. Sie kennt sich in Khalkis' Angelegenheiten bestens aus. Ich glaube, das werde ich Knox vorschlagen. Ich denke mir, ich...«

Nachdem er solchermaßen seine Saat gesät hatte, nahm Ellery kurz darauf Abschied und lächelte sehr zufrieden vor sich hin, als er mit großen Schritten den Broadway hinaufmarschierte.

Und den Anwalt Woodruff finden wir keine zwei Minuten, nachdem seine Tür sich hinter Ellerys kräftigem Rücken geschlossen hatte, in ein Telefongespräch mit Mr. James J. Knox vertieft. »Mir kam der Gedanke, daß Miss Joan Brett, nun, wo im Hause Khalkis nichts mehr für sie zu tun ist –«

»Woodruff! Das ist ja eine tolle Idee!...«

Und so kam es, daß Mr. James J. Knox, nachdem er dem Anwalt Woodruff mit einem Seufzer der Erleichterung noch einmal für seine großartige Idee gedankt hatte, kaum daß er aufgelegt hatte, wieder zum Hörer griff und die Nummer des Hauses Khalkis wählte.

Und als es ihm gelungen war, Miss Joan Brett an den Apparat zu bekommen, fragte er sie, ganz so, als ob es seine eigene Idee gewesen sei, ob sie für ihn arbeiten wolle und schon am nächsten Tag anfangen könne... für einen Zeitraum, der sich bis zur endgültigen Regelung der Erbschaft erstrecken sollte. Im Hinblick auf die Tatsache, daß Miss Brett Britin sei und keine feste Bleibe in New York City habe, schlug Mr. Knox des weiteren vor, daß sie in seinem, Knox', Hause wohnen solle, solange sie für ihn arbeite...

Miss Brett nahm das Angebot bescheiden an – zu einem Salär, sollte noch hinzugefügt werden, das um einiges lukrativer war als dasjenige, das der verblichene Amerikaner griechischer Herkunft ihr gezahlt hatte, dessen Gebeine nun friedlich in der Gruft seiner Väter ruhten. Aber sie hätte doch gern gewußt, wie Mr. Ellery Queen das angestellt hatte.

Kapitel 24

Ein Indiz

Am Freitag, dem 22. Oktober, war Mr. Ellery Queen – wenn auch nur informell – in aristokratischem Hause zu Gast. Genauer gesagt teilte Mr. James J. Knox telefonisch mit, daß Mr. Queens umgehendes Erscheinen in der Residenz Knox erwünscht sei, da eine möglicherweise interessante Mitteilung zu machen wäre. Mr. Queen war hocherfreut, nicht nur, weil er die kultivierte Gesellschaft zu schätzen wußte, sondern auch aus anderen, weniger feinsinnigen Gründen. Er ließ sich unverzüglich in einem gepflegten Taxi zum Riverside Drive chauffieren, wo er an einem Gebäude von ehrfurchtgebietenden Ausmaßen zu halten bat, den plötzlich sehr diensteifrig gewordenen Fahrer entlohnte und sich dann erhobenen Hauptes zu einem Anwesen begab, das selbst in einer Stadt, deren Immobilienpreise Legende waren, noch ein Vermögen ausmachen mußte.

Er wurde ohne allzu große Umschweife von einem hochgewachsenen, dürren alten Lakaien zu Ihm geleitet, nachdem er geraume Zeit wartend in einem Empfangszimmer verbracht hatte, das aus einem Medici-Palast zu stammen schien.

Was nun Ihn selbst anging, so arbeitete Er, so prunkvoll die Umgebung auch war, an einem modernen Schreibtisch in Seiner – dies hatte der ehrwürdige, steife Butler Ellery anvertraut – »Höhle«. Die Höhle war genauso modern wie der Tisch. Mit schwarzem Lackleder bespannte Wände, funktionale Möbel, Lampen aus den Fieberträumen eines Phantasten ... der Inbegriff der modernen Wohnkultur. Und züchtig an Seiner Seite, den Notizblock auf dem ansehnlichen Knie, saß Miss Joan Brett.

Knox begrüßte Ellery herzlich, hielt ihm eine Sandelholzkiste mit etwa 15 Zentimeter langen hellen Zigaretten hin, wies dem sichtlich beeindruckten Besucher einen Sessel an, der unbequem aussah, es jedoch nicht war, und sagte dann in seiner so täuschend sanften und zögernden Art: »Schön, Queen. Froh, daß Sie gleich kommen konnten. Überrascht, Miss Brett hier zu finden?«

»Fassungslos«, sagte Ellery ernst. Miss Brett klimperte mit den Wimpern und rückte ihren Rock um den Bruchteil eines Millimeters zurecht. »Ein Glücksfall für Miss Brett, zweifellos.«

»Aber nein. Ich bin derjenige, für den es ein Glück ist. Eine Perle ist sie, Miss Brett. Eigene Sekretärin liegt mit Mumps oder Bauchkrämpfen oder so etwas im Bett. Unzuverlässig – äußerst. Miss Brett assistiert mir in der Sache Khalkis – diese Khalkis-Erbschaft! – und auch als Privatsekretärin. Nun, Sir, muß schon sagen, höchst angenehm, den ganzen Tag über eine gutaussehende junge Dame um sich zu haben, die man betrachten kann. Wahrlich. Eigene Sekretärin stammt aus Schottland, Pferdegesicht, wahrscheinlich zum letzten Mal gelacht, als sie auf dem knochigen Knie ihrer Mutter saß. Augenblick Geduld noch, Queen. Ein paar Kleinigkeiten, die ich noch mit Miss Brett hier klären will, dann habe ich Zeit für Sie . . . Machen Sie die Schecks für die fälligen Rechnungen fertig, Miss Brett –«

»Die Rechnungen«, wiederholte Miss Brett beflissen.

»– und für die Bürosachen, die Sie bestellt hatten. Wenn Sie die Schreibmaschine zahlen, vergessen Sie nicht, den Betrag für das Auswechseln der Type hinzuzusetzen – und schicken Sie die alte Maschine zur Heilsarmee – hasse alte Maschinen . . .«

»Heilsarmee.«

»Und wenn Sie irgendwann Zeit haben, dann bestellen Sie die neuen Aktenschränke, von denen Sie sprachen. Das wäre im Moment alles.«

Joan erhob sich und begab sich ans andere Ende des Zimmers, wo sie, ganz die professionelle Sekretärin, an einem modernen Tischchen Platz nahm und zu tippen begann. »Und nun zu Ihnen, Queen . . . Immer ein Ärgernis, diese Kleinigkeiten. Jede Menge zusätzlicher Arbeit, nun, wo meine eigentliche Sekretärin krank ist.«

»Das kann ich mir vorstellen«, murmelte Ellery. Er fragte sich, warum Mr. James J. Knox einem beinah Fremden diese belanglosen Privatdinge anvertraute, wann Mr. James J. Knox wohl zum Thema kommen würde und ob sich hinter Mr. James J. Knox' Geplauder womöglich eine ernste Beunruhigung verbarg.

Knox spielte mit seinem Goldbleistift. »Mir ist da heute etwas wieder eingefallen, Queen – ich war ziemlich durcheinander, sonst hätte ich mich schon lange vorher erinnert. Hatte es vollkommen vergessen, als ich Ihnen seinerzeit im Büro von Inspektor Queen im Polizeipräsidium meinen Bericht gab.«

Ellery Queen, du Glückspilz! dachte Ellery Queen. Das ist der Lohn dafür, daß du nicht lockergelassen hast. Nun spitze deine glücklichen Ohren… »Und worum handelt es sich?« fragte er, als ob es eigentlich belanglos sei.

In seiner nervösen Art, die nach und nach verschwand, je länger er redete, erzählte Knox eine Geschichte.

Offenbar war an dem Abend, an dem Knox zusammen mit Grimshaw zu Khalkis gegangen war, etwas Merkwürdiges vorgefallen. Es geschah unmittelbar, nachdem Khalkis den Wechsel, den Grimshaw gefordert hatte, ausgestellt, unterzeichnet und Grimshaw überreicht hatte. Grimshaw hatte, während er das Papier in seiner Brieftasche verstaute, beschlossen, daß die Zeit für eine weitere Gaunerei gekommen sei. Daraufhin hatte er eiskalt als Zeichen des »guten Willens« 1000 Dollar von Khalkis verlangt – für, wie er sich ausdrückte, seine unmittelbaren Bedürfnisse im Vorgriff auf die Auszahlung der auf dem Wechsel in seiner Brieftasche genannten Summe.

»Es haben sich keine 1000 Dollar bei ihm gefunden, Mr. Knox!« warf Ellery energisch ein.

»Lassen Sie mich weitererzählen, junger Mann«, sagte Knox. »Khalkis erwiderte sogleich, daß er soviel Geld nicht im Hause habe. Wandte sich um und bat mich, es ihm zu leihen – versprach, es mir am nächsten Tag zurückzugeben. Tja, pah…« Knox fuchtelte verächtlich mit seiner Zigarette herum. »Ich brauchte keine Angst zu haben, daß er das Geld nicht zurückzahlen würde. Ich hatte am Vormittag fünf Tausenddollarnoten von der Bank geholt, für persönliche Ausgaben. Nahm sie aus meiner Brieftasche, gab Khalkis eine davon, und er reichte sie an Grimshaw weiter.«

»Ah«, sagte Ellery. »Und wohin steckte Grimshaw den Schein?«

»Grimshaw riß ihn Khalkis aus der Hand, holte aus seiner Westentasche eine schwere alte Golduhr hervor – das muß diejenige gewesen sein, die sich in Sloanes Safe gefunden hat –, öffnete den Deckel auf der Rückseite, faltete den Schein zusammen und verstaute ihn im Gehäuse, schloß den Deckel, steckte die Uhr zurück in die Westentasche…«

Ellery kaute an einem Fingernagel. »Schwere alte Golduhr. Sind Sie sicher, daß es die fragliche Uhr ist?«

»Absolut. Habe Anfang der Woche eine Fotografie der Uhr aus Sloanes Safe in einer der Zeitungen gesehen. Das war die Uhr, kein Zweifel.«

»Halleluja!« hauchte Ellery. »Wenn das nicht... Mr. Knox, wissen Sie noch die Nummern der Scheine, die Sie an jenem Tag von der Bank abhoben? Wir müssen unbedingt sofort das Innenleben dieser Uhr untersuchen. Wenn der Schein nicht mehr da ist, führt uns dessen Seriennummer vielleicht auf die Spur des Mörders!«

»Genau das dachte ich. Ich werde es gleich herausfinden. Miss Brett, rufen Sie in meiner Bank an, und lassen Sie sich Bowman geben, den Hauptkassierer.«

Mit unbewegter Miene führte Miss Brett diesen Auftrag aus, reichte Knox den Hörer und wandte sich dann wieder ihrer Arbeit zu. »Bowman? Knox. Nennen Sie mir die Seriennummern der fünf Tausenddollarnoten, die ich am 1. Oktober abgehoben habe... Ah ja. In Ordnung.« Knox wartete, dann griff er nach einem Notizblock und begann, etwas mit seinem Goldbleistift darauf zu kritzeln. Er lächelte, legte auf und reichte Ellery den Zettel. »Bitte schön, Queen.«

Ellery drehte den Zettel geistesabwesend zwischen den Fingern. »Ähm – würden Sie mich ins Präsidium begleiten wollen, Mr. Knox, um mit mir zusammen einen Blick in das Innere der Uhr zu werfen?«

»Mit Vergnügen. Fasziniert mich, dieses Detektivspielen.«

Das Telefon auf seinem Schreibtisch klingelte, und Joan kam herüber, um abzuheben. »Für Sie, Sir. Die Bank. Soll ich –«

»Ich übernehme selbst. Entschuldigen Sie, Queen.«

Während Knox ein trockenes und – soweit Ellery es beurteilen konnte – nutzloses und todlangweiliges Geschäftsgespräch führte, erhob der junge Mann sich und spazierte hinüber zu Joan am anderen Schreibtisch. Er warf ihr einen vielsagenden Blick zu und sagte: »Ähm – Miss Brett, würden Sie wohl so nett sein und mir diese Seriennummern mit der Schreibmaschine abtippen?« – ein Vorwand, um sich zu ihr hinunterzubeugen und ihr etwas ins Ohr zu flüstern. Sie nahm den Notizzettel geschäftsmäßig entgegen, spannte ein Blatt Papier in die Maschine ein und begann zu tippen. Dabei murmelte sie vorwurfsvoll: »Warum haben Sie mir nicht gesagt, daß Mr. Knox der Unbekannte war, der an jenem Abend mit Grimshaw ins Haus kam?«

Ellery schüttelte warnend den Kopf, doch Knox fuhr unbeirrt in seinem Telefonat fort. Joan riß das Blatt aus der Maschine und sagte laut: »Ach, nun muß ich das Wort ›Nummer‹ ausschreiben«, legte ein neues Blatt ein und begann noch einmal mit flinken Fingern zu schreiben.

»Irgendwelche Neuigkeiten aus London?« murmelte Ellery.

Sie schüttelte den Kopf, verlangsamte ihre Tippgeschwindigkeit ein wenig: »Ich habe mich immer noch nicht an Mr. Knox' Schreibmaschine gewöhnt – es ist eine Remington, und ich habe sonst immer mit Underwood-Maschinen geschrieben, und es gibt nur diese eine im Haus . . .«, brachte ihre Arbeit zu Ende, zog das Blatt heraus, übergab es Ellery und flüsterte: »Ist es denkbar, daß er den Leonardo hat?«

Ellery faßte sie dermaßen fest an der Schulter, daß sie zusammenzuckte und blaß wurde. Lächelnd und in herzlichem Tonfall sagte er: »Wunderbar, Miss Brett. Haben Sie vielen Dank«, und als er das Blatt in der Westentasche verschwinden ließ, raunte er noch: »Seien Sie auf der Hut. Riskieren Sie nichts. Lassen Sie sich nicht dabei erwischen, daß Sie hier herumstöbern. Vertrauen Sie mir. Sie sind Sekretärin und sonst nichts. Und sagen Sie niemandem etwas von dem Tausenddollarschein . . .«

»Das ist schon in Ordnung, da bin ich sicher, Mr. Queen«, sagte sie laut und zwinkerte ihm mit der Verruchtheit einer Harpyie zu.

Ellery hatte das Vergnügen, in Mr. James J. Knox' Limousine Seite an Seite mit dem großen Mann in die Stadt zu fahren, chauffiert von einem steifen Charon in schlichter Uniform.

Als sie vor dem Polizeipräsidium in der Center Street angelangt waren, stiegen die beiden Männer aus, mühten sich die Stufen hinauf und verschwanden in dem Gebäude. Ellery vermerkte amüsiert, wie beeindruckt der Multimillionär von der allgemeinen Freundlichkeit war, die Polizisten, Kriminalbeamte und alles, was sonst umherstand, seiner eigenen Person, dem Sohn des Inspektors Queen, angedeihen ließen. Ellery führte ihn in einen der Archivräume.

Dort ließ er – dank der Autorität, die ihm ja eigentlich gar nicht zustand – die Box hervorholen, in der die Beweismaterialien des Falles Grimshaw-Sloane aufbewahrt wurden. Er rührte nichts an außer der altmodischen goldenen Taschenuhr; diese nahm er aus dem Stahlbehältnis, und er und Knox untersuchten sie in dem sonst menschenleeren Zimmer einen Moment lang schweigend.

Ellery verspürte in jener Sekunde eine Vorahnung kommender Ereignisse. Knox schien lediglich gespannt. Und dann öffnete Ellery den Deckel des Uhrwerkes.

Dort, zu einem winzigen Bündel zusammengefaltet, lag das, was sich auseinandergefaltet bei näherer Betrachtung als Tausenddollarnote erwies.

Es war nicht zu übersehen, daß Ellery enttäuscht war; die Hoffnung, von der er in Knox' Privatbüro gesprochen hatte, hatte sich, nun wo der Schein aufgetaucht war, in Luft aufgelöst. Trotzdem verglich er, gewissenhafter junger Mann, der er war, die Seriennummer des Scheines mit der Liste in seiner Tasche und stellte fest, daß es sich tatsächlich um einen der fünf Scheine handelte, die Knox ihm aufgeschrieben hatte. Er schloß den Deckel der Uhr und steckte sie wieder in die Box.

»Was halten Sie davon, Queen?«

»Nicht gerade viel. Dieses neue Indiz wirft kein neues Licht auf die bekannten Tatsachen, die die Sloane-Hypothese stützen«, erwiderte Ellery kummervoll. »Wenn Sloane Grimshaw ermordet hat und Grimshaws unbekannter Partner war, bedeutet die Tatsache, daß wir den Schein noch in der Uhr gefunden haben, lediglich, daß Sloane nichts von dessen Existenz wußte. Es bedeutet, daß Grimshaw seinen Partner betrog und daß Grimshaw niemals vorhatte, ihm von den 1000 Dollar, die er Khalkis entlockt hatte, zu erzählen oder sie mit Sloane zu teilen – das legt der merkwürdige Platz nahe, an dem er das Geld versteckte. Als Sloane Grimshaw ermordete, nahm er die Uhr aus Gründen, die wir nicht kennen, an sich, kam aber niemals auf die Idee, einen Blick in ihr Inneres zu werfen, da er ja keinen Grund hatte zu vermuten, daß sich etwas darin befand. Folglich ist es noch immer da, wo Grimshaw es hinsteckte. Quod erat demonstrandum – und das wär's!«

»Darf ich daraus entnehmen, daß Sie von der Sloane-Hypothese nicht sonderlich angetan sind?« fragte Knox listig.

»Mr. Knox, ich weiß kaum noch, was ich denken soll.« Sie gingen gemeinsam den Korridor hinunter. »Um eines möchte ich Sie allerdings bitten, Sir . . .«

»Alles, was Sie wollen, Queen.«

»Kein Wort zu irgend jemandem über diese Tausenddollarnote – aus grundsätzlichen Gründen. Bitte.«

»In Ordnung. Aber Miss Brett weiß es – sie muß mit angehört haben, wie ich es Ihnen erzählte.«

Ellery nickte. »Vielleicht können Sie ihr einschärfen, es für sich zu behalten.«

Sie gaben sich die Hand, und Ellery blickte Knox nach, wie er davonschritt. Ein paar Augenblicke lang lief er noch rastlos den Flur auf und ab, dann begab er sich zum Büro seines Vaters. Es war niemand da. Er schüttelte den Kopf, stieg hinunter zur Center Street, sah sich um und winkte dann ein Taxi herbei.

Fünf Minuten später stand er in Mr. James J. Knox' Bank. Er fragte nach Mr. Bowman, dem Hauptkassierer. Er sprach mit Mr. Bowman, dem Hauptkassierer. Er zeigte einen Dienstausweis, den er aufgrund einer dreisten Anfrage erhalten hatte, und forderte Mr. Bowman auf, ihm unverzüglich die Nummern der fünf Tausenddollarnoten zu geben, die Knox am 1. Oktober abgehoben habe.

Eine der fünf Nummern, die der Bankangestellte ihm gab, war die Nummer des Scheines in Grimshaws Uhr.

Ellery verließ die Bank, und vielleicht war es ein Gefühl, daß die Ergebnisse es nicht wert waren gefeiert zu werden, das ihn dazu bewegte, die Ausgaben für ein motorisiertes Gefährt zu sparen und statt dessen mit der Untergrundbahn nach Hause zu fahren.

Kapitel 25

Abgehakt

Samstag nachmittag in Brooklyn ... und was noch schlimmer war, dachte Ellery kummervoll, während er die langen Wohnstraßen, von den kahlen Bäumen Brooklyns gesäumt, entlangwanderte – Samstag nachmittag in Flatbush. Allerdings, dachte er, als er innehielt, um eine Hausnummer zu studieren, war es nicht so schlimm, wie die Komiker im Varieté einen glauben machten. Es hatte etwas, etwas Friedliches und Solides – ein sehr friedlicher Frieden und eine sehr solide Solidität... Er stellte sich Mrs. Jeremiah Odells üppige Broadway-Figur in diesem beinahe bukolischen Ambiente vor und kicherte.

Mrs. Jeremiah Odell war, wie sich herausstellte, als er in einen kleinen, plattenbelegten Weg einbog, der über fünf hölzerne Treppenstufen auf die Veranda ihres Hauses mit weißen Fensterläden führte, zu Hause. Ihre goldblonden Augenbrauen fuhren in die Höhe, als sie auf sein Klingeln hin die Haustür öffnete; offensichtlich hielt sie ihn für einen Hausierer, und mit der Reaktionsschnelligkeit der erfahrenen Hausfrau trat sie zurück, um ihm die Tür vor der Nase zuzuschlagen. Lächelnd setzte Ellery seinen Fuß auf die Schwelle. Er mußte erst seine Polizeimarke zeigen, bis sich ihre entschlossene, abwehrende Haltung legte und sich statt dessen so etwas wie Furcht auf ihrem großen, attraktiven Gesicht zeigte.

»Kommen Sie herein, Mr. Queen. Kommen Sie herein – hab' Sie erst nicht erkannt.« Sie wischte die Hände nervös an ihrer Schürze ab – sie trug ein gestärktes, geblümtes Hauskleid – und lief vor ihm her durch den kühlen dunklen Flur. Links stand eine Schiebetür offen; sie ging ihm voraus in das dahinterliegende Zimmer. »Ich – wollen Sie Jerry – ich meine Mr. Odell, auch sprechen?«

»Wenn Sie so freundlich sein wollen.«

Sie eilte hinaus.

Ellery sah sich grinsend um. Mit ihrer Heirat hatte sich mehr für Lily Morrison verändert als nur ihr Name: Mit der Ehe war offenbar auch der schlafende Keim der Häuslichkeit in Lilys großem, wohlgeformtem Busen aufgegangen. Ellery stand in einem sehr hübschen, sehr konventionellen, sehr sauberen Zimmer – die Odells würden es natürlich die »gute Stube« nennen. Liebevolle, wenn auch ungeübte Frauenfinger hatten jene Kissen in auffallenden Farben genäht; eine neuerlangte Anständigkeit hatte sie bei der Wahl der lebensfrohen Drucke, die die Wände zierten, und der beinah viktorianisch zu nennenden Lampen, die überall umherstanden, inspiriert. Die Möbel bogen sich unter der Last von Plüsch und Schnitzwerk; wenn Ellery die Augen schloß, konnte er Lily – Lily, die Gangsterbraut Albert Grimshaws – mit gerötetem Gesicht neben der massiven Gestalt Jeremiah Odells in einem billigen Möbelladen stehen und die schwersten, üppigsten, am reichsten verzierten Sachen kaufen sehen, die zu haben waren . . .

Dieser erheiternde Tagtraum wurde abrupt durch den Eintritt des Hausherrn beendet – Mr. Jeremiah Odell höchstpersönlich, der den verschmierten Fingern nach zu urteilen eben damit beschäftigt gewesen war, in seiner Garage irgendwo hinter dem Haus das unvermeidliche Automobil blankzuputzen. Der irische Riese entschuldigte sich nicht, weder für seine Finger noch dafür, daß er ohne Kragen und in alten Schuhen kam; er forderte Ellery mit einer Handbewegung auf, sich zu setzen, und nahm selbst Platz, während seine Gemahlin es vorzog, steif neben ihm zu stehen, und knurrte: »Was ist noch? Ich dachte, diese verdammte Schnüffelei hätte ein Ende. Was habt ihr denn jetzt schon wieder?«

Die Dame schien nicht Platz nehmen zu wollen. Ellery blieb ebenfalls stehen. Gewitterwolken brauten sich über Odells finsteren Zügen zusammen. »Nur eine kleine Plauderei«, murmelte Ellery. »Nichts Offizielles. Ich kläre nur noch –«

»Dachte, der Fall ist abgeschlossen!«

»Das ist er.« Ellery seufzte. »Ich bitte Sie nur um ein paar Minuten Ihrer Zeit . . . Zu meinem eigenen Vergnügen versuche ich noch einige belanglose, aber unaufgeklärt gebliebene Punkte des Falles zu erleuchten. Von Ihnen wüßte ich gern –«

»Von uns erfahren Sie überhaupt nichts.«

»Ach je.« Ellery lächelte. »Ich bin sicher, Sie könnten mir nichts erzählen, was den Fall noch *grundlegend* verändern würde, Mr. Odell. Sehen Sie, alles, was von Bedeutung war, haben wir restlos aufgeklärt...«

»Ist das einer von euren schmutzigen Polizeitricks, oder was?«

»Mr. Odell!« Ellery war schockiert. »Lesen Sie denn keine Zeitung? Warum sollten wir Ihnen jetzt noch mit Tricks kommen? Es geht nur darum, daß Sie, als Sie von Inspektor Queen befragt wurden, die Aussage verweigert haben. Nun, die Verhältnisse haben sich seitdem entscheidend verändert. Sie stehen nun nicht mehr unter Verdacht, Mr. Odell.«

»Schon gut, schon gut. Was liegt Ihnen denn noch auf der Seele?«

»Warum haben Sie uns belogen, als es darum ging, ob Sie an jenem Donnerstag abend Grimshaw im Hotel Benedict aufgesucht haben?«

»Was soll das –« donnerte Odell los. Er hielt inne, als er die Hand seiner Frau auf seiner Schulter spürte. »Du hältst dich da raus, Lily.«

»Nein«, sagte sie mit zitternder Stimme, »nein, Jerry. Wir machen da einen Fehler. Du kennst die Bu- du kennst die Polizei nicht. Die werden uns keine Ruhe lassen, bis sie bekommen haben, was sie wollen... Sag Mr. Queen die Wahrheit, Jerry.«

»Das ist stets die vernünftigste Lösung, Mr. Odell«, meinte Ellery gewinnend. »Wenn Sie sich nichts zuschulden kommen haben lassen, warum wollen Sie dann immer noch schweigen?«

Sie sahen sich an. Dann senkte Odell den Blick und fuhr sich über das gewaltige stopplige Kinn; mürrisch saß er da und dachte nach, ließ sich Zeit, und Ellery wartete.

»Na gut«, sagte der Ire schließlich. »Ich rede. Aber Gott sei Ihnen gnädig, Junge, wenn Sie mich hinters Licht führen! Setz dich, Lily, du machst mich nervös.« Gehorsam nahm sie auf dem Sofa Platz. »Ich war da, genau wie der Inspektor gesagt hat. Ich ging an die Rezeption, ein paar Minuten nach einer Frau –«

»Dann müssen Sie Grimshaws vierter Besucher gewesen sein«, sagte Ellery nachdenklich, »kein Zweifel. Warum sind Sie dort gewesen, Mr. Odell?«

»Grimshaw, diese Ratte, hat sich an Lily rangemacht, kaum daß er aus dem Loch war. Ich wußte nichts davon – hatte keine Ahnung von Lilys Leben, bevor ich sie geheiratet hatte. Nicht daß ich mich den Teufel drum geschert hätte, verstehen Sie, aber sie dachte, ich würd's schlecht aufnehmen, und war so dumm und hat mir nie erzählt, wie sie gelebt hat, bevor ich sie kennengelernt habe . . .«

»Sehr unklug, Mrs. Odell«, tadelte Ellery sie. »Man muß immer seinem Seelengefährten vertrauen, immer. Das ist die Grundlage einer jeden perfekten Ehe.«

Odell grinste einen Moment lang. »Nun hör sich einer den Jungen an . . . Hast gedacht, ich lass' dich sitzen, was, Lil?« Die Frau sagte nichts; sie starrte auf ihren Schoß und strich sich die Schürze glatt. »Jedenfalls hat Grimshaw sich an sie rangemacht – weiß nicht, wie er ihr auf die Spur gekommen ist, aber er hat es geschafft, schmieriges Wiesel, das er war! – und er hat sie gezwungen, sich in der Kneipe von diesem Schick mit ihm zu treffen. Sie ist hingegangen, weil sie Angst hatte, er würde mir alles erzählen, wenn sie nicht spurt.«

»Verstehe.«

»Er dachte, sie dreht irgendwelche neuen Dinger – wollte ihr nicht glauben, als sie sagte, sie wäre anständig geworden und wollte nichts mehr mit seiner Tour zu tun haben. Wurde ärgerlich – hat ihr befohlen, sie soll zu ihm in sein Hotelzimmer im Benedict kommen – zur Hölle mit seiner verfluchten Seele! –, und da hat sie sich davongemacht, kam her und hat mir alles erzählt . . . sah, daß das zu weit geht.«

»Und Sie sind zum Benedict marschiert, um ihm die Meinung zu sagen.«

»So ungefähr.« Odell betrachtete finster seine großen, narbigen Hände. »Habe Klartext geredet mit dem Wurm. Hab' ihm gesagt, er soll seine dreckigen Finger von meiner Frau lassen, sonst gerb' ich ihm das Fell. Das ist alles. Hab' ihm nur ordentlich Angst gemacht, und dann bin ich wieder gegangen.«

»Wie hat Grimshaw reagiert?«

Odell wirkte peinlich berührt. »Hatte wohl ziemlich die Hosen voll. Wurde ganz weiß an den Kiemen, als ich ihn am Hals packte –«

»Oh! Es ist zu Tätlichkeiten gekommen?«

Odell lachte schallend. »Nennen Sie das Tätlichkeiten, Mr. Queen – einen Mann am Schlawittchen packen? Was meinen Sie, wie in unserem Geschäft mit den Monteuren umgesprungen wird, wenn sie sich mal zu wichtig machen? Nein, ich hab' ihn nur 'n bißchen geschüttelt. Er war zu feige, um seine Knarre zu ziehen.«

»Er hatte einen Revolver?«

»Na, vielleicht auch nicht. Gesehen hab' ich keinen. Aber solche Kerle haben doch immer einen.«

Ellery machte ein nachdenkliches Gesicht. Mrs. Odell sagte schüchtern: »Sie sehen, Mr. Queen, Jerry hat eigentlich gar nichts Schlimmes getan.«

»Andererseits hätten Sie beide uns eine Menge Ärger sparen können, Mrs. Odell, wenn Sie zu diesem Schluß schon damals gekommen wären, als wir Sie das erste Mal befragten.«

»Wollte ja nicht meinen Hals in die Schlinge stecken«, brummte Odell. »Am Ende wär' mir der Mord an dem Dreckskerl angehängt worden.«

»War irgend jemand in Grimshaws Zimmer, Mr. Odell, als er Sie einließ?«

»Keine Menschenseele außer Grimshaw selbst.«

»Im Zimmer – war irgend etwas nicht an seinem Platz, oder standen dort vielleicht Whiskygläser – irgendein Anzeichen, daß jemand anwesend war?«

»Hätte ich nicht gemerkt, wenn da was gewesen wär'. Ich war ziemlich geladen.«

»Hat einer von Ihnen beiden Grimshaw nach diesem Abend noch einmal gesehen?«

Sie schüttelten ohne Zögern den Kopf.

»In Ordnung. Ich kann Ihnen versprechen, daß wir Sie nicht noch einmal belästigen werden.«

Ellery empfand die U-Bahn-Fahrt zuück nach New York als qualvoll; es gab wenig, worüber er nachdenken konnte, und die Zeitung, die er gekauft hatte, bot ihm keinen Trost. Als er an der Tür der Queenschen Wohnung im zweiten Stock ihres Sandsteinhauses an der 87. Straße West läutete, tat er das mit gefurchter Stirn; nicht einmal der Anblick von Djunas pfiffigem Zigeunergesicht, das zur Tür hinauslugte, glättete seine Stirn – und sonst heiterte Djuna ihn stets auf. Djunas kluger kleiner Verstand spürte die schlechte Laune, und er machte sich daran, sie mit dem ihm eigenen Witz zu vertreiben. Er nahm Hut, Mantel und Stock mit einer Verbeugung entgegen, versuchte es mit ein paar Grimassen, die Ellery sonst meist ein Grinsen entlockten – doch es nun nicht taten –, sprintete vom Schlafzimmer wieder zurück ins Wohnzimmer, steckte Ellery eine Zigarette zwischen die Lippen, rieb mit großer Geste ein Streichholz an ...

»Ist was nicht in Ordnung, Mr. Ellery?« fragte er am Ende traurig, als alle seine Mühen sich als vergebens erwiesen.

Ellery seufzte. »Djuna, alter Junge, nichts ist in Ordnung. Ich nehme an, das sollte mir wohl Mut machen. Denn ›Liegt alles darnieder, geht's bergauf immer wieder‹, wie Robert W. Service in einem anspruchslosen Verse sagte; andererseits bin ich ja nicht Service' kleiner Soldat und kann nicht zu seiner Melodie pfeifen, die Zähne zusammenbeißen und gute Miene zum bösen Spiel machen. Ich bin ein zutiefst unmusikalisches Geschöpf.«

Für Djuna hörte sich das alles völlig wirr an, doch wenn Ellery in Zitierlaune war, dann waren gewisse Dinge unvermeidlich, und so grinste Djuna aufmunternd.

»Djuna«, fuhr Ellery fort und ließ sich auf einen Sitz fallen, »spitze die Ohren. Monsieur Grimshaw hatte fünf Besucher an jenem scheußlichen Abend; von diesen fünfen wissen wir nun über drei Bescheid – es waren der verstorbene Gilbert Sloane, seine geschätzte Gemahlin und der furchteinflößende Jeremiah Odell. Bei den beiden sozusagen noch ausstehenden Besuchern sind wir bei einem, auch wenn dieser sich weigert, es zuzugeben, überzeugt, daß es Dr. Wardes war. Wenn wir klären könnten, warum Dr. Wardes dort war – und es mag vielleicht einen ganz harmlosen Grund dafür geben –, dann bliebe damit die faszinierende Anzahl von nur einem Unbekannten, über den wir nichts wissen; er wäre, wenn Sloane der Mörder gewesen wäre, als zweiter in unserer Fünferreihe gekommen.«

»Jawohl, Sir«, sagte Djuna.

»Andererseits, mein Junge«, fuhr Ellery fort, »muß ich eingestehen, daß ich schachmatt bin. Alles nur hohles Geschwätz. Ich habe nichts gefunden, was auch nur den Schatten eines Zweifels auf die Sloane-Hypothese werfen würde.«

»Nein, Sir«, sagte Djuna. »Täten Sie noch einen Kaffee wollen, Sir?«

»›Möchten Sie noch einen Kaffee‹, du ungebildeter Wurm«, tadelte Ellery ihn streng.

Alles in allem war es ein höchst unbefriedigender Tag.

Kapitel 26

Licht

Doch war der Tag, wie Ellery feststellen sollte, noch nicht zu Ende. Denn eine Stunde später erblühte mit einem Telefonanruf seines Vaters der Baum, den Mrs. Sloanes erfolgloser Besuch einige Tage zuvor gepflanzt hatte, und trug reichlich Früchte, unerwartet und überraschend.

»Etwas Neues hat sich ergeben«, ließ der Inspektor sich forsch aus dem Hörer vernehmen, »eine merkwürdige Sache, und ich dachte mir, du willst sicher informiert werden.«

Ellery war nicht begeistert. »Ich bin jetzt schon so oft enttäuscht worden –«

»Nun, soweit es mich angeht, hat dieses neue Indiz keinerlei Einfluß auf die Sloane-Lösung.« Der alte Herr wurde ärgerlich. »Also – willst du es nun wissen oder nicht?«

»Doch, ja. Was gibt es also?«

Ellery hörte, wie sein Vater nieste, hustete und sich räusperte – ein untrügliches Zeichen, daß ihn etwas störte. »Du solltest lieber hierher ins Büro kommen. Es ist eine lange Geschichte.«

»Nun gut.«

Ohne allzuviel Enthusiasmus machte Ellery sich auf in die Stadt. Er hatte mehr als genug von Untergrundbahnen, sein Kopf schmerzte ein wenig, und die Welt schien ihm ein erbärmlicher Ort zu sein. Als er ankam, war sein Vater zudem ins Gespräch mit einem seiner Leute vertieft, und er mußte eine Dreiviertelstunde lang auf dem Gang warten. Als Ellery ins Büro des alten Herrn geschlurft kam, war er dementsprechend gereizt.

»Was gibt es denn Weltbewegendes?«

Mit den Füßen schob der Inspektor ihm einen Stuhl hin. »Setz dich erst einmal. Und nun der Tiefschlag. Heute nachmittag bekam ich einen kleinen Höflichkeitsbesuch von deinem Freund – wie heißt er gleich? – Suiza.«

»Meinem Freund? Nacio Suiza. Und?«

»Und er gestand mir, daß er am Abend von Sloanes Selbstmord in der Khalkis-Galerie gewesen sei.«

Alle Müdigkeit verflog. Ellery sprang auf. »Nein!«

»Bleib auf dem Teppich«, knurrte der Inspektor. »Kein Grund, sich so zu erregen. Offenbar hatte Suiza noch an einem Bestandskatalog der Kunstgegenstände in der Galerie zu arbeiten – er sagt, das sei eine langwierige und mühsame Aufgabe, und er habe an jenem Abend etwas vorarbeiten wollen.«

»Dem Abend von Sloanes Selbstmord?«

»So ist es. Aber hör erst einmal zu, Junior. Er kam also an, ließ sich mit seinem Hauptschlüssel ein und ging hinauf in diesen langgestreckten Flur oben –«

»Ließ sich mit seinem Hauptschlüssel ein. Wie konnte er das, wenn die Alarmanlage eingeschaltet war?«

»Das war sie nicht. Ein Zeichen, daß jemand da war – normalerweise schaltete der letzte, der ging, den Alarm ein und gab dem Wachdienst Bescheid. Jedenfalls begab er sich hinauf und sah, daß in Sloanes Büro noch Licht brannte. Er wollte Sloane wegen des Katalogs etwas fragen – konnte sich ja denken, daß Sloane noch bei der Arbeit saß. Er ging also hinein und fand natürlich Sloanes Leiche, genau wie wir sie später entdeckten.«

Ellery war merkwürdig erregt. Seine Augen waren hypnotisch auf den Inspektor gerichtet, während er sich mit einer mechanischen Bewegung eine Zigarette zwischen die Lippen steckte. »Genau so?«

»Aber ja«, antwortete der Inspektor. »Den Kopf auf dem Tisch, die Waffe unterhalb der rechten Hand, die herunterhing, am Boden – alles koscher. Das war übrigens nur ein paar Minuten, bevor wir eintrafen. Natürlich bekam Suiza es mit der Angst zu tun – kann ich ihm nicht verdenken – steckte ja ganz schön in der Klemme. Er war vernünftig genug, nichts anzurühren, begriff, daß er, wenn man ihn dort fände, eine Menge zu erklären haben würde, und sah zu, daß er fortkam.«

»Beim Bart, den Napoleon niemals hatte«, murmelte Ellery mit glasigen Augen, »wenn das wahr wäre!«

»Wenn was wahr wäre? Setz dich – und fang nicht schon wieder an zu träumen«, fuhr der Inspektor ihn an. »Rede dir da nichts ein, Ellery. Ich habe Suiza eine ganze Stunde lang in die Mangel genommen und ihn mit Fragen über den Zustand des Zimmers bombardiert; er hat hundertprozentig bestanden. Als die Zeitungen von dem Selbstmord berichteten, war er ein wenig erleichtert, aber doch immer noch nervös. Er sagte, er habe erst einmal abwarten wollen, wie die Dinge sich weiter entwickelten. Als sich nichts mehr tat, kam er zu dem Schluß, daß es nicht schaden könne zu reden, zumal ihn sein Gewissen plagte, und so kam er endlich zu mir und berichtete mir alles. Tja, und das wär's dann schon.«

Ellery paffte heftig vor sich hin, und in Gedanken war er weit fort.

»Wie dem auch sei«, fuhr der Inspektor ein wenig unsicher fort, »es ändert nichts an den Grundtatsachen. Nur ein interessantes Detail, das für den Schluß, daß Sloane Selbstmord beging, von keinerlei Bedeutung ist.«

»Aber ja. Ich bin ganz deiner Meinung. Es liegt auf der Hand, daß Suiza, da er ja nicht verdächtigt wurde, uns diese Geschichte von seinem Besuch am Schauplatz des – Selbstmordes nicht erzählt hätte, wenn er nicht unschuldig wäre. Das ist es nicht, worüber ich mir Gedanken mache ... Dad!«

»Nun?«

»Möchtest du einen Beweis für deine Theorie, daß Sloane Selbstmord begangen hat?«

»Wie das? Einen Beweis?« Der alte Herr schnaufte verächtlich. »Und es ist auch keine Theorie – es ist eine Tatsache. Aber ich nehme an, ein wenig mehr Beweismaterial könnte nicht schaden. Was hast du im Sinn?«

Ellery schien äußerst aufgeregt. »Es ist unzweifelhaft wahr«, rief er, »daß auf der Basis dessen, was du eben wiedererzählt hast, nichts an Suizas Geschichte ist, das die Sloane-Hypothese entkräften könnte. Aber nun sind wir in der Lage, den Selbstmord schlüssiger zu beweisen, indem wir Mr. Nacio Suiza nur eine einzige kleine Frage stellen ... Siehst du, Dad, trotz deiner Überzeugung, daß Suizas Besuch in diesem Büro keine neuen Erkenntnisse erbracht hat, bleibt doch noch ein winziges Hintertürchen, eine unendlich kleine Möglichkeit ... Als Suiza an jenem Abend das Gebäude verließ, hat er da übrigens die Alarmanlage eingeschaltet?«

»Ja. Er sagt, er habe es ganz automatisch getan.«

»Verstehe.« Ellery erhob sich rasch. »Laß uns jetzt gleich zu Suiza gehen. Ich könnte die ganze Nacht über kein Auge zutun, wenn ich mir nicht in diesem einen Punkt Gewißheit verschaffte.«

Der Inspektor kaute auf seiner Unterlippe. »Heiliger Strohsack«, murmelte er, »du hast wieder einmal recht, du Bluthund, wie immer. Dumm von mir, daß ich nicht daran gedacht habe, diese Frage selbst zu stellen.« Er sprang auf und griff nach seinem Mantel. »Er wollte zurück in die Galerie. Auf geht's!«

Sie fanden einen merkwürdig verstörten Nacio Suiza in der menschenleeren Khalkis-Galerie an der Madison Avenue vor. Suiza wirkte weniger geschniegelt als sonst, und sein glattes Haar zeigte eine Welle, wo sie nicht hätte sein sollen. Er traf sie an der fest verschlossenen Tür zu Gilbert Sloanes Büro und erklärte mit unverhohlener Nervosität, daß niemand seit Sloanes Tod mehr in diesem Zimmer gewesen sei. Das war belangloses Gerede, ein Tarnnetz aus Worten, mit dem er seine beträchtliche Verwirrung kaschierte. Er ließ sie in seinem eigenen, mit Kunsthandwerk vollgestopften Büro Platz nehmen und fragte sogleich: »Irgend etwas nicht in Ordnung, Inspektor? Es ist doch nicht ...«

»Nur keine Aufregung«, sagte der Inspektor sanft. »Mr. Queen hier hat noch ein paar Fragen.«

»Ja?«

»Sie sind also«, sagte Ellery, »am Abend, an dem Sloane umkam, in sein Büro nebenan gegangen, weil Sie noch Licht gesehen hatten. Trifft das zu?«

»Nicht ganz.« Suizas Hände waren fest ineinander verschränkt. »Ich hatte lediglich vor, mit Sloane über etwas zu sprechen. Als ich in der Galerie ankam, hatte ich gesehen, daß Sloane in seinem Büro war, denn ich bemerkte das Licht im Fenster über seiner Tür ...«

Die Queens fuhren hoch, als hätten sie auf elektrischen Stühlen gesessen. »Ah ja, das Oberlicht«, sagte Ellery mit einem merkwürdigen Tonfall. »Dann war also die Tür zu Sloanes Büro geschlossen, bevor Sie eintraten?«

Suiza schien verwirrt. »Aber gewiß. Spielt das denn eine Rolle? Das habe ich sicher auch schon gesagt, Inspektor.«

»Das haben Sie nicht!« fauchte der Inspektor ihn an. Sein Gesicht war um ein deutliches Stück länger geworden. »Und als Sie hinausliefen, da ließen Sie die Tür offen?«

»Ja«, stotterte Suiza. »Ich war in Panik, habe gar nicht überlegt ... was war doch gleich Ihre Frage, Mr. Queen?«

»Sie haben sie bereits beantwortet«, entgegnete Ellery trocken.

Damit sah die Sache nun anders aus. Eine halbe Stunde später waren die Queens im Wohnzimmer ihres Apartments, der Inspektor mißmutig vor sich hinmurmelnd, während Ellery in allerbester Laune ein Liedchen summte und vor dem Feuer auf- und abschritt, das ein verblüffter Djuna in aller Eile entfacht hatte. Keiner von beiden sprach mehr ein Wort, nachdem der Inspektor zwei Telefonate erledigt hatte. Ellery beruhigte sich wieder, doch seine Augen leuchteten, als er sich in seinen Lieblingssessel warf, die Füße auf das Kamingitter legte und den lodernden Flammen zusah.

Auf ein stürmisches Klingeln hin ging Djuna zur Tür und ließ zwei Herren mit geröteten Gesichtern ein – den Bezirksstaatsanwalt Sampson und den stellvertretenden Bezirksstaatsanwalt Pepper. Er nahm ihre Mäntel, und seine Verwunderung wurde zusehends größer; beide Männer waren nervös, beide grüßten nur knapp, beide nahmen Platz, und beide wirkten aufgebracht und gereizt; ihre Stimmung beeinflußte sofort die Atmosphäre im Zimmer.

»Das ist ja ein schöner Schlamassel«, sagte Sampson schließlich, »ein schönes Durcheinander ist das! Am Telefon schienen Sie sich Ihrer Sache ja ziemlich sicher, Q. Sind Sie –?«

Der alte Herr wies mit dem Kopf in Richtung Ellery. »Fragen Sie ihn. Er ist ja auch drauf gekommen, der Satansbraten.«

»Nun, Ellery, was ist?«

Alle sahen ihn erwartungsvoll an. Ellery warf seine Zigarette ins Feuer und hob an, ohne sich umzudrehen: »Von nun an, meine Herren, werden Sie den Alarmzeichen meines Unterbewußtseins mehr Vertrauen entgegenbringen. Meine Vorahnung, daß an der Sache, wie Freund Pepper vielleicht sagen würde, etwas faul war, hat sich bestätigt.

Doch darum geht es hier nicht. Es geht schlicht und einfach um folgendes: Die Kugel, mit der Sloane getötet wurde, durchschlug seinen Kopf, trat auf der anderen Seite wieder aus und flog dann zur Bürotür hinaus. Die Kugel steckte in einem Teppich auf der gegenüberliegenden Wand des Ganges, das heißt außerhalb des Büros. Offenbar war also die Tür offen, als der Schuß abgegeben wurde. Als wir am Abend von Sloanes Tod in die Galerie eindrangen, fanden wir Sloanes Bürotür offenstehen, was in Anbetracht der Einschlagsstelle der Kugel auch das Logische war. Nun kommt jedoch Nacio Suiza mit einer Geschichte daher, daß wir nicht die ersten gewesen seien, die nach Sloanes Tod die Galerie betreten hätten; er, Suiza, habe sich dort vor uns aufgehalten. Mit anderen Worten, alles, was mit Sloanes Bürotür zum Zeitpunkt unseres Eintreffens zu tun hat, mußte im Hinblick auf diesen Besucher neu überdacht und neu recherchiert werden. Die Frage stellte sich: War die Tür bereits in der von uns angetroffenen Position, als Suiza eintraf? Hätte er sie offen vorgefunden, so wären wir damit nicht weitergekommen als zuvor.«

Ellery kicherte. »Aber Suiza fand die Tür geschlossen vor! Inwieweit verändert das nun die Situation? Nun, daß die Tür offen stand, als der Schuß fiel, steht außer Frage, denn sonst wäre die Kugel in die Tür eingeschlagen und nicht in den Teppich gegenüber. Die Tür muß also geschlossen worden sein, nachdem der Schuß abgegeben wurde. Was sollen wir daraus folgern – daß Sloane sich eine Kugel in den Kopf jagte und dann aus einem unerfindlichen Grund zur Tür ging, sie schloß, wieder an seinen Schreibtisch zurückkehrte und sich genau so hinsetzte wie zuvor, als er den Abzug drückte? Lächerlich; nicht nur lächerlich, sondern auch noch unmöglich – denn Sloane war auf der Stelle tot, wie Dr. Proutys Autopsiebericht ausdrücklich vermerkt. Damit scheidet auch die Möglichkeit aus, daß er den Schuß im Flur abfeuerte, sich zurück in sein Büro schleppte und dabei die Tür schloß. Nein! Als der Revolver abgefeuert wurde, war Sloane sofort tot, und die Tür stand offen. Doch Suiza fand sie verschlossen vor...

Mit anderen Worten, da Suiza die Tür nach Sloanes sofortigem Tod geschlossen vorfand und da die Kugel die Tür, bei der es sich, wie wir bei der ersten Untersuchung festgestellt hatten, um eine Stahltür handelt, nicht durchschlagen haben konnte – gibt es nur eine einzige logisch mögliche Schlußfolgerung, nämlich daß jemand nach Sloanes Tod und bevor Suiza dort eintraf die Tür geschlossen hat.«

»Aber Mr. Queen«, wandte Pepper ein, »ist es denn nicht denkbar, daß Suiza nicht der einzige Besucher war – daß jemand da war und wieder ging, bevor er kam?«

»Ein ausgezeichneter Vorschlag, Pepper, und genau das ist es, worauf ich hinauswill: daß es vor Suiza schon einen anderen Besucher gab – und dieser Besucher war Sloanes Mörder!«

Sampson rieb sich irritiert die hageren Wangen. »Teufel noch mal! Aber hören Sie, Ellery, es ist immer noch denkbar, daß

Sloane doch Selbstmord beging und daß der Besucher, von dem Pepper spricht, ein Unschuldiger war, so wie Suiza, der zuviel Angst hatte zuzugeben, daß er dort war.«

Ellery winkte lässig ab. »Denkbar, aber schrecklich konstruiert, sich zwei unschuldige Besucher binnen so kurzer Zeit vorzustellen. Nein, Sampson, ich glaube nicht, daß irgend jemand hier abstreiten kann, daß wir nun genügend Grund haben, die Selbstmordtheorie mit äußerster Skepsis zu betrachten und uns statt dessen der Mordtheorie zuzuwenden.«

»Er hat recht«, sagte der Inspektor voller Verzweiflung, »er hat recht.«

Doch Sampson gab nicht auf. »Also gut, nehmen wir einmal an, Sloane wurde ermordet, und der Mörder schloß, als er ging, die Tür. Das schiene mir doch eine verdammt große Dummheit von ihm zu sein, so etwas zu tun. Hat er denn nicht gemerkt, daß die Kugel durch Sloanes Schädel hindurchging und dann durch die offene Tür hinausflog?«

»Sampson, Sampson«, sagte Ellery müde, »denken Sie doch nur einen Augenblick lang nach. Ist das menschliche Auge in der Lage, der Flugbahn einer Kugel zu folgen, selbst einer schon gebremsten? Natürlich, wenn der Mörder bemerkt hätte, daß die Kugel Sloanes Schädel ganz durchschlagen hatte, dann hätte er niemals die Tür geschlossen. Die Tatsache, daß er die Tür schloß, beweist also, daß er es nicht bemerkt hatte. Bedenken Sie, daß Sloanes Kopf in einem solchen Winkel auf die Schreibtischplatte fiel, daß dessen linke Seite, die Seite, an der die Kugel ausgetreten war, auf der Schreibunterlage lag. Eine solche Position mußte die Austrittsstelle der Kugel und zum guten Teil auch das Blut verbergen. Außerdem dürfte es der Mörder wohl recht eilig gehabt haben; warum sollte er da noch den Kopf des Toten anheben und nachsehen? Er hatte keinen Grund, damit zu rechnen, daß die Kugel durchgehen würde. Sie wissen ja, in der Regel bleibt sie stecken.«

Einen Moment lang herrschte Schweigen, dann wandte sich der alte Herr mit einem melancholischen Lächeln an seine beiden Besucher: »Nichts zu machen, Jungs. Für meine Begriffe eine klare Sache. Sloane wurde ermordet.«

Sie nickten finster.

Ellery ergriff wieder das Wort, energisch und ohne jenen triumphierenden Tonfall, mit dem er seine falsche Khalkis-Lösung präsentiert hatte. »Also gut. Überlegen wir noch einmal. Wenn Sloane ermordet wurde, zu welcher Annahme wir nun guten Grund haben, dann hat Sloane Grimshaw nicht getötet. Das bedeutet, daß der wirkliche Mörder Grimshaws auch Sloane umbrachte und es so hindrehte, daß es aussah wie Selbstmord, so, als ob Sloane, indem er sich selbst erschösse, ein Geständnis ablege, daß er tatsächlich Grimshaw getötet habe.

Um noch einmal auf einige unserer ursprünglichen Annahmen zurückzukommen: Wir wissen aus früheren Schlußfolgerungen, daß der Mörder Grimshaws, damit er in der Lage war, die falschen Spuren zu Khalkis zu legen, davon gewußt haben muß, daß Knox im Besitz des gestohlenen Bildes ist; das habe ich bereits vor längerer Zeit bewiesen, als ich bei der Khalkis-Lösung darlegte, daß der Mörder sich sicher gewesen sein mußte, daß Knox Stillschweigen bewahren würde. *Alors*. Der einzige Außenstehende, der über diese Kenntnisse verfügte, war, wie ebenfalls in jener düsteren Vergangenheit aufgezeigt wurde, Grimshaws Partner. *Quod erat demonstrandum:* Grimshaws Partner ist der Mörder; und da Sloane selbst ermordet wurde, kann Sloane nicht Grimshaws Partner gewesen sein. Der Mörder ist also noch auf freiem Fuß und schmiedet nach wie vor seine Komplotte. Auf freiem Fuß und in Kenntnis von Knox' Geschichte, sollte ich noch hinzufügen.

Nun wollen wir«, fuhr Ellery fort, »die Indizien gegen Sloane neu interpretieren – Indizien, die, da Sloane ermordet wurde und daher unschuldig war, nur falsch sein können, ausgestreut vom wirklichen Mörder.

Zunächst einmal können wir jetzt, da Sloane unschuldig war, seine Erzählung über das, was an jenem Abend geschah, als er Grimshaw im Benedict aufsuchte, nicht mehr in Zweifel ziehen. Solange er unter Mordverdacht stand, war seiner Aussage mit Mißtrauen zu begegnen, doch nun, als Unschuldigem, müssen wir ihm glauben. Folglich trifft Sloanes Ausage, daß er an jenem Abend der zweite Besucher war, vermutlich zu; der Unbekannte war, wie Sloane sagte, vor ihm dagewesen; der Unbekannte muß also Grimshaws Begleiter gewesen sein, der Mann, der an Grimshaws Seite die Hotelhalle betrat, der Mann, der Grimshaw auf das Zimmer 314 begleitete, wie der Liftboy bestätigt. Die Reihenfolge der Besucher ist demnach wie folgt: der vermummte Unbekannte, nach ihm Sloane, dann Mrs. Sloane, dann Jeremiah Odell und schließlich Dr. Wardes.«

Ellery hob einen schlanken Zeigefinger: »Nun will ich Ihnen zeigen, wie man durch logisches Nachdenken zu einer interessanten Folgerung kommen kann. Sie werden sich erinnern, daß Sloane sagte, er sei der einzige Mensch auf der Welt, der wisse, daß er, unter dem Namen Gilbert Sloane, Grimshaws Bruder sei; nicht einmal Grimshaw habe den neuen Namen seines Bruders gekannt. Doch wer immer den anonymen Brief schrieb, dem war dieser Umstand bekannt – der Umstand, daß Sloane, als Sloane, Grimshaws Bruder war. Von wem stammt nun dieser Brief? Grimshaw, der ja den neuen Namen seines Bruders nicht kannte, hätte es niemandem sagen können; Sloane verriet es gemäß seiner eigenen, nun wieder glaubwürdigen Aussage keiner Menschenseele; konsequenterweise kann dieser Umstand nur jemandem aufgegangen sein, der die beiden zusammen sah, hörte, daß sie Brüder waren, und bereits wußte oder später, indem er Sloane kennenlernte und sich an sein Gesicht und seine Stimme erinnerte, entdeckte, daß Grimshaws Bruder Gilbert Sloane war. Aber eines ist bemerkenswert daran! Sloane selbst sagte, daß jener Abend, an dem er in Grimshaws Zimmer im Benedict ging, das einzige Mal seit seiner Namensänderung – die viele Jahre zurückliegt – gewesen sei, daß die beiden Brüder sich von Angesicht sahen!

Mit anderen Worten, wer immer die Tatsache herausfand, daß Gilbert Sloane Albert Grimshaws Bruder war, muß höchstpersönlich an jenem Abend, als Sloane kam, in Grimshaws Zimmer zugegen gewesen sein. Doch Sloane erzählte uns auch, daß sie bei ihrem Gespräch allein gewesen seien. Wie konnte also jemand dabei sein? Ganz einfach. Wenn Sloane diese Person nicht sah und sie trotzdem anwesend war, bedeutet das nichts weiter, als daß sie für Sloane nicht sichtbar war. Mit anderen Worten, sie hielt sich irgendwo versteckt; entweder im Kleiderschrank oder im Badezimmer. Bedenken Sie, daß Sloane niemanden aus dem Zimmer 314 herauskommen sah, obwohl doch Grimshaws Begleiter nur wenige Augenblicke zuvor mit Grimshaw eingetreten war. Bedenken Sie auch, daß Sloane anklopfte, und sein Bruder öffnete einige Augenblicke später – wie Sloane selbst sagte. Wir dürfen also annehmen, daß Grimshaws Begleiter, als Sloane anklopfte, noch in Zimmer 314 war, daß er jedoch nicht gesehen werden wollte und mit Grimshaws Erlaubnis entweder in den Schrank oder ins Badezimmer schlüpfte.

Stellen Sie sich also die Situation vor«, dozierte Ellery weiter. »Sloane und Grimshaw unterhalten sich, und unser großer Unbekannter lauscht, ganz Ohr, von seinem Versteck aus. Er hört, wie Grimshaw im Laufe des Gespräches hämisch sagt, er habe fast vergessen gehabt, daß er einen Bruder habe. Der Herr in seinem Versteck erfuhr also, daß Grimshaw und sein Besucher Brüder waren. Erkannte er Sloanes Stimme und begriff er, daß es Gilbert Sloane war? Vielleicht konnte er ihn sogar sehen – erkannte er Sloanes Gesicht? Oder lernte er Sloane später kennen, sah sein Gesicht, zählte zwei und zwei zusammen und erriet die Geschichte, von der Sloane glaubte, niemand auf der Welt außer ihm selbst kenne sie? Das kann niemand sagen, aber eines ist sicher: Der Unbekannte muß an jenem Abend in Grimshaws Zimmer gewesen sein, muß das Gespräch mit angehört haben, muß geschlossen haben, daß Gilbert Sloane und Albert Grimshaw Blutsverwandte waren. Denn das ist die einzige Möglichkeit, wie jemand diese scheinbar nicht bekannte Tatsache dennoch erfahren haben könnte.«

»Na, das ist doch immerhin etwas«, sagte Sampson. »Weiter, Ellery. Was hat Ihr Zauberhirn sonst noch auf Lager?«

»Logik, Sampson, keine Zauberei, obwohl es schon wahr ist, daß ich zukünftige Ereignisse voraussehe, indem ich gewissermaßen die Toten befrage ... Eines sehe ich ganz klar: Der Unbekannte, der im Zimmer verborgen war und der Grimshaw nach oben begleitet hatte, unmittelbar bevor Sloane eintrat, war Grimshaws Partner – jener ›Partner‹, den Grimshaw am folgenden Abend in Khalkis' Bibliothek ausdrücklich erwähnte. Und dieser Unbekannte, Grimshaws Partner und – wie bereits bewiesen – Mörder, war der einzige, der der Polizei den anonymen Brief geschrieben haben kann, in dem die Tatsache enthüllt wird, daß Sloane und Grimshaw Brüder waren.«

»Klingt gut«, murmelte der Inspektor.

»Soweit man das sagen kann.« Ellery verschränkte die Hände hinter dem Kopf. »Wo stehen wir nun? Der Brief war also eine jener falschen Fährten, die gelegt wurden, um Sloane als Mörder zu belasten, nur daß sie sich in einem Punkt von den vorhergehenden unterschied – sie war nicht fiktiv, sondern entsprach der Wahrheit. Natürlich nichts unmittelbar Belastendes, aber doch ein schöner Leckerbissen für die Polizei, wenn sie es mit anderen belastenderen Indizien in Verbindung brachte. Nachdem wir nun den Hinweis auf das Bruderverhältnis als absichtlich gelegte Spur erkannt haben, liegt es nahe anzunehmen, daß auch der Kellerschlüssel, den wir in Sloanes Tabakstopf fanden, eine falsche Spur war, ebenso wie Grimshaws Taschenuhr in Sloanes Safe. Nur Grimshaws Mörder konnte diese Uhr an sich genommen haben. Da Sloane unschuldig war, muß es also der Mörder gewesen sein, der sie an einem Ort verbarg, wo sie unmittelbar nach Sloanes vermeintlichem Selbstmord gefunden werden mußte. Die Überreste des verbrannten Khalkis-Testamentes müssen ebenfalls eine falsche Fährte gewesen sein, denn zwar ist es wahrscheinlich, daß Sloane tatsächlich der Dieb war und es im Sarg versteckte, da er glaubte, es dort für alle Zeiten los zu sein, doch es war zweifellos der Mörder, der es fand, als er Grimshaw in den Sarg legte, es herausholte und mitnahm in der weisen Voraussicht, daß es ihm später nützlich sein würde – wie es dann, wie Sie sehen, auch war, als er den Verdacht, nachdem seine Khalkis-Lösung fehlgeschlagen war, auf Sloane lenkte.«

Pepper und Sampson nickten.

»Nun zum Motiv«, fuhr Ellery fort. »Warum wurde Sloane ausgewählt, um auf ihn den Verdacht als Mörder Grimshaws zu lenken? Diese Frage birgt interessante Aspekte. Natürlich war Sloane Grimshaws Bruder, hatte seinen Namen geändert, nachdem Grimshaw mit seiner Kriminellenlaufbahn die Familienehre geschändet hatte, hatte das Testament gestohlen und in Khalkis' Sarg versteckt, er lebte im Haus und hatte so rein praktisch gesehen die Möglichkeit, all die falschen Hinweise auf Khalkis auszustreuen – all das Umstände, die dem Mörder mehr als genug Grund gegeben hätten, Sloane als ›annehmbaren‹ Täter für die Polizei zu wählen.

Doch wenn Mrs. Vreelands Geschichte zutrifft, daß Sloane in der Mittwoch nacht auf dem Friedhof war, als Grimshaws Leiche in Khalkis' Sarg verfrachtet wurde, dann muß Sloane aus einem Grunde dort gewesen sein, der nichts mit der Beseitigung der Leiche zu tun hatte, denn er hatte den Mann ja nicht getötet. Vergessen Sie nicht, Mrs. Vreeland hatte nicht beobachtet, daß er etwas bei sich trug ... Nun gut. Warum trieb Sloane sich dann in der Mittwoch nacht auf dem Hof und dem Friedhof herum?« Ellery blickte versonnen ins Feuer. »Mir ist da ein faszinierender Gedanke gekommen. Was, wenn Sloane in jener Nacht etwas Verdächtiges aufgefallen wäre, dem Mörder unbemerkt auf den

Friedhof gefolgt wäre, tatsächlich mit angesehen hätte, wie die Leiche begraben wurde und der Mörder die Stahlkassette mit dem Testament an sich nahm? Sehen Sie, worauf das hinausläuft? Auf der Basis dieser gar nicht weit hergeholten Annahme können wir schließen, was Sloane als nächstes getan haben dürfte. Er wußte, wer der Mörder war, hatte gesehen, wie er Grimshaw begrub. Warum gab er diese Information nicht an die Polizei weiter? Aus gutem Grund! – der Mörder hatte in seinem Besitz das Testament, das Sloane um sein Erbe brachte. Ist es da weit hergeholt, daß Sloane sich später mit einem Vorschlag an den Mörder wandte: Er werde die Identität des Mörders für sich behalten, vorausgesetzt, dieser händige Sloane das ungünstige neue Testament aus oder vernichte es auf der Stelle? Das wäre für den Mörder noch ein weiteres Motiv gewesen: Denn nun hatte er nur um so mehr Grund, Sloane als den ›annehmbaren‹ Täter zu wählen, ihn umzubringen und es als Selbstmord auszugeben und damit die einzige Person aus dem Weg zu räumen, die die Identität des Mörders kannte.«

»Aber mir scheint«, wandte Sampson ein, »daß der Mörder, wenn Sloane ihn ansprach, gezwungen gewesen wäre, ihm das Testament zu geben. Und das paßt nicht zu den Fakten, denn das verbrannte Testament haben wir im Heizkessel des Kellers des Hauses nebenan entdeckt, und Sie sagen ja, der Mörder ließ es dort, damit wir es finden sollten.«

Ellery gähnte. »Sampson, Sampson, werden Sie denn niemals lernen, von der grauen Materie in Ihrem Köpfchen Gebrauch zu machen? Meinen Sie denn, daß unser freundlicher Mörder ein Dummkopf ist? Er brauchte doch nichts weiter zu tun, als Sloane zu drohen. Etwa so: ›Wenn Sie der Polizei sagen, daß ich Grimshaw umgebracht habe, dann übergebe ich der Polizei dieses Testament. Nein, Mr. Sloane, das Testament behalte ich, um sicherzugehen, daß Sie den Mund halten.‹ Und Sloane wäre nichts anderes übriggeblieben, als diesen Kompromiß einzugehen. In dem Augenblick, in dem er zu unserem Freund, dem Mörder, ging, hatte er sozusagen sein Schicksal selbst besiegelt. Der arme Sloane! Ich fürchte, er war nicht gerade ein großes Licht.«

Was dann kam, geschah rasch, war peinlich und unangenehm. Der Inspektor sah sich, was ihm sehr zuwider war, gezwungen, Suizas Aussage und die Konsequenzen, die sich daraus ergaben, der Presse mitzuteilen. In den Sonntagszeitungen wurde die Angelegenheit erwähnt, die Montagszeitungen brachten die Nachricht groß heraus – Montag ist in diesem Metier stets der schlechteste Tag für Neuigkeiten –, und binnen kurzem wußte ganz New York, daß der vielgeschmähte Gilbert Sloane doch kein Mörder und Selbstmörder war und daß die Polizei nun vielmehr davon ausgehe, daß er selbst das Opfer eines raffinierten Mörders geworden sei – eines diabolischen Mörders, wie die Regenbogenpresse ihn nannte. Die Polizei, wurde die Öffentlichkeit weiter informiert, sei also nach wie vor auf der Suche nach dem wirklichen Täter, der nicht nur ein – wie ursprünglich gedacht –, sondern zwei Menschenleben auf dem Gewissen habe.

Mrs. Sloane, sollte noch hinzugefügt werden, erstrahlte in spätem Glanz. Ihre gloriose Familienehre war wiederhergestellt und funkelte nun in der späten, aber doch willkommenen *apologia* von Presse, Polizei und Staatsanwaltschaft. Mrs. Sloane war keine undankbare Dame; sie spürte hinter Nacio Suizas Aussage das Walten der geschickten und klugen Hand Ellery Queens. So brachte sie den jungen Mann in Verlegenheit, indem sie ihn in Anwesenheit der hocherfreuten Herren von der Presse mit Komplimenten nur so überschüttete.

Was Sampson, Pepper, Inspektor Queen anging ... je weniger man darüber verlauten läßt, desto besser. Sampson schreibt heute etliche seiner silbergrauen Haare dieser Phase seiner Karriere zu, und der Inspektor erzählt oft und gern, wie Ellery ihn damals mit seiner »Logik« und seiner Hartnäckigkeit fast ins Grab gebracht habe.

Kapitel 27

Telegramme

Am Dienstag, dem 26. Oktober, eine Woche, nachdem Mrs. Sloane ganz unbeabsichtigt jene Kette von Ereignissen in Gang gebracht hatte, durch die die Sloane-Hypothese zu Fall gebracht wurde, wurde Mr. Ellery Queen um zehn Uhr vormittags vom Läuten des Telefons geweckt. Der Anrufer war sein Vater. Offenbar hatte sich an jenem Morgen nach dem Austausch mehrerer Telegramme zwischen New York und London eine gespannte Situation ergeben. Das Victoria-Museum verlor die Geduld.

»Konferenz in Henry Sampsons Büro in einer Stunde, Junge.« Der alte Herr klang an diesem Morgen alt und müde. »Dachte, du bist vielleicht gern dabei.«

»Ich werde da sein, Dad«, antwortete Ellery; und sanft fügte er hinzu: »Wo ist denn dein alter Spartanergeist geblieben, Inspektor?«

Ellery fand eine Stunde darauf im Privatbüro des Bezirksstaatsanwalts ein explosives Gemisch vor. Der Inspektor war ärgerlich und mürrisch; Sampson wirkte gereizt; Pepper schwieg – und dazwischen saß wie auf einem Thron der große James J. Knox, dessen harte Gesichtszüge einen unnachgiebigen Ausdruck angenommen hatten.

Sie nahmen Ellerys Gruß kaum zur Kenntnis; Sampson wies ihm mit einer Handbewegung einen Sessel an, und er setzte sich rasch, während sein Blick erwartungsvoll umherschweifte.

»Mr. Knox.« Sampson ging mit großen Schritten vor dem Thron auf und ab. »Ich habe Sie gebeten, heute morgen hierher zu kommen, weil –«

»Ja?« fragte Knox mit seiner täuschend sanften Stimme.

»Also, Mr. Knox.« Sampson versuchte es mit einem anderen Ansatz. »Sie werden vielleicht wissen, daß ich an diesen Ermittlungen nicht aktiv teilgenommen habe – zu sehr mit anderen Dingen beschäftigt. Mr. Pepper, mein Assistent, hat sich für mich um alles gekümmert. Nun haben sich die Dinge, bei allem Respekt vor Mr. Peppers Fähigkeiten, in einem Maße zugespitzt, daß ich den Fall in aller Form persönlich übernehmen muß.«

»Tatsächlich.« Knox' Tonfall war weder spöttisch noch aggressiv. Er schien abzuwarten, innerlich geduckt und bereit zum Sprung.

»Jawohl«, entgegnete Sampson; es klang wie ein Fauchen. »Tatsächlich! Wollen Sie wissen, warum ich Mr. Pepper die Sache aus der Hand genommen habe?« Er blieb vor Knox' Sessel stehen und funkelte ihn an. »Weil Ihr Verhalten, Mr. Knox, eine schwerwiegende internationale Verwicklung heraufbeschwört, deswegen!«

»Mein Verhalten?« Das schien Knox zu amüsieren.

Sampson antwortete nicht sogleich. Er nahm ein Bündel kleiner weißer Bögen, die mit einer Büroklammer zusammengehalten wurden – Telegramme der Western Union, die Texte in schmalen gelben Streifen auf das Papier geklebt.

»Also, Mr. Knox«, würgte Sampson hervor – die Anstrengungen, die er unternahm, um Zunge und Temperament im Zaum zu halten, hatten etwas von der Opera buffa –, »ich werde Ihnen jetzt der Reihe nach einige Telegramme vorlesen. Es handelt sich um die Korrespondenz zwischen Inspektor Queen hier und dem Direktor des Victoria-Museums in London. Am Ende folgen dann zwei Telegramme, die von keinem dieser beiden Herren stammen, Telegramme, die, wie gesagt, zu internationalen Verwicklungen führen könnten.«

»Also, wissen Sie«, murmelte Knox mit dem Anflug eines Lächelns, »ich weiß wirklich nicht, wie Sie auf die Idee kommen, dergleichen könne mich interessieren. Aber ich bin ja ein braver Bürger. Lesen Sie also.«

In Inspektor Queens Gesicht zuckte es; aber er hatte sich in der Gewalt und sank zurück auf seinen Stuhl, sein sonst bleiches Gesicht so rot wie Knox' Krawatte.

»Das erste«, fuhr der Staatsanwalt mit betont ausdrucksloser Stimme fort, »ist die ursprüngliche Anfrage Inspektor Queens an das Museum, als er Ihre Geschichte erfuhr – damals, als die Khalkis-Lösung als Schwindel entlarvt wurde. Der Inspektor kabelte folgendes.« Sampson las das oberste Telegramm mit lauter, mit sehr lauter Stimme vor.

»WURDE (lautete es) AUS IHREM MUSEUM INNERHALB DER LETZTEN FÜNF JAHRE WERTVOLLES GEMÄLDE LEONARDO DA VINCIS GESTOHLEN?«

Knox seufzte. Sampson fuhr fort, nachdem er einen Moment lang gezögert hatte. »Einige Zeit verstrich, bis das Museum antwortete.« Das zweite Telegramm lautete:

»SOLCHES BILD VOR FÜNF JAHREN GESTOHLEN · EHEMALIGER AUFSEHER HIER ALS GRAHAM BEKANNT · WIRKLICHER NAME WAHRSCHEINLICH GRIMSHAW · DES DIEBSTAHLS VERDÄCHTIGT, ABER NIEMALS SPUR DES BILDES GEFUNDEN · AUS NAHELIEGENDEN GRÜNDEN DIEBSTAHL VERHEIMLICHT · IHRE ANFRAGE LÄSST ANNEHMEN, DASS SIE VERBLEIB DES LEONARDO KENNEN · SOFORTIGE MITTEILUNG ERBETEN · VERTRAULICH BEHANDELN.«

»Ein Mißverständnis. Alles nur ein Mißverständnis«, sagte Knox freundlich.

»So, meinen Sie, Mr. Knox?« Sampson lief bläulich an. Er schlug das Blatt mit dem zweiten Telegramm um und las das dritte.

Inspektor Queens Antwort war folgende:

»BESTEHT MÖGLICHKEIT, DASS GESTOHLENES BILD NICHT VON LEONARDO STAMMT, SONDERN VON SCHÜLER ODER ZEITGENOSSEN UND WERT FOLGLICH NUR BRUCHTEIL DES KATALOGWERTES BETRÄGT?«

Die Reaktion des Museumsdirektors:

»BITTE BEANTWORTEN SIE FRAGE VORIGES KABEL · WO IST BILD? SCHWERWIEGENDE MASSNAHMEN ERWOGEN, FALLS BILD NICHT UMGEHEND ZURÜCKERSTATTET · ECHTHEIT DES LEONARDO DURCH FÜHRENDE BRITISCHE EXPERTEN VERBÜRGT · WERT BEI ENTDEKKUNG AUF 200 000 PFUND GESCHÄTZT.«

Inspektor Queens Kabel:

»BITTE GEBEN SIE UNS ZEIT · WISSEN NICHT, WIE WIR VORGEHEN SOLLEN · VERSUCHEN UNERWÜNSCHTES AUFSEHEN UND KOMPLIKATIONEN IN IHREM INTERESSE WIE AUCH IN UNSEREM ZU VERMEIDEN · ANDERE EXPERTENMEINUNG SCHEINT NAHEZULEGEN, DASS HIESIGES BILD KEIN ECHTER LEONARDO.«

Antwort des Museums:

»VERSTEHEN SITUATION NICHT · WENN FRAGLICHES BILD DETAILSTUDIE ZUR ›SCHLACHT VON ANGHIARI‹ ÖLGEMÄLDE LEONARDOS IST, VERMUTLICH VOM MEISTER NACH AUFGABE FRESKENPROJEKT PALAZZO VECCHIO 1505 AUSGEFÜHRT, DANN GEHÖRT BILD UNS · WENN ZUR UNTERSUCHUNG DURCH AMERIKANISCHEN SACHVER-

STÄNDIGEN VERFÜGBAR, DANN MUSS STANDORT IHNEN BEKANNT SEIN · BESTEHEN AUF RÜCKGABE UNABHÄNGIG VON AMERIKANISCHEN VORSTELLUNGEN ÜBER WERT · DIESES WERK GEHÖRT DEM VICTORIA-MUSEUM, DAS ES ENTDECKT HAT, UND IST DURCH DIEBSTAHL IN DIE VEREINIGTEN STAATEN GEKOMMEN.«

Telegramm Inspektor Queens:

»UNSERE LAGE ERFORDERT ZEIT · BITTE VERTRAUEN SIE UNS.«

Staatsanwalt Sampson machte eine gewichtige Pause. »Nun, Mr. Knox, kommen wir zum ersten der beiden Kabel, die über kurz oder lang uns allen Kopfzerbrechen bereiten dürften. Es kam als Antwort auf das Kabel, das ich Ihnen gerade verlesen habe, und ist gezeichnet Inspektor Broome, Scotland Yard.«

»Hochinteressant«, sagte Knox trocken.

»Das kann man wohl sagen, Mr. Knox!« Sampson funkelte ihn an und nahm dann seinen Vortrag mit zitternder Stimme wieder auf. Das Kabel von Scotland Yard lautete:

»FALL VICTORIA-MUSEUM IN UNSEREN HÄNDEN · POLIZEI NEW YORK BITTE POSITION KLARSTELLEN.«

»Ich hoffe«, stieß Sampson hervor, indem er den nächsten Bogen umblätterte, »ich hoffe sehr, Mr. Knox, Sie beginnen allmählich zu verstehen, was uns da bevorsteht. Hier haben wir Inspektor Queens Antwort.«

Dieses Telegramm hatte folgenden Wortlaut:

»LEONARDO NICHT IN UNSEREM BESITZ · INTERNATIONALER DRUCK ZU DIESEM ZEITPUNKT KÖNNTE ZU VÖLLIGEM VERLUST DES BILDES FÜHREN · ALLE UNTERNEHMUNGEN HIER AUSSCHLIESSLICH IM INTERESSE DES MUSEUMS GEFÜHRT · GEBEN SIE UNS ZWEI WOCHEN.«

James Knox nickte; er wandte sich um zum Inspektor, der an die Lehnen seines Stuhles geklammert dasaß, und sagte anerkennend: »Ausgezeichnete Antwort, Inspektor. Sehr umsichtig. Sehr diplomatisch. Gute Arbeit.«

Eine Antwort darauf blieb aus, wie Ellery mit zunehmender Erheiterung bemerkte, doch war er umsichtig genug, sich diese nicht anmerken zu lassen. Der Inspektor schluckte schwer, und Sampson und Pepper tauschten Blicke aus, deren Vitriolgehalt wohl kaum füreinander bestimmt war. Sampson fuhr fort, mit so angespannter Stimme, daß er kaum noch zu verstehen war. »Und hier das letzte Telegramm. Erst heute morgen gekommen, wiederum von Inspektor Broome.«

Dieses Telegramm lautete:

»MUSEUM GEWÄHRT ZWEI WOCHEN AUFSCHUB · WERDEN BIS DAHIN NICHTS UNTERNEHMEN · VIEL GLÜCK.«

Alle schwiegen, während Sampson das Bündel Telegramme auf seinen Schreibtisch warf und sich dann mit gekreuzten Armen Knox zuwandte. »Nun, Mr. Knox, so stehen die Dinge. Wir haben unsere Karten auf den Tisch gelegt. Um Himmels willen, Sir, seien Sie vernünftig! Kommen Sie uns ein Stück entgegen – lassen Sie uns doch wenigstens einen Blick auf das Bild in Ihrem Besitz werfen, geben Sie uns die Möglichkeit, es von unabhängigen Sachverständigen untersuchen zu . . .«

»Ich denke nicht daran, so etwas Unsinniges zu tun«, antwortete der große Mann leichthin. »Kein Grund dafür. Mein Sachverständiger sagt, es ist nicht der Leonardo, und er sollte es wissen – bekommt genug Geld dafür. Zum Teufel mit dem Victoria-Museum, Mr. Sampson. Diese Museen sind doch alle gleich.«

Der Inspektor sprang auf, unfähig, sich noch länger unter Kontrolle zu halten. »Großes Tier oder nicht, Henry«, brüllte er, »ich will zur Hölle fahren, wenn ich diesen – diesen . . .« Ihm blieb die Luft weg. Sampson faßte ihn am Arm und zog ihn in eine Ecke; er flüsterte dem alten Herrn hastig etwas zu. Das Gesicht des Inspektors entfärbte sich ein wenig; statt dessen nahm es einen listigen Ausdruck an. »Bitte um Verzeihung, Mr. Knox«, sagte er reumütig, als er mit Sampson zurückkehrte. »Habe die Beherrschung verloren. Warum sind Sie denn nicht ein braver Junge und geben das Ding dem Museum zurück? Tragen Sie Ihren Verlust wie ein anständiger Sportsmann. Sie haben doch schon Börsenverluste erlitten, die doppelt so hoch waren, ohne daß Sie mit der Wimper gezuckt hätten.«

Knox' Lächeln verflog. »So, ein anständiger Sportsmann?« Er stand geräuschvoll auf. »Gibt es irgendeinen Grund auf der Welt, warum ich etwas zurückgeben sollte, für das ich eine dreiviertel Million Dollar bezahlt habe? Sagen Sie mir das, Queen. Sagen Sie mir das!«

»Schließlich«, sprang Pepper geschickt in die Bresche, bevor der Inspektor sich eine Antwort zurechtlegen konnte, »kann das Bild für Sie als Kunstsammler ja nicht so viel bedeuten, Sir, da es laut dem Urteil Ihres eigenen Sachverständigen als Kunstwerk gesehen praktisch wertlos ist.«

»Und Sie machen sich strafbar«, fügte Sampson hinzu.

»Beweisen Sie es. Versuchen Sie nur, das zu beweisen.« Knox reckte wütend das Kinn vor. »Ich sage Ihnen doch, das Bild, das ich gekauft habe, ist nicht dasjenige, das aus dem Museum gestohlen wurde. Bei Gott, beweisen Sie mir, daß es anders ist! Sie werden schon sehen, meine Herren, was Sie davon haben, wenn Sie mich unter Druck setzen!«

»Aber nicht doch«, begann Sampson hilflos, als Ellery mit der sanftesten Stimme fragte, die man sich nur vorstellen konnte: »Übrigens, Mr. Knox, wer ist eigentlich Ihr Sachverständiger?«

Knox fuhr herum; einen Moment lang wurden seine Augen schmal, dann lachte er kurz. »Ganz allein meine Sache, Queen. Ich werde ihn Ihnen nennen, wenn ich es für nötig halte. Und wenn Sie mir zu nahe treten, dann werde ich abstreiten, daß ich das verdammte Ding überhaupt habe!«

»Das würde ich an Ihrer Stelle nicht tun«, sagte der Inspektor. »Nein, Sir, das würde ich nicht tun. Wir würden Sie wegen Meineids vor Gericht stellen, bei Gott!«

Sampson schlug mit der Faust auf den Tisch. »Ihr Verhalten, Mr. Knox, bringt mich und die Polizei in eine schwierige Lage. Wenn Sie in Ihrer störrischen Haltung verharren, zwingen Sie mich, die Angelegenheit den Bundesbehörden zu übergeben. Scotland Yard wird sich diese Albernheiten nicht bieten lassen und die Staatsanwaltschaft der Vereinigten Staaten genausowenig.«

Knox nahm seinen Hut und stapfte zur Tür. Der breite Rücken, den er ihnen zuwandte, hatte etwas Entschiedenes.

»Mein lieber Mr. Knox«, ließ sich Ellery vernehmen, »wollen Sie sich denn mit der Regierung der Vereinigten Staaten anlegen und mit der britischen dazu?«

Knox wandte sich kurz um, während er sich bereits energisch den Hut auf den Kopf setzte. »Junger Mann«, sagte er grimmig, »Sie können sich gar nicht vorstellen, mit wem ich mich alles anlegen würde für etwas, das mich eine dreiviertel Million Dollar gekostet hat. Das ist kein Pappenstiel, nicht einmal für Jim Knox. Ich habe mich schon öfter mit Regierungen angelegt – und gewonnen!«

Die Tür fiel krachend ins Schloß.

»Sie sollten häufiger in Ihrer Bibel lesen, Mr. Knox«, sagte Ellery ruhig und betrachtete die noch vibrierende Tür. »Und was schwach ist vor der Welt, das hat Gott erwählt, damit er zuschanden mache, was stark ist ...«

Doch niemand hörte ihm zu. Der Staatsanwalt stöhnte: »Damit ist alles nur noch schlimmer geworden als zuvor. Was können wir denn jetzt überhaupt noch tun?«

Der Inspektor zupfte energisch an seinem Schnurrbart. »Ich finde, wir sollten nicht mehr länger zögern. Wir sind viel zu zimperlich gewesen. Wenn Knox diese verdammte Kleckserei nicht binnen der nächsten Tage herausgibt, sollten Sie die Sache in die Hände der Bundesanwaltschaft legen. Dann können die sehen, wie sie mit Scotland Yard fertigwerden.«

»Wir werden das Bild wohl mit Gewalt konfiszieren müssen«, sagte Sampson finster.

»Und wenn, meine Herren«, meldete Ellery sich zu Wort, »wenn Mr. James J. Knox es dann womöglich passenderweise nicht mehr findet?«

Das mußten sie erst einmal verdauen, und es war, ihrem Gesichtsausdruck nach zu urteilen, eine bittere Pille für sie. Sampson zuckte die Schultern. »Na, Sie haben ja immer eine Antwort auf alles. Was würden Sie denn bei diesem unglaublichen Durcheinander tun?«

Ellery hob den Blick zur weißen Decke. »Ich würde – überhaupt nichts tun. Das ist ausnahmsweise eine Situation, in der die Taktik des Laissez-faire angebracht ist. Wenn wir Knox jetzt unter Druck setzen, wird er nur immer unzugänglicher werden; in erster Linie ist er ja ein stahlharter Geschäftsmann, aber falls man ihm ein wenig Zeit läßt ... Wer weiß?« Er erhob sich mit einem Lächeln. »Geben Sie ihm wenigstens die zwei Wochen Gnadenfrist, die das Museum Ihnen gewährt hat. Den nächsten Schritt wird Knox unternehmen, kein Zweifel.«

Bedrückt und widerstrebend stimmten sie ihm zu.

Doch wie immer in diesem Fall, in dem ihm alles mißlang, sollte Ellery unrecht haben. Denn als der nächste Schritt unternommen wurde, wurde er von jemand ganz anderem getan ... und noch dazu war es ein Schritt, der keinesfalls etwas zur Lösung des Falles beitrug, sondern mehr denn je alles komplizierte.

Kapitel 28

Ein Brief

Der entscheidende Schlag traf sie am Donnerstag, zwei Tage, nachdem Mr. James J. Knox seine Bereitschaft verkündet hatte, es sowohl mit den Vereinigten Staaten als mit Großbritannien aufzunehmen. Ob der große Mann auch im Fegefeuer der Gerichtshöfe zu diesem mutigen Wort gestanden hätte, würden sie nie erfahren, denn zu einem solchen Prozeß sollte es nicht kommen. Am Donnerstag morgen, als Ellery im väterlichen Büro im Polizeipräsidium saß und zutiefst unglücklich zum Fenster hinaus in den Himmel blickte, erschien Hermes in Form und Gestalt eines angegrauten Telegrammboten und überbrachte ihnen eine Nachricht, die den kriegerisch gestimmten Mann und die Kräfte von Gesetz und Ordnung wieder Seite an Seite bringen sollte.

Das Telegramm war mit Knox' Namen gezeichnet und machte ihnen die folgende kryptische Mitteilung:

»BITTE LASSEN SIE DURCH ZIVILBEAMTEN PÄCKCHEN VON MIR ABHOLEN, DAS IM BÜRO WESTERN UNION 33. STRASSE BEREITLIEGT · HABE WICHTIGE GRÜNDE, NICHT IN DIREKTERER FORM MIT IHNEN IN VERBINDUNG ZU TRETEN · «

Sie sahen sich gegenseitig an. »Was ist das denn nun schon wieder für ein Spiel?« murmelte der Inspektor. »Du denkst doch nicht, daß er uns auf diese Weise den Leonardo zurückschickt, oder doch, El?«

Ellery runzelte die Stirn. »Aber nein«, sagte er ungeduldig. »Das kann es nicht sein. Der Leonardo ist, wenn ich mich recht erinnere, ungefähr ein mal zwei Meter groß. Selbst wenn er die Leinwand aus dem Rahmen geschnitten und sie aufgerollt hätte, könnte man das kaum als ›Päckchen‹ bezeichnen. Nein, es muß etwas anderes sein. Ich würde dir raten, dich sofort um diese Sache zu kümmern, Dad. Knox' Nachricht kommt mir – nun, merkwürdig vor.«

Sie fieberten der Rückkehr des Beamten entgegen, den sie zum angegebenen Telegrafenbüro schickten. Es verging keine Stunde, bis der Mann mit einem kleinen Päckchen ohne Adressenangabe, aber mit Knox' Namen in einer der Ecken, zurückkehrte. Der alte Herr öffnete es. Im Inneren befand sich ein Brief in einem Umschlag sowie ein weiteres Blatt Papier, das sich als Nachricht von Knox an den Inspektor erwies – alles in Pappe verpackt, als habe er den Inhalt des Päckchens verschleiern wollen. Sie lasen Knox' Mitteilung als erste – kurz, knapp und sachlich. Sie lautete:

»An Inspektor Queen

Beigelegt finden Sie einen anonymen Brief, den ich heute morgen mit der Post bekam. Ich befürchte natürlich, daß der Verfasser mich beobachtet, und wähle deshalb diese umständliche Methode, Ihnen den Brief zukommen zu lassen. Wie soll ich mich verhalten? Vielleicht bekommen wir diesen Mann zu fassen, wenn wir es geschickt anstellen. Offenbar weiß er nichts davon, daß ich Ihnen die ganze Geschichte des Bildes schon vor Wochen erzählt habe. J. J. K.«

Knox hatte den Brief mühsam mit der Hand geschrieben.

Bei dem Brief in dem Umschlag, den Knox beigelegt hatte, handelte es sich um einen schmalen Streifen weißen Papiers. Der Umschlag war ein billiges Massenprodukt, wie man es für einen Cent in jedem Schreibwarenladen an der Ecke kaufen konnte; Knox' Adresse war mit Maschine geschrieben. Abgestempelt war der Brief von einem Postamt in der Innenstadt, und dem Stempel nach zu urteilen war er wahrscheinlich am Vorabend aufgegeben worden.

Das Blatt Papier, das der Umschlag enthielt und auf das die Mitteilung an Knox getippt war, sah merkwürdig aus. Eine der vier Kanten machte einen rauhen Eindruck – als ob das Blatt ursprünglich doppelt so groß gewesen und aus irgendeinem Grund nicht allzu sorgfältig in zwei Hälften gerissen worden sei.

Doch der Inspektor hielt sich nicht mit dem Papier auf; seine alten Augen verschlangen den getippten Text:

»An James J. Knox, Esq.

Der Verfasser dieses Briefes will etwas von Ihnen, und Sie werden es ihm ohne Widerrede geben. Damit Sie wissen, mit wem Sie es zu tun haben, werfen Sie einen Blick auf die Rückseite dieses Blattes – und Sie werden sehen, daß ich auf der Rückseite der Hälfte des Wechsels schreibe, den Khalkis an jenem Abend vor einigen Wochen Grimshaw gab . . .«

Ellery stieß einen Schrei aus, und der Inspektor, der laut vorgelesen hatte, hielt inne und drehte das Blatt mit zitternden Fingern um. Es war unglaublich ... doch sie erkannten sie – die große, ungelenke Handschrift Georg Khalkis'.

»Kein Zweifel, das ist die Hälfte des Wechsels!« rief der Inspektor. »So sicher wie das Amen in der Kirche! Aus irgendeinem Grund mitten durchgerissen – nur die Hälfte ist da, aber hier ist der Nachname der Unterschrift, zum Donnerwetter –«

»Seltsam«, murmelte Ellery. »Lies weiter, Dad. Was steht sonst noch in dem Brief?«

Der Inspektor befeuchtete sich die Lippen, drehte das Blatt um und nahm die Lektüre wieder auf:

»Sie werden ja nicht so dumm sein, hiermit zur Polizei zu gehen, denn schließlich haben Sie den gestohlenen Leonardo, und wenn Sie sich an die Polizei wenden, werden Sie die ganze Geschichte gestehen müssen, daß der ehrenwerte James J. Knox ein Kunstwerk sein eigen nennt, das aus einem britischen Museum geklaut und eine glatte Million wert ist. Kein Gedanke! Ich werde Sie nach Strich und Faden ausnehmen, Mr. Knox, und schon bald werden Sie genaue Instruktionen über die erste Lieferung bekommen, wenn ich so sagen darf. Wenn Sie Widerstand leisten, wird das von Schaden für Sie sein, denn ich werde dafür sorgen, daß die Polizei erfährt, daß Sie Diebesgut besitzen.«

Eine Unterschrift fehlte.

»Geschwätziger Bursche, findest du nicht?« murmelte Ellery.

»Na, da werd' ich doch verrückt«, sagte der Inspektor kopfschüttelnd. »Eiskalt, wer immer den Brief geschrieben hat. Knox dafür zu erpressen, daß er das gestohlene Bild besitzt!« Er legte den Brief vorsichtig auf den Tisch und begann sich befriedigt die Hände zu reiben. »Na, Junge, den Burschen haben wir schnell! Der sitzt uns in der Falle. Er glaubt, Knox könne nicht zu uns kommen, weil wir nichts über diese faule Geschichte wissen. Und –«

Ellery nickte geistesabwesend. »Scheint so.« Er betrachtete das Blatt nachdenklich. »Trotzdem wäre es wohl ratsam, zu überprüfen, ob es Khalkis' Handschrift ist. Dieser Brief ist – ich kann dir gar nicht sagen, wie wichtig der ist, Dad.«

»Wichtig?« Der alte Herr gluckste. »Da übertreibst du wohl ein wenig, oder? Thomas! Wo ist Thomas?« Er lief zur Tür und winkte jemanden aus dem Vorzimmer herbei. Sergeant Velie kam hereingestürmt. »Thomas, holen Sie diesen anonymen Brief aus den Akten – der, aus dem wir erfahren haben, daß Sloane und Grimshaw Brüder waren. Und bringen Sie auf dem Rückweg Miss Lambert mit. Sagen Sie ihr, sie soll Handschriftenproben von Khalkis mitbringen – sie müßte welche haben.«

Velie ging und kehrte kurz darauf in Begleitung der gutaussehenden jungen Frau, deren schwarzes Haar die ersten grauen Strähnen zeigte, zurück. Er überreichte dem Inspektor ein Päckchen.

»Kommen Sie herein, Miss Lambert, kommen Sie herein«, sagte der Inspektor. »Ein kleiner Auftrag für Sie. Werfen Sie einen Blick auf den Brief hier, und vergleichen Sie ihn mit demjenigen, den Sie sich vor einiger Zeit angesehen haben.«

Una Lambert machte sich schweigend an die Arbeit. Sie verglich Khalkis' Handschrift auf der Rückseite des Blattes mit einer Probe, die sie mitgebracht hatte. Dann besah sie sich den Erpresserbrief unter einem starken Vergrößerungsglas, wobei sie mehrfach den Brief hinzuzog, den Velie zur Überprüfung aus den Akten geholt hatte. Alle warteten ungeduldig, zu welchem Schluß sie kommen würde.

Endlich legte sie beide Briefe aus der Hand. »Die Handschrift auf diesem neuen Brief ist Mr. Khalkis' Schrift. Was die Proben in Maschinenschrift angeht, Inspektor, so sind sie mit Sicherheit beide auf derselben Maschine geschrieben, und wahrscheinlich von derselben Person.«

Der Inspektor und Ellery nickten. »Immerhin ist es eine Bestätigung«, sagte Ellery. »Derjenige, der uns den Hinweis gegeben hat, daß die beiden Brüder waren, ist ohne Frage unser Mann.«

»Noch Einzelheiten, Miss Lambert?« fragte der Inspektor.

»Ja. Wie schon im ersten Falle wurde eine Underwood-Büroschreibmaschine benutzt – dieselbe Maschine. Auffällig ist allerdings das Fehlen anderer Charakteristika. Wer immer diese Briefe getippt hat, hat sorgsam darauf geachtet, nichts von seiner Persönlichkeit zu enthüllen.«

»Wir haben es mit einem raffinierten Verbrecher zu tun, Miss Lambert«, merkte Ellery trocken an.

»Kein Zweifel. Sie müssen wissen, es gibt verschiedene Dinge, die wir untersuchen können – Zwischenräume, Rand, Zeichensetzung, der Druck, mit dem bestimmte Tasten angeschlagen werden und so weiter. Hier hat es jemand absichtlich und mit Erfolg darauf angelegt, alles Individuelle zu vermeiden. Doch eines konnte der Verfasser nicht verbergen, und das waren die technischen Merkmale der Typen selbst. Jede einzelne Maschine hat sozusagen ihre eigene Persönlichkeit; und diese ist kaum weniger charakteristisch als Fingerabdrücke. Es steht außer Frage, daß beide Briefe auf derselben Maschine getippt wurden, und ich würde sagen – obwohl ich dafür keine Garantie übernehmen kann – auch von derselben Hand.«

»Wir wissen schon, wie wir Ihre Meinung zu werten haben«, meinte der Inspektor grinsend. »Danke, Miss Lambert ... Thomas, bringen Sie diesen Erpresserbrief nach unten ins Labor; Jimmy soll ihn auf Fingerabdrücke untersuchen. Ich nehme allerdings an, daß unser Freund zu vorsichtig dafür ist.«

Kurz darauf kehrte Velie mit dem Brief und einer negativen Meldung zurück. Auf der neu beschriebenen Seite des Papiers gab es keine Abdrücke. Auf der Rückseite allerdings, wo Khalkis seinen Wechsel für Grimshaw gekritzelt hatte, finde sich, ließ der Experte ausrichten, der deutliche Abdruck eines der Finger Georg Khalkis'.

»Damit wäre die Echtheit des Wechsels gleich doppelt bestätigt, durch Handschrift und Fingerabdruck«, sagte der Inspektor zufrieden. »Jawohl, mein Sohn, wer immer diesen Brief auf die Rückseite des Wechsels getippt hat, ist unser Mann – der Mann, der Grimshaw umbrachte und von seiner Leiche diesen Wechsel stahl.«

»Zumindest«, murmelte Ellery, »bestätigt das meine Schlußfolgerung, daß Gilbert Sloane ermordet wurde.«

»Das ist wahr. Und nun wollen wir mit diesem Brief hinüber in Sampsons Büro gehen.«

Die Queens fanden Sampson und Pepper im Privatbüro des Bezirksstaatsanwalts in Beratungen vertieft. Der Inspektor legte ihnen triumphierend den neuen anonymen Brief vor und berichtete, was die Experten herausgefunden hatten. Die Züge der beiden Anwälte hellten sich schlagartig auf, und die Stimmung im Büro verbesserte sich spürbar durch die Aussicht auf eine schnelle – und korrekte – Auflösung des Falles.

»Eines will ich Ihnen sagen«, sagte Sampson. »Sie halten Ihre Radaubrüder da heraus, Q. Der Bursche, der diesen Brief geschrieben hat, wird eine weitere Nachricht schicken oder sonst von sich hören lassen. Wir brauchen jemanden an Ort und Stelle, wenn es soweit ist. Wenn Ihre Quadratlatschen durch Knox' Bude poltern, verscheuchen sie uns vielleicht unseren Vogel.«

»Da ist was dran, Henry«, gab der Inspektor zu.

»Wie wär's mit mir, Chef?« fragte Pepper eifrig.

»Schön. Sie sind genau der Richtige. Sie gehen hin und warten ab, was sich tut.« Der Staatsanwalt setzte ein sehr ungemütliches Lächeln auf. »Auf diese Weise schlagen wir zwei Fliegen mit einer Klappe, Q. Wir schnappen uns den Verfasser dieses Briefes – und wir haben, wenn wir unseren eigenen Mann in Knox' Haus postieren, die Möglichkeit, ein Auge auf dieses verdammte Bild zu halten!«

Ellery kicherte. »Sampson, das Spiel geht an Sie. Zu meinem eigenen Besten werde ich Baptistas weisen Ratschlag beherzigen müssen. ›Denn gelehrten Männern‹, sprach er, ›erzeig' ich Freundlichkeit!‹«

Kapitel 29

Einlenken

Aber mochte Bezirksstaatsanwalt Sampson auch ein gelehrter Mann sein, so war es jener geheimnisvolle Kriminelle, auf den Staatsanwalt Sampson es in seiner Weisheit abgesehen hatte, offenbar ebenfalls. Eine ganze Woche lang geschah nicht das geringste. Es war, als hätte sich, von niemandem bemerkt, die Erde aufgetan und den Verfasser des anonymen Briefes verschlungen. Täglich berichtete der stellvertretende Staatsanwalt Pepper aus Knox' Palazzo am Drive, daß der Mörder und Erpresser sich noch nicht gemeldet habe – mit keinem Wort oder einem anderen Lebenszeichen. Vielleicht, dachte Sampson und sagte es Pepper, um diesen aufzumuntern, vielleicht war der Mann auf der Hut und sondierte das Terrain mißtrauisch, weil er eine Falle witterte. Pepper solle sich deshalb so weit wie nur irgend möglich zurückhalten. Pepper beriet sich mit Knox – den der schleppende Lauf der Dinge merkwürdigerweise gar nicht zu beunruhigen schien – und beschloß, kein Risiko einzugehen; tagelang blieb er im Haus und setzte keinen Fuß vor die Tür, nicht einmal nachts.

Des weiteren, berichtete Pepper seinem Vorgesetzten an einem dieser Nachmittage telefonisch, bewahre Mr. James J. Knox weiterhin sorgsam Stillschweigen über den Leonardo – oder angeblichen Leonardo. Er ließ sich nicht provozieren und auf nichts festlegen. Außerdem erwähnte Pepper, daß er darüber hinaus Miss Brett einer strengen Observation unterziehe – sehr streng, Chef. Sampson quittierte das mit einem Brummen; er schloß daraus, daß dieser Auftrag für Mr. Pepper durchaus auch seine angenehmen Seiten hatte.

Am Freitag morgen jedoch, dem 5. November, ging die Zeit der Waffenruhe mit einer furiosen Salve zu Ende. Gleich als die erste Post des Tages eintraf, erwachte das Haus Knox zu hektischem Leben. Das Warten hatte sich gelohnt. Pepper und Knox standen in dem mit schwarzem Lackleder ausgekleideten Privatbüro von Knox und studierten freudig triumphierend einen Brief, den der Postbote eben gebracht hatte. Eine eilige Konferenz; dann verließ Pepper, den Hut tief in die Stirn gedrückt, verstohlen durch einen Dienstboteneingang das Haus, das wertvolle Schriftstück in einer Innentasche verstaut. Er sprang in ein bereitstehendes Taxi, das zuvor telefonisch bestellt worden war, und wurde in rasendem Tempo zur Center Street gefahren. Mit einem Schrei stürmte er ins Büro des Staatsanwaltes...

Sampson nahm das Blatt, das Pepper mitgebracht hatte, und betrachtete es mit den flammenden Augen des Menschenjägers. Ohne ein Wort ergriff er den Brief und seinen Mantel, und die beiden Männer stürmten hinaus und hinüber zum Polizeipräsidium.

Ellery hatte seine Wache wie ein Ministrant gehalten – ein Ministrant mit einer Neigung, an den Fingernägeln zu kauen, da ihm substantiellere Nahrung fehlte. Der Inspektor spielte mit seiner Post... Als Pepper und Sampson hereingestürmt kamen, erübrigten sich alle Erklärungen. Die Situation war eindeutig. Die Queens sprangen von ihren Sitzen auf.

»Der zweite Erpresserbrief«, keuchte Sampson. »Heute morgen mit der Post gekommen!«

»Getippt auf die Rückseite der zweiten Hälfte des Wechsels, Inspektor!« rief Pepper.

Die Queens untersuchten den Brief gemeinsam. Wie der stellvertretende Bezirksstaatsanwalt schon gesagt hatte, war die Notiz auf die zweite Hälfte des Schuldscheins von Khalkis getippt. Der Inspektor holte die andere Hälfte hervor und hielt die beiden an der zerfaserten Kante aneinander – sie paßten perfekt.

Wie der erste war auch der zweite Erpresserbrief ohne Unterschrift. Er lautete:

> »Die erste Zahlung, Mr. Knox, beläuft sich auf die hübsche Summe von $30000. In bar, keine Scheine größer als $100. Zu zahlen in einem ordentlichen Päckchen, das heute, nicht vor zehn Uhr abends, an der Garderobe des Times Building, Times Square, abzugeben ist, adressiert an Mr. Leonard D. Vincey, mit der Anweisung, es auszuhändigen, wenn jemand dieses Namens danach fragt. Vergessen Sie nicht, Sie können nicht zur Polizei gehen. Und ich bin auf der Hut, Mr. Knox, also keine Tricks.«

»Unser Mann hat einen ausgeprägten Sinn für Humor«, sagte Ellery. »Wirklich possierlich, dieser Tonfall und die Idee, den Namen Leonardo da Vinci zu anglisieren. Ein sehr gutgelaunter Gentleman!«

»Das Lachen wird ihm schon noch vergehen«, knurrte Sampson, »bevor der heutige Tag um ist.«

»Aber Jungs«, kicherte der Inspektor. »Keine Zeit für Wortgefechte.« Er schnauzte etwas in seine Sprechanlage, und wenige Augenblicke später beugten sich die vertraute Gestalt Una Lamberts, der Handschriftenexpertin, und der schmächtige leitende Mann für Fingerabdrücke über den Brief auf dem Schreibtisch des Inspektors, auf der Suche nach irgendeinem Aufschluß, den er vielleicht unabsichtlich geben mochte.

Miss Lambert war vorsichtig. »Dieser hier ist auf einer anderen Schreibmaschine getippt als der erste Erpresserbrief, Inspektor. Diesmal ist es eine Remington-Büromaschine, brandneu, würde ich sagen, wenn man nach dem Zustand der Typen geht. Was den Verfasser angeht –« Sie zuckte die Schultern. »Ich möchte mich nicht darauf festlegen, aber wahrscheinlich wurde er, dem ersten Eindruck nach zu urteilen, von derselben Person getippt, die auch die anderen beiden schrieb ... Noch eine Kleinigkeit. Ein Tippfehler bei der Zahl für 30 000 Dollar. Bei all seiner Dreistigkeit war der Schreiber offenbar nervös.«

»Tatsächlich«, murmelte Ellery. Er winkte ab. »Lassen wir das für den Augenblick beiseite. Es ist ja nicht notwendig, die Autorschaft aus den Typen zu beweisen. Allein der Umstand, daß der erste Erpresserbrief auf der einen Hälfte von Khalkis' Wechsel geschrieben ist und der zweite auf der zweiten Hälfte, beweist es ausreichend, Dad.«

»Irgendwelche Abdrücke, Jimmy?« fragte der Inspektor ohne große Hoffnung.

»Nichts«, sagte der Fingerabdruckexperte.

»Gut. Das wäre alles, Jimmy. Danke, Miss Lambert.«

»Setzen Sie sich, meine Herren, setzen Sie sich«, sagte Ellery amüsiert und ging mit gutem Beispiel voran. »Kein Grund zur Eile. Wir haben den ganzen Tag Zeit.« Sampson und Pepper, die gezappelt hatten wie Kinder, gehorchten lammfromm. »Dieser neue Brief wirft nämlich einige interessante Fragen auf.«

»So? Für mich sieht der echt genug aus«, stieß der Inspektor hervor.

»Ich wollte damit nicht gesagt haben, daß er nicht echt wäre. Aber denken Sie zum Beispiel mal darüber nach, was für einen hübschen Zahlensinn unser Mörder und Erpresser hat. Kommt Ihnen das nicht merkwürdig vor, daß er 30 000 Dollar fordert? Ist Ihnen jemals ein Erpressungsfall bekannt geworden, in dem eine solche Summe gefordert wurde? Normalerweise sind es 10 000 oder 25 000 oder 50 000 oder 100 000 Dollar.«

»Pah«, sagte Sampson. »Das sind Haarspaltereien. Ich kann daran nichts Merkwürdiges finden.«

»Ich will mich nicht mit Ihnen streiten. Aber das ist noch nicht alles. Miss Lambert hat uns da auf etwas Interessantes aufmerksam gemacht.« Er nahm den zweiten Erpresserbrief und schnippte mit dem Finger an die Stelle, wo die Zahlen für 30 000 Dollar standen. »Sie werden sehen«, sagte Ellery, von den anderen umringt, »daß dem Verfasser bei den Zahlen ein häufig vorkommender Tippfehler unterlief. Miss Lambert war der Meinung, daß der Schreiber nervös gewesen sei. Oberflächlich gesehen scheint das eine vernünftige Erklärung.«

»Natürlich«, sagte der Inspektor. »Worauf willst du hinaus?«

»Der Fehler«, fuhr Ellery unbeirrt fort, »besteht in folgendem: Nachdem er die Umschalttaste für das Dollarzeichen gedrückt hatte, mußte er die Taste wieder loslassen, um die Zahl 3 zu tippen, die sich stets auf der unteren Reihe befindet. Aus dem Indiz, das wir hier vorliegen haben, können wir schließen, daß die Umschalttaste noch nicht ganz in die Ausgangsposition zurückgekehrt war, als der Schreiber die 3 drückte, und das führte zu einem verwischten Abdruck, so daß der Schreiber die Rücktaste betätigen und die 3 noch einmal tippen mußte. Hochinteressant – hochinteressant.«

Sie studierten die Zahlen, die wie folgt dastanden:

»Was soll daran interessant sein?« fragte Sampson. »Ich bin ja vielleicht schwer von Begriff, aber ich wüßte nicht, was man daran anders sehen sollte als das, was Sie gerade gesagt haben – der Schreiber hat einen Tippfehler gemacht und ihn korrigiert, ohne vorher zu radieren. Miss Lamberts Annahme, daß der Fehler aus Hast oder Nervosität unterlief, paßt voll und ganz zu den Umständen.«

Lächelnd zuckte Ellery die Schultern. »Das Interessante daran, mein lieber Sampson, ist nicht der Fehler – obwohl der meine grauen Zellen ebenfalls ein wenig kitzelt. Es ist die Tatsache, daß die Remington-Schreibmaschine, auf der diese Notiz getippt wurde, keine Standardtastatur hat. Ich nehme an, von allzugroßer Bedeutung ist es nicht.«

»Keine Standardtastatur?« wiederholte Sampson verblüfft. »Wie kommen Sie denn darauf?«

Ellery zuckte wiederum die Schultern.

»Jedenfalls«, unterbrach der Inspektor, »dürfen wir diesen Ganoven nicht mißtrauisch machen. Wir schnappen ihn uns, wenn er heute abend im Times Building erscheint und das Geld holen will.«

Sampson, der Ellery ein wenig beklommen ansah, schüttelte sich – als wolle er eine unsichtbare Last von seinen Schultern streifen – und nickte. »Sie sollten vorsichtig sein, Q. Knox muß so tun, als ob er das Geld wie bestellt hinterlege. Sie kümmern sich um alles, oder?«

»Überlassen Sie das nur mir«, bestätigte der alte Herr grinsend. »Und nun werden wir die ganze Sache mit Knox besprechen, und wir müssen überlegen, wie wir ins Haus kommen. Unser Mann liegt vielleicht auf der Lauer.«

Sie verließen das Büro des Inspektors, nahmen einen unauffälligen Dienstwagen und ließen sich in die Seitenstraße zum Dienstboteneingang des Hauses Knox fahren. Der Fahrer war umsichtig und umrundete den Block einmal vollständig, bevor er am Tor hielt; es waren keine verdächtig aussehenden Gestalten zu entdecken, und die Queens, Sampson und Pepper eilten durch das Tor und in den Dienstbotenflügel des Hauses hinein.

Sie fanden Knox in seiner glitzernden Höhle, wie er mit bewundernswerter Gelassenheit Joan Brett etwas diktierte. Joan schlug züchtig die Augen nieder, besonders wenn Pepper in ihre Nähe kam; Knox entließ sie, und als sie sich an ihren Tisch in der Ecke des Büros zurückgezogen hatte, erörterten Staatsanwalt Sampson, Pepper und Knox den Schlachtplan für den Abend.

Ellery nahm an dieser leisen Geheimbesprechung nicht teil; er wanderte durchs Zimmer, pfiff vor sich und arbeitete sich unauffällig zu Joans Tisch hinüber, wo sie in aller Ruhe saß und tippte. Er blickte ihr über die Schulter, als wolle er sehen, was sie da schreibe, und flüsterte ihr ins Ohr: »Behalten Sie dieses unschuldige Schulmädchengesicht, meine Liebe. Sie machen das wunderbar, und die Dinge spitzen sich zu.« »Tatsächlich«, murmelte sie, ohne dabei den Kopf zu bewegen; und Ellery richtete sich lächelnd auf und schlenderte zu den anderen zurück.

Sampson – ein harter Bursche, wenn er Herr der Lage war! – sagte eben zu James Knox: »Sie verstehen natürlich, Mr. Knox, daß der Wind nun aus einer anderen Richtung weht. Nach diesem Abend sind Sie uns einiges schuldig. Wir erklären uns bereit, Sie, einen Privatmann, zu schützen, und Sie lohnen uns das mit Ihrer Weigerung, das Bild herauszugeben...«

Knox warf plötzlich die Hände in die Luft. »Gut, meine Herren. Ich gebe nach. Das war ohnehin der Tropfen, der das Faß zum Überlaufen brachte. Habe die Nase voll von dem verdammten Bild. Diese Erpresserei... Nehmen Sie das verfluchte Ding, und machen Sie damit, was Sie wollen.«

»Aber Sie haben doch behauptet, es sei nicht das Bild, das aus dem Victoria-Museum gestohlen wurde«, sagte der Inspektor in aller Ruhe. Wenn er erleichtert war, dann ließ er es sich nicht anmerken.

»Das sage ich auch immer noch! Das Bild gehört mir. Aber Sie können es haben und begutachten lassen – was Sie wollen. Nur wenn Sie feststellen, daß ich die Wahrheit gesagt habe, dann geben Sie es mir bitte zurück.«

»Oh, das werden wir ganz bestimmt tun«, sagte Sampson.

»Meinen Sie nicht, wir sollten uns erst einmal um diesen Erpresser kümmern, Chef?« gab Pepper besorgt zu bedenken. »Er könnte womöglich –«

»Da haben Sie recht, Pepper«, sagte der Inspektor in bester Laune. »Als erstes die schwedischen Gardinen. Hier. Miss Brett.« Der alte Herr ging an das andere Ende des Zimmers an Joans Tisch; sie blickte mit einem fragenden Lächeln zu ihm auf. »Seien Sie ein braves Mädchen, und nehmen Sie ein Telegramm für mich auf. Oder – warten Sie. Haben Sie einen Bleistift?«

Diensteifrig reichte sie ihm Bleistift und Papier. Der Inspektor kritzelte einige Augenblicke lang hastig. »Hier, meine Liebe – tippen Sie das gleich ab. Es ist wichtig.«

Joans Schreibmaschine begann zu rattern. Wenn ihr Herz beim Anblick der Zeilen hüpfte, so verriet ihr Antlitz nichts davon. Denn die Nachricht, die da unter ihren Fingern Gestalt annahm, lautete:

»INSPEKTOR BROOME
SCOTLAND YARD LONDON VERTRAULICH
LEONARDO IN BESITZ VON ANGESEHENEM AMERIKANISCHEN SAMMLER, DER IN GUTEM GLAUBEN £ 150 000 DAFÜR ZAHLTE, OHNE ZU WISSEN, DASS ER GESTOHLEN WAR · GEWISSE ZWEIFEL, OB HIESIGES BILD ORIGINAL DES VICTORIA-MUSEUMS IST, KANN ABER NUN RÜCKGABE AN MUSEUM ZUMINDEST FÜR EXPERTISE ZUSAGEN · EINIGE EINZELHEITEN NOCH AUF UNSERER SEITE ZU KLÄREN · GENAUE DATEN ZUR ÜBERGABE FOLGEN BINNEN 24 STUNDEN ·
INSPEKTOR RICHARD QUEEN«

Als das Blatt herumgereicht worden war und alle den Text gutgeheißen hatten – Knox warf nur einen Blick darauf –, händigte der Inspektor es Joan aus, und sie gab es telefonisch an ein Telegrafenbüro durch.

Der Inspektor legte noch einmal die Pläne für den Abend dar; Knox nickte leicht zum Zeichen, daß er alles verstanden hatte; dann schlüpften die Besucher in ihre Mäntel. Ellery hingegen machte keinerlei Anstalten, sich ihnen anzuschließen. »Kommst du nicht mit, Junge?«

»Ich werde mir erlauben, Mr. Knox' schon mehr als genug strapazierte Gastfreundschaft noch ein paar Minuten länger in Anspruch zu nehmen. Geh du nur schon mit Sampson und Pepper mit, Dad. Ich komme dann nach Hause.«

»Nach Hause? Ich fahre zurück ins Büro.«

»Gut, dann sehen wir uns gleich im Büro.«

Sie betrachteten ihn mit neugierigen Blicken; er lächelte, vollkommen entspannt. Mit einer sanften Handbewegung scheuchte er sie aus dem Raum, und sie verließen das Zimmer ohne ein Wort.

»Nun, junger Mann«, sagte James Knox, als sich die Tür hinter ihnen geschlossen hatte, »ich weiß nicht, was Sie nun schon wieder für ein Spiel spielen, aber wenn es Ihr Wunsch ist, so bleiben Sie. Ich soll ja nun wohl persönlich zur Bank gehen und so tun, als ob ich die 30 000 abhebe. Sampson denkt offenbar, unser Mann beobachtet uns.«

»Sampson denkt an alles«, sagte Ellery lächelnd. »Sehr freundlich von Ihnen.«

»Keine Ursache«, sagte Knox abrupt und warf einen Blick hinüber zu Joan, die an ihrem Tisch saß und, wie es sich für eine perfekte Sekretärin gehört, ohne ein Wort zu sagen und scheinbar ohne zuzuhören, vor sich hintippte. »Aber verführen Sie mir nicht Miss Brett. Ich müßte dafür aufkommen.« Mit einem Schulterzucken verließ Knox den Raum.

Ellery wartete zehn Minuten lang. Er sprach nicht mit Joan, und ebensowenig hielten ihre Finger inne, die blitzartig über die Tasten fuhren. Er verbrachte diese Zeit sehr untätig – genauer gesagt sah er zum Fenster hinaus. Dann sah er Knox' große, hagere Gestalt unter der *porte-cochère* hervortreten – das Fenster, an dem Ellery Ausschau hielt, befand sich in einem Seitenflügel des Hauses, und er konnte die Hauptfassade überblicken – und in die wartende Limousine steigen. Der Wagen rollte die Auffahrt hinunter davon.

Sogleich erwachte Ellery zum Leben. Und ebenso, sei hinzugefügt, Miss Joan Brett. Sie nahm die Hände von den Tasten und blickte ihn erwartungsvoll und hintergründig lächelnd an.

Ellery kam mit großen Schritten zu ihr herüber. »Himmel!« rief sie mit gespieltem Entsetzen und wich vor ihm zurück. »Sie werden doch Mr. Knox' pikante Anregung nicht sofort in die Tat umsetzen wollen, Mr. Queen?«

»Fern sei mir der Gedanke«, antwortete Ellery. »Und nun ein paar Fragen, meine Liebe, solange wir allein sind.«

»Ich schmelze dahin beim Gedanken daran, Sir«, hauchte Joan.

»Das schwache Geschlecht... Nun denn, Mylady. Wie viele Sklaven sind in diesem verschwenderischen Etablissement beschäftigt?«

Sie machte ein enttäuschtes Gesicht und schürzte die Lippen. »Eine schöne Frage, Mylord, eine schöne Frage ist mir das, sie einer Dame zu stellen, die gewärtigte, ihre Ehre verteidigen zu müssen. Lassen Sie mich nachdenken.« Sie zählte in Gedanken. »Acht. Ja, acht. Mr. Knox führt einen ruhigen Haushalt. Er hat nicht oft Gäste, glaube ich.«

»Haben Sie irgend etwas über diese Dienstboten in Erfahrung gebracht?«

»Sir! Eine Frau bringt alles in Erfahrung... Schießen Sie los, Mr. Queen.«

»Gibt es hier Dienstboten, die erst vor kurzem angestellt worden sind?«

»Meiner Treu, nein. Das ist ein altehrwürdiger Haushalt hier, *du bon vieux temps*. Soviel ich weiß, ist jeder Bediente seit mindestens fünf, sechs Jahren bei Mr. Knox, manche davon bis zu 15 Jahren.«

»Traut Knox ihnen?«

»Voll und ganz.«

»C'est bien!« Ellerys Stimme war messerscharf. *»Maintenant, Mademoiselle, attendez. Il faut qu'on fait l'examen des serviteurs – des bonnes, des domestiques, des employés. Tout de suite!«*

Sie erhob sich und machte einen Knicks. *»Mais oui, Monsieur. Vos ordres?«*

»Ich werde mich ins Zimmer nebenan begeben und die Tür schließen – das heißt«, fuhr Ellery hastig fort, »ich lasse nur einen winzigen Spalt offen, durch den ich einen Blick auf diese Leute werfen kann, wenn sie hereinkommen. Sie werden unter irgendeinem Vorwand nach ihnen klingeln und sie einem nach dem anderen lange genug hier in meinem Blickfeld festhalten, daß ich mir gründlich ihre Gesichter anschauen kann . . . Der Chauffeur wird sich übrigens nicht melden, aber ich habe ihn gesehen. Wie heißt er?«

»Schultz.«

»Ist er der einzige Chauffeur, der hier arbeitet?«

»Ja.«

»Ausgezeichnet. *Commencez!*«

Er begab sich rasch ins Nachbarzimmer und bezog an dem schmalen Türspalt Positur, den er offengelassen hatte. Er sah, wie Joan läutete. Eine Frau mittleren Alters in schwarzem Taft, die er nie zuvor gesehen hatte, betrat das Arbeitszimmer. Joan fragte sie etwas, die Frau antwortete und ging dann wieder. Joan klingelte zum zweiten Mal, und drei junge Frauen in reizenden schwarzen Dienstmädchenkleidern kamen. Ihnen folgten in raschem Wechsel der lange, dürre alte Butler, ein kleiner, adrett gekleideter dicklicher Mann mit glattem Gesicht und ein beleibter, schwitzender Gallier, in das makellose Gewand eines klassischen Küchenchefs gekleidet. Als sich die Tür hinter diesem letzten Mann schloß, trat Ellery aus seinem Versteck hervor.

»Wunderbar. Wer war die ältere Frau?«

»Mrs. Healy, die Haushälterin.«

»Die Mädchen?«

»Grant, Burrows, Hotchkiss.«

»Der Butler?«

»Krafft.«

»Der kleine Bursche mit der stoischen Miene?«

»Mr. Knox' Kammerdiener Harris.«

»Und der Koch?«

»Boussin, ein *émigré* aus Paris – Alexandre Boussin.«

»Und das sind alle? Sind Sie sicher?«

»Ja – ausgenommen Schultz.«

Ellery nickte. »Mir alle vollkommen unbekannt. Das wäre also . . . Erinnern Sie sich noch an den Morgen, an dem der erste Erpresserbrief kam?«

»Bestens.«

»Wer hat seit jenem Morgen hier das Haus betreten? Außenstehende, meine ich.«

»Eine ganze Reihe von Leuten haben das Haus betreten, wie Sie sich ausdrücken, aber keine Menschenseele ist weiter als in den Empfangsraum gekommen. Mr. Knox wollte seitdem überhaupt keine Besucher mehr sehen – die meisten hat Krafft schon an der Tür mit einem höflichen ›Ist leider nicht zu Hause‹ fortgeschickt.«

»Wieso das?«

Joan zuckte die Schultern. »Auch wenn er sich nach außen nonchalant und bisweilen blasiert gibt, habe ich den Eindruck, daß Mr. Knox in Wirklichkeit seit dem ersten Erpresserbrief nervös gewesen ist. Ich habe mich oft gefragt, warum er keine Privatdetektive engagiert hat.«

»Aus dem einfachen Grunde«, sagte Ellery finster, »daß niemand, der auch nur entfernt nach Polizei riecht, einen Fuß in dieses Haus setzen soll – oder sollte. Nicht, solange der Leonardo oder die Leonardo-Kopie in der Nähe war.«

»Er hat niemandem getraut. Nicht einmal alten Freunden oder Bekannten oder seinen vielen Geschäftspartnern.«

»Was war mit Miles Woodruff?« fragte Ellery. »Ich dachte, er stünde noch bei Knox im Brot, um sich um die Abwicklung des Khalkis-Erbes zu kümmern.«

»Das tut er auch. Doch Mr. Woodruff ist nicht persönlich hier gewesen. Sie telefonieren allerdings täglich miteinander.«

»Ist es denn die Möglichkeit?« murmelte Ellery. »Was für ein Glück – was für ein wunderbares, unfaßbares Glück.« Er faßte sie an den Händen, und sie stieß einen kleinen Schrei aus. Doch Ellerys Absichten waren offenbar rein platonischer Art. Er drückte die zierlichen Hände mit einer beinahe schon kränkenden Nüchternheit und sagte: »Das war ein lohnender Vormittag, Joan Brett, ein lohnender Vormittag!«

Trotz Ellerys Versicherung, daß er seinen Altvorderen »gleich« in dessen Büro aufsuchen werde, kam er doch erst am späteren Nachmittag ins Polizeipräsidium geschlendert und lächelte beim Gedanken an etwas, das er in seinem Herzen bewegte.

Zum Glück war der Inspektor in seine Arbeit vertieft und hatte keine Zeit, Fragen zu stellen. Ellery lungerte eine Weile herum und wachte aus seinen versonnenen Tagträumereien erst auf, als er hörte, wie der Inspektor Sergeant Velie genaue Anweisungen für den abendlichen Aufmarsch der Beamten im Untergeschoß des Times Building gab.

»Vielleicht«, sagte Ellery – und der alte Herr schien überrascht, ihn in seinem Büro zu sehen –, »vielleicht wäre es vernünftiger, sich um neun Uhr bei Knox am Drive einzufinden.«

»Bei Knox? Wozu das?«

»Ich habe meine Gründe. Natürlich ist es gut, deine Bluthunde am Ort der geplanten Verhaftung schnüffeln zu lassen, aber unsere Gesellschaft sollte sich wirklich bei Knox treffen. Vor zehn müssen wir ja sowieso nicht am Times Building sein.«

Der Inspektor hob an zu protestieren, sah etwas stahlhart in Ellerys Augen blitzen, blinzelte und sagte: »Na, meinetwegen!« Dann begab er sich ans Telefon, um in Sampsons Büro Bescheid zu sagen.

Sergeant Velie stapfte davon.

Ellery erhob sich, beseelt von unerwartetem Tatendrang, und folgte dem Koloß hinaus. Draußen auf dem Flur holte er Velie ein, faßte ihn an seinem muskulösen Arm und begann sehr, sehr nachdrücklich auf ihn einzureden – mit beinahe schmeichelnden Tönen.

Deutlich war zu sehen, wie plötzlich Leben in Sergeant Velies sonst unbewegliche Züge kam und wie sein Gesicht allmählich den Ausdruck von Verstörtheit annahm, je länger Ellery eindringlich auf ihn einflüsterte.

Der brave Sergeant verlagerte das Gewicht von einem Fuß auf den anderen. Er watete in einem Morast der Unentschlossenheit. Er schüttelte den Kopf. Er nagte an seiner wulstigen Lippe. Er kratzte sich an seinem stoppligen Kinn. Er machte eine gequälte Miene, hin- und hergerissen von widerstrebenden Gefühlen.

Am Ende, unfähig, Ellerys Sirenengesang noch weiter zu widerstehen, seufzte er unglücklich, brummte: »Also gut,

Mr. Queen, aber wenn da irgendwas schiefgeht, kostet mich das meine Streifen« und stapfte davon, als ob er nur zu froh sei, diesem hartnäckigen Floh im Fell seiner Pflichterfüllung zu entkommen.

Kapitel 30

Fragespiel

Vorsichtig, jeweils verstohlen zu zweit, kamen sie an jenem Abend im Schutz eines von keinem Mondlicht erhellten Nachthimmels im Hause Knox zusammen. Beim Uhrschlag neun – alle waren durch den Seiteneingang im Dienstbotenflügel hereingeschlüpft – hatten sie sich in Knox' Arbeitszimmer versammelt: die beiden Queens, Bezirksstaatsanwalt Sampson, Pepper, Joan Brett und Knox selbst. Schwarze Vorhänge bedeckten die Fenster; nicht der kleinste Lichtschein drang von draußen herein. Alle waren leise, nervös, aufs Äußerste angespannt.

Das heißt, alle bis auf Ellery, der sich zwar so ernst und zurückhaltend benahm, wie es der Anlaß zu erfordern schien, aber doch irgendwie den Eindruck vermittelte, daß e r sich über den Ausgang dieses ominösen Abends nicht die geringsten Sorgen machte – er nicht!

Hektische Worte wurden gewechselt. »Haben Sie das Päckchen, Mr. Knox?« Der Schnurrbart des Inspektors hing schlaff in zernagten Strähnen herab.

Knox holte aus einer Schreibtischschublade ein kleines Bündel hervor, das in braunes Papier geschlagen war. »Nur Attrappen. Papier, im Geldscheinformat zurechtgeschnitten.« Seine Stimme klang gleichmütig, doch seine verkniffenen Gesichtszüge ließen Nervosität erkennen.

Das Schweigen hing wie Nebel im Raum, bis der Staatsanwalt herausplatzte: »Um Himmels willen, worauf warten wir denn noch? Mr. Knox, Sie sollten sich auf den Weg machen. Wir folgen Ihnen. Das Gebäude ist bereits umstellt, und er kann uns nicht –«

»Ich darf wohl sagen«, ließ Ellery sich vernehmen, »daß die Notwendigkeit, heute abend die Garderobe des Times Building aufzusuchen, nicht mehr besteht.«

Erneut ein dramatischer Augenblick – eine Gelegenheit, wie Ellery sie einige Wochen zuvor selbstgefällig ergriffen hatte, als er die Khalkis-Lösung bekanntgab. Doch wenn er fürchtete, sich ein zweites Mal zum Narren zu machen, so sah man es ihm nicht an. Er lächelte fröhlich, als ob all die aufgeregten Vorbereitungen, die Polizeiwagen, die rund um den Times Square geparkt waren, das gewaltige Aufgebot an Männern eher ein Grund zur Belustigung seien.

Die kleine Gestalt des Inspektors fuhr um fast zwei Meter in die Höhe. »Was soll das heißen, Ellery? Wir verschwenden nur Zeit. Oder ist das schon wieder einer von deinen albernen Tricks?«

Das Lächeln verschwand aus Ellerys Zügen. Er blickte in die Runde, wie sie dastand, ihn musterte und mit großen Augen anstarrte. Das Lächeln verschwand, und Ellerys Stimme klang nun schneidend. »Nun gut«, sagte er grimmig. »Ich werde es erklären. Wollen Sie wissen, warum es unsinnig wäre – lächerlich sogar –, in die Innenstadt zu fahren?«

»Lächerlich!« schnaubte der Staatsanwalt. »Wieso?«

»Weil es, Sampson, vergebliche Liebesmüh wäre. Weil, Sampson, Ihr Mann nicht da wäre. Weil man uns, Sampson, hereingelegt hat!«

Joan Brett schnappte nach Luft. Dann schnappten alle anderen nach Luft.

»Mr. Knox«, wandte Ellery sich an den Bankier, »würden Sie wohl so freundlich sein, nach Ihrem Butler zu läuten?«

Knox tat, wie ihm geheißen; Falten standen ihm wie eingemeißelt in der Stirn. Der große, hagere alte Mann erschien sogleich. »Sie haben gerufen, Mr. Knox?«

Doch Ellery war es, der antwortete, und dies in scharfem Ton: »Krafft, kennen Sie sich mit der Alarmanlage in diesem Haus aus?«

»Jawohl, Sir . . .«

»Sehen Sie sofort nach, ob sie in Ordnung ist.«

Krafft zögerte, Knox machte eine knappe Handbewegung, und der Butler begab sich hinaus. Keiner sagte ein Wort, bis er wieder hereingestürzt kam, mit hervorquellenden Augen, all seiner Würde beraubt. »Jemand hat sich daran zu schaffen gemacht – sie funktioniert nicht, Sir! Und gestern war sie noch in Ordnung, Sir!«

»Was!« rief Knox.

»Genau, was ich erwartet hatte«, sagte Ellery kühl. »Das wäre alles, Krafft . . . Mr. Knox, ich glaube, ich kann Ihnen und meinen zweifelnden Kollegen beweisen, in welchem Maße wir hinters Licht geführt worden sind. Ich glaube, Mr. Knox, es wäre besser, Sie würden einmal nach Ihrem Bild sehen.«

Etwas in Knox rührte sich. Ein Funken glomm in seinen harten grauen Augen auf. Er begann äußerst beunruhigt auszusehen, und dann traf er eine Entscheidung. Ohne ein Wort sprang er auf und stürmte aus dem Zimmer. Ellery folgte ihm sogleich, und die anderen kamen nach.

Knox führte sie zu einem großen, langgestreckten, ruhigen Raum in einem der oberen Stockwerke – einer Galerie mit wertvollen alten Gemälden, auf schwarzem Samt drapiert... Niemand würdigte in diesem Moment die Kunstwerke auch nur eines Blickes. Ellery blieb Knox auf den Fersen, während dieser zum anderen Ende des Raumes eilte. Ruckartig blieb er an einer Tafel der Wandverkleidung stehen, hantierte an den Schnitzereien... Eine große Partie der scheinbar soliden Wand glitt lautlos zur Seite, und eine dunkle Öffnung tat sich auf. Knox steckte die Hand hinein, schnaubte, warf wilde Blicke in das Dunkel im Inneren...

»Es ist fort!« rief er mit aschfahlem Gesicht. »Es ist gestohlen worden!«

»So ist es«, sagte Ellery in nüchternem Tonfall. »Ein raffinierter Trick, der genialen Hand von Grimshaws geheimnisvollem Partner würdig.«

Herausforderung an den Leser

Es bereitet mir persönlich größeres Vergnügen, als ich in Worte fassen kann, an dieser Stelle in die Geschichte vom Sarg des Griechen *meine übliche Herausforderung an den Verstand des Lesers einzuschieben.*

Vergnügen, sollte ich erklärend hinzufügen, weil ich selbst niemals ein größeres Knäuel von Fäden zu entwirren versucht habe, als die Verwicklungen dieses Falles es bildeten. Es ist mir eine Freude – eine sehr handgreifliche Freude für jemanden, der mit den ewigen hämischen Vorwürfen des zahlenden Publikums: »Das soll ein Rätsel sein?« und Kommentaren wie »Liebe Güte, das habe ich doch von Anfang an gewußt!« zu leben hat – eine Freude, Menschen wie diesen zuzurufen: »Also los, ihr Besserwisser, löst das Rätsel, so gut ihr nur könnt! Und ihr werdet trotzdem hereinfallen!«

Vielleicht bin ich zu heftig. Wie dem auch sei, es ist vollbracht, und der undankbare Leser hat nun alle Informationen in Händen, die zur einzigen korrekten Lösung *des dreifachen Rätsels erforderlich sind: die Identität desjenigen zu entdecken, der Albert Grimshaw erwürgte, Gilbert Sloane erschoß und James Knox' Gemälde stahl.*

Ich rufe ihm mit allen guten Wünschen und der größten Bescheidenheit zu: Garde à vous, *und keinen Kopfschmerz gescheut!*

Ellery Queen

Kapitel 31

Die Folgen

Und Ellery sagte: »Sind Sie sicher, Mr. Knox, daß das Bild gestohlen wurde? Sie haben es persönlich hinter dieser Täfelung versteckt?«

Das Gesicht des Bankiers hatte wieder etwas Farbe angenommen; er nickte, wenn auch mit einer gewissen Anstrengung. »Vor einer Woche habe ich es zum letzten Mal gesehen. Es war da. Niemand sonst war davon unterrichtet. Niemand. Habe die Täfelung schon vor Jahren einbauen lassen.«

»Ich möchte nur wissen«, sagte der Inspektor, »wie sich das zusammenreimen soll. Wann wurde das Bild gestohlen? Wie kam der Dieb herein, und woher ahnte er, wo das Bild war, wenn Mr. Knox die Wahrheit sagt?«

»Das Bild ist nicht heute abend gestohlen worden, das liegt auf der Hand«, sagte der Staatsanwalt nachdenklich. »Warum funktioniert dann die Alarmanlage nicht?«

»Aber Krafft sagt, gestern funktionierte sie«, fügte Pepper hinzu, »und vorgestern wahrscheinlich auch.«

Knox zuckte die Schultern. Ellery sagte: »Alles wird eine Erklärung finden. Bitte kommen Sie mit zurück in Mr. Knox' Büro.«

Er schien sich seiner Sache sehr sicher zu sein, und sie folgten ihm ruhig.

Wieder im Lacklederzimmer angekommen, ging Ellery fröhlich und energisch zu Werke. Zuerst schloß er die Tür und bat Pepper, daneben stehen zu bleiben und dafür zu sorgen, daß sie nicht gestört würden; dann ging er ohne zu zögern zu einem großen Gitter, das nahe über dem Boden in einer der Wände des Büros eingelassen war. Er hantierte einen Augenblick lang herum, dann gelang es ihm, das Gitter herauszunehmen, er legte es auf den Boden und steckte die Hand in die dahinterliegende Öffnung. Sie reckten die Hälse; im Inneren befand sich ein Heizkörper mit breiten Rippen. Ellery fuhr mit den Fingern über die einzelnen Rippen wie ein Harfenspieler über die Saiten fährt. »Sehen Sie selbst«, sagte er lächelnd, obwohl natürlich niemand auch nur das Geringste sehen konnte, »sieben der acht Rippen sind glühend heiß, doch diese hier« – seine Hand kam auf der letzten Rippe zu ruhen – »ist eiskalt.« Er beugte sich hinunter und machte sich an einer Vorrichtung am Fuß der kalten Rippe zu schaffen. Bald hatte er einen verborgenen Verschluß aufgeschraubt und erhob sich mit der ganzen Heizkörperrippe in der Hand. »Sie läßt sich nämlich abschrauben«, erklärte er freundlich. »Gute Klempnerarbeit, Mr. Knox«, sagte er und stülpte die Rippe um. Am Boden fand sich ein kaum sichtbarer Draht. Ellery zog kräftig, der Boden kam in Bewegung und löste sich zum Erstaunen der Umstehenden vollständig ab, wodurch der Blick auf das mit Asbest ausgekleidete Innere frei wurde. Ellery legte den Verschluß auf einen Stuhl, hob die Rippe in die Höhe und schüttelte sie kräftig. Seine Hand war bereit... die zusammengerollte, fleckige alte Leinwand aufzufangen, die herauskam.

»Was ist das?« flüsterte der Inspektor.

Mit einer Drehung des Handgelenkes rollte Ellery die Leinwand aus.

Es war ein Gemälde – eine eindrucksvolle, bewegte Szene in kräftigen Ölfarben, eine Schlacht, in deren Mittelpunkt etliche furchterregende mittelalterliche Krieger um eine Standarte fochten, eine stolze, reichverzierte Fahne.

»Sie können es glauben oder nicht«, sagte Ellery und breitete die Leinwand auf Knox' Schreibtisch aus, »aber was Sie da sehen, ist Farbe, Leinwand und Genie im Werte von einer Million Dollar. Mit anderen Worten, hier haben wir den verschwundenen Leonardo.«

»Unsinn!« sagte jemand mit scharfer Stimme, und Ellery wirbelte herum und fand sich James Knox gegenüber, der gut einen Meter weit entfernt aufrecht dastand und das Bild mit einem harten Zug um den Mund anstarrte.

»Tatsächlich? Ich fand diesen *chef-d'œuvre,* Mr. Knox, als ich mir heute nachmittag die unverzeihliche Freiheit nahm, in Ihrem Haus herumzuschnüffeln. Sie sagen, es sei Ihnen gestohlen worden? Wie erklären Sie dann, daß es in Ihrem eigenen Arbeitszimmer verborgen ist, wo es sich doch in den Händen des Diebes befinden sollte?«

»Ich sagte ›Unsinn‹, und ich meine ›Unsinn‹.« Knox lachte kurz auf. »Ich sehe schon, ich habe Ihre Intelligenz unterschätzt, Queen. Und trotzdem haben Sie unrecht. Was ich sage, ist die Wahrheit. Der Leonardo ist gestohlen worden. Ich dachte, ich könnte Ihnen verheimlichen, daß ich zwei davon habe –«

»Zwei?« japste der Staatsanwalt.

»Ja.« Knox seufzte. »Ich dachte, es wäre möglich, Sie zu täuschen. Was Sie hier sehen, ist das zweite Exemplar – das besitze ich schon seit langem. Es stammt entweder von Lorenzo di Credi oder von einem seiner Schüler – mein Experte ist sich nicht sicher –, jedenfalls nicht von Leonardo. Lorenzo imitierte Leonardo bis ins kleinste, und man darf annehmen, daß seine Schüler diesen Stil fortführten. Dieses Bild muß eine Kopie des originalen Leonardo sein, den dieser nach Aufgabe des Freskenprojekts im Palazzo Vecchio 1503 in Florenz malte. Der –«

»Wir wollen keinen kunsthistorischen Vortrag, Mr. Knox«, knurrte der Inspektor. »Was wir wissen wollen –«

»Ihr Sachverständiger meint also«, fuhr Ellery mit sanfter Stimme fort, »daß, nachdem Leonardo das Freskenprojekt aufgegeben hatte – der mittlere Teil wurde fertiggestellt, wenn ich mich aus dem Kunstunterricht recht entsinne, doch als er trocknete, begannen die Farben Risse zu bekommen und blätterten ab –, ein Zeitgenosse dieses Ölbild hier von Leonardos eigenem Ölgemälde nach dem Mittelteil des Freskos kopierte?«

»Ja. Jedenfalls ist dieses zweite Bild nur einen Bruchteil des echten Leonardo wert. Natürlich. Als ich das Original von Khalkis erwarb – ja, ich gebe zu, ich habe den echten Leonardo gekauft, und ich wußte es die ganze Zeit über –, besaß ich bereits diese zeitgenössische Kopie. Ich habe zu niemandem etwas gesagt, weil ich mir dachte ... nun, wenn ich irgendwann gezwungen würde, das Bild dem Victoria-Museum zurückzugeben, dann würde ich diese wertlose Kopie nehmen und behaupten, das sei das Bild, das ich von Khalkis gekauft hätte –«

Sampsons Augen funkelten. »Diesmal haben wir genug Zeugen, Knox. Was ist mit dem Original?«

»Das ist gestohlen worden«, beharrte Knox. »Ich hatte es in der geheimen Kammer hinter der Täfelung meiner Galerie versteckt. Um Gottes willen, Sie glauben doch nicht ... Der Dieb wußte offenbar nichts von dieser Kopie, die ich stets in dem Versteck in der Heizung hatte. Er hat das Original gestohlen, das kann ich Ihnen versichern! Wie er das angestellt hat, weiß ich nicht, aber er hat es getan. Ich weiß schon, es war nicht gerade die feine Art von mir, daß ich das Original heimlich behalten und dem Museum die Kopie andrehen wollte, aber –«

Der Staatsanwalt nahm Ellery, den Inspektor und Pepper beiseite, und sie beratschlagten flüsternd. Ellery hörte mit ernster Miene zu, sagte etwas Aufmunterndes, und dann kehrten sie zu Knox zurück, der einsam und verloren neben der bunten Leinwand auf seinem Schreibtisch stand. Joan Brett lehnte während all dessen an einer der Lackléderwände, reglos, die Augen weit aufgerissen und so heftig atmend, daß ihr Busen wogte.

»Nun, Sir«, sagte Ellery, »es scheint, daß wir ein kleines Problem haben. Der Staatsanwalt und Inspektor Queen denken, daß sie – unter den gegebenen Umständen, verstehen Sie –, Ihre Aussage, daß es sich hier um eine Kopie des Leonardo und nicht um den Leonardo selbst handelt, nicht ohne Bestätigung akzeptieren können. Keiner von uns ist ein ausgewiesener Kunstkenner, und ich habe den Eindruck, daß es angebracht wäre, einen Experten hinzuzuziehen. Darf ich –?«

Ohne auf das langsame Nicken, mit dem Knox zustimmte, zu warten, ging er hinüber zum Telefon, wählte eine Nummer, sprach kurz mit jemandem und legte dann auf. »Ich habe Toby Johns herbestellt, vielleicht der angesehenste Kunstkritiker der Ostküste, Mr. Knox. Kennen Sie ihn?«

»Bin ihm schon begegnet«, antwortete Knox knapp.

»Er wird binnen kurzem hier sein, Mr. Knox. Bis dahin müssen wir uns in Geduld fassen.«

Toby Johns war ein untersetzter alter Herr mit funkelnden Augen, makellos gekleidet und von heiterem und selbstsicherem Auftreten. Krafft führte ihn herein und wurde sogleich wieder fortgeschickt; und Ellery, der ihn flüchtig kannte, stellte ihn den anderen vor. Knox gegenüber war Johns ganz besonders freundlich. Dann, während er noch auf eine Erklärung wartete, worum es ging, fiel sein Blick auf das Bild auf dem Schreibtisch und blieb dort haften.

Ellery nahm seine Frage vorweg. »Es handelt sich um einen schwerwiegenden Fall, Mr. Johns«, begann er mit ruhiger Stimme, »und bitte verzeihen Sie, wenn ich Sie bitten muß, daß nichts, was heute abend in diesen vier Wänden gesprochen wird, über deren Grenzen hinaus bekannt werden darf.« Johns nickte, als sei es nicht das erste Mal, daß er eine solche Bitte zu hören bekomme. »Also gut, Sir.« Ellery wies mit dem Kopf in Richtung des Bildes. »Können Sie uns sagen, von wem diese Leinwand stammt, Mr. Johns?«

In tiefem Schweigen warteten sie, während der Experte mit strahlender Miene ein Monokel ins Auge klemmte und hinüber an den Schreibtisch trat. Er breitete die Leinwand vorsichtig am Boden aus und untersuchte sie; dann wies er Ellery und Pepper an, das Bild hochzuhalten, während er das milde Licht verschiedener Lampen auf es richtete. Niemand sprach ein Wort, und Johns arbeitete schweigend. Nicht einmal der Ausdruck auf seinem runden kleinen Gesicht veränderte sich. Jeden Quadratzentimeter untersuchte er mit äußerster Genauigkeit, wobei er die größte Aufmerksamkeit den Gesichtern der Figuren angedeihen ließ, die der Standarte am nächsten standen ...

Nachdem er eine halbe Stunde damit zugebracht hatte, nickte er fröhlich, und Ellery und Pepper legten die Leinwand wieder auf dem Tisch ab. Knox stieß einen leisen, ärgerlichen Seufzer aus; sein Blick war fest auf das Gesicht des Experten gerichtet.

»Mit diesem Bild ist eine merkwürdige Geschichte verbunden«, ergriff Johns endlich das Wort. »Die Geschichte hat unmittelbar mit dem zu tun, was ich gleich sagen werde.« Sie hingen an seinen Lippen. »Seit vielen Jahren«, fuhr Johns fort, »ja, seit mehreren Jahrhunderten wissen wir, daß es zwei Bilder mit diesem Sujet gab, identisch bis ins kleinste, mit einer einzigen Ausnahme ...«

Jemand murmelte leise etwas vor sich hin.

»Identisch in jedem Detail bis auf eines. Von einem der beiden Bilder weiß man, daß es von Leonardos eigener Hand stammt. Als Piero Soderini den großen Meister überredete, nach Florenz zu kommen und eine der Wände im neuen Ratssaal des Palastes der Signoria mit einem Schlachtenstück auszumalen, wählte Leonardo als Thema eine Episode der siegreichen Schlacht, die die Generäle der florentinischen Republik im Jahre 1440 gegen Niccolo Piccinino nahe einer Brücke in Anghiari geschlagen hatten. Ja, der eigentliche Karton – das ist der Fachausdruck für die ursprüngliche Entwurfsskizze –, nach dem Leonardo arbeitete, wird oft *Die Schlacht von Anghiari* genannt. Es handelte sich übrigens um einen großen Freskenwettbewerb, an dem Michelangelo ebenfalls mit einem Pisaner Sujet teilnahm. Nun hat Leonardo, wie Mr. Knox wahrscheinlich weiß, das Wandbild nicht vollendet; er brach ab, nachdem die Darstellung des Kampfes um die Standarte vollendet war. Die Farbe begann Risse zu zeigen und blätterte ab, als der Wandverputz trocknete, und das Werk war völlig ruiniert.

Leonardo verließ Florenz. Es ist anzunehmen, daß ihn dieser Fehlschlag verbitterte, und man geht davon aus, daß er ein Ölbild nach seinem Originalentwurf als eine Art künstlerischer Selbstrechtfertigung malte. Jedenfalls hieß es gerüchteweise, daß ein solches Ölgemälde existiere, doch galt es als ›verloren‹, bis ein Feldforscher des Londoner Victoria-Museums erst vor wenigen Jahren irgendwo in Italien auf das Werk stieß.«

Die Stille, die herrschte, hatte etwas Angsteinflößendes, doch Johns schien es nicht zu bemerken. »Nun haben«, fuhr er mit Begeisterung fort, »zahlreiche von Leonardos Zeitgenossen – der junge Raffael, Fra Bartolomeo und andere –, den Karton kopiert, doch wurde er offenbar zerschnitten, nachdem er als Vorlage für die Kopisten gedient hatte. Der Karton verschwand; und das ursprüngliche Wandbild im Saal der Signoria wurde 1560 von Vasari mit neuen Fresken übermalt. So war denn die Entdeckung von – wenn man so sagen darf – Leonardos eigener Kopie des Originalentwurfes ein Fund von weltbewegenden Ausmaßen in der Kunstszene. Und damit kommen wir zum merkwürdigen Teil der Geschichte.

Vorhin habe ich gesagt, daß zwei Gemälde dieses Sujets bekannt sind, identisch in jeder Beziehung bis auf eine. Die erste Version ist schon vor langem aufgespürt und ausgestellt worden; die Zuschreibung blieb umstritten bis zu jener Entdeckung, die das Victoria-Museum vor ungefähr sechs Jahren machte. Der Witz ist folgender: Die Experten hatten sich niemals einigen können, ob das zuerst gefundene Bild ein Leonardo war oder nicht; die Mehrheit neigte zu der Annahme, daß es von Lorenzo di Credi oder von einem Schüler Lorenzos stammte. Wie immer, wenn solche Streitfragen in der Kunstwelt aufkommen, gab es viel Häme, Gehässigkeiten und übles Gerede; doch das Auftauchen des Victoria-Gemäldes vor sechs Jahren löste die Frage ein für allemal.

Gewisse Aufzeichnungen hatten sich erhalten. Diese Quellen sprachen von zwei Ölbildern desselben Sujets: eines von Leonardo selbst und eines eine Kopie – in der Zuschreibung der Kopie gaben die Quellen vage Auskunft. Beide, hieß es, seien völlig gleich bis auf eines: einen leichten Unterschied im Inkarnat der Gestalten rings um die Standarte. Die Fleischtöne des Leonardo, so die Legende, seien dunkler – eine sehr feine Differenzierung, denn die Quelle selbst sagte, nur wenn man die beiden Bilder direkt nebeneinander sähe, könne man den Leonardo ohne Zweifel bestimmen. Sie werden also verstehen –«

»Interessant«, murmelte Ellery. »Wußten Sie das, Mr. Knox?«

»Natürlich. Und Khalkis auch.« Knox wippte auf den Zehen. »Wie gesagt, ich besaß diesen hier, und als Khalkis mir den anderen verkaufte, war es nicht weiter schwer, die beiden nebeneinanderzuhalten und zu sehen, welches der Leonardo war. Und nun«, brüllte er, »ist der Leonardo weg.«

»Hm?« Johns blickte irritiert auf. Dann lächelte er wieder. »Na, das geht mich wohl nichts an. Jedenfalls waren die beiden lange genug gemeinsam im Museum, daß sich, zur ungeheuren Erleichterung der Leute dort, feststellen ließ, daß das neugefundene Exemplar der echte Leonardo war. Das andere Bild, die Kopie, verschwand dann. Gerüchten zufolge war es an einen reichen amerikanischen Sammler verkauft worden, der eine erkleckliche Summe dafür bezahlt haben soll, obwohl es ja nun feststand, daß es die Kopie war.« Er warf Knox einen fragenden Blick zu, doch niemand sprach ein Wort.

Johns reckte die massigen kleinen Schultern. »Wenn also der Leonardo für länger aus dem Museum verschwände, wäre es schwierig – ich würde sogar sagen: unmöglich –, eines der beiden Werke, wenn man nur dieses eine untersuchte, zum Original zu erklären. Solange man nur eines hat, kann man es niemals mit Sicherheit sagen ...«

»Und dieses hier, Mr. Johns?« fragte Ellery.

»Dieses hier«, antwortete Johns mit einem Schulterzucken, »ist fraglos eines von beiden, aber ohne das Gegenstück ...« Er hielt inne und schlug sich auf die Stirn. »Natürlich! Das ist ja Unsinn. Es muß die Kopie sein. Das Original hängt ja im Victoria-Museum.«

»Ja, stimmt. Natürlich«, beeilte Ellery sich zu sagen. »Wenn die beiden Bilder sich so ähnlich sind, Mr. Johns, warum ist eines dann eine Million wert und das andere nur ein paar Tausend?«

»Mein lieber Herr!« rief der Sachverständige aus. »Das ist doch nun wirklich – wie soll ich mich ausdrücken – eine äußerst kindische Frage. Was ist der Unterschied zwischen einem echten Sheraton-Möbelstück und einer modernen Nachbildung? Leonardo war der Meister; der Maler der Kopie, wahrscheinlich ein Schüler Lorenzos, duplizierte das Meisterwerk nur, er malte Leonardos fertiges Werk ab, wie die Legende sagt. Der Preisunterschied ist der Unterschied zwischen dem *chef-d'œuvre* eines Genies und der perfekten Kopie eines Lehrjungen. Was spielt das schon für eine Rolle, wenn Leonardos Pinselstriche Strich für Strich nachgemalt wurden? Sie würden doch auch nicht sagen, Mr. Queen, daß eine fotografische Fälschung Ihrer Unterschrift dieselbe Autorität hätte wie die Unterschrift selbst, oder?«

Johns' kleine alte Gestalt geriet immer mehr in Rage, und er gestikulierte zunehmend heftiger; Ellery, nachdem er ihm mit angemessener Zerknirschung gedankt hatte, geleitete ihn zur Tür. Erst als der Kunstkenner, seine gute Laune zumindest einigermaßen wiederhergestellt, sich verabschiedet hatte, erwachten die anderen zum Leben.

»Kunst! Leonardo!« sagte der Inspektor angewidert. »Jetzt ist alles noch komplizierter geworden. Wozu macht man sich da überhaupt die Arbeit?« Er warf die Hände in die Luft.

»Ganz so schlimm ist es eigentlich gar nicht«, meinte der Bezirksstaatsanwalt nachdenklich. »Immerhin bestätigt Johns' Geschichte Mr. Knox' Erklärung, auch wenn wir nicht sagen können, welches Werk welches ist. Jedenfalls wissen wir jetzt, daß es tatsächlich zwei Gemälde gibt, nicht nur eines, wie wir bisher dachten. Das heißt – nun müssen wir nach dem Dieb des zweiten Bildes fahnden.«

»Was ich nicht verstehe«, sagte Pepper, »ist, daß das Museum nie etwas von dem zweiten Werk erwähnt hat. Die müßten doch –«

»Mein lieber Pepper«, ließ sich Ellery vernehmen, »sie hatten doch das Original. Warum sollten sie sich da Gedanken um die Kopie machen? Die Kopie interessierte sie nicht ... Ja, Sampson, Sie haben vollkommen recht. Der Mann, den wir suchen, ist der Mann, der das zweite Bild stahl, der die Erpresserbriefe an Mr. Knox schrieb, der den Wechsel als Briefpapier benutzte und deshalb derjenige sein muß, der Sloane ermordete und den Verdacht auf ihn lenkte, und der als Grimshaws Partner Grimshaw ermordet und den Verdacht auf Georg Khalkis gelenkt hat.«

»Eine ausgezeichnete Zusammenfassung«, sagte Sampson sarkastisch. »Nun, wo Sie aufgezählt haben, was jeder hier weiß, wie wär's, wenn Sie uns da verraten würden, was wir nicht wissen – nämlich, um wen es sich bei diesem Mann handelt!«

Ellery seufzte. »Sampson, Sampson, Sie lassen mir aber auch keine Ruhe. Ewig versuchen Sie, mich in schlechtem Licht darzustellen, ewig stellen Sie meine Schwächen vor der Welt bloß... Möchten Sie wirklich den Namen dieses Mannes erfahren?«

Sampson funkelte ihn an, und der Inspektor betrachtete ihn mit wachsendem Interesse. »Ob ich das wirklich erfahren will, fragt er mich!« brüllte der Staatsanwalt. »Na, das ist doch mal eine geistreiche Frage, was! Natürlich will ich das!« Seine Augen verengten sich, und er hielt inne. »Hören Sie, Ellery«, fragte er ruhig, »Sie wissen doch nicht wirklich, wer es ist, oder?«

»Heraus damit«, sagte Knox. »Wer zum Teufel ist es, Queen?«

Ellery lächelte. »Ich bin froh, daß Sie mich das fragen, Mr. Knox. Sie müssen es schon einmal gelesen haben, Mr. Knox, denn eine ganze Reihe illustrer Herren hat es in den verschiedensten Formulierungen immer wieder gesagt – La Fontaine, Terenz, Coleridge, Cicero, Juvenal, Diogenes. Es steht als Inschrift auf dem Apollotempel in Delphi und ist Chilo von Thales, Pythagoras und Solon zugeschrieben worden. Auf Latein lautet es: ›*Nosce te ipsum*‹, in unserer Zunge: ›Erkenne dich selbst.‹ Mr. James J. Knox«, sagte Ellery mit der freundlichsten Stimme, die man sich vorstellen konnte, »Sie sind verhaftet!«

Kapitel 32

Elleryana

Überrascht? Bezirksstaatsanwalt Sampson behauptete, er sei es nicht gewesen. Während des ganzen hektischen Abends beteuerte er immer wieder, daß er von Anfang an ein gewisses Mißtrauen Knox gegenüber empfunden habe. Natürlich wollte er sofort mehr wissen. Wie? Warum? Er sah sogar ein wenig sorgenvoll drein. Beweise – was gab es für Beweise? Sein Hirn war bereits fieberhaft mit der Formulierung der Anklageschrift beschäftigt ... es würde eine harte Nuß werden, dessen war er sich sicher.

Der Inspektor sagte nichts. Er war erleichtert, doch warf er immer wieder verstohlene Blicke zu seinem Sohn hinüber, dessen Züge so verschlossen wirkten. Der Schock der Enthüllung, Knox' schlagartiger physischer Zusammenbruch, bei dessen Anblick es ihm übel wurde, und dann die geradezu unglaubliche Art, wie er sich wieder in der Gewalt hatte, Joan Bretts entsetzter, ungläubiger Schreckensschrei ...

Ellery beherrschte die Szene, ohne ein Übermaß an Triumph an den Tag zu legen. Mit störrischem Kopfschütteln weigerte er sich, Erklärungen abzugeben, während Inspektor Queen Männer vom Präsidium anforderte und James J. Knox ohne weiteres Aufhebens abgeführt wurde. Nein, heute abend wolle er nichts mehr sagen; morgen früh ... ja, morgen früh vielleicht.

So versammelten sich denn am Samstag morgen, dem 6. November, die Akteure dieses verwickelten Dramas. Ellery hatte darauf bestanden, daß er nicht nur der Öffentlichkeit, sondern auch all jenen gequälten Seelen, die mit dem Fall Khalkis zu tun hatten, eine Erklärung schuldig sei – und natürlich den aufgeregten Herren von der Presse. Die Schlagzeilen der Samstagmorgenzeitungen meldeten in riesigen Lettern die Verhaftung des großen Mannes; das Gerücht ging, daß ein angesehener Herr aus der Umgebung des Präsidenten eine persönliche Anfrage an den Bürgermeister von New York City gerichtet habe – was wohl den Tatsachen entsprach, denn das Telefon des Bürgermeisters stand den ganzen Morgen über nicht still, er forderte eine Erklärung vom Untersuchungsrichter, doch dieser wußte weniger als er; von Bezirksstaatsanwalt Sampson, der zusehends die Nerven verlor; von Inspektor Queen, der lediglich sein müdes altes Haupt schüttelte und auf jede offizielle Anfrage antwortete: »Warten Sie's ab.« Das Bild aus Knox' Heizkörper war Pepper anvertraut worden, der es im Büro der Bezirksstaatsanwaltschaft bis zum Prozeß verwahren sollte; man hatte Scotland Yard verständigt, daß das Bild noch als Beweismaterial in der gerichtlichen Auseinandersetzung gebraucht werde, die nun bevorstand, daß man es jedoch unter Beachtung aller Sicherheitsregeln zurückerstatten werde, sobald die zwölf Geschworenen über James J. Knox' Schicksal entschieden hätten.

Inspektor Queens Büro reichte bei weitem nicht aus, die Schar potentieller Kritiker zu fassen, auf deren Einladung Ellery bestanden hatte. Eine ausgewählte Zahl Reporter, die Queens, Sampson, Pepper, Cronin, Mrs. Sloane, Joan Brett, Alan Cheney, die Vreelands, Nacio Suiza, Woodruff – und ganz unauffällig gesellten sich der Polizeichef hinzu, der stellvertretende Polizeichef sowie ein ausgesprochen nervöser Gentleman, der sich immer wieder mit dem Finger unter den Kragen fuhr und der als engster politischer Berater des Bürgermeisters identifiziert wurde – fanden folglich in einem Konferenzraum des Polizeipräsidiums Platz, den man speziell für dieses Treffen zur Verfügung gestellt hatte. Offenbar sollte Ellery den Vorsitz führen – ein höchst unorthodoxes Vorgehen, das Sampson verdroß, während der Vertreter des Bürgermeisters ausdruckslos und der Polizeichef grimmig dreinschauten.

Doch Ellery ließ sich nicht aus der Ruhe bringen. Der Raum verfügte über ein Podium, und auf diesem Podium stand er – wie ein Schulmeister, der im Begriff ist, sich an eine Klasse mit Schülern zu wenden, die mit erwartungsvollen Augen dasitzen; er hatte sogar eine Tafel hinter sich! – sehr aufrecht und würdevoll, den blankgeputzten Zwicker auf der Nase. Auf einem der hinteren Plätze flüsterte der stellvertretende Bezirksstaatsanwalt Cronin zu Sampson: »Henry, alter Junge, ich hoffe, Sie wissen, was Sie tun. Knox hat die Leute von Springarn engagiert, und mir graut bei dem Gedanken, was die mit einer Anklageschrift, die nicht hieb- und stichfest wäre, alles machen würden!« Sampson erwiderte nichts; es gab nichts zu erwidern.

Ellery begann mit ruhiger Stimme und faßte in flüssiger Prosa sämtliche Fakten und Schlußfolgerungen früherer Analysen für diejenigen zusammen, die mit den Einzelheiten der Ermittlungen in diesem Fall bisher nicht vertraut waren. Nachdem er alles, was mit den Erpresserbriefen zu tun hatte, erläutert hatte, hielt er inne und befeuchtete seine trockenen Lippen; dann holte er tief Luft und begann mit der Darlegung seiner neuesten Erkenntnisse.

»Die Erpresserbriefe«, sagte er, »konnten also, wie ich erläutert habe, nur von jemandem stammen, der wußte, daß James Knox das gestohlene Gemälde besaß. Die Tatsache, daß James Knox im Besitz des entwendeten Bildes war, hatte man glücklicherweise geheimgehalten. Nun, wer außer den Ermittlungsbehörden – uns selbst – wußte es? Zwei Personen, und nur diese beiden: Der eine war Grimshaws Partner, der nach früheren Analysen der Mörder Grimshaws und Sloanes sein mußte und der durch seine Verbindung mit Grimshaw über Knox' Besitz des Bildes orientiert war, denn Grimshaw selbst hatte gesagt, daß sein Partner und nur dieser Partner die ganze Geschichte kenne; und der zweite war natürlich Knox selbst – ein Faktum, das niemand von uns damals in Betracht zog.

Nun gut. Nun bewies ja der Umstand, daß die Erpresserbriefe auf zwei Hälften des Wechsels getippt waren, unzweifelhaft, daß der Absender der Mörder Grimshaws und Sloanes war – das heißt, Grimshaws Partner –, denn der Mörder war der einzige, in dessen Besitz sich der Wechsel befinden konnte, der Grimshaws Leiche gestohlen worden war. Bitte behalten Sie das im Kopf; es ist ein wichtiger Baustein in unserem logischen Gebäude.

Weiter. Was verraten uns die getippten Erpresserbriefe selbst? Nun, der erste Brief war auf einer Underwood-Maschine geschrieben, derselben Maschine übrigens, auf der der Mörder seinen anonymen Brief zu Papier brachte, in dem er uns darauf aufmerksam machte, daß Sloane und Grimshaw Brüder waren. Der zweite Brief war auf einer Remington entstanden. Im getippten Text dieses zweiten Briefes fanden wir den entscheidenden Hinweis. Der Schreiber machte einen Tippfehler bei der Zahl 3, als er ›$ 30 000‹ schrieb; und aus dem Fehler konnten wir ersehen, daß das Zeichen, das sich auf der Type oberhalb der 3 befand, nicht dasjenige der Standardtastatur war. Lassen Sie mich Ihnen zeigen, wie die Angabe ›$ 30 000‹ auf dem Brief aussah, das wird Ihnen verständlich machen, worauf ich hinauswill.«

Er wandte sich um und schrieb mit raschen Bewegungen folgendes an die Tafel:

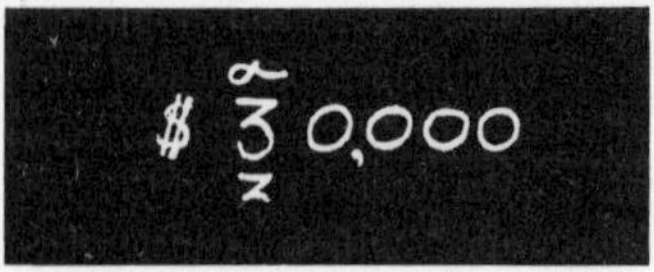

»Nun beachten Sie bitte«, sagte Ellery und drehte sich wieder um, »daß der Tippfehler des Schreibers darin bestand, daß er, nachdem er das Dollarzeichen getippt hatte, die Umschalttaste noch nicht ganz wieder losgelassen hatte, als er die nächste Taste anschlug – die 3 –, so daß nur der Abdruck zweier halber Zeichen auf das Papier kam. Natürlich betätigte der Schreiber die Rücktaste und tippte die 3 noch einmal, aber das spielt für uns keine Rolle; was wichtig ist, ist der Abdruck der Type mit der 3. Nun, was geschieht, wenn jemandem dieser häufige Tippfehler unterläuft – daß man die Umschalttaste für die Großbuchstaben noch nicht ganz losgelassen hat, wenn man einen Kleinbuchstaben anschlägt? Einfach folgendes: Die Stelle, an der der Kleinbuchstabe eigentlich erscheinen sollte, bleibt leer; ein wenig über dieser Leerstelle ist die *untere* Hälfte des oberen Zeichens zu sehen; ein wenig unterhalb der Leerstelle finden wir die *obere* Hälfte des unteren Zeichens. Sie können sich aus dem, was ich an die Tafel gekritzelt habe, eine Vorstellung machen, wie es aussah. Ist das soweit klar?«

Allgemeines Kopfnicken.

»Wunderbar. Lassen wir nun vor unserem geistigen Auge die Taste erscheinen, auf der wir bei allen Schreibmaschinen mit Standardtastatur die 3 finden«, fuhr Ellery fort. »Ich beziehe mich hier natürlich auf amerikanische Schreibmaschinen. Was finden wir? Die Zahl 3 in der unteren Reihe und das Zeichen für ›Nummer‹ in der oberen. Sehen Sie her.« Er drehte sich erneut zur Tafel um und schrieb das Zeichen: »#«. »Simpel, nicht wahr?« sagte er. »Doch nun möchte ich Ihre Aufmerksamkeit darauf lenken, daß der Tippfehler im zweiten Erpresserbrief eben *nicht* auf eine Standardtastatur verweist, jedenfalls nicht, soweit es die Taste mit der 3 angeht. Das kopflose Zeichen über der nachträglich eingetippten 3 wäre dann nämlich das untere Ende des Nummernzeichens gewesen, aber statt dessen erschien – wie Sie an der Tafel sehen können – nichts dergleichen! Im Gegenteil, es ist ein sehr merkwürdiges Zeichen – links eine kleine Schleife und von da eine geschwungene Linie nach rechts.«

Er hatte sein Publikum im Bann, als ob es mit Ketten an ihn gefesselt wäre. Er lehnte sich vor. »Es ist also nicht zu übersehen, daß, wie ich schon sagte, die Remington-Schreibmaschine, auf der unser zweiter Erpresserbrief getippt wurde, ein merkwürdiges Zeichen über seiner 3 hatte, wo eigentlich« – er wies mit dem Kopf auf das »#« an der Tafel – »das Nummernzeichen sein sollte. Ebenso klar ist, daß diese Schleife mit der geschwungenen Linie nur die untere Hälfte eines Zeichens ist. Wie mag die obere Hälfte aussehen? Worauf scheint es hinauszulaufen?« Er richtete sich schweigend auf. »Denken Sie einen Moment lang nach. Schauen Sie sich das Kreidezeichen an, das ich über der 3 an die Tafel geschrieben habe.«

Er wartete. Sie kniffen die Augen zusammen. Doch niemand antwortete. »Es ist eigentlich ganz einfach«, sagte Ellery schließlich. »Ich bin erstaunt, daß niemand von Ihnen – gerade die Reporter – darauf kommt. Ich sage mit voller Überzeugung, und es soll mir erst einmal jemand nachweisen, daß es nicht den Tatsachen entspricht – ich sage, daß diese Schleife mit der geschwungenen Linie die untere Hälfte nur eines Zeichens auf der Welt sein kann, das man sich auf einer Schreibmaschine vorstellen kann – und das ist das Zeichen, das aussieht wie ein großes L in Schreibschrift mit einem Querstrich durch die vertikale Linie . . . mit anderen Worten, das Zeichen für das englische Pfund Sterling!«

Ein kleines Murmeln des Erstaunens und der Anerkennung ging durch die Reihen. »So weit, so gut. Wir brauchten uns nur nach einer Remington-Schreibmaschine umzusehen – einer amerikanischen Maschine, wie Sie wissen –, die auf dem oberen Segment der Dreiertaste ein englisches Pfundzeichen besitzt. Überlegen Sie einmal, wie groß die Wahrscheinlichkeit sein wird, daß sich auf einer amerikanischen Remington-Schreibmaschine ausgerechnet dieses ausländische Zeichen auf genau jener Taste befindet – ich glaube, es muß eins zu einer Million und mehr sein. Mit anderen Worten, wenn es uns gelang, eine Schreibmaschine zu finden, die genau dieses Zeichen auf genau dieser Taste hatte, dann würden Wahrscheinlichkeit und Logik mir jedes Recht zu der Annahme geben, daß es sich um die Maschine handelt, auf der der zweite Erpresserbrief getippt worden war.«

Ellery machte eine umfassende Geste. »Ohne diese vorherige Erklärung wäre unverständlich geblieben, was nun folgt. Hören Sie bitte genau zu. Zu einem Zeitpunkt, zu dem Sloane noch als Selbstmörder galt und der erste Erpresserbrief noch nicht eingegangen war, erfuhr ich in einem Gespräch mit James Knox, daß Knox eine neue Schreibmaschine hatte, an der er eine Type hatte ersetzen lassen. Ich hörte zufällig davon, als ich bei ihm zu Gast war und er Miss Brett anwies, die Rechnung für die neue Maschine zu bezahlen. Er erinnerte sie, sie solle nicht den kleinen Betrag für die eine neue Type vergessen. Ungefähr zur gleichen Zeit erzählte mir Miss Brett, daß es sich bei der Maschine um eine Remington handelte – sie erwähnte es ausdrücklich; und sie sagte darüber hinaus, daß es die einzige Schreibmaschine im Hause war, denn Knox trug in meiner Gegenwart Miss Brett auf, die alte an die Heilsarmee zu schicken. Miss Brett begann, einige Seriennummern von Geldscheinen für mich zu tippen; sie hielt inne, nahm das Blatt heraus und rief: ›Nun muß ich das Wort »Nummer« ausschreiben.‹ Die Hervorhebung des Wortes stammt natürlich von mir. Und auch wenn mir diese Information damals noch nicht von Nutzen war, wußte ich jetzt doch, daß Knox' Remington kein Nummernzeichen hatte – denn warum sonst hätte Miss Brett das Wort ›Nummer‹ ausschreiben sollen – und daß eine Type dieser Maschine ausgetauscht worden war. Nun, da eine Type ausgetauscht worden war und da das Nummernzeichen fehlte, mußte es logischerweise die Type mit dem Nummernzeichen sein – auf deren unterem Segment sich die 3 findet –, die ersetzt worden war! Simpelste Logik. Nun brauchte ich nur noch ein weiteres Faktum zu überprüfen, dann war meine Beweiskette perfekt; wenn ich auf der ausgetauschten Type ein englisches Pfundsymbol über der 3 fand, wo normalerweise das Nummernzeichen war, dann hatte ich allen Grund zu sagen, daß diese Remington-Schreibmaschine höchstwahrscheinlich diejenige war, auf der der zweite Erpresserbrief getippt wurde. Ich brauchte natürlich nach dem Eingang des zweiten Erpresserbriefes nur einen Blick auf die Tastatur der Maschine zu werfen, um mir in diesem Punkt Klarheit zu verschaffen. Und siehe, das Pfundzeichen war da. Darüber hinaus werden der Bezirksstaatsanwalt Sampson, der stellvertretende Bezirksstaatsanwalt Pepper sowie Inspektor Queen sich erinnern, daß sie dies, wenn sie gewußt hätten, wonach es Ausschau zu halten gilt, auch hätten sehen können, ohne die Schreibmaschine selbst zu inspizieren; denn als Inspektor Queen in Knox' Arbeitszimmer ein Telegramm an Scotland Yard aufsetzte, enthielt diese Nachricht in Zahlen die Angabe ›150000 Pfund‹, und als Miss Brett die handschriftliche Notiz des Inspektors abgetippt hatte, siehe da! da hatte sie das Wort ›Pfund‹ nicht ausgeschrieben, sondern das Zeichen dafür getippt, das große Schreibschrift-L mit dem Querstrich! Auch wenn ich die Maschine selbst niemals gesehen hätte, hätte die reine Tatsache, daß Miss Brett ein Pfundzeichen zur Verfügung hatte, als sie diese Nachricht tippte, zusammen mit anderen Indizien, die ich bereits hatte, die Schlußfolgerung zwingend gemacht... Der Beweis, so mathematisch sicher, wie ein Indizienbeweis nur sein kann, lag offen vor mir: Der zweite Erpresserbrief war auf James J. Knox' Maschine getippt worden.«

Die Reporter saßen in der vordersten Reihe; ihre Aufzeichnungen wurden, wie Alice im Wunderland, immer länger. Nichts war zu hören außer schwerem Atmen und dem Kratzen der Bleistifte. Ellery zertrat einen Zigarettenstummel, ohne sich um die Bestimmungen im Polizeipräsidium oder um gewöhnliche Anstandsregeln zu kümmern. *»Eh bien«*, sagte er gutgelaunt, *»nous faisons des progrès*. Wir wissen, daß Knox von dem Zeitpunkt an, zu dem er den ersten Erpresserbrief bekam, keinerlei Besucher mehr ins Haus ließ, nicht einmal Mr. Woodruff, seinen derzeitigen Anwalt. Das heißt, nur die folgenden Personen können den zweiten Brief auf Knox' Maschine getippt haben: Knox selbst, Miss Brett und die Bediensteten des Haushaltes. Da ja nun beide Briefe auf Hälften des Wechsels geschrieben waren – der wiederum sich im Besitz des Mörders befinden mußte –, bedeutete dies, daß einer aus der obengenannten Gruppe der Mörder war.«

Ellery stürmte mit einem solchen Tempo weiter, daß eine gewisse Unruhe auf den hinteren Plätzen – genauer gesagt ging sie von dem Stuhl aus, auf dem die in sich zusammengesunkene Gestalt des Inspektors Richard Queen saß – unbemerkt blieb, und Ellery verzog die Lippen zu einem grimmigen Lächeln darüber, daß er eine mögliche Kritik im Keim erstickt hatte. »Lassen Sie uns nun einen nach dem anderen ausschließen«, sagte er rasch. »Beginnen wir mit der letztgenannten Kategorie. Ist es denkbar, daß der Brief von einem der Dienstboten geschrieben wurde? Nein; denn keiner von ihnen war im Haus Khalkis gewesen, als dort die ursprünglichen Ermittlungen geführt wurden – einer der

Männer des Bezirksstaatsanwaltes führte genau Buch darüber –, und deshalb konnte niemand aus der Dienerschaft die falschen Spuren gelegt haben, die zu Khalkis und später zu Sloane führten; und dieses Spurenlegen ist ja ein Hauptcharakteristikum unseres Mörders.«

Wiederum Unruhe auf den hinteren Plätzen, und wiederum fuhr Ellery eilig fort. »Konnte es Miss Brett gewesen sein? – Sie werden mir verzeihen, Miss Brett«, sagte er mit einem entschuldigenden Lächeln, »daß ich Sie hier mit einbeziehe, aber Logik kennt keine Ritterlichkeit... Nein, auch Miss Brett konnte es nicht gewesen sein, denn zwar war sie im Hause Khalkis, als die falschen Indizien ausgestreut wurden, doch kam sie als Grimshaws Partner nicht in Betracht, was ja ebenfalls eine Bedingung war, um als Mörder identifiziert zu werden. Woher wissen wir, daß sie nicht Grimshaws Partnerin gewesen sein kann, ganz abgesehen davon, daß es offensichtlich grotesk wäre? Ganz einfach.« Er hielt inne, blickte zu Joan hinüber, die ihn ermunternd anschaute, und fuhr hastig fort: »Miss Brett vertraute mir an, daß sie schon geraume Zeit und auch heute noch im Auftrag des Victoria-Museums arbeitet.« Was immer er als nächstes hatte sagen wollen, ging unter in einer Welle erregter Ausrufe. Einen Moment lang sah es aus, als werde das Treffen in einem Tumult enden; doch Ellery, ganz der Schulmeister, klopfte an die Tafel, und das Stimmengewirr verstummte. Er fuhr fort, ohne Sampson, Pepper oder seinen Vater anzusehen, die ihn allesamt mit einer Mischung aus Vorwurf und Wut betrachteten. »Wie gesagt, Miss Brett vertraute mir an, daß sie insgeheim für das Victoria-Museum arbeitete und ursprünglich allein mit der Absicht in das Haus Khalkis kam, den gestohlenen Leonardo aufzuspüren. Dies erfuhr ich von Miss Brett nach Sloanes vermeintlichem Selbstmord und vor dem Eintreffen des ersten Erpresserbriefes. Zu diesem Zeitpunkt zeigte sie mir einige Fahrkarten – sie hatte die Schiffspassage zurück nach England gebucht. Warum? Weil sie das Gefühl hatte, die Spur des Bildes verloren zu haben und nicht mehr in Ermittlungen von Nutzen zu sein, die zu kompliziert für sie geworden waren. Was war daraus, daß sie diese Schiffspassage gebucht hatte, zu schließen? Doch offenbar, daß sie nicht wußte, wo das Bild sich zu jenem Zeitpunkt befand – sonst wäre sie in New York geblieben; der Wunsch allein, nach London zurückkehren zu wollen, bewies ihre Ahnungslosigkeit. Und was hingegen zeichnete unseren Mörder aus? Daß er *wußte*, wo das Bild war! – genauer gesagt, daß er wußte, daß es sich in Knox' Besitz befand. Mit anderen Worten, Miss Brett konnte nicht die Mörderin sein und folglich auch nicht den zweiten Erpresserbrief geschrieben haben – oder, nebenbei bemerkt, den ersten, denn wir wissen, daß beide von derselben Person verfaßt wurden.

Nun gut. Wenn Miss Brett und die Dienstboten als Verdächtige ausscheiden, dann bleibt nur Knox selbst noch übrig als Verfasser des zweiten Briefes und folglich als Grimshaws Partner und Mörder.

Stimmt das mit den Fakten überein? Knox erfüllt alle Bedingungen, die wir an den Mörder stellen: Zunächst einmal war er in jenem Zeitraum, in dem die falschen Hinweise auf Khalkis ausgelegt wurden, im Haus Khalkis. Andererseits, wenn ich kurz abschweifen darf, warum kam Knox dann zu uns und entlarvte seine eigenen falschen Indizien, indem er uns gestand, daß er der dritte Mann gewesen war – nachdem er sich solche Mühe gemacht hatte, es erscheinen zu lassen, als ob es keinen dritten Mann *gegeben* hätte? Aus einem sehr guten Grunde: Miss Brett hatte diese Theorie durch ihre Aussage zum Thema Teetassen soeben in seiner Gegenwart ad absurdum geführt... und so hatte er nichts zu verlieren und viel zu gewinnen, wenn er tat, als wolle er seinen Beitrag zu den Ermittlungen leisten – ein gewagter Schachzug, um seine vorgebliche Unschuld noch zu betonen. Auch im Fall Sloane erfüllt er alle Anforderungen: Er könnte gut der Mann gewesen sein, der Grimshaw ins Hotel Benedict begleitete und bei dieser Gelegenheit erfuhr, daß Sloane und Grimshaw Brüder waren, woraufhin er uns den anonymen Brief schickte, eine der Maßnahmen, mit denen er den Verdacht auf Sloane lenkte; als Mörder war er darüber hinaus im Besitz des Testamentes, das er aus Khalkis' Sarg genommen hatte, und konnte es benutzen, um damit die falsche Spur im Keller seines leerstehenden Hauses zu legen, und er schmuggelte einen Zweitschlüssel in Sloanes Tabakstopf; und schließlich konnte er als Mörder Grimshaws Uhr an sich gebracht und sie in den Safe hinter Sloanes Rücken getan haben, nachdem er sein zweites Opfer in der Khalkis-Galerie getötet hatte.

Doch warum schrieb er Briefe *an sich selbst* und inszenierte einen vorgeblichen Diebstahl seines eigenen Gemäldes? Aus einem ausgezeichneten Grund: Sloanes Selbstmord war offiziell in Zweifel gezogen worden, und er wußte, daß die Polizei nach wie vor auf der Suche nach einem Mörder war. Außerdem wurde er unter Druck gesetzt, daß er den Leonardo zurückgeben solle – und indem er die Briefe an sich selbst schickte, erweckte er den Eindruck, daß der Mörder noch immer sein Unwesen treibe; daß es, wer immer es auch sein möge, jedenfalls nicht Knox sei, und daß ein Außenstehender ihm diese Briefe gesandt habe – denn natürlich hätte er sie niemals getippt, hätte er damit gerechnet, daß wir sie zu seiner eigenen Schreibmaschine zurückverfolgen könnten.

Indem er nun sein eigenes Bild verschwinden ließ, untermauerte er die Täuschung noch, weil er den Anschein erweckte, dieser fiktive Außenstehende habe die Polizei absichtlich vom Haus fortgelockt, um das Bild stehlen zu können; er legte schon vorher seine eigene Alarmanlage lahm und rechnete zweifellos damit, daß dies, wenn wir mit leeren Händen vom Times Building zurückkämen, uns den Beweis lieferte, daß das Bild entwendet wurde, während wir auf unserer erfolglosen Jagd waren. Es war ein kluger Plan; denn der Diebstahl des Gemäldes befreite ihn von der Verpflichtung, es an das Museum zurückzugeben, und von da an hätte er es unbehelligt behalten können.«

Ellery sandte ein Lächeln zu den hinteren Plätzen. »Ich sehe, daß der ehrenwerte Herr Bezirksstaatsanwalt sich vor Kummer und Sorge die Lippen zernagt. Man merkt Ihnen an, mein lieber Sampson, daß Sie die Einwände voraussehen, die Mr. Knox' Anwälte machen werden. Zweifellos wird die Batterie juristischer Größen, die er auffahren wird, mit Hilfe von Schriftproben zu beweisen versuchen, daß Knox' Art zu tippen sich vom Schreibstil der beiden Erpresserbriefe unterscheidet, die er laut Anklage selbst an sich geschrieben hat. Machen Sie sich deswegen keine Gedanken: Jedem Geschworenen wird sofort einleuchten, daß Knox seinen üblichen Schreibmaschinenstil – Blatteinteilung, Zeichensetzung, der Druck, mit dem bestimmte Buchstaben angeschlagen werden und so weiter – absichtlich verändern würde, wenn er diese Erpresserbriefe tippte, um den Eindruck noch zu verstärken, daß sie von jemand anderem als ihm selbst stammten . . .

Nun zu den Gemälden. Es gibt zwei Möglichkeiten: daß Knox, wie er es sagt, von Anfang an beide besaß oder daß er nur eines hatte – dasjenige, das er von Khalkis gekauft hatte. Wenn sich nur eines in seinem Besitz befand, dann war es eine Lüge, als er sagte, es sei gestohlen worden. Und als ich das Gemälde entdeckt hatte, machte er sich in aller Eile die Geschichte der zwei Bilder zunutze, um uns glauben zu machen, daß er die ganze Zeit über beide gehabt habe und daß das von uns entdeckte Bild die Kopie sei, während das echte von dem erfundenen Dieb gestohlen worden sei. Gewiß, dabei opferte er das Bild, rettete jedoch seine Haut – zumindest glaubte er das.

Wenn er allerdings tatsächlich von Anfang an zwei Bilder hatte, dann ist dasjenige, das ich gefunden habe, entweder der Leonardo oder die Kopie, und welches von beiden, läßt sich erst klären, wenn wir die zweite Leinwand gefunden haben, die Knox zweifellos irgendwo versteckt hat. Doch ganz gleich, welches der Bilder sich nun im Besitz der Bezirksstaatsanwaltschaft befindet, es gibt noch ein zweites, das nach wie vor Knox sein eigen nennt – unter der Voraussetzung, daß er die ganze Zeit über zwei hatte –, und dieses andere kann Knox nun nicht herausgeben, weil er sich ja darauf festgelegt hat, daß es von einem Außenstehenden gestohlen worden sei. Mein lieber Sampson, wenn es Ihnen gelingt, dieses Gemälde in Knox' Haus zu entdecken oder es sonst irgendwo zu finden und zu beweisen, daß Knox es dort hinterlegte, dann werden die Argumente Ihrer Anklageschrift noch felsenfester dastehen, als sie es jetzt schon tun.«

Sampson hätte, dem Ausdruck auf seinem hageren Gesicht nach zu urteilen, diese Meinung gern in Zweifel gezogen; für seine Begriffe waren die Argumente wohl ungefähr so felsenfest wie eine Sandburg. Doch Ellery gestattete ihm nicht, zur Sprache zu bringen, was ihm durch den Kopf ging; er fuhr ohne innezuhalten fort. »Um es also zusammenzufassen«, sagte er, »den Mörder zeichneten drei Dinge aus. Erstens: Es mußte jemand sein, der die Möglichkeit hatte, die falschen Spuren zu legen, die zu Khalkis und Sloane führten. Zweitens: Er mußte der Verfasser der Erpresserbriefe sein. Drittens: Er mußte sich im Hause Knox aufhalten, um den zweiten Brief schreiben zu können. Diese dritte Bedingung beschränkt die Verdächtigen auf die Dienerschaft, Miss Brett und Knox. Die Dienerschaft scheidet, wie ich dargelegt habe, aus, weil sie Bedingung Eins nicht erfüllt. Miss Brett scheidet, wie ich dargelegt habe, aus, weil sie Bedingung Zwei nicht erfüllt. Dann bleibt nur noch Knox, und da er alle drei Bedingungen bestens erfüllt, muß er der Mörder sein.«

Es wäre übertrieben zu sagen, daß Inspektor Richard Queen sich im Triumph seines Sohnes gesonnt hätte. Als die unvermeidlichen Nachfragen, Glückwünsche, Einwände und die Konfusion der Journalisten vorüber waren – es fiel auf, daß in der Reporterschar diverse Köpfe geschüttelt wurden – und die Queens sich allein im Allerheiligsten, dem väterlichen Büro fanden, gab der alte Herr dem Ausdruck jener inneren Empfindungen freie Bahn, die er bis dahin eisern unterdrückt hatte; und Ellery bekam die volle Breitseite des Mißvergnügens seines Vaters zu spüren.

Nicht, daß Ellery selbst – das sollte ausdrücklich festgehalten werden – das Bild eines selbstzufriedenen Helden des Tages abgegeben hätte. Im Gegenteil, seine hageren Wangen waren angespannt, und die Augen waren müde und fiebrig. Er rauchte eine Zigarette nach der anderen, ohne sie zu genießen, und wich dem Blick seines Vaters aus.

Die Gardinenpredigt des alten Herrn hatte es in sich. »Teufel noch mal«, sagte er, »wenn du nicht mein Sohn wärest, würde ich dich mit einem Fußtritt hier herausbefördern. Von allem lächerlichen, hirnverbrannten Blabla, das ich jemals gehört habe, war deine Vorstellung dort unten mit Abstand –« Er schüttelte sich. »Ellery, hör zu, was ich sage. Es wird Ärger geben. Dieses eine Mal ist mein Vertrauen in dich – verdammt, ich bin enttäuscht von dir! Und Sampson – Mensch, Henry ist doch kein Idiot; und als ich ihn den Raum dort unten verlassen sah, da sah ich, dieser Mann hat den schlimmsten Gerichtsprozeß seiner ganzen bisherigen Laufbahn vor sich. Diese Anklage kommt vor Gericht nicht durch, Ellery; sie hat keine Chance. Keine Beweise. Und kein Motiv. Das M o t i v, verflucht noch mal! Darüber hast du kein Wort gesagt. W a r u m hat Knox Grimshaw umgebracht? Gut, es macht Eindruck, mit deiner verdammten L o g i k, mit Mathematik oder was das ist, zu beweisen, daß Knox unser Mann ist – aber das Motiv! Die Geschworenen wollen ein Motiv und keine Logik.« Die Spucke flog ihm bis auf die Weste. »Das wird ein Fiasko, Junge. Knox sitzt hinter Gittern, und die besten Anwälte der Ostküste verteidigen ihn – die werden dir Löcher in deine schönen Schlußfolgerungen stechen, mein Lieber, bis sie aussehen wie ein Schweizer Käse. Die werden durchlöchert wie ein –«

Das war der Augenblick, an dem Ellery sich regte. Während der ganzen Tirade hatte er geduldig dagesessen, sogar genickt, als sagte der Inspektor genau das, was er erwartet habe, und als sei das alles, wenn er es auch nicht gerade gern hörte, doch nicht von der Hand zu weisen. Doch nun setzte er sich auf, und etwas wie Schrecken huschte über sein Gesicht. »So durchlöchert wie was? Was willst du damit sagen?«

»Ha!« rief der Inspektor. »Jetzt bekommst du's mit der Angst zu tun, was? Meinst du, dein alter Herr ist ein Idiot? Henry Sampson hat es vielleicht nicht gemerkt, aber ich hab's bemerkt, Donnerwetter, und wenn *du* es übersehen hast, dann bist du ein noch größerer Dummkopf, als ich dachte!« Er tippte Ellery auf das Knie. »Aufgepaßt, Ellery Sherlock Holmes Queen. Deiner Meinung nach kommt keiner der Dienstboten als Mörder in Frage, weil keiner davon im Haus Khalkis war, als die falschen Spuren gelegt wurden.«

»Ja?« fragte Ellery langsam.

»Ja. Das war schön. Großartig. Wie wahr. Ganz deiner Meinung. Aber, mein teurer Schwachkopf von einem Sohn«, sagte der alte Herr bitter, »du hast nicht zu Ende gedacht. Du hast die Dienstboten als Mörder ausgeschieden, aber warum soll denn nicht einer von ihnen *der Komplize eines Mörders außerhalb des Hauses* sein? Das laß dir mal durch den Kopf gehen!«

Ellery antwortete nichts; er seufzte, und dabei ließ er es bewenden. Mit einem ärgerlichen Schnaufen fiel der Inspektor in seinen Drehstuhl. »Was für eine Dummheit, das zu übersehen ... Und das von dir! Ich kann nur über dich staunen, mein Sohn. Dieser Fall hat dir das Hirn vernebelt. Der Mörder könnte doch ohne weiteres einen der Dienstboten angeheuert haben, der den zweiten Erpresserbrief auf Knox' Maschine für ihn tippte, während er selbst an einem ganz anderen Ort in Sicherheit war! Ich sage nicht, daß es so war, aber ich würde meinen Kopf darauf verwetten, daß Knox' Anwälte das vorbringen werden, und wo bleiben dann deine ganzen Folgerungen, die alle anderen Personen ausscheiden, bis nur noch Knox übrigbleibt? Pah! Deine Logik ist keinen Pfifferling wert.«

Ellery nickte zerknirscht. »Scharfsinnig, Dad, wirklich scharfsinnig. Ich hoffe – ich vertraue darauf, daß im Augenblick niemand sonst darauf kommt.«

»Na«, sagte der Inspektor barsch, »ich nehme an, Henry ist es wohl nicht aufgefallen, sonst wäre er schon längst hermarschiert und hätte seinem Ärger Luft gemacht. Das ist doch immerhin ein Trost ... Nun hör mal zu, El. Offenbar hast du ja von Anfang an von der Schwachstelle gewußt, von der ich gerade gesprochen habe. Warum besserst du sie nicht jetzt noch aus – bevor es zu spät ist und die Sache mich meinen Posten kostet und Henry den seinen dazu?«

»Du fragst, warum ich sie nicht ausbessere.« Ellery zuckte die Schultern und reckte die Arme in die Höhe. »Gott, was bin ich müde! Ich will es dir sagen, leidgeprüfter Altvorderer. Aus einem einfachen Grund – ich traue mich nicht.«

Der Inspektor schüttelte den Kopf. »Du schnappst wirklich allmählich über«, murmelte er. »Was soll das heißen – du traust dich nicht? Ist das ein Grund? Gut – sage eben, Knox war es. Aber die Beweise, Junge, die Beweise! Gib uns etwas Überzeugenderes, etwas, womit wir arbeiten können. Du weißt doch, daß ich dich unterstützen werde, so sehr ich nur kann, wenn du überzeugt bist, daß du auf der richtigen Spur bist.«

»Und ob ich das weiß«, antwortete Ellery grinsend. »Eine wunderbare Sache, so ein Vater. Es gibt nur eines, was noch wunderbarer ist, und das ist eine Mutter... Dad, ich kann jetzt nichts Ernsthaftes mehr von mir geben. Aber eines sollst du noch wissen, und du kannst darüber denken, was du in Anbetracht der unzuverlässigen Quelle, von der es stammt, darüber denken willst... Der Höhepunkt in diesem ganzen verdammten Schlamassel steht uns erst noch bevor!«

Kapitel 33

Klarheit

Dies war die Zeit, zu der sich ein bedrohlicher Riß zwischen Vater und Sohn auftat. Man kann sich gut ausmalen, was im Kopf des Inspektors vorging: niedergedrückt von Sorgen, überwältigt von seinen Gefühlen, wie er war, kam das Tier in ihm zum Vorschein und drohte die nächsten Stunden über die Zähne zu fletschen, sobald sich Ellerys meist schweigende Gestalt auch nur im mindestens zu rühren anschickte. Der alte Herr spürte, daß etwas nicht in Ordnung war, und konnte doch nicht genau sagen, was es war, und er reagierte auf seine typische Art: Er wütete und fluchte und machte seinen Untergebenen das Leben zur Hölle, während im Grunde doch die ganze Zeit über sein Zorn auf das gebeugte Haupt seines Sohnes gerichtet war.

Mehrere Male an diesem Tag tat er, als ob er sein Büro verlassen wolle. Nur in diesen Augenblicken erwachte Ellery wieder zum Leben; und so wurde die Atmosphäre zwischen beiden zusehends gespannter.

»Du darfst nicht gehen. Du mußt hierbleiben. Bitte.«

Einmal weigerte der Inspektor sich und ging hinaus; und Ellery, der am Telefon gesessen hatte, angespannt wie ein Jagdhund, der vorsteht, wurde von Nervosität überwältigt und biß sich auf die Lippen, bis das Blut kam. Doch der Inspektor hielt es nicht lange aus, und er kehrte zurück, mit zorngerötetem Gesicht und knurrend, um seinem Sohn bei der Wache, deren Grund er nicht kannte, beizustehen. Ellerys Antlitz hellte sich sogleich auf; sofort nahm er seinen Platz neben dem Telefon wieder ein, nicht weniger angespannt als zuvor, doch nun zufrieden damit, all seine Energien der herkulischen Aufgabe des Wartens zu widmen, immer nur Warten . . .

Mit monotoner Regelmäßigkeit gingen Anrufe ein. Von wem sie kamen oder was sie zu bedeuten hatten, wußte der Inspektor nicht; doch jedesmal, wenn das Telefon ertönte, stürzte Ellery sich auf den Hörer, als sei er ein zum Tode Verurteilter, für den auf diesem Wege seine Begnadigung kommen könne. Jedesmal wurde er enttäuscht; er hörte mit ruhiger Miene zu, nickte, sagte ein paar belanglose Worte und hängte wieder ein.

Einmal rief der Inspektor nach Sergeant Velie; und er erfuhr, daß der sonst so verläßliche Sergeant sich seit dem vergangenen Abend nicht mehr im Präsidium gemeldet hatte, daß niemand wußte, wo er war, daß nicht einmal seine Frau sich seine Abwesenheit erklären konnte. Das war bedenklich; die Nase des alten Herrn schien spitzer zu werden, und er preßte die Lippen auf eine Weise zusammen, die nichts Gutes für den Sergeanten verhieß. Doch der Inspektor hatte seine Lektion gelernt und hielt den Mund; und Ellery, der vielleicht einen winzigen Funken Ärger gegen seinen Vater im Herzen trug, weil dieser an ihm gezweifelt hatte, ließ ihn in seiner Ungewißheit. Im Laufe des Nachmittags ergab es sich, daß der Inspektor einige seiner Mitarbeiter in Angelegenheiten, die nichts mit dem Fall Grimshaw zu tun hatten, zu sich rief; und zu seinem wachsenden Erstaunen stellte sich heraus, daß auch davon mehrere, darunter die Männer, denen er am meisten vertraute – Hagstrom, Piggott, Johnson – unerklärlicherweise verschwunden waren.

Ellery sagte mit ruhiger Stimme: »Velie und die anderen sind in einer wichtigen Sache unterwegs. Auf meine Anweisung.« Er konnte die Qualen des alten Herrn nicht mehr länger ertragen.

»Deine Anweisungen!« Der Inspektor flüsterte die Worte fast. Er war außer sich vor Zorn. »Du läßt jemanden beschatten«, brachte er mühsam hervor.

Ellery nickte; sein Blick blieb aufs Telefon geheftet.

Stündlich, halbstündlich, empfing Ellery kryptische Telefonate. Dem Inspektor gelang es schließlich, seine Wut niederzukämpfen – die Gefahr einer offenen Revolte war nun gebannt –, und er stürzte sich mit Nachdruck in seine Alltagsgeschäfte. Die Stunden gingen dahin; Ellery ließ ein Mittagessen bringen; sie aßen schweigend, Ellerys Hand stets in der Nähe des Telefons.

Auch das Abendessen nahmen sie im Büro des Inspektors ein – sie aßen mechanisch, ohne Appetit, beunruhigt und niedergeschlagen. Keiner von beiden war auf die Idee gekommen, das Licht einzuschalten; die Schatten wurden immer dichter, und der Inspektor ließ überdrüssig seine Arbeit liegen. Sie saßen einfach nur da.

Und dann, hinter verschlossenen Türen, fand Ellery seine alte Zuneigung wieder, ein Funken sprang zwischen ihnen über, und Ellery begann zu reden. Er sprach rasch und mit Gewißheit, als ob das, was er zu sagen hatte, sich in seinem Kopf nach vielen Stunden kühlen logischen Experimentierens geformt habe. Und als er sprach, verflog auch der letzte Rest des Ärgers des Inspektors, und ein Ausdruck solchen Erstaunens, wie man ihn in den von so vielen Fällen gestählten alten Zügen nur selten sah, glättete die tiefen Sorgenfalten. »Das kann ich nicht glauben«, murmelte er immer wieder. »Unmöglich. Das kann nicht sein.«

Als Ellery seinen Bericht beendet hatte, flackerte eine Sekunde lang etwas wie eine Entschuldigung in den Augen des Inspektors auf. Nur diese eine Sekunde lang; die Augen blitzten, und von da an ließ auch er das Telefon nicht aus den Augen, als sei es ein lebendiges Wesen.

Zur normalen Feierabendstunde ließ der Inspektor seine Sekretärin kommen und gab ihr geheimnisvolle Instruktionen. Die Sekretärin verabschiedete sich.

Es dauerte keine Viertelstunde, da war in den Gängen des Polizeipräsidiums das Gerücht ausgestreut, Inspektor Queen habe das Haus verlassen – er sei nach Hause gegangen, um Kräfte für die Schlacht mit den Anwälten von James J. Knox zu sammeln, die ihm bevorstand.

Doch Inspektor Queen saß nach wie vor in seinem dunklen Büro und wartete mit Ellery am Telefon, das nun über eine Privatleitung mit der Zentrale in Verbindung stand.

Draußen am Bürgersteig stand schon den ganzen Nachmittag über ein mit zwei Männern besetzter Polizeiwagen und wartete mit laufendem Motor.

Er wartete, wie es schien, mit der gleichen eisernen Geduld, die auch den beiden Männern hoch oben in dem grauen Steinbau hinter verschlossenen Türen und in der Dunkelheit abverlangt wurde.

Es war schon Mitternacht vorbei, als der Anruf endlich kam.

Die Queens, alle Muskeln gespannt zum Angriff, sprangen auf. Das Telefon schrillte. Ellery riß den Hörer von der Gabel und brüllte in die Sprechmuschel: »Ja?«

Eine brummende Männerstimme antwortete.

»Schon unterwegs!« rief Ellery und ließ den Hörer fallen. »Das Haus von Knox, Dad!«

Sie stürmten aus dem Büro des Inspektors heraus und warfen sich im Laufen ihre Mäntel über. Dann ging es hinunter zum wartenden Polizeiwagen, Ellery brüllte Anweisungen, und schon setzte sich der Wagen in Gang... er wendete seine schwarze Schnauze nach Norden und schoß mit heulender Sirene los.

Doch Ellerys Befehle brachten sie nicht zu James Knox' Wohnhaus am Riverside Drive. Der Wagen bog in die 54. Straße ein – die Straße, wo die Kirche und das Haus Khalkis lagen. Die Sirene hatten sie schon einige Blocks zuvor abgeschaltet. Das Auto stahl sich auf seinen Gummireifen in die dunkle Straße hinein, glitt lautlos an den Bordstein, und Ellery und der Inspektor sprangen heraus. Ohne zu zögern begaben sie sich zu den Schatten, die am Kellereingang des leeren Knox-Hauses neben dem Haus Khalkis standen...

Sie bewegten sich lautlos wie Gespenster. Sergeant Velies gewaltige Schultern hoben sich aus dem Dunkel unterhalb der brüchigen Treppe hervor. Eine Taschenlampe wurde für einen Sekundenbruchteil auf die Queens gerichtet und sofort wieder ausgeschaltet, und der Sergeant flüsterte: »Da drin. Müssen uns beeilen. Die Jungs sind rund ums Haus verteilt. Kann uns nicht entkommen. Kommen Sie, Chef!«

Der Inspektor nickte, nun sehr ruhig und gefaßt; Velie drückte vorsichtig die Kellertür auf. Er blieb für einen Moment im Vorraum des Kellers stehen, und aus dem Nichts erschien plötzlich ein zweiter Mann. Schweigend ließen die Queens sich von ihm Taschenlampen in die Hand drücken. Auf ein Wort des Inspektors hin dämpften Velie und Ellery das Licht der ihren mit Taschentüchern, und dann schlichen sich die drei Männer in den verlassenen Keller. Der Sergeant, der offenbar mit dem Terrain vertraut war wie eine Katze, ging vor ihnen. Der schwache, milchige Schein ihrer Lampen erhellte die Dunkelheit kaum. Wie Indianer auf dem Kriegspfad huschten sie über den Boden, an dem gespenstischen Heizkessel vorbei und die Kellertreppe hinauf. Am oberen Ende hielt Velie wiederum inne; er tauschte ein paar geflüsterte Worte mit dem Mann aus, der dort Wache hielt, und dann winkte der Sergeant schweigend und ging ihnen voran von der Treppe in das Dunkel des unteren Flurs. Sie liefen auf Zehenspitzen über den Korridor, und plötzlich blieben sie wie auf Kommando stehen. Irgendwo vor ihnen waren zwei Lichtschimmer aufgetaucht, die offenbar das obere und untere Ende einer Tür anzeigten.

Ellery berührte Sergeant Velie leicht am Arm. Velie neigte sein mächtiges Haupt. Ellery flüsterte ihm etwas zu. Und auch wenn es nicht zu sehen war, grinste Velie im Dunkeln verächtlich, und seine Hand fuhr in die Manteltasche und holte einen Revolver hervor.

Er ließ seine Taschenlampe für einen Sekundenbruchteil aufflackern, und sofort kamen andere dunkle Schatten lautlos an dieser Stelle zusammen. Einige geflüsterte Worte fielen zwischen Velie und einem zweiten Mann, der seiner Stimme nach zu urteilen Detective Piggot war. Alle Ausgänge, bestätigte er, seien bewacht. Auf ein Zeichen des Sergeants hin schlich sich das Grüppchen voran zur Quelle des Lichtscheins. Sie hielten inne. Velie atmete tief durch, winkte Piggott und einen weiteren Beamten – Johnson offenbar, seiner schmächtigen Gestalt nach zu urteilen – zu sich, brüllte: »Jetzt!«, und die drei Männer, im Zentrum Velies eiserne Schultern, warfen sich gegen die Tür, brachen sie auf, als sei sie aus Sperrholz, und stürmten in den dahinterliegenden Raum. Ellery und der Inspektor beeilten sich, ihnen nachzukommen; die Männer verteilten sich über das Zimmer, die nun nicht mehr verhüllten Taschenlampen warfen ihre grellen Strahlen durch den Raum und trafen sich alle im selben Augenblick dort, wo sie ihre Beute in der Falle hatten, eine Gestalt, die wie angewurzelt in der Mitte des staubigen, unmöblierten Zimmers stand, wo sie im Schein einer kleinen Taschenlampe zwei identische Leinwände studiert hatte, die auf dem Boden ausgebreitet lagen...

Diesen einen Sekundenbruchteil lang herrschte Stille; und dann, so plötzlich, als hätte er niemals existiert, verflog der Bann. Aus der Brust der vermummten Gestalt kam ein Fauchen, ein Wimmern, ein unterdrückter Schrei wie der eines Tieres; sie warf sich herum wie ein Panther, blitzartig fuhr eine weiße Hand in die Manteltasche, und wie aus dem Nichts kam eine bläuliche Automatik zum Vorschein. Und dann war die Hölle los.

Die dunkle Gestalt fixierte mit einem katzenhaften Funkeln ihrer Augen die Umrisse Ellery Queens, den sie wie mit magischen Kräften begabt unter den schattenhaften Figuren an der Tür ausgemacht hatte. Sogleich spannte sich ein Finger am Abzug der Automatik und drückte ab; und im selben Augenblick kam wie ein Husten das Feuer aus einer Vielzahl von Polizeirevolvern. Und Sergeant Velie, sein Gesicht weiß und starr vor Wut, stürzte sich mit der Geschwindigkeit eines Expreßzuges auf die dunkle Gestalt... Sie ging zu Boden, als sei sie eine groteske Figur aus Pappmaché.

Ellery Queen riß mit einem kleinen, überraschten Stöhnen die Augen auf und stürzte seinem erstarrten Vater vor die Füße.

Die Szene, die die Lampen zehn Minuten darauf beleuchteten, war so still wie die vorhergehende turbulent gewesen war. Die massive Gestalt Dr. Duncan Frosts hatte sich über Ellery gebeugt, der auf einer Ansammlung hastig ausgebreiteter Polizeimäntel auf dem schmutzigen Boden lag. Inspektor Queen, weiß wie die Wand, kalt und hart und zerbrechlich wie Porzellan, stand neben dem Arzt, die Augen reglos auf Ellerys totenbleiches Gesicht geheftet.

Niemand sprach ein Wort, nicht einmal die Männer, die um die zu einem seltsamen Haufen zusammengesunkene Gestalt von Ellerys Angreifer standen, die in der Mitte des Raumes am Boden lag.

Dr. Frost hob den Kopf. »Schlechter Schütze. Wird bald wieder auf den Beinen sein. Nur eine Fleischwunde in der Schulter. Da, er kommt schon zu sich.«

Der Inspektor stieß einen tiefen Seufzer aus. Ellery schlug die Augen auf, dann schloß er sie wieder, als ein stechender Schmerz ihn durchfuhr, und seine Hand befühlte die linke Schulter. Sie stieß auf eine Bandage. Der Inspektor hockte sich neben ihm hin. »Ellery, alter Junge – geht's wieder? Wie fühlst du dich?«

Ellery brachte ein Lächeln zustande. Er schüttelte sich und erhob sich, von hilfreichen Händen unterstützt, vom Boden. »Puh!« sagte er und zuckte vor Schmerz zusammen. »Hallo, Doktor. Sind Sie schon lange hier?«

Er sah sich um, und sein Blick blieb dort hängen, wo die Beamten dichtgedrängt und schweigend standen. Er schleppte sich hinüber, und Sergeant Velie machte ihm Platz und stotterte eine lächerliche Entschuldigung. Ellery klammerte sich mit der rechten Hand an Velies Schulter, beugte sich hinunter und starrte die Gestalt an, die am Boden lag. Es war kein Triumph in seinen Augen zu lesen, sondern er strahlte eine unendliche Melancholie aus, die gut zu den Taschenlampen, dem Staub, den grimmigen Gesichtern der Männer und den grauen Schatten paßte.

»Tot?« fragte er und befeuchtete sich die Lippen.

»Vier Kugeln im Bauch«, brummte Velie. »So tot, wie man nur sein kann.«

Ellery nickte; er sah auf, und sein Blick fiel auf die beiden alten bemalten Leinwände, die sehr demütig im Staub lagen, wo jemand sie hingeworfen hatte. »Na«, sagte er mit einem bitteren, humorlosen Grinsen, »wenigstens haben wir die«, und dann wandte er sich wieder dem Toten zu. »Pech gehabt, Mister, großes Pech gehabt. Wie Napoleon, jede Schlacht gewonnen bis auf die letzte.«

Er blickte dem Toten einen Moment lang in die offenen Augen, ein Zittern überlief seinen Körper, und als er sich umwandte, bemerkte er, daß der Inspektor neben ihm stand; ein kleiner alter Mann, der ihn mit verstörten Augen betrachtete.

Ellery lächelte schwach. »Na, Dad, jetzt können wir den armen alten Knox gehen lassen. Er war ein williges Opfer, und er hat seinen Zweck erfüllt... Hier hast du deinen Beweis im Staub auf Knox' Fußboden liegen, und er kann niemandem mehr ein Leid tun. Der einsame Wolf, der hinter allem steckte – Erpresser, Dieb und Mörder...«

Gemeinsam blickten sie hinunter zu dem Toten. Der Tote auf dem Fußboden, der ihren Blick erwiderte, als ob er noch sehen könne – tatsächlich war auf dem hämisch verzerrten Gesicht für alle Zeiten ein herausforderndes, bösartiges Grinsen zurückgeblieben – war der stellvertretende Bezirksstaatsanwalt Pepper.

Kapitel 34

Gewißheit

»Es gibt keinen Grund auf der Welt, Mr. Cheney«, sagte Ellery, »Ihnen eine umfassende Erklärung vorzuenthalten – Ihnen nicht und natürlich auch nicht –« Doch in diesem Augenblick ertönte die Türglocke, und Ellery hielt inne, während Djuna lief, um zu öffnen. Miss Joan Brett erschien an der Wohnzimmertür.

Miss Joan Brett schien ebenso verblüfft, Mr. Alan Cheney vorzufinden, wie Mr. Alan Cheney es war, Miss Joan Brett zu sehen. Alan sprang auf und umklammerte die vielgeschundene Lehne des Queenschen Windsor-Stuhles; und Joan griff zum Türpfosten, als brauche sie plötzlich etwas, das ihr Halt geben könne.

Das, dachte Ellery, als er sich vom Sofa erhob, auf dem er gelegen hatte, die Schulter dick bandagiert – das war das angemessene Ende... Er war ein wenig bleich, doch zum ersten Mal seit Wochen machte er einen heiteren Eindruck. Die drei, die gleichzeitig mit ihm aufstanden – ein ungewohnt beschämter Vater, ein Bezirksstaatsanwalt, aus dessen Augen der Schrecken und die Verblüffung der vergangenen Nacht noch nicht gewichen waren, und ein bleicher, doch munterer Nabob, Mr. James J. Knox, dem sein kurzer Gefängnisaufenthalt offenbar nicht weiter geschadet hatte –, diese Herren verbeugten sich tief und wurden doch von der jungen Dame in der Tür keines Lächelns gewürdigt, die von dem ebenso erstarrten jungen Mann, der noch immer an seinen Stuhl geklammert stand, hypnotisiert zu sein schien.

Dann suchten ihre blauen Augen den amüsierten Blick von Ellery. »Ich dachte... Sie hätten mich gebeten –«

Ellery ging ihr entgegen, nahm gebieterisch ihren Arm und steuerte sie zu einem tiefen Sessel, in den sie sich widerstrebend und verlegen sinken ließ. »Worum, Miss Brett, dachten Sie, hätte ich Sie gebeten?«

Erst jetzt fiel ihr seine linke Schulter auf. »Aber Sie sind ja verletzt!« rief sie.

»Worauf ich«, sagte Ellery, »mit den traditionellen Worten des strahlenden Helden antworte: ›Ach, das ist nichts. Nur ein Kratzer.‹ Setzen Sie sich, Mr. Cheney!«

Mr. Cheney setzte sich.

»Nun aber los!« sagte Sampson ungeduldig. »Ich weiß ja nicht, wie es mit den anderen ist, aber m i r sind Sie mit Sicherheit eine Erklärung schuldig, Ellery.«

Ellery begab sich wieder auf das Sofa und brachte das Kunststück fertig, mit einer Hand eine Zigarette zu entzünden. »So ist's gemütlich«, sagte er. Er sah James Knox an, und sie lächelten beide über einen nur ihnen bekannten Scherz. »Eine Erklärung... Gewiß.«

Ellery hob an zu seinem großen Vortrag. Und während der nächsten halben Stunde, in der seine Worte knatterten wie Popcorn in der Pfanne, saßen Alan und Joan mit gefalteten Händen da und würdigten sich keines Blickes.

»Die vierte Lösung – Sie wissen ja, es waren vier:«, begann Ellery, »die Khalkis-Lösung, bei der Mr. Pepper mich an der Nase herumführte; die Sloane-Lösung, die wir wohl als ein Unentschieden zwischen Pepper und mir werten können, da ich ja von Anfang an nicht daran glaubte, auch wenn ich meine Zweifel erst untermauern konnte, als Suiza mit seiner Geschichte herausrückte; die Knox-Lösung, bei der ich Mr. Pepper an der Nase herumführte – bis dahin also eins zu eins, wie Sie feststellen werden; und die Pepper-Lösung, die die richtige war – die vierte, sage ich, und letzte Lösung, die Sie alle in solches Erstaunen versetzt hat, die in Wirklichkeit aber doch klar wie das strahlende Licht der Sonne war, das der arme alte Pepper nun niemals mehr erblicken wird...« Er schwieg einen Moment lang. »Natürlich muß die Entlarvung eines vermeintlich ehrenwerten jungen Mannes, eines stellvertretenden Bezirksstaatsanwalts, als des Urhebers einer Serie von Verbrechen, die mit großer Raffinesse geplant und mit außerordentlicher Kaltblütigkeit durchgeführt wurden, verwirrend sein, insbesondere, wenn man nicht weiß, wie und warum er es tat. Und doch ging Mr. Pepper meinem alten und unerbittlichen Verbündeten, der Logik, ins Netz, dem *logos* der Griechen, der, so hoffe ich, noch manchem Bösewicht zum Verhängnis werden wird.«

Ellery verstreute seine Asche weitflächig auf Djunas makellos sauberem Teppich. »Nun gebe ich zu, daß ich bis zu den Ereignissen in Mr. Knox' Palast am Drive – den Erpresserbriefen und dem Diebstahl des Bildes – nicht die geringste Ahnung hatte, wo der Täter zu suchen war. Mit anderen Worten, hätte Pepper es mit dem Mord an Sloane genug sein lassen, wäre er niemals gefaßt worden. Doch in diesem wie in anderen, weniger spektakulären Verbrechen wurde der Täter am Ende das Opfer seiner eigenen Unersättlichkeit. Und mit seinen eigenen Fingern wob er das Netz, in dem er sich am Ende verfing.

Da die Ereignisse im Hause Knox am Riverside Drive die entscheidenden waren, lassen Sie mich dort beginnen. Sie werden sich erinnern, daß ich gestern morgen die Hauptbedingungen zusammenfaßte, die der Mörder erfüllen mußte; und es ist erforderlich, diese Bedingungen nun noch einmal zu rekapitulieren. Erstens: Er mußte in der Lage gewesen sein, die falschen Fährten zu legen, die auf Khalkis und Sloane verwiesen. Zweitens: Er mußte der Verfasser der Erpresserbriefe sein. Drittens: Er mußte sich im Hause Knox aufhalten, um den zweiten dieser Briefe tippen zu können.«

Ellery lächelte. »Nun war diese dritte Bedingung, wie ich sie gestern morgen darlegte, irreführend – mit Absicht irreführend gehalten, aus Gründen, die später noch offensichtlich werden. Mein scharfsinniger Erzeuger machte mich gleich nach der bezaubernden kleinen Pressekonferenz, die ich im Präsidium gab, im Zwiegespräch auf eben diesen ›Fehler‹ aufmerksam. Ich legte die Bedingung ›im Hause Knox‹ absichtlich so aus, als müsse es sich um ein Mitglied des Haushaltes handeln, während in Wirklichkeit natürlich ›im Hause Knox‹ ein viel umfassenderer Begriff ist. Denn ›im Hause Knox‹ bezeichnet *jeden*, ob er nun zum Haushalt gehört oder nicht. Mit anderen Worten, derjenige, der den zweiten Brief getippt hatte, mußte nicht unbedingt ein Bewohner des Hauses sein; es hätte genügt, wenn er ein Außenstehender war, der sich Zugang zum Haus Knox verschafft hatte. Behalten Sie das im Gedächtnis.

Wir gehen also von folgender These aus: daß der zweite Brief, den damit zusammenhängenden Umständen nach zu urteilen, von jemandem verfaßt sein muß, der sich zum Zeitpunkt der Abfassung im Haus befand; und daß dieser Jemand der Mörder war. Doch auch dieses mußte, wie mein scharfsichtiger Altvorderer mich aufklärte, nicht unbedingt zutreffen; könnte denn nicht, fragte er mich, der Verfasser ein Komplize des Mörders gewesen sein, den der Mörder vielleicht angestellt hatte, den Brief für ihn zu tippen, während er selbst sich in sicherer Entfernung vom Hause Knox hielt? Das würde natürlich bedeuten, daß der Mörder jemand war, der normalerweise keinen Zugang zum Haus Knox hatte, denn sonst hätte er den Brief ja selbst geschrieben ... Das war eine gute, durchaus angemessene Frage – die ich absichtlich gestern morgen nicht zur Sprache brachte, weil sie nicht zu meinem Plan paßte, und dieser Plan war, Pepper eine Falle zu stellen.

Nun gut! Wenn wir beweisen konnten, daß der Mörder keinen Komplizen im Hause Knox gehabt haben *konnte*, dann würde das bedeuten, daß der Mörder den zweiten Brief selbst getippt haben und in Mr. Knox' Arbeitszimmer gewesen sein mußte, als er das tat.

Um jedoch zu beweisen, daß es in diesem Falle keinen Komplizen gab, müssen wir zunächst einmal die Unschuld von Mr. Knox beweisen, sonst ist das logische Problem unlösbar.«

Träge hauchte Ellery Zigarettenrauch aus. »Mr. Knox' Unschuld läßt sich ganz einfach beweisen. Überrascht Sie das? Und doch ist es auf lächerliche Weise offensichtlich. Sie wird durch ein Faktum bewiesen, das nur drei Menschen auf der Welt kennen: Mr. Knox, Miss Brett und ich. Deshalb machte Pepper auch – wie Sie sehen werden –, da er dieses wichtige Faktum nicht kannte, den ersten Fehler in seiner Kette von Intrigen und Gegenintrigen.

Es handelt sich um folgendes: Zu der Zeit, zu der Gilbert Sloane allgemein für den Mörder gehalten wurde, erzählte mir Mr. Knox *aus eigenem Antrieb* in Miss Bretts Gegenwart, daß an dem Abend, an dem er und Grimshaw Khalkis aufsuchten, Khalkis sich von ihm – Knox – einen Tausenddollarschein geliehen habe, um ihn Grimshaw als eine Art Vorschuß auf die erpreßte Summe zu geben; daß er, Knox, gesehen habe, wie Grimshaw diesen Schein, klein zusammengefaltet, in das Gehäuse seiner Taschenuhr gesteckt, und daß Grimshaw, als er das Haus verließ, den Schein noch immer in seiner Uhr gehabt habe. Mr. Knox und ich fuhren sofort zum Präsidium und stellten fest, daß sich der Schein nach wie vor dort befand – derselbe Schein, denn das überprüfte ich sofort und stellte fest, daß dieser Schein am von Mr. Knox genannten Tag an ihn ausgezahlt worden war, wie er es gesagt hatte. Nun bedeutete der Umstand, daß diese Tausenddollarnote sich zu Mr. Knox zurückverfolgen ließ – und das war möglich, wie er selbst ja am besten wußte – *daß Mr. Knox, hätte* er Grimshaw umgebracht, jedes ihm zur Verfügung stehende Mittel genutzt hätte, um zu verhindern, daß der Schein in die Hände der Polizei gelangte. Es wäre doch gewiß einfach für ihn gewesen, hätte er Grimshaw erwürgt, den Schein sogleich aus Grimshaws Uhr zu nehmen, denn er wußte ja, daß Grimshaw ihn bei sich trug, und er wußte auch genau wo. Selbst wenn eine entfernte Verbindung zum Mörder bestanden hätte – wenn er ein Komplize gewesen wäre –, hätte er dafür gesorgt, daß der Schein aus dem Uhrwerk verschwand, denn die Uhr befand sich für einen längeren Zeitraum im Besitz des Mörders.

Doch der Schein steckte noch immer in der Uhr, als wir im Polizeipräsidium deren Gehäuse öffneten! Wenn Mr. Knox der Mörder war, warum hatte er dann nicht, wie ich es gerade erklärt habe, den Schein herausgenommen? Ja, warum war er, abgesehen davon, daß er den Schein nicht herausgenommen hatte, überhaupt aus freien Stücken zu mir gekommen und hatte mir erzählt, daß der Schein sich dort befand – wo ich doch, ebenso wie alle anderen Vertreter des Gesetzes, nicht im Traum daran gedacht hatte, daß es einen solchen Schein überhaupt geben könnte? Sehen Sie, sein Verhalten widersprach einfach so sehr allem, was er getan hätte, wenn er der Mörder gewesen wäre, daß ich damals nicht anders konnte als zu sagen: ›Na, ganz gleich, wer der Täter ist, James Knox ist es jedenfalls nicht.‹«

»Gott sei Dank«, sagte Knox mit belegter Stimme.

»Doch sehen Sie nun«, fuhr Ellery fort, »wohin diese Schlußfolgerung, die mir anfangs so wenig bedeutete, da sie ja negativer Art war, führte. Denn nur der Mörder oder sein Komplize, wenn es denn einen gab, konnte die Erpresserbriefe geschrieben haben – da sie ja auf die Hälften des Wechsels getippt waren. Da Mr. Knox nicht der Mörder oder Komplize war, konnte er auch die Briefe nicht getippt haben, auch wenn sie, wie ich gestern von der Existenz des Pfundzeichens ausgehend dargelegt habe, auf seiner unverwechselbaren Maschine geschrieben waren. Derjenige, der der Autor des zweiten Briefes war, mußte – und das war eine recht verblüffende Erkenntnis – Mr. Knox' Maschine also mit Absicht benutzt haben! Doch was bezweckte er damit? Er bezweckte, mit dem Indiz des Tippfehlers bei der 3 und dem angedeuteten Pfundzeichen – der natürlich absichtlich gemacht wurde – er bezweckte, sage ich, eine Spur zu legen, die zu Mr. Knox'

Maschine führen würde, so daß wir folgern sollten, Mr. Knox sei der Verfasser der Briefe und folglich der Mörder. Wieder eine falsche Spur also – die dritte, nachdem die ersten beiden, die zu Georg Khalkis und Gilbert Sloane führten, als solche entlarvt worden waren.«

Ellery runzelte nachdenklich die Stirn. »Nun steigen wir in den Bereich scharfsinnigerer Überlegungen auf. Denn sehen Sie, offenbar hielt der tatsächliche Verbrecher, als er James Knox die Morde und den inszenierten Diebstahl anlasten wollte, James Knox für jemanden, der für die Polizei als Täter in Betracht kam! Es wäre Unsinn gewesen, James Knox als den Schuldigen hinzustellen, wenn der echte Mörder darüber orientiert gewesen wäre, daß die Polizei James Knox als Schuldigen nicht akzeptieren würde. Deshalb konnte der echte Mörder nichts von der Tausenddollarnote wissen, da er sonst niemals den Verdacht auf Mr. Knox gelenkt hätte. Das war der Punkt, an dem mit mathematischer Gewißheit e i n e Person als Verdächtige ausgeschieden werden konnte, ganz abgesehen davon, daß sie im Auftrag des Victoria-Museums arbeitete – was sie natürlich nicht zwangsläufig von jedem Verdacht ausnahm, aber doch ihre Unschuld zumindest vermuten ließ. Ich spreche von dieser jungen Schönheit hier, deren Gesichtsfarbe, wie ich sehe, zunehmend ins Rötliche spielt – Miss Brett; denn sie war dabei, als Mr. Knox mir von der Tausenddollarnote erzählte, und wenn sie die Mörderin oder auch nur die Komplizin des Mörders gewesen wäre, hätte sie Mr. Knox nicht belastet oder dem Mörder gestattet, ihn zu belasten.«

Joan richtete sich bei diesen Worten in ihrem Sessel auf; dann lächelte sie schwach und sank wieder zurück. Alan Cheney blinzelte. Er studierte den Teppich zu seinen Füßen, als sei es eine hochkünstlerische Webarbeit, mit der sich jeder junge Altertumsforscher eingehend beschäftigen sollte.

»Folglich – wie viele ›folglich‹ es hier gibt!« fuhr Ellery fort, »hatte ich nun aus dem Kreis derer, die den zweiten Brief getippt haben konnten, sowohl Mr. Knox als auch Miss Brett eliminiert, in beiden Fällen sowohl als Mörder wie auch als Komplize.

War denn nun der M ö r d e r s e l b s t unter den einzigen anderen ständigen Bewohnern des Haushalts – den Bediensteten – zu finden? Nein, denn keiner der Bediensteten wäre in der Lage gewesen, die falschen Spuren, die zu Khalkis und Sloane führten, im Hause Khalkis zu legen – es wurde sorgfältig über die Besucher des Hauses Buch geführt, und nirgends taucht dabei der Name eines Bediensteten von Mr. Knox auf. Konnte dann vielleicht ein Bediensteter von Mr. Knox der Komplize eines außenstehenden Mörders gewesen sein, den dieser lediglich benutzt hatte, weil er Zugang zu Knox' Schreibmaschine hatte?«

Ellery lächelte. »Nein, und auch das kann ich belegen. Die Tatsache, daß Mr. Knox' Schreibmaschine eine Rolle dabei spielte, die falschen Spuren gegen ihn zu legen, zeugt davon, daß der Mörder die Schreibmaschine von Anfang an in seine Pläne mit einbezogen hatte; denn das einzige konkrete Beweisstück gegen Mr. Knox, das der Mörder hinterlassen wollte, war, daß der zweite Erpresserbrief auf Mr. Knox' Maschine geschrieben sein sollte; das war die Keimzelle dieses Planes. (Bitte beachten Sie, daß der Verbrecher, auch wenn ihm die spezifische Art, auf die er Mr. Knox belasten würde, noch unklar gewesen sein mag, auf jeden Fall vorhatte, irgendeine Besonderheit der Schreibmaschine zu nutzen.) Nun wäre es ja ohne Zweifel vorteilhafter für den Mörder gewesen, wenn er schon den Verdacht auf Mr. Knox mit Hilfe von dessen Schreibmaschine lenken wollte, wenn er beide Briefe auf dieser Maschine getippt hätte. Doch nur der zweite wurde darauf geschrieben – der erste entstand auf einer Underwood außerhalb von Mr. Knox' Haus, denn Mr. Knox' Remington ist ja die einzige Maschine in seinem Haus ... Wenn der Mörder also Mr. Knox' Remington nicht benutzte, um den ersten Brief darauf zu tippen, ist das ein deutliches Zeichen dafür, daß er zu dem Zeitpunkt, zu dem er den ersten Brief erstellte, keinen Zugang zu Mr. Knox' Maschine hatte. Doch alle seine Bediensteten hatten auch zu diesem Zeitpunkt Zugang dazu – genauer gesagt war keiner darunter, der nicht seit mindestens fünf Jahren im Haushalt lebte. Folglich konnte keiner von ihnen ein Komplize des Mörders sein, denn der Mörder hätte ihn auch den ersten Brief auf Knox' Maschine tippen lassen.

Doch damit sind sowohl als Mörder wie auch als Komplize Mr. Knox, Miss Brett und sämtliche Bediensteten des Haushaltes ausgeschlossen! Wie ist das möglich, wo doch der zweite Brief im Haus Knox geschrieben wurde?«

Ellery warf seine Zigarette ins Feuer. »Wir wissen nun, daß der Briefschreiber, auch wenn er irgendwie in Mr. Knox' Arbeitszimmer gelangt sein muß, um den zweiten Brief zu tippen, nicht in Mr. Knox' Arbeitszimmer – oder seinem Haus – war, als er den ersten Brief entwarf – sonst hätte er dafür ebenfalls dessen Maschine genommen. Wir wissen auch, daß nach dem Eintreffen des ersten Briefes keinem Außenstehenden mehr Zugang zum Haus Knox gewährt wurde – das heißt, keinem außer einem. Nun trifft es zwar zu, daß der erste Brief von jedem außerhalb des Hauses geschrieben worden sein könnte, doch der zweite konnte nur von einer Person stammen – der einzigen, die vor dem Eintreffen des zweiten Briefes Zugang zum Haus bekam. Und damit wurde ein weiterer Punkt geklärt. Warum, hatte ich mich die ganze Zeit gefragt, war dieser erste Brief überhaupt erforderlich gewesen? Er war geschwätzig, und er schien zu kaum etwas nütze zu sein. Normalerweise schlägt ein Erpresser beim ersten Mal zu – er läßt sich nicht auf eine weitschweifige, kokette Korrespondenz ein; er gibt sich nicht in einem ersten Brief als Erpresser zu erkennen und schickt dann einen zweiten, um das Geld zu fordern. Doch psychologisch gesehen war die Erklärung dafür perfekt: Dieser erste Brief war entscheidend für den Mörder; er diente einem bestimmten Zweck. Welchem Zweck? Na, ihm Zugang zum Haus Knox zu verschaffen! Warum wollte er Zugang zum Haus Knox erlangen? Um den zweiten Brief auf Knox' Maschine schreiben zu können! Alles paßte zusammen ...

Und wer war nun der einzige, der zwischen dem Empfang des ersten Briefes und dem des zweiten Zugang zum Haus bekam? Und so verblüffend, so unglaublich, so abwegig ich es auch fand, konnte ich doch meine Augen nicht vor der Tatsache verschließen, daß dieser Besucher unser eigener Kollege war, unser Mitstreiter bei den Ermittlungen – kurz, der stellvertretende Bezirksstaatsanwalt Pepper, der mehrere Tage dort zugebracht hatte (und, wie wir uns sofort erinnern werden, auf seinen eigenen Vorschlag hin), in der ausdrücklichen Absicht, den zweiten Brief zu erwarten!

Schlau? Das war teuflisch raffiniert ausgeklügelt.

Ich reagierte zunächst ganz natürlich – ich wollte es nicht glauben. Es schien undenkbar. Doch so verblüffend diese Erkenntnis für mich auch war, zumal ich vorher gar nicht auf die Idee gekommen war, Pepper als möglichen Täter überhaupt in Betracht zu ziehen«, fuhr Ellery fort, »war der Kurs doch klar. Ich konnte nicht einen Verdächtigen ausschließen – der ja nun kein Verdächtiger mehr war, sondern allen Gesetzen der Logik zufolge der Täter –, nur weil meine Phantasie sich weigerte, den Schlußfolgerungen meines Verstandes Glauben zu schenken. Ich war gezwungen, dem nachzugehen. Ich spielte in Gedanken noch einmal den ganzen Fall von Anfang an durch, um zu sehen, ob und wie Pepper und die Tatsachen zueinander paßten.

Nun, Pepper selbst hatte Grimshaw als einen Mann identifiziert, den er fünf Jahre zuvor verteidigt hatte; es lag nahe, daß er, als der Mörder, das tat, um so auf raffinierte Weise der denkbaren Möglichkeit zuvorzukommen, daß diese frühere Beziehung zwischen ihm und dem Opfer entdeckt wurde, nachdem er die Gelegenheit gehabt hatte, den Mann wiederzuerkennen, und es nicht getan hatte. Nur ein kleiner Punkt und alles andere als entscheidend, aber trotzdem doch wichtig. Aller Wahrscheinlichkeit nach begann alles vor mindestens fünf Jahren mit einer Beziehung zwischen Anwalt und Klienten; Grimshaw kam zu Pepper, nachdem er das Bild aus dem Victoria-Museum gestohlen hatte, bat ihn vielleicht, die Dinge im Auge zu behalten, solange er, Grimshaw, im Gefängnis säße und das Bild, für das Khalkis ja noch nicht gezahlt hatte, in dessen Besitz war. Sobald Grimshaw aus dem Gefängnis entlassen war, würde er natürlich umgehend zu Khalkis gehen, um das Geld einzutreiben. Zweifellos war Pepper dabei der Mann hinter den Kulissen, der hinter allen folgenden Ereignissen steckte, sich niemals zu erkennen gab und stets im Hintergrund blieb. Vielleicht kann Jordan, Peppers früherer Partner im Anwaltsbüro, uns Aufschlüsse über die Beziehung zwischen Grimshaw und Pepper geben, obwohl Jordan selbst wahrscheinlich vollkommen unschuldig ist.«

»Wir überprüfen das gerade«, sagte Sampson. »Er ist ein angesehener Anwalt.«

»Daran habe ich keinen Zweifel«, sagte Ellery trocken. »Pepper hätte sich nicht in aller Öffentlichkeit mit einem Gauner zusammengetan – nicht Pepper ... Aber wir suchen ja nach Beweisen. Wie steht es nun mit einem Motiv, das Pepper gehabt haben könnte, Grimshaw zu erwürgen?

Nachdem Grimshaw, Mr. Knox und Khalkis sich an jenem Freitag abend getroffen hatten und Grimshaw den Wechsel in Empfang genommen hatte, der zahlbar an den Überbringer war, gingen Mr. Knox und Grimshaw gemeinsam hinaus, Mr. Knox verabschiedete sich, und Grimshaw blieb vor dem Hause stehen. Warum? Vielleicht, um sich dort mit seinem Kompagnon zu treffen – eine nicht unwahrscheinliche Schlußfolgerung aus Grimshaws eigenen Worten über den ›einen Partner‹. Pepper muß also in der Nähe auf Grimshaw gewartet haben. Sie müssen sich dann in den Hausschatten zurückgezogen haben, und Grimshaw erzählte Pepper alles, was sich zugetragen hatte. Pepper begriff, daß er Grimshaw nicht mehr brauchte, daß dieser sogar eine Gefahr für ihn bedeutete, daß er, wenn Grimshaw aus dem Wege geräumt war, bei Mr. Knox kassieren konnte, ohne daß er gezwungen war, die Beute zu teilen – das muß der Augenblick gewesen sein, an dem er beschloß, seinen Partner zu töten. Der Wechsel dürfte ein zusätzliches Motiv abgegeben haben, denn ausgestellt auf den Überbringer und, vergessen Sie das nicht, mit dem noch lebendigen Khalkis war er für jeden, der ihn besaß, potentiell eine halbe Million Dollar wert; darüber hinaus wartete im Hintergrund noch Mr. James J. Knox, den man später erpressen konnte. Zweifellos tötete Pepper Grimshaw entweder im Dunkel des Kellereinganges des leeren Knox-Hauses nebenan oder im Keller selbst, zu dem er sich den Nachschlüssel bereits beschafft haben mußte. Jedenfalls durchsuchte er die Leiche, nachdem er sie in den Keller gebracht hatte, nahm den Wechsel sowie Grimshaws Uhr an sich (vielleicht schon in der Absicht, sie später für eine falsche Spur zu verwenden) und außerdem die 5000 Dollar, die Grimshaw am Vorabend von Sloane bekommen hatte, damit er die Stadt verlassen sollte. Als er Grimshaw erwürgte, muß er einen Plan gehabt haben, die Leiche zu beseitigen; vielleicht hatte er auch vor, sie für immer dort im Keller zu lassen. Doch als Khalkis schon am nächsten Morgen unerwartet starb, hat Pepper sicher sofort begriffen, daß sich ihm hier die unerhörte Möglichkeit bot, Grimshaw in Khalkis' Sarg zu begraben. Von da an war Pepper das Glück hold; denn am Tag, an dem Khalkis beerdigt wurde, rief Woodruff persönlich die Bezirksstaatsanwaltschaft zu Hilfe, und Pepper bat darum – das haben Sie selbst gesagt, Sampson, als Sie Pepper tadelten, daß er sich zu sehr für Miss Brett interessiere –, die Suche nach dem Testament übernehmen zu dürfen. Hier hatten wir also ein weiteres psychologisches Indiz, das auf Mr. Pepper hinwies.

Da er nun freien Zugang zum Khalkis-Anwesen hatte, erkannte er, wie einfach die Sache für ihn sein würde. In der Nacht des Mittwochs nach der Beerdigung holte er Grimshaws Leiche aus dem Keller des leerstehenden Knox-Hauses, wo er sie in die alte Truhe gelegt hatte, trug die Leiche über den dunklen Hof hinaus auf den noch dunkleren Friedhof, grub den Boden oberhalb des Gewölbes auf, öffnete die Tür dazu, sprang hinein und öffnete Khalkis' Sarg – und fand sogleich das Testament in der Stahlkassette; bis dahin hatte er wahrscheinlich selbst nicht gewußt, wo das Testament geblieben war. Er begriff, daß das Testament ihm später nützlich sein konnte, einen weiteren Protagonisten der Tragödie zu erpressen, nämlich Sloane – denn Sloane war ja der einzige, der ein Motiv hatte, das Testament zu stehlen und es vor der Beerdigung in den Sarg zu legen. Pepper nahm das Testament in der Absicht an sich, es später für erpresserische Zwecke zu verwenden. Er zwängte Grimshaws Leiche in den Sarg, schraubte den Deckel wieder zu, kletterte heraus, schloß die Tür der Gruft, füllte die flache Grube erneut mit Erde, nahm die Werkzeuge, mit denen er gearbeitet hatte, und die Stahlkassette mit dem Testament und verließ den Friedhof. Übrigens haben wir hier noch eine weitere kleine Bestätigung für die Pepper-Lösung. Denn Pepper selbst erzählte uns, daß es in jener Nacht gewesen sei – Mittwoch, schon nach Mitternacht –, daß er Miss Brett bei ihrem Erkundungszug im Arbeitszimmer sah. Pepper war also, wie er uns selbst verriet, spät am Abend noch auf; und es liegt nahe anzunehmen, daß er das abscheuliche Begräbnis hinter sich brachte, nachdem Miss Brett das Arbeitszimmer wieder verlassen hatte.

Hier nun fügt sich auch Mrs. Vreelands Geschichte ein, daß sie beobachtet habe, wie Sloane in jener Nacht hinaus auf den Friedhof ging. Sloane muß bemerkt haben, daß Pepper sich im Haus verdächtig benahm, muß ihm nachgeschlichen sein, mit angesehen haben, was Pepper tat – einschließlich der Szene, in der er die Leiche in den Sarg steckte und das Testament herausnahm – und muß begriffen haben, daß Pepper ein Mörder war ... Um wen es sich bei dem Opfer handelte, konnte Sloane allerdings wahrscheinlich damals in der Dunkelheit nicht erkennen.«

Joan erschauderte. »So ein – so ein sympathischer junger Mann. Ich kann es nicht glauben.«

»Das wird Ihnen eine Lehre sein, Miss Brett«, sagte Ellery streng. »Halten Sie sich an diejenigen, die Sie kennen ... Wo war ich? Ah ja! Pepper glaubte sich also in Sicherheit; die Leiche war begraben, und niemand würde einen Grund haben, nach ihr zu suchen. Doch schon am nächsten Tag verkündete ich meine Vermutung, daß das Testament im Sarg versteckt sei, und schlug eine

Exhumierung vor. Pepper hat sehr geistesgegenwärtig reagiert. Er konnte nicht mehr verhindern, daß der Mord entdeckt wurde, es sei denn, er wäre zurück zum Friedhof gegangen und hätte die Leiche wieder ausgegraben; dann hätte sich wiederum das Problem gestellt, sie zu beseitigen; eine in jeder Hinsicht gefährliche Sache. Andererseits konnte es ihm vielleicht möglich sein, aus der Entdeckung des Mordes Kapital zu schlagen. So streute er denn im Haus Khalkis, wo er sich ja frei bewegen konnte, Indizien aus, die auf den Toten – Khalkis, meine ich – als Mörder verwiesen. Er hatte einen Begriff von der Art bekommen, in der mein Verstand funktioniert, und spielte bewußt mit mir – er hinterließ keine offensichtlichen Hinweise, sondern subtile, von denen er jedoch sicher war, daß sie mir nicht entgehen würden. Es dürfte zwei Gründe dafür gegeben haben, daß er Khalkis als ›Mörder‹ wählte; zum einen, weil er sicher sein konnte, daß es eine Lösung war, auf die ich ansprechen würde; zum zweiten, weil Khalkis tot war und nichts, was Pepper mit seinen Indizien andeutete, mehr abstreiten konnte. Und das Perfekte war – wenn diese Lösung akzeptiert wurde, erlitt kein Lebender Schaden dadurch; denn bedenken Sie, Pepper war ja kein geübter Mörder, dem das Töten nichts ausgemacht hätte.

Nun hätte Pepper, wie ich am Anfang dargelegt habe, diese falschen Spuren, die zu Khalkis führten, nicht legen können, wenn er nicht gewußt hätte, daß Mr. Knox das gestohlene Bild besaß und deshalb gezwungen war, Stillschweigen zu bewahren, und nicht zugeben durfte, daß er an jenem Abend der Dritte gewesen war – denn zu Peppers falscher Fährte hin zu Khalkis gehörte ja, daß nur zwei Mann an jenem Abend im Hause miteinander verhandelt haben sollten. Doch um wissen zu können, daß Mr. Knox das Bild besaß, mußte er, wie schon vielfach dargelegt, Grimshaws Partner sein; folglich muß er der Unbekannte gewesen sein, der Grimshaw auf sein Hotelzimmer begleitete, an jenem Abend, an dem dieser so viele Besucher hatte.

Als Miss Brett unwissentlich die Khalkis-Lösung zu Fall brachte, indem sie sich an die Veränderung der Teetassen erinnerte und uns davon Mitteilung machte, muß das für Pepper ein schwerer Schlag gewesen sein. Doch er dürfte sich sogleich versichert haben, daß ihm kein Fehler unterlaufen war – es hatte stets eine gewisse Chance bestanden, daß jemand den Zustand der Tassen bemerken würde, bevor er Gelegenheit hatte, sie zu präparieren. Als hingegen Mr. Knox ganz unerwartet *seine* Geschichte preisgab und sich als der dritte Mann zu erkennen gab, begriff Pepper, daß all seine Arbeit vergebens gewesen war und daß ich darüber hinaus nun wußte, daß es sich um falsche Hinweise handelte, die mit Absicht gestreut waren, damit ich sie finden sollte. So beschloß Pepper, der in der beneidenswerten Position war, stets alles zu wissen, was *ich* wußte – wie er innerlich gekichert haben muß, als ich so selbstgefällig und großsprecherisch, mit einem Wort: ganz ich selbst war! –, in jenem Augenblick und an jenem Orte, Kapital aus dieser einmaligen Position zu schlagen und die weiteren Ereignisse so zu arrangieren, daß sie zu den von mir vorgebrachten Theorien paßten. Nun, wo Khalkis tot war, war der Wechsel in seinem Besitz wertlos, das wußte Pepper. Welche anderen Einkommensquellen standen ihm jetzt offen? Er konnte Mr. Knox nicht mehr dafür erpressen, daß er das Bild besaß, denn dies hatte Mr. Knox unerwarteterweise vereitelt, als er seine Geschichte der Polizei erzählte. Gewiß, Mr. Knox hatte behauptet, das Bild sei kaum etwas wert, eine Kopie, doch Pepper neigte dazu, das nicht zu glauben, denn er hatte den Eindruck, daß Mr. Knox lediglich raffiniert genug war, uns etwas vorzumachen – und so war es ja auch, Sir; Pepper war scharfsichtig genug zu erraten, daß Sie logen.«

Knox brummte; es schien ihm zu peinlich zu sein, etwas darüber zu sagen.

»Jedenfalls«, fuhr Ellery ungerührt fort, »war am Ende die einzige Möglichkeit, die Pepper noch blieb, um aus dieser Sache Gewinn zu ziehen, den Leonardo von Mr. Knox zu stehlen; er war sicher, daß Mr. Knox den Leonardo besaß und keine Kopie. Aber um das zu tun, mußte er freie Bahn haben, und noch war die Polizei überall, auf der Suche nach dem Mörder.

Was uns zur Sloane-Affäre bringt. Warum wählte Pepper Sloane als den zweiten Strohmann? Wir haben Fakten und Schlußfolgerungen genug beisammen, um diese Frage nun zu beantworten. Genaugenommen habe ich mich damit vor einiger Zeit schon einmal beschäftigt, Dad – erinnerst du dich an jenen Abend?« Der alte Herr nickte schweigend. »Denn wenn Sloane Pepper auf dem Friedhof gesehen hatte und damit nun wußte, daß Pepper der Mörder Grimshaws war, dann wußte Sloane von Peppers Schuld. Doch wie konnte Pepper erfahren, daß Sloane es wußte? Nun, Sloane hatte gesehen, wie Pepper das Testament aus dem Sarg nahm; selbst wenn er es vielleicht nicht tatsächlich beobachten konnte, konnte er es doch später daraus folgern, daß Testament und Kassette verschwunden waren, als bei der Exhumierung der Sarg geöffnet wurde. Sloane wollte, daß dieses Testament vernichtet wurde; er muß zu Pepper gegangen sein, ihn des Mordes angeschuldigt und das Testament als Preis für sein Schweigen gefordert haben. Pepper, der plötzlich seine Sicherheit stark bedroht sah, muß dann mit Sloane verhandelt haben: Er werde das Testament behalten, um Sloanes Schweigen sicherzustellen. Insgeheim plante er jedoch bereits, Sloane, den einzigen lebenden Zeugen gegen ihn, aus dem Weg zu räumen.

So arrangierte Pepper dann den ›Selbstmord‹ Sloanes, mit dem er Sloane als den Mörder Grimshaws hinstellte. Sloane hatte überzeugende Motive; und mit dem verbrannten Testament im Keller, dem Kellerschlüssel in Sloanes Zimmer und Grimshaws Uhr in Sloanes Wandsafe hatte Pepper eine wunderschöne Spur von Indizien gelegt, die sein Opfer belasteten. Übrigens, Dad, deinen Beamten Ritter traf keine Schuld, daß er die Asche und den Überrest des Testamentes im Heizkessel des leeren Knox-Hauses ›übersehen‹ hätte. Denn als Ritter suchte, waren die Reste noch nicht da! Pepper verbrannte das Testament erst später, richtete es sorgsam so ein, daß der von Khalkis handschriftlich eingesetzte Name Albert Grimshaws von den Flammen verschont blieb, und praktizierte Asche und Überreste erst in den Ofen, als Ritters kleine Durchsuchung bereits stattgefunden hatte ... Was den Umstand angeht, daß Sloane mit seinem eigenen Revolver erschossen wurde, so holte Pepper ihn zweifellos aus der Wohnung der Sloanes im Hause Khalkis, als er den Schlüssel dort im Tabakstopf versteckte.

Er mußte also Sloane umbringen, um ihn am Reden zu hindern. Gleichzeitig war ihm natürlich klar, daß die Polizei fragen würde: ›Warum hat Sloane Selbstmord begangen?‹ Der naheliegende Grund wäre gewesen, daß Sloane von seiner Verhaftung erfahren hatte, die wegen der aufgetauchten Indizien bevorstand. Wie, fragte Pepper sich, könnte die Polizei sich erklären, daß Sloane davon gewußt hatte? Nun, er könnte gewarnt worden sein. Verstehen Sie, ich versuche mir die Gedanken auszumalen, die Pepper wahrscheinlich durch den Kopf gingen. Wie sollte man einen Hinweis hinterlassen, daß es aussah, als sei Sloane gewarnt worden? Ah, nichts einfacher als das! Was uns zu dem geheimnisvollen

Telefonanruf bringt, der, wie wir feststellten, am Abend von Sloanes ›Selbstmord‹ vom Hause Khalkis aus geführt wurde.

Erinnern Sie sich? – der Anruf, der uns annehmen ließ, jemand habe Sloane gewarnt, was wir vorhätten? Und erinnern Sie sich noch, daß Pepper in unserem Beisein Woodruff anrief, mit dem er sich verabreden wollte, um die Echtheit des Testamentfragmentes zu überprüfen? Pepper wählte, hängte direkt wieder ein und sagte uns, die Leitung sei besetzt; gleich darauf wählte er ein zweites Mal, und diesmal sprach er mit Woodruffs Diener. In Wirklichkeit wählte er beim ersten Mal die Nummer der Khalkis-Galerie! Er wußte, daß man den Anruf zurückverfolgen konnte, und das paßte wunderbar in seine Pläne; als Sloane sich meldete, hängte Pepper einfach ein, ohne ein Wort zu sagen. Sloane hat sich wahrscheinlich sehr gewundert. Aber das genügte, um uns glauben zu machen, daß jemand vom Haus aus in der Galerie angerufen habe; und besonders raffiniert war, daß er es direkt unter unseren Augen tat, denn das Selbstwähltelefon ermöglichte es ihm ja, unmittelbar eine Verbindung mit der Galerie herzustellen, ohne daß er die Nummer laut sagen mußte. Ein weiterer kleiner psychologischer Beweis für Peppers Schuld also, zumal niemand, nicht einmal einer derjenigen, die den meisten Grund hatten, Sloane zu warnen, der Anrufer gewesen sein wollte.

Pepper verließ sogleich das Haus Khalkis, angeblich, um Woodruff aufzutreiben und die Authentizität des Testamentsfetzens bestätigt zu bekommen. Doch auf dem Weg zu Woodruff schaute er noch bei der Galerie herein – Sloane ließ ihn vermutlich ein – und tötete Sloane, wobei er nur ein paar Kleinigkeiten zu arrangieren brauchte, damit es nach einem Selbstmord aussah. Die Sache mit der geschlossenen Tür, durch die dieser Trick am Ende ans Licht kam, kann man Pepper nicht als Fehler auslegen; er wußte nicht, daß die Kugel Sloanes Kopf durchschlagen hatte und zur offenen Tür hinausgeflogen war; Sloane fiel auf die Seite seines Gesichtes, auf der die Kugel ausgetreten war, und natürlich bewegte Pepper Sloanes Leichnam nicht mehr als unbedingt nötig, wenn überhaupt. Der Einschlag der Kugel draußen verursachte kein Geräusch, denn sie traf einen dicken Teppich, der an der Wand hing. Und so tat denn Pepper, ein Opfer der Umstände, das, was nur logisch war – das, was ein Mörder beinahe instinktiv tun wird: Er schloß die Tür. Und damit verdarb er sich, ohne es zu ahnen, seinen ganzen schönen Plan.

Fast zwei Wochen lang wurde die Sloane-Theorie akzeptiert – der Mörder hatte allem Anschein nach erkannt, daß das Spiel aus war, und sich das Leben genommen. Pepper glaubte, daß er jetzt freie Bahn habe, das Bild von Mr. Knox zu stehlen; nun, wo die Polizei mit ihrem Mörder zufrieden war, muß sein Plan wohl gewesen sein, das Bild auf eine Weise von Mr. Knox zu stehlen, daß Mr. Knox zwar nicht als Mörder dastünde, aber doch so, als habe er den Diebstahl seines Leonardos selbst inszeniert, um ihn nicht dem Museum aushändigen zu müssen. Doch als Suiza sein Schweigen brach und uns jene Hinweise gab, die die Selbstmordtheorie zu Fall brachten, und als dies publik gemacht wurde, da wußte Pepper, daß die Polizei nach wie vor auf der Suche nach einem Mörder war. Warum also nicht Mr. Knox so hinstellen, daß er nicht nur der Dieb seines eigenen Bildes, sondern dazu noch der Mörder Grimshaws und Sloanes war? Der Irrtum, dem Pepper erlag – und auch das war nicht sein Fehler –, war, daß er allen Grund hatte anzunehmen, daß Mr. Knox als Mörder theoretisch in Frage kam. Das wäre tatsächlich der Fall gewesen – obwohl es nicht leicht gewesen wäre, ihm ein Motiv zu unterschieben –, wäre Mr. Knox nicht mit seiner Geschichte von der Tausenddollarnote zu einem Zeitpunkt zu mir gekommen, zu dem ich keinen Anlaß sah, sie weiterzuerzählen, nicht einmal meinem Vater – da zu jener Zeit die Sloane-Hypothese ja allgemein anerkannt war. So fuhr denn Pepper munter fort, Mr. Knox für die Morde und den Diebstahl zu belasten, ohne zu ahnen, daß zumindest ich ihn schon in der Falle hatte – obwohl mir damals noch nicht klar war, daß er der Täter war. In dem Augenblick jedoch, in dem Mr. Knox durch den zweiten Brief belastet wurde, erkannte ich, der ich wußte, daß Knox unschuldig war, diesen zweiten Brief als falsche Fährte und folgerte daraus, wie bereits dargelegt, daß Pepper selbst der Übeltäter war.«

»Hier, Junge«, sagte der Inspektor, der zum ersten Mal das Wort ergriff. »Trink erst einmal einen Schluck. Dein Hals ist trokken. Was macht die Schulter?«

»Es geht... Nun werden Sie verstehen, warum der erste Erpresserbrief von jemandem außerhalb des Knoxschen Haushaltes geschrieben sein mußte und wie auch dieses wiederum auf Pepper verweist. Pepper hatte zunächst keine Möglichkeit, auf legalem Wege für einen genügend langen Zeitraum in Mr. Knox' Haus zu gelangen, um das Versteck des Bildes aufzuspüren und den ersten Brief zu schreiben; doch indem er den ersten Brief schickte, erreichte er, daß er zur Untersuchung im Hause stationiert wurde. Bitte behalten Sie im Kopf, daß er selbst es Ihnen vorschlug, Sampson; ein weiteres Gramm auf der Waagschale von Peppers Schuld.

Den zweiten Brief auf Mr. Knox' eigener Schreibmaschine zu tippen, war der vorletzte Schritt in Peppers Plan. Der letzte Schritt war logischerweise der eigentliche Diebstahl des Bildes. Während er sich im Hause aufhielt, suchte Pepper danach. Er hatte natürlich keine Ahnung, daß es zwei Bilder gab. Er fand die Geheimtür in der Wand der Galerie, stahl das Gemälde, schmuggelte es nach draußen und brachte es in das leerstehende Knox-Haus an der 54. Straße – ein geniales Versteck! Dann schickte er den zweiten Erpresserbrief ab. Von seinem Standpunkt aus war die Sache damit perfekt – von nun an konnte er sich in aller Ruhe als einer von Mr. Sampsons wackeren Gesetzeshütern gebärden, mithelfen, die Autorschaft des Briefes Mr. Knox anzuhängen, falls mir das Indiz des Pfundzeichens entgehen sollte, und am Ende, wenn Gras über die Sache gewachsen war, das Bild in Bargeld umsetzen, entweder bei einem Sammler, der es nicht gar so genau nahm, oder über einen Mittelsmann.«

»Wie war das mit der Alarmanlage?« fragte James Knox. »Was bezweckte er damit?«

»Ach, das! Sehen Sie, nachdem er selbst das Bild gestohlen hatte«, antwortete Ellery, »und dann den Brief verfaßt hatte, machte er sich an der Alarmanlage zu schaffen. Er rechnete damit, daß wir zu dem Treffen im Times Building gehen und mit leeren Händen zurückkehren würden. Dann sollten wir, wenn alles nach seinem Plan gegangen wäre, begreifen, daß man uns hereingelegt hatte, daß der Brief nur dazu da gewesen war, uns vom Haus fortzulocken, während inzwischen das Bild entwendet wurde. Das sollte zumindest auf den ersten Blick die Erklärung sein; doch hätten wir Ihnen erst einmal die Verbrechen angelastet gehabt, Mr. Knox, dann hätten wir gesagt: ›Seht her! Knox hat seine eigene Alarmanlage sabotiert, damit wir denken sollen, das Bild sei heute abend von einem Außenstehenden beiseite geschafft worden. Und in Wirklichkeit hat dieser Diebstahl niemals stattgefunden.‹ Ein komplexer Plan, der scharfes Nachdenken erfordert, wenn man ihn durchschauen will, aber ein gutes Beispiel dafür, wie ausgeklügelt Peppers Gedankengänge waren.«

»Ich glaube, das ist alles klar genug«, sagte der Bezirksstaatsanwalt plötzlich; er war den Darlegungen Ellerys mit der Aufmerksamkeit eines Terriers gefolgt. »Was ich jetzt wissen möchte, ist die Sache mit den zwei Bildern – warum Sie Mr. Knox hier verhaftet haben – die ganze Geschichte.«

Zum ersten Mal breitete sich ein Grinsen auf Knox' faltigem Gesicht aus; und Ellery lachte laut. »Wir haben immer wieder an Mr. Knox appelliert, er soll ein ›guter Sportsmann‹ sein; was für ein guter Sportsmann er am Ende war, ist die Antwort auf Ihre Frage, Sampson. Ich hätte Ihnen natürlich sagen sollen, daß das ganze Märchen von den zwei echten alten Gemälden, die sich nur an der Farbe der Hauttöne unterscheiden ließen – daß das alles reines Theater war. Am Nachmittag des Tages, an dem der zweite Erpresserbrief eintraf, hatte ich alles logisch deduziert – Peppers Plan, seine Schuld, seine Absichten. Doch ich war in einer kniffligen Lage: Ich hatte nicht den geringsten Beweis, auf Grund dessen Sie ihn hätten verurteilen können, wenn wir ihn sofort dieser Verbrechen bezichtigt und ihn verhaftet hätten; außerdem hatte er das wertvolle Bild, und wir wußten nicht wo. Hätten wir ihn entlarvt, so wäre das Gemälde wahrscheinlich niemals gefunden worden; und es war meine Pflicht, dafür zu sorgen, daß der Leonardo seinem rechtmäßigen Besitzer, dem Victoria-Museum, zurückerstattet wurde. Wenn ich es jedoch so arrangieren konnte, daß wir Pepper auf frischer Tat mit dem gestohlenen Leonardo ertappten, dann hätte allein der Besitz dieses Bildes für eine Verurteilung genügt, und außerdem hätten wir es dabei sichergestellt!«

»Soll das heißen, daß die ganze Geschichte mit den Hauttönen und so weiter erfunden war?« fragte Sampson.

»Jawohl, Sampson – mein persönliches kleines Spiel, das ich mit Mr. Pepper spielte, so wie er mit mir gespielt hatte. Ich zog Mr. Knox ins Vertrauen, erzählte ihm alles – von wem und mit welchen Mitteln der Verdacht auf ihn gelenkt werden sollte. Er berichtete mir dann, daß er, nachdem er den echten Leonardo von Khalkis gekauft hatte, eine Kopie habe anfertigen lassen, und gestand mir, daß er vorgehabt habe, dem Museum diese Kopie zurückzugeben, wenn der Druck durch die Polizei zu groß würde, und zu behaupten, daß dies das Bild sei, das er von Khalkis gekauft habe. Die Experten hätten es natürlich auf den ersten Blick als stümperhafte Kopie erkannt – aber niemand hätte Mr. Knox'

Aussage widerlegen können, und er wäre wahrscheinlich ungestraft davongekommen. Mit anderen Worten, was Mr. Knox in seinem Versteck im Heizkörper hatte, war die Kopie; das Original befand sich hinter der Wandvertäfelung, und dieses Original hatte Pepper gestohlen. Doch das gab mir eine Idee ein – eine Idee, die sich ein wenig die Wahrheit und sehr umfassend die Phantasie zunutze machte.«

Ellerys Augen tanzten bei der Erinnerung daran. »Ich erklärte Mr. Knox, daß ich ihn verhaften würde – ausschließlich als Schauspiel für Pepper –, ihn anschuldigen, die Beweisführung gegen ihn darlegen, alles tun, um Pepper zu überzeugen, daß sein Plan, Mr. Knox die Schuld in die Schuhe zu schieben, voll und ganz gelungen sei. Mr. Knox, das darf ich wohl sagen, verhielt sich mustergültig; er fand ohnehin, daß er Pepper eine kleine Rache dafür schuldig sei, daß dieser ihn in die Sache hatte hineinziehen wollen; darüber hinaus wollte er Wiedergutmachung für sein ursprüngliches, unrechtmäßiges Vorhaben leisten, das Museum mit der Kopie abzuspeisen; und so erklärte er sich denn bereit, für mich das Opfer zu spielen. Wir baten Toby Johns hinzu – das alles spielte sich am Freitag nachmittag ab – und dachten uns gemeinsam eine Geschichte aus, von der ich sicher war, daß sie Pepper zum Handeln zwingen würde. Diese ganze Konversation, in der sämtliche Einzelheiten unseres Planes offen zur Sprache kamen, wurde übrigens mit dem Diktaphon festgehalten, für den Fall, daß es uns nicht gelang, Pepper zum Anbeißen zu bewegen... nur um beweisen zu können, daß Mr. Knox' Verhaftung nicht ernst gemeint war, sondern Teil eines größeren Planes war, dem tatsächlichen Mörder eine Falle zu stellen.

Führen Sie sich nun die Position vor Augen, in der Pepper war, als er die wohlformulierte Schauergeschichte des Sachverständigen vernahm, voll von hochfliegenden Hinweisen und Namen aus der italienischen Kunst der Zeit, von der ›Legende‹ und dem ›kaum merklichen Unterschied‹, den es zwischen den beiden Bildern gebe – alles natürlich reines Gewäsch. Es hat niemals mehr als das eine echte Ölgemälde dieses Sujets existiert – und das ist der originale Leonardo; die Legende ist unsere Erfindung; es gab niemals eine ›zeitgenössische‹ Kopie – Mr. Knox' Kopie war eine moderne Schmiererei, die hier in New York entstand, und wäre von jedem, der Ahnung von Kunst hatte, sofort als solche erkannt worden: soweit mein Beitrag zu diesem faszinierenden kleinen

Plan ... Pepper erfuhr also aus Johns' ehrwürdigem Mund, daß nur eine Möglichkeit bestünde zu entscheiden, welches der echte Leonardo und welches die ›zeitgenössische Kopie‹ sei, nämlich, sie nebeneinander zu halten! Pepper muß zu sich selbst genau das gesagt haben, was ich wollte, daß er sagte: ›Ich habe keine Möglichkeit zu entscheiden, welches von beiden ich besitze – das echte oder die Kopie. Auf Knox' Wort kann ich mich nicht verlassen. Also muß ich die beiden nebeneinander halten – und zwar schnell, denn das eine, das wir hier haben und das wahrscheinlich zu den Akten der Bezirksstaatsanwaltschaft genommen wird, werden wir nicht lange behalten.‹ Er mußte glauben, daß er, wenn er sie nebeneinander hielt und, wenn er den Leonardo herausgefunden hatte, die Kopie wieder ins Archiv tat, nicht in Gefahr kommen konnte – nicht einmal der Experte konnte ja, wie er selbst gesagt hatte, entscheiden, um welches es sich jeweils handelte, wenn er die beiden nicht zusammen sah!

Es war wirklich ein Geniestreich«, murmelte Ellery, »und ich kann mir nur selbst gratulieren. Was – niemand applaudiert? Wenn wir es natürlich mit einem Kunstkenner zu tun gehabt hätten, einem künstlerisch Gebildeten, einem Maler, selbst einem Liebhaber, hätte ich es niemals darauf ankommen lassen, daß Johns diese lächerliche Geschichte erzählte; doch ich wußte, daß Pepper ein ausgesprochener Laie war, und es gab keinen Grund, warum er unsere Geschichte nicht schlucken sollte, insbesondere, da alles andere ja echt zu sein schien – Knox' Verhaftung und Gefängnisaufenthalt, die riesigen Schlagzeilen in den Zeitungen, die Nachricht an Scotland Yard – ach, es war wundervoll! Ich wußte, daß weder Sampson noch Dad das Märchen durchschauen würden, denn bei allem Respekt vor ihren kriminologischen Fähigkeiten haben sie doch von Kunst ungefähr soviel Ahnung wie Djuna hier. Die einzige, von der ich etwas zu befürchten hatte, war Miss Brett – und ihr hatte ich am Nachmittag genug von unserem Plan verraten, daß sie angemessene Überraschung und Entsetzen an den Tag legte, als Mr. Knox ›verhaftet‹ wurde. Übrigens muß ich mir in einem weiteren Punkt selbst gratulieren – meiner schauspielerischen Leistung; habe ich den durchtriebenen kleinen Schelm nicht wunderbar gespielt?« Ellery grinste. »Ich sehe schon, niemand hier weiß mein Talent zu würdigen ... Wie dem auch sei, Pepper, der, wie es schien, nichts zu verlieren und alles zu gewinnen hatte, konnte der Versuchung nicht widerstehen, die beiden Bilder für wenigstens fünf Minuten zusammenzubringen, um sie miteinander zu vergleichen ... genau, wie ich vorausgesehen hatte.

Zu dem Zeitpunkt, zu dem ich Mr. Knox in seinem eigenen Haus der Verbrechen bezichtigte, war Sergeant Velie – ein sehr widerstrebender Velie, muß ich gestehen, denn er ist meinem Vater in einem solchen Maß ergeben, daß der schiere Gedanke an einen Treuebruch seinen gewaltigen Leib erzittern läßt – war also Velie in meinem Auftrag bereits dabei, Peppers Wohnung und Büro zu durchsuchen. Es bestand ja die wenn auch unwahrscheinliche Möglichkeit, daß er das Gemälde an einem dieser beiden Orte versteckt hatte. Natürlich fand es sich dort nicht, aber ich mußte auf Nummer Sicher gehen. Am Freitag abend sorgte ich dafür, daß Pepper das Bild bekam, um es mit in das Büro der Bezirksstaatsanwaltschaft zu nehmen, wo er es jederzeit zur Verfügung hatte. Er hielt sich zwar an jenem Abend und gestern den ganzen Tag über bedeckt, doch gestern abend, wie Sie alle wissen, schmuggelte er das Bild aus den Archiven heraus und begab sich damit zu seinem Versteck in dem leerstehenden Knox-Haus, wo er uns mit den beiden Bildern, dem Original und der wertlosen Kopie – in die Falle ging. Selbstverständlich waren Sergeant Velie und seine Männer Pepper den ganzen Tag über auf den Fersen gewesen wie Bluthunde; und mir wurde regelmäßig Bericht über Peppers Bewegungen gegeben, da wir ja nicht wußten, wo er den Leonardo versteckt hatte.

Daß er den Revolver auf mein Herz richtete« – Ellery tätschelte zart seine Schulter –, »wobei der Schuß mich, ein Glück für die Nachwelt, lediglich streifte, beweist, denke ich, daß Pepper in jenem qualvollen Augenblick der Entlarvung begriff, daß sein Spiel verloren war. Und das heißt, soweit ich sehe, soviel wie *finis*.«

Ein allgemeines Seufzen, und alle rührten sich. Djuna erschien, als sei es abgesprochen gewesen, mit dem Teegeschirr. Ein paar Augenblicke lang schien der Fall im Geplauder vergessen – an dem sich, sei vermerkt, weder Miss Brett noch Mr. Alan Cheney beteiligten –, dann sagte Sampson: »Ich habe da noch etwas, das ich gern erklärt bekäme, Ellery. Sie haben sich ja bei Ihrer Analyse all dessen, was mit den Erpresserbriefen zu tun hatte, eine ungeheure Mühe gemacht, die Möglichkeit eines Komplizen auszuschließen. Gut so! Aber –« er hob triumphierend den Finger, ganz, wie man es von einem Staatsanwalt erwartete – »wie war das bei Ihrer ursprünglichen Analyse? Erinnern Sie sich noch? – Sie sagten, der Briefschreiber, der die falschen Indizien gegen Khalkis in dessen Haus gestreut habe, müsse der Mörder gewesen sein.«

»Ja«, sagte Ellery und schlug nachdenklich die Augen nieder.

»Aber Sie haben nichts davon gesagt, daß es ein Komplize des Mörders gewesen sein könne, der die falschen Hinweise im Haus unterbrachte! Wie konnten Sie davon ausgehen, daß es der Mörder war, und die Möglichkeit eines Komplizen gar nicht in Betracht ziehen?«

»Kein Grund, sich aufzuregen, Sampson. Eigentlich liegt die Erklärung dafür auf der Hand. Grimshaw selbst hatte doch gesagt, daß er nur einen Partner habe – richtig? Aus anderen Indizien haben wir gefolgert, daß es dieser Partner war, der Grimshaw umbrachte – richtig? Dann habe ich gesagt, daß dieser Helfer, als er Grimshaw getötet hatte, guten Grund hatte zu versuchen, die Tat jemand anderem in die Schuhe zu schieben, in jenem ersten Fall Khalkis – also, habe ich gesagt, legte der Mörder die irreführenden Spuren. Sie fragen mich, warum es keine logische Möglichkeit gebe, daß ein Komplize diese Spuren präpariert habe? Aus dem einfachen Grunde, daß der Mörder, als er Grimshaw umbrachte, dies ja ausdrücklich tat, um einen Komplizen loszuwerden. Würde er einen Verbündeten umbringen und sich dann im nächsten Augenblick einen anderen suchen, um eine falsche Fährte zu legen? Außerdem hatte der Mörder ja, als er die Indizien streute, völlig freie Hand. Mit anderen Worten, er konnte sich überall einen ›passenden‹ Mörder suchen. Da würde er doch sicher denjenigen wählen, der für ihn am vorteilhaftesten war. Sich einen neuen Partner zu suchen, nachdem er gerade erst einen losgeworden war, wäre ungeschickt und dumm gewesen. Deshalb ging ich, der ich ja die Intelligenz dieses klugen Kriminellen stets bedachte, davon aus, daß die falschen Spuren von ihm selbst stammten.«

»Schon gut, schon gut«, sagte Sampson und winkte ab.

»Wie war das mit Mrs. Vreeland, Ellery?« fragte der Inspektor neugierig. »Ich dachte, Sloane sei ihr Liebhaber gewesen. Das paßt aber doch gar nicht zu der Geschichte, die sie uns erzählte, daß sie Sloane in jener Nacht auf dem Friedhof gesehen habe?«

Ellery gestikulierte mit einer neuen Zigarette. »Nur eine Kleinigkeit. Aus Mrs. Sloanes Bericht über ihren Besuch im Benedict, wohin sie ihrem Mann nachging, war offensichtlich, daß Sloane und Mrs. Vreeland eine *affaire de cœur* hatten. Aber es war wahrscheinlich so, daß Sloane, als er erst einmal begriff, daß er nur über seine Frau jemals die Khalkis-Galerie und die Kunstsammlung erben würde, beschloß, von da an ohne seine Herzensdame auszukommen und sich ganz dem Familienleben zu widmen. Wie wir Mrs. Vreeland kennen – und dazu noch als verstoßene Geliebte –, reagierte sie, wie man es in solchen Fällen eben erwartet, nämlich mit dem Versuch, Sloane so sehr zu schaden wie nur möglich.«

Alan Cheney wurde plötzlich lebendig. Ganz unvermittelt – und er bemühte sich sorgsam, jeden Blick auf Joan zu vermeiden – fragte er: »Und was ist mit diesem Dr. Wardes, Queen? Wo zum Teufel ist der geblieben? Warum hat er sich verdrückt? Was hat er mit der ganzen Geschichte zu tun, wenn überhaupt?«

Joan Brett studierte mit großem Interesse ihre Hände.

»Ich denke mir«, sagte Ellery mit einem Schulterzucken, »daß Miss Brett uns diese Frage beantworten kann. Ich habe da von Anfang an einen Verdacht gehabt . . . Nun, Miss Brett?«

Joan blickte auf, mit einem hinreißenden Lächeln – obwohl sie es vermied, in Alans Richtung zu sehen. »Dr. Wardes war mein Verbündeter. Wirklich! Und er ist einer der besten Detektive von Scotland Yard.«

Man hatte den Eindruck, daß dies für Mr. Alan Cheney ausgezeichnete Neuigkeiten waren; er verbarg seine Überraschung hinter einem Hüsteln und studierte den Teppich sorgfältiger denn je.

»Sehen Sie, Mr. Queen«, fuhr Joan fort, noch immer bezaubernd lächelnd, »ich habe Ihnen nichts von ihm erzählt, weil er selbst es mir verboten hatte. Er hatte sich abgesetzt, um dem Leonardo abseits der offiziellen Wege und ohne daß ihm jemand dazwischenfunkte nachzuspüren – er war mit der Art, wie die Dinge sich entwickelt hatten, sehr unzufrieden.«

»Dann haben Sie ihn natürlich auch mit Absicht in das Haus Khalkis geschleust?« fragte Ellery.

»Ja. Als ich mit meinem Latein am Ende war, schrieb ich dem Museum, daß ich nicht weiterkäme, und sie wandten sich an Scotland Yard, wo man bis dahin nichts von dem Diebstahl gewußt hatte – den Museumsdirektoren lag sehr viel daran, kein Aufsehen zu erregen. Dr. Wardes ist übrigens tatsächlich Mediziner und ist auch in anderen Fällen schon als Arzt aufgetreten.«

»Und er hat Grimshaw an jenem Abend im Benedict aufgesucht, nicht wahr?« fragte der Staatsanwalt.

»Gewiß. Mir war es an jenem Abend nicht möglich, Grimshaw selbst nachzugehen; aber ich sagte Dr. Wardes Bescheid, und er folgte dem Mann, sah, wie er sich mit jemandem traf, den er nicht identifizieren konnte . . .«

»Pepper natürlich«, murmelte Ellery.

». . . und hielt sich im Hintergrund der Hotelhalle auf, als Grimshaw und dieser Pepper den Aufzug nahmen. Er beobachtete, wie Sloane hinauffuhr, dann Mrs. Sloane, Odell – und am Ende ging er selbst hinauf, obwohl er Grimshaws Zimmer nicht betrat, sondern lediglich in der Nähe Posten bezog. Er registrierte, wie alle wieder verschwanden – bis auf den ersten Mann. Natürlich konnte er Ihnen all das nicht sagen, ohne seine Identität zu enthüllen, und dazu war er nicht bereit . . . Ohne etwas entdeckt zu haben, kehrte Dr. Wardes zum Haus Khalkis zurück. Am folgenden Abend, als Grimshaw und Mr. Knox kamen – obwohl wir da natürlich noch nicht wußten, daß es sich um Mr. Knox handelte –, war Dr. Wardes unglücklicherweise mit Mrs. Vreeland aus, zu der er eine Beziehung pflegte, weil er – wie soll ich sagen? – gewisse Ahnungen hatte!«

»Wo mag er geblieben sein?« fragte Alan Cheney gleichgültig, an den Teppich gewandt.

»Ich glaube«, richtete Joan das Wort an die Rauchwolken im Zimmer, »Dr. Wardes ist derzeit auf hoher See, auf der Heimreise.«

»Ah«, sagte Alan, als ob das eine höchst zufriedenstellende Antwort sei.

Als Knox und Sampson sich verabschiedet hatten, seufzte der Inspektor, drückte Joan väterlich die Hand, klopfte Alan auf die Schulter und ging dann, um sich eigenen Dingen zuzuwenden – wohl, um einer Meute gieriger Journalisten gegenüberzutreten sowie, eine noch angenehmere Aussicht, einer Reihe von furchtgebietenden Vorgesetzten, deren Laune sich im Verlauf des Zickzackkurses, den der Fall Grimshaw-Sloane-Pepper genommen hatte, spürbar verschlechtert hatte. Nun allein mit seinen Gästen, begann Ellery sich ausgiebig seiner verwundeten Schulter zu widmen. Er war ein höchst unaufmerksamer Gastgeber; ja, Joan und Alan erhoben sich bereits in recht steifer Manier und machten Anstalten, sich zu verabschieden.

»Was! Sie wollen schon gehen?« hatte Ellery endlich ein Einsehen mit ihnen. Er rappelte sich vom Sofa auf und bedachte sie mit einem dümmlichen Lächeln; Joans elfenbeinerne Nase krauste sich kaum merklich, und Alan begann mit der Schuhspitze ein komplexes Muster des Teppichs nachzuzeichnen, in dessen Betrachtung er nun schon seit einer Stunde versunken war. »Nein! Gehen Sie nicht einfach so. Warten Sie. Ich habe noch etwas, das besonders Sie interessieren dürfte, Miss Brett.«

Ellery eilte geheimnisvoll aus dem Wohnzimmer. Kein Wort fiel, während er fort war; die beiden standen da wie zwei zerstrittene Kinder und warfen sich mißtrauische Blicke zu. Sie seufzten im Duett, als Ellery aus dem Schlafzimmer mit einer großen zusammengerollten Leinwand unter dem rechten Arm zurückkehrte.

»Dies«, richtete er gravitätisch das Wort an Joan, »ist der Gegenstand all unserer Sorgen. Wir brauchen den vielgeschundenen Leonardo nicht mehr – da Pepper tot ist, wird es keine Verhandlung geben . . .«

»Sie werden – Sie werden ihn doch nicht mir –« begann Joan zögernd. Alan Cheney machte große Augen.

»Ganz genau. Sie reisen zurück nach London, nicht wahr? So soll Ihnen denn die Ehre zuteil werden, die Sie sich verdient haben, Leutnant Brett – das Privileg, den Leonardo höchstpersönlich dem Museum zurückzuerstatten.«

»Oh!« Ihre rosigen Lippen formten dieses Rund mit einem leichten Zittern; und, wie es schien, nicht mit allzugroßer Begeisterung. Sie nahm die gerollte Leinwand entgegen und bewegte sie von der rechten Hand in die linke und wieder zurück, als wisse sie nicht genau, was sie damit tun solle – diesem alten Stück Leinwand, dessentwegen drei Menschen ihr Leben verloren hatten.

Ellery ging zu einem Buffet und holte eine Flasche hervor. Es war eine braune alte Flasche, die angenehm funkelte und schimmerte; er flüsterte Djuna etwas zu, und dieser unschätzbare Diener eilte in seine Küche und kehrte sogleich mit Syphon und Soda und anderen Gerätschaften der gehobenen Trinkkultur zurück. »Einen Scotch mit Soda, Miss Brett?« fragte Ellery fröhlich.

»Oh nein!«

»Einen Cocktail vielleicht?«

»Sehr freundlich von Ihnen, Mr. Queen, aber ich trinke nicht.« Die Verwirrung war verflogen; Miss Brett hatte ihre alte eisige Art wiedergefunden, ohne daß das unzureichend empfindsame männliche Auge einen Grund dafür hätte entdecken können.

Alan Cheney warf einen begehrlichen Blick auf die Flasche. Ellery war mit den Gläsern beschäftigt. Bald hatte er ein hohes Glas mit einer perlend aufschäumenden, bernsteinfarbenen Flüssigkeit gefüllt; und er hielt es Alan mit der Miene eines Mannes von Welt hin, der einem Gleichgesinnten etwas anbietet.

»Wirklich ausgezeichnet«, murmelte Ellery. »Ich weiß doch, daß Sie so etwas zu schätzen wissen... Was, Sie –?« Ellery legte ein ungläubiges Erstaunen an den Tag.

Denn unter dem gestrengen Auge Miss Joan Bretts lehnte Mr. Alan Cheney – Mr. Alan Cheney, der leidenschaftliche Trinker – tatsächlich dies aromatische Labsal ab. »Nein«, brummte er verbissen. »Nein danke, Queen. Ich hab's mir abgewöhnt. Das kann mich nicht mehr reizen.«

Ein warmer Lichtstrahl schien das Antlitz Miss Bretts zu berühren; jemand ohne Sinn für die feineren Abstufungen unseres Wortschatzes wäre versucht gewesen zu sagen, sie strahle; die Wahrheit war, daß das Eis auf eine magische Weise zu schmelzen begann, und wiederum ohne jeden erkennbaren Grund errötete sie, blickte zu Boden, und auch ihr Fuß fuhr nun das Muster des Teppiches nach; der Leonardo, dessen Katalogwert auf eine Million Dollar veranschlagt wurde, rutschte ihr unter dem Arm hervor, aber sie beachtete es so wenig, als sei er nichts als ein bunter Kalender.

»Pah!« sagte Ellery. Er zuckte die Schultern, doch war die Enttäuschung nicht überzeugend gespielt. »Wissen Sie, Miss Brett«, sagte er, »das ist ganz wie in einem dieser altmodischen Melodramen, die man auf den Wanderbühnen sieht. Der Held springt auf das Dach des Wasserversorgungswagens – am Ende des dritten Aktes beginnt er ein neues Leben und so weiter. Wie ich höre, hat Mr. Cheney sich ja bereit erklärt, sich um die geschäftlichen Belange des nun beträchtlichen Vermögens seiner Mutter zu kümmern – stimmt's, Cheney?« Alan nickte atemlos. »Und Geschäftsführer der Khalkis-Galerie wird er wahrscheinlich auch, wenn die Rechtslage erst einmal geklärt ist.«

Er plauderte weiter. Und dann hielt er inne, denn keiner seiner beiden Gäste hörte ihm zu. Mit einer schockierenden Impulsivität hatte Joan sich Alan zugewandt; Erkenntnis – oder wie immer so etwas genannt wird – schlug die Brücke über die Kluft zwischen beider Augen, und Joan errötete erneut und wandte sich wieder an Ellery, der sie mit kummervoller Miene betrachtete. »Ich glaube«, sagte Joan, »daß ich doch nicht nach London zurückfahren werde. Es ist – es war freundlich von Ihnen . . .«

Als die Tür sich hinter ihnen geschlossen hatte, betrachtete Ellery die Leinwand, die am Fußboden lag – wohin sie aus Miss Joan Bretts zartem Arm geglitten war – und seufzte, und unter dem ein wenig mißbilligenden Blick des jungen Djuna, der schon in jenen jungen Jahren alle Anzeichen des Antialkoholikers zeigte, schlürfte er seinen Scotch mit Soda nun ganz allein . . . und es war ihm, dem Honigkuchengesicht, mit dem er es tat, nach zu urteilen, nicht unwohl dabei.

Nachwort

1929 gab Ellery Queen als Schriftsteller wie als Detektiv sein Debüt (*Der mysteriöse Zylinder*, DuMont's Kriminal-Bibliothek 1008). Die Vettern Frederic Dannay (1905–1982) und Manfred B. Lee (1905–1971) hatten bei ihrem ersten gemeinsamen Werk eine neuartige Entstehungsfiktion geschaffen: Der intellektuelle Detektiv mit seinem Harvard-Abschluß ist zugleich Schriftsteller und verfremdet die eigenen Fälle im nachhinein zu Romanen. Die ersten neun Werke variieren dabei immer dasselbe Titelmuster: *The Roman Hat Mystery, The French Powder Mystery* (1930), *The Dutch Shoe Mystery* (1931) usw. Das hier vorgelegte *Greek Coffin Mystery* (1932) ist das vierte Werk der beiden, die darin erzählten Geschehnisse liegen aber, wie mehrfach betont wird, weiter zurück als die bisher publizierten Ermittlungen – wir dürfen Ellery Queen bei der Lösung seines ersten großen Falles begleiten.

Wie wir im Vorwort des fiktiven Herausgebers J. J. McC. erfahren, hat dies späte Erscheinen seine Gründe: Über weite Strecken des Falles hatte sich Ellery Queen getäuscht, wurde von einem äußerst raffiniert planenden Täter förmlich vorgeführt und blamierte sich entsprechend, so daß er wenig Neigungen verspürte, diese Erfahrungen literarisch zu verarbeiten. Da er trotz solcher Niederlagen letztlich das Duell gewann, ließ er sich doch noch von Herausgeber und Verleger überzeugen und veröffentlichte den Fall, in dem Ellery Queen zu der Legende wurde, die er in seinen eigenen Büchern wie für seine Leser ist.

Wir sehen also bei der Geburt eines Helden zu. Ellery verfeinert bei den bizarren Wendungen, die der Fall nimmt, seine analytisch-deduktive Methode so, daß sie ihn in nächster Zukunft vor ähnlichen Fehlern schützen wird. Dies ist wohl der wahre Grund, warum Dannay und Lee 1932 einen Detektivroman aus der Frühzeit ihres Helden schrieben. *A Problem in Deduction – Ein Pro-*

blem der Deduktion – ist der Untertitel des Originals, und entsprechend ist das Werk stärker als seine Vorgänger dem methodischen Vorgehen des Helden, seiner Spielart der Wissenschaft von der kriminologischen Deduktion gewidmet.

»Ellery Sherlock Holmes Queen«, wie sein Vater ihn einmal spöttisch nennt, steht dabei in einer großen Tradition. Edgar Allan Poe hatte der exakten Methodik Auguste Dupins, des Helden seiner Kriminalgeschichten, große Aufmerksamkeit gewidmet und sie breit entfaltet, und Émile Gaboriau, der französische Vater des eigentlichen Detektivromans, war ihm in seinem Erstling, *L'affaire Lerouge*, darin gefolgt. Ebenso legt der große Sherlock Holmes seine Methode der Deduktion immer wieder dar und spricht von ihr sogar in *Das Zeichen der Vier* als »science of deduction«, als einer exakten Wissenschaft.

Gerade diese Bezeichnung hat in der blühenden Holmes-Forschung immer wieder Fragen aufgeworfen. Denn was Holmes »Deduktion« nennt – das Schließen von einem allgemeinen Gesetz auf den Einzelfall –, ist bei ihm meist eher »Induktion« – das Formen einer allgemeinen Hypothese aufgrund von Einzelbeobachtungen. Betrachtet man das Beispiel, das Holmes selbst wählt, genauer, so werden die Dinge klarer. Holmes hat Watson auf den Kopf zugesagt, er habe ein Telegramm aufgegeben, und der ist wie immer verblüfft. Holmes legt dann seine Denkschritte dar. 1. Minutiöse Beobachtungen: a) Watson kehrt mit etwas rötlichem Schmutz am Hosenbein von einem Spaziergang zurück. b) Diese rötliche Erde gibt es nur an einer Baustelle vor dem nächsten Postamt. Induktion aus a) und b): Watson war im Postamt. 2. Weltwissen: In einem Postamt kann man Briefe und Telegramme aufgeben, Marken oder Postkarten kaufen. Zurück zu: 1c) Watson hat keinen Brief geschrieben, im Schreibtisch liegen genug Marken und Postkarten. Damit kann aufgrund der Eigenschaften von 2. deduziert werden: 3. Watson hat ein Telegramm aufgegeben. Dieser Schluß wird dann – in diesem Fall – durch direkte Befragung verifiziert. Unter anderen Umständen bedarf es eines Experiments, eines Tests, einer Falle und dergleichen zur Veri- oder Falsifizierung. Watsons Verblüffung aber kommt dadurch zustande, daß 2. von Holmes – wie von Detektiven stets – im dunkeln gelassen wird.

Mit den Begriffen des Philosophen Charles Sanders Peirce hat man den zweiten Schritt, den der Hypothesenbildung, Abduktion genannt. Man kann das Vorgehen der Detektive aller Autoren und Epochen gegenüber dem Verbrechensgeheimnis auf die Formel bringen: Die Beobachtungen zu 1) werden mitgeteilt, Schritt 2) bleibt im Dunkel, um erst offengelegt zu werden, wenn die überraschende Verifizierung 3) erfolgt ist, oder seine Aufdeckung führt unmittelbar zur Entlarvung des Täters.

In der eitlen Arroganz des frischen Collegeabsolventen, der seiner intellektuell eher schlichten Umgebung mit Zitaten aus mehreren Jahrtausenden und in allen Kultursprachen auf die Nerven geht, begeht Ellery gleich mehrere Fehler, aus denen er noch im Laufe des Buches lernt. Zum einen läßt er sich verleiten, eine aus minutiöser, vor unseren Augen ablaufender Induktion abduzierte These vorschnell publik zu machen. Kurze Zeit überzeugt sie die Zuhörer, erscheint ebenso schillernd wie glänzend und zerplatzt dann – eine Seifenblase. Danach schwört er sich, nie wieder eine Lösung auch nur anzudeuten, solange nicht alle Beobachtungen, Spuren, Aussagen usw. zu einem Fall rest- und lückenlos und widerspruchsfrei in seine Abduktion eingegangen sind. In einer Fußnote weist der fiktive Herausgeber J. J. McC. ausdrücklich darauf hin, daß dieser beim ersten großen Fall geleistete Schwur die offensichtlich von vielen Lesern beanstandete extreme Verschlossenheit Ellerys selbst gegenüber dem eigenen Vater erkläre.

Der andere Fehler, dessen er sich schuldig macht, beruht auch auf seiner jugendlichen Selbstüberschätzung. Voll Freude darüber, daß er selbst die verwickelsten Spuren zu lesen und zu deuten weiß, entgeht ihm, daß der Verbrecher, der seine spezifische Methode des In-, Ab- und Deduzierens durchschaut hat, ihm nahezu ebenbürtig ist und es mit machiavellistischem Geschick versteht, Spuren zu legen, die eigens für Ellery Queen bestimmt sind und ihn zu falscher Abduktion und entsprechend irriger Deduktion verleiten müssen.

Gerade diese für seine Eitelkeit bitteren Lehren sind es aber, die ihn letztlich triumphieren lassen. Als die Polizei am Ende des Ersten Buches ihren Täter hat und die Ermittlungen einstellt, ist es Ellery, dem wir es verdanken, daß es noch ein Zweites Buch gibt. Jetzt ist er es, der die unerklärten Fakten, die herumhängenden losen Fäden aufgreift, weiter forscht und recherchiert, um aus ihnen durch Induktion eine These zu bilden, die wirklich und restlos alles erklärt und zur Lösung des Falles führt. Sobald er sie gefunden hat, fügt er seine explizite »Herausforderung an den Leser« in den Text ein, die das Markenzeichen der frühen Queen-Detektivromane ist und in der das Fairneß-Gebot des »Goldenen Zeitalters« am klarsten zum Ausdruck kommt: Dem Leser sind jetzt alle Indizien bekannt, die Queens Induktionen zugrunde liegen, er kann wie Ellery seine Abduktion und aus ihr die Deduktion des Täters vollziehen.

Um seine Deduktion des Täters zu verifizieren und ihm eine Falle zu stellen, bedient sich Ellery derselben Waffen, mit denen sein Gegenspieler ihn beim ersten Waffengang besiegt hat. Diesmal ist es aber Ellery, der Spuren so legt, daß der Täter sie in einer bestimmten Weise deuten muß, die ihn dann letztlich verrät.

Dieser Wettkampf zwischen Ellery und seinem Gegenspieler und der Wettstreit, in dem der Privatdetektiv stets mit der Polizei zusammenarbeitet, geben diesem Roman sein spezifisches Gepräge: Beide führen zu den Peripetien, die den *Sarg des Griechen* auszeichnen. Vier in sich scheinbar schlüssige Lösungen werden geboten, die vom Täter manipulierte, die von der Polizei akzeptierte, die von Ellery inszenierte und dann erst die von ihm in Wahrheit deduzierte. In dieser Eigenart ist *The Greek Coffin Mystery* nur noch Michael Innes' legendäres *Lament for a Maker* an die Seite zu stellen, das demnächst in der DuMont's Kriminal-Bibliothek erscheinen wird.

Daß Dannay und Lee als »Ellery Queen« ein Buch vorgelegt haben, das sich bewußt und gezielt mit der Genese von Ellerys Detektionsmethoden beschäftigt, bedeutet keineswegs, daß Elemente des Schauers, der Spannung und des Geheimnisses zu kurz kommen. Schon die doppelte Rätseleröffnung auf den ersten Seiten überzeugt: Das Testament des reichen griechischstämmigen Kunsthändlers und -sammlers Khalkis ist aus einem hermetisch abgeriegelten Haus verschwunden. Ellery beweist, daß das nur mittels des Sarges von Khalkis geschehen sein kann. Doch als man den aus der mitten in Manhattan gelegenen Privatgruft ausgräbt und öffnet, findet man statt des Testaments die Leiche eines Ex-Sträflings, der vor Khalkis' natürlichem Tod umgebracht worden sein muß und irgendwann in Khalkis' Sarg praktiziert wurde. Wie paßt der schmierige kleine Gauner Grimshaw, der seine letzten Tage in einem schäbigen Hotel verbrachte, ins Milieu der wohlhabenden und kunstsinnigen Khalkis-Entourage, die sich vor seiner Hoteltür geradezu ein Stelldichein gegeben hat? Was haben die Kunstdiebstähle, die Kopien, die Fälschungen und die falschen Zuschreibungen damit zu tun, die nachträglich die Solidität des ehrenwerten Mr. Khalkis fraglich erscheinen lassen? Fragen über Fragen, die es »Ellery Queen« als Autor ermöglichen, ständig einen neuen Spannungsbogen zu eröffnen, sobald sich ein anderer geschlossen hat, und so seine Leser in seinen Bann zu schlagen, während er ihnen gleichzeitig »A Problem in Deduction« demonstriert.

Volker Neuhaus

Alle Bände der Reihe »DuMont's Kriminal-Bibliothek«:

Band 1001 Charlotte MacLeod
»Schlaf in himmlischer Ruh'«

Band 1002 John Dickson Carr
Tod im Hexenwinkel

Band 1003 Phoebe Atwood Taylor
Kraft seines Wortes

Band 1004 Mary Roberts Rinehart
Die Wendeltreppe

Band 1005 Hampton Stone
Tod am Ententeich

Band 1006 S. S. van Dine
Der Mordfall Bischof

Band 1007 Charlotte MacLeod
». . . freu dich des Lebens«

Band 1008 Ellery Queen
Der mysteriöse Zylinder

Band 1009 Henry Fitzgerald Heard
Die Honigfalle

Band 1010 Phoebe Atwood Taylor
Ein Jegliches hat seine Zeit

Band 1011 Mary Roberts Rinehart
Der große Fehler

Band 1012 Charlotte MacLeod
Die Familiengruft

Band 1013 Josephine Tey
Der singende Sand

Band 1014 John Dickson Carr
Der Tote im Tower

Band 1015 Gypsy Rose Lee
Der Varieté-Mörder

Band 1016 Anne Perry
Der Würger von der Cater Street

Band 1017 Ellery Queen
Sherlock Holmes und Jack the Ripper

Band 1018 John Dickson Carr
Die schottische Selbstmord-Serie

Band 1019 Charlotte MacLeod
»Über Stock und Runenstein«

Band 1020 Mary Roberts Rinehart
Das Album

Band 1021 Phoebe Atwood Taylor
Wie ein Stich durchs Herz

Band 1022 Charlotte MacLeod
Der Rauchsalon

Band 1023 Henry Fitzgerald Heard
Anlage: Freiumschlag

Band 1024 C. W. Grafton
Das Wasser löscht das Feuer nicht

Band 1025 Anne Perry
Callander Square

Band 1026 Josephine Tey
Die verfolgte Unschuld

Band 1027 John Dickson Carr
Die Schädelburg

Band 1028 Leslie Thomas
Dangerous Davies, der letzte Detektiv

Band 1029 S. S. van Dine
Der Mordfall Greene

Band 1030 Timothy Holme
Tod in Verona

Band 1031 Charlotte MacLeod
»Der Kater läßt das Mausen nicht«

Band 1032 Phoebe Atwood Taylor
Wer gern in Freuden lebt . . .

Band 1033 Anne Perry
Nachts am Paragon Walk

Band 1034 John Dickson Carr
Fünf tödliche Schachteln

Band 1035 Charlotte MacLeod
Madam Wilkins' Palazzo

Band 1036 Josephine Tey
Wie ein Hauch im Wind

Band 1037 Charlotte MacLeod
Der Spiegel aus Bilbao

Band 1038 Patricia Moyes
». . . daß Mord nur noch ein Hirngespinst«

Band 1039 Timothy Holme
Satan und das Dolce Vita

Band 1040 Ellery Queen
Der Sarg der Griechen

Band 1041 Charlotte MacLeod
Kabeljau und Kaviar

Band 1008

Ellery Queen

Der mysteriöse Zylinder

Welcher Liebhaber von Kriminalromanen kennt nicht Ellery Queen, der, selbst Autor von Kriminalromanen, mit seiner kühlen Logik und seinem analytischen Verstand seinem Vater, dem kauzigen Inspektor Richard Queen, hilft, auch den raffiniertesten Verbrechern auf die Spur zu kommen? Ellery Queen ist unzufrieden. Statt sich dem Erwerb einer von ihm heiß begehrten Falconer-Erstausgabe widmen zu können, wird er wieder einmal in einen Mordfall hineingezogen – Monte Field, ein zwielichtiger Rechtsanwalt, ist während einer Theatervorstellung ermordet worden. Die Polizei steht vor einem Rätsel.

Band 1017

Ellery Queen

Sherlock Holmes und Jack the Ripper

Ellery Queen ist verzweifelt: Der Termin für die Manuskriptabgabe seines neuesten Kriminalromans rückt immer näher, Lust zum Schreiben aber hat er keine . . . Zu ungehalten ist er also nicht, als ein langjähriger Freund Grant Ames III. ihm ein altes Journal überbringt, das ihm zugespielt worden ist. Als sich herausstellt, daß es sich um ein unveröffentlichtes Manuskript von Dr. Watson, dem getreuen Gehilfen von Sherlock Holmes, handelt, ist Ellery Queen nicht mehr zu halten – zumal das Journal einen der spektakulärsten Mordfälle der Geschichte des Verbrechens beschreibt: die Untaten von Jack the Ripper.

Band 1039
Timothy Holme
Satan und das Dolce Vita

Achille Peroni, der Rudolfo Valentino der italienischen Polizei, erhält den Auftrag, sich um das Verschwinden einer jungen Frau zu kümmern, die in dem italienischen Badeort Jesolo als Sängerin gearbeitet hat. Es scheint sich lediglich um eine Routineangelegenheit zu handeln. Doch je intensiver Peroni sich mit dem Fall beschäftigt, desto mehr fasziniert ihn die geheimnisvolle schwarzhaarige Schönheit. Schon bald muß er feststellen, daß er mit seinen Untersuchungen in ein Wespennest gestoßen ist. Der Satanskult hat Einzug gehalten in die Häuser der vornehmen venezianischen Gesellschaft. Als Peroni selbst an einer schwarzen Messe teilnimmt, wird ihm ein teuflisches Angebot unterbreitet...

Band 1041

Charlotte MacLeod

Kabeljau und Kaviar

Nach seiner Hochzeit mit Sarah Kelling würde Detektiv Max Bittersohn am liebsten jede freie Minute mit seiner Frau verbringen. Doch Sarahs überspannte Verwandtschaft verwickelt ihn gleich in einen neuen Fall: Erst wird Sarahs Onkel Jem eine wertvolle Silberkette, das Wahrzeichen des noblen Clubs des ›Geselligen Kabeljaus‹ gestohlen, dann ereignet sich ein fast tödlicher Unfall, und schließlich stehen auf einer Party neben Champagner und Kaviar auch kaltblütiger Mord auf dem Programm . . .

Band 1038

Patricia Moyes

»... daß Mord nur noch ein Hirngespinst«

Die Familie Manciple gilt als exzentrisch – aber die Bewohner des englischen Dorfes, in dem die Familie seit Generationen lebt, mögen sie gerade deswegen. Als der neureiche Londoner Buchmacher Raymond Mason erschossen in der Auffahrt zum Anwesen der Manciples gefunden wird, glaubt daher keiner der Nachbarn, daß der Täter einer von ihnen ist. Chefinspektor Henry Tibbet aus London, der mit den Ermittlungen betraut wird, trifft auf schießwütige pazifistische Ex-Soldaten, spiritistisch interessierte schwerhörige Großtanten, zerstreute und charmante Hausherrinnen, kreuzworträtselbesessene Bischöfe, undurchsichtige Wissenschaftler und scharfzüngige Schönheiten. Mord ist für ihn bald nur noch das kleinere Problem in diesem Fall.

Band 1037
Charlotte MacLeod
Der Spiegel aus Bilbao

Nachdem die hübsche Pensionswirtin Sarah Kelling in den letzten Monaten von einem Mordfall in den nächsten gestolpert ist, fühlt sie sich mehr als erholungsbedürftig. Ihr Sommerhaus am Meer scheint der ideale Ort für einen Urlaub, zumal Sarah hofft, daß sie und ihr bevorzugter Untermieter, der Detektiv Max Bittersohn, sich noch näherkommen... Zu ihrer Enttäuschung wird die romantische Stimmung jedoch durch einen Mord empfindlich gestört – und statt in Sarahs Armen landet Max zu seinem Entsetzen als Hauptverdächtiger in einer Gefängniszelle. Schon bald stellt sich eines heraus: Ehe nicht das Geheimnis des alten Spiegels gelöst ist, der so plötzlich in Sarahs Haus auftauchte, wird es für die beiden kein Happy-End geben.

Band 1036

Josephine Tey

Wie ein Hauch im Wind

Der junge Amerikaner Leslie Searle ist gutaussehend, freundlich und charmant – kein Wunder, daß ihn die Bewohner des kleinen Künstlerdörfchens Salcott St. Mary in der Nähe von London sofort ins Herz schließen. Um so bestürzter sind Searles neue Freunde, als dieser nach einem mehrtägigen Ausflug mit einem Kanu nicht mehr zurückkommt – ist der sympathische Fotograf ertrunken, hat er Selbstmord begangen, oder wurde er etwa umgebracht?
Inspektor Alan Grant von Scotland Yard, der die Ermittlungen aufnimmt, entdeckt sehr schnell, daß Searle keinesfalls bei allen Dorfbewohnern gleichermaßen beliebt war. Versteckte Aggressionen, verborgene Ängste, Eifersucht und Intrigen machen es dem Inspektor nicht gerade leicht, herauszufinden, warum Leslie Searle verschwinden mußte.

Band 1035

Charlotte MacLeod

Madam Wilkins' Palazzo

Sarah Kelling sagt nur zu gern zu, als der smarte Detektiv in Sachen Kunstraub und Fälschung, Max Bittersohn, sie zu einem Konzert in den Palazzo der Madam Wilkins einlädt, ein Museum, das für seine exquisite Kunstsammlung berühmt und für den schlechten Geschmack seiner Besitzerin berüchtigt ist. Doch Bittersohns Einladung steht unter keinem guten Stern: Die Musiker sind schlecht, das Buffet läßt zu wünschen übrig – und einer der Museumswächter fällt rücklings von einem Balkon im zweiten Stock des Palazzos. Als Bittersohn dann noch entdeckt, daß die berühmte Kunstsammlung mehr Fälschungen als Originale enthält, steht eines zumindest fest: Mord sollte eben nie nur als schöne Kunst betrachtet werden!

Band 1034

John Dickson Carr

Fünf tödliche Schachteln

Eine harte Nuß für Chefinspektor Masters: Vier illustre Mitglieder der Londoner High-Society haben sich kurz vor Mitternacht zu einer Cocktailparty getroffen. Wenig später finden der junge Arzt John Sanders und die hübsche Marcia Blystone die drei Gäste bewußtlos und den Gastgeber erstochen auf. An Verdächtigen herrscht kein Mangel – der Tote hatte in weiser Voraussicht fünf mysteriöse Schachteln mit den Namen von fünf potentiellen Tätern bei seinem Anwalt hinterlegt. Mit Elan begibt sich Masters auf die Spurensuche. Die Lösung des Rätsels bleibt jedoch seinem schwergewichtigen Erzrivalen aus dem englischen Hochadel, Sir Henry Merrivale, vorbehalten. Unterstützt von Marcia Blystone und John Sanders riskiert Merrivale Kopf und Kragen und lüftet mehr als ein dunkles Geheimnis, bevor er den überraschten Beteiligten den Mörder präsentiert.

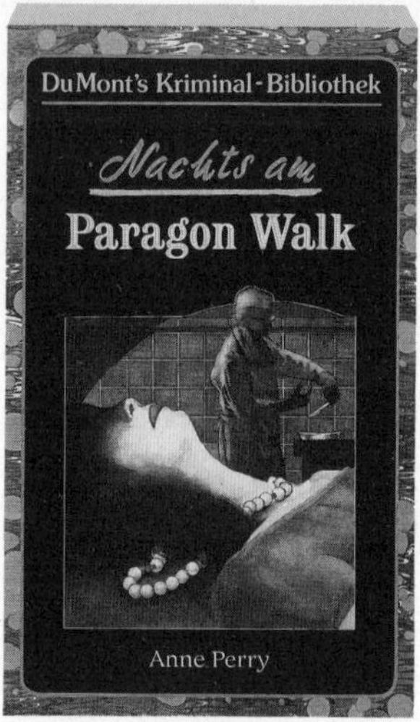

Band 1033

Anne Perry

Nachts am Paragon Walk

Skandal: In der Parkanlage am Paragon Walk ist ein junges Mädchen erstochen und geschändet aufgefunden worden. In den Salons der feinen Familien gibt es keinen Zweifel: Offensichtlich hat ein Kutscher, während er auf seine Herrschaft wartete, dem armen Mädchen aufgelauert. Schließlich wäre kein Gentleman zu einer solchen Tat fähig!
Inspector Pitt ist sich da nicht so sicher. Sein Verdacht scheint sich zu bestätigen, als ein zweites Verbrechen geschieht. Aber die vornehmen Leute wissen sich vor indiskreten Fragen der Polizei zu schützen. Zum Glück stellt Charlotte – Pitts kluge Frau – ihre eigenen Ermittlungen an. Behilflich ist ihr dabei ihre Schwester Emily, der seit ihrer Heirat mit einem Lord Türen offenstehen, die Scotland Yard verschlossen bleiben.

Band 1032
Phoebe Atwood Taylor
Wer gern in Freuden lebt...

Victoria Alexandra Ballard, liebevoll Vic genannt, ist aufgebracht: Hat ihr Adoptivsohn George doch einfach ein Häuschen auf Cape Cod für sie gemietet, ohne sie zu fragen – zu ihrem eigenen Besten selbstverständlich, ist sie doch sehr krank gewesen... Mrs. Ballards Entschluß, ihren Zwangsurlaub trotz allem zu genießen, läßt sich jedoch leider nicht umsetzen. Gleich am ersten Abend ihres Aufenthaltes wird ein Mitglied einer Schauspielertruppe, die sich im Nebel verirrt hatte und bei ihr Unterschlupf fand, umgebracht. Schon bald ist eines klar: Der Ermordete, der Varieté-Künstler John Gilpin, zauberte nicht nur Kaninchen aus seinem Hut, sondern übte auch eine ganz besonders magische Wirkung auf Frauen aus...

Band 1031

Charlotte MacLeod

»Der Kater läßt das Mausen nicht«

Für Betsy Lomax, die erprobte Haushaltshilfe von Professor Peter Shandy, fängt der Tag wahrlich nicht gut an. Bestürzt muß sie feststellen, daß ihr Kater Edmund ihrem Untermieter Professor Herbert Ungley das Toupet geraubt hat. Ihre Bestürzung wandelt sich in Entsetzen, als sie Ungley tot hinter dem Clubhaus der noblen Balaclava Society findet... Da der Chef der Polizei sich weigert, den Tod Ungleys als Mord anzuerkennen, gibt es für Betsy Lomax nur einen, von dem sie Hilfe erwarten kann – Peter Shandy, seines Zeichens Professor für Botanik am Balaclava Agricultural College. Dieser stößt bei seinen Ermittlungen in ein Wespennest – einflußreiche Persönlichkeiten in Balaclava Junction schrecken offenbar auch nicht vor Mord zurück, wenn es um Geld und Politik geht.